HEYNE <

MIRIAM COVI

Heimkehr nach Whale Island

ROMAN

WILHELM HEYNE VERLAG
MÜNCHEN

MIX
Papier aus verantwortungsvollen Quellen
FSC® C083411

Penguin Random House Verlagsgruppe FSC® N001967

2. Auflage
Originalausgabe 04/2022

Redaktion: Diana Mantel
Printed in Germany
Umschlaggestaltung: Uno Werbeagentur, München
unter Verwendung von HUBER IMAGES (Susanne Kremer),
FinePic®, München
Satz: Leingärtner, Nabburg
Druck und Bindung: CPI books GmbH, Leck
ISBN 978-3-453-42569-9

www.heyne.de

The ache for home is in all of us.
The safe place where we can go
as we are and not be questioned.

Maya Angelou,
All God's Children Need Traveling Shoes

Für Virginia,
in Erinnerung an New York

1

Die Hitze dieses Augusttages hängt schon am frühen Morgen wie eine Glocke über New York City, als ich durch den Central Park gehe. Die Hochhäuser, die Manhattans grüne Oase säumen, scheinen wie würdevolle Herrschaften hinabzublicken, auf all die Jogger, die Dog Walker und auf die New Yorker, die zur Arbeit eilen. So wie ich. Für diesen Spaziergang verlasse ich den Bus jeden Morgen schon am Columbus Circle, um durch den Central Park bis zur 5th Avenue zu laufen. So gut es mir inzwischen auch in Manhattan gefällt, ich brauche diese Mini-Auszeit mit Vogelgezwitscher und dem Duft nach frisch gemähtem Gras, sodass ich mich vorübergehend gar nicht mehr wie mitten in einer Millionen-Metropole fühle.

Doch das Grün lichtet sich viel zu bald, lässt die Hochhausschluchten vor mir auftauchen. Am Kaffeewagen kurz hinter dem Parkausgang hole ich mir meinen üblichen Cappuccino. Mit dem Pappbecher in der Hand beschleunige ich meinen Schritt, um mich dem normalen Tempo der zur Arbeit Eilenden um mich herum anzupassen. New Yorker gehen niemals langsam. Alles in dieser Stadt scheint unter Strom zu stehen, zu vibrieren, einen mitzureißen. Die Touristen, die hier und da viel zu langsam gehen, die Köpfe in den Nacken gelegt, um an den Hochhausfassaden emporschauen zu können, sie fallen auf in diesem Meer aus zügig eilenden Anzugträgern. Auch ich, in meinem dunkelblauen Kostüm, marschiere nun schnellen Schritts die 62. Straße hinauf. Da ich mich schuhtechnisch längst an die New Yorkerinnen angepasst habe, trage ich zum Business-Kostüm natürlich praktische Sneakers, die ich im Hotel gegen Pumps tauschen werde.

Der rote Baldachin vor dem Eingang des Sommerset Boutique Hotels schimmert mir bereits entgegen, und ich erkenne in der Ferne Lennox, einen unserer Bellboys, der gerade Koffer aus einer schwarzen Limousine wuchtet und auf den golden glänzenden Gepäckwagen lädt. Eiligen Schritts überhole ich ein kleines Grüppchen Touristen, offensichtlich eine Familie mit zwei Teenagern. Im Vorbeigehen schnappe ich ein paar französische Worte auf, und als ich den Vater flüchtig von der Seite betrachte, erinnert mich sein dunkles Haar, das ihm lässig in die Stirn fällt, einen wehmütigen Herzschlag lang an Olivier.

Dieser fremde Franzose lenkt mich ein paar Schritte lang so sehr ab, dass ich vergesse, rechtzeitig die Straßenseite zu wechseln. Noch bin ich damit beschäftigt, das Gesicht von Olivier zu verdrängen, das beharrlich in meiner Erinnerung auftauchen will, als ich plötzlich aus dem Augenwinkel eine Wiege mit weiß gerüschtem Betthimmel sehe. Entsetzt wende ich mich ab. Ein schwarzhaariger Franzose UND ein Babybett auf wenigen Metern, das ist zu viel am frühen Morgen. Es hat schon seinen Grund, warum ich sonst immer penibel darauf achte, vor dem Geschäft mit den entzückenden pastellfarbenen Strampelanzügen im Schaufenster rechtzeitig auf die andere Straßenseite zu wechseln!

Rasch vergewissere ich mich, dass kein gelbes Taxi angeschossen kommt, und überquere dann hastig die Straße. Schweiß rinnt meinen Rücken hinab, die Hitze hängt schon um diese frühe Uhrzeit drückend zwischen den Hochhausschluchten. Ich wünsche mich wirklich zurück in den Central Park!

Erst recht, als ich das Quietschen von Fahrradbremsen höre, gefolgt von einem aufgebrachten »Hey, sind Sie blind?«.

Erschrocken sehe ich auf, als dicht vor mir ein Fahrradfahrer mit einem Schlingern zum Stehen kommt und mich fassungslos anstarrt. Sprachlos starre ich zurück – in die hellgrauen Augen meines Chefs, die normalerweise immer ziemlich kühl wirken. In diesem Augenblick allerdings funkeln Duncan Sommersets Augen so aufgebracht, dass ich automatisch einen halben Schritt zurückweiche, bis mich das Hupen eines vorbeibrausenden Taxis schockstarr auf dem Fleck verharren lässt.

Ich möchte wirklich zurück in den Central Park.

»Ach, Sie sind das«, höre ich den Eisblock jetzt grollen. Ja, Eisblock. So nennen meine Kollegin Bridget und ich ihn heimlich, denn dieser Mann verströmt tatsächlich so viel Wärme wie die Arktis. Seine grauen Augen sind schmaler geworden, während er mich von oben bis unten mustert, was mich innerlich um mindestens einen Zentimeter schrumpfen lässt. Ich hatte schon jede Menge schwierige Vorgesetzte, immerhin habe ich bereits in Hotels in vier Ländern gearbeitet. Eigentlich dachte ich, dass mich niemand mehr so leicht aus der Fassung bringen kann.

Aber da kannte ich Duncan Sommerset noch nicht. Es reicht nicht, dass er die Kühle eines Eisschranks ausstrahlt, nein, noch dazu muss er leider verdammt gut aussehen. Auch jetzt, als er dicht vor mir steht, mit einem Fuß auf der Bordsteinkante, halb auf dem Sattel seines Mountainbikes, wirkt er so sexy, wie ein Chef einfach nicht wirken sollte. Besonders ein Chef, der verheiratet ist – und zwar zu allem Überfluss mit der

Tochter des Gründers und CEOs der Sommerset-Boutique-Hotel-Gruppe. Da kann sein Haar noch so pechschwarz in der Morgensonne schimmern (wenn auch leider zurückgegelt, wie immer, da er sonst vermutlich Locken hätte, die er wohl zu unterdrücken versucht – das zumindest sagt mir die vorwitzige Strähne, die sich im Fahrtwind aus der strengen Gelfrisur gelöst hat und sich frech in die Höhe kringelt). Und sein maßgeschneiderter Anzug kann noch so verdammt gut sitzen, der oberste Hemdknopf offen sein, weil er die Krawatte erst im Büro anlegt …

»Hallo, Ms. Lorenz?« Als er meinen Namen sagt, zucke ich erschrocken zusammen. Obwohl ich seit knapp sechs Monaten an der Rezeption des Hotels, dessen General Manager er ist, arbeite, hat er mich bisher nicht ein einziges Mal mit meinem Namen angesprochen. Oder überhaupt angesprochen.

Mir wird klar, dass ich ihn einfach nur stumm angestarrt habe, zu keiner Reaktion fähig. Ganz schön bescheuert für eine Vierunddreißigjährige, ich weiß. Bescheuert – und absolut unprofessionell, für seinen Chef zu schwärmen! Gerade ich, die ich in meinem ganzen bisherigen Berufsleben immer hundertprozentig professionell war!

»Ms. Lorenz?« Ich könnte schwören, dass der Eisblock eine winzige Spur besorgt klingt. Rasch rücke ich von ihm und seinem Mountainbike ab und mache einen Schritt auf die Sicherheit des Bordsteins zu, um nicht doch noch von einem Taxi überfahren zu werden.

»Entschuldigen Sie bitte, ich habe Sie nicht kommen sehen!«, stoße ich eilig hervor, ohne ihn noch einmal anzuschauen.

»Wenn Sie weiterhin so blind durch Manhattan laufen, werden Sie wirklich noch überfahren!«, höre ich den Eisblock hinter mir fast ungläubig sagen, während ich mich mit einem letzten schnellen »Tut mir leid!« abwende und auf das Hotel zueile.

Ich merke, wie er mich auf seinem Rad überholt und könnte schwören, dass er mich von der Seite betrachtet, aber ich halte meinen Blick konzentriert auf Lennox in seiner roten Uniform gerichtet. Als Duncan Sommerset kurz vor meinem Kollegen nach rechts schwenkt und in die Einfahrt des Hotels biegt, um wenige Meter weiter in die Tiefgarage hinabzurollen, nickt Lennox ihm höflich zu und tippt sich an die rote Kappe seiner Bellboy-Uniform. Doch sobald der Chef außer Sichtweite ist, grinst er mir breit entgegen und fragt mit einem amüsierten Lachen: »Hattest du etwa gerade eine Kollision mit einem Eisberg?«

»Hör bloß auf«, stöhne ich und reibe mir über die Stirn, als könnte ich die unangenehme Erinnerung wegwischen. »So was Peinliches!«

»Ach, komm, es ist doch gar nichts passiert«, meint Lennox und knufft mich freundschaftlich gegen meinen Oberarm. Er ist fast zwei Meter groß, und wenn er lacht, entblößt er die weißesten Zähne, die ich je gesehen habe. Eigentlich wollte Lennox Profi-Basketballer werden, aber den Traum musste er nach einer Knieverletzung an den Nagel hängen, und nun ist er hier. Und er macht seinen Job fantastisch. Lennox ist, außer Bridget, mein Lieblingskollege im Hotel. Jetzt funkeln mich seine dunklen Augen vergnügt an, und er raunt mir zu: »Du findest ihn doch bestimmt heiß, oder nicht?«

»Wen?«, frage ich erschrocken, und Lennox lacht schallend auf.

»Ach komm, tu nicht so unschuldig. Alle weiblichen Angestellten finden ihn heiß!«

»Und woher weißt du das?«

»Weil sie sich alle mir anvertrauen«, meint er mit einem schelmischen Lächeln und zwinkert mir zu.

»Ja, klar«, erwidere ich und grinse amüsiert, bevor ich an der Seite des Hotels entlangeile, zum Mitarbeitereingang.

Ich habe die Umkleidekabine der Frauen, wo ich meine Tasche in den Spind gestellt und meine Sneakers gegen Pumps getauscht habe, gerade verlassen, als Bridget mit großen Augen auf mich zukommt. Ihre runden Wangen sind rosig gefärbt, sie fächelt sich vor Aufregung mit einer Hand Luft zu.

»Guten Morgen! Was ist denn mit dir los?«, frage ich erstaunt.

»Greta! Du sollst zum Chef kommen!«, haucht sie.

Entgeistert starre ich sie an. Warum um alles in der Welt will mich der Eisblock denn plötzlich sprechen? Hat er festgestellt, dass er sich bei unserem Beinahe-Zusammenstoß verletzt hat und will mir mitteilen, dass er mich nach guter amerikanischer Art auf Schadensersatz verklagt? Werde ich gefeuert, weil ich ihn fast vom Mountainbike geholt hätte? Oder … habe ich bei der Arbeit etwa irgendeinen Fehler gemacht? Aber ich kann mich an keinen bedeutungsschweren Fehler erinnern, der mir passiert wäre, seit ich vor sechs Monaten hier angefangen habe! Okay, in meiner dritten oder vierten Woche habe ich einem Gast eine falsche Auskunft gegeben, weil ich die Richtungen verwechselt habe, als ich ihm den Weg zum Kaufhaus Bergdorf Goodman erklären wollte, aber der ältere japanische Tourist hat es mit Humor genommen. Er war mir sogar regelrecht dankbar, als er von seiner Odyssee zurückkam, weil er dadurch zwischen Park Avenue und Lexington Avenue einen fantastischen französischen Bäcker entdeckt hätte, meinte er. Das war aber auch der einzige größere Fauxpas, an den ich mich erinnern kann. Ich mache selten Fehler, dafür bin ich viel zu perfektionistisch. Wenn ich etwas nicht kann oder verstehe, dann vertiefe ich mich solange darin, bis ich es beherrsche. So war es schon in meiner Kindheit, als ich es beim Ballett zu Beginn nicht geschafft habe, bei den Stretch-Übungen an der Stange mit der Nase mein Knie zu berühren, wie die anderen Ballerinas. Ich habe geübt und geübt, bis ich es geschafft habe.

So bin ich auch heute noch, mit vierunddreißig Jahren. Zwar mache ich schon lange kein Ballett mehr, bin aber nach wie vor relativ gelenkig. Und weil ich, wie gesagt, außerdem perfektionistisch bin und mir selbst Fehler nur schwer verzeihe, kann ich ausschließen, dass der Eisblock mich wegen eines groben Schnitzers sehen will. Aber was könnte es sonst sein? Ich bin immer freundlich zu den Gästen, bin immer wie aus dem Ei gepellt, wie es sich gehört, wenn man am Empfang arbeitet, komme nie zu spät.

»Ähm … Hat er gesagt, was er will?«

Bridget schüttelt den Kopf. »Er kam eben an der Rezeption vorbei und hat mich ignoriert, wie immer, aber dann hat er von seinem Büro aus plötzlich am Empfang angerufen. Er meinte nur, ich solle dir sagen, dass du gleich in sein Büro kommen sollst.«

Ich schlucke. Was auch immer der Eisblock mir zu sagen hat, ich bin mir ziemlich sicher, dass es nichts Gutes sein kann.

2

Meine Knie sind unangenehm weich, als ich vor dem Büro von Duncan Sommerset stehen bleibe. Sehnsüchtig werfe ich einen kurzen Blick über die Balustrade, die von der offenen Galerie im ersten Stock den Blick in die Lobby hinunter zulässt. Als ob sie gemerkt hätte, dass ich mich zu ihr an die Rezeption wünsche, sieht Bridget hinauf und lächelt mir aufmunternd zu, bevor sie sich wieder dem älteren Ehepaar zuwendet, das gerade auscheckt. Ich kann mich gut an die beiden erinnern, denn als sie vor drei Tagen bei mir eingecheckt haben, hat es keine viertel Stunde gedauert, bis sie wieder vor mir standen und sich darüber beschwert haben, dass der Wasserdruck in der Dusche zu schwach und die Klimaanlage zu zugig und der Verkehrslärm draußen zu laut sei. »Welcome to Manhattan«, hätte ich am liebsten gesagt, es aber natürlich nicht getan, denn in der Hotellerie bekommt man von der ersten Ausbildungsstunde an eingetrichtert, dass der Kunde IMMER der König ist, ganz egal wie kompliziert. Und jeder noch so komplizierte Gast wäre mir jetzt tausend Mal lieber als Duncan Sommerset.

Ich starre auf das dunkle Holz der Tür und atme tief durch. Dann straffe ich meine Schultern, klopfe an und betrete sein Vorzimmer, wo Eloise, seine Assistentin, mich über ihre schwarze Lesebrille hinweg streng ansieht. Eloises kastanienbraunes Haar ist heute zu einer kunstvollen Hochsteckfrisur aufgetürmt, und ihre Lippen leuchten korallenrot.

»Ah, Greta«, sagt sie in ihrer üblichen genervten Art. Ohne mich eines weiteren Blickes zu würdigen wendet sie sich wieder ihrem Computerbildschirm zu. »Geh durch, er erwartet dich.«

»Danke«, murmele ich.

Fast hatte ich gehofft, dass Eloise mich abwimmeln, mir erklären würde, dass ihr Chef nun doch keine Zeit habe und ich ein anderes Mal wiederkommen solle. Oder noch besser: Dass es sich um ein Missverständnis handelt und Duncan Sommerset mich gar nicht sprechen will. Aber Eloise sagt nichts weiter, sondern haut in die Tastatur, ohne mich weiter zu beachten.

Langsam trete ich an die halb offen stehende Tür zum Büro des General Managers heran und sehe Duncan Sommerset an seinem Schreibtisch sitzen. Der Eisblock scheint in ein paar Unterlagen und Fotos vor sich auf der Schreibtischoberfläche vertieft zu sein. Er hat einen Ellbogen aufgestützt und massiert sich mit seinen Fingern die Stirn, als habe er Kopfschmerzen oder denke angestrengt nach. Oder es ist einfach eine Angewohnheit von ihm, wer weiß. Ich kenne den Mann schließlich überhaupt nicht. Immer, wenn Duncan Sommerset in den letzten sechs Monaten etwas von uns an der Rezeption brauchte – eine Gästeliste, eine Keycard, eine Auskunft –, hat er sich an eine meiner Kolleginnen gewandt, die schon länger im Hotel arbeiten. Oder direkt an unsere Empfangschefin. So nah wie eben, bei unserem Beinahe-Zusammenstoß, bin ich ihm noch nie gekommen. Und in seinem Büro war ich auch noch nie. Mein Vorstellungsgespräch vor acht Monaten hat über Skype stattgefunden, weil ich damals noch am anderen Ende der

Welt gewohnt habe – bei meinen Eltern auf Bali. Und das Interview war ohnehin nicht mit dem Eisblock selbst, sondern mit der Personalchefin und mit Ashley Bolton, der Empfangschefin, deren Vertreterin ich jetzt bin. Den Eisblock habe ich zum ersten Mal gesehen, als ich an meinem ersten Arbeitstag gerade ein paar Buchungsunterlagen zusammentackern wollte und mir prompt die Tackernadel in den Zeigefinger gejagt habe, weil Duncan Sommerset in dem Moment an der Rezeption vorbeigegangen ist und mich der intensive Blick aus seinen kühlen Augen fast umgehauen hat.

Doch wenn sie nur kühl gewesen wären, diese Augen, dann hätte ich ihn vermutlich als arrogant und unnahbar abgetan und mich nicht weiter für diesen Mann interessiert. Aber – da war noch mehr. In dem kurzen Moment, als er mich an jenem Morgen angesehen hat und meine Welt flüchtig stehen geblieben ist, da habe ich in Duncan Sommersets Blick eine unbestimmte Verlorenheit erkannt, die mich nicht mehr losgelassen hat.

Und dieser Blick kam mir sehr bekannt vor – ich sehe ihn, wann immer ich in den Spiegel schaue.

Bridget ist mir damals rasch mit Wundspray und einem Pflaster zur Hilfe gekommen und hat mir nach Feierabend bei einer Pizza anvertraut, dass sie regelmäßig unpassende Fantasien hatte, die den Eisblock betrafen – und das, obwohl sie in einer festen Beziehung ist. Seit diesem Tag sind wir befreundet und werfen uns immer wissende Blicke zu, wenn Duncan Sommerset durch die Lobby rauscht wie ein kühler Nordwind.

Neugierig lasse ich meinen Blick jetzt über den graublauen Teppichboden und die Wände mit den großen, in Silber gerahmten Fotografien von schwarz-weißen Küstenaufnahmen wandern. Auf einem Sideboard steht, unübersehbar, ein Bild von Duncan Sommersets Frau Catherine. Trotz ihres strahlenden

Lächelns wirkt sie auch auf dieser Aufnahme merkwürdig unterkühlt. Bildschön, aber unnahbar, so wie alle Angestellten des Sommerset Hotels die Eisprinzessin kennen.

»Warum stehst du denn immer noch da wie festgefroren?« Eloises ungeduldige Stimme fährt mir von hinten regelrecht in den Nacken und lässt mich schuldbewusst zusammenzucken. Noch ehe ich etwas sagen kann, hebt Duncan Sommerset den Kopf und sieht mich fragend an. Wie immer geht mir der intensive Blick aus seinen hellgrauen Augen durch und durch. Er sagt nichts, sondern mustert mich nur schweigend, und die Intensität seines Starrens lässt mich unruhig am Kragen meiner Uniformjacke nesteln. Endlich stoße ich hervor: »Ähm, Sie wollten mich sprechen, Mr. Sommerset?«

Augenblicklich ärgere ich mich darüber, dass ich so klinge wie eine Schülerin, die zum Schulleiter zitiert worden ist. Aber genauso fühle ich mich leider auch, und die gefurchte Stirn des Eisblocks macht dieses Gefühl kein bisschen besser. Verdammt, Greta, reiß dich zusammen! Ich atme tief durch und recke mein Kinn ein wenig, um zu demonstrieren, dass dies nicht mein erstes Gespräch mit einem schwierigen Vorgesetzten ist und mich das Ganze völlig kalt lässt. Hoffentlich nimmt er mir das ab.

Duncan Sommerset mustert mich noch immer, als wüsste er überhaupt nicht, wer ich bin und was ich hier will. Ich bin kurz davor, ihm mit einem »Ich bin Greta Lorenz von der Rezeption« auf die Sprünge zu helfen, als er endlich sagt: »Ja, kommen Sie rein.«

Zögernd gehe ich auf seinen Schreibtisch zu und lasse mich in einen der zwei grauen Besuchersessel sinken. Als der Eisblock die Fotografien auf seinem Schreibtisch zusammenschiebt, betrachte ich die Bilder flüchtig. Das, was ich für Sekundenbruchteile zu sehen bekomme, gefällt mir spontan, ohne dass ich überhaupt weiß, wo diese Landschaft aufgenommen worden ist. Könnte Skandinavien sein, überlege ich, als ich das Foto betrachte, das mein Chef nun ganz oben auf den Stapel schiebt: Nadelwald und raue Felsenküste, ein paar farbenfrohe Häuser. Schön, denke ich, bevor sich eine Hand mit Ehering auf die oberste Aufnahme legt. Ertappt schnellt mein Blick nach oben und begegnet dem ernsten Starren aus den hellgrauen Augen des Eisblocks.

»Sie sprechen Deutsch?«

Seine Frage – natürlich auf Englisch – überrascht mich dermaßen, dass ich meinen Chef zwei Sekunden lang sprachlos ansehe, bevor ich nicke. »Ähm … ja. Ich … ich bin Deutsche.«

»Gut.« Mit einer schnellen Handbewegung schiebt er die Aufnahmen in einen Umschlag. Verstohlen starre ich auf die Schrift, die ich auf dem weißen Papier erkenne: Whale Island.

»Gut?«, frage ich ratlos und sehe ihn wieder an, aber mein Chef hat sich abgewandt und starrt konzentriert auf seinen Laptopbildschirm. Bekommen wir womöglich eine deutsche Reisegruppe? Falls ja, muss sich das eben erst angekündigt haben, denn ich habe gerade gestern Abend die bisherigen Buchungen für die restliche Woche durchgesehen und …

»Sie müssen mit mir auf eine Geschäftsreise kommen«, sagt der Eisblock, und ich bin froh, dass ich sitze, denn meine Beine fühlen sich plötzlich merkwürdig weich an. Fassungslos starre ich ihn an, aber er würdigt mich keines Blickes, sondern tippt jetzt mit raschen Bewegungen auf seine Laptoptastatur ein. Er hat schmale, lange Finger, stelle ich fest, was jetzt überhaupt nicht von Bedeutung ist.

»Ähm … nach … Deutschland?«, hake ich nach.

»Nein.« Seine kurz angebundene Antwort ärgert mich plötzlich. Himmel noch mal, ich fühle mich zwar gerade wie eine

Schülerin, aber das gibt ihm noch lange kein Recht, mich auch so zu behandeln!

»Sondern?« Ups, die Frage kam jetzt vielleicht etwas zu spitz heraus. Der Eisblock lässt von seiner Tastatur ab und sieht wieder mich an. Erneut vergehen ein paar Sekunden, in denen er mich schweigend mustert. Fast kommt es mir so vor, als versuche er, mich einzuordnen. Oder er überlegt gerade, ob er nicht doch lieber jemand anderen mitnehmen will. Ja, das wäre sicher besser.

Hilfe, eine Geschäftsreise, mit dem Eisblock!

»Nach Kanada«, grollt mein Chef endlich hörbar schlecht gelaunt. »Es geht um ein potenzielles neues Hotel für die Somerset-Gruppe. Mehr müssen Sie momentan nicht wissen. Die nötigen Infos zur Reise folgen noch. Eloise wird sie Ihnen mailen. Sie können jetzt gehen.«

»Ähm ... aber ...« Ich räuspere mich und straffe meine Schultern, als ich irritiert nachhake: »Es wäre hilfreich, wenigstens zu wissen, wann die Reise losgeht. Ich habe durchaus ein Privatleben, Mr. Sommerset.«

Und ich habe in ein paar Tagen Geburtstag, füge ich im Stillen hinzu. Nicht dass das so wichtig wäre, oder dass mich irgendjemand feiern würde. Obwohl – doch, Bridget würde mir bestimmt einen Kuchen mitbringen, so wie ich es bei ihrem Geburtstag im April gemacht habe. Bridget verspricht tatsächlich, die beste Freundin zu werden, die ich seit Stella Minetti während unserer gemeinsamen Ausbildungszeit in München hatte. Aber trotz Bridgets eventuellem Kuchen ahne ich schon, dass ich an meinem Geburtstag ziemlich allein sein werde, denn nach Feierabend fährt Bridget nach New Jersey, wo sie mit ihrem Freund zusammenwohnt. Ich wäre an meinem Geburtstag also vermutlich genauso einsam wie an allen anderen Tagen.

Der Eisblock wollte sich gerade wieder seinem Laptop zuwenden, aber mitten in der Bewegung hält er inne und starrt mich erneut an. Es ist eindeutig, dass er nicht mit so einer Reaktion gerechnet hat. Etwas flackert im hellen Grau seiner Augen auf, und ganz kurz glaube ich, dass es Belustigung ist, aber dann fürchte ich sofort, dass er vielmehr verärgert ist. Dieser Mann ist wirklich ein wandelndes Rätsel, und flüchtig denke ich, wie spannend eine Geschäftsreise mit ihm sein könnte – vielleicht würde ich dann endlich mehr über diesen geheimnisvollen Kerl erfahren?

»So«, sagt er langsam. »Haben Sie das.«

»Bitte?« Verdammt, ich habe den Faden verloren.

»Ein Privatleben.«

Ich befeuchte meine Lippen und bin sehr froh, dass er nicht wissen kann, dass ich allein in meiner schuhkartongroßen Wohnung an der Upper West Side hause und nicht einmal eine Katze habe, die ich irgendwo unterbringen müsste, bevor ich verreise. Oder Topfpflanzen. Bisher besitze ich nur eine Kaktee, und die überlebt locker bis zu zwei Wochen ohne mich. Aber diese Geschäftsreise wird doch bestimmt keine vierzehn Tage dauern, oder? Oh Gott, vierzehn Tage mit dem Eisblock!

»Ja«, bestätige ich, und meine Finger verkrampfen sich um den kühlen Satin der Armlehnen. »Also, es ist zwar nicht so, dass zu Hause jemand auf mich wartet – ähm, keine Katze oder so, die ich versorgen müsste – nur ein Kaktus …«

Himmel, Greta, warum um alles in der Welt erzählst du ihm das? Der Eisblock starrt mich an, als würde er sich gerade genau dasselbe fragen. Für den Bruchteil einer Sekunde glaube ich, dass es um seine Mundwinkel amüsiert zuckt. Rasch recke ich mein Kinn ein wenig höher und presse meine Lippen entschlossen aufeinander, um nicht noch mehr Blödsinn von mir zu geben.

»Gut, jetzt, da ich weiß, dass Sie keine Katze versorgen müssen: Ich würde gern übermorgen losfliegen, wenn es Ihnen recht ist, Ms. Lorenz«, sagt der Eisblock jetzt, und der betont freundliche Klang seiner Stimme macht die Ironie seiner Worte überdeutlich. Denn was würde schon passieren, wenn es mir nicht recht wäre? Als ob er dann seine Reisepläne verschieben würde!

»Hmm, übermorgen … ja, das passt.« Innerlich stöhne ich auf. Habe ich das gerade wirklich laut gesagt? »Wie lange werden wir weg sein?«

»Das ist noch nicht sicher. Höchstens ein paar Tage. So lange dürfte der Kaktus ohne Sie überleben. Also, dann bis übermorgen.«

Und damit bin ich entlassen. Ich bin versucht, noch nachzuhaken, warum er wissen wollte, ob ich Deutsch spreche, wohin in Kanada wir genau wollen und warum zum Teufel ich, seine stellvertretende Empfangschefin, überhaupt mit auf diese Geschäftsreise kommen soll. Doch der Eisblock greift jetzt nach seinem Smartphone und beginnt, darauf herumzutippen, ohne mich noch einmal anzusehen, und macht somit sehr deutlich, dass das Gespräch für ihn beendet ist. Also stehe ich auf und verlasse rasch das Büro, wobei ich mir sicher bin, seinen durchdringenden Blick in meinem Rücken zu spüren, durch den festen Stoff meiner Uniformjacke, durch die dünne Baumwolle meiner Bluse, bis auf meine nackte Haut.

»O mein Gott!« Fast fürchte ich, dass Bridget gleich in Ohnmacht fällt. Mit einer Hand fächelt sie sich hektisch Luft zu, während sie mich aus weit aufgerissenen Augen anstarrt. »Du gehst mit dem Eisblock auf Geschäftsreise?«

»Hmpf«, mache ich leise, weil ich es selbst immer noch nicht fassen kann. Hat das surreale Gespräch eben in seinem Büro wirklich stattgefunden? Und habe ich tatsächlich eingewilligt, mit Duncan Sommerset nach Kanada zu reisen? Bin ich denn völlig irre? Ich hätte ganz einfach Nein sagen sollen! Hätte mir eine Ausrede einfallen lassen sollen, irgendeine wichtige Einladung, einen Arzttermin, auf den ich Monate warten musste, irgendetwas!

»O mein Gott!«, wiederholt Bridget und quietscht leise vor sich hin.

»Reiß dich zusammen«, zische ich unterdrückt, weil sich in diesem Moment eine vierköpfige Familie der Rezeption nähert, um auszuchecken. »Ahh, Mrs. und Mr. Morgan, Sie müssen uns heute schon verlassen, nicht wahr? Hoffentlich war alles zu Ihrer Zufriedenheit?«

Ich bin froh darüber, dass mir die Arbeit hilft, mich von lästigen Gedanken rund um den Eisblock und die ominöse Reise nach Kanada abzulenken. Professionell wie immer kümmere ich mich um unsere Gäste, drucke die Rechnung aus, lasse Mr. Morgan einmal darüberschauen, bevor ich seine Kreditkarte mit der Summe belaste. Dann plaudere ich noch ein wenig mit ihm und seiner Frau, lasse mir ihre Urlaubshighlights erzählen und frage auch die Kinder nach ihren schönsten Erlebnissen. Als Lennox mir signalisiert, dass der Wagen, der die Morgans zum Flughafen bringen wird, vorgefahren ist, verabschiede ich mich freundlich und winke der kleinen Tochter noch hinterher, als alle vier beschwingt die Lobby verlassen.

»Du musst deine schönste Unterwäsche einpacken!« Bridgets Flüstern bringt mich zurück in die verwirrende Realität.

»Wie bitte?« Ich weiß nicht, ob ich entsetzt oder amüsiert sein soll. Fragend starre ich sie an. »Das ist nicht dein Ernst, oder?«

»Natürlich ist es das! Am besten gehen wir heute noch schnell einkaufen. Zu Victoria's Secret, die haben doch gerade SALE!«

»Bridget!« Rasch vergewissere ich mich, dass niemand in Hörweite ist, dann sage ich leise, aber bestimmt: »Er nimmt mich mit auf eine Geschäftsreise. Nicht mehr, und nicht weniger. Das hat nichts, aber auch gar nichts mit schöner Unterwäsche zu tun!«

»Das werden wir ja noch sehen.« Bridget besitzt die Unverschämtheit, mich anzüglich anzugrinsen. Mit einem genervten Augenrollen gebe ich ihr einen kleinen Knuff gegen den Oberarm und wende mich dann dem PC zu.

»Ich habe übrigens die Eisprinzessin auffällig lang nicht mehr durch die Lobby stolzieren sehen«, flüstert mir Bridget noch rasch zu, als sich schon die nächsten Gäste nähern. »Meinst du, es gibt sie überhaupt noch im Leben vom heißesten Eisblock der Welt?«

»Natürlich gibt es sie noch«, knurre ich, während ich gleichzeitig mein Lächeln anknipse und den Gästen erwartungsvoll entgegensehe. »In seinem Büro thront ein riesiges Bild von ihr!«

Allerdings frage auch ich mich im Stillen, warum wir Catherine Sommerset so lange nicht gesehen haben, während ich mich um das Check-out der nächsten Gäste kümmere.

3

Ratlos stehe ich am Abend des nächsten Tages vor meinem aufgeklappten Koffer und starre die sauber gefalteten Klamotten an, die sich auf meinem Bett stapeln. Es ist mir wirklich unangenehm, wie lange ich brauche, um mich zu entscheiden, was ich auf diese ominöse Geschäftsreise mitnehmen soll. Eloise hat mir noch gestern, nur wenige Stunden nach meinem kurzen Gespräch mit dem Eisblock, die Reisedetails geschickt. Somit bin ich zwar immer noch ziemlich ahnungslos, warum ausgerechnet ich auf diesen Businesstrip mitkommen soll, aber immerhin weiß ich jetzt, dass es für meinen Chef und mich im Privatflieger der Sommerset Hotelgruppe in den Norden der kanadischen Atlantikprovinz Nova Scotia gehen wird, die von New York aus in der kleinen Cessna in circa zweieinhalb Flugstunden zu erreichen ist. Zwar hatte ich schon von der Provinz mit dem unaussprechlichen Namen gehört, aber ich war noch nie dort und musste erst einmal googeln, um zu wissen, wie warm es im Sommer dort sein wird. Durchaus warm, weiß ich nun. Zwar nicht tropisch-heiß wie zeitweise in Manhattan, aber das Thermometer kann sogar in Atlantik-Kanada auf über dreißig Grad steigen. Allerdings regnet es auch häufig in Nova Scotia, und es ist oft nebelig und die

Nächte werden kühl, weshalb ich klamottentechnisch unsicher bin, was ich denn nun einpacken muss. Außerdem weiß ich ja gar nicht, was für Termine auf unserer Agenda stehen. Leider hat Eloise sich nicht dazu äußern können (oder wollen), als ich zaghaft nachgehakt habe. Mein Kenntnisstand beschränkt sich darauf, dass ich morgen früh um neun von einer Limousine abgeholt und zum Flughafen gebracht werde. Zum General Aviation Terminal des JFK Airport, um genau zu sein. Das ist der Teil, wo die Privatmaschinen abheben. Mir wird ein wenig schlecht vor Aufregung – vor allem, als ich mich an Bridgets aufgeregtes Quieken erinnere, nachdem ich ihr den Teil mit der Privatmaschine erzählt habe: »OH! MEIN! GOTT! Das wird ja immer besser! Greta, das ist ja …« An dieser Stelle musste sie sich mit einem unserer Hotelprospekte Luft zufächeln, »… das ist ja wie bei *Fifty Shades of Grey*!«

Ich musste mühsam versuchen, ein Lachen zu unterdrücken, weil gerade ein älterer Herr auf die Rezeption zukam. »Ist es nicht!«, habe ich entschieden gewispert. »Erstens fliegt der Eisblock das Flugzeug mit Sicherheit nicht selbst, sondern lässt fliegen. Und zweitens … war das bei *Fifty Shades of Grey* nicht ein Hubschrauber?«

»Ist doch völlig egal! Du und der Eisblock, allein in luftiger Höhe, auf dem Weg nach Kanada …«

»Allein mit dem Piloten, hoffe ich doch«, habe ich geknurrt und dann dem Gast entgegengestrahlt, der inzwischen bei uns angekommen war. »Herzlich willkommen im Sommerset Hotel! Haben Sie eine Reservierung?«

»Ganz egal, Greta, mein Bauchgefühl sagt mir, dass sich da was anbahnt, was E. L. James in Verzückung versetzen würde!«

Irritiert sah ich Bridget an, während der ältere Herr seinen Reisepass über den Tresen schob.

»Ich hoffe doch sehr, dass ich zurück nach New York kommen

werde, ohne ausgepeitscht worden zu sein!«, flüsterte ich ihr noch zu, was meine Kollegin leise prusten ließ.

Damit war das Thema für mich erledigt.

Bis jetzt, als ich vor meinem Koffer stehe und zum hundertsten Mal überlege, welche Blusen ich einpacken soll, ob ich Röcke oder Hosen mitnehme, was für Schuhe ich in Kanada brauche. Und, ja, ich zerbreche mir wirklich den Kopf darüber, was für Unterwäsche ich mitnehmen soll, Bridget sei Dank.

Du bist bescheuert, Greta Lorenz, sage ich schließlich im Stillen zu mir selbst und werfe resolut einige meiner unschuldig geblümten Wäschesets in den Koffer, in dem bereits mein Ein und Alles liegt, das immer als Erstes eingepackt wird: mein Tagebuch. Ohne dieses Notizbüchlein, in dem ich diszipliniert jeden Abend die wichtigsten Gedanken zum vergangenen Tag festhalte, reise ich nirgendwo hin. In meiner viel zu kleinen Wohnung gibt es eine viel zu große Kiste, in der sich all die Tagebücher der letzten vierundzwanzig Jahre stapeln – angefangen bei meinem allerersten Tagebuch, einem pinken Büchlein mit Vorhängeschloss, das ich zu meinem zehnten Geburtstag bekommen habe.

Beim Blick auf mein aktuelles Tagebuch, das zwischen der Unterwäsche aus dem Koffer hervorlugt, frage ich mich beklommen, was ich in den nächsten Tagen wohl aufschreiben werde.

Später an diesem Abend liege ich schlaflos im Bett, hellwach vor lauter Nervosität. Ruhelos hole ich mir schließlich ein Glas Wasser und öffne die Tür zu meinem winzigen Balkon. Für Manhattan befinde ich mich in sehr bescheidener Höhe, nämlich nur im 10. Stock, aber das reicht, um einen fantastischen Ausblick zu haben, in den ich mich vom ersten Tag an verliebt habe – beziehungsweise von der ersten Nacht an, denn im Dunkeln ist dieser Blick einfach phänomenal: Um mich herum glitzern und funkeln die Lichter Hunderter Hochhäuser. Die Nachtluft ist nach wie vor viel zu warm, es riecht nach Abgasen und vollen Mülleimern, deren Klappern mich morgen in aller Frühe aus dem Schlaf reißen wird, wenn die Müllabfuhr kommt. Wobei ich gerade wirklich bezweifele, dass ich heute Nacht überhaupt Schlaf finden werde, so nervös wie ich bin. Ich nippe an meinem Wasser und lasse meinen Blick in Richtung des Central Parks wandern, den ich zwar nicht sehen kann, von dem ich aber weiß, dass er nur wenige Blocks entfernt zu meiner Linken liegt. Auf der anderen Seite des Central Parks, an der noblen Upper East Side, liegt jetzt der Eisblock vermutlich neben der Eisprinzessin im Bett, in dem schicken Apartment, das Richard Sommerset seiner Tochter angeblich mal zum Geburtstag geschenkt hat. Ratlos frage ich mich erneut, was das Ganze mit Kanada soll. Und warum mein Herz so unangebracht nervös vor sich hin wummert, wenn ich auch nur an die kühlen hellgrauen Augen meines Chefs denke.

Benommen schlucke ich und wende mich von den Hochhäusern ab, die meinen Blick gen Central Park versperren. Stattdessen betrachte ich noch ein wenig das Glitzern der Großstadtlichter in Midtown Manhattan, rings um das majestätisch aufragende Empire State Building, das mir in einsamen Nächten wie dieser wie ein stummer Freund erscheint, der zu mir herübersieht. Ich muss an die anderen Ausblicke denken, die ich im Laufe meines Lebens schon hatte: An die Skylines von Hongkong und Dubai, Tokyo und Singapur. Der beleuchtete Eiffelturm. Die grünen Lichter der Tintenfisch-Boote auf dem nächtlichen Meer vor Phuket. Die Lichterketten am Strand von Bali. Stationen meines Lebens, das mich schon durch so viele Hotels geführt hat. Überall zu Hause. Und nirgendwo. Die Einsamkeit nagt leicht an meinem Herzen, wie sie es so oft tut, seit ich wieder allein wohne. Eigentlich erstaunlich, wie einsam man sich inmitten dieses Meers aus Hochhäusern fühlen kann, überlege ich. Überall um mich herum sind Menschen, so viele Menschen. Acht Millionen New Yorker. Mein Blick wandert zu einer hell erleuchteten Wohnung im Brownstone-Building nebenan, in die ich öfter von meinem Balkon aus schaue. Ein Pärchen sitzt auf einer Couch, er hat einen Arm um ihre Schulter gelegt, auf dem Flachbildschirm ist George Clooney zu sehen. Mein Blick wandert zum dicken Bauch der Frau. Ich habe schon vor einigen Wochen bemerkt, dass meine Nachbarin, deren Namen ich nicht kenne, aber von der ich weiß, dass sie eine Schwäche für *Grey's Anatomy* und Take-Away-Essen vom Chinesen an der Ecke hat, ein Baby bekommt. Ja, bald werden meine Nachbarn zu dritt auf ihrem Sofa sein, fährt es mir durch den Kopf. Und ich weiterhin allein auf meinem.

Rasch wende ich mich ab und kehre in die wohltuende Kühle meiner klimatisierten Wohnung zurück. Warum ich dann, auf dem Weg zu meinem Bett, im Vorbeigehen mein schwarzes Spitzen-Wäscheset aus der obersten Kommodenschublade angele und in den nach wie vor aufgeklappten Koffer werfe – darüber will ich lieber nicht näher nachdenken.

Als ich am nächsten Morgen vor meinem Wohnhaus stehe und auf die schwarze Limousine warte, nestele ich unruhig am Kragen meines Businesskostüms herum, schiebe die Haarnadeln tiefer in meinen üblichen strengen Nackenknoten und vergewissere mich zum x-ten Mal, dass mein Pass in meiner Handtasche steckt. Man sollte ja meinen, dass jemand, der schon so viele tausend Flugmeilen hinter sich gebracht hat wie ich, inzwischen abgebrüht jeder Reise entgegensieht. Aber bei mir ist das nicht der Fall – ich bin auf Flugreisen jedes Mal wieder nervös, vor allem, seit es mir einmal passiert ist, dass sich das Datenblatt beim Check-in am Flughafen aus meinem Pass gelöst hat und mir gesagt wurde, dass ich so, mit beschädigtem

Pass, nicht reisen könne. Das war vor zwei Jahren in Hongkong, als Olivier und ich für ein langes Wochenende nach Bangkok fliegen wollten. Er ist dann ohne mich geflogen, immerhin war es sein bester Freund, den wir dort besuchen wollten. Trotzdem habe ich mich im Stich gelassen gefühlt, bin allein in unsere Wohnung zurückgekehrt und habe eine Runde geheult, bevor ich beim deutschen Generalkonsulat einen neuen Pass beantragt habe. Den habe ich natürlich erst bekommen, als Olivier längst zurück in Hongkong war.

Vielleicht war das damals der Anfang vom Ende meiner Ehe, überlege ich jetzt, als ich aus dem angenehm kühlen Schatten meines Wohnhauses hervor den vorbeikriechenden Verkehr der Rush Hour beobachte und nach der Sommerset-Limousine Ausschau halte. Vielleicht habe ich Olivier nie wirklich verzeihen können, dass er einfach so ohne mich geflogen ist, unter dem Vorwand, dass sein Freund sich schon so gefreut hatte. Vielleicht haben ihn meine stummen Vorwürfe nach seiner Rückkehr mehr genervt, als er mir je gesagt hat.

Aber vielleicht hatte all das auch gar nichts mit dem Scheitern unserer Liebe zu tun, schließlich ist am Ende so viel mehr passiert als lediglich ein vermasseltes Wochenende in Bangkok. Ich starre in den blauen Himmel hinauf, zu den Schäfchenwölkchen, die ich zwischen den Hochhäusern erkenne, und überlege wie so oft, ob sie dort oben sitzen und auf mich hinuntersehen.

Die Limousine taucht so plötzlich vor mir auf, dass ich erschrocken zusammenzucke. Kaum hat sie auf meiner Höhe am Bordstein gehalten, als schon Eddy, der Fahrer von Richard Sommerset, herausspringt. Er tippt sich höflich an die schwarz glänzende Mütze seiner Uniform und ruft in seinem breiten Queens-Akzent: »Guten Morgen, Greta!«

»Guten Morgen, Eddy.«

Ich lächele ihn so unbeschwert wie möglich an, während ich mir verstohlen eine Träne aus dem Augenwinkel wische. Dass mir das immer noch passiert, ärgert mich ein wenig. Eddy nimmt mir meinen Koffer ab und öffnet schwungvoll die hintere Wagentür.

Mit einem Dank steige ich ein – und erstarre. Ich hatte gedacht, Eddy würde erst mich abholen und dann zur Upper East Side fahren, um unseren Chef abzuholen. Doch Duncan Sommerset sitzt bereits in der Limousine und sieht mich schweigend über den oberen Rand der New York Times hinweg an, die er auseinandergefaltet in seinen Händen hält.

»Gu … guten Morgen«, sage ich rasch, während Eddy die Wagentür hinter mir zuschlägt und wir plötzlich allein sind.

»Guten Morgen«, sagt mein Chef ruhig. Hoffentlich hat er nicht gesehen, dass ich mir gerade eine Träne wegwischen musste! Benommen sehe ich aus dem verdunkelten Seitenfenster nach draußen. Als ich wieder verstohlen den Eisblock anschaue, merke ich, dass auch er nachdenklich nach draußen blickt, offensichtlich den Eingang zu meinem Wohnhaus mustert. Ich versuche, mein Gebäude mit seinen Augen zu sehen und komme zu keinem guten Ergebnis. Im Vergleich mit dem teuren Apartmentgebäude, in dem er mit der Eisprinzessin lebt, gleicht mein Haus fast einer Bruchbude. Allerdings einer trotz allem sündhaft teuren Bruchbude, wie in Manhattan üblich. Als ich eine Ratte zwischen den Mülltonnen an der Hauswand hervorflitzen sehe, unterdrücke ich ein Seufzen und sehe verstohlen wieder zum Eisblock. Der hat sich jedoch erneut in die New York Times vertieft und würdigt mich keines Blickes mehr.

So bleibt es, bis wir am Flughafen ankommen. Kurz vorm JFK Airport bekommt Duncan Sommerset einen Anruf, und er redet nach wie vor mit dem Manager eines anderen Hotels der

Sommerset-Gruppe, als wir am General Aviation Terminal aussteigen und das klimatisierte Gebäude betreten. Eddy bringt unsere Koffer, und ich danke ihm herzlich, während unser Chef nur kurz nickt, nach seinem Gepäck greift und sich abwendet, immer noch das Smartphone am Ohr.

Ich lächele Eddy tapfer zu, fast versucht, ihm einfach wieder zum Auto zu folgen und zurück nach Manhattan zu fahren. Aber natürlich kann ich das nicht tun, natürlich werde ich mich zusammenreißen und die Professionalität an den Tag legen, die ich mir in den vergangenen Jahren im Hotelbusiness angeeignet habe.

Oh. Mein. Gott. Mein Herzschlag setzt einen Moment aus, als ich Duncan Sommerset in den Wartebereich folge, wo ein paar Leute gelangweilt in einer Sitzgruppe hocken, alle in ihre Telefone vertieft. Nur einer von der Gruppe schaut jetzt auf und lächelt mich flüchtig an. Das ist doch … Michael Bublé! Ungläubig starre ich den Musiker an, lächele schief zurück und folge dem Eisblock dann kopflos bis ans Ende des Warteraums, um eine Ecke herum – und fast hinter ihm her durch die Tür zur Männertoilette. Im letzten Moment bleibe ich wie angewurzelt stehen, aber da hat mein Chef schon gemerkt, dass ich ihm blind hinterhergedackelt bin. Auch er bleibt stehen, die Tür halb geöffnet, und sieht mich mit leicht hochgezogenen Augenbrauen fragend an.

»Oh … ähm, Entschuldigung«, stammele ich und mache rasch einen Schritt rückwärts, sehe mich verlegen nach der Tür zur Damentoilette um. »Ich … da saß gerade Michael Bublé mit seiner Band im Wartebereich!«

Duncan Sommerset schaut mich regungslos an. Seine grauen Augen wirken heute Morgen besonders kühl, finde ich. Vielleicht wird ihre Farbe durch die silbergraue Krawatte betont, die er zum dunkelblauen Anzug trägt.

»Und?«, fragt er jetzt langsam, und ich glaube, eine Spur Amüsiertheit aus seiner Stimme herauszuhören. »Wollen Sie sich ein Autogramm holen?«

»Nein«, sage ich rasch und fühle mich einmal mehr wie ein alberner Teenie. »Ich war nur überrascht, das ist alles.«

»Mhm«, macht Duncan Sommerset, und zu meinem Erstaunen sehe ich ein winziges Schmunzeln um seine Lippen zucken, das allerdings genauso schnell wieder verschwindet, wie es gekommen ist. »Darf ich jetzt auf die Toilette gehen?«

»Äh … na klar«, stoße ich hervor und flüchte mich auf die Damentoilette, wo ich erst einmal Deo nachlege, weil ich jetzt schon schweißgebadet bin. Und dabei haben wir New York noch nicht einmal verlassen!

In der kleinen Cessna Citation wird nichts besser, im Gegenteil. Verkrampft umklammere ich die Armlehnen meines Sitzes, als die Maschine sich schwankend in die Höhe arbeitet. Unter uns erstreckt sich das endlose Häusermeer von Queens, bevor das Flugzeug Richtung Nordosten schwenkt, Kanada entgegen. Es ist mein erster Flug in so einer kleinen Maschine, und während ich sonst überhaupt kein Problem mit Flugangst habe, fühle ich mich in diesem Privatflugzeug plötzlich regelrecht schutzlos. Ein rascher Blick zu Duncan Sommerset hinüber zeigt mir, dass er an diese kleine Maschine gewöhnt zu sein scheint. Ausdruckslos starrt er aus dem Fenster, bis der Pilot sich über die Lautsprecher aus dem Cockpit meldet und sagt, dass man elektronische Geräte wieder einschalten darf, woraufhin der Eisblock sofort seinen Laptop aufklappt.

Ich hingegen beschränke mich darauf, aus dem Fenster zu sehen. Zum einen kann ich so den Eisblock auf der anderen Gangseite ausblenden, und zum anderen finde ich es wirklich spannend, die Landschaft von oben zu betrachten. Der Himmel ist wolkenlos, und da wir nicht in so hoher Höhe fliegen, wie die großen Passagiermaschinen, kann ich die Bundesstaaten Connecticut und Rhode Island von oben bewundern, sehe eine Ortschaft nach der anderen unter uns vorbeiziehen, bis wir nahe Cape Cod die Küste erreichen und plötzlich der endlos erscheinende Atlantik in der Sonne glitzert. Fasziniert starre ich auf das blaue Wasser hinab, sehe hin und wieder ein Schiff, während wir Nova Scotia entgegenfliegen. Als ich wieder Festland unter uns erkenne, haben wir den Osten Kanadas schon erreicht. Seit meiner Google-Suche weiß ich, dass Nova Scotia eine Halbinsel ist, die als südöstlichste Provinz Kanadas in den Atlantik hineinragt. Der Flughafen von Sydney, den wir ansteuern, liegt ganz im Norden der Provinz, auf einer Insel namens Cape Breton, wie ich recherchiert habe. Warum wir ausgerechnet dorthin wollen, ist mir allerdings immer noch ein Rätsel. Nun schieben sich doch ein paar Wolken in mein Blickfeld, aber hier und da kann ich dennoch das Land unter uns erkennen, sehe dunkle Wälder, ab und zu von einem glitzernden See oder einem gewundenen Flusslauf unterbrochen.

Da ich so von der Landschaft unter uns fasziniert bin, merke ich kaum, wie die Zeit vergeht, sodass ich mich erst dann überrascht vom Fenster abwende, als wir plötzlich schon zum Sinkflug ansetzen. Mein Blick gleitet zu Duncan Sommerset auf der anderen Seite des schmalen Mittelgangs, und zu meiner Verwunderung stelle ich fest, dass er mich nachdenklich ansieht. Regelrecht ertappt zuckt er zusammen und senkt rasch den Blick, starrt auf seinen Laptop, merkt dann anscheinend, dass er den für die Landung bereits wieder zugeklappt hat und schaut stattdessen aus seinem eigenen Fenster nach draußen. Die Tatsache, dass der Eisblock mich offensichtlich beobachtet hat, während ich meinerseits nach draußen gesehen habe, lässt mich ein wenig unruhig an meiner Frisur herumnesteln.

Warum auch immer. Soll er doch starren. Mein Nackenknoten sitzt noch erfreulich gut.

Plötzlich muss ich daran denken, wie Olivier mich immer ein wenig mit meiner strengen Frisur aufgezogen hat. »Du siehst aus wie meine Lehrerin aus der 5. Klasse«, hat er einmal gemeint, und, als ich ein wenig pikiert war, weil ich dachte, seine Lehrerin wäre so eine konservative grauhaarige Dame gewesen, augenzwinkernd hinzugefügt: »Ich war damals in Mademoiselle Dupont verknallt, wie so ziemlich alle Jungs der Schule.«

Nein, jetzt nur nicht an Olivier denken. Es ist auch so alles schon aufwühlend genug. Da der Eisblock sich immer noch in Schweigen hüllt, wende auch ich mich wieder meinem Fenster zu und beobachte, wie die ersten Häuser von Sydney, Nova Scotia unter uns auftauchen.

4

Das Schweigen meines Chefs geht mir langsam aber sicher wirklich auf den Zeiger. Ich würde mich ja bemühen, Small Talk zu halten, aber seine kühle Ausstrahlung macht mich so nervös, dass ich meinerseits stumm wie ein Goldfisch bin, während wir das Gebäude des kleinen Flughafens betreten, wo eine freundliche Beamtin unsere Pässe kontrolliert. Zu meiner Überraschung sieht sie den Eisblock an, lächelt breit und sagt: »Herzlich willkommen in der Heimat!«

»Danke«, murmelt Duncan Sommerset, während die Beamtin ihren Stempel in seinen Pass knallen lässt und dann nach meinem greift.

Er geht bereits vor, und sobald ich meinen Pass eingesteckt habe, folge ich ihm zügig und versuche, diese Information zu verdauen.

Heimat? Ich muss an die endlosen Wälder denken, über die wir geflogen sind, und dieses Bild passt so gar nicht zu dem Geschäftsmann in seinem maßgeschneiderten Anzug, der jetzt den Mietwagenschalter erreicht hat und der Blondine dahinter seine Kreditkarte reicht. Auch die Tatsache, dass er ein Auto mietet, um selbst zu unserem ominösen Ziel zu fahren, überrascht mich. Natürlich ist das eigentlich eine Selbstverständlichkeit, aber irgendwie passt zum Eisblock die Limousine seines Schwiegervaters mit Fahrer viel besser. Andererseits fährt er ja in Manhattan viel mit dem Mountainbike. Warum sollte er also jemand sein, der sich nur herumkutschieren lässt? Als ich ihn verstohlen beobachte, wird mir klar, dass ich eigentlich überhaupt nichts über diesen Mann weiß.

»Danke«, murmelt mein Chef mit einem flüchtigen Lächeln Richtung Blondine, greift nach seiner Kreditkarte und dem Autoschlüssel und wendet sich ab. Als er merkt, dass ich ihn verblüfft mustere, zieht er fragend die Augenbrauen in die Höhe.

»Warum sehen Sie mich so an, als hätte ich zwei Köpfe? Oder steht Michael Bublé hinter mir?«

Ich bin so verblüfft darüber, dass der Eisblock tatsächlich so etwas wie einen Witz gemacht hat, dass ich zunächst keine Antwort finde. »Also …«, stammele ich hastig und folge ihm rasch, da er schon mit langen Schritten dem Ausgang zustrebt. »Ich wusste nicht, dass …«

Ich breche ab, als wir aus dem Flughafengebäude nach draußen treten und uns ein frischer Wind begrüßt, der mich, nach der Sommerhitze in Manhattan, erschaudern lässt. Ich bin so damit beschäftigt, mich neugierig umzusehen, dass ich zunächst gar nicht merke, wie der Eisblock ein wenig verlangsamt und mir einen fast amüsierten Blick zuwirft.

»Sie wussten nicht, dass ich aus Nova Scotia komme? Ist es das?«

»Äh … ja«, antworte ich wahrheitsgemäß.

»Ist das so unglaublich?«

»Nein … natürlich nicht«, beeile ich mich zu sagen. Andererseits … hinter dem Parkplatz, auf den der Eisblock jetzt zusteuert, ist nur Wald zu sehen. Bäume, wohin man sieht. Duncan Sommerset wirkt wie jemand, der sein ganzes Leben in Manhattan verbracht hat, umgeben von Asphalt und Luxushotels. Aber doch nicht hier! Vielleicht ist er schon früh nach New York gezogen? Bereits in seiner Kindheit? Anders kann ich mir das nicht erklären.

»Sind Sie festgewachsen?«, holt mich die Stimme des Eisblocks zurück in die Realität, und ich setze mich rasch mit meinem Koffer in Bewegung, überquere ebenfalls die Parkplatzfläche, wo Duncan Sommerset schon in unserem Mietwagen Platz genommen hat und den Motor startet.

»Wie lange werden wir unterwegs sein?« Nervös falte ich meine Hände im Schoß und starre aus dem Beifahrerfenster. Nachdem wir zunächst durch bewohntes Gebiet gefahren sind, wird es nach den letzten Gebäuden der Stadt Sydney schnell einsamer. Zwar ist der Trans-Canada-Highway, auf dem wir nun unterwegs sind, nach wie vor in jede Richtung zweispurig, aber links und rechts der Straße sieht man bald nur noch Wälder, Wälder, nichts als Wälder. Plötzlich fühle ich mich regelrecht ausgeliefert. Dieser Mann am Steuer ist doch eigentlich ein Wildfremder für mich!

»Sagen Sie nicht, dass Sie jetzt schon eine Pause brauchen«, murmelt der Eisblock, und ich werfe ihm einen überraschten Blick zu.

»Nein, das meinte ich überhaupt nicht. Ich wollte nur wissen …« Es reicht. Ich hole Luft, fasse kurz an meinen Nackenknoten – eine Geste, die ich automatisch mache, als würde mich meine tadellos sitzende Frisur irgendwie bestärken – und straffe meine Schultern, bevor ich betont ruhig sage: »Da Sie ja nach wie vor ein großes Geheimnis daraus machen, wohin wir unterwegs sind, habe ich leider keinen blassen Schimmer davon, ob wir nur bis in den nächsten Ort fahren oder weiter bis nach … Neufundland.«

»Neufundland?«

Ich ärgere mich über mich selbst, weil das die erstbeste kanadische Provinz ist, von der ich weiß, dass sie sich ebenfalls irgendwo hier in der Nähe befindet, an der Ostküste Kanadas. Aber natürlich ist auch mir klar, dass Neufundland eine Insel ist. »Ja, bis zur Fähre zum Beispiel«, versuche ich stur, mich zu retten, selbst wenn ich gar nicht weiß, ob es wirklich eine Fähre von Nova Scotia nach Neufundland gibt.

»Und Sie meinen nicht, dass es dann leichter gewesen wäre, mit dem Flugzeug direkt nach Neufundland zu fliegen? Die sollen dort auch Flughäfen haben.«

Verdammt. Ich versuche, seinen spöttischen Tonfall zu ignorieren. »Sie wollen es wirklich spannend machen, oder?« Mit verschränkten Armen sehe ich ihn an. Er erwidert meinen Blick flüchtig, bevor er wieder auf den breiten Highway schaut. Doch dieser rasche Blick reicht, um mich ein wenig tiefer in meinen Beifahrersitz sinken zu lassen. Zwar sind die hellgrauen Augen des Eisblocks durch seine Sonnenbrille im Pilotenstil verborgen, aber ich glaube trotzdem, ihre kühle Intensität überdeutlich auf mir zu spüren, sobald er in meine Richtung sieht.

»Keine Sorge, wir fahren nicht bis Neufundland weiter«, sagt er jetzt ruhig. »Aber eine Weile müssen Sie noch durchhalten. In ungefähr drei Stunden dürften wir in Scott's Harbour sein.«

Scott's Harbour. Aha. Verstohlen zücke ich mein Telefon, um diesen Ort zu googeln. Aber ich habe keinen Empfang. Natürlich. Wir befinden uns ja auch irgendwo in der Wildnis, weit ab von jeglicher Zivilisation.

Dieses Gefühl verstärkt sich noch einmal um ein Vielfaches, als wir eine knappe Stunde später den breiten Trans-Canada-Highway mit seinen zahlreichen riesigen Lkw verlassen und dem schmaleren Cabot Trail folgen, einer Straße, die sich offensichtlich nahe der Küste entlang windet. Hin und wieder sehe ich in der Ferne ein Stückchen blauen Meeres vorbeifliegen, aber meistens schiebt sich schnell wieder dichter Wald in mein Blickfeld. Ich bin nicht daran gewohnt, so viele Bäume zu sehen. Bäume, nichts als Bäume! Natürlich, meinen morgendlichen Abstecher in den Central Park liebe ich und dort gefallen mir die Bäume auch sehr, aber ich sehe ja gleichzeitig immer am Rande des Parks die vertrauten Hochhäuser, ich höre in der Ferne die Autos, ich weiß, dass ich nicht weit vom nächsten Starbucks oder Sushi-Restaurant entfernt bin. Aber hier … hier ist ja nichts, wirklich nichts! Also, außer Bäumen natürlich. Und meinem griesgrämigen Chef. Irgendwie habe ich den Eindruck, dass der Eisblock hier, in der Einsamkeit Cape Bretons, mit jeder zurückgelegten Meile noch ernster wird.

Die Namen der Orte, die wir passieren, tragen nicht wirklich dazu bei, dass ich mich hier weniger fremd fühle: »Wreck Cove« und »Keltic Lodge« lese ich auf Straßenschildern und frage mich, ob wir tatsächlich nur wenige Flugstunden von New York City entfernt sind. Fast könnte ich schwören, dass wir wie durch ein Wunder den Atlantik überquert haben und in Schottland gelandet sind, so wild und so schottisch klingt hier vieles. Aber irgendwie erklärt diese Tatsache auch den Namen dieser Provinz, denke ich, denn Nova Scotia bedeutet »Neuschottland«, das habe ich irgendwo gelesen.

Der Eisblock versucht auf dem Cabot Trail noch ein paar Meilen lang, einen Radiosender zu finden, was in der Nähe von Sydney kein Problem war. Aber jetzt scheint es eines zu sein, denn jedes Mal, wenn für ein paar kurze Augenblicke Musik oder ein Wortbeitrag unser Auto erfüllen und mich hoffen lassen, dass wir den Rest dieser Fahrt nicht in unangenehmem Schweigen hinter uns bringen müssen, bricht der Empfang mit der nächsten Kurve schon wieder ab.

»Verfluchte Provinz«, knurrt mein Chef unterdrückt, und ich sehe ihn neugierig an.

»Seit wann wohnen Sie denn nicht mehr hier?«, frage ich zaghaft.

»Schon lange nicht mehr«, kommt die knappe Antwort.

»Und … wir sehen uns hier ein Hotel an? Oder ein Grundstück, auf dem eines gebaut werden könnte?«

Ich weiß, dass die Sommerset-Hotelgruppe immer mal wieder neue Häuser eröffnet, demnächst in New Orleans. Aber … hier? Ratlos starre ich aus dem Fenster in den dichten Wald hinaus.

»Ja«, kommt die mal wieder sehr ausführliche Antwort des Eisblocks. Fast muss ich lachen. So beherrscht wie möglich hake ich nach: »›Ja‹ … ein Hotel oder ›ja‹… ein Grundstück?«

Ich merke genau, dass der Seitenblick, den er mir flüchtig zuwirft, eine Spur irritiert ist.

»Sowohl als auch«, erwidert mein Chef endlich, und die Art, wie er das sagt, macht mir klar, dass er wirklich nicht weiter über das Thema reden will.

Bitteschön. Ich kann auch schweigen. Sehr gut sogar! Ein paar Minuten lang starre ich stumm aus dem Beifahrerfenster, bevor ich mich überrascht aufrechter hinsetze: Zu meiner Rechten lichtet sich der Wald hinter einer Kurve plötzlich und gibt den Blick auf den Atlantik frei. Die Küste fällt über dramatische Klippen zum Meer hin ab, die Brandung schäumt um die Felsen, graue Wolken jagen sich bis an den Horizont.

»Wenn das Wetter gut ist, ist das hier eine echt schöne Strecke.«

Die Worte des Eisblocks lassen mich überrascht den Blick vom Fenster lösen. Oho, er spricht tatsächlich mit mir! Kurz sehe ich ihn an, bevor ich wieder auf den Atlantik schaue und sage: »Also, ich finde es auch bei bewölktem Himmel wunderschön!«

Ein leises Schnauben ist die Antwort, und ich glaube fast, dass er tatsächlich noch etwas sagen will, aber im nächsten Moment stößt er ein lautes »*Fuck*!« aus und steigt so stark in die Bremsen, dass unser Mietwagen zu schlingern beginnt.

Vor unserem Auto steht ein Elch auf der Straße. Seelenruhig sieht er uns durch die Windschutzscheibe an, sein Kinnbärtchen zittert leicht, als er den Unterkiefer kreisend bewegt, weil er offensichtlich ein paar Blätter oder Grashalme kaut. Starr vor Schreck sehe ich den Elch an. Das darf doch alles nicht wahr sein!

»Welcome to Cape Breton«, brummt mein Chef, und als der Elch mit staksigen Schritten würdevoll von der Fahrbahn marschiert und im Gebüsch verschwindet, schauen wir ihm nach. Zu meiner grenzenlosen Überraschung lacht der Eisblock auf. Er lacht! Es ist tatsächlich das erste Mal, dass ich das erlebe, und ich muss sagen, das Lachen steht ihm. Es macht ihn sogar noch attraktiver, wenn das überhaupt möglich ist. »Gott, was habe ich diesen verdammten Landstrich vermisst!«

Er tritt wieder aufs Gas, noch immer die Spur eines amüsierten Schmunzelns um die Lippen, und ich verbringe die nächste Stunde damit, mich zu fragen, ob er diese Aussage sarkastisch oder ernst gemeint hat, und warum mein Magen so unangebracht flau wird, wenn der Eisblock lacht.

5

Ich weiß nicht, was ich von dem Ort Scott's Harbour erwartet habe, aber mehr als eine Ansammlung von ungefähr fünfzig Häusern plus Tankstelle und Supermarkt dann doch. Ratlos sehe ich aus dem Fenster, während wir das Örtchen erschreckend schnell passieren, und als sich schon wieder Bäume in mein Sichtfeld schieben, hake ich besorgt nach: »War das nicht … ich meine, wollten wir nicht …?«

»Nach Scott's Harbour? Ja.« Der Eisblock lenkt unseren Mietwagen eine kurvige Straße entlang, die, wie ich nach einer Biegung feststelle, direkt zum Meer hinabführt. Der Atlantik schimmert orangerot in der Abendsonne, die tief über den Wäldern im Westen steht, und einen Moment lang bin ich sprachlos vor Entzücken. Das weite Meer, das sich plötzlich vor uns auftut, haut mich wirklich um. Einfach wunderschön!

»Wir wollen streng genommen zum Fährhafen von Scott's Harbour«, erklärt der Eisblock jetzt und macht mit seinem Kinn eine leichte Bewegung durch die Windschutzscheibe. Tatsächlich, jetzt erkenne auch ich, dass die Straße in einem Schotterplatz mündet, der bis ans Wasser führt. Und dort ist eine Hafenmole, wo ein paar Fischkutter festgemacht liegen. Neben einem

Schuppen sind etliche käfigartige Holzboxen übereinandergestapelt, und ich vermute, dass das Hummerkörbe sind. Aber weder Menschen noch andere Autos sind zu sehen. Auch keine Fähre.

»Ähm«, mache ich und fahre mit einer Hand an meinen Nackenknoten. »Und die Fähre ... die bringt uns dann doch nach Neufundland?«

Duncan Sommerset lacht heiser auf. Dieses Lachen kommt so unerwartet, dass ich ihn fast schockiert anstarre. Vermutlich auch, weil mir dieses Lachen durch den ganzen Körper schießt, bis in Regionen, die ich eigentlich streng von meinem Chef fernhalten sollte. Verdammt.

Zu allem Überfluss nimmt er jetzt seine Sonnenbrille ab, die er wegen der tief in unserem Rücken stehenden Sonne auch wirklich nicht mehr braucht, und sieht mich an. Wir haben nahe der Hafenmole gehalten. Atemlos erwidere ich den Blick aus diesen hellgrauen Augen, die mir in diesem Moment eine Winzigkeit weniger kühl erscheinen als noch heute Vormittag, am JFK Flughafen. Mein Gott, war das wirklich heute? Seit wir stundenlang immer tiefer in diese Wildnis hineingefahren sind, erscheint es mir fast so, als ob ich das letzte gelbe New Yorker Taxi in einem früheren Leben gesehen hätte.

»Nein, nicht nach Neufundland.« Er ist plötzlich wieder ernst, und für einen kurzen Moment scheint er mein Gesicht aufmerksam zu studieren. Das macht mich so nervös, dass meine Hand erneut zu meinem Knoten im Nacken schnellt. Sein Blick flackert kurz dorthin, zu meiner immer noch tadellos sitzenden Frisur, bevor er mit einem Seufzer nach draußen sieht. »Wir nehmen die Fähre nach Whale Island.«

»Whale Island?«, wiederhole ich matt. Den Namen kenne ich doch irgendwoher. Ratlos starre ich auf den Atlantik hinaus, und dann fällt es mir wieder ein: Die Fotos von rauer Küste und bunten Holzhäusern auf dem Schreibtisch meines Chefs in Manhattan. Natürlich, das war keine skandinavische Landschaft, das war hier, in Nova Scotia! Und »Whale Island« stand auf dem Umschlag, in die der Eisblock die Bilder zurückgeschoben hat. Dort also soll es ein neues *Sommerset Hotel* geben? Auf einer Insel irgendwo im Atlantik?

»Und … wie weit ist das?« Nervös suchen meine Augen den Horizont ab, aber ich erkenne keine Insel.

»Eigentlich nicht sehr weit. Aber erst einmal muss die Fähre kommen.«

Wir steigen aus, und ich zucke zusammen, als mich eine frische Brise erfasst. Wow, ist das kühl! Kaum zu glauben, dass ich in Manhattan jetzt schwitzen würde wie in den Tropen. So weit sind wir doch auch wieder nicht von New York entfernt! Trotzdem komme ich mir hier vor wie in einer anderen Welt. Ich verfluche mich dafür, dass die warme Strickjacke, die ich nach meiner Google-Wetter-Recherche aus der hintersten Ecke meines Kleiderschranks herausgesucht habe, ganz unten in meinem Koffer liegt. Der Eisblock geht mit langen Schritten auf ein Schild zu, das nahe der Hafenmole steht. Fröstelnd folge ich ihm.

»Falls Sie nach 19 Uhr die Fähre brauchen, rufen Sie bitte folgende Nummer an: …«, lese ich und starre verblüfft das Schild an.

»Nicht zu fassen«, brummt der Eisblock und zieht sein Telefon aus seiner Anzugstasche. »Nach 19 Uhr! Früher war es nach Mitternacht! Diese Insel wird immer verkaffter.«

»Ver … kaffter?«, wiederhole ich und muss auflachen. »Gibt es das Wort überhaupt?«

»Ist mir egal«, brummt Duncan Sommerset. »Zu Whale Island passt es.« Dann betrachtet er fluchend sein Display und knurrt:

»Und wie, bitte schön, soll man die Fähre rufen, wenn man hier keinen verdammten Handy-Empfang hat?«

»Sie müssen auf die Mole rauslaufen!« Überrascht drehen wir uns um und sehen einen alten Mann in leuchtend gelbem Ölzeug aus einem Schuppen kommen. »Ganz am Ende kann man telefonieren! Am besten stellt man sich dort auf die Bank, dann geht es noch besser.«

Duncan starrt den Fischer fassungslos an, und ich muss mir auf die Lippen beißen, um nicht loszuprusten – vor allem, als ich den Eisblock beobachte, der mit aufgebrachten langen Schritten auf die Hafenmole hinausmarschiert und tatsächlich auf besagte Bank steigt.

»Vielen Dank«, sage ich zu dem Fischer und bekomme ein freundliches Nicken als Antwort.

Dann mustere ich nachdenklich meinen Chef, der stoisch auf der verwitterten Holzbank am Ende der Hafenmole steht, sein Handy am Ohr, während der Wind vom Meer sein schwarzes Haar durcheinanderwirbelt. Sein Haargel ist in dieser rauen Umgebung anscheinend machtlos. Mir gefällt dieser Gedanke, und ich muss lächeln.

Wegen des kühlen Winds warte ich im Auto, während der Eisblock nach seinem kurzen Telefonat wie ein unruhiger Tiger im Käfig am Rande des Wassers auf und abgeht. Wie aus dem Nichts tauchen plötzlich Nebelschwaden auf, sie werden vom Wind über das Meer auf uns zugetrieben, und ehe ich mich versehe, hüllen graue Schlieren die Hafenmole und Duncan Sommerset ein. Fasziniert betrachte ich dieses Naturschauspiel, als sich auf dem Wasser plötzlich schemenhaft ein dunkler Kasten abzeichnet, der langsam größer wird. Aha, die Fähre kommt!

Duncan Sommerset steigt wieder ins Auto und lässt den Motor an. Sein Gesicht ist verschlossen und ernst wie eh und je.

Verstohlen betrachte ich sein inzwischen völlig windzerzaustes dunkles Haar.

»Wow, ganz schön nebelig plötzlich!«, sage ich, als wir auf die Hafenmole zurollen, sobald die Fähre angelegt und die Vorderseite heruntergeklappt hat, sodass der Eisblock unseren Mietwagen über die Rampe hinauf an Deck fahren kann.

»Ja«, brummt mein Chef. »Verfluchter Nebel.«

Ich will noch etwas sagen, will ihn fragen, was es eigentlich mit Whale Island auf sich hat, aber in dem Moment kommt eine Gestalt auf das Fahrerfenster zu. Duncan lässt die Scheibe hinunter.

»Hallo, guten Abend!« Eine kräftig gebaute junge Frau mit gelocktem Pferdeschwanz sieht zu uns herein. Sie stutzt und starrt Duncan unter dem Schirm ihrer Baseballmütze hervor an. »Da brat mir doch einer einen Elch – Duncan Cameron?«

Der Eisblock räuspert sich. Ich merke, wie seine Hände das Lenkrad fester umklammern. »Sommerset«, sagt er rasch. »Duncan Sommerset. Hi, Dottie.«

»Was machst du denn hier? Nach all den Jahren? Weiß deine Familie, dass du kommst?«

Familie? Heiliger Strohsack – kommt Duncan Sommerset etwa von dieser Insel? Von Whale Island? Und … werde ich tatsächlich die Familie des Eisblocks kennenlernen?

»Äh … nein.« Zu meiner Überraschung windet sich Duncan Sommerset regelrecht auf dem Fahrersitz. Es ist überdeutlich, dass ihm diese Begegnung unangenehm ist. Sein Blick flackert flüchtig zu mir, dann fragt er rasch: »Und du … arbeitest du jetzt auf der Fähre?«

»Ja«, kommt die Antwort der jungen Frau. »Ich bin die Kapitänin.«

»Du … Echt?« Duncan starrt sie verblüfft an. »Ist der alte Carmichael …?«

»Schon vor Jahren gestorben. Mensch, Duncan, du warst eine Ewigkeit nicht mehr hier!« Sie beugt sich weiter runter, ihr Blick fällt auf mich, und sie will gerade etwas zu mir sagen, als wir ein weiteres Auto über die Rampe holpern hören. Dottie richtet sich auf. Auch ich drehe mich um, erkenne einen schwarzen Pick-Up-Truck, der hinter uns an Deck rollt.

Ich merke, dass Dottie wieder den Eisblock ansieht, der ihren Blick fragend erwidert.

»Zufall? Oder Schicksal?«, fragt sie. Duncan scheint ebenso wenig zu begreifen, was sie meint, wie ich. »Rae MacLaughlin würde jetzt eindeutig sagen: Schicksal!«

Sie macht einen Schritt von unserem Wagen fort, winkt jemandem im Auto hinter uns zu und ruft laut: »Hi, Heather! Aidan!«

Zu meinem Erstaunen merke ich, dass Duncan Sommerset augenblicklich noch angespannter wird. Seine Fingerknöchel treten weiß hervor, so stark umklammert er das Lenkrad. Beklommen mustere ich ihn, während von draußen eine fröhliche Frauenstimme zu hören ist: »Na so was, dass du schon hier bist, Dottie! Wir haben es eben telefonisch bei euch zu Hause versucht, aber Hank meinte, du seist schon unterwegs. Sind das neue Gäste?«

Ein Blick über meine Schulter zeigt mir, dass Dottie zu einer rundlichen Frau mit Brille und silbergrauer Kurzhaarfrisur getreten ist, die gerade den Pick-up-Truck verlassen hat. Dottie sagt leise etwas zu ihr, was ich nicht verstehe. Neben mir holt Duncan Sommerset tief Luft. Dann öffnet er mit einem Ruck die Fahrertür und steigt aus.

Im nächsten Augenblick höre ich ein Quietschen. Ein halb geschluchztes »Duncan!«. Mit weit aufgerissenen Augen starre ich aus der offenen Fahrertür und beobachte, wie die rundliche Frau auf meinen Chef zueilt, wie sie vor ihm stehen bleibt, ihn von oben bis unten betrachtet, während Tränen über ihre Wangen laufen.

»Hi, Mom«, sagt der Eisblock leise.

Da lacht und weint die Frau gleichzeitig und zieht Duncan Sommerset fest in ihre Arme.

6

Nicht zu fassen, dass das die Mutter des Eisblocks sein soll, denke ich verblüfft. Zu ihm würde eine Mutter passen wie Catherine Sommerset, seine Frau. Die Eisprinzessin. Ja, so hätte ich seine Mutter erwartet. Doch nicht diese herzliche, weinende, überschwängliche Frau dort draußen! In Jeans und Sweatshirt!

»Was machst du hier? Wie kommst du so plötzlich nach Whale Island? Nach all diesen Jahren?«, höre ich sie aufgeregt fragen, während ich immer noch im Auto sitze und mir ein wenig fehl am Platz vorkomme. Ich merke, dass Dottie erneut neugierig zu mir hereinspäht. Also fasse ich mir ein Herz und steige ebenfalls aus.

Langsam umrunde ich unseren Mietwagen, will der Fährkapitänin die Hand reichen und mich vorstellen, als die grauhaarige Frau mich erblickt. Sofort lässt sie ihren Sohn los, starrt mich aus weit aufgerissenen grauen Augen an, die mich sehr an die ihres Sohns erinnern, nur weniger kühl. Um nicht zu sagen: Kein bisschen kühl, ganz im Gegenteil.

»Oh …du hast deine Frau mitgebracht!«

Überrascht starre ich sie an. »Ähm …«, mache ich und frage mich irritiert, warum die Mutter meines Chefs glaubt, dass ich die Eisprinzessin sei. Ich meine, okay, wir sind beide hellblond und haben blaue Augen, aber ansonsten sehe ich doch nun wirklich nicht aus wie Catherine Sommerset! Oder … hat diese herzliche Frau, die jetzt auf mich zukommt, womöglich Demenz? Kann sie sich tatsächlich nicht so genau an ihre Schwiegertochter erinnern? Ich zwinge mich zu einem freundlichen Lächeln, denn ich möchte Heather ja nicht verletzen, indem ich ihr klarmachte, dass ihr Gedächtnis sie im Stich lässt. Hilfesuchend sehe ich den Eisblock an, aber der starrt nur aschfahl seine Mutter an.

Zwei Schritte vor mir bleibt Heather stehen, schaut ihren Sohn wieder an und sagt mit vor Rührung zitternder Stimme: »Oh, dass ich deine Frau endlich kennenlerne – du ahnst ja nicht, was das für mich bedeutet!«

Bitte … was? Heißt das … heißt das, dass Duncan Sommersets Mutter noch nie die Eisprinzessin kennengelernt hat? Hatte er tatsächlich so lange gar keinen Kontakt zu seiner Familie? Wie ist das möglich?

»Also, ich …«, beginne ich, aber weiter komme ich nicht, da mich die Mutter meines Chefs schon in ihre Arme zieht und so fest an sich drückt, dass ich kaum noch Luft bekomme. »Wie schön, dass ihr hier seid, Kindchen!« Sie schluchzt in mein Ohr. Über ihre Schulter sehe ich Duncan Sommerset fragend an. Er erwidert meinen Blick und wirkt genauso überfordert, wie ich selbst mich fühle. Als seine Mutter mich loslässt und mir liebevoll über die Wange streichelt, räuspert sich mein Chef und tritt neben sie. Endlich, denke ich erleichtert, und streiche mir verlegen eine Haarsträhne hinter das Ohr. Mein perfekter Nackenknoten ist durch die stürmische Umarmung nun doch etwas in Mitleidenschaft gezogen worden.

»Ja, Mom. Das ist Catherine.«

Ich halte mitten in der Bewegung inne, meine Fingerspitzen

an meinem Ohr, und starre meinen Chef ungläubig an. Bitte, was hat er da gerade gesagt? Duncan lacht ein wenig gequält auf, und ich bin auf einmal wirklich erleichtert, weil er anscheinend nur einen dummen Witz gemacht hat (auch wenn ihm das nicht ähnlichsieht) und er jetzt bestimmt alles klärt. Aber Heather lacht ebenfalls auf und umarmt ihn schon wieder. Ich versuche, ihm mit meinen Blicken zu signalisieren, dass ich nicht verstehe, was hier gerade passiert, aber der Eisblock starrt an mir vorbei ins Leere und bekommt meine stummen Hilferufe nicht mit.

Als er sich endlich von seiner Mutter löst, räuspert er sich erneut, und ich hoffe, dass er wieder im Hier und Jetzt angekommen ist und sich daran erinnert, dass ich nicht seine Frau bin. Erwartungsvoll sehe ich ihn an, als er langsam sagt: »Und … ähm, Catherine und ich … wir werden zwei bis drei Tage auf Whale Island bleiben. Habt ihr in der Lodge etwas für uns frei?«

»Aber natürlich haben wir das!« Heather fällt ihrem Sohn zum dritten Mal mit einem glücklichen Juchzen um den Hals, und nun ist er es, der mich über die Schulter hinweg ansieht und mir stumm etwas zu signalisieren scheint, was ich nicht begreife. In meinem Kopf herrscht gähnende Leere, ich kann nur schockiert starren. Ich weiß immer noch nicht, was ich sagen, tun oder auch nur denken soll. In diesem Augenblick fühle ich mich wie im falschen Film.

Erst recht, als ich plötzlich die ungeduldige Stimme eines anderen Mannes höre, der vom Pick-up-Truck aus ruft: »Können wir jetzt bitte zur Insel übersetzen, Dottie, bevor der Nebel zu dicht wird?«

Fragend sehe ich zu dem Mann hinüber, der neben der geöffneten Fahrertür des hinteren Wagens steht. Er ist ungefähr so groß wie mein Chef, und sein Haar ist ebenso schwarz.

Dieser Mann hat allerdings einen Dreitagebart und trägt verwaschene Bluejeans und auf dem Kopf eine Baseballmütze, womit ich mir den Eisblock beim besten Willen nicht vorstellen kann. Und dennoch wird mir angesichts seines kantigen Kinns und des grimmigen Zugs um den Mund klar, dass dieser Fremde der Bruder von Duncan Sommerset sein muss. Heather bestätigt diese Vermutung, als sie ruft: »Aber Aidan, kannst du deinen Bruder nicht erst einmal begrüßen? Nach all diesen Jahren?«

»Hi, Duncan«, ruft Aidan und verschränkt die Arme vor der Brust. »Welcome home.«

Die Worte klingen alles andere als herzlich, und ich bekomme eine Gänsehaut. Die Antwort des Eisblocks ist ein Murmeln, das sein Bruder unmöglich verstehen kann.

»So, wir können sofort ablegen«, beeilt sich Dottie zu sagen und wendet sich hastig ab. Aidan wirft seinem Bruder noch einen langen Blick zu, dann mustert er mich flüchtig und nickt mir knapp zu, bevor er ohne ein weiteres Wort wieder in seinen Pick-up-Truck steigt.

»Ich rede mit ihm«, sagt Heather bekümmert, doch als sie ihren Sohn und dann mich ansieht, überzieht erneut ein Strahlen ihr Gesicht. »Duncan, wirklich, das war die schönste Überraschung, die ich mir vorstellen kann!« Liebevoll tätschelt sie meine Wange. Dann eilt sie auf den Pick-up zu, um wieder einzusteigen, während sich die Rampe der Fähre langsam in die Höhe bewegt.

Als auch der Eisblock erneut in unserem Mietwagen Platz nimmt und Dottie in der Steuerkabine der Fähre verschwindet, steige ich ebenfalls ins Auto. Erst als mich die Wärme des Wagens umgibt, merke ich, dass ich am ganzen Körper zittere. Und das liegt ganz sicher nicht nur am feuchtkalten Nebel, der draußen alles einzuhüllen beginnt.

Eine halbe Ewigkeit sagen weder mein Chef noch ich ein

Wort. Als die Fähre sich mit einem leichten Ruck in Bewegung setzt, merke ich, dass mich Duncan Sommerset von der Seite ansieht.

»Sie zittern ja«, murmelt er und schlüpft aus seiner Anzugsjacke. Er reicht sie mir, aber ich starre stur aus der Windschutzscheibe nach vorn, ignoriere ihn. Diese ganze Situation ist mir so zuwider, dass ich überhaupt nicht weiß, ob ich sauer oder schockiert oder ratlos sein soll. Der Eisblock hält mir seine Jacke ein paar Sekunden lang reglos hin, und als ich nicht reagiere, breitet er sie kurzerhand über meinen Knien aus. Unter normalen Umständen wäre ich gerührt, dass er sich um mich zu sorgen scheint. Aber diese Umstände sind wirklich alles andere als normal!

»Hören Sie, Ms. Lorenz …«

»Ach, bin ich das? Ich dachte, ich sei Catherine?« Aufgewühlt starre ich ihn an. Er erwidert meinen Blick, aber offensichtlich ist das, was er in meinen Augen liest, zu viel, denn er sieht rasch wieder nach vorn, auf das Armaturenbrett.

»Ich … o Mann.« Mit einem Stöhnen lässt er seinen Kopf nach vorn, aufs Steuerrad fallen, wobei er versehentlich mit der Stirn auf die Hupe drückt. Das Hupen zerreißt die Stille, und ich merke, wie er zusammenzuckt. »*Fuck*«, murmelt er gequält, und dann, lauter: »*Fuck, fuck, fuck, fuck!*«

»Ja. Das kann man so sagen.« Mit hochgezogenen Augenbrauen sehe ich den Eisblock an, während ich verstohlen seine Anzugsjacke höher auf meinen Schoß ziehe.

Duncan Sommerset rauft sich mit einem tiefen Seufzer die Haare, die sich wild zu wellen beginnen, wie ich es noch nie bei ihm gesehen habe. Immerhin haben wir jetzt beide nicht mehr unsere ordentlichen New-York-Frisuren, denke ich, während ich mir zum x-ten Mal eine lose Haarsträhne hinter das Ohr streiche. Ausgleichende Gerechtigkeit.

»Verdammt. Das alles … das tut mir so unfassbar leid.«

Ich bin ehrlich überrascht von seinen aufrichtigen Worten, vor allem von der Art und Weise, wie er sie hervorstößt. Er reibt sich mit beiden Händen über das Gesicht, starrt ein paar Sekunden lang aus der Windschutzscheibe und sieht mich dann ernst an.

»Bitte, Sie müssen mir glauben, dass das so nicht geplant war. Also … wie Sie ja gerade mitbekommen haben, war ich schon sehr lange nicht mehr hier, auf Whale Island. Und ich hatte in all diesen Jahren auch keinen Kontakt zu meiner Familie. Also haben meine Mom und mein Dad und meine Geschwister auch Catherine bisher nicht kennengelernt. Als … als ich mit meinem Schwiegervater den Plan ausgearbeitet habe, hier, auf Whale Island, ein Grundstück für ein potenzielles Hotel anzusehen, da … da wusste ich natürlich, dass ich dann meine Familie zum ersten Mal wiedersehen würde. Aber eigentlich war der Plan, dass Sie und ich im *Whale Island Inn* übernachten, mit genügend Abstand zu meiner Sippe. Eloise hat dort zwei Zimmer für uns reserviert. Ich konnte ja nicht ahnen, dass Mom und Aidan uns schon auf der Fähre sehen und diesen Plan zunichtemachen würden!« Er stöhnt leise auf und reibt sich mit dem Zeigefinger die tiefe Furche zwischen seinen dunklen Augenbrauen. »Und was ich wirklich nicht geplant hatte, war … das, was sich eben abgespielt hat. Ich … ich war selbst völlig überrumpelt, als meine Mutter Sie für Catherine gehalten hat. Und … in dem Moment … also, ich konnte es einfach nicht richtigstellen.«

Er räuspert sich, und seine Stimme klingt mit einem Mal so belegt, dass ich fast glaube, dass er den Tränen nah ist. Rasch starrt er nach draußen, wo man hauptsächlich Nebelschwaden und nur wenig Meer erkennt.

Ich verstehe, was er meint. Die Freude und die Begeisterung

seiner Mutter waren mit Händen greifbar. Aber … wie kann er sie so belügen? Sie wird doch herausfinden, dass ich nicht Catherine bin!

Als könne er meine Gedanken lesen sagt Duncan Sommerset nun rasch: »Mom muss es nie erfahren. Wenn Sie während der zwei, höchstens drei Tage hier auf der Insel so tun können, als seien Sie Catherine, dann … dann ist alles gut. Wir reisen wieder zurück nach New York, und Sie müssen meine Familie nie wiedersehen.«

»Aber … es gibt doch eine echte Catherine Sommerset!«, stoße ich ungläubig hervor.

»Ja. Aber die echte Catherine Sommerset wird niemals hierher, nach Whale Island, kommen«, sagt mein Chef und klingt mit einem Schlag wieder so kühl und rational, wie ich ihn sonst kenne. »Mal ehrlich: Können Sie sich meine Frau hier vorstellen?«

Ernst starre ich in den Nebel hinaus. Nein, natürlich kann ich das nicht. Aber … das ist doch kein Grund, so ein bescheuertes Lügenkonstrukt aufzubauen!

»Niemand wird mir abnehmen, dass ich Ihre Frau bin«, murmele ich mit einem Kopfschütteln. »Und, ganz ehrlich: Ich verstehe den Sinn überhaupt nicht. Warum sollen wir Ihre Familie belügen? Ihre Mutter … sie scheint eine wirklich liebenswerte Frau zu sein! Warum, Mr. Sommerset?«

»Sie sollten dringend anfangen, mich Duncan zu nennen«, murmelt der Eisblock und mustert mich ernst. »Greta. Beziehungsweise … Catherine. Ach, verdammt. Das ist doch …« Er stöhnt auf und rauft sich erneut die Haare. »Glaub mir, Greta, ich wollte dich auf keinen Fall in so einen Schlamassel hineinziehen. Und ich kann mir denken, dass du jetzt sauer und … geschockt bist. Außerdem ist mir bewusst, dass ich mich in Zeiten von ›Me too‹ auf extrem dünnem Eis bewege, indem ich dich als dein Chef bitte, meine Ehefrau zu spielen. Wirklich, mir ist das alles klar. Ich bin ja nicht blöd.«

»Und warum tun wir das hier dann? Das ist doch wie in einem schlechten Film!«

Mit einem tiefen Seufzer betrachtet er mich, und angesichts der aufgewühlten Gefühle, die ich in seinem Blick erkenne, empfinde ich fast so etwas wie Mitleid mit ihm. Aber auch nur fast!

»Weil ich bei meiner Familie ohnehin schlechte Karten habe«, sagt er schließlich leise. »Ich habe diese Insel damals unter sehr unschönen Umständen verlassen. Ich kann jetzt nicht aus diesem Auto steigen und meiner Mom sagen: ›Hey, weißt du was, ich habe mich eben vertan, das hier ist gar nicht Catherine!‹«

Ungläubig starre ich ihn an. »Sie hätten eben die Chance gehabt, Ihrer Mutter sofort klarzumachen, dass sie mich verwechselt, Mr. Sommerset«, sage ich langsam.

»Duncan, verdammt! Und, ja, das hätte ich! Ich bin ein *fucking* Idiot, der einfach überfordert ist von dieser ganzen emotionalen Achterbahn namens Whale Island!« Aufgebracht wirft er seine Hände in die Luft und lässt sie zurück auf das Lenkrad krachen. Fast fürchte ich, dass er erneut versehentlich hupt, aber das macht er nicht.

»Warum tun Sie sich diese emotionale Achterbahnfahrt denn überhaupt an? Warum sind wir hier? Ich verstehe das alles nicht.«

»Das kannst du auch noch nicht verstehen, und ich kann das jetzt nicht auf die Schnelle erklären.« Ungeduldig holt der Eisblock Luft und wirkt wieder wie der kühle Geschäftsmann aus New York. »Du musst momentan nur wissen, dass es gute Gründe gibt, warum wir hier sind, und dass ich mir selbst wünsche, ich könnte die letzte viertel Stunde zurückdrehen. Keine

Ahnung, was mich da eben geritten hat. Vielleicht … vielleicht habe ich mir einen Moment lang gewünscht, dass du tatsächlich Catherine wärst.« Er stockt und schiebt dann rasch hinterher: »Also … das klingt jetzt noch mehr nach ›Me too‹. Sorry. Ich meinte … ich habe mir vermutlich die echte Catherine her gewünscht.«

Ich schlucke und versuche, mein wild hämmerndes Herz unter Kontrolle zu bringen. »Und die echte Catherine wollte gar nicht diese Chance ergreifen und ihre Schwiegerfamilie endlich kennenlernen?« Bei der Vorstellung, dass die Eisprinzessin von dieser ganzen absurden Aktion hier auf Whale Island erfahren könnte (ich in ihrer Rolle, man stelle sich das bloß vor!), wird mir ein wenig übel. Das könnte allerdings auch am Wellengang liegen, der stärker geworden ist.

»Sie weiß nicht, dass meine Familie hier wohnt.« Die Worte des Eisblocks hängen schwer zwischen uns im Mietwagen. Ohne meinen Blick zu erwidern, fügt er knapp hinzu: »Catherine denkt, ich käme aus Halifax, der Hauptstadt von Nova Scotia. Ich habe ihr nie von dieser Insel im Norden erzählt.« Er stockt, räuspert sich und sagt leise, den Blick auf den Schalthebel zwischen uns gerichtet: »Ich weiß, dass ich viel von dir verlange, Greta. Und du hättest jedes Recht, mir einen Vogel zu zeigen und noch heute Abend nach New York zurückzureisen. Ich könnte es dir nicht verübeln. Aber … wenn du bleibst und das hier mit mir durchziehst … also … das wäre einfach großartig. Ich wäre dir wirklich wahnsinnig dankbar.« Er hebt den Blick, und die stumme Hoffnung in seinen grauen Augen haut mich um. Ich schlucke und vergrabe meine Finger im Seidenfutter seiner Anzugsjacke, die immer noch auf meinem Schoß liegt. Plötzlich ist mir nicht mehr kalt. Im Gegenteil. Verstohlen schiebe ich die Jacke ein wenig zur Seite, wende meinen Blick ab und starre nach draußen, wo sich zwischen den Nebelschwaden nun ein Streifen Küste schemenhaft abzeichnet.

Ich frage nicht, ob mich der Eisblock unter irgendeinem Vorwand feuern würde, wenn ich noch heute nach New York zurückkehren würde, sondern sage nur leise: »Okay.«

7

Aber natürlich habe ich das alles nicht völlig bis zum Ende durchdacht, was eigentlich gar nicht typisch für mich ist. Normalerweise analysiere ich alles bis ins Detail, wiege Vor- und Nachteile ab. Olivier hat es immer in den Wahnsinn getrieben, wenn ich für wichtige Entscheidungen eine Ewigkeit gebraucht habe: Wo wollten wir unsere Hochzeit feiern? In welcher Farbe sollten die Wände in unserer neuen Wohnung in Hongkong gestrichen werden? Wie sollte unser Baby heißen?

Nicht, dass wir beim letzten Punkt je zu einer Einigung gekommen wären. Und das mussten wir ja auch nicht.

Heute jedoch, an diesem surrealen Augusttag, der sich angesichts der Nebelschwaden draußen eher wie ein Novembertag anfühlt, heute analysiere ich nicht länger. Vielleicht, weil ich weiß, dass dabei nichts Gutes herauskäme. Und weil mir klar ist, dass ich keine andere Alternative habe, als mitzuspielen. Okay, doch, natürlich habe ich eine Alternative, die hat man ja fast immer im Leben. Aber wie ginge es in meinem Job weiter, wenn ich Duncan hier sitzen ließe und einfach zurück nach New York flöge? Gut, vielleicht würde er mich nicht feuern. Ehrlich gesagt, traue ich ihm das gar nicht mehr zu – noch heute Morgen hätte ich das anders gesehen. Aber jetzt, nachdem ich erlebt habe, wie er seine Mutter umarmt hat, wie er sich bei mir entschuldigt hat und wie ehrlich aufgewühlt angesichts dieser ganzen absurden Situation er eben gewirkt hat, jetzt kann ich mir plötzlich gar nicht mehr vorstellen, dass er mich kaltschnäuzig feuern würde. Was also hält mich davon ab, Dottie zu bitten, mich sofort wieder zurück ans Festland zu bringen? Zum einen der Seegang, muss ich ganz ehrlich sagen. Mir ist gerade ziemlich übel, als unser Mietwagen endlich von der Rampe rollt und über eine ungeteerte Straße rumpelt. Aber ganz abgesehen davon ist da noch etwas: Ich bin neugierig. Ja, ich möchte zu gern sehen, wo genau der Eisblock aufgewachsen ist. Whale Island fasziniert mich schon, bevor ich überhaupt etwas von der Insel gesehen habe. Und vielleicht erfahre ich ja mehr von dieser Sache, die den Eisblock damals von der Insel vertrieben hat. Womöglich komme ich hier dem Grund für die Verlorenheit im Blick von Duncan Sommerset auf die Spur!

Nein, natürlich geht mich all das eigentlich nichts an, aber, hey, wenn ich schon seine Frau spielen soll, dann muss er damit leben, dass ich automatisch mehr von ihm und seiner Familie mitbekommen werde, als das normalerweise bei einem Chef-Angestellten-Verhältnis der Fall ist.

Und dann ist da natürlich noch die nicht ganz unerhebliche Tatsache, dass ich weiche Knie habe und mein Herz rast. Seit mir Duncan in die Augen gesehen und mich inständig gebeten hat, ihm zu helfen, indem ich mitspiele, fühle ich mich, als sei ich ein Häufchen Butter, das in der Sommersonne von Manhattan vergessen wurde. Ich schmelze dahin, ohne dass ich das verhindern könnte. Dabei ist dieser Mann ja nun wirklich die meiste Zeit völlig unterkühlt und unnahbar! Aber der Ausdruck, der eben in das Grau seiner Augen getreten ist, als er mir gegenüber so offen war wie noch nie, der hat mir gezeigt, dass er nicht immer so ist, wie ich ihn aus Manhattan kenne. Dass er ganz anders sein kann – so, wie auch sein Haar schon völlig anders aussieht, überhaupt nicht mehr glatt und gebändigt, sondern wild und widerspenstig. Und dieser winzige Schnipsel des anderen Duncan Sommerset, der hat mich so sehr in seinen Bann gezogen, in der Hoffnung, mehr davon zu sehen zu bekommen, dass ich nicht länger auf meinen Verstand höre. Nicht länger analysiere und die Vor- und Nachteile abwäge.

Als wir vor einem großen, braunen Gebäude ankommen, von dem ich im Nebel nur ein paar hölzerne Querbalken und Sprossenfenster erkenne, sehe ich neugierig nach draußen.

»Ist das dein Elternhaus?«, frage ich. Es sieht riesig aus!

»Das ist die *Cameron Lodge*«, erwidert Duncan, und da erkenne auch ich das Schild, das ein wenig schief über dem Eingang hängt.

»Ein Hotel?« Erstaunt sehe ich ihn an.

»Ja. Das Hotel meiner Familie.«

»Oh!« Verblüfft starre ich wieder durch das Beifahrerfenster hinaus, während Duncan den Wagen parkt und den Motor ausschaltet. Mit einem tiefen Seufzer starrt er ebenfalls nach draußen.

»Dieser beschissene Nebel«, murmelt er, und ich muss mir ein Grinsen verkneifen, weil ich nie gedacht hätte, dass dieser ansonsten immer so beherrscht und glatt wirkende Mann so viele Schimpfwörter benutzen würde. Aber vielleicht tut er das auch nur hier, in seiner alten Heimat?

»Es könnte so schön hier auf Whale Island sein, wenn der Nebel nicht wäre.« Nachdenklich fährt er sich mit einer Hand durch sein Haar, als versuche er, die Unordnung auf seinem Kopf ein wenig in den Griff zu bekommen. Vergeblich. Die Luftfeuchtigkeit lässt seine dunklen Strähnen immer unbändiger aussehen. Es gefällt mir nicht, wie sehr mir das gefällt. Ich fand ihn ja schon mit seinem glatten Look verboten sexy. Aber jetzt, mit diesem leicht verwuschelten Haar … Als mich Duncan plötzlich ansieht, zucke ich ertappt zusammen und ärgere mich darüber. Rasch schnalle ich mich ab.

»Keine Sorge«, sagt er jetzt und sieht mit gerunzelter Stirn nach draußen, wo gerade der Pick-up-Truck seines Bruders an uns vorbeirollt. »Wir müssen nicht zusammen in einem engen Hotelzimmer schlafen. Das wäre echt zu viel verlangt.« Er lacht kurz heiser auf, und bei der Vorstellung von ihm und mir in einem engen Zimmer wird mir noch wärmer, als mir ohnehin schon ist.

»Aber … wie willst du deiner Familie erklären, dass wir nicht in einem Zimmer schlafen?«

»Es gibt nicht nur die normalen Hotelzimmer«, erklärt Duncan und öffnet die Fahrertür, als wir seine Mutter durch den Nebel auf unser Auto zukommen sehen. »Hey, Mom. Ich habe Greta gerade von den Cottages erzählt.«

Oh Gott – er hat mich Greta genannt! Ich bin ebenfalls ausgestiegen und starre ihn alarmiert über das Dach des Mietwagens hinweg an. Auch Heather runzelt die Stirn und fragt ratlos: »Greta?«

Da schlägt sich Duncan mit einem Lachen, das eher nach Stöhnen klingt, gegen die Stirn und sagt: »Ach … so nenne ich Catherine manchmal. Weißt du, wegen *Hänsel und Gretel*. Das Märchen? Als ich sie kennengelernt habe, da hat sie ihre Haare zu so zwei Zöpfen geflochten getragen, und ich habe sie gefragt, wo es zum Knusperhäuschen geht. Die blödeste Anmache aller Zeiten.« Er lächelt schief, und als er mich ansieht, setzt mein Herz einen Schlag aus. Zwei atemlose Sekunden lang stelle ich mir vor, tatsächlich seine Frau zu sein, tatsächlich diese Erinnerung an unser Kennenlernen zu haben, tatsächlich diejenige zu sein, für die dieser Mann einen Kosenamen benutzt.

Heather lacht entzückt auf. »Also, ich finde, dass Gretel oder Greta tatsächlich sehr gut zu dir passen, Kindchen! Ich meine, dein Name ist wunderschön, aber … du siehst aus wie eine Greta. Und aus Deutschland könntest du auch kommen! Wir hatten mal eine deutsche Praktikantin bei uns im Hotel, die war genauso hellblond wie du. Weißt du noch, Duncan? Du warst damals ganz schön in sie verliebt.«

»Mom …«, seufzt Duncan und reibt sich offensichtlich verlegen den Nacken. »Da war ich höchstens zwölf!«

»Dreizehn. Katja, so hieß sie. Hübsches Mädchen. Aber nicht so hübsch wie du, liebste Catherine.« Heather strahlt mich an.

»Danke«, sage ich und zwinge mich zu einem Lächeln.

»Stimmt«, murmelt Duncan, und ich sehe ihn überrascht an. Er aber weicht meinem Blick aus und will etwas zu seiner Mutter sagen, doch in diesem Moment werden wir von Gebell begrüßt. Ehe ich mich versehe, schießt ein grauer Hund mit sehr viel wildem Fell kläffend auf uns zu. Ich bleibe wie angewurzelt stehen, weil ich bei Hunden immer ein wenig verunsichert bin, aber das hechelnde Wesen beachtet mich zunächst gar nicht. Nein, es begrüßt Duncan so begeistert, dass der Eisblock ungläubig in die Hocke geht. »Ist das wirklich … Johnnie?«

»Ja, na klar«, bestätigt Heather, die ihren Sohn sichtlich gerührt beobachtet. »Und er hat dich sofort wiedererkannt!«

»Wow, das ist … Nach all den Jahren! Wie alt ist er denn jetzt?« Duncan krault den Hund ausgiebig hinter den zotteligen Ohren und lacht im nächsten Moment laut auf, als das Tier ihm einmal quer über das Gesicht leckt.

Der Eisblock hat gelacht!

»Er ist fast vierzehn und hat öfter mal gesundheitliche

Problemchen. Wie wir alle«, seufzt Heather, doch sie lächelt dabei.

Duncan will etwas erwidern, aber in diesem Moment verliert er wegen Johnnies stürmischer Begrüßung das Gleichgewicht und geht lachend zu Boden. Ungläubig starre ich den Mann an, der erneut von dem zotteligen Hund abgeleckt wird und dem das überhaupt nichts auszumachen scheint. Ist das wirklich derselbe Kerl, vor dem in Manhattan alle im *Sommerset Hotel* Angst haben?

Als Johnnie plötzlich von ihm ablässt und dafür auf mich zugestürmt kommt, erstarre ich auf dem Fleck. Ich möchte auf keinen Fall ... Ahh, zu spät, er springt an mir hoch, und seine Zunge schafft es, meine Hand zu streifen. Igitt. Doch als mich das hechelnde Tier treuherzig aus dunklen Augen ansieht, muss ich grinsen und beginne fast automatisch, sein dichtes lockiges Fell zu kraulen.

»Hallo, Johnnie«, sage ich.

»Sorry, er ist manchmal etwas stürmisch, wenn er Leute begrüßt, die er mag«, entschuldigt sich Heather rasch und kommt näher, um den Hund am Halsband zu fassen.

»Aber er kennt mich ja noch gar nicht«, wende ich erstaunt ein.

»Dem Kerl reichen ein paar Sekunden, um zu entscheiden, wen er mag und wen nicht. Achtung, gleich wirst du ein Geschenk bekommen«, erklärt Heather und zwinkert mir zu. Tatsächlich rennt der Hund jetzt mit langen Sätzen davon, und ich sehe ihm verdutzt hinterher. Inzwischen hat sich Duncan aufgerappelt und klopft sich Dreck von den Knien. »Johnnie Walker ist also noch da. Das ist echt unglaublich.«

»Johnnie Walker?«, wiederhole ich fassungslos und breche dann in ungläubiges Gelächter aus. »Wie der Whiskey?«

»Na klar.« Duncan sieht mich an und grinst. Er grinst! Ich

wusste wirklich nicht, dass sich seine Mundwinkel überhaupt so weit in die Höhe bewegen können!

»Unsere Vorfahren stammen immerhin aus Schottland, und darum kam nur ein Whiskey-Name infrage.«

Seine Vorfahren stammen aus Schottland? Ich komme aus dem Staunen gar nicht mehr heraus. Okay, das hier ist »Neuschottland« – aber trotzdem … so genau habe ich da bisher nicht drüber nachgedacht.

»Der Name war Duncans und Aidans Idee«, seufzt Heather mit einem Kopfschütteln. »Erst wollten sie den armen Kerl Glenfiddich nennen, aber da hat Glenn – der menschliche Glenn, meine ich – sein Veto eingelegt. Also wurde es Johnnie Walker. Unsere Gäste müssen uns alle für Alkoholiker halten.«

Ich habe keine Ahnung, wer Glenn ist, aber ich wage es nicht nachzufragen. Immerhin bin ich Catherine Sommerset, die das vermutlich wissen sollte. Ob das die echte Catherine wirklich tut, sei dahingestellt.

»Mom, ich habe Catherine gerade von den Cottages vorgeschwärmt.« Duncan geht um das Auto herum, bis zum Kofferraum. Während er den Deckel öffnet und unser Gepäck herausholt, fragt er: »Ich hoffe, eines der Häuser ist frei, damit wir dort übernachten können?«

»Ach, Duncan.« Heather klingt mit einem Mal so bekümmert, dass ich sie erschrocken mustere. »Du warst wirklich schon lange nicht mehr hier. Die Cottages vermieten wir seit Jahren nicht mehr. Es gibt einfach nicht genügend Gäste! Sie sind allesamt in einem katastrophalen Zustand – bis auf das, in dem Aidan lebt. Ich glaube, in den meisten anderen wohnen inzwischen Eichhörnchen und Waschbären. Aber, keine Sorge, ihr bekommt unser schönstes Zimmer – die ›Honeymoon Suite‹ mit Blick aufs Meer – und mit großem Himmelbett!«

Das eindeutige Zwinkern in meine Richtung entgeht mir

nicht, und ich greife rasch nach meinem Koffer, um meine Verlegenheit zu überspielen. Duncan allerdings hält mein Gepäckstück entschlossen fest, und als meine Finger seine Hand streifen, zucke ich leicht zurück. Fragend sehe ich zu ihm hoch. Er schüttelt leicht den Kopf und murmelt: »Ich mache das. Und … sorry.«

Dann folgt er mit langen Schritten seiner Mutter, die auf das dunkle Gebäude im Nebel zugeht. Unruhig sehe ich mich um, während ich den beiden folge. Wo Duncans Bruder abgeblieben ist, ist mir ein Rätsel. In diesem Moment kommt Johnnie Walker wieder angewetzt, ein gelbes Etwas im Maul. Erstaunt beobachte ich, wie er den länglichen, unförmigen Gegenstand vor meinen Füßen ablegt und mich schwanzwedelnd ansieht.

»Sein Lieblingsspielzeug. Ein ganz besonderes Willkommensgeschenk«, sagt Heather über ihre Schulter und lächelt mich breit an.

»Das ist ein zerkauter Gummistiefel«, erklärt Duncan, der meinen ratlosen Blick richtig interpretiert hat. Ich lache auf, bevor ich mich zu Johnnie hinunterbeuge und ihn erneut kräftig kraule.

»Ein wunderschöner Stiefel ist das«, sage ich und sehe ihm tief in die braunen Hundeaugen. »Herzlichen Dank dafür.«

Die Antwort ist erneut eine raue Hundezunge, die mir diesmal quer übers Gesicht leckt.

8

Verdammt. Genau das kommt dabei heraus, wenn man Dinge nicht bis zum Schluss durchanalysiert und alle, aber auch wirklich alle Vor- und Nachteile abwägt! Ich hätte umgehend nach New York zurückkehren sollen. Oder zumindest irgendwo auf dem Festland übernachten sollen, allein, ohne meinen völlig durchgeknallten Chef.

Fassungslos starre ich das kitschige Himmelbett an, auf dessen Bettüberwurf Heather in aller Eile ein Herz aus Blütenblättern gelegt haben muss. Das darf doch nicht wahr sein!

Ich höre ein unverständliches Gebrumme, als der Eisblock hinter mir das Zimmer betritt und unsere Koffer in einer Ecke absetzt. Mit einem tiefen Seufzer sieht er sich um, und ich merke, dass er beim Anblick des Blütenherzens noch versucht, ein ungläubiges Stöhnen zu unterdrücken, was ihm nur halbwegs gelingt.

Ich sage nichts. Ich wüsste auch wirklich nicht, was ich sagen könnte. Mit verschränkten Armen lasse ich meinen Blick durch die Honeymoon Suite wandern, die Heather uns partout geben wollte. Nun ja, und zur Honeymoon Suite gehört anscheinend zwingend das Herz auf dem Bett, völlig klar. Bei genauerem Hinsehen merke ich, dass es sich um künstliche Blütenblätter handelt. Vermutlich liegt die Dekoration schon länger dort und wurde gar nicht erst für uns auf dem Bettüberwurf drapiert. Ja, jetzt erkenne ich auch den Staub auf den Blüten.

Überhaupt sieht einiges in diesem Zimmer so aus, als wäre es schon länger hier. Um nicht zu sagen: sehr lang. Die altmodische Uhr auf dem Sekretär in der Ecke, zum Beispiel, die neben einigen kitschigen Nippesfigürchen thront und zu laut vor sich hin tickt. Oder das Sofa, das so durchgesessen wirkt, dass ich überhaupt keine Lust habe, mich darauf sinken zu lassen und den Blick durch das bodentiefe Fenster zu genießen, denn sicherlich hat man aus diesem Zimmer einen fantastischen Ausblick. Zumindest dann, wenn die Landschaft draußen nicht von dickem Nebel verschluckt wird, wie heute. Aber immerhin gibt es in der Honeymoon Suite außer dem gewaltigen Himmelbett überhaupt noch ein Sofa. Das bedeutet, dass mein Chef und ich nicht in einem Bett schlafen müssen!

Als hätte er meine Gedanken gelesen, lässt sich Duncan mit einem tiefen Seufzer auf das Sofa sinken, dessen dunkelbraune Farbe so gar nicht zur blaugemusterten Tapete mit Meeresmotiven passt. Überhaupt passt hier vieles nicht zusammen, finde ich, und sehe mich ehrlich ratlos um. Ich habe schon so unfassbar viele Hotels gesehen, habe in zahllosen Urlaub gemacht und in vielen gewohnt und gearbeitet. Aber so ein Zimmer habe ich noch nicht erlebt. Ungläubig starre ich den Couchtisch an, der noch aus den 70ern zu stammen scheint und mit seinem Retro-Charme fast wieder modern sein könnte, wenn die hellbraune Farbe an den Beinen nicht an mehreren Stellen abplatzen würde. Dann wandert mein Blick zu den kitschigen Aquarellen mit Küstenmotiven, auf denen durchgängig strahlendblauer Himmel und weißer Sandstrand zu sehen sind. Ich habe bisher nicht viel von Whale Island zu Gesicht bekommen, aber mein erster Eindruck hat nichts mit diesen Bildern zu tun. Hätte man nicht echte Fotos von der sicherlich beeindruckenden Küste der Insel aufhängen können? Sogar ein paar Schwarz-Weiß-Bilder von Nebeltagen, wie heute? Das könnte ich mir wirklich eindrucksvoll vorstellen, und es käme viel authentischer rüber. Wenn die viel zu unruhige Tapete mit ihren zahlreichen Möwen, Segelbooten, Ankern, Leuchttürmen und Muscheln nicht wäre. Das ist einfach alles viel zu viel!

»Ich weiß genau, was du denkst«, murmelt Duncan, und ich sehe ihn überrascht an. War mir das ungläubige Staunen so deutlich ins Gesicht geschrieben? Anscheinend ja.

»Die *Cameron Lodge* ist mehr als nur in die Jahre gekommen. Sie wurde seit ihrer Eröffnung 1980 nicht ein einziges Mal wirklich renoviert, wenn man von der ein oder anderen neu gestrichenen Wand absieht.« Auf Duncans Gesicht sind Verlegenheit, Ärger und Ekel abzulesen, als er auf den Teppich zu unseren Füßen starrt, dessen traurige graubraune Farbe von etlichen Flecken überzogen wird. »Ich habe meinen Eltern tausend Mal gesagt, dass sie in eine Grundsanierung investieren müssen, wenn sie mit der Lodge heutzutage noch Gewinn einfahren wollen. Aber sie hören nicht auf mich. Mein Dad weiß immer alles besser.«

Aufgebracht versetzt er einem Sofakissen mit aufgesticktem Blaubeermuster einen Fausthieb, was dazu führt, dass eine kleine Staubwolke in die Luft gewirbelt wird. Hustend und kopfschüttelnd lässt er sich rücklings gegen die Sofalehne sinken und starrt an die Wand.

»Es tut mir leid«, wiederholt er, während ich an das Fenster trete und hinausstarre, auch wenn ich nicht viel sehe. Obwohl es eigentlich noch hell sein müsste, wirkt es draußen Dank der tiefhängenden Wolken düster. Immerhin hat sich der Nebel ein wenig gelichtet, sodass man den Regen hinabprasseln sehen kann. Doch außer einer Wiese unterhalb des Fensters und den Umrissen einiger Bäume kann ich nicht viel erkennen.

Als ich schweige, fügt er leise hinzu: »Natürlich werde ich hier auf dem Sofa schlafen, Greta.«

Ich muss leise auflachen und drehe mich zu ihm um. »Natürlich wirst du das«, sage ich ruhig. »Alles andere steht völlig außer Frage.«

Ein wenig irritiert erwidert der Eisblock: »Ja, ist mir klar. Und ich habe schon zig Mal gesagt, dass es mir leidtut!«

»Das sollte es auch«, erwidere ich und sehe ihn streng an. Ich wundere mich selbst darüber, dass ich es mit einem Mal einfach so wage, ihm die Stirn zu bieten. Manhattan und unser normales Arbeitsverhältnis scheinen gerade eine Million Meilen weit fort zu sein. »Deine Mutter wirkt wirklich nett, Duncan. Und sie war offensichtlich so unfassbar glücklich, dich zu sehen. Ich begreife nicht, wie du sie so belügen kannst.«

»Du kennst meine Mutter kein bisschen, Greta! Und du hast keine Ahnung, warum alles mit meiner Familie so abgefuckt ist, wie es ist, okay?«

Überrascht starre ich ihn an. In seinen grauen Augen funkelt es mit einem Mal so wütend, dass ich mich verwundert frage, was hier eigentlich los ist. Was hinter dieser ganzen Geschichte steckt. Warum mein Chef dieser Eisblock ist, der offensichtlich jahrelang nicht in seiner Heimat war, der nicht mehr mit seinem Bruder spricht, der seiner Mutter nie die Frau vorgestellt hat, die er geheiratet hat. Ist er das Opfer in dieser Story – oder ist er der Schuldige, der gefühlskalte Egoist, der einfach den Kontakt abgebrochen hat? Weil ihm seine Herkunft vielleicht peinlich war? Wenn ich mir dieses heruntergekommene Hotel ansehe, würde mich das nicht wundern.

Vor allem nicht, wenn man seine Frau und seinen Schwiegervater kennt. Ich versuche, mir die Eisprinzessin und ihren Dad in diesem Hotel vorzustellen. Fast hätte ich aufgelacht, wenn mich Duncan nicht immer noch so aufgebracht anstarren würde. Es liegt wirklich auf der Hand, warum er Catherine nicht hierherbringen wollte. Aber … warum er seine Eltern offensichtlich nicht einmal zu seiner Hochzeit nach New York eingeladen hat, das ist wirklich … unverzeihlich. Ja. Gut, er mag sagen, dass ich seine Mutter nicht kenne. Aber so sehr täuscht der erste Eindruck sicherlich nicht: Heather Cameron wirkt wie ein absolut liebenswerter, warmherziger Mensch.

Und ihr Sohn ist das genaue Gegenteil. Oder?

»Ich sterbe vor Hunger«, sagt Duncan jetzt und steht vom Sofa auf. »Wollen wir unten etwas essen? Ich kann zwar nicht dafür garantieren, dass das Essen hier gut ist, aber …« Er bricht ab und reibt sich mit einem Seufzen über das Kinn.

»Ich bin mir sicher, dass das Essen völlig in Ordnung ist. Immerhin bin ICH nicht daran gewöhnt, ständig bei Peter Luger zu dinieren«, gebe ich spitz zurück. Dank Bridgets stetem Fluss an Klatsch und Tratsch weiß ich genau, dass der Eisblock liebend gern in New Yorks bekanntestes Steakhaus geht. Die Eisprinzessin eher weniger, vermute ich, schließlich ist sie, zumindest laut Bridget, Vegetarierin. Oder sogar Veganerin? Ich bin mir nicht mehr sicher. Auf jeden Fall sieht sie nicht wie jemand aus, der generell gern isst.

Duncan starrt mich ehrlich überrascht an. Dass er nicht mit so spitzen Kommentaren von mir gerechnet hat, liegt auf der Hand. Aber ich habe auch nicht damit gerechnet, auf dieser Dienstreise seine Frau spielen und ein Zimmer mit ihm teilen zu müssen!

»Um das klarzustellen«, sagt er langsam, »es ist nicht so, dass ich nur bei Peter Luger esse. Aber … ja, das, was uns hier unten in der *Cameron Lodge* erwartet, ist in der Tat sehr weit von Peter Luger entfernt, so viel steht fest.«

»Mag sein«, gebe ich kühl zurück und lehne mich mit verschränkten Armen an den Fensterrahmen, halte seinem Blick trotzig stand. »Ich würde wirklich gern das Essen hier in der Lodge probieren, denn ich bin mir sicher, es ist gar nicht schlecht. Aber mir ist der Appetit für heute wirklich vergangen. Ich bleibe lieber hier im Zimmer.«

Duncan sieht mich an, und ich merke, dass in seinen Augen etwas aufflackert, was mich fast an leichte Verunsicherung denken lässt. Wobei Unsicherheit so absolut gar nicht zum Eisblock passt, dass ich den Gedanken schnell wieder verwerfe. Vermutlich ist er nur genervt.

»Sicher?« Zögernd bleibt mein Chef an der Zimmertür stehen, seine Hand schon auf dem Türknauf. Abwartend mustert er mich.

»Sicher«, erwidere ich fest. Auf gar keinen Fall bekomme ich jetzt in diesem Hotelrestaurant einen Bissen hinunter. Nicht, wenn ich so tun muss, als sei ich Catherine Sommerset. Nicht bei der Vorstellung, dass ich nach dem Essen mit dem Eisblock in dieses Zimmer zurückkehren und hier mit ihm die Nacht verbringen muss.

»Okay.« Duncan nickt und sieht mich noch einmal ernst an, bevor er sich abwendet. In diesem kurzen Blick liegt so viel, und ich merke, dass er genau weiß, warum ich nicht mitkomme.

Als Duncan gegangen ist, öffne ich meinen Koffer, hänge meine Blusen in den Schrank (es gibt leider nur vier Bügel, und ich belege sie alle – soll Duncan sich doch andere organisieren!) und gehe dann mit meinem Kulturbeutel ins Badezimmer. Meine Kontaktlinsen kleben unangenehm an meinen Augäpfeln, der Klimaanlage im Flugzeug sei Dank. Als ich meine

Abschminkpads herausziehe, zögere ich. Will ich wirklich, dass mein Chef mich ohne Make-up und Wimperntusche sieht? Nein. Aber will ich, dass er morgen früh das Farbenspiel auf meinem Kopfkissen und vermutlich auch auf meinem Gesicht sieht? Nein! Mit einem resignierten Seufzer schminke ich mich ab, suche in den Tiefen meines Kulturbeutels mein Brillenetui und putze mir schneller als sonst die Zähne, bevor ich eilig in mein Nachthemd schlüpfe. Zum Glück habe ich nur in Sachen Unterwäsche das eine Paar mit der sexy schwarzen Spitze eingepackt (warum auch immer!), bin bei der Wahl meines Nachthemds hingegen bei einer solideren Version geblieben: Ein hellblau-weiß gestreiftes Longshirt im Herrenhemd-Stil, vorn durchgeknöpft und mit langen Ärmeln, die ich bis zu den Ellbogen aufrolle, weil es recht warm im Zimmer ist. Als ich plötzlich ein Klopfen an der Tür höre, springe ich regelrecht panisch auf das breite Ehebett, reiße die Decke hoch, wobei die Blütenblätter zu Boden segeln, und schlüpfe darunter. Gerade, als ich mich fast vollständig unter der Decke verkrochen habe, höre ich, wie die Tür leise geöffnet wird. Ich stelle mich schlafend, lausche angespannt, höre eine knarrende Bodendiele, dann klackert etwas leise irgendwo neben dem Bett. Die Tür schließt sich wieder. Vorsichtig schiebe ich meinen Kopf unter der Decke hervor. Ein Suppenteller steht auf einem der Nachttische, ein Teller darüber, vermutlich, damit der Inhalt nicht kalt wird. Auf dem Teller liegt ein Brötchen.

Ob das Heather war – oder Duncan?

9

Duncan

Verdammt. Verdammt, verdammt, verdammt!

Ich bin der absolut größte Vollidiot nördlich von New York. Nein, in ganz Nordamerika. Und das will was heißen, wenn man sich allein den ganzen Trump-Clan ansieht!

Stöhnend lehne ich mich im Flur an die Rosenblütentapete, die ich noch aus meiner Kindheit kenne. Dementsprechend sieht sie auch aus – vergilbt. Ich habe mich lange nicht mehr so alt gefühlt wie beim Anblick dieser verfluchten Tapete.

Mit einem weiteren Stöhnen reibe ich über mein Gesicht und starre dann auf die Tür zur Honeymoon Suite, die ich gerade geschlossen habe. Ob sie die Suppe isst? Mom hat darauf bestanden, dass ich ihr etwas zu essen bringe, und sie hatte recht. Der Gedanke, dass Greta völlig frustriert in diesem Kitschalbtraum von einem Hotelzimmer sitzt und sich fassungslos fragt, was ihr bekloppter Chef ihr eingebrockt hat, ist schlimm genug. Aber dass sie dann noch nicht einmal etwas zu essen bekommt, ist völlig inakzeptabel.

Gequält muss ich daran denken, wie sie regelrecht unter die Decke gehechtet ist, als ich die Tür aufgemacht habe. Das Quietschen des Bettgestells war nicht zu überhören, was mich flüchtig hat überlegen lassen, wie es sich wohl anhört, wenn hier wirklich ein frisch verheiratetes Ehepaar auf Hochzeitsreise übernachtet.

Ich hätte das Zimmer nicht einfach so betreten sollen, ohne zu wissen, ob ich störe oder nicht. Sie ist immerhin meine Angestellte! Aber Mom ist plötzlich hinter mir im Flur aufgetaucht und hat mir zugeraunt: »Schläft sie schon?«

Was sollte ich da sagen? Sollte ich, als Ehemann, einfach vor der Tür stehen bleiben? Natürlich bin ich dann reingegangen, wobei ich mich wie der letzte Arsch gefühlt habe.

Ganz kurz war ich versucht, sie anzusprechen. Ich habe den Umriss ihres Körpers unter der Bettdecke betrachtet, das blonde Haar, von dem ein paar lange Strähnen über das Kopfkissen fielen, habe die Bewegungen ihrer Atemzüge beobachtet – und dann den Teller einfach abgestellt, ohne etwas zu sagen. Es war ja offensichtlich, dass sie ihre Ruhe haben wollte.

Vielleicht war sie auch nackt. Verdammt. Der Gedanke kommt mir erst jetzt. Vielleicht hat sie sich gerade umgezogen, als ich geklopft habe! Mir fällt der BH ein, den ich gesehen habe. Er hing über der Stuhllehne des altmodischen Frisiertisches. Klar, dass ich den nicht übersehen habe. Schlichte rosa Baumwolle mit wenig Spitze. Was irgendwie zu ihrem mädchenhaften Charme passt.

Mein Mund wird trocken, während ich vehement versuche, nicht genauer über das nachzudenken, was Greta Lorenz womöglich anhat oder auch nicht anhat. Wie sie mit oder auch ohne BH aussieht. Sie ist meine Angestellte, verdammt noch mal! In was für eine verfuckte Situation habe ich mich und sie eigentlich hineingeritten? Was bin ich bloß für ein gigantischer Volltrottel?

Mit einem weiteren leisen Stöhnen löse ich mich von der Tapete und gehe langsam über den plüschigen Teppich auf die Treppe zu, die in die Lobby hinabführt.

Warum habe ich Mom auf der Fähre nicht gesagt, dass Greta nicht Catherine ist? Warum, Herrgott noch mal? Bin ich denn von allen guten Geistern verlassen? Dieser Trip ist ohnehin schon schwierig genug. Dann muss doch nicht auch das noch dazu kommen!

Sofort denke ich an Moms pure Freude auf der Fähre. Wie sie mich angesehen hat. Verdammt, bei der Erinnerung könnte ich auf der Stelle heulen. Fast hätte ich auf der Fähre schon geheult. Wenn nicht der Schock dazwischengekommen wäre. Weil ich quasi aus Versehen behauptet habe, meine stellvertretende Empfangschefin sei meine Frau. In dem Moment, als mir die Worte über die Lippen gerutscht sind, als ich den Schock auf Gretas Gesicht gesehen habe, und die Begeisterung auf Moms, da ist mir schlagartig klargeworden, dass ich mich so tief in die Scheiße geritten hatte wie lange nicht mehr. Und dass es zu spät war. Die Worte waren gesagt und ließen sich nicht zurücknehmen.

Und jetzt müssen wir da irgendwie durch. Meine Gedanken wandern wieder zu Greta. Dass sie das überhaupt mitmacht! An ihrer Stelle wäre ich abgehauen. Ich muss in ihren Augen doch wie ein Irrer wirken! Warum ist sie noch hier? Und teilt sich sogar ein Zimmer mit mir?

Diese Frau ist ein wandelndes Rätsel für mich. Als ich sie das erste Mal gesehen habe, an der Rezeption des Sommerset Hotels, da habe ich für einen kurzen Moment tatsächlich völlig irritiert gedacht: Warum steht Catherine am Empfang? Und trägt unsere Uniform? Beim zweiten Hinsehen war natürlich sofort klar, dass das nicht meine Frau war. Unter anderem deshalb, weil Catherine ihr Haar seit ein paar Monaten als kinnlangen Bob trägt. Mir hat ihr langes Haar viel besser gefallen, aber als erfahrener Ehemann weiß ich, dass ich das nicht laut aussprechen sollte – und ich bin ja froh, dass es diesmal nur ein Bob ist. Bei ihrer letzten großen Frisur-Veränderung musste ich damit klarkommen, dass meine Frau plötzlich schwarzhaarig war – wenn auch nicht sehr lang, weil sie selbst schnell gemerkt hat, dass sie mit schwarzem Haar aussieht wie eine Wasserleiche. Der Bob ist also im Vergleich ganz okay.

Nein, die blonde Frau am Empfang war nicht Catherine, aber sie hat mich einen Augenblick lang an die Catherine erinnert, die ich vor elf Jahren kennengelernt hatte. Die ihr Haar damals auch manchmal zu einem strengen Nackenknoten gesteckt getragen hat, wie Greta Lorenz. Von dem Tag an habe ich Greta hin und wieder verstohlen beobachtet. Keine Ahnung, warum. Von der Galerie vor meinem Büro aus kann man den Empfangstresen im Blick behalten, und wenn man sich geschickt hinstellt, wird man dabei von einer großen Zimmerpalme verborgen. Nicht, dass ich sie stundenlang beobachtet hätte, ich bin ja kein Freak! Aber … sie hat mich fasziniert. Tut es immer noch. Ohne dass ich so genau wüsste, was es eigentlich ist.

Und dann, als ich vorgestern fast mit dem Mountainbike in sie hineingerast wäre, war sie mir zum ersten Mal so nah, dass ich die zarten goldenen Sommersprossen auf ihrer Nase und den Wangenknochen erkennen konnte. Mich sofort gefragt habe, ob sie sonst irgendwo Sommersprossen hat. Mich augenblicklich wie der widerlichste Vorgesetzte der ganzen Welt gefühlt habe. Es trotzdem nicht verhindern konnte, festzustellen, dass ihre Augen die Farbe von Blaubeeren haben. Sie sind etwas dunkler als Catherines, deren Augenfarbe eher an Eisblau erinnert. Ich weiß noch genau, wie Greta Lorenz mich angesehen hat. Wie ein verschrecktes Reh. So, als wäre ich der Teufel in Person. Ja, ich mag nicht unbedingt herzlich rüberkommen, das habe ich schon öfter gehört. Angeblich haben einige meiner Angestellten sogar Angst vor mir, was ich allerdings ziemlich übertrieben finde. Nur weil ich nicht ständig strahlend und fröhlich durch die Gegend spaziere? Muss ich denn als General Manager wie ein Animateur wirken? Das kann ich ganz einfach nicht. Und wenn manche meiner Leute Schiss haben, ist das ja gar nicht verkehrt. Doch als Greta Lorenz mich so angesehen hat – da kam ich mir wie ein Ungeheuer vor. Okay, ich hatte sie fast über den Haufen gefahren – aber immerhin war sie quasi blind vor mein Bike gerannt!

Keine Ahnung, was mich an dem Morgen geritten hat. Dieser Blick aus ihren blauen Augen hat mich bis in mein Büro verfolgt. Die Sommersprossen. Die kleine Kuhle in der Mitte ihrer Unterlippe. Auf meinem Schreibtisch haben die verdammten Whale-Island-Unterlagen auf mich gewartet. Warum zum Teufel hatte ich meinem Schwiegervater von dieser Insel erzählt – ohne zu erwähnen, woher ich sie kenne? Hatte ihm gesagt, dass ich mir hier ein Sommerset-Resort gut vorstellen könnte? Ausgerechnet hier?

Ich habe auf meinen Schreibtisch gestarrt und dann die weitere Planung dieses verdammten Trips hinausgezögert, indem ich auf meinem Computerbildschirm Gretas Personalakte aufgerufen habe. Bisher hatte ich mir das verkniffen. Weil ich nicht wie besessen von dieser Frau wirken wollte. Nicht einmal mir selbst gegenüber. Aber vorgestern hat meine Neugierde überhandgenommen.

Aha, sie war also vierunddreißig. Vier Jahre jünger als ich selbst. Ich habe lang auf das eingescannte Bewerbungsfoto gestarrt. Habe versucht, die Sommersprossen zu erkennen, aber der Fotograf musste sie wegretuschiert haben.

Im nächsten Moment sprang mir ein Detail über Greta Lorenz entgegen, das mir die Sprache verschlug: Sie kommt aus Deutschland, wurde in Hamburg geboren! Okay, darauf hätte ich bei dem Namen auch selbst kommen können. Wobei

Namen ja nicht immer auf die Herkunft schließen lassen – ich habe mal mit einer Heidi zusammengearbeitet, die aus Kansas kam. Und bis zu dem Zeitpunkt hatte ich kaum ein Wort mit Greta gewechselt, hatte deshalb auch nie einen Akzent wahrgenommen. Unglaublich! Wobei ich sogar jetzt, da ich mich länger mit ihr unterhalten habe, sagen muss: Sie hat keinen deutschen Akzent. Überhaupt nicht. Ihr Englisch ist astrein, wie das einer Muttersprachlerin. Vielleicht, weil sie ihren Schulabschluss im Ausland gemacht hat – in Singapur, um genau zu sein. Ich muss sie bei Gelegenheit fragen, warum das so ist und wie lange sie dort gelebt hat.

Auf jeden Fall war sie plötzlich da, die Möglichkeit, wie ich mein Problem mit Whale Island vielleicht würde lösen können. Spontan habe ich nach meinem Telefonhörer gegriffen und diese Britney oder Bethany oder wie auch immer die andere Blondine von der Rezeption hieß, angerufen. Habe ihr gesagt, dass ich Greta sprechen musste. Sofort. Sie musste mitkommen nach Whale Island.

Aber jetzt, als ich langsam die Stufen in die Lobby hinabsteige, frage ich mich ernsthaft, ob ihre deutsche Muttersprache wirklich der eigentliche Grund war, warum ich sie mitnehmen wollte. Was ein Psychologe wohl dazu sagen würde? Dass ich sie auf der Fähre mir nichts, dir nichts als meine Frau ausgegeben habe?

Dass ich immer noch überlege, ob sie eben nackt unter der Decke lag?

»Und, war sie noch wach?« Meine Mutter, die zum klingelnden Telefon an der verwaisten Rezeption hinuntergeeilt war, kommt mir jetzt durch die leere Lobby entgegen. Ich fasse es nicht, wie sehr Mom gealtert ist, seit ich sie das letzte Mal gesehen habe. Aber ich sehe mit Sicherheit auch nicht gerade jünger aus als damals.

»Ähm, nein. Aber wenn sie aufwacht, wird sie sich bestimmt über die Suppe freuen.«

Mom nickt. »Komm, Junge, setzen wir uns in unser Wohnzimmer.«

Johnnie Walker hechelt mir freudig entgegen. Dass er immer noch lebt und mich sofort wiedererkannt hat, rührt mich wirklich.

Langsam folgen Johnnie und ich meiner Mutter, wir durchqueren die Lobby und gehen an der Tür zum Restaurant vorbei, das heute Abend geschlossen ist. Mir liegt die Frage auf der Zunge, ob hier überhaupt noch Essen serviert wird. Und ob es eigentlich außer Greta und mir derzeit irgendwelche Gäste gibt. Doch, da standen noch zwei Autos auf dem Parkplatz, fällt mir ein. Aber es ist Anfang August! Hochsaison! Früher war die *Cameron Lodge* von Ende Juni bis Anfang September durchgehend ausgebucht. Jetzt wirkt es hier wie ausgestorben. Ich könnte heulen, wenn ich an die alten Zeiten zurückdenke. Erst recht, als ich auf die durchgeschlissenen Stellen im Teppichboden starre. Meine Mutter öffnet die Tür, an der »Privat« steht, und wir gehen die Treppe hinauf, die uns in den Teil des ersten Stocks führt, wo der Wohnbereich meiner Familie liegt. Wo ich mit meinen Geschwistern aufgewachsen bin. Wobei – im Grunde genommen sind wir im ganzen Hotel aufgewachsen. Die Lobby war genauso unser Spielplatz wie die Wiese, die sich bis zum Meer erstreckt, und das Wäldchen, in dem die Cottages stehen – und wie der ganze Rest der Insel. Goldene Zeiten waren das.

Aidan hat mich heute noch nicht einmal aus der Nähe sehen wollen. Ich komme nicht über seinen hasserfüllten Blick an Bord der Fähre hinweg, den ich sogar aus der Entfernung erkannt habe. Nicht zu glauben, dass wir mal so eng verbunden waren, wie es zwei Brüder nur sein können.

Das Wohnzimmer, das ich jetzt hinter Mom betrete, ist genauso, wie ich es in Erinnerung hatte. Auch hier hat sich wenig verändert. Verstohlen schaue ich mich um, aber außer uns ist niemand hier. Ich hatte eine Auseinandersetzung mit Dad befürchtet, doch von ihm ist nichts zu sehen.

»Komm, ich hab schon für uns gedeckt, mein Schatz.« Mom deutet auf den langen Esstisch, an dem wir früher zu sechst saßen. Dort stehen zwei Teller mit dampfender Suppe.

»Es tut mir leid, dass es Catherine nicht so gut geht. Mir bekommen Reisen ja auch nie wirklich.« Sie sieht mich bekümmert an, schmunzelt dann jedoch, als sie hinzufügt. »Ich halte dich aber nicht lange auf, dann kannst du gleich zu deiner Frau zurück. Die Honeymoon Suite ist wirklich nicht dazu gedacht, dort allein Zeit zu verbringen.«

Bei ihren Worten krümme ich mich innerlich und weiß nicht, ob ich lachen oder schreien soll. Einerseits will ich Mom am liebsten klarmachen, dass diese Honeymoon Suite so weit davon entfernt ist, ein einladendes Liebesnest für Frischverheiratete zu sein, wie Catherine es davon ist, freiwillig Urlaub auf dieser Insel zu machen – und andererseits habe ich Mühe, nicht schon wieder unangebrachte Gedankengänge in Bezug auf Greta und das Bett, in dem sie gerade allein liegt, zu haben. Verdammt! Wie kann dieser bescheuerte Businesstrip schon am ersten Tag so sehr aus dem Ruder laufen?

»Schon gut, Mom. Wir zwei haben doch schon so lange nicht mehr zusammengesessen. Gr … Catherine macht das nichts aus.«

Mom nickt und lächelt mich so glücklich an, dass es mir wehtut. Alles hier tut mir weh. Ihre grauen Haare, die beim letzten Mal noch braun waren. Der Anblick des Sofas vor dem Fernseher in der Ecke, das mindestens so durchgesessen aussieht wie das in der Honeymoon Suite. Das Familienfoto auf dem Kaminsims – wir sechs in besseren Zeiten. In sorglosen Zeiten. Dad lacht so glücklich und hat einen Arm um meine Schultern gelegt. Wie lange das schon her ist.

Johnnie Walker lässt sich jetzt auf den Teppich vor den Fernseher plumpsen und sieht erst mich, dann Mom mit weit heraushängender Zunge hechelnd an. Sein zotteliger Schwanz klopft rhythmisch auf den Boden.

»Ja, ich weiß, deine Lieblingssendung kommt gleich«, sagt Mom, und ich sehe sie verdutzt an, weil ich im ersten Moment glaube, dass sie mit mir spricht. Aber sie redet mit dem Hund.

»Ähm … Johnnie hat eine Lieblingssendung?«

Mom lächelt schief, während sie Brot aufschneidet und auf zwei Teller legt. »Aber ja. Alles, was mit Tieren zu tun hat. Besonders gern sieht er Sendungen über Wale. Aber um diese Zeit guckt er eigentlich immer so eine Reportage über Zoos in der ganzen Welt, zusammen mit deinem Dad.«

Bei der Erwähnung meines Vaters sehe ich mich unruhig um, ganz so, als könnte ich ihn plötzlich in einer Zimmerecke entdecken. Dabei ist Dad nun wirklich kein schmales Persönchen, das sich hinter dem Vorhang verstecken könnte.

»Wo ist er überhaupt?«

Mom seufzt und setzt sich ein wenig schwerfällig auf ihren Stuhl. Einen Moment lang durchzuckt mich kalte Angst. Ist etwas passiert? Ist Dad … nicht hier? Nicht mehr hier? Bilder flackern vor meinem inneren Auge auf. Ein Rettungshubschrauber. Ein Leichenwagen. Gequält hole ich tief Luft. »Mom?«, wiederhole ich und bemühe mich sehr darum, meine Stimme fest klingen zu lassen.

»Er … er hat gehört, dass du hier bist. Und … ist gegangen. Vermutlich trinkt er mit Lloyd ein Bier.«

»Aha.« Verstohlen atme ich auf und will mich gerade vom Kaminsims abwenden. Da jedoch fällt mein Blick auf die Lücke zwischen dem Familienfoto und einem Hochzeitsbild meiner Eltern. Ich sehe deutlich die helle Spur, die im Staub zu sehen ist. Dort stand bis vor Kurzem ein weiterer Bilderrahmen. Bis vor wenigen Minuten, könnte ich wetten. Und ich kann mir denken, wer auf dem Bild zu sehen war.

Plötzlich habe ich keinen Appetit mehr auf Moms Fischsuppe. Und das, obwohl ich jahrelang von ihr geträumt habe.

10

Greta

Garantiert werde ich in dieser Nacht kein Auge zumachen. Nicht nur wegen der durchgelegenen Matratze oder wegen der Tatsache, dass ich in diesem ganzen Durcheinander völlig vergessen habe, in mein Tagebuch zu schreiben, was mir sonst nie passiert, sondern hauptsächlich wegen meines Chefs.

Nachdem ich kurz überlegt habe, ob ich die Suppe einfach ignorieren soll, hat sich mein Magen lautstark zu Wort gemeldet und mich meinen Stolz vergessen lassen. Hungrig habe ich das Brötchen verschlungen und mich dann über die Suppe hergemacht, die sich als wirklich köstliche Fischterrine entpuppt hat. Immerhin hat mein Magen also nicht länger geknurrt, als ich die Nachttischlampe ausgeknipst und dann nervös im schwachen Schein der Badezimmerlampe unter der Bettdecke gelegen und darauf gewartet habe, was als Nächstes geschehen würde.

Als sich die Tür zu unserem Zimmer schließlich leise öffnet, schrecke ich aus unruhigem Schlaf hoch. Verwirrt blinzele ich, bevor die Erinnerung schlagartig zurückkommt und ich schnell meine Augen wieder schließe. Ich höre, wie Duncan über den knarzenden Boden geht und einen Moment lang neben dem Himmelbett stehen bleibt. O nein. Hat er etwa gemerkt, dass ich mich nur schlafend stelle? Wenn ich etwas jetzt überhaupt nicht will, ist es eine Unterhaltung mit dem Eisblock, während ich abgeschminkt im Bett liege. Oh Gott, bestimmt betrachtet er mich gerade und wundert sich darüber, dass nicht alle Frauen im schlafenden Zustand so engelsgleich und perfekt aussehen wie die Eisprinzessin! Ich versuche, meine Mundwinkel unauffällig eine Spur in die Höhe zu ziehen, weil Olivier einmal ein Foto von mir, schlafend in einem Flugzeug, gemacht hat und ich erschrocken darüber war, wie sehr meine Mundwinkel hängen, wenn ich entspannt schlummere. Aber entspannt bin ich ja im Moment ganz und gar nicht, und vermutlich wirkt mein Gesichtsausdruck eher so, als wäre ich mitten in einem schrecklichen Traum. Ja, ganz genauso fühlt sich das hier an. Wie der schlimmste Albtraum aller Zeiten.

Endlich entfernen sich Duncans Schritte Richtung Badezimmer. Die Tür schließt sich, Dunkelheit hüllt mich ein. Atemlos lausche ich, höre den Wasserhahn, die Toilettenspülung, wieder den Wasserhahn. Dann geht die Tür erneut auf, und ich öffne meine Augen einen verstohlenen halben Millimeter weit, erkenne meinen Chef, wie er zurück ins Schlafzimmer tritt, nur in karierten Boxershorts und einem schlichten weißen T-Shirt. Da ich diese Details erkenne, wird mir bewusst, dass ich nach wie vor meine Brille auf der Nase habe. O nein! Der Eisblock sieht mich abgeschminkt UND mit Brille! Vermutlich stand er eben deshalb neben meinem Bett. Hat er sich ratlos gefragt, warum ich mit Brille schlafen gehe?

Ich merke, dass Duncan einen Moment lang im Türrahmen verharrt und schließe meine Augen wieder fest, hoffe, dass er nach wie vor glaubt, ich würde tief schlafen.

»Gute Nacht, Greta«, sagt er leise, und ehe ich reagieren kann, knipst er das Licht im Badezimmer aus und arbeitet sich im Dunkeln zum Sofa vor. Ich antworte nicht, sondern lausche nur atemlos auf seine Schritte, auf ein unterdrücktes Fluchen, als er sich anscheinend seinen Zeh an einem Möbelstück anstößt, auf das Ächzen des Sofas unter seinem Gewicht. Zum Glück ist mir vorhin noch eingefallen, dass der Eisblock ja Bettwäsche braucht. Also habe ich ihm eines der Kopfkissen aufs Sofa gelegt, aber da ansonsten nur eine einzige breite Decke auf dem Himmelbett lag, konnte ich ihm lediglich den schweren Bettüberwurf geben. Tja, Strafe muss auch sein!

Ich liege ganz still, wage es nicht, mich zu drehen, irgendein Geräusch von mir zu geben. Duncan hingegen wälzt sich noch eine ganze Weile unruhig hin und her. Offensichtlich hat er noch mehr Schwierigkeiten, auf dem Sofa eine bequeme Schlafposition zu finden, als ich auf der zur Mitte hin einsinkenden Matratze mit den deutlich spürbaren Federn unterhalb meiner Bandscheibe. Das geschieht ihm ganz recht, denke ich, als ich ihn unterdrückt aufstöhnen höre, während er sich erneut umdreht und das Sofa leise ächzend protestiert. Es gefällt mir allerdings gar nicht, dass dieses Stöhnen mein Herz zum Flattern bringt. Und noch weitere Regionen meines Körpers, die absolut nicht zu flattern haben. Nicht in SEINER Gegenwart! Da gibt es einfach gar nichts zu flattern. Um mich abzulenken, nehme ich entschlossen meine Brille ab und lege sie leise auf den Nachttisch. Doch als Duncan erneut aufseufzt, kann ich es trotzdem nicht verhindern, dass sich die Vorstellung in meine Gedanken schiebt, wie es wäre, wenn er hier läge, neben mir, auf dieser viel zu weichen Matratze. In nichts als Boxershorts und T-Shirt.

Oder ohne Boxershorts und T-Shirt.

Mein eigenes halb genervtes, halb verzweifeltes Aufseufzen entwischt mir so schnell und spontan, dass ich es nicht verhindern kann. Entsetzt ziehe ich mir die Bettdecke über den Kopf, tue so, als wäre ich im Tiefschlaf. Als ich nach einer gefühlten

Ewigkeit wiederauftauche, weil ich unter der schweren Decke Schweißausbrüche bekomme, lausche ich angespannt in die dunkle Stille. Duncans Atemzüge gehen jetzt gleichmäßig. Ist er wirklich schon eingeschlafen? Ein leises Schnarchen beantwortet meine fassungslose Frage. Ja, der Eisblock hat eindeutig weniger Probleme mit meiner Anwesenheit als umgekehrt. Ich hingegen brauche noch eine ganze Weile, bis auch ich endlich einnicke.

Wäre mein Leben eine dieser harmlosen Liebeskomödien, dann würde ich am nächsten Morgen erstaunlich attraktiv aufwachen, ratlos in den Sonnenschein blinzeln, der durch einen Spalt in den Vorhängen fallen würde, und dann erleichtert feststellen, dass der Typ, mit dem ich mir ein Zimmer teilen musste, schon verschwunden ist, sodass ich allein aufstehen und in Ruhe ins Bad gehen könnte.

Aber mein Leben ist keine harmlose Liebeskomödie. Es ist gar keine Komödie, auch nicht ohne Liebe (und Liebe hat in diesem Szenario sowieso überhaupt nichts verloren!). So kommt es also, dass ich aufwache, als ich den Boden neben meinem Bett knarzen höre. Erschrocken fahre ich in die Höhe, weil ich eine Sekunde lang glaube, ich wäre in meinem New Yorker Apartment und neben meinem Bett würde ein Vergewaltiger lauern, der durchs Fenster eingestiegen ist. Doch noch bevor der Eisblock, der gerade die Badezimmertür geöffnet hat, reagieren kann, begreife ich bereits, dass ich mich schon in den ersten wachen Sekunden dieses neuen Tages bis auf die Knochen blamiere.

»Guten Morgen«, höre ich Duncan leise sagen. »Sorry, ich wollte dich nicht wecken.« Er macht eine kurze Pause und fügt hinzu: »Und dich auch nicht erschrecken.«

»Hast du nicht«, kontere ich betont lässig, was nicht wirklich cool rüberkommt.

»Dann ist ja gut«, erwidert der Eisblock, und seine Stimme hört sich fast so an, als würde er lächeln. Sicher sein kann ich mir nicht, denn ohne meine Brille bin ich blind wie ein Maulwurf.

Sobald sich die Tür zum Badezimmer hinter ihm geschlossen hat, sinke ich mit einem Stöhnen zurück ins Kissen. Was für ein Albtraum!

Ich stelle mich mal wieder schlafend, um mein Gesicht vor ihm verbergen zu können, als Duncan zurück in unser Schlafzimmer kommt.

»War klar«, höre ich ihn murmeln und schiele neugierig in seine Richtung. Er steht am Fenster, aber da ich immer noch keine Brille trage, kann ich nichts erkennen, was mir seine Aussage erklären würde. Als wüsste er das genau (was nicht sein kann, denn der Mann wusste doch bis vor zwei Tagen kaum, dass ich existiere!), fügt Duncan erklärend in meine Richtung hinzu: »Nebel. Was auch sonst.«

»Bist du deshalb weg von der Insel? Wegen des Nebels?« Ich frage das, ohne meinen Kopf zu drehen, meinen Blick stur auf die Tapete gerichtet, von der ich nur verschwommene Anker und Möwen erkenne.

»Ja.« Die Stimme meines Chefs klingt rau. »Unter anderem wegen des Nebels.« Der Fußboden knarzt erneut. »Ich gehe schon nach unten. Sehe ich dich beim Frühstück?«

Eigentlich will ich »Nein!« rufen. Weil ich nicht als Catherine Sommerset nach unten ins Restaurant spazieren will. Weil ich seine liebenswerte Mutter nicht belügen will. Nicht einmal seinen schroff wirkenden Bruder will ich belügen. Aber mein Magen knurrt, und mein geräderter Körper schreit nach Kaffee.

»Ja, ich komme gleich«, sage ich zur Tapete.

»Okay«, kommt Duncans kurze Antwort, bevor er das Zimmer verlässt.

11

Als ich wenig später geduscht, geschminkt und mit Kontaktlinsen die Treppe zur Lobby hinabgehe, sehe ich mich neugierig um. Gestern Abend war ich so geschockt von der ganzen überwältigenden Situation, dass ich fast blind hinter Heather und Duncan durch das Erdgeschoss des Hotels auf die breite Holztreppe zugegangen bin, die in einem halbrunden Bogen in den ersten Stock der Lodge hinaufführt. Darum entdecke ich erst heute Morgen, dass sich unterhalb des Bogens dieser Treppe, deren Geländer aus rustikalen Ästen gemacht ist, eine Sitzgruppe befindet – ein Sofa und zwei Ohrensessel laden vor einem riesigen Kamin aus groben Natursteinen zu einer Pause ein. Das könnte sehr hübsch sein, denke ich, wenn die Polster der Sitzmöbel nicht so fadenscheinig wirken würden. Ich lasse meinen Blick durch den weitläufigen Raum mit dem glänzenden Holzdielenboden wandern, bis zu dem holzgetäfelten Empfangsschalter. Und da entdecke ich Duncan, der nahe der Rezeption mit seiner Mutter spricht. Beide wirken sehr ernst. Für den Bruchteil einer Sekunde werde ich von Hoffnung erfüllt: Hat Duncan sich ein Herz gefasst und seiner Mutter die Wahrheit gestanden? Dass ich nur eine seiner Angestellten bin? Doch als die beiden mich die Treppe hinunterkommen sehen, überzieht ein Strahlen das Gesicht von Heather Cameron. Ein Strahlen, das mir deutlich sagt, dass sie mich nach wie vor für ihre Schwiegertochter hält. Verdammt!

»Guten Morgen, Liebes! Wie hast du geschlafen?« Sie eilt auf mich zu und umfasst zärtlich mein Gesicht, fast ein bisschen mütterlich.

»Sehr gut«, erwidere ich und wundere mich darüber, dass mir die Lüge so leicht über die Lippen kommt. Das mit dem Lügen wird doch hoffentlich nicht zur Gewohnheit? Ich bemühe mich um ein fröhliches Lächeln, als ich Johnnie Walker begrüße, der ebenfalls auf mich zustürmt, erneut mit seinem zerbissenen Gummistiefel im Maul, den er mir freudig hechelnd vor die Füße plumpsen lässt.

»Wie schön!« Liebevoll tätschelt Heather erst meine Wange und greift dann nach meinen Händen, drückt sie sanft. Sobald ihr erstaunter Blick nach unten schweift, zu meinen Fingern, ahne ich, dass etwas nicht stimmt.

»Oh, Liebes, hast du deinen Ehering im Badezimmer vergessen?«

Entsetzt starre ich auf meine Hände hinab, als müsste ich mich selbst vergewissern, dass dort kein Ring steckt.

Nicht mehr.

Kein kühles Platinband mit den eingravierten Namen »Greta & Olivier«, in enger Gesellschaft mit dem funkelnden Diamanten eines üppigen Verlobungsrings.

Und auch kein mit zig Diamanten besetzter Ehering von Tiffany, wie ihn Catherine Sommerset trägt. An dieses Detail erinnere ich mich sehr genau, seit sie vor ein paar Monaten dicht am Empfangstresen des Sommerset Hotels gestanden und mit ihrem Vater über die Farbe des neuen Teppichbodens in der Lobby diskutiert hat. Er wollte ein helles Grau, sie Lavendel. Natürlich hat Catherine ihren Willen durchgesetzt, und seitdem sieht unsere Lobby aus, als wäre man mitten in der Provence – allerdings nicht im guten Sinne. Es ist einfach zu viel Lila. Aber egal – bei der Gelegenheit habe ich auf jeden Fall gesehen, dass an Catherines Hand ein auffallend glitzernder Ehering steckt.

Und an meiner steckt keiner.

Verdammt. Mein Kopf ist wie leer gefegt. Ich hatte noch keinen Kaffee, da komme ich mit so komplizierten Lügengeschichten nicht zurecht!

»Ach, fang bloß nicht damit an, Mom«, höre ich da Duncan nonchalant sagen, der hinter seine Mutter tritt und ihr eine Hand auf die Schulter legt. Ratlos schaue ich zu ihm hoch, merke, wie er mich ruhig ansieht. »Greta hat ihren Ehering im Spind ihres Fitnessstudios vergessen.«

Ihm scheint dieses Lügen ganz leicht zu fallen. Kein guter Charakterzug, wird mir bewusst.

»O mein Gott!«, entfährt es Duncans Mutter, und sie sieht mich entsetzt an. »Wie schrecklich! Und niemand hat ihn gefunden und dir zurückgegeben?«

»Vielmehr konnte wohl eine der Putzfrauen ihr Glück kaum fassen.« Sein Lächeln ist kühl. Ich frage mich, woher diese Story so schnell kam.

»Aber, du bekommst sicherlich einen neuen Ring, Liebes. Nicht wahr, Duncan?« Heather sieht ihren Sohn an, und in diesem Moment wird mir bewusst, wie sehr sie ihn liebt. Augenblicklich schnürt sich mir die Kehle zu, ich blinzele verzweifelt gegen Tränen an. Tränen der Reue. Ich will dieses blöde Spiel nicht länger spielen!

»Sicher bekommt sie den.« Duncan sieht mich an, aber an der Art, wie er das sagt, merke ich, dass er gedanklich nicht bei mir ist. Er ist bei der echten Catherine. Dann jedoch wird sein Gesichtsausdruck besorgt, als habe er gerade gemerkt, dass ich kurz davor bin, die Fassung zu verlieren.

»Kopfschmerzen?«, fragt er und greift irritierend fürsorglich nach meinem Arm. Diese plötzliche Berührung und die sanfte Art, wie er das fragt, bringen mich völlig aus dem Konzept – vor allem, weil mir die Berührung seiner Hand durch und durch geht. Und das, obwohl ich eine langärmelige Bluse trage, ich seine Finger also gar nicht auf meiner Haut habe. Aber die Wärme seiner Hand, die spüre ich dennoch deutlich durch den dünnen Stoff. Ratlos sehe ich ihn an, und da merke ich an seinem flüchtigen Zwinkern, dass er mich aus der emotionalen Ecke herausholen will. »Erst mal Kaffee?«

»Ähm … ja«, erwidere ich und versuche, mich zu sammeln.

»Aber natürlich, Kaffee! Und überhaupt, Frühstück!« Heather Cameron dreht sich um und bedeutet uns energisch, ihr zu folgen.

»Dass eines klar ist«, zische ich Duncan aufgebracht zu, als seine Mutter ein paar Schritte vor uns her eilt. »Ich bekomme nicht wegen meines leeren Magens Kopfschmerzen, sondern wegen dir!«

»Vielleicht hilft ein gutes Frühstück ja auch dagegen«, entgegnet Duncan ungerührt.

»Dagegen, dass mein Chef ein abgebrühter Lügner ist, der seine Mutter verarscht?«

Duncan sieht mich so ehrlich erschrocken an, dass ich unter anderen Umständen lachen müsste. Aber mir ist das Lachen wirklich gründlich vergangen.

»Hey, ich bin immer noch dein Chef, ob nun Lügner oder nicht«, grollt er leise, während wir den Frühstücksraum betreten und ich fast über Johnnie Walker falle, der auf einmal mit seinem Gummistiefel im Maul direkt neben mir aufgetaucht ist.

»Ja«, zische ich. »Und wenn du es jetzt wagen solltest, mir mit Kündigung zu drohen, falls ich dir weiter aufs Butterbrot schmiere, wie abartig ich dieses Spielchen hier finde, dann sage ich deiner Mutter hier und jetzt die Wahrheit und kündige selbst!«

Seine grauen Augen weiten sich überrascht, aber ich beachte ihn nicht weiter, sondern drehe ihm den Rücken zu und betrachte den Raum mit verschränkten Armen.

Sicherlich könnte man durch die Sprossenfenster der breiten Fensterfront einen wunderbaren Blick nach draußen haben – was auch immer es draußen zu sehen gibt. Das kann ich nämlich nicht erkennen, weil draußen tatsächlich alles von dickem Nebel eingehüllt ist. Überrascht merke ich, dass wir nicht die einzigen Gäste sind: Die *Cameron Lodge* erschien mir gestern so weit abseits von jeglichen Touristenpfaden, dass ich irgendwie dachte, außer Duncan und mir wäre niemand zu Gast im Hotel. Aber an einem Fenstertisch sitzt eine junge Familie – sportlicher Vater mit Spucktuch auf der Schulter, verschlafen, aber dennoch glücklich wirkende Mutter mit Milchfleck auf dem T-Shirt und glucksendem Baby auf dem Schoß, ein blondgelocktes Kleinkind in einem altmodischen Hochstuhl aus Holz.

Der Stich, der mich bei diesem Anblick durchzuckt, ist so heftig, dass ich nach Luft schnappen muss.

»Mom«, raunt Duncan leise, als seine Mutter sich zwei Menükarten geschnappt hat und auf den Tisch neben der Familie zusteuern will. Sie bleibt stehen und sieht ihn überrascht an. »Können wir … da drüben sitzen?«

Er deutet auf einen Zweiertisch in der anderen Ecke des Frühstücksraums, weiter entfernt von den Fenstern. Als ich ihn fragend ansehe, meint er rasch: »Es ist ja nicht so, dass man am Fenster eine tolle Aussicht hätte. Also, nicht heute, zumindest.«

»Aber ja, setzt euch gern hier hin«, sagt Heather, und ich merke, dass sie ein wenig verunsichert ist. Vermutlich wird sie aus dem Verhalten ihres Sohnes nicht schlau. Bei mir allerdings fällt der Groschen, als das Kleinkind am Fenster seinen Becher mit Milch umschmeißt und die Milch über die Beine des Hochstuhls nach unten tropft. Das Baby gibt auf dem Schoß der Mutter einen verzückten Schrei von sich, während seine ältere Schwester zu heulen beginnt und voller Wut auch noch eine Toastbrotscheibe auf den Boden wirft. Dem Vater steht auf einmal Verzweiflung ins Gesicht geschrieben.

Sei froh, dass du dieses Chaos erleben darfst!, will ich ihm zurufen, während ich energisch versuche, die aufsteigenden Tränen zurückzudrängen. *Du hast keine Ahnung, was für ein verdammtes Glück du hast!*

Doch das tue ich natürlich nicht. Stattdessen sage ich, sobald wir uns gesetzt haben und Heather geschäftig davongeeilt ist, um den Kaffee zu holen: »Natürlich. Das passt zu Ihnen, Mr. Sommerset.«

Duncans Augenbrauen wandern in die Höhe, während er die Ellbogen auf den Tisch stützt und mich über seine gefalteten Hände hinweg fragend ansieht. »Waren wir nicht beim Vornamen, Greta?«

»Waren wir. Aber jetzt gerade würde ich Sie lieber wieder Mr. Sommerset nennen.«

Ungerührt greife ich nach der laminierten Speisekarte und bemühe mich darum, mir meinen Ekel nicht anmerken zu lassen, als ich spüre, wie sie an meinen Fingern klebt. Diese Speisekarte scheinen schon einige Gäste angefasst zu haben, die vorher die Blaubeerpfannkuchen mit Ahornsirup gegessen haben, die bereits auf der ersten Seite als Spezialität des Hauses angepriesen werden.

»Und warum?«, erkundigt sich der Eisblock hörbar irritiert. Ich würdige ihn keines Blickes und kraule stattdessen Johnnie Walker hinter den Ohren. Der Hund hat sich neben meinen

Stuhl gesetzt, seinen Gummistiefel abgelegt und betrachtet mich treuherzig. »Weil du jemanden, der seine Mutter belügt, nicht mit Vornamen ansprechen willst?«

»Mhm«, murmele ich, ohne den Blick von der Karte zu heben. »Und ›Mr. Sommerset‹ klingt eher nach arrogantem Geschäftsmann, der nicht in der Nähe einer Familie mit lauten Kleinkindern sitzen will. Duncan klingt viel zu nett.«

12

Habe ich das gerade wirklich laut gesagt? Ich schlucke gegen meine eigene Nervosität an. Verdammt, am Ende werde ich wirklich noch gefeuert, weil ich Dinge von mir gebe, die ich in Manhattan höchstens zu denken gewagt hätte!

Als Duncan nichts erwidert, hebe ich vorsichtig den Blick, darum bemüht, mir meine Verunsicherung nicht anmerken zu lassen. Ich bin überrascht, als ich feststelle, dass er gar nicht mich ansieht, sondern seinen Blick auf die Familie am Fenster gerichtet hält. Ein paar Sekunden lang schweigt er, dann schaut er mich an. Seine grauen Augen sind kühl und abweisend wie eh und je.

»Wenn du meinst«, sagt er nur knapp und greift seinerseits zur Speisekarte.

Ratlos mustere ich den Eisblock, während mein Herz heftig in meinem Brustkorb hämmert. Und das nicht nur, weil ich fürchte, zu weit gegangen zu sein und wirklich auf meine Kündigung hinzuarbeiten. Nein, mein Herz registriert mit einem Mal deutlich, wie gut der Kerl heute Morgen aussieht, trotz seines Kühlschrank-Charmes: Zwar ist sein Haar wieder ordentlich zurückgegelt, aber er trägt nur ein langärmeliges hellblaues Hemd, ohne Jackett und ohne Krawatte. Als ich auf das Stückchen Haut starre, das über dem obersten geschlossenen

Knopf zu sehen ist, muss ich an Duncan Sommerset im T-Shirt denken, mit karierten Boxershorts. Ich wünschte wirklich, ich hätte heute Morgen schon meine Brille aufgehabt, als er ins Bad gegangen ist – dann wüsste ich jetzt, wie sein Haar aussieht, wenn er morgens aufsteht!

»So, hier ist der Kaffee!« Heather taucht mit zwei dampfenden Tassen auf und lächelt uns ein wenig gehetzt an, während sich Johnnie Walker blitzschnell unter unseren Tisch schiebt und sich auf meine Füße legt. Uff, ein Leichtgewicht ist er nicht gerade.

»Entschuldigt bitte, es dauert heute alles recht lange. Leider konnte die Fähre heute Morgen nicht fahren, der Nebel ist einfach zu dicht. Darum sind Eileen und Martha nicht zur Arbeit gekommen – Eileen ist unsere Kellnerin in der Frühstücksschicht und Martha unsere Köchin.«

»Und … jetzt gibt es kein Frühstück?« Duncan sieht seine Mutter so ehrlich entsetzt an, dass ich einen Moment lang nicht weiß, ob aus ihm der erschütterte Hotelier oder der hungrige Gast spricht. Vermutlich beides.

»Doch, schon … allerdings haben wir einen Eier-Engpass.« Heather grinst verlegen und wischt sich ihre Hände hektisch an ihrer Schürze ab, die sie eben erst umgebunden haben muss. Dann guckt sie unter den Tisch und sagt streng: »Johnnie, ich habe dich genau gesehen. Und du weißt, dass du nicht hier im Restaurant sein darfst. Los, raus mit dir!«

Der Hund tut so, als hätte er nichts mitbekommen. Als ich unter den Tisch schiele, vergräbt er sein Gesicht zwischen seinen Pfoten, während sein Schwanz ganz sacht wedelnd auf den Teppichboden klopft. Ich muss grinsen, obwohl meine Zehen unter seinem Gewicht langsam taub werden.

»Eier-Engpass?«, wiederholt Duncan so langsam, dass es geradezu komisch wirkt.

»Ja«, sagt Heather und hüstelt verlegen. »Eigentlich hätte der Transporter mit unserer wöchentlichen Eier-Lieferung auch auf der ersten Fähre sein sollen. Für die Familie dort hat es heute Morgen noch gereicht …« Sie deutet mit dem Kopf in Richtung Fenstertisch, wo der Vater jetzt auf dem Boden hockt und Milch von den Stuhlbeinen wischt. »Oh, warten Sie, ich helfe Ihnen!«, ruft Heather ihm zu, doch der junge Mann winkt mit einem schwachen Lächeln ab und schüttelt den Kopf. »Schon gut, ich mache das öfter!«

»Also … ähm … wolltet ihr denn Rühreier haben?« Heather sieht uns ein wenig bekümmert an.

»Eigentlich ja.« Duncan seufzt schwer auf und wirft mir einen Blick zu, der wohl sagen soll: Ich habe dich vor dem Essen hier gewarnt.

»Na ja … für eine Portion Rühreier reicht es gerade noch.« Heather ringt verlegen die Hände.

»Gibt es Pfannkuchen?«, frage ich hoffnungsvoll, aber als ich den Blick meiner »Schwiegermutter« sehe, bereue ich die Frage. Ich will diese gute Frau, die mich so herzlich willkommen geheißen hat, nicht in Verlegenheit bringen.

»Hmm, ja, Pfannkuchenteig ist schon angerührt.« Heather wischt sich ein paar Schweißperlen von der Stirn.

»Aber?«, fragt Duncan mit einem skeptischen Blick auf seine Mutter.

Sie seufzt und wirft einen schnellen Blick zu einer Tür, die offenbar in die Küche führt. Dann senkt sie ihre Stimme und raunt: »Momentan haben wir nur eine Notbesetzung in der Küche. Rühreier sind kein Problem, aber Pfannkuchen … nun ja, ich werde sie am besten gleich selbst braten, damit sie nicht zu dunkel werden. Habt ein wenig Geduld, die Familie dort wartet gerade auf ihre Rechnung, die ich schnell ausdrucken muss …«

»Aber ja, wir warten gern«, versichere ich, als Duncan schon trocken einwirft: »Kann ich zum Rührei wenigstens Speck haben, oder hätte das Schwein auch auf der Fähre sein sollen?«

Heather sieht ihren Sohn streng an. »Speck haben wir, Duncan. Und ihr bekommt natürlich welchen.«

Beim Wort »Speck« winselt Johnnie Walker unter dem Tisch leise auf. Ich muss lachen und beuge mich zu ihm hinab, kraule ihn hinter den Ohren.

»›Speck‹ ist eines seiner Lieblingswörter«, erklärt Heather schmunzelnd. »Und ›Würstchen‹.« Wieder ein Winseln, und der Hund hebt hechelnd den Kopf. Duncan grinst schief und beugt sich ebenfalls unter den Tisch, um den Hund zu kraulen. Weil ich meine Finger nicht schnell genug in Sicherheit bringe, berühren sich unsere Hände flüchtig auf Höhe des Hundehalsbandes. Ich zucke zurück, als hätte ich mich verbrannt, und auch Duncan richtet sich rasch wieder auf und räuspert sich.

»Okay, cool. Es gibt Speck. Fantastisch.« Er fährt sich mit einem tiefen Seufzer durch sein Haar, was die gegelten Strähnen schon ein wenig verwuschelter aussehen lässt. Dass mich diese Tatsache so interessiert starren lässt, gefällt mir nicht, und so gucke ich rasch wieder zu der Familie hinüber. Das blondgelockte Mädchen durfte nach viel Theater inzwischen seinen Hochstuhl verlassen und sitzt jetzt zufrieden unter dem Tisch, wo es Toastkrümel vom Teppich pickt. Johnnie Walker scheint das auch zu merken, denn er steht von meinen Füßen auf – vermutlich, um dem Mädchen zu helfen und mit ein wenig Glück vielleicht Speck unter dem Tisch zu finden. Doch Heather greift ihn energisch am Halsband, als er sich verstohlen an ihr vorbeizudrücken versucht. »Komm mit, Freundchen, ab nach draußen mit dir.«

Sie will sich gerade abwenden, als Duncan nach ihrer freien Hand fasst und sie ernst ansieht.

»Mom, ehrlich: Wie kann es sein, dass ihr zum Frühstück nicht genug Eier habt, nur weil die Fähre nicht kommt? Habt ihr keine ordentliche Vorratshaltung? Und überhaupt, gibt es keinen Inselladen mehr, wo man zur Not mal ein paar Eier besorgen könnte, auch ohne Fähre? Und warum arbeiten hier hauptsächlich Leute vom Festland, die nicht zur Schicht erscheinen können, wenn es nebelig ist? Hier ist es doch ständig nebelig, verdammt!«

»Junge, du hast keine Ahnung mehr von dieser Insel.« Die dröhnende Stimme hinter mir lässt mich vor Schreck fast vom Stuhl fallen. Ich fahre herum und sehe einen großen, kräftigen Mann in der offenen Tür stehen. Meine Vermutung war richtig: Diese Tür führt tatsächlich in die Küche, denn hinter ihm erkennt man einen wuchtigen Herd und die Front eines riesigen Kühlschranks. Der Mann hat silbergraue kurze Locken und einen Vollbart. Seine buschigen Augenbrauen haben sich zusammengezogen und lassen seine Augen fast verschwinden. Das muss Duncans Vater sein.

Im nächsten Moment bestätigt Duncan dies, als er leise sagt: »Hi, Dad. Du bist also die Notbesetzung in der Küche?«

Irritiert frage ich mich, ob Duncan seinen Vater gestern Abend noch gar nicht gesehen hat, während ich schon schlaflos oben im Bett lag. Anscheinend nicht.

»Ich bin die Notbesetzung, jawohl.« Der ältere Herr kommt langsam auf unseren Tisch zu, und dabei merke ich, dass er seinen rechten Fuß leicht schleppend hinter sich herzieht. Auch sein rechtes Augenlid hängt ein wenig, wird mir jetzt bewusst, als er sich neben Duncan aufbaut und mit verschränkten Armen finster auf seinen Sohn hinabstarrt. Mich scheint er gar nicht wahrzunehmen. »Und du, mein lieber Sohn, bist noch unverschämter, als ich es in Erinnerung hatte. Tauchst hier mir nichts, dir nichts nach all diesen Jahren auf, als wäre nichts geschehen, und beschwerst dich beim ersten Frühstück sofort, dass hier nicht alles so ist wie in den piekfeinen Hotels in New York, in denen du jetzt ein- und ausgehst!«

Das Gesicht des Mannes ist besorgniserregend rot geworden, seine Stimme immer lauter. So laut, dass ich merke, wie Heather peinlich berührt versucht, ihn zu beruhigen, bevor sie schließlich mit einem verlegenen Lachen zum Nachbartisch eilt, wo die junge Familie ein wenig irritiert beginnt, ihre sieben Sachen zusammenzusuchen. Flüchtig beobachte ich, wie Duncans Mutter den Gästen betont fröhlich die Rechnung reicht und beim Einsammeln einiger Spielzeuge hilft, doch meine Aufmerksamkeit wird rasch wieder an unseren Tisch zurückgelenkt, denn Duncan sagt jetzt gepresst: »Bei aller Liebe, Dad – jeder sieht, dass das hier kein Service ist! Nicht nur angeblich so arrogante New Yorker Hotel-Kenner wie i…«

»Du kannst gern wieder gehen!«, donnert sein Vater wütend, und ich rutsche vor Schreck fast unter den Tisch. Der Riese von einem Mann deutet auf die Ausgangstür, während er Duncan mit wütend funkelnden Augen mustert. Johnnie Walker, den Heather an unserem Tisch zurückgelassen hat, sitzt jetzt dicht neben Duncans Dad und stupst ihn mit der Schnauze gegen das Knie, als wolle er ihn aufmuntern. Leider vergeblich.

»Ja, wäre vermutlich besser«, stößt Duncan hervor, und ich merke, dass er aschfahl geworden ist. Seine linke Hand hält die Tischkante umklammert, seine Fingerknöchel treten weiß hervor. Da legen sich meine Finger wie von selbst über seine, ich drücke seine Hand, während ich seinen Vater ansehe und ruhig sage: »Hi, Mr. Cameron. Schön, Sie kennenzulernen. Ich bin Catherine, Duncans Frau.«

Wie leicht mir diese Lüge über die Lippen geht, erschüttert mich selbst, aber ich kann jetzt nicht weiter darüber nachdenken. Noch während ich merke, wie mich Duncan überrascht anstarrt, als habe er vergessen, dass seine »Frau« anwesend ist, richtet sein Vater seinen Blick ebenfalls auf mich. Er mustert mich schweigend ein paar Herzschläge lang, bevor er sich flüchtig mit einer Hand durch die silbergrauen Locken fährt und brummt: »Hallo, Catherine. Freut mich auch.«

Es ist offensichtlich, dass er nicht weiß, wie er mich begrüßen soll – ob nun mit einem Handschlag oder einer Umarmung, also mache ich es ihm leichter und stehe auf, reiche ihm die Hand und lächele ihn so strahlend an, wie ich kann. Auch wenn ich eigentlich lieber schreien und weglaufen würde.

Erst recht, als ich Duncans Dad gerade die Hand geschüttelt habe und die nächste Person den Frühstücksraum betritt. Ich höre ein lautes Juchzen, gefolgt von einem enthusiastischen »Duncan! Ich fasse es nicht!«, und dann stürzt auch schon eine schwarzhaarige Frau auf unseren Tisch zu und liegt im nächsten Augenblick in Duncans Armen.

13

Unsicher lächele ich seinen Dad an, der mich nach wie vor ein wenig ratlos mustert, so, als könne er mich nicht wirklich einordnen. Er wusste hoffentlich, dass Duncan verheiratet ist? Doch, sicher, seine Mutter wusste das ja auch, sage ich mir im Stillen. Und noch bevor ich weiter dazu komme, mir den Kopf darüber zu zerbrechen, wie wir jemals wieder aus diesem ganzen Schlamassel herauskommen sollen, löst sich die Frau von Duncan und sieht mich aus tränennassen hellblauen Augen an. Sie ist ein wenig füllig und extrem hübsch, mit pechschwarzem Haar, das ihr in einem geflochtenen Zopf über den Rücken hinabfällt und einem herzförmigen Gesicht mit tiefen Grübchen in beiden Wangen. »Und du ... bist ... Catherine?« Sie sagt das zögerlich und wirft Duncan einen fragenden Blick zu. Duncan erhebt sich von seinem Stuhl und fährt sich mit einer Hand durch sein Haar – es ist genau dieselbe Geste, die sein Vater eben gemacht hat. Ich frage mich, ob ihm diese Ähnlichkeit bewusst ist.

»Ähm, ja.« Duncan schiebt seine Hände in die Taschen seiner dunklen Hose und sieht mich ein wenig schuldbewusst an, als er hinzufügt: »Catherine, das hier ist meine jüngere Schwester Skye.«

Skye mustert mich neugierig, und in ihren hellblauen Augen blitzt etwas auf, das ich nicht einordnen kann. Misstrauen? Abneigung? Überraschung? Dann überzieht ein Strahlen ihr Gesicht, sie breitet ihre Arme aus und macht einen Schritt auf mich zu, während sie überschwänglich sagt: »Willkommen auf Whale Island, meine Liebe!«

Ihre Umarmung ist fest und herzlich, sie hüllt mich ein in den Duft nach Shampoo und »Tommy Girl« von Tommy Hilfiger.

»Freut mich sehr, Syke«, sage ich verlegen und greife automatisch nach meinem Dutt, sobald ich mich aus ihrer Umarmung gelöst habe. Meine Frisur sitzt noch tadellos, was mir augenblicklich das Gefühl verleiht, noch ein wenig Kontrolle über diese absurde Situation zu haben, so abwegig das auch klingt. Als ob mein tadelloser Nackenknoten irgendetwas besser machen würde! Es war schlimm genug, Duncans herzliche Mutter zu belügen. Aber nun auch noch seinen Vater, der ohnehin ein alles andere als gutes Verhältnis zu seinem Sohn zu haben scheint, und, zu allem Überfluss, seine vor Freude schier überquellende jüngere Schwester! Ich sehe ihn an, frage ihn stumm, wie er das nur machen kann. Duncan erwidert meinen Blick zwei Sekunden lang, bevor er ihn senkt, ganz offensichtlich selbst sehr zerknirscht. So habe ich ihn noch nie erlebt.

»Also, wenn ihr mich entschuldigt, ich habe noch etwas in der Küche zu tun – wo ich nur die NOTBESETZUNG bin, solange die Fähre nicht kommt«, brummt Duncans Dad jetzt und sieht seinen Sohn finster an. Bevor er sich abwendet und mit schleppenden Schritten zurück in die Küche geht, nickt er mir kurz zu, und in seinem Blick liegt einen Moment lang fast so etwas wie eine kleine Entschuldigung für diesen mürrischen Empfang.

Nachdenklich sehe ich ihm nach. Als ich Duncan anschaue, merke ich, dass auch er seinem Dad hinterherstarrt. Sein Blick ist auf die Beine seines Vaters gerichtet. Ob sein Dad schon so schwerfällig gelaufen ist, als Duncan ihn das letzte Mal gesehen hat?

Die Familie mit den zwei Kindern hat inzwischen das Frühstückszimmer verlassen. Heather hat sie begleitet und kommt jetzt wieder herein, hochrot im Gesicht. »Du meine Güte, euer Vater«, seufzt sie und sieht erst Skye, dann Duncan bekümmert an. »Es tut mir leid«, murmelt sie, und ihr Blick huscht zu mir, ein peinlich berührtes Lächeln auf den Lippen. »Wirklich. Graham meint es nicht so. Er ist … überrumpelt von deiner Heimkehr, Duncan. Wie wir alle.«

Sie streckt ihre Hand aus und fährt mit den Fingern liebevoll durch das schwarze Haar ihres Sohnes. Dass sie sich dabei auf die Zehenspitzen stellen muss, versetzt mir einen Stich der Rührung. »Du solltest dein Haar nicht so glatt gelen«, sagt sie dann und schaut kritisch auf ihre Fingerkuppen, reibt sie gegeneinander. »Du hast so schöne Locken, mein Schatz.«

»Mom«, seufzt Duncan gequält auf.

»Stimmt, ich mag das Gel auch nicht«, höre ich jemanden sagen, und stelle zu meinem Entsetzen fest, dass ich das war. Der Blick meines Chefs ist Gold wert. Er sieht mich so erschüttert an, als hätte ich ihm gerade offenbart, dass ich am liebsten nackt an der Rezeption arbeiten würde.

»Tatsächlich?«, hakt er langsam nach, und das leicht spöttische Schmunzeln, das sich in seine Mundwinkel stiehlt, nimmt mir einen Herzschlag lang den Atem.

»Ähm – ja«, sage ich und versuche verzweifelt, gegen die ansteigende Hitze in meinen Wangen anzukämpfen. Ich will jetzt auf gar keinen Fall rot werden, weil ich zum einen nicht möchte, dass mein Chef glaubt, ich würde in seiner Gegenwart verlegen werden, und zum anderen bin ich für Heather und Skye schließlich mit ihm verheiratet, da habe ich wirklich nicht zur Tomate zu mutieren!

»Gut zu wissen«, murmelt Duncan nun und sieht mich noch einen Moment lang an. Mein Magen wird von einem Schwarm Schmetterlinge geflutet, aber das ist sicher nur so, weil ich fast vor Hunger sterbe.

»Dass ihr noch nie darüber geredet habt, ihr zwei«, meint Skye und zwinkert mir verschwörerisch zu. »Duncan, du musst doch wissen, was deine Frau für Vorlieben hat!«

»Mhhm, sollte ich«, murmelt Duncan, und die Tatsache, dass er mich immer noch ansieht, versetzt mir den Rest.

»Ähm, ich … ich sterbe vor Hunger. Heather, meinst du, ich könnte einfach einen Toast mit Marmelade bekommen? Es müssen weder Rühreier noch Pfannkuchen sein, wirklich.«

»Aber natürlich, Kind, bitte entschuldige, diese ganze Sache mit Graham hat mich völlig aus dem Tritt gebracht!« Heather bugsiert mich liebevoll, aber resolut zurück zu meinem Stuhl, wo bereits Johnnie Walker hechelnd auf mich wartet. Mit einem kleinen Seufzer fragt Skye: »Warum gibt es weder Rührei noch Pfannkuchen? Ist der Strom etwa wieder ausgefallen?« Dann schaut sie nachdenklich an die Decke, wo die Lampen brennen, und murmelt: »Ach, nein, Strom ist da.«

»Strom gibt es, aber keine Eier, denn die Fähre ist nicht gefahren«, knurrt Duncan. »Außerdem – wir haben doch hoffentlich noch den Generator, der bei Stromausfall dafür sorgt, dass unsere Gäste nicht im Dunkeln sitzen?«

»Ähm … doch, ja … aber der Generator ist schon sehr in die Jahre gekommen und hat auch mal Aussetzer.« Skye räuspert sich und fährt rasch fort: »Wie auch immer … ich weiß, dass die Fähre nicht gefahren ist, sonst wäre ich drauf gewesen.« Sie seufzt theatralisch. »Mein Chef wird sich freuen, dass ich schon wieder nicht zum Dienst komme.«

»Du hattest Frühschicht?«

»Ja, genau.« Skye lässt sich auf einen freien Stuhl an unserem

Tisch fallen und krault Johnnie Walker hinter den Ohren. Ich traue mich nicht, zu fragen, was sie arbeitet, denn das hätte Duncan mir ja erzählt, wären wir wirklich verheiratet. Aber das mit der Schicht sagt mir, dass sie Ärztin oder Krankenschwester sein könnte. Und ihre warmherzige Art erzählt davon, dass sie sicherlich großartig in ihrem Job ist.

Duncan knufft seine Schwester liebevoll gegen den Oberarm. »Gut siehst du aus, Skye.«

»Oh, ich danke dir, du Charmeur«, grinst diese. »Es ist unfassbar schön, dich endlich wiederzusehen, weißt du das? Und dich kennenzulernen, Catherine. Hey, Mom, der Pfannkuchenteig ist doch bestimmt schon angerührt?« Skye sieht ihre Mutter fragend an.

»Ja, ja, ich wollte auch gerade … Aber erst musste ich die anderen Gäste … Und dann dein Vater …«

»Lass mal, Mom.« Skye steht auf und zwinkert mir zu. »Ich mache dir Pfannkuchen, Catherine. Und zwar die zweitbesten von ganz Cape Breton. Die besten macht unsere Köchin Martha, die auf dem Festland festsitzt.«

»Zusammen mit den Eiern«, murmelt Duncan in seine Kaffeetasse hinein. Als Skye mit einem ungerührten Lachen in der Küche verschwunden ist, sieht er seine Mutter ernst an. »Mom. Es kann doch nicht sein, dass hier alles aus dem Ruder läuft, sobald die Fähre nicht fährt! Ich meine – Dad konnte doch noch nie gut kochen! Und jetzt ist ausgerechnet ER die Aushilfe in der Küche, wenn Not am Mann ist?«

Heather seufzt. »Es geht nicht anders. Wenn dein Vater nicht in der Küche aushilft, muss ich das tun, und er muss die Tische übernehmen. Na ja, und dein Vater verschreckt mit seiner lauten Stimme hin und wieder die Leute. Zumindest die, die ihn noch nicht kennengelernt haben und nicht wissen, was für ein weicher Kern unter der rauen Schale steckt.« Sie lächelt mich schief an, bevor sie mit gesenkter Stimme an Duncan gewandt hinzufügt: »Außerdem ... du hast ja gesehen, wie er läuft. Seit dem Schlaganfall damals ist er nicht mehr so gut zu Fuß. Zwischen den Tischen und der Küche hin- und herzulaufen, mit Tellern beladen – das kann er nicht mehr, Duncan.«

Es ist nicht zu übersehen, wie sehr diese Worte meinen Chef treffen. Er senkt den Blick und starrt ernst auf die Plastiktischdecke. Auch Heather betrachtet die Tischdecke jetzt eingehend und streicht eine Falte glatt, bevor sie tief aufseufzt und hinzufügt: »Ich weiß, Duncan, dass du das hier alles armselig findest. Nach all dem, was du in New York erlebt hast. Woran du gewöhnt bist. Das hier ...« Sie deutet um sich herum, und ich folge ihrer Handbewegung mit meinem Blick, betrachte die holzgetäfelten Wände des Frühstücksraums, den zu flauschigen und gleichzeitig zu fleckigen graublauen Teppich und die goldgerahmten Aquarelle von Möwen und Walen, die teilweise so schief hängen, als ob hier regelmäßig die Erde beben würde. Dabei ist Atlantikkanada meines Wissens kein Erdbebengebiet. Hoffe ich.

»Das hier, das muss dir furchtbar schäbig und provinziell vorkommen.« Heather sieht mich an und korrigiert sich verlegen. »Euch.«

Ich will schon widersprechen, will entrüstet sagen, dass ich es hier überhaupt nicht schäbig finde (nur sehr renovierungsbedürftig), aber da ertönt erneut eine Männerstimme. Diesmal ist es nicht Graham Cameron, erkenne ich, als ich mich umdrehe und fragend zur Tür sehe, die in die Lobby führt. Duncans Bruder steht dort, und er sieht keinen Deut euphorischer aus als gestern Abend auf der Fähre. Trotzdem springt Johnnie Walker jetzt mit einem begeisterten Bellen auf den Mann zu und begrüßt ihn, als sei auch er jahrelang fort gewesen, so wie Duncan.

»Natürlich kommt ihm hier alles schäbig und provinziell vor, Mom, was glaubst du denn?« Aidans Stimme trieft vor Sarkasmus. »Duncan ist vermutlich nur aus diesem Grund hier: Um sich vor Augen zu halten, wie beschissen schlicht hier alles ist, und dass er damals die richtige Entscheidung getroffen hat, von hier abzuhauen.«

14

»Aidan, schön, dich zu sehen«, erwidert Duncan ruhig und betrachtet seinen Bruder eingehend.

Auch ich sehe ihn jetzt zum ersten Mal aus der Nähe: Aidan ist ungefähr so groß wie sein Bruder, aber er wirkt breitschultriger, irgendwie athletischer. Man merkt gleich, wer von den beiden der Städter ist, der sich hauptsächlich in Büros aufhält. Aidans gebräuntes Gesicht erzählt davon, dass er viel draußen ist. Seine Augen sehen Duncans ähnlich, aber ich erkenne, dass sie die Farbe von Skyes Augen haben, ein strahlend helles Blau. Aidans Haar ist genauso schwarz wie Duncans, doch wesentlich kürzer geschnitten, sodass er kein Haargel braucht, um eventuelle Locken im Schach zu halten. Durch die dichten dunklen Bartstoppeln auf Wangen und Kinn – schon kein Dreitagebart mehr, eher ein Fünftagebart – wirkt er auf den ersten Blick älter als Duncan, aber als ich seine Augenpartie näher betrachte, wird mir klar, dass er genauso gut jünger sein könnte. Schwer zu sagen, vor allem, weil seine Stirn nach wie vor finster gefurcht ist, als er seinen Bruder geradezu herausfordernd fixiert. Als er nichts weiter sagt, bemerkt Duncan betont freundlich: »Warum stehst du eigentlich nicht in der Küche? Du bist doch tatsächlich Koch, ganz im Gegensatz zu Dad?«

Da macht Aidan zwei große Schritte auf unseren Tisch zu, und als ich seine geballten Fäuste sehe, fürchte ich kurz, dass er jetzt handgreiflich wird. Dann aber scheint er zu registrieren, dass ich auch noch da bin. Und dass wir uns noch gar nicht wirklich kennengelernt haben. Fast irritiert, als ob ich ihn in seiner Wut unterbrochen hätte, sieht er mich an, holt tief Luft, öffnet die Finger seiner Rechten und streckt mir die Hand entgegen.

»Hi. Ich bin Aidan. Und du musst Catherine sein.«

Sein Händedruck ist kräftig, und ich gebe mir Mühe, nicht zusammenzuzucken.

»Freut mich sehr, Aidan«, erwidere ich und knipse mein strahlendes Rezeptionslächeln an. Er mustert mich noch zwei Sekunden lang, und ich erkenne denselben Zug um seinen Mund, den auch Duncan hat, wenn er unschlüssig ist. Dann wendet er sich wieder seinem Bruder zu, verschränkt die Arme vor der Brust (gut so, dann fliegen hoffentlich keine Fäuste!) und sagt langsam und fast bedrohlich ruhig: »Ja, ich bin Koch, liebster Bruder. Aber leider hatte ich nie die Chance, lange als Koch zu arbeiten und meine Träume zu verwirklichen. Im Gegensatz zu dir. Aber weil du damals einfach verschwunden bist, musste hier jemand einspringen und das Management übernehmen. Da blieb keine Zeit fürs Kochen!«

»Hmm«, macht Duncan leise, und ich stelle fest, dass er dem durchdringenden Blick seines Bruders ausweicht und wieder auf die Plastiktischdecke starrt. Sein Zeigefinger streicht sacht über einen aufgedruckten Hummer, als er bemerkt: »So ruhig wie es hier ist, hätte ich angenommen, du könntest die Cameron-Lodge gleichzeitig managen und Pfannkuchen backen.«

Aidan haut so plötzlich und so heftig auf die Tischplatte, dass ich vor Schreck aufschreie und Heather nach dem Ellbogen ihres Sohnes greift. »Aidan!«

Johnnie Walker, der sich unter dem Tisch inzwischen wieder auf meine Füße gelegt hat, winselt leise.

»Du arroganter Mistkerl«, knurrt Aidan wütend und beugt sich näher zu Duncan, während Heather an seinem Arm hängt, was unter anderen Umständen fast komisch wirken könnte. Es ist offensichtlich, dass sie nicht die Kraft hätte, ihn ernsthaft zurückzuhalten, wenn er sich doch entschließen würde, auf seinen Bruder loszugehen. Ich halte den Atem an und überlege, ob ich irgendetwas zur Schlichtung beitragen könnte – immerhin habe ich erst vor wenigen Jahren den Fortbildungskurs »Umgang mit schwierigen Gästen« gemacht, von dem ich jetzt profitieren könnte – aber in diesem Augenblick öffnet sich die Küchentür, und Skye erscheint mit einem Teller voller Pfannkuchen.

»Ob du es glaubst oder nicht: Es war in den letzten Jahren nicht immer so ruhig hier wie momentan«, stößt Aidan aufgebracht hervor. »Nein, ich konnte also nicht gleichzeitig das Hotel managen und in der Küche stehen! Und, bevor du fragst: Nein, Dad konnte das Management nicht allein übernehmen, weil es ihm nach seinem Schlaganfall lange Zeit gesundheitlich verdammt beschissen ging. Und, falls es dich überhaupt interessiert: Doch, ich hätte gern weiterhin als Koch gearbeitet. Verdammt gern sogar, ich habe das Culinary Institute of Canada immerhin nicht zum Spaß besucht! Aber weißt du, was passiert ist, als ich mich gerade bis zum Souschef im Yellow Door in Charlottetown hochgearbeitet hatte?« Er beugt sich noch ein wenig dichter zu seinem Bruder runter. »Mein Bruder hat uns hängen lassen, und ich hatte plötzlich ein Hotel auf einer einsamen Insel an der Backe! Also bin ich weg von Prince Edward Island und zurück nach Nova Scotia. Nach Whale Island. Weil ich keiner bin, der sich einfach verpisst und seine Familie verlässt, der sich nicht darum kümmert, was aus den anderen wird und sich nie, aber auch wirklich NIE meldet!«

Erneut haut Aidan auf den Tisch, aber diesmal bin ich mental darauf vorbereitet und zucke nur noch ganz leicht zusammen. Da ich nicht weiß, was ich tun oder sagen soll, nippe ich an meinem inzwischen kalten Kaffee.

»So, nach dieser netten Begrüßung könntest du deinen Bruder und seine Frau erst einmal frühstücken lassen, Aidan«, höre ich Skyes resolute Stimme, und im nächsten Augenblick schiebt sie Aidan entschlossen mit der Hüfte zur Seite und stellt den Teller mit den Pfannkuchen vor mir ab.

»Klar. Lasst es euch schmecken«, sagt Aidan, wobei er seinen Bruder allerdings keines Blickes mehr würdigt. Er sieht mich flüchtig an, nickt knapp und wendet sich dann vom Tisch ab. Ein verstohlener Blick auf Duncan zeigt mir, dass er wie vom Donner gerührt dasitzt und seinem Bruder hinterherstarrt.

»Ich hole mal Ahornsirup«, bemerkt Skye und drückt sanft meinen Oberarm, als wolle sie mir Mut zusprechen.

Gerade will ich nach Gabel und Messer greifen, als Graham Cameron aus der Küche stampft und ich mich sorgenvoll auf die nächste Auseinandersetzung einstelle. Und er kommt auch tatsächlich an unseren Tisch, sagt aber kein Wort, sondern stellt nur einen Teller mit Rührei vor seinem Sohn ab. Ohne Speck, stelle ich fest.

»Danke«, murmelt Duncan und sieht seinem Vater stumm hinterher, der den Frühstücksraum Richtung Lobby verlässt. Heather steht nach wie vor neben unserem Tisch und schaut bekümmert von Duncan zu mir und wieder zu ihrem Sohn. Doch gerade, als sie sich einen Stuhl heranzieht, um sich zu uns zu setzen, kommt ein junges Mädchen in den Frühstücksraum gestürmt und ruft: »Skye? Bist du hier? Oh, hi!«

Das Mädchen stutzt und starrt erst Duncan, dann mich groß an. Es dürfte ungefähr dreizehn sein und ist bildhübsch, mit flammend rotem langem Haar, das wellig über seine Schultern fällt. Das sommersprossige Gesicht ist noch kindlich, aber gleichzeitig schon ein wenig weiblich, und mir ist klar, wer auch immer der Vater ist: Er wird es in den nächsten Jahren nicht leicht haben, die Jungs von diesem zauberhaften Wesen fernzuhalten.

Johnnie Walker saust unter unserem Tisch hervor und begrüßt das Mädchen begeistert hechelnd.

»Hallo, mein Schatz«, sagt Heather und wirkt mit einem Mal sehr müde. »Komm, sag deinem Onkel Hallo.«

Onkel? Verdutzt sehe ich Duncan an, der das Mädchen sprachlos anstarrt. »Isla?« Ungläubig schüttelt er den Kopf. »Du bist Isla?«

Das Mädchen kommt zögernd näher und mustert ihn neugierig. »Ja, die bin ich. Und du bist also das schwarze Schaf der Familie.«

Duncan wirkt im ersten Moment fast erschrocken, dann lacht er heiser auf. »So kann man das sagen, ja. Wie alt bist du jetzt? Warte – zwölf, richtig?«

»Ja.« Isla reicht ihrem Onkel förmlich die Hand. »Nett, dich mal kennenzulernen, Onkel Duncan.«

Erschüttert starre ich erst das Mädchen und dann den Eisblock an. Seine Nichte ist zwölf – und er trifft sie offenbar zum ersten Mal? Ist er etwa länger als zwölf Jahre nicht mehr hier gewesen? Oder hat er sie vielleicht nur als Baby gesehen?

Isla mustert den Eisblock immer noch kritisch. Man merkt, dass sie seinem plötzlichen Auftauchen nicht unvoreingenommen gegenübersteht. Und da wird mir klar, wer ihr Vater sein muss, der sich bald Sorgen wegen der Jungs wird machen müssen: Aidan natürlich. Es sei denn, hier laufen noch mehr Cameron-Geschwister herum, von denen ich bisher nichts mitbekommen habe?

»Und du bist sicher Catherine.« Die hellblauen Augen des

Mädchens fixieren mich nachdenklich, und ich muss schlucken. Diesem wachen Blick scheint nicht viel zu entgehen. Langsam nicke ich.

»Hi, schön, dich kennenzulernen, Isla.«

Ihre Finger sind lang und schmal, ihr Händedruck ist trotzdem fest. Sie mustert Duncan und mich noch ein paar Sekunden lang, bis Skye wieder ins Frühstückszimmer eilt, eine Flasche mit Ahornsirup in der Hand.

»Sorry, dass es so lang gedauert hat, ich musste in der Vorratskammer eine neue Flasche suchen – nein, Duncan, jetzt bitte kein Wort zur Organisation dieses Hotels!« Sie wirft ihrem Bruder einen warnenden Blick zu, bevor sie mir die Flasche reicht und sich ihrer Nichte zuwendet. »Du hast mich gesucht, Süße?«

»Ja. Ich soll dir sagen, dass die Fähre in …« Isla wirft einen Blick auf ihre Armbanduhr. »Oh. In zehn Minuten ablegt. Der Nebel lichtet sich.«

»Halleluja, die Eier kommen«, murmelt Duncan, den Blick auf seinen Teller gerichtet. Skye verpasst ihm einen leichten Schlag auf den Hinterkopf, was so beiläufig passiert, dass ich den Eindruck habe, dass das in ihrer Kindheit und Jugend zur Routine gehört hat.

»Aua!«, beschwert sich Duncan gespielt entrüstet und reibt sich den Kopf, aber um seinen Mund zuckt ein amüsiertes Lächeln.

Dieses Lächeln führt dazu, dass es in meinem Bauch unangenehm heftig kribbelt, sodass ich schnell beginne, zur Ablenkung Pfannkuchen in mich hineinzuschaufeln. Das wird meinen Bauch beschäftigen. Und die Pfannkuchen sind wirklich köstlich!

»Ich muss los«, sagt Skye und schlingt zum Abschied einmal mehr ihre Arme um ihren Bruder. »Es ist so schön, dass du wieder hier bist, Duncan«, murmelt sie und drückt ihm einen Kuss auf die Wange. Gerade, als er gerührt etwas erwidern will, fährt sie mit ihren Fingern durch seine Frisur und verwuschelt vergnügt seine Haare, sodass sie wild in alle Richtungen stehen.

»Hey«, beschwert er sich, aber Skye lacht nur.

»Deine Frau mag die Haare nicht so streng zurückgegelt, hast du doch gehört«, bemerkt sie und zwinkert mir zu. »Lass dir von diesem Griesgram nicht den Tag verderben, Catherine. Das Wetter soll heute toll werden, haben die im Radio gesagt. Wenn der Nebel sich erst mal lichtet.«

»Die im Radio haben das Wetter hier auf der Insel noch nie richtig vorhersagen können, weil der Atlantik einfach unberechenbar ist und ständig dazwischenfunkt!«, grollt Duncan.

»Ach komm, nun sei nicht immer so negativ«, lacht Skye. »Du solltest Catherine nach dem Frühstück die ganze Insel zeigen, Duncan! Am besten mit dem Fahrrad!«

O nein, bitte nicht mit dem Fahrrad, denke ich entsetzt.

»Ich muss noch arbeiten«, weicht Duncan aus, und ich merke, dass er mich nur flüchtig ansieht, bevor er wieder auf seinen Teller starrt.

»Ich kann das machen«, meldet sich Isla zu Wort. Überrascht sehe ich das Mädchen an.

»Wirklich?«, hake ich nach.

Isla zuckt mit den Schultern. »Klar, warum nicht? Ich habe Ferien, und hier ist nicht wirklich viel zu tun. Aber nur, wenn du mir dafür ganz viel von New York erzählst.« Ihre blauen Augen beginnen zu funkeln. »Da wollte ich nämlich immer schonmal hin!«

Ich muss lachen. »Ah, verstehe. Einverstanden. Du zeigst mir deine Insel, und ich erzähle dir von meiner Insel.«

»Insel?«, fragt Isla verdutzt. Ich nicke.

»Ja, Manhattan ist eine Insel. Siehst du, das war Fun Fact Nummer 1.«

Isla lacht auf.

»Ich wünschte, ich könnte mit euch eine Inseltour machen«, seufzt Skye. »Aber die Patienten warten!« Aha. Sie macht also tatsächlich etwas Medizinisches. Mit einem raschen Blick auf ihre Armbanduhr fährt sie hektisch fort: »Oh, jetzt muss ich mich echt beeilen, sonst fährt Dottie ohne mich. Bye!«

Und schon stürmt sie davon, und auch Isla geht nach draußen, wo sie auf mich warten will, wie sie sagt. Sie nimmt Johnnie Walker und seinen zerkauten Gummistiefel mit, und der Hund fehlt mir augenblicklich.

Als wir allein sind, sehe ich Duncan ernst an.

15

»So. Nachdem ich jetzt Ihre ganze Familie kennengelernt habe, Mr. Sommerset, wäre es zum einen nur fair, wenn ich erfahren dürfte, warum wir dieses ganze blöde Theater hier veranstalten, und zum anderen bräuchte ich vielleicht ein paar Hintergrundinfos zu den einzelnen Personen, denn sonst bin ich wirklich nur noch im Blindflug unterwegs!«

Aufgebracht spieße ich eine Blaubeere mit meiner Gabel auf und schiebe sie mir in den Mund. Duncan hat wieder die Ellbogen auf den Tisch gestützt und beobachtet mich über seine gefalteten Hände hinweg. Da sein Mund halb von seinen Händen verborgen ist, kann ich nicht sagen, ob er lächelt oder nicht.

»Erstens«, erwidert er leise, »warum nennst du mich schon wieder Mr. Sommerset? Das treibt mich in den Wahnsinn!« Er sieht sich verstohlen um, als fürchte er, dass sich noch ein Gast hinter einem der verstaubt wirkenden Vorhangschals verstecken oder sein Dad in einer Zimmerecke stehen und uns wütend beobachten könnte. Zum Glück ist beides nicht der Fall. »Zweitens«, fügt er hinzu und sieht wieder mich an, nachdem er sich vergewissert hat, dass wir allein sind. »Das war noch gar nicht meine gesamte Familie.«

Aha, denke ich. Vielleicht ist Isla doch nicht Aidans Tochter, weil Duncan tatsächlich noch mehr Geschwister hat? Oder vielleicht taucht als Nächstes ein übellauniger Großvater auf, der sich auch nicht freuen kann, seinen Enkel wiederzusehen? Unsicher werfe ich einen raschen Blick Richtung Tür, doch wir sind weiterhin allein.

»Und drittens«, fährt Duncan fort, »die echte Catherine weiß so gut wie nichts über meine Sippe, darum brauchst du dir in der Beziehung keine Sorgen zu machen. Sag einfach, dass ich kaum etwas von meiner Familie erzählt habe. Glaub mir, das nehmen dir alle ab.«

Er besitzt die Frechheit, seelenruhig an seinem Kaffee zu nippen. Aufgebracht lege ich meine Gabel zur Seite. »Warum ist sie eigentlich nicht hier?«

»Wer?« Duncan mustert mich überrascht.

»Na, die Eisprinzessin!« Ups. Das ist mir jetzt sehr schnell und unüberlegt über die Lippen gerutscht. Rasch sammele ich mich und korrigiere: »Ähm, die echte Catherine, meine ich.«

»Eisprinzessin?« Duncan sieht mich ernsthaft verblüfft über seine Kaffeetasse hinweg an. Als er die Tasse absetzt, merke ich, dass ein langsames Schmunzeln in seinen Mundwinkeln spielt. Nervös fasse ich in meinen Nacken, schiebe eine Haarnadel tiefer in mein Haar hinein.

»So nennt ihr sie also?«

»Wer?«, frage ich betont unschuldig, als wüsste ich nicht, worum es geht.

»Deine Kolleginnen und du. So nennt ihr Catherine?«

»Ähm … nein, so nenne nur ich sie. Im Stillen«, beteuere ich rasch, weil ich Bridget und Lennox auf keinen Fall mit hineinziehen will. Das Lügen fällt mir immer leichter, stelle ich fest, und ich weiß nicht, ob ich mich darüber freuen oder entsetzt über mich selbst sein soll. »Sorry«, füge ich leise hinzu, und dann, beinahe trotzig: »Mr. Sommerset.«

Duncans Augen weiten sich leicht vor Verzweiflung. Er schnaubt leise auf. »Hör auf damit! Bitte! Sonst rutscht dir das noch vor den anderen raus.«

»So wie dir das ›Greta‹?«

»Ja.« Er seufzt und sieht mich ernst an. Ein Schatten scheint sich über das helle Grau seiner Augen zu legen. »Meine Frau, die ›Eisprinzessin‹, ist in einer Klinik. Sie hat gesundheitliche Probleme.«

Ach du Schande. Entsetzt starre ich Duncan an. »Das … das wusste ich nicht«, stammele ich. »O nein, das tut mir leid. Wirklich. Ich …«

»Hey. Ist schon gut.« Sein Lächeln trifft mich so plötzlich und unvorbereitet, dass es mir spontan die Sprache verschlägt. »Der Name passt übrigens wirklich gut. Eisprinzessin. Als ich sie zum ersten Mal gesehen habe, habe ich genau diesen Gedanken gehabt. Die kühle Schönheit von der Upper East Side.« Nachdenklich starrt er an mir vorbei, auf einen Punkt in der Ferne, und ich vermute, dass er SIE dort vor seinem inneren Auge sieht. Der Stich nagender Eifersucht, der mich durchzuckt, lässt mich entsetzt nach meiner Tasse greifen und in großen Zügen kalten Kaffee trinken, um mich abzulenken. Es gibt überhaupt keinen Grund, eifersüchtig zu sein!

»Hat sie … etwas Ernstes?«, hake ich atemlos nach. Duncan starrt noch zwei Sekunden lang an mir vorbei, bevor er meinen Blick erwidert und langsam sagt: »Nichts Lebensbedrohliches. Aber … trotzdem etwas Lebensveränderndes. Allerdings hatte Catherine diese Krankheit schon, als ich sie kennengelernt habe.« Er seufzt tief auf und starrt auf seinen leeren Teller. »Sie hat eine bipolare Störung. Sagt dir das etwas?«

Langsam nicke ich. »Eine Art Depression«, murmele ich.

»Ja, eine Art Depression. Aber nicht nur. Die Krankheit ist geprägt von extremen Stimmungsschwankungen und sehr impulsivem Verhalten. In ihren Hochphasen, da wirkt Catherine unbesiegbar. Dann ist sie voller Energie, Enthusiasmus, Tatendrang – und schießt leider oft über das Ziel hinaus. In solchen Phasen streicht sie mal eben unsere Küche neu oder entwickelt über Nacht eine ganze neue Ausstellungsidee für die Galerie oder färbt sich die Haare schwarz. Wenn sie so ist – voller spontaner Ideen –, dann käme niemand auf den Gedanken, dass sie schnell ganz anders sein kann.«

Atemlos höre ich zu. Dass Catherine Sommerset eine kleine Kunstgalerie an der Upper East Side besitzt, das wusste ich bereits, aber der Rest haut mich wirklich um.

»Denn nach jeder Hochphase kommt unweigerlich ein Loch, in das sie fällt.« Duncan starrt auf seine Hände, und ich merke, dass er gedankenverloren mit seinem Ehering spielt, ihn an seinem Finger hin und her dreht. Beklommen schlucke ich. Wie konnte ich es nur zulassen, dass ich Schmetterlinge im Bauch habe, wenn ich sein Lächeln sehe? Duncan Sommerset ist nicht nur mein Boss, sondern auch noch verheiratet, und seine Frau ist krank!

Er räuspert sich und fügt hinzu: »Auf jeden Fall war ihre letzte schlechte Phase schlimmer als bisher. Sie … sie hat ärztliche Behandlung gebraucht und zum Glück eingewilligt, in eine Klinik zu gehen.«

»Verstehe«, murmele ich.

»Aber das hat überhaupt nichts mit Whale Island zu tun«, fährt Duncan dann mit gesenkter Stimme fort und sieht sich erneut vorsichtig um. »Ich hätte Catherine niemals mitgebracht. Auch nicht, wenn sie nicht gerade in Behandlung gewesen wäre. Und das mit dir … das war ja nicht so geplant. Wenn Mom dich nicht für Catherine gehalten hätte … dann hätte ich ihr diese Lüge niemals aufgetischt.« Er sieht mich eindringlich an, und die Intensität seiner grauen Augen haut mich fast um. »Bitte, das musst du mir glauben, Greta. Ich bin kein abgebrühter Lügner. Ich hätte dich niemals hierhergelockt, um dich dann plötzlich dazu zu nötigen, meine Frau zu spielen.« Die letzten Worte flüstert er. »Es ist mir selbst zuwider. Aber … lass es uns jetzt irgendwie durchziehen. Ja?«

Er sieht mich so drängend an, dass ich nur nicken kann, während mir mein Herz bis zur Brust schlägt. Nervös wische ich mir die Hände an einer viel zu dünnen Papierserviette ab und frage: »Und warum sind wir eigentlich hier?«

Das flüchtige Lächeln, das wegen meiner stummen Einwilligung über sein Gesicht gehuscht ist, erstirbt. Sofort sind da wieder die Falten, die seine Stirn durchfurchen, ihn älter und mürrischer wirken lassen. Knapp erwidert er: »Das kannst du dir doch denken, oder?«

Stumm starre ich ihn an, bevor ich langsam nachhake: »Die Sommerset-Gruppe will die *Cameron Lodge* übernehmen?«

Duncan lacht spöttisch auf. »Ist das dein Ernst? Dieses Hotel?« Er macht eine Handbewegung, die das ganze Frühstückszimmer erfasst, und wirft mir einen bedeutungsschweren Blick zu. Als seine Hand auf die Tischplatte zurücksinkt, verursacht sein Ehering einen Knall, der mich zusammenzucken lässt. »Du hast doch im Laufe deiner Karriere bestimmt genügend Hotels gesehen, um zu wissen, dass das hier schon seit einer halben Ewigkeit nicht mehr dem entspricht, was Touristen erwarten, oder?«

Schweigend lasse ich meinen Blick erneut durch den Frühstücksraum wandern, über die altmodischen Holzmöbel, die teilweise recht fleckigen Sitzpolster, die schweren Vorhänge mit den zerschlissenen Säumen, wo Fäden auf den dicken Teppich hinabhängen. Natürlich müsste dieses Hotel dringend saniert werden, völlig klar. Aber mit frischer Farbe an den Wänden, mit hellen Vorhängen und ohne den dicken Teppich (unter dem vielleicht rustikale Holzdielen verborgen sind?), könnte dieser Frühstücksraum im Handumdrehen ein wirklich einladendes Zimmer werden. Und ohne Nebel vor den hohen Fenstern hat man ja vermutlich auch eine schöne Aussicht. Mein Blick bleibt an einem der Fenster hängen, und ich erstarre. O. Mein. Gott.

»Wow!«, entfährt es mir. Ich springe auf, eile mit großen Schritten zum Fenster.

»Was denn?«, höre ich Duncan ratlos fragen, aber dann scheint er zu begreifen und meint: »Ach so.«

Ich merke, dass auch er aufsteht und mir zum Fenster folgt, aber ich bin zu gefesselt von dem Ausblick, um genauer darauf zu achten, was er macht. Der Nebel hat sich tatsächlich gelichtet, und erst jetzt begreife ich, wo ich mich eigentlich befinde: Vom Frühstücksraum der *Cameron Lodge* aus hat man einen fantastischen Blick über eine grasbewachsene Anhöhe hinab, wo hier und da von niedrigen Büschen umwucherte Felsbrocken liegen, als hätte ein Riese sie nach Lust und Laune wie Würfel verteilt. Am Fuße dieser Anhöhe sind weitere Felsen zu sehen, und dahinter … das Meer. Weit und tiefblau erstreckt sich der Atlantik bis zum Horizont, er ist aufgewühlt und stürmisch, gewaltige Wogen rollen an die schroffe Küste, lassen weiße Gischt über die rauen Felsbrocken am Ufer schäumen. Auch der Himmel wirkt mit einem Schlag blau, wie gemalt, nur einzelne Wolken werden vom Wind vorwärtsgetrieben. Es ist, als hätte niemals dicker Nebel die Landschaft verschleiert. Ungläubig nehme ich dieses Naturschauspiel dort draußen in mich auf. Ich kann meinen Blick nicht fortreißen, auch dann nicht, als ich merke, dass Duncan neben mich tritt und ebenfalls schweigend hinaussieht.

»Das ist unfassbar schön«, wispere ich schließlich regelrecht ehrfürchtig.

»Ja.« Duncans Stimme klingt mit einem Mal belegt. Erstaunt mustere ich ihn von der Seite, aber er dreht seinen Kopf so, dass ich ihm nicht ins Gesicht sehen kann. »Wenn es mal nicht nebelig ist, ist es verdammt schön hier.«

»Warum bist du damals weggegangen?« Die Frage schiebt sich wie von selbst über meine Lippen, ohne dass ich näher darüber nachdenke. Während ich es noch gestern Morgen auf gar keinen Fall gewagt hätte, meinen Boss etwas so Persönliches zu fragen, kommt es mir heute Morgen fast natürlich vor.

Nicht, dass ich eine Antwort bekommen würde. Duncan wendet sich so abrupt vom Fenster und von mir ab, dass es fast komisch wirken könnte, hätte sich sein Gesicht nicht so plötzlich wieder verfinstert.

»Wolltest du nicht mit Isla eine Radtour über die Insel machen?«, fragt er und macht eine Kopfbewegung Richtung Ausgang.

Eigentlich will ich lieber mehr über dich rätselhaften, launischen Mann erfahren, denke ich. Ich weiß immer noch nicht, was für konkrete Pläne die Sommerset-Gruppe in Bezug auf Whale Island hat und warum Duncans Dad und sein Bruder so auf seine Rückkehr reagiert haben. Warum er womöglich seit zwölf Jahren nicht mehr hier war. Aber diese Antworten werde ich wohl nicht so schnell bekommen, das ist mir klar.

»Ähm, nein, eine Radtour eher nicht«, erwidere ich zögerlich, während ich Duncan zur Tür folge.

Fragend sieht er mich an. »Warum nicht? Die Insel ist eine Rundfahrt wert, glaub mir. Zumindest jetzt, weil man endlich was sieht.«

»Ja, bestimmt«, sage ich rasch. »Es ist nur so … Ich kann nicht Fahrrad fahren.«

16

Überrascht bleibt Duncan stehen und starrt mich an. »Bitte was?«

Auch ich bleibe stehen, im Türrahmen zwischen Frühstücksraum und Lobby, und sehe ihn fast trotzig an, mein Kinn zur Verteidigung gereckt.

»Ich habe als Kind nie Fahrrad fahren gelernt«, ergänze ich und füge noch hinzu, als ich merke, dass er mich nach wie vor ungläubig mustert: »Meine Kindheit hat sich in diversen Luxushotels abgespielt. In den meisten gab es keine Möglichkeiten, Fahrrad zu fahren. Darum hatten meine Eltern nie die Gelegenheit, es mir beizubringen.« Ich mache eine kurze Pause und überlege, ob meine Mutter wirklich hinter einem Kinderfahrrad hergelaufen wäre, hätten wir in einem ganz normalen deutschen Städtchen gewohnt. Schwer vorstellbar. Rasch ergänze ich noch, als müsse ich meine Kindheit und mich irgendwie verteidigen: »Dafür konnte ich schon mit vier Jahren schwimmen und tauchen wie ein Delfin, den riesigen Hotelpools sei Dank.« Und dem netten Schwimmlehrer Jimmy, füge ich in Gedanken an meine Jahre in Bali hinzu.

Duncan betrachtet mich verblüfft. »Ich wusste nicht, dass du in Hotels aufgewachsen bist«, sagt er leise.

Nein, denke ich. Natürlich nicht.

»Es gibt sehr viel, was du nicht von mir weißt, Duncan Sommerset.« Ich flüstere diese Worte, denn in diesem Moment nähert sich Isla mit langen Schritten, Johnnie Walker dicht auf ihren Fersen. Der Teenager erinnert mich ein wenig an ein schlaksiges Fohlen, irgendwo zwischen tollpatschigem Kind und eleganter Erwachsener. Duncan starrt mich nach wie vor stumm an.

»Wollen wir los? Das Wetter ist jetzt super!«, verkündet Isla und bleibt erwartungsvoll vor uns stehen. Ich merke, dass sie ihren Onkel verstohlen mustert. Sie scheint ehrlich fasziniert von ihm zu sein, aber auch nach wie vor nicht so recht zu wissen, wie sie ihn einschätzen soll. Das kann ich gut nachvollziehen!

»Ja, gern.« Ich lächele Isla an. »Allerdings gibt es ein Problem …«

»Catherine muss erst Fahrrad fahren lernen«, vollendet Duncan meinen Satz, und ich starre ihn überrascht an.

»Ich …«, stammele ich und fasse mir Hilfe suchend an meinen Knoten. Duncans Blick folgt meiner Hand.

»Ja, er ist noch da«, sagt er leise.

»Wie bitte?«

»Dein Knoten.«

»Warum sollte ihr Knoten nicht mehr da sein?«, fragt Isla ratlos und sieht mich an. »Oder … ist das ein Haarteil? Der sieht so echt aus!«

»Nein! Ich meine, doch, natürlich ist der echt, ich … ich habe kein Haarteil!« Ich beginne zu schwitzen, und das, obwohl durch die offen stehende Eingangstür kühle Morgenluft in die Lobby strömt. Von den tropischen Temperaturen Manhattans sind wir wirklich weit entfernt!

»Catherine greift sich immer an ihre Frisur, wenn sie unsicher ist«, erklärt Duncan seiner Nichte ruhig, als wäre er tatsächlich mein Ehemann und würde mich in- und auswendig kennen. Fassungslos sehe ich ihn an. Woher um alles in der Welt weiß er das? Wir sind gerade mal einen Tag lang zusammen unterwegs gewesen … und haben eine Nacht lang ein Zimmer geteilt. Und er hat schon einen Teil meines Verhaltens erkannt, für den Olivier mit Sicherheit viel länger gebraucht hat?

Duncan erwidert meinen Blick, und ich kann mich nicht entscheiden, ob ich das Grau seiner Augen in diesem Moment kühl finde oder nicht. »Äh«, mache ich und muss mich sehr zusammenreißen, um mir nicht erneut in den Nacken zu langen. Herrgott noch einmal, Greta, nun schalte endlich dein professionelles Rezeptions-Ich ein! Vermutlich ist mein Tick so offensichtlich, dass es nicht für Duncan spricht, sondern eher gegen Olivier, dass er meine Unsicherheit damals nicht so schnell begriffen hat. Und als er meinen Tick irgendwann registriert hat – da waren wir schon verheiratet! –, hat er mich am Ende sogar angeherrscht, ich solle doch endlich mit diesem albernen Verhalten aufhören, das würde ihn wahnsinnig machen.

Rasch verdränge ich meine Erinnerungen an meine Ehe und räuspere mich. »Duncan hat recht … Ich kann nicht Fahrrad fahren.«

Isla schaut mich so erschüttert an, als habe ich ihr gerade offenbart, nicht lesen zu können.

»In meiner Kindheit … gab es nicht so viele Gelegenheiten zum Radfahren«, erkläre ich. Fast wären mir die Hotels in aller Welt herausgerutscht, bis mir im letzten Moment klar wird, dass ich ja vorgebe, die Eisprinzessin zu sein.

»Eine typische Kindheit in Manhattan«, kommt mir Duncan zur Hilfe. »Die Kids können mit fünf ein Taxi heranwinken, aber nicht mit dem Rad fahren.«

»Aber ihr habt doch den Central Park«, wendet Isla ratlos ein, und ich muss ihr recht geben, als ich an die vielen Kinder denke, die ich dort immer mit Müttern, Vätern oder Nannys auf Dreirädern, Laufrädern und Fahrrädern unterwegs sehe.

»Tja, du siehst, es hat nicht nur Vorteile, im Big Apple zu leben«, weicht Duncan elegant aus. Sofort sehe ich ihn vor meinem inneren Auge, wie er auf seinem Mountainbike die Avenues entlangflitzt. Es gibt sie durchaus, die New Yorker Fahrradfahrer. Aber ich gehöre nicht dazu.

»Tja, dann müssen wir wohl das Auto nehmen«, seufzt Isla hörbar enttäuscht. »Ich gehe mal davon aus, dass wir dir heute Morgen nicht mal eben schnell das Fahrradfahren beibringen können. Das ist in deinem Alter bestimmt nicht mehr so einfach wie als Kind.«

Bei dem »in deinem Alter« muss ich schlucken, weil ich mir schlagartig steinalt vorkomme. Ich merke, wie Duncan seine Nichte mit hochgezogenen Augenbrauen mustert, die Spur eines amüsierten Schmunzelns im Mundwinkel.

»Hey, junge Dame, nun werde mal nicht unverschämt. Catherine ist ganz sicher nicht zu alt, um Radfahren zu lernen.«

»Nein, natürlich ist sie das nicht!« Islas sommersprossiges Gesicht färbt sich rot, während sie hektisch fortfährt: »Ich meinte nur … sie wird eine Weile brauchen! Oder nicht?«

»Ja, ganz bestimmt«, bestätige ich, froh darüber, dass ich nicht dazu genötigt werde, mich hier und jetzt auf ein Rad zu setzen und zu üben. Allerdings gibt es da ein anderes Problem.

»Aber wegen des Autos …«, wende ich zögernd ein, und Isla reißt ihre hellblauen Augen theatralisch auf.

»Jetzt sag nicht, dass du keinen Führerschein hast! Lass mich raten: In Manhattan kann jeder ein Taxi heranwinken, aber nicht selbst fahren?«

Ich muss lachen und schüttele meinen Kopf. »Nein, ganz so

schlimm ist es nicht. Ich habe meinen Führerschein sogar in Singapur gemacht.«

Erst als ich Duncans leicht geweitete Augen sehe, die mich stumm an unsere Lügengeschichte erinnern, beiße ich mir panisch auf die Unterlippe. Verdammt!

»Singapur?« Isla starrt mich an, als käme ich von einem anderen Stern. »Im Ernst? Was hast du da gemacht?«

Tja. Dass ich dort vier Jahre mit meinen Eltern gelebt und außer dem Führerschein auch noch an der Deutschen Schule Singapur mein Abitur gemacht habe, kann ich ihr jetzt wohl kaum offenbaren.

»Ähm … Ein Praktikum. Nach der Highschool. In einer … Galerie! Und bei der Gelegenheit habe ich meinen Führerschein gemacht.«

Islas Stirn legt sich in kritische Falten. »Aber … in Singapur fährt man doch auf der linken Seite! Das weiß ich noch, weil wir neulich Südostasien in der Schule als Themenwochen hatten, und ich musste ein Referat über Singapur halten. Warum hast du freiwillig im Linksverkehr deinen Führerschein gemacht?«

»Ich …« Meine Handflächen sind schweißnass, verstohlen reibe ich sie an meiner Anzugshose ab, die ich heute mit Sneakers kombiniert habe, um nicht zu sehr nach Businesstrip auszusehen. »Weißt du, ich war jung und stur. Ich wollte meinen Eltern beweisen, dass ich meinen Führerschein auch im Linksverkehr machen kann. Und ich habe es geschafft!«

Triumphierend lächele ich Isla an und werde bei meiner Story an den echten Tag meiner Fahrprüfung erinnert. An meine Freundin Saskia von der Deutschen Schule, mit der ich hinterher zur Feier des Tages unsere geliebten Singapore Noodles essen gegangen bin. Was Saskia jetzt wohl macht? Ich habe schon lange keinen Kontakt mehr zu ihr – genau wie zu so vielen meiner »Freundinnen auf Zeit«, wie ich sie irgendwann zynisch genannt habe.

»Wow.« Isla starrt mich bewundernd an, während der Gesichtsausdruck ihres Onkels irgendwo zwischen Fassungslosigkeit und Belustigung liegt.

»Und … was ist dann das Problem?«, hakt Isla jetzt nach, während wir uns zu dritt langsam durch die Lobby bewegen. Duncan hat sein Telefon gezückt und scrollt über seinen Bildschirm, vermutlich schon wieder bei der Arbeit.

»Na ja, der Mietwagen läuft auf Duncans Namen, darum bin ich nicht versichert, wenn ich mit ihm fahre.« Bei der Erwähnung seines Namens hebt Duncan den Kopf und sieht mich an.

»Aber ihr seid doch verheiratet, dann ist das kein Problem«, mischt sich plötzlich Heather ein, die eben noch an der Rezeption telefoniert hat, aber nun auf uns zukommt. Anscheinend hat sie meinen Einwand gehört.

»Äh …«, mache ich und werfe Duncan einen Hilfe suchenden Blick zu. Der starrt mich immer noch ernst an, bevor er das Telefon in die Brusttasche seines Hemdes schiebt und mit einem Schulterzucken sagt: »Mom hat recht. Nimm ruhig den Wagen.«

Fassungslos frage ich mich, ob er vergessen hat, dass wir nicht wirklich verheiratet sind, oder ob er glaubt, es würde schon alles gut gehen. Wenn er wüsste, dass ich seit meiner Fahrprüfung im Linksverkehr nicht viel Fahrpraxis gesammelt habe! Noch dazu überhaupt keine im Rechtsverkehr. Denn, ja, es stimmt: In New York fährt man kein Auto. Man fährt U-Bahn, Bus oder Taxi.

»Wir könnten ja auch zu Fuß gehen?«, schlage ich vor und versuche, enthusiastisch zu klingen. Doch Isla bedenkt mich mit einem Blick, der von vielen langen Märschen über diese windige Insel erzählt.

»Nein danke. Dann sehen wir nur einen Bruchteil, und bei Weitem nicht die spannenden Dinge. Bis zum North Point Leuchtturm zum Beispiel brauchen wir zu Fuß mindestens eine Stunde. Ohne mich.« Sie verschränkt ihre Arme vor der Brust und wirkt jetzt wie ein bockiger Teenie, der sie vom Alter her ja auch fast sein darf.

»Okay«, seufze ich ergeben, und Heather sieht mich aufmunternd lächelnd an.

»Ich finde es wunderbar, dass du eine Inselrundfahrt mit Isla machst! Und wir zwei …« Sie sieht ihren Sohn ernst an. »Wir müssen uns erst einmal in Ruhe zusammensetzen. Gestern Abend sind wir ja nicht so weit gekommen mit unserem Gespräch.«

Interessiert sehe ich zwischen Duncan und seiner Mutter hin und her. Ob sie wohl über Duncans Verschwinden von der Insel sprechen will – oder über das Projekt der Sommerset-Gruppe? Hat er ihr schon davon erzählt? Verdammt, ich würde so gern hierbleiben und mitbekommen, was eigentlich Sache ist!

»Ja«, murmelt Duncan. In dem Moment hört man draußen das Knirschen von Reifen auf Kies, und wir sehen einen klapprigen Toyota die Einfahrt hinaufrollen, gefolgt von einem weiteren Auto, das ebenso schwungvoll über den Parkplatz fährt und außerhalb unseres Sichtfeldes parkt. Die Motoren verstummen, und Autotüren schlagen zu.

»Aha. Ich vermute, die Fähre ist angekommen«, bemerkt Duncan trocken.

»Ja, zum Glück«, seufzt seine Mutter.

Als zwei Frauen am offenen Eingang zur Lobby vorbeieilen, winkt Isla ihnen fröhlich zu. Das müssen also Eileen und Martha sein. Eine der beiden ist recht füllig und hat wilde blonde Locken, die andere ist um einiges älter – vermutlich

Anfang sechzig, würde ich schätzen –, und ihr kurzes Haar wäre sicherlich grau, ist aber in einem eigenwilligen Rosaton gefärbt, passend zu ihren Lippen, die in derselben Farbe leuchten.

»Lass mich raten«, höre ich Duncan murmeln, und als ich ihn ansehe, merke ich, dass sein Blick den beiden Frauen kritisch gefolgt ist. »Die Runde ist die Köchin.«

»Falsch, mein Lieber«, erwidert Heather überraschend scharf, was mir gut gefällt. Soll sie ihrem Sohn ruhig den Kopf zurechtrücken – er hat es so verdient! Mehr, als die arme Frau ahnen kann. »Martha, mit den rosa Haaren, das ist unsere Köchin. Die mit den blonden Locken ist Eileen, unsere Kellnerin.« Nach einer kurzen Pause fügt sie hinzu: »Und zwar eine hervorragende Kellnerin!«

»Ist ja gut«, lacht Duncan auf.

»Martha ist ein bisschen verrückt, darum mag ich sie super gern«, fügt Isla eifrig hinzu. »Bevor sie ihre Haare rosa gefärbt hat, waren sie eine Zeit lang blau, und dazu passend hat sie sich die Nägel lackiert. Echt krass, die Frau, dabei ist sie schon 62! Na ja, verrückt ist Eileen allerdings auch – sie hat ein Drachenkopf-Tattoo auf dem Hintern!«

»Woher weißt du das denn?«, fragt Heather überrascht. Isla zuckt mit einem Grinsen die Schultern.

Duncan starrt seine Nichte so entsetzt an, dass ich mir ein Kichern verkneifen muss. Dann murmelt er: »Na ja, ihr Hintern würde sogar genug Platz für den ganzen Drachen bieten.«

»Duncan!«, sagt Heather erneut streng und sieht ihn kopfschüttelnd an.

»Was denn?«, verteidigt er sich und reißt seine Augen unschuldig auf. »Das war nicht abwertend gemeint!«

»Nein, gar nicht«, spottet Isla.

»Hey, ich habe nichts gegen … äh … rundere Hintern. Überhaupt nichts.« Als ich Duncan wieder ansehe, merke ich genau, dass sein Blick flüchtig zu meiner Rückseite huscht, und schlagartig wird mir heiß. Rasch streiche ich meine Bluse glatt, als könnte ich dadurch den Saum dazu bewegen, tiefer über den Bund meiner Hose hinabzuhängen und meinen Hintern zu verdecken, der zwar nicht Eileens Ausmaß hat, aber auch nicht unbedingt klein ist. Die Eisprinzessin trägt mindestens zwei Kleidergrößen kleiner als ich. Als mir Duncans Blick begegnet, wirkt er verlegen. Ich sehe ihn mit hochgezogenen Augenbrauen an und verschränke die Arme vor meiner Brust. Duncan starrt rasch auf seine Schuhe hinab und fährt fort: »Und wenn sich jemand einen Drachen auf den Hintern tätowieren will, bitte schön, Geschmäcker sind verschieden.«

»Hast du ein Tattoo?« Isla sieht ihren Onkel neugierig an.

»Nein«, sagt er und rollt mit den Augen. »So weit kommt es noch.« Ich muss lachen, und er sieht mich fragend an.

»Was, hast du etwa eins?«

Ich merke genau, dass er sich auf die Lippen beißt, weil ihm die Frage so unbedacht herausgeschossen ist. Jetzt ist es Isla, die auflacht, weil sie wohl annimmt, dass er Witze macht.

»Habt ihr euch länger nicht nackt gesehen, oder was?«, fragt sie frech und fegt sich lässig ihr langes rotes Haar über die Schulter nach hinten. Zum Glück scheint sie nicht mitzubekommen, dass mir verlegene Hitze in die Wangen kriecht.

»Hey, junges Fräulein, nicht so vorlaut«, meint nun Heather, doch Isla redet unbeeindruckt weiter: »Ich will mich auf jeden Fall tätowieren lassen. Aber ich darf erst, wenn ich volljährig bin, weil Dad dagegen ist.«

»Recht hat er«, brummt Duncan, und seine Mutter pflichtet ihm bei: »Aber hallo!«

»Dabei hat er selbst ein Tattoo!«

Überrascht starrt Duncan seine Nichte an. »Aidan? Wo?«

Aha, also ist tatsächlich der mürrische Aidan Islas Vater,

denke ich im Stillen, dankbar über dieses Stückchen Information, das mir fehlte.

»Ja.« Isla kratzt sich an der Schläfe und wirkt ein wenig verlegen. »Meinen Namen. In Schreibschrift. Auf dem Unterarm.«

»Oh, das ist süß«, sage ich und lächele das Mädchen an. Isla erwidert meinen Blick und grinst mit einem Schulterzucken.

»Ja, irgendwie schon. Ich wünschte nur, er würde mir auch erlauben, mir was stechen zu lassen, und nicht so konservativ tun, während er mit meinem Namen auf der Haut herumspaziert!«

Ich lache auf und lege ihr locker einen Arm um die Schultern. »Dein Dad will nur verhindern, dass du dich in ein paar Jahren furchtbar ärgerst, weil du dir ein Motiv hast stechen lassen, das dir dann nicht mehr gefällt. Es ist oft wirklich das Klügste, ein wenig zu warten, damit man sicher sein kann, die richtige Entscheidung getroffen zu haben.«

»Ja, ja, ich weiß«, seufzt Isla, bevor sie mich erwartungsvoll ansieht. »Wollen wir losfahren?«

Ich nicke und wende mich zum Gehen. Duncan wirft mir einen letzten flüchtigen Blick zu, bevor er seiner Mutter durch die Lobby folgt.

»Hey, M…« Ich kann mir das »Mr. Sommerset« im allerletzten Moment verkneifen, und täusche ein Husten vor, bevor ich rasch sage: »Ähm, Duncan, wo ist denn der Autoschlüssel?«

»Liegt im Wagen, im Getränkehalter«, erwidert Duncan über seine Schulter, und als er meinen entgeisterten Blick bemerkt, fügt er mit einem flüchtigen Grinsen hinzu: »Wir sind hier nicht mehr in Manhattan. Hier werden keine Autos gestohlen, Darling.«

Dieses »Darling« und das fast jungenhafte Grinsen verfolgen mich bis hinaus in den nun unfassbar hellen Sonnenschein.

17

Es ist, als hätte es nie Nebel über Whale Island gegeben. Der Kies des Vorplatzes knirscht unter meinen Sneakers, als ich aus dem Hotel trete. Die Luft wird erfüllt vom Duft nach Gräsern und Meer, und die Sonne scheint unerwartet warm vom Himmel, besonders hier, im Windschatten der *Cameron Lodge*. Ich hebe meinen Blick und betrachte neugierig das Gebäude, in dem ich die letzte Nacht verbracht habe: Die Lodge ist langgestreckt, mit nur einem oberen Stockwerk. Die Außenwände sind mit halben Baumstämmen in einem dunklen Braunton verschalt, und dieser rustikale Blockhaus-Charakter gefällt mir auf Anhieb sehr gut. Zwar würde das Gebäude wesentlich freundlicher und einladender wirken, wenn die großen Sprossenfenster helle Rahmen hätten und keine dunkelgrünen, was in Kombination mit der dunkelbraunen Eingangstür irgendwie zu düster wirkt. Aber die *Cameron Lodge* hat durchaus Charme, der durch den aus groben Natursteinen gemauerten Schornstein betont wird. Gut, ein neuer Schlag Farbe ist lange überfällig, stelle ich fest, als ich das abblätternde Dunkelbraun unterhalb eines Fensters in meiner Nähe erkenne, und die Tatsache, dass beim Schild mit der Aufschrift »Willkommen in der *Cameron Lodge*« sage und schreibe vier Buchstaben fehlen

(»W llkom en in d r Cameron Lod e«), macht mich kurz sprachlos. Aber dennoch: Dieses Hotel hat unübersehbares Potenzial.

»Wo ist denn euer Wagen?«, fragt Isla neben mir, und ich sehe sie an. Das Mädchen wirkt hier draußen, im Sonnenschein, der ihr Haar wie Feuer und ihre Augen wie den Himmel über uns leuchten lässt, noch hübscher als im Inneren der Lodge.

»Gleich da drüben«, erwidere ich und zeige auf unseren Mietwagen.

»Na, dann los!«

Es ist verdammt lang her, seit ich das letzte Mal Auto gefahren bin. Das muss in Sri Lanka gewesen sein, wo ich zwei Jahre lang in einem Hotelresort gearbeitet habe, bevor ich mit siebenundzwanzig Jahren nach Hongkong gezogen bin. Vor einer halben Ewigkeit, überlege ich, während ich gestresst über das Lenkrad hinweg auf die holprige Straße vor mir starre, die sich von der *Cameron Lodge* aus einen grasbewachsenen Hügel hinab windet. Dass Johnnie Walker, der unbedingt mit auf unsere Spazierfahrt kommen wollte, von der Rücksitzbank aus seinen Kopf zwischen den Vordersitzen hindurchschiebt und mich von der Seite begeistert anhechelt, macht meine Fahrt über diese fremde Insel nicht unbedingt einfacher, so gern ich den Hund auch habe. In Hongkong bin ich nie Auto gefahren, sondern nur U-Bahn oder Bus. Und wenn wir im Urlaub waren, habe ich immer Olivier den Mietwagen fahren lassen. Tja, das rächt sich jetzt. Vor allem merke ich, wie sehr mein Gehirn auf Linksverkehr gepolt ist. In Sri Lanka – vor Hongkong – bin ich schließlich auch links gefahren. Das hat tatsächlich bleibende Spuren hinterlassen – Rechtsverkehr kann ich nicht. Das merkt man deutlich, als ich wiederholt den Scheibenwischer betätige, statt zu blinken.

»Es regnet doch gar nicht«, meint Isla ein wenig ratlos, als mir das zum dritten Mal passiert.

»Nein«, erwidere ich mit einem nervösen Lachen und greife mir nur deshalb nicht an meinen Knoten, weil ich mit beiden Händen fest das Lenkrad umklammert halte. »Ich finde den Blinker noch nicht problemlos.«

»Du musst auf Whale Island wirklich nicht blinken.« Isla lacht auf. »Die Chance, einem Auto zu begegnen, ist nicht groß.«

Mir wird schnell klar, dass das Mädchen recht hat. Die Insel ist zwar weitläufiger, als ich erwartet habe, aber dafür auch ziemlich menschenleer. Nur als wir auf der unasphaltierten Straße durch den »Ortskern« von Whale Island rumpeln, sehe ich einige Leute. Neugierig betrachte ich die Häuser nahe dem Fähranleger, an denen ich ja gestern Abend schon vorbeigekommen bin, von denen ich aber wegen des Nebels überhaupt nichts wahrgenommen habe: Ein sonnengelbes Haus direkt gegenüber vom Pier sieht sehr nach Geschäft oder vielleicht Café aus, zumindest steht unter dem Vordach der langen Veranda eine Eistruhe neben einem Tisch mit ein paar Stühlen, und in einem der Sprossenfenster hängt ein altmodisches Emaille-Schild mit Coca-Cola-Werbung – oh, und gleich daneben hängt ein rot-blaues Schild der kanadischen Post. Aha, also beherbergt das Gebäude anscheinend auch noch die Post und ... nein, wie niedlich! Das gelbe Haus scheint außerdem die Insel-Tankstelle zu sein, denn eine einsame Zapfsäule steht ein paar Schritte von der Veranda entfernt. Schon bestätigt Isla meine Vermutung, als sie erklärt: »Das hier ist unser ›Inselladen für alle Fälle‹. Bei Birdie und Lloyd McMillan bekommt man alles, was man braucht. Na ja, außer schicker Klamotten und Schmuck und so.« Das Mädchen seufzt theatralisch auf, was mich zum Lachen bringt. »Aber ansonsten haben sie von Shampoo und Zahnpasta über Tiefkühlerbsen und Toastbrot bis zu Regenmänteln und Gummistiefeln alles, was das Insulaner-Herz begehrt. Sogar Unterwäsche!«

Ich habe den Wagen so weit verlangsamt, dass ich es riskiere, Isla einen flüchtigen Blick zuzuwerfen. Als ich sehe, wie sie bei der Erwähnung der Unterwäsche das Gesicht verzieht, muss ich grinsen.

»Lass mich raten – nicht unbedingt Victorias's Secret?«

Isla kichert vergnügt. »Nee, eher Birdie's Secret! So olle Schlüpfer in großen Größen. Und nur in Weiß und Beige.« Isla rollt mit den Augen.

»Hmm, tragisch«, erwidere ich und muss noch mehr lachen.

»Ja, du sagst es. Aber man bekommt bei McMillans immerhin gute Burger und Fish & Chips. Und der Blueberry Pie mit Vanilleeis ist auch ganz okay, wobei mein Dad einen besseren macht.«

»Dein Dad backt für dich?«, frage ich neugierig und wage es, Isla anzusehen, weil ich am Straßenrand gehalten habe.

»Ja, klar. Er ist schließlich Koch. Und er war mal ziemlich gut. Ist es eigentlich immer noch.«

»Und was ist in dem blauen Haus da?«

Ich deute auf das hübsche graublaue Haus mit den Schnitzereien entlang des Giebels, das nur durch eine Zufahrt zu einem kleinen Parkplatz vom gelben Haus getrennt wird. Da entdecke ich selbst das Schild, das über der offenstehenden Eingangstür hängt: »Island Souvenirs«.

»Das ist unser einziges Whale-Island-Andenkengeschäft«, erklärt Isla, und ich merke ihrem Tonfall an, dass sie nicht so recht weiß, ob sie stolz oder beschämt sein soll.

»Das sieht mir nach einem schönen Souvenirladen aus!« Tatsächlich kann ich in den großen Sprossenfenstern einige hübsche Dinge erkennen, unter anderem ein hellgraues T-Shirt mit dem Aufdruck »Whale Island« und einer Walflosse darunter.

»Kann man hier eigentlich wirklich Wale sehen?«

Isla starrt mich fassungslos an. »Natürlich! Was dachtest du denn? Komm, lass uns weiterfahren, bis zur Nordspitze der Insel. Dann zeige ich dir die Wale.«

Wir rumpeln die Dorfstraße mit ihren zahlreichen Schlaglöchern entlang, vorbei am *Whale Island Inn*, vor dem ein paar Autos geparkt stehen, sodass ich spontan vermute, dass das weiße Holzhaus im Ortskern mehr Gäste hat als die *Cameron Lodge*. Soweit meine Fahrkünste es zulassen, blicke ich mich aufmerksam um, aber ich kann nirgendwo rund um den Fähranleger ein Schild entdecken, das zur Lodge weisen würde. Das *Whale Island Inn* hingegen ist kaum zu verfehlen. Ich weiß wirklich nicht, warum Duncans Eltern und sein Bruder Aidan nicht mehr Werbung für ihr Hotel machen – immerhin hat die *Cameron Lodge* von ihrer Anhöhe aus einen viel spektakuläreren Ausblick auf den Atlantik als dieses Inn! Ich sehe am Straßenrand auch Werbung für eine Whale-Watching-Tour und für selbst gemachte Marmelade bei Hailey Carmichael in der Seaside Lane 1. Warum bloß keine Werbung für die Lodge?

Wir lassen den kleinen Ort mit seinen rund zwei Dutzend farbenfrohen Häusern hinter uns und folgen der gewundenen Straße, die uns an einer kleinen Holzkirche und einem roten Haus vorbeiführt, an dessen Front »Island School« zu lesen ist, das aber, wie Isla erklärt, seit fast zwanzig Jahren keine Schule mehr ist.

»Dad ist hier noch zur Grundschule gegangen«, sagt sie, während ich im Vorbeifahren neugierig das Gebäude betrachte, das so klein ist, dass es höchstens zwei Klassenzimmern Platz bieten kann. Wenn Aidan hier zur Schule gegangen ist, dann Duncan auch. Ich kann mir den Eisblock ebenso wenig in so einer provinziellen Zwerg-Schule vorstellen wie die Eisprinzessin in unserer Honeymoon Suite.

»Nach der Grundschule mussten die Inselkinder dann mit der Fähre und dem Schulbus zur Highschool drüben in Scott's Harbour fahren«, fährt Isla fort, als wir an dem Schulhaus vorbeigerumpelt sind. »Und heutzutage gehen auch die Grundschüler auf dem Festland zur Schule. Eine eigene Inselschule würde sich nicht mehr lohnen, es gibt hier nur fünf Kinder und Jugendliche. Die Zwillinge von den McDonalds, die sind zehn, dann Jeremy Sullivan, der ist acht, seine Schwester Maisy, die ist erst fünf, und noch Tommy McCain, der ist ein Idiot und so alt wie ich. Bin ich froh, dass ich nur im Sommer hier bin!«

»Ach, du lebst gar nicht auf der Insel?«, frage ich verdutzt.

»Nein.« Isla klingt erstaunt. »Duncan hat dir nicht viel von Whale Island erzählt, oder?«

»Ähm, nein. Nicht wirklich.« Verlegen lache ich auf und umfasse das Lenkrad fester.

»Hmm. Na ja, irgendwie verständlich.«

Tatsächlich? Ich würde so gern wissen, warum das verständlich ist!

»Also, meine Mom und ich, wir wohnen eigentlich in Sydney. Nicht im australischen Sydney natürlich, sondern in Sydney, Nova Scotia.«

»Dachte ich mir«, lache ich auf. »Da sind wir auf dem Flughafen gelandet.«

»Tja, genau da wohne ich und gehe zur Schule. Meine Mutter arbeitet an der University of Cape Breton. Aber jetzt sind Schul- und Semesterferien, und dann sind wir immer hier auf Whale Island. Mom arbeitet jeden Sommer auf Simmons Whale-Watching-Boot. Sie forscht an ihrer Uni an so einem Projekt über Buckelwale mit, und weil sie sich so gut mit

Walen auskennt, ist sie ein super Tour Guide für die Touristen.« Der Stolz in Islas Stimme rührt mich. »Na ja, und ich – ich sehe meinen Dad im Sommer zur Abwechslung mal mehrere Wochen am Stück. Und genieße Whale Island mit seinem Nebel und seiner tollen Schlüpfer-Auswahl im Inselladen.«

Ich muss lachen. »Jetzt gerade ist es aber kein bisschen nebelig«, werfe ich ein, bevor ich vorsichtig nachhake: »Deine Eltern sind also … geschieden?«

»Getrennt, ja. Sie waren nie verheiratet.« Isla wirkt nicht sonderlich bekümmert deswegen. »Hier rechts abbiegen!«

Ich gehorche und lenke den Mietwagen eine schmale Straße entlang, die noch holpriger ist als die Lighthouse Road, der wir eben noch gefolgt sind, und die immerhin zweispurig war. Falls mir hier jetzt jemand entgegenkommt, habe ich ein echtes Problem, überlege ich, während ich mit ums Lenkrad verkrampften Händen das Auto um ein besonders tiefes Schlagloch herumlenke. Wenn ich es wage, meinen Blick von der Straße zu lösen, sehe ich zu unserer Rechten eine spektakuläre Küste mit schroffen Felsen, die steil zum Atlantik hin abfallen. Hohes Gras wogt im Wind, darüber spannt sich ein knallblauer Himmel. Wir lassen die Fenster des Wagens hinunter, und sofort erfüllen der Duft nach Meer und das Rauschen der Brandung das Wageninnere. Johnnie Walker streckt seinen Kopf begeistert hechelnd aus dem hinteren Autofenster und bellt den Möwen hinterher. Als wir mit dem Auto einen Hügel erklommen haben, taucht vor uns ein Leuchtturm auf.

»Das ist der North Point Leuchtturm«, erklärt Isla. »Der ist noch in Betrieb, im Gegensatz zum South Point Leuchtturm am anderen Ende der Insel, an der Deep Bay. Und da vorn, in dem Gebäude neben dem Leuchtturm, da ist eine Search and Rescue Station der Canadian Coast Guard. Dort können wir parken.«

Kurz darauf rollt unser Mietwagen über den gekiesten Vorplatz der Coast Guard Station. Wir parken im Schatten des Leuchtturms und steigen aus. Sofort werde ich von heftigen Windböen gepackt und regelrecht durchgeschüttelt. Du meine Güte, ganz schön zugig hier, auf dieser nördlichsten Landzunge der Insel! Ich kneife meine Augen ein wenig gegen die grelle Sonne zusammen.

»Kaum zu glauben, dass heute Morgen alles vom Nebel verschluckt war!«, sage ich zu Isla, während ich ihr einen Trampelpfad durch wogendes Gras entlang folge. Johnnie Walker springt aufgeregt bellend voraus, einer Möwe hinterher.

»Das ist typisch für Whale Island«, erwidert das Mädchen und marschiert mit langen Schritten voran. Ihr rotes Haar wird vom Wind durcheinandergewirbelt und wirkt im hellen Sonnenschein wie ein Flammenwerfer. »Hier muss man immer für jedes Wetter gerüstet sein! Am besten verlässt du das Haus nie ohne Regenschirm, Sonnenmilch und Wollmütze.« Mit einem frechen Lachen sieht sie mich über ihre Schulter hinweg an, und auch ich muss schmunzeln. Als sie mit einem Mal stehen bleibt und winkt, schaue ich aufmerksam in die Richtung, in die sie blickt.

»Hey, Harold!«, ruft sie, und ich schirme meine Augen gegen die Sonne ab, um erkennen zu können, wer dort vor der Coast Guard Station aufgetaucht ist. Warum habe ich denn bloß keine Sonnenbrille mitgenommen?

»Hi, Isla!«, ruft der grauhaarige Mann, der gerade die Eingangstür zu dem flachen weißen Gebäude öffnet. »Alles okay?«

»Ja!« Isla deutet auf mich und fügt hinzu: »Ich wollte meiner Bekannten die Wale zeigen! Haben wir heute Glück?«

»Könnte schon sein! Vor einer halben Stunde habe ich eine Mutter und ihr Baby vorbeischwimmen sehen. Da drüben.«

Harold deutet mit seinem Zeigefinger aufs Meer hinaus. »Vielleicht sind sie noch in der Nähe.«

»Alles klar, danke dir!«

Isla wendet sich wieder dem Atlantik zu. »Komm mit, vielleicht haben wir ja Glück«, sagt sie zu mir, und ich folge ihr gespannt bis zum Rande der Klippen.

18

Als wir eine Stunde später zum Auto zurückspazieren, haben wir leider keinen Wal weit und breit gesehen. Das ist allerdings überhaupt nicht schlimm, denn es war trotzdem fantastisch, im wogenden Gras zu sitzen, den Möwen und Wellen zuzusehen, das beruhigend gleichmäßige Krachen der Brandung in den Ohren, den Wind im Haar, den Duft nach Salzwasser, Seetang und Sommer in der Nase. Johnnie Walker hatte die Jagd nach Möwen aufgegeben und lag friedlich hechelnd zwischen uns, um sich ausgiebig hinter den Ohren kraulen zu lassen. Wie versprochen habe ich Isla so viel von New York erzählt, wie ich nach meiner kurzen Zeit dort weiß, und ich hoffe, dass ich es einigermaßen geschickt geschafft habe, zu überspielen, dass ich selbst nie dort zur Schule gegangen und bisher noch nicht einmal bis zur Freiheitsstatue gekommen bin. Isla hat mir dafür so einiges über Whale Island erzählt, und so weiß ich nun unter anderem, dass die Insel hundertdreiundvierzig Einwohner hat, von denen mehr als die Hälfte über sechzig ist. Einige Familien auf der Insel leben nach wie vor von der Fischerei, weshalb einmal täglich ein Kühltruck mit der Fähre hinüberkommt, um den frischen Fang abzuholen und zu den Supermärkten und Restaurants auf dem

Festland zu bringen. Sie hat mir im Vorbeifahren das rote Haus gezeigt, in dem die junge Fährkapitänin Dottie mit ihrem Mann Hank, einem Schreiner, wohnt, und auch Skyes Haus, das man in der Ferne, dicht an den Klippen, in einem fröhlichen Türkisblau leuchten sah. Der Farbton passt gut zu Duncans quirliger Schwester. Außerdem habe ich erfahren, dass Islas Mom Jenny heißt und während ihres Studiums ungeplant von Aidan schwanger geworden ist.

»Sie haben sich kennengelernt, als Mom das erste Mal hier auf dem Whale-Watching-Boot gearbeitet hat. Das war der erste Sommer, in dem Dad wieder zurück auf Whale Island war. Nach seiner Zeit auf Prince Edward Island – das ist eine der Nachbarprovinzen von Nova Scotia. Kennst du *Anne auf Green Gables*?«

»Na klar, die Bücher habe ich früher geliebt!«

»Ja, ich auch.« Isla hat mich breit angelächelt, bevor sie schnell wieder ernst wurde, als wollte sie vermeiden, dass ich womöglich dachte, sie würde nach wie vor die Geschichte rund um das kanadische Waisenmädchen Anne Shirley mögen. Ganz ehrlich, in ihrem Alter war ich ein riesiger Fan! Aber heutzutage ist *Anne auf Green Gables* vermutlich nicht cool genug, wenn man zwölf ist.

»Na ja, dann hast du ja schon einmal von Prince Edward Island gehört. Auf jeden Fall ist Dad da auf das Culinary Institute of Canada gegangen. Das ist eine der besten Kochschulen von Kanada. Es war immer sein großer Traum, ein erstklassiger Koch zu werden. Um es kurz zu machen: Als Duncan … ähm … verschwunden war, ist Dad zurück nach Whale Island gekommen und hat im Hotel mitgearbeitet. Und da hat er Mom kennengelernt, die während des Sommers eines der Cottages der *Cameron Lodge* gemietet hatte. Tja, das Ergebnis dieses Sommers war neun Monate später ich.« Isla hat unbekümmert aufgelacht, und ich musste grinsen, weil sie das ganze Thema so gelassen sah. »Mom studierte damals noch in Halifax, und Dad konnte nicht weg von Whale Island. Aber ich glaube, selbst wenn sie zusammen hätten leben können, wäre das nicht lange gut gegangen«, erzählte mir das Mädchen erstaunlich nüchtern, während es den Blick wachsam auf den Atlantik gehalten hat, um keinen Wal zu verpassen. »Meine Mom ist viel zu chaotisch für meinen Dad. Bei uns zu Hause sieht es immer aus, als hätte eine Bombe eingeschlagen, bei meinem Dad hat alles seine Ordnung. Die beiden hatten also nie eine richtige Beziehung, nachdem ich geboren worden war. Aber sie haben es irgendwie immer hinbekommen, dass ich meinen Dad regelmäßig sehen konnte, trotz der Entfernung. Und sie sind echt gute Freunde.«

»Super, das ist ja keine Selbstverständlichkeit.«

Da hat Isla ihren wachsamen Blick doch noch vom Meer gelöst und mich nachdenklich angesehen. »Duncan und du ... wollt ihr Kinder haben?«

Mein Herz setzte einen Schlag aus. So oft hatte ich diese Frage schon gehört, als ich noch mit Olivier zusammen gewesen war. Manche Leute dachten anscheinend wirklich, dass es reicht, ein Kind haben zu wollen, um dann – schwups! – schwanger zu werden ... und tatsächlich ein Baby zu gebären. Der Gedanke, dass es bei manchen Paaren einfach nicht klappt, der kam vielen Leuten offenbar nicht. Irgendwann war ich nur noch verletzt und sauer, wenn mich jemand gefragt hat, wann es denn bei uns so weit wäre. Nach außen hin habe ich mir natürlich nie etwas anmerken lassen, sondern stets mein Rezeptionslächeln angeknipst, während ich Ausflüchte erfand. »Doch, wir üben schon fleißig.« Das war immer Oliviers Standardspruch, begleitet von einem vergnügten Zwinkern. Irgendwann zwinkerte er nicht mehr. Und irgendwann wussten wir beide nicht mehr, was wir sagen sollten, wenn jemand fragte.

Aber Isla, sie ist erst zwölf, und sie meinte es nicht böse. Trotzdem musste ich mich kurz sammeln, denn prompt habe ich wieder das Schwarz-Weiß des Ultraschallbildschirms vor mir gesehen, die Worte der Ärztin gehört: »Es tut mir so leid. Ich finde keinen Herzschlag.«

Erst, als Isla aufstand, wurde mir klar, dass ich noch nicht geantwortet hatte – und dass sie mein Schweigen wohl als Antwort interpretiert hatte. »Kann ich verstehen«, sagte sie leise, und dann wandte sie sich ab und ging langsam zurück Richtung Auto, Johnnie Walker dicht auf ihren Fersen. Am liebsten hätte ich ihr hinterhergerufen, hätte gefragt, wie sie das meinte, aber ich war noch zu gefangen in meinen schmerzhaften Erinnerungen, und außerdem wollte ich nicht aus Versehen verraten, dass ich gar nicht Duncans Frau war, weil ich irgendeinen wichtigen Teil ihrer Beziehung nicht kannte.

Hatten die beiden womöglich ein Baby verloren, so wie Olivier und ich? Hatte ich ganz einfach keine Ahnung, was die Eisprinzessin und mein Chef bereits durchgemacht hatten? Wechselte Duncan auch die Straßenseite, bevor er an dem Babygeschäft gegenüber vom Sommerset Hotel vorbeikam? In Gedanken versunken stand ich ebenfalls auf, warf einen letzten Blick hinaus auf die Weite des Atlantiks und folgte dann Isla.

Als wir nun wieder im Mietwagen sitzen und ich einen prüfenden Blick in den Rückspiegel werfe, stelle ich verblüfft fest, dass ich einen Sonnenbrand bekommen habe.

»Ach du Schande«, murmele ich und reibe mir fassungslos über die Stirn. Der Wind war so frisch, dass ich gar nicht gemerkt habe, wie stark die Sonne vom Himmel brennt!

»Darum habe ich ja gesagt: nie ohne Regenschirm, Sonnenmilch und Wollmütze aus dem Haus!«, kichert Isla vergnügt. »Tja, jetzt bist du hummerrot, aber einen Wal hast du nicht gesehen. Tut mir echt leid, Catherine.«

»Ach was, das muss dir kein bisschen leidtun«, sage ich mit Nachdruck, während ich den Motor starte. »Ich hatte einen wunderbaren Vormittag – diese Aussicht war fantastisch! Vielen Dank, dass du mich hierhergebracht hast.«

Als wir auf dem Rückweg an einer Weggabelung nahe einem Waldstück vorbeikommen, fragt Isla: »Kannst du mich hier rauslassen? Das Haus, das wir gemietet haben, liegt dort drüben.« Sie zeigt die nach rechts abzweigende Straße entlang, und in der Ferne erkenne ich ein dunkelblaues Haus.

»Hübsch! Das ist also ein Ferienhaus?«

»Ja, so in der Art. Die Besitzerin ist vor ein paar Jahren verstorben, und ihr Sohn wohnt in Toronto. Er wollte es nicht verkaufen, weil es sein Elternhaus ist, also vermietet er es jetzt im Sommer an Touristen. Na ja, eigentlich sind das Jahr für Jahr immer Mom und ich, denn andere Touristen kommen ja kaum noch hierher.«

»Ich fahre dich natürlich bis zu eurem Haus«, erkläre ich und will schon nach rechts abbiegen, aber Isla schüttelt lachend den Kopf.

»Das musst du wirklich nicht! Ich laufe das Stück gern. Ehrlich. Und Mom ist zu Hause, sie wartet auf mich. Heute Morgen war es zu nebelig, um mit dem Whale-Watching-Boot rauszufahren, darum arbeitet sie daheim am Laptop.«

»Bist du sicher?«, hake ich zögerlich nach, weil ich nicht schuld daran sein will, wenn dem jungen Mädchen etwas zustößt. Andererseits – ich sehe mich um und erkenne, dass hier niemand außer uns ist. Was sollte ihr hier schon zustoßen? Als könnte sie meine Gedanken lesen, sagt Isla beinahe wehmütig: »Du musst dir keine Sorgen um mich machen, Catherine – wir sind hier schließlich nicht in New York! Leider. Aber, weißt du was? Ich nehme Johnnie Walker mit. Als Beschützer.« Sie lacht auf. »Ich bringe ihn später zurück zum Hotel.«

»Sehr gut«, sage ich zufrieden. »So machen wir es.«

Und schon verlässt Isla mit einem begeistert bellenden Hund das Auto, wirft die Beifahrertür zu und läuft auf ihren langen Beinen die Straße entlang, die sich bis zu dem blauen Haus windet. Eine Weile sehe ich noch ihrem feuerroten Haar und dem fröhlich herumtänzelnden Hund nach, bevor ich Gas gebe und zurück Richtung *Cameron Lodge* fahre.

19

Als ich erneut durch den kleinen Ortskern von Whale Island komme, halte ich spontan am Gemischtwarenladen. Zwar brauche ich eigentlich nichts Besonderes, aber das Geschäft hat meine Neugierde geweckt. Nachdem ich das Auto am Straßenrand geparkt habe und auf den Eingang des Geschäfts zugehe, fällt mir eine leicht windschiefe Telefonzelle auf, die auf der gegenüberliegenden Straßenseite, nahe dem Fähranleger, steht. Irgendwie sieht diese Telefonzelle anders aus als normale Telefonzellen. Neugierig überquere ich die schmale Straße, und sobald ich vor dem rot gestrichenen Häuschen stehe, verstehe ich, warum es so anders ist: Es hängt kein Telefon mehr darin, aber dafür stehen zwei Barhocker dicht nebeneinander – und dahinter wurde ein schmales Bücherregal in den winzigen Raum gequetscht. Zu meinem Erstaunen sehe ich rund zwei Dutzend eselsohriger Taschenbücher, die sich auf den Regalbrettern drängen. Ratlos betrachte ich diese skurrile Telefonzelle noch eine Weile, bis ich mich schließlich abwende, um zum Inselladen zu gehen. Auf einer Bank vor der überdachten Veranda sitzen inzwischen zwei alte Herren, von denen einer eine Pfeife raucht. Beide mustern mich interessiert, als ich mit einem höflichen »Guten Tag!« an ihnen vorbei und die ausgetretenen Holzstufen hinaufschlendere. Die Eingangstür zum Geschäft quietscht so laut, dass die Glocke, die beim Öffnen bimmelt, eigentlich überflüssig ist. Man kann hier wirklich nicht unbemerkt den Laden betreten. Fasziniert sehe ich mich im Inneren des Geschäfts um und stelle fest, dass der Verkaufsraum viel größer ist, als ich angenommen hatte: Im linken Teil ziehen sich vier Regalreihen durch den halben Laden, an den Wänden befinden sich lange Kühltruhen und ein paar Gefrierschränke. Mein Blick wandert von der Obst- und Gemüseecke über Regale voller Konserven, Nudel- und Reispackungen, allerlei Dosen, über Putzmittel und Hygieneartikel bis hin zu einer Ecke mit Schreibartikeln und – ich muss verstohlen grinsen – tatsächlich Gummistiefeln, Flipflops, ein paar groben Holzfällerhemden, altmodischen Nachthemden und auch mit denen von Isla realistisch beschriebenen Unterhosen.

Im rechten Teil des geräumigen Ladens befindet sich eine Theke, die an einem Ende die Kasse beherbergt, dann jedoch in eine Art Coffeeshop übergeht, wo unter diversen Glasglocken Kekse, Kuchenstücke und Muffins zu sehen sind, während hinter dem Tresen an der Wand ein großer Kaffeevollautomat thront. Entlang der Fensterfront, die direkt zur Küstenstraße hinauszeigt, stehen ein paar Tische unterschiedlicher Größe und sehr bunt zusammengewürfelte Stühle. Der Fettgeruch erinnert mich plötzlich daran, dass Isla von guten Burgern sowie Fish & Chips gesprochen hat. Mein Magen meldet sich grummelnd zu Wort.

»Hi! Was darf es sein?« Ein junger Mann mit rostroten Locken und einem Dreitagebart, der wohl seine Aknenarben kaschieren soll, erscheint plötzlich zwischen den Regalreihen, stellt eine halb leere Palette mit Thunfischkonserven ab und kommt auf die Theke zu.

»Ähm, hi«, sage ich und werfe einen schnellen Blick auf die Tafel, die ich gerade an der Wand über dem Kaffeevollautomaten entdeckt habe. Dort stehen mit Kreide die Gerichte aufgelistet, die es hier gibt: Außer den Fish & Chips und Hamburgern kann man noch Hot Dogs, Fischsuppe, Hummerbrötchen und gedünstete Miesmuscheln mit Knoblauchbrot essen. Mir läuft das Wasser im Mund zusammen, als ich ein Hummerbrötchen bestelle und mich dann voller Vorfreude an einen der Fenstertische setze. Von hier aus kann man den Fähranleger beobachten, wo momentan allerdings nichts los ist, weil keine Fähre da ist.

Das ändert sich jedoch ein paar Minuten später, als ich gerade mein köstliches Brötchen esse: Einige Leute finden sich auf dem hölzernen Pier ein, wo neben einer Landkarte der Insel und einem Plan, der sicherlich die Fahrtzeiten der Fähre auflistet, ein Picknicktisch mit Bänken steht. Dieser Tisch scheint ein beliebter Treffpunkt zu sein, während man auf die Fähre wartet, beobachte ich amüsiert. Die Insulaner – und vielleicht sind auch Touristen dabei – parken ihre Autos am Straßenrand und schlendern auf den Pier hinaus, unterhalten sich, setzen sich an den Tisch oder lehnen an den Pollern. Niemand schaut auf sein Telefon, fällt mir auf – in Manhattan wäre das anders. Allerdings könnte das auch am miserablen Handyempfang auf der Insel liegen – in der *Cameron Lodge* hatte ich zwar schwachen Empfang, und beim Leuchtturm an der Coast Guard Station genauso, aber unterwegs, entlang der Küstenstraße, war mein Signal zwischendurch ganz weg –, und hier im Inselladen ist der Empfang mal da, dann zeigt das Display wieder »Kein Netz« an. Mit dem WLAN klappt es genauso wenig, obwohl ich das Passwort, das an der Tafel hinter der Theke angeschrieben steht, schon zig-mal eingegeben habe.

Aber das ist mir herzlich egal, stelle ich fest, während ich das letzte Hummerstückchen verputze. In New York werde ich immer nervös, wenn ich länger als eine Stunde nicht mein Handy checken konnte – warum ich eigentlich ständig denke, ich könnte etwas Wichtiges verpassen, wenn ich mal nicht bei Facebook oder Instagram reinschaue oder meine E-Mails kontrolliere, weiß ich selbst nicht. Als ob ich ständig so wichtige Mails bekommen würde! Höchstens meine Freundin Stella, die ich aus unserer gemeinsamen Ausbildungszeit in einem Hotel in München kenne, schreibt mal. Ganz selten auch meine Eltern. Seit meine Mutter WhatsApp für sich entdeckt hat, schickt sie mir allerdings meistens nur noch auf diese Weise ganz kurze Lebenszeichen, begleitet von Selfies vor tropischer Kulisse, auf denen sie Mal um Mal jünger aussieht, Botox sei Dank. Hin und wieder ist auch mein Vater auf einem Foto zu sehen, aber nur selten. Bali ist ohnehin sehr weit weg von Nordamerika, aber meine Eltern kommen mir meist so entfernt vor, als lebten sie auf dem Mond.

Nachdenklich starre ich auf den Atlantik hinaus, wo sich nun die Fähre am Horizont abzeichnet.

»Darf es noch etwas sein?«, erkundigt sich der schüchterne junge Mann und greift nach meinem leeren Teller. Mit einem Lächeln schüttele ich den Kopf, überlege es mir dann jedoch anders und bestelle noch einen Kaffee zum Mitnehmen.

Bis ich den Pappbecher in Empfang nehme und die Rechnung begleiche, hat die Fähre draußen am Pier angelegt.

»Ein Schulbus?«, frage ich erstaunt, als ich zur Fensterfront hinübersehe und einen der klassischen gelben Busse, die man überall in Nordamerika findet, über die Rampe hinabrollen sehe.

»Nein«, lacht Ronan, wie mir sein Namensschild verrät, und reicht mir meine Kreditkarte zurück. »Ich meine, ja, also, das war natürlich mal ein Schulbus … aber jetzt ist es keiner mehr.« Verlegene Hitze kriecht deutlich sichtbar in seine Wangen, und ich lächele Ronan aufmunternd an. »Also … jetzt fahren keine Schüler mehr in dem Bus, sondern Bücher.«

»Bücher?«, hake ich ratlos nach und sehe dem gelben Bus nach, der jetzt den Pier verlassen hat und langsam an den Fenstern des Geschäfts vorbeirollt, um schließlich aus meinem Blickfeld zu verschwinden.

»Ja. Das ist unsere fahrende Bücherei. Rae MacLaughlin, sie fährt den Bus. Sie ist die Herrin der Bücher.«

Erstaunt sehe ich Ronan an. »Wirklich? Eine fahrende Bücherei?«

Er zuckt mit den Schultern und lächelt schief. »Ja. Eine richtige Bücherei gibt es hier weit und breit nicht, auch nicht auf dem Festland – also wenn man mal von unserem kleinen Wartezimmer da drüben absieht.«

»Wartezimmer?« Verdutzt sehe ich in die Richtung, in die Ronan zeigt, und da wird mir klar, dass er die Telefonzelle meint. »Ach – ist die zum Warten auf die Fähre gedacht?«

»Ja.« Er grinst schief. »Weil es ja manchmal regnet und stürmt und so. Die Leute, die nicht mit dem Auto auf die Fähre wollen, sondern zu Fuß, können in der Telefonzelle warten und dabei ein Buch lesen. Die Bücher hat Rae gestiftet. Es sind ältere Exemplare aus ihrem Büchereibus.«

»Das ist ja wirklich eine charmante Idee«, sage ich ehrlich begeistert.

»Ja, finde ich auch. Wir lieben unser Wartezimmer – und unsere rollende Bücherei. Und noch dazu bekommt man bei Rae nicht nur was zum Lesen«, fügt Ronan hinzu und starrt aus einem der Fenster, in die Richtung, wo der Büchereibus verschwunden ist.

»Sondern?«

Der Junge blinzelt, als habe er ganz kurz vergessen, dass ich hier bin. Er sieht mich an, grinst wieder verlegen und meint: »Ach, na ja … Rae ist … speziell. Sie … sie weiß sehr viel.«

Ratlos mustere ich ihn. »Über Bücher?«

»Nicht nur. Über … alles. Sie … sie gibt einem gute Ratschläge.«

»Ratschläge.« Als Ronan nur nickt, als wäre das alles selbsterklärend, nicke auch ich. »So. Wie schön. Und … wie oft kommt der Büchereibus?«

Eigentlich würde ich mir die Bücher und den Schulbus und diese Rae mit ihren Ratschlägen zu gern mal ansehen, aber heute fehlt mir die Ruhe. Ich sollte wirklich zurück in die *Cameron Lodge*, immerhin habe ich nach wie vor keinen blassen Schimmer, warum ich überhaupt mit Duncan Sommerset auf dieser Insel bin!

Ronan zuckt wieder mit den Schultern und füllt Milch in den Kaffeevollautomaten. »Es gibt keine festen Zeiten, wann der Büchereibus kommt. Rae taucht immer dann auf, wenn jemand ihren Ratschlag braucht.«

Ich bemühe mich darum, nicht schon wieder stupide nachzuhaken, indem ich mir auf die Unterlippe beiße. Wie es scheint, findet Ronan diese ganze Sache nicht einmal ansatzweise so merkwürdig wie ich.

»Ah, okay. Wirklich … interessant. So was habe ich noch nie gehört.«

»Woher kommst du eigentlich?« Ronan betrachtet mich mit schüchternem Interesse.

Diese Frage macht mich Mal um Mal ratlos. Tja, woher komme ich eigentlich? Schwer zu sagen, bei all den Umzügen meines bisherigen Lebens. Geboren worden bin ich in Hamburg, aber schon mit einem halben Jahr sind meine Eltern und ich nach Paris umgezogen, wo mein Vater eine neue Stelle in einem Hotel bekommen hatte. Als ich gerade anfing, fließend Französisch zu sprechen, ging es weiter nach Bali, wo ich schwimmen gelernt habe, und von dort nach Tokyo, dann nach Phuket in Thailand und schließlich nach Singapur, wo ich meinen Führerschein gemacht habe. Kein Wunder also, dass ich bis heute eine große Schwäche für asiatisches Essen habe. Trotzdem denke ich besonders an den Umzug nach Singapur sehr ungern zurück. Umzüge in der Schulzeit sind einfach hart. Immer wieder die Neue in der Klasse sein, immer wieder neue Freunde finden, während man den alten weiterhin hinterhertrauert. Aber wenn man dann auch noch die erste zarte Liebe verlassen muss, weil der Vater einmal mehr einen neuen Job in einem neuen Hotel in einem neuen Land bekommen hat, bricht mit vierzehn Jahren eine ganze Welt zusammen. So ging es mir, als ich meinen ersten Freund Luke, einen süßen Australier, in Phuket zurücklassen musste, um in Singapur wieder ganz von vorne anzufangen. Damals habe ich mir geschworen, niemals so ein unstetes Weltenbummler-Leben zu führen wie meine Eltern, als »Expats« von einem Land ins nächste, von einem Freundeskreis auf Zeit zum nächsten zu ziehen.

Aber dann hatte ich plötzlich mein Abitur in der Tasche und entschied mich dafür, beruflich das Einzige zu machen, das mir vertraut war: Eine Ausbildung zur Hotelfachfrau. Obwohl ich nur meine ersten sechs Lebensmonate in Deutschland (und wenige unerfreuliche Urlaube bei den Eltern meiner Mutter in Buxtehude) verbracht hatte, zog ich also mit neunzehn allein in dieses mir fremde Land: Nach München, wo ich dank eines ehemaligen Kollegen meines Vaters einen Ausbildungsplatz in einem der besten Hotels der Stadt bekommen hatte. Meine Eltern sah ich fast ein Jahr am Stück nicht. Was mir nicht viel ausgemacht hat. Das allein erklärt so einiges über meine schwierige Beziehung zu den beiden, die leider nie so eng war, wie sie hätte sein können, wenn man jahrelang zu dritt von einem Land zum nächsten zieht. Doch anstatt uns zu einem eingeschworenen Team zusammenzuschweißen, hat uns das Leben in den verschiedenen Hotels eher auseinanderdriften lassen – warum auch immer.

Und so bin ich also, trotz meiner herausfordernden Kindheit, selbst im Hotelbusiness gelandet. Oder vielleicht gerade wegen meiner herausfordernden Kindheit – immerhin kannte und kenne ich kein anderes Leben als das, das sich in den Hotels dieser Welt abspielt.

Ich merke, dass Ronan mich nach wie vor fragend mustert, und gerade, als ich zu einer stockenden Erklärung ansetzen will, fällt mir siedend heiß ein, dass die Antwort ja denkbar simpel ist: »Ich komme aus New York. Hi, ich bin Catherine Sommerset.«

Überrascht reißt Ronan seine Augen weit auf. »Oh! Du bist die Frau von Duncan Cameron?«

Als ich nicke, sagt der Junge hastig: »Ich hatte schon gehört, dass er zurück auf der Insel sein soll. Wahnsinn, nach all den Jahren! Ach so, ich bin übrigens Ronan. Wow, New York!« Er seufzt sehnsüchtig auf. »Da würde ich auch gern mal hin. Überhaupt mal raus aus Nova Scotia. Oder auch nur runter von Whale Island.« Er lächelt wehmütig.

»Aber … kannst du dir nicht einen Job auf dem Festland suchen? Oder gehört dir der Laden?«

»Der gehört meinen Eltern, Birdie und Lloyd McMillan.« Ach, richtig, denke ich. Da war ja was. Birdie's Secret. Ich muss mir ein Lächeln verkneifen, während mein Blick in die hinterste Ecke des Ladens wandert, wo man die Unterhosen hängen sieht.

»Na ja, und die beiden kämen wohl auch ohne mich hier

klar«, sagt Ronan jetzt. »Aber …« Er kratzt sich verlegen den Nacken. »Diese Insel ist meine Heimat. Zwar wünsche ich mir oft, mal woanders wohnen zu dürfen, aber richtig vorstellen kann ich es mir nicht. Wenn man irgendwo zu Hause ist und alle Lieben da leben, dann will man halt nicht weg.« Er lächelt mich breit an, und ich schlucke gegen den aufsteigenden Knoten in meinem Hals an, während ich mich um ein tapferes Lächeln bemühe.

»Ja, klar«, sage ich, als hätte ich auch nur einen blassen Schimmer davon, was er meint. Davon, wie sich »zu Hause« anfühlt.

Aber den habe ich nicht. Das ist ja das Problem.

»Also, Ronan, mach es gut«, sage ich und wende mich rasch ab.

»Du auch, Catherine aus New York«, erwidert Ronan. »Und keine Sorge: Falls du Rae mal sprechen willst, findet sie dich bestimmt.«

Verblüfft bleibe ich stehen und drehe mich noch einmal zu ihm um. »Warum sollte ich Rae sprechen wollen?«

Ronan lächelt mich seltsam wissend über die Theke hinweg an, bevor er unschuldig mit den Schultern zuckt und meint: »Ach, früher oder später will jeder Rae sprechen.«

20

Schon beim Betreten der Lodge höre ich die aufgebrachten Stimmen. Einen Moment lang spiele ich mit dem Gedanken, einfach so zu tun, als würde ich nichts mitbekommen und mich in unsere Honeymoon Suite zu flüchten. Andererseits wird meine Neugierde geweckt, als ich in der Lobby stehen bleibe und höre, wie jemand – Aidan? – wütend sagt: »Du bist völlig wahnsinnig, Duncan! Ganz ehrlich, diese Pläne kannst du dir in den Arsch schieben!«

An der Rezeption steht eine ältere Dame mit grauen Löckchen, die ich bisher noch nicht gesehen haben. Heute Morgen war es Duncans Mutter, die zwischen dem Frühstücksraum und dem Empfangstresen in der Lobby hin und her geflitzt ist, wenn dort mal das Telefon klingelte. Jetzt scheint diese ältere Dame am Empfang eingeteilt zu sein. Bei dem Wort »Arsch« zuckt sie merklich zusammen und sieht empört über ihre Schulter zu einer angelehnten Tür hinter der Rezeption.

»Jungs, geht das auch leiser?«, höre ich sie in resolutem Tonfall fragen, bevor sie sich mit einem entschuldigenden Lächeln mir zuwendet. »Sie müssen verzeihen, so geht es hier normalerweise nicht zu«, erklärt sie mit vor Verlegenheit rosigen

Wangen und knetet ihre fleischigen Hände. »Willkommen in der *Cameron Lodge*! Haben Sie eine Reservierung?«

»Nein, nein«, lache ich und werfe einen unruhigen Blick auf die angelehnte Tür, denn jetzt höre ich Duncan wütend rufen: »Du bist immer noch so ein sturer Bock wie eh und je, Aidan! Es ist ganz egal, was für Pläne ich dir präsentiert hätte, du würdest immer Nein sagen! Einfach aus Prinzip, weil ich es bin, dein Idiot von Bruder!«

Ich merke, dass sich die Wangen der Empfangsdame noch rosiger färben, aber bevor sie sich genötigt fühlt, noch einmal die »Jungs« zur Raison zu bringen, beeile ich mich klarzustellen: »Ich bin Catherine Sommerset. Einer der streitenden Kerle da hinten gehört zu mir.«

Auf mein gelassenes Lächeln hin atmet die Rezeptionistin sichtbar auf. »Ach, wie schön, dich kennenzulernen, Catherine«, sagt sie rasch und schüttelt mir die Hand. »Ich bin Rose.«

»Du hast dich doch noch nie für meine Ideen interessiert, du arrogantes Arschloch!«

Rose zuckt erneut zusammen, als sie Duncan brüllen hört, und auch ich halte schockiert die Luft an. Eigentlich würde ich mich jetzt doch sehr gern in die Honeymoon Suite verkrümeln und so tun, als hätte ich nicht mitbekommen, dass sich mein Chef mit seinem Bruder zofft. Aber da sieht mich Rose ernst an und sagt: »Meine liebe Catherine, du musst die beiden Kampfhähne unbedingt zur Vernunft bringen!«

»Ich?«, frage ich verdattert, bevor ich mir in Erinnerung rufe, dass sie mich für Duncans Frau hält. Nein, ich will das nicht!

»Ja, natürlich. Du kannst Duncan bestimmt besänftigen.«

Da wäre ich mir nicht so sicher.

»Wobei Aidan natürlich genauso überreagiert.«

»Aber … worum geht es denn überhaupt?«, frage ich zögerlich.

»Also, ich habe nicht alles mitbekommen, weil ich eine Weile am Telefon war, und am Anfang haben sie sich ja noch ganz zivilisiert unterhalten, nicht geschrien – aber seit es so laut geworden ist, habe ich irgendetwas von Verkaufsplänen für dieses Hotel gehört. Und ein Spa wurde erwähnt.« Sie schiebt ihre runde Brille höher auf ihre Nase und sieht mich mit einem sorgenvollen Kopfschütteln an. »Ein Spa auf Whale Island? Wofür würden die Leute hier ins Spa gehen? Für eine Nebel-Massage?« Sie muss flüchtig kichern, doch als aus dem Zimmer hinter der Rezeption ein Krachen ertönt, zucken sie und ich synchron zusammen.

»O nein, jetzt schlagen sie sich wirklich!«, jammert Rose, und als weiterer Lärm zu hören ist, schieße ich um den Empfangstresen herum und reiße die Tür zum Hinterzimmer auf.

Duncan und Aidan halten sich umschlungen wie zwei Ringer, und so schieben sie sich auf groteske Art und Weise durch den vollgestellten Raum, der wohl als Back Office der Rezeption dient. Aidan kracht rücklings gegen ein Regal, das von Aktenordnern nur so überquillt. Doch schon im nächsten Moment schiebt er seinen Bruder mit einem wütenden Knurren durch das halbe Zimmer, bis Duncan gegen den Schreibtisch stößt, der unterhalb eines breiten Fensters steht und von einem Computer und zahlreichen Aktenordnern in Beschlag genommen wird. Duncan fällt daraufhin fast rücklings auf die Schreibtischoberfläche, zwischen zig Papierstapel. Während einige Blätter zu Boden segeln, rappelt er sich vor Wut grollend in die Höhe, packt seinen Bruder am T-Shirt und stößt ihn von sich.

»Hey, ihr zwei, jetzt reicht es aber!«, höre ich Rose hinter mir sagen, und erst in diesem Moment wird mir wieder bewusst, dass ich ja »meinen Mann« und dessen Bruder zur Raison bringen sollte.

»Ähm, Duncan …«, setze ich zögernd an, aber weder der

Eisblock noch sein Bruder nehmen auch nur ansatzweise Notiz von mir. Im Gegenteil. Mit einem aufgebrachten Schnauben schiebt Duncan Aidan erneut gegen das Regal – diesmal jedoch mit solcher Wucht, dass die Porzellanfigur eines Fischers ins Wanken gerät. Ich mache einen schnellen Schritt vorwärts und versuche, die Figur aufzufangen, aber sie fliegt an meiner ausgestreckten Hand vorbei und zerbricht auf dem glänzenden Holzfußboden in Dutzende Scherben. Doch nicht einmal das Geräusch des zersplitternden Porzellans bringt die raufenden Brüder zur Vernunft. Zu meinem Entsetzen beobachte ich wie in Zeitlupe, wie Aidan sich mit wutverzerrtem Gesicht vom Regal löst, ausholt und seinem Bruder einen Faustschlag verpasst. Rose und ich schreien auf, während Duncan mit einem Schmerzensschrei rückwärts taumelt und sich das Auge hält.

»Spinnt ihr?« Als Heathers Stimme das Back Office erfüllt, hören die beiden Brüder schlagartig auf, sich wie wilde Tiere zu benehmen. Aidan lässt beide Hände sinken, seine geballten Fäuste öffnen sich, und er starrt fast betreten zu Boden, wo die Porzellanscherben verstreut liegen. Duncan presst eine flache Hand vor sein rechtes Auge, mit dem linken sieht er seine Mutter an.

»Wie alt seid ihr?« Heathers Stimme zittert vor Aufregung, als sie sich zwischen Rose und mir hindurch in das kleine Zimmer schiebt. »Ich dachte, ihr wärt achtunddreißig und sechsunddreißig Jahre alt. Aber da muss ich mich geirrt haben. Anscheinend seid ihr immer noch acht und sechs und schafft es nach wie vor nicht, eure Streitigkeiten mit Worten zu lösen statt mit Fäusten!«

»Er hat angefangen«, sagt Duncan und sieht seinen Bruder düster an, ohne seine Hand von seinem Auge zu nehmen.

»Ja, klar, immer ich! Wer kam denn mit diesem Bullshit-Plan von wegen Luxus-Resort um die Ecke, hmm?«

»Ich dachte, wir könnten in Ruhe reden, ja!« Duncan sieht seinen Bruder aufgebracht an. »Ich konnte schließlich nicht ahnen, dass du gleich so durch die Decke gehst!«

»Weil du dich zum ersten Mal seit verdammten dreizehn Jahren hier blicken lässt – aber nicht, weil du uns sehen wolltest, sondern weil du große Pläne für diese Insel hast! Fahr zur Hölle, Duncan!«

Dreizehn Jahre? Ich versuche, mir mein Entsetzen nicht anmerken zu lassen.

»Aidan, jetzt beruhige dich mal«, sagt Heather in beschwichtigendem Tonfall, während sie sich bückt und beginnt, die Scherben des Fischers einzusammeln. »Ich bin mir sicher, dass Duncan nicht nur aus einem geschäftlichen Grund hier ist.«

Sie sieht auf den Boden hinab, sodass sie nicht mitbekommt, wie Aidan seine Arme vor der Brust verschränkt und Duncan herausfordernd ansieht. Doch Duncan sagt nichts zu seiner Verteidigung.

Hat Aidan etwa recht? Ist Duncan tatsächlich so abgebrüht, dass er nur nach Hause gekommen ist, um hier einen Deal für die Sommerset-Gruppe klarzumachen? Duncan lässt seine Hand sinken, und ich unterdrücke einen Aufschrei: Sein Auge fängt bereits an zuzuschwellen.

»Das muss gekühlt werden!«, rufe ich und merke, dass sich Heather besorgt aufrichtet und ihren Sohn mustert. Dann schüttelt sie den Kopf und sagt entrüstet zu Aidan: »Wirklich, da hast du einen Sandsack auf der Veranda hängen, an dem du dich austoben könntest – aber du musst deinen Bruder schlagen –, aufs Auge?«

»Er hat es verdammt nochmal verdient!«, knurrt Aidan wütend, dreht sich um und verlässt das Zimmer.

»Warte, Duncan, ich hol dir Tiefkühlerbsen aus der Küche«, meint Rose bekümmert und verlässt ebenfalls den Raum.

»Sorry, Mom, wegen der Figur«, brummt Duncan und deutet auf die Scherben. »Meine Schuld. Ich kaufe dir einen neuen Fischer.«

»Ach, ich brauche keinen dummen Fischer«, murmelt Heather und schiebt ein paar kleinere Scherben mit dem Fuß zur Seite. »Ich brauche zwei Söhne, die sich nicht die Köpfe einschlagen!« Vorwurfsvoll sieht sie Duncan an, bevor sie mit einem »Ich hole den Staubsauger« auch noch den Raum verlässt, sodass nur noch Duncan und ich in dem vollgestopften Zimmer sind. Schweigend betrachte ich ihn von der Seite, bis er den Kopf dreht und mich ansieht. »Sonnenbrand?«, fragt er leise und mustert mich ernst.

»Ja. Besser als ein Matschauge«, erwidere ich trocken. »Wobei du das wirklich verdient hast.«

Überrascht zieht Duncan die Augenbrauen in die Höhe, zuckt dann aber vor Schmerzen zusammen und stöhnt: »Au, verdammt. Keine Grimassen mehr. Warum, zum Teufel, habe ich das verdient?«

»Das weißt du genau«, wispere ich, weil in diesem Moment Rose wieder hereinkommt und Duncan die angekündigte Packung mit Tiefkühlerbsen, die sie in ein Geschirrtuch gewickelt hat, in die Hand drückt.

»Danke«, murmelt Duncan, ohne Rose in die Augen zu sehen. Da taucht Heather mit einem altmodischen Monstrum von Staubsauger wieder auf. »Lass mich das machen, Mom«, sagt Duncan rasch und will die Erbsen weglegen, um seiner Mutter den Staubsauger abzunehmen.

»Kommt gar nicht infrage, du kühlst schön dein Auge!« Heather wirft Duncan einen strengen Blick zu und schaltet dann ohne Umschweife den Staubsauger ein. Das Gerät erwacht mit einem Dröhnen zum Leben.

»Ich brauche frische Luft«, murmelt Duncan, und ohne mich

noch einmal anzusehen, verlässt er das Back Office. Ich will Heather meine Hilfe anbieten, aber über den Lärm des Staubsaugers hinweg können wir nicht kommunizieren, und sie bedeutet mir nur mit einer Handbewegung und einem bemühten Lächeln, dass ich Duncan folgen soll.

»Hey, warte mal!«, rufe ich durch die glücklicherweise leere Lobby und erreiche ihn, als er gerade die Eingangstür des Hotels öffnet. Fragend sieht er mich an, die Packung Tiefkühlerbsen im Küchentuch-Umschlag fest gegen sein Auge gepresst.

»Du schuldest mir eine Erklärung«, raune ich und schaue ihn ernst an. »Ich will endlich wissen, warum wir hier sind. Was das Gerede von Luxus-Resort und Spa und so weiter soll. Und wieso ich überhaupt mitkommen sollte!«

In Duncans Auge flackert etwas auf, aber er senkt rasch den Blick und seufzt ergeben auf. »Von mir aus. Komm, wir gehen ein paar Schritte.«

»Ist das also eure übliche Umgangsart? Dass ihr euch die Köpfe einschlagt?« Ich laufe neben Duncan her, sehe ihn kurz fragend an, bevor ich meinen Blick wieder auf den Atlantik richte, der sich vor uns bis zum Horizont erstreckt.

»Ja, das war schon so, als wir Kinder waren«, brummt Duncan, und zu meiner Überraschung höre ich die Spur eines Lächelns in seiner Stimme. Doch als ich ihn von der Seite mustere, verzieht er sein Gesicht erneut schmerzerfüllt, weil ihm das Lächeln vermutlich wehtut. »Autsch«, brummt er.

»Geschieht dir ganz recht«, kontere ich, bevor mir mal wieder klar wird, dass ich mit meinem Vorgesetzten spreche. Jetzt ist es Duncan, der mich von der Seite mustert, aber ich weiche seinem Blick aus.

»Aidan und ich, wir sind nur anderthalb Jahre auseinander«, sagt er, als könne das so einiges erklären. Fragend sehe ich ihn an. Duncan zuckt mit den Schultern und seufzt gequält. »Ich erspare dir jetzt die ausführliche Story, mit der meine Mutter uns früher gern vor anderen Leuten blamiert hat, wenn sie dachte, sie müsse erklären, warum wir so schnell nacheinander auf die Welt gekommen sind. Kurz zusammengefasst könnte man sagen, dass meine Familie viel kann, aber nicht verhüten.«

Ich bleibe stehen und betrachte Duncan fassungslos, bevor ein Prusten aus mir hervorbricht. Duncan ist ebenfalls stehen geblieben und starrt mich noch zwei Sekunden lang düster an, bis es um seine Mundwinkel zu zucken beginnt. Weitere zwei Sekunden später flucht er erneut auf: »Au, verdammt!«

»Lass noch einmal sehen«, murmele ich, mache einen Schritt auf ihn zu und greife nach seinem Arm, um die Packung Tiefkühlerbsen von seinem Auge zu lösen. Duncan lässt mich nur zögerlich seine Wunde begutachten, das merke ich genau. Als ich so nah vor ihm stehe und sein geschwollenes Auge mustere, wird mir schlagartig seine Nähe bewusst. Und das ernste Starren seines nicht zugeschwollenen Auges.

Ich merke, dass ich immer noch meine Hand auf seinem Arm habe, wo ich die Wärme seiner Haut deutlich durch den Baumwollstoff seines Hemdes fühle. Eine Windböe vom Meer hüllt mich nicht nur in den Duft nach Salzwasser ein, sondern auch in Duncans Geruch, nach Waschmittel und dem Kräutershampoo der *Cameron Lodge*, das ich heute Morgen auch benutzt habe. Und nach … Mann. Ich kann es nicht anders beschreiben, aber er riecht so gut, dass ich meine Hand rasch sinken lasse und einen großen Schritt rückwärts mache.

»Äh … tja, das wird hoffentlich bald abschwellen«, sage ich rasch und wende mich dem offenen Meer zu. Der frische Wind tut gut auf meinen heißen Wangen. »Immer schön kühlen«, füge ich überflüssigerweise hinzu.

»Mhhm«, höre ich Duncan neben mir murmeln und bin mir nicht sicher, ob er amüsiert klingt oder nicht.

»Also, was sollte diese Erklärung zu dem geringen Altersabstand zwischen Aidan und dir? Darum könnt ihr nicht vernünftig miteinander reden, sondern müsst euch quasi prügeln?«

»So war es zumindest in unserer Kindheit, ja. Wir waren immer Konkurrenten, immer die größten Rivalen – im Sommer beim Baseball, im Winter beim Eishockey, ganzjährig bei der Frage, wer besser in der Schule oder auf dem Mountainbike war und so weiter. Wir waren ständig in Kämpfe um Aufmerksamkeit verwickelt.« Er seufzt leise auf und schüttelt den Kopf, während er auf den Atlantik hinausstarrt, in Gedanken versunken. »Aber trotzdem waren wir auch die engsten Freunde. Schon verrückt, so Geschwisterbeziehungen.«

»Und nach wie vielen Jahren kam dann Skye?«, erkundige ich mich neugierig. Ihr Alter kann ich schwer einschätzen.

»Zwei Jahre nach Aidan. Aber zwischen ihr und uns war nie Rivalität. Skye war immer schon die große Streitschlichterin, die zwischen ihren Brüdern vermittelt hat.« Duncan lacht leise auf, nur, um sofort wieder zu fluchen und die Packung Erbsen stärker zu umklammern. »Tja, und Glenn war sowieso anders.«

»Glenn?« Überrascht sehe ich ihn an.

»Mein jüngster Bruder. Zwischen Skye und ihm liegen sogar nur vierzehn Monate. Er ist jetzt …« Duncan unterbricht sich und rechnet anscheinend im Kopf, dann sagt er: »Nicht zu fassen, Glenn muss auch schon dreiunddreißig sein. Das Nesthäkchen der Familie.« Er seufzt tief auf. »Nach Glenn haben meine Eltern übrigens beschlossen, dass sie nicht länger unkontrolliert Nachwuchs in die Welt setzen konnten, und Dad hat – er hat die Patronen aus der Büchse nehmen lassen, wie er es genannt hat. Auch so etwas, was man als Zehnjähriger nicht erklärt bekommen möchte.«

Ungläubig starre ich den Eisblock an, der wohl gern schmunzeln würde, es aber nicht tut, wegen seines Auges. »Er … hatte eine Vasektomie?«, erkundige ich mich vorsichtig.

»Ja. Als Kinder haben wir gedacht, er sei kastriert worden. Das hatten wir beim Hund unserer Nachbarn mitbekommen, und wir waren völlig schockiert, als Dad uns von dem Eingriff erzählt hat.« Jetzt lacht er doch auf, allen Schmerzen zum Trotz, und für einen Moment wirkt er regelrecht gelöst bei diesen Kindheitserinnerungen. Auch ich muss kichern.

»Ihr scheint ja viel Spaß miteinander gehabt zu haben.«

»Ja. Den hatten wir.« Augenblicklich ist die Kühlschrank-Aura zurück. Ernst starrt Duncan an mir vorbei, auf den Atlantik hinaus.

»Und Glenn, er wohnt auch hier auf der Insel?«

»Nein. Glenn und ich, wir sind die beiden schwarzen Schafe der Familie, die es gewagt haben, Whale Island zu verlassen.« Duncan schnaubt zynisch. »Glenn ist in Halifax, der Hauptstadt von Nova Scotia. Er versucht da, sich als Schriftsteller durchzuschlagen, aber nach dem, was Skye mir erzählt hat, arbeitet er hauptsächlich als Barista in einem Coffee Shop und gibt Kurse in Kreativem Schreiben.«

»Aha«, murmele ich und betrachte meinen Chef fasziniert von der Seite. Inzwischen sind wir an den steil zum Meer hin abfallenden Klippen angekommen, und Duncan deutet nach links, wo am Ende eines Trampelpfades ein kleiner Pavillon steht. Der Pavillon ist in demselben Blockhausstil errichtet wie das Haupthaus der *Cameron Lodge*. Er ist sechseckig und hat ein spitz zulaufendes Giebeldach. Alle sechs Seiten sind offen, sodass man über das Geländer hinweg einen fantastischen Blick in alle Richtungen hat.

»Setzen wir uns da rein«, sagt Duncan und geht voraus, über das plattgetretene Gras des Pfades, auf den Pavillon zu.

21

»Wie hübsch«, sage ich, als ich hinter ihm den Unterstand betrete und mich auf eine der Bänke aus halben Baumstämmen setze, die sich an den sechs Seiten entlangziehen.

»Ja«, bestätigt Duncan, und mir fällt auf, wie sein Blick wehmütig durch den kleinen Pavillon wandert. »Hat mein Dad selbst gebaut. Wie die ganze Lodge.«

»Dein Dad hat die Lodge mit seinen eigenen Händen gebaut?«, hake ich verblüfft nach.

»Und mit Werkzeugen«, bemerkt Duncan trocken. Dann sieht er mich ernst an und nickt. »Ja. Zusammen mit meinem Onkel John, der leider schon vor vielen Jahren gestorben ist. Die Lodge war ihr gemeinsamer Traum, und die beiden waren ein super Team.« Er stockt und fügt dann bitter hinzu: »Anders als Aidan und ich heutzutage.« Mit einem tiefen Seufzer lässt er den Tiefkühlbeutel sinken und starrt auf den Atlantik hinaus, wo eine Welle nach der anderen in gleichmäßigem Rhythmus auf die Küste zurollt und sich krachend an den Felsen bricht.

»Darum ist Aidan gerade so ausgerastet«, sagt Duncan, und mit einem Mal klingt seine Stimme merkwürdig belegt. Aufmerksam mustere ich ihn, während er fortfährt, ohne seinen

Blick vom Meer zu lösen: »Als ich ihm von unserem Angebot erzählt habe, hat er angefangen, mich anzuschreien, dass ich unseren Vater dann auch gleich mit meinen eigenen Händen umbringen könnte.«

Ich atme tief durch und wische mir eine Haarsträhne hinter das Ohr, die der Wind aus meinem Knoten gelöst hat. »Duncan, könntest du mich bitte endlich einweihen? Warum sind wir hier? Von was für einem Angebot sprichst du?«

Duncan wendet mir sein Gesicht zu, und beim Anblick seines Auges zucke ich leicht zusammen. »Du solltest dringend weiter kühlen«, sage ich schnell.

»Mhhm«, brummt Duncan und drückt erneut die Erbsen vor sein zugeschwollenes Auge. Dann räuspert er sich und sagt: »Richard, mein Schwiegervater, ist immer auf der Suche nach interessanten neuen Locations für die *Sommerset Hotels*.« Mir fällt auf, dass seine Stimme schlagartig einen kühlen, sachlichen Tonfall annimmt. Er klingt wieder voll und ganz wie der Eisblock aus New York. Fast beruhigt mich das. So kenne ich ihn schließlich. Den Duncan, der sich von einem Hund abschlecken lässt, sich mit seinem Bruder prügelt, der gut riecht und wehmütig auf den Atlantik hinausstarrt, während der Wind den Kampf mit seinem Haargel gewonnen hat und übermütig mit ein paar der dunklen Strähnen spielt, den kenne ich nicht. Und er ist mir nicht geheuer. Weil er … Egal. Darüber denke ich jetzt nicht näher nach.

»Bisher hat die Sommerset-Gruppe ja ausschließlich Boutique-Hotels in amerikanischen und ein paar kanadischen Städten eröffnet. New York, Boston, Philadelphia, Miami, Santa Fe, San Francisco, Vancouver, Calgary und so weiter. Neunzehn insgesamt. Das zwanzigste macht im September in New Orleans auf.« Ja, das ist mir nicht neu, denke ich, schließlich habe ich mich vor ein paar Monaten gründlich auf mein Vorstellungsgespräch vorbereitet, weil ich nun einmal alles im Leben äußerst gründlich mache. Aber ich höre trotzdem weiterhin geduldig zu.

»Richard hat mich vor ein paar Wochen beauftragt, mir Gedanken darüber zu machen, wo man außerhalb der Städte, in landschaftlich reizvoller Umgebung, nicht nur ein Hotel, sondern ein ganzes Resort eröffnen könnte. Gern etwas abgelegen, mitten in der Natur. Ein Rückzugsort für gestresste Städter.«

»Und da hast du an Whale Island gedacht«, sage ich ruhig und lasse meinen Blick über die *Cameron Lodge* auf ihrer Anhöhe über dem Meer schweifen. Der Ausblick von diesem Grundstück ist fantastisch, keine Frage. »Und an die Lodge deiner Eltern.«

Duncan räuspert sich, und ich merke, dass ihm dieses Thema nahegeht. Umso mehr bemüht er sich anscheinend weiterhin um einen kühlen Business-Ton, als er jetzt fortfährt: »Na ja, nicht unbedingt an die Lodge. Aber an das Land meiner Familie. Ja.«

Ich starre ihn an. Hat er mir nicht eben erzählt, dass sein Vater und sein Onkel die Baumstämme, aus denen die Lodge gebaut wurde, selbst zu Wänden aufeinandergesetzt haben? Dass sie dieses Haus mit ihren eigenen Händen gebaut haben? Und mit Werkzeugen, ha, ha. Mir ist kein bisschen mehr nach Lachen zumute. Aber Duncan auch nicht, das merke ich genau.

»Du willst doch nicht etwa, dass das Hotel deiner Eltern abgerissen wird?«, wispere ich.

Duncan verschränkt die Arme vor der Brust und sieht mich herausfordernd an. »Bist du nicht Hotel-Kennerin genug, um gemerkt zu haben, dass diese Lodge keine Touristen mehr anlockt? Wie meine Eltern es in den letzten Jahren überhaupt noch geschafft haben, ein paar halbwegs ordentliche TripAdvisor-Kritiken zu bekommen, ist für mich das größte Rätsel aller Zeiten. Wie können Leute freiwillig hier Urlaub machen?«

»Jetzt übertreibst du wirklich«, sage ich heftig, als müsse ich die Lodge verteidigen. Das hat dieses Blockhaus einfach nicht verdient. »Ja, mag sein, dass man hier und da ein paar Dinge modernisieren und sanieren müsste …«

»Ein paar Dinge?« Duncan lacht höhnisch auf. »Der ganze Kasten ist seit meiner Kindheit nicht mehr wirklich renoviert worden! Die Teppiche sind fleckig, die Vorhänge zerschlissen, die Tapete ein Albtraum, der Duschkopf völlig verkalkt. Und das war nur die Honeymoon Suite – die anderen Zimmer haben wir nicht einmal gesehen! Ach, und lass mich gar nicht erst vom Frühstücksraum anfangen. Oder von den fehlenden Eiern.«

»Aber das sind doch alles keine Gründe, um dieses Hotel abzureißen!«, entgegne ich aufgebracht. »Das ist doch ein wunderschönes Blockhaus, aus dem sich so viel machen ließe!«

»Ja.« Duncan seufzt und lässt den Beutel mit Tiefkühlerbsen sinken. »Das könnte man sicherlich, wenn man die entsprechenden finanziellen Reserven hätte. Aber die haben meine Eltern nicht. Und Aidan auch nicht. Sie können nicht mal die Grundsanierung durchführen, die nötig wäre, um dieses Hotel wieder in Schwung zu bringen. Um konkurrenzfähig zu werden. Und mein Dad ist leider gegen Kredite aller Art. Er will nicht von Banken abhängig sein, das wollte er noch nie.«

»Und darum willst du einfädeln, dass die Sommerset-Gruppe das Land kauft, das Hotel abreißt … und dann was macht?« Ich weiß auch nicht, warum ich plötzlich so aufgebracht bin. Es ist überhaupt nicht mein Hotel oder das meiner Familie. Ich kenne die Camerons kaum. Und mindestens einen ihrer Söhne – den, der neben mir sitzt – mag ich kein bisschen. Im Gegenteil, gerade macht er mich einfach nur fuchsteufelswild!

Duncan sieht mich betont gelassen an, bevor er langsam erwidert: »Um ein modernes, größeres Hotel zu bauen. Mit Spa.« Ich schnaube, was ihn ganz kurz irritiert blinzeln lässt, bevor er fortfährt: »Und Golfplatz.«

»Ein Golfplatz?« Ich starre ihn an, als hätte er den Verstand verloren. Dann sehe ich mich um, lasse meinen Blick über das wogende Gras und die Büsche voller Blaubeeren schweifen, über die Tannen und Kiefern, die in einer kleinen Senke wachsen, über die Felsbrocken, die hier und da verteilt sind. Dann sehe ich Duncan wieder an. »Das ist nicht dein Ernst.«

Er räuspert sich, weicht meinem Blick aus und fährt fort, ohne auf meine Bemerkung einzugehen: »Das ist das, was die Leute wollen. Ein unberührtes Fleckchen Natur, weit entfernt vom Trubel der Städte …«

»… mit Golfplatz.« Ich kann das nicht fassen. Duncan erwidert meinen Blick.

»Ja. Mit Golfplatz. Richtig verstanden«, sagt er mit vor Sarkasmus triefender Stimme.

»Und wie sollen diese gestressten Städter alle hierherkommen? Meinst du, die fahren gern stundenlang vom Flughafen aus durch die Wildnis, wie wir es gestern getan haben? Und stellen sich dann auf die Bank am Ende der Mole, um Dottie anrufen zu können?«

Duncan schnaubt leise und schüttelt den Kopf. »Nein, natürlich nicht. Wir wollen einen Hubschrauber-Shuttle von Sydney hierher anbieten.«

»Einen … ihr wollt also auch einen Hubschrauberlandeplatz bauen?«

»Neben dem Golfplatz. Ja.« Duncan sieht mich todernst an, und ich weiß nicht, ob er mich jetzt ärgern will.

»Weißt du, wie schädlich Golfplätze für die Umwelt sind? Wie viel Wasser man für sie verbraucht? Verschwendet, meine ich?«

»Mag sein.« Duncans nicht zugeschwollenes Auge blitzt mich aufgebracht an. »Ich habe weder um deine Meinung gebeten, Greta, noch um deine Erlaubnis.«

»Aber die Erlaubnis deiner Eltern, die brauchst du natürlich«, sage ich mit schneidender Stimme. »Und darum bist du hergekommen und führst mich als deine Frau vor, um gut Wetter zu machen und sie gnädig zu stimmen, ja?«

Duncan atmet tief ein und aus. »Das mit dir war so nicht geplant, das habe ich schon einmal gesagt. Und ich muss mich meiner Angestellten gegenüber auch bestimmt nicht dafür rechtfertigen, dass ich versuche, meine Familie zu einem guten Deal zu überreden.«

Autsch, das mit der Angestellten saß. »Ein guter Deal«, lache ich höhnisch auf. »Du klingst wie Donald Trump.«

»Mag sein«, erwidert Duncan und hört sich mehr nach Eisblock an als je zuvor. »Ich bin Geschäftsmann, Greta. Und darum sind wir hier: Um ein Geschäft abzuschließen. Es geht dabei nicht nur um das Grundstück meiner Eltern. Um einen Golfplatz anzulegen, bräuchten wir auch noch zwei Nachbargrundstücke. Das, was an unseres grenzt, gehört den Eatons. Sie wollen gern verkaufen, weil sie gar nicht mehr hier leben. Ihr Land liegt schon länger brach, das Haus darauf ist verfallen und müsste sowieso abgerissen werden. Die Eatons sind also kein Problem, unsere Anwälte konnten sie sofort überzeugen. Das Problem ist Gottlieb Müller.«

»Gottlieb Müller?«, wiederhole ich und bin bei der Erwähnung dieses deutschen Namens einen Augenblick lang so verblüfft, dass ich vergesse, sauer zu sein.

Dann fällt endlich der Groschen.

»Bin ich also wegen ihm hier? Wegen Gottlieb Müller, der sein Grundstück nicht hergeben will? Für einen *Golfplatz*?«

»Ich bekomme langsam aber sicher den Eindruck, dass du

keine Schwäche für Golf hast«, bemerkt Duncan trocken, und unter anderen Umständen hätte ich das vielleicht zum Kichern gefunden, aber jetzt bleibe ich todernst. »Tu dich mit Aidan zusammen, der fand die Idee auch zum Kotzen, wie man sieht.« Gereizt deutet Duncan auf sein Auge.

»Ja, jetzt verstehe ich noch besser, warum er dir eine reingehauen hat«, kontere ich aufgebracht. »Schämst du dich eigentlich gar nicht, nach all diesen Jahren hier aufzutauchen und deiner Familie vorzuschlagen, dass sie ihr Lebensprojekt verkaufen und zusehen sollen, wie es abgerissen und durch ein schickes Hotel mit Spa und *Golfplatz* ersetzt wird?«

Duncan starrt mich finster an, und ich merke sofort, dass ich zu weit gegangen bin.

»Greta, halt dich gefälligst aus meinen Familienangelegenheiten raus«, sagt er und klingt mit einem Mal so kalt, dass mir ein Schauer über den Rücken läuft. »Du bist hier, weil ich jemanden mit Deutschkenntnissen brauche. Gottlieb Müller ist ein alter Mann mit einem großen Stück Land, das er von seiner kanadischen Ehefrau geerbt hat. Mag sein, dass er inzwischen selbst die kanadische Staatsangehörigkeit hat, er lebt schon seit einer halben Ewigkeit auf Whale Island. Aber ursprünglich kommt er aus Deutschland. Ich kenne ihn kaum, was wirklich erstaunlich ist für diese Insel, auf der jeder jeden kennt – aber Gottlieb war schon immer sehr verschroben und eigenbrötlerisch. Vor allem, seit er verwitwet ist. Als unsere Anwälte ihn telefonisch wegen eines Grundstücksverkaufs kontaktiert haben, hat er einfach aufgelegt. Eine E-Mail-Adresse besitzt er angeblich nicht. Wie auch immer: Ich hoffe, dass er vielleicht wegen des Grundstücks mit sich reden lässt, wenn jemand auf Deutsch mit ihm spricht. Vielleicht taut er dann auf.«

»Ganz toll«, murmele ich und schnaube aufgebracht. »Dann wäre es zumindest einer.«

»Wie bitte?«

»Einer, der auftaut.« Wütend springe ich von der Bank auf. Gerade bin ich kurz davor, ihm zu verraten, wie ihn die Mitarbeiter im Hotel heimlich nennen, aber ich kann es mir gerade noch verkneifen. Ich fasse es einfach nicht, dass DAS meine Aufgabe auf dieser Geschäftsreise ist: Einen alten Mann davon zu überzeugen, sein Grundstück aufzugeben – für einen verfluchten Golfplatz! In diesem Insel-Paradies!

Mit vor Aufregung bebender Stimme frage ich ihn: »Und wie soll ich Gottlieb Müller verkaufen, dass ich als Catherine Sommerset fließend Deutsch spreche? Hast du dir darüber schon Gedanken gemacht?«

Duncan schließt kurz sein nicht zugeschwollenes Auge und murmelt unterdrückt »*Fuck*«, was mir sagt, dass er diesen Punkt tatsächlich nicht bedacht hat. Dann holt er tief Luft und meint: »Egal. Du bist bei Gottlieb Müller ganz einfach Greta, die für die Sommerset-Gruppe arbeitet. Der Alte ist ein wirklicher Einsiedler, den kaum je jemand zu Gesicht bekommt. Das zumindest hat Skye erzählt. Und mit etwas Glück wird er die Insel sowieso bald verlassen.« Er macht eine kurze Pause und fügt ernst hinzu: »Zumindest, wenn du ihn überzeugen kannst zu verkaufen.«

Ungläubig starre ich Duncan an und hake dann mühsam beherrscht nach: »Und wo wohnt dieser deutsche Einsiedler?«

»Im Südwesten der Insel, in der Nähe vom South Point Leuchtturm. Wenn du dieser Straße da bis zu ihrem äußersten Ende folgst, kommst du direkt auf sein Haus zu.« Er deutet auf die Straße, die von der Rückseite des Hotels auf das Cameron-Grundstück zu führen scheint. »Nimm das Auto.«

»Natürlich nehme ich das Auto, ich kann schließlich nicht Rad fahren!«, erinnere ich ihn und ärgere mich im Stillen einen Moment lang über meine Unprofessionalität. Ich klinge wie ein zickiger Teenager. Aber egal, ich habe es immerhin mit einem Mann zu tun, der sich nicht zu schade ist, mich als seine Frau auszugeben und seinen Lieben beim ersten Wiedersehen nach dreizehn Jahren vorzuschlagen, ihr Lebenswerk zu zerstören. Für einen *Golfplatz*.

»Greta«, holt mich Duncans grollende Stimme ein, als ich schon auf der untersten Treppenstufe des Pavillons stehe. Unwillig sehe ich mich noch einmal zu ihm um.

»Bitte, gib dir Mühe. Wenn du mit dieser Laune beim alten Müller auftauchst, wirst du ihn kaum vom Verkauf überzeugen können. Bitte tu wenigstens so, als ob du von diesem Projekt überzeugt wärst.« Er macht eine Pause und sieht mich abwartend an. Ich erwidere seinen Blick schweigend, weil ich wirklich nicht weiß, was ich sagen soll. Am liebsten würde ich Gottlieb Müller tatsächlich sagen, dass er bloß nicht auf das Angebot der Sommerset-Gruppe eingehen soll. Dass er verhindern soll, dass diese Insel in ein Golfparadies verwandelt wird.

Aber mir ist jetzt klar, dass ich nur deshalb mit auf diese Geschäftsreise genommen worden bin – weil ich versuchen soll, diesen Gottlieb Müller ins Boot zu holen. Aufgewühlt fasse ich mir an meinen Knoten, schiebe eine der Haarnadeln tiefer hinein. Warum muss er wieder der abgebrühte Geschäftsmann aus Manhattan sein? Wieso konnte er nicht der Mann bleiben, der sich von einem alten Hund zu Boden werfen und ablecken lässt? Ja, ich weiß selbst, dass ich eben noch froh war, wieder den altbekannten, kühlen Duncan vor mir zu haben – weil der leichter einzuordnen ist. Und … weil der mir nicht so nahegeht. Verdammt.

Warum zum Teufel regt mich das alles eigentlich so auf? Immerhin weiß ich jetzt endlich, warum er mich mitgenommen hat!

Als ich immer noch nichts sage, fügt Duncan schließlich

hinzu: »Wenn du dich anstrengst und uns hilfst, diesen Deal an Land zu ziehen … dann wirst du in Manhattan zur Empfangschefin befördert.«

Ungläubig starre ich ihn an. Damit habe ich wirklich nicht gerechnet. »Wie bitte? Und … was ist mit Ashley?

»Das muss nicht deine Sorge sein.«

Ratlos sehe ich ihn an. »Vielleicht will ich das gar nicht«, sage ich leise. »Vielleicht gefällt mir mein Job als Assistant Manager ganz gut.«

»›Ganz gut‹ sollte dir nicht genügen«, sagt Duncan in leicht überheblichem Tonfall, und ich rolle genervt mit den Augen.

»Du klingst wie mein Vater«, murmele ich und wende mich ab.

»Also, was ist … sind wir uns einig?«

Ich seufze tief auf. »Ich möchte Ashley den Job nicht wegnehmen.«

»Greta«, stöhnt Duncan auf und reibt sich mit seiner freien Hand über die Gesichtshälfte, die keine Blessur hat. »Du bist wirklich zu nett für die Business-Welt, weißt du das?«

»Wir können nicht alle Eisblöcke sein«, erwidere ich betont kühl.

Duncan starrt mich ernst an. »Lass mich raten«, sagt er dann langsam. »Das ist mein heimlicher Spitzname im Hotel, oder? Der Eisblock? Passend zur Eisprinzessin?«

Leider kann ich es nicht verhindern, dass meine Hand schon wieder an meinen Nackenknoten schnellt, was mich selbst immer mehr nervt. »Kein Kommentar«, sage ich und bemühe mich um einen gelassenen Gesichtsausdruck.

Duncan lacht kurz heiser auf, und dieses Lachen schießt mir bis in die Zehenspitzen. Verdammt! Wenigstens stöhnt er selbst in diesem Moment gequält auf, weil sein Auge ihm erneut wehtut. Ausgleichende Gerechtigkeit.

Um meine Verlegenheit zu überspielen, sage ich rasch: »Okay. Ich spreche mit Gottlieb Müller, auch wenn ich persönlich die Idee mit dem Golfplatz und dem Hubschrauberlandeplatz völlig bescheuert finde.«

»Ach, wirklich?«, unterbricht mich Duncan, und seine Stimme trieft vor Spott. »Das hatte ich noch gar nicht mitbekommen.«

Ohne auf seine Bemerkung einzugehen, fahre ich fort: »Aber keine Sorge, meine persönliche Meinung behalte ich für mich. Die Beförderung zur Empfangschefin kannst du dir allerdings sparen. Ich mache das hier nur, weil du mich mitgenommen hast, um einen Job auszuführen. Und ich bin professionell genug, um genau das zu tun. Anders als du, der von seiner Mitarbeiterin verlangt, sich als seine Frau auszugeben und mit ihm ein Zimmer zu teilen. Wenn ich davon jemals etwas in den sozialen Medien erwähnen würde, Duncan, dann wärst du sowas von geliefert.« Ich mache eine kurze Pause, um diese Worte sacken zu lassen. Duncan starrt mich schweigend an. Ich werde aus seinem Gesichtsausdruck nicht schlau – vermutlich auch, weil ich nur eine seiner Gesichtshälften richtig sehe, die andere verschwindet wieder hinter der Erbsenpackung. »Ich werde jetzt zu Gottlieb Müller gehen und mit ihm reden, weil ich dafür bezahlt werde. Aber deshalb bin ich noch lange nicht käuflich, Duncan Sommerset.«

Ich hole tief Luft und streiche mir eine Haarsträhne hinter das Ohr, während Duncan mich immer noch stumm mustert. »Apropos käuflich: Du musst mir natürlich noch das Angebot nennen, damit ich Gottlieb Müller eine Zahl präsentieren kann.«

Als mir Duncan die Summe nennt, die der alte Herr für sein Grundstück bekommen soll, bleibt mir der Mund offen stehen. »Das ist noch einmal mehr als das Angebot, das unsere Anwälte ihm am Telefon gemacht haben«, sagt Duncan.

»Heilige Sch …« murmele ich und beiße mir auf die Unterlippe.

»Eben«, brummt Duncan. »Dafür kann sich der Einsiedler irgendwo anders ein traumhaftes Haus inklusive Butler bis an sein Lebensende leisten.«

»Einsiedler wollen selten Butler um sich herumhaben«, sage ich mit einem leisen Schnauben, während ich zur *Cameron Lodge* hinübersehe. Tiefe Traurigkeit erfüllt mich mit einem Mal, als ich mir vorstelle, unter welchen Umständen Duncans Dad und sein Bruder die schweren Baumstämme bis zum Bauplatz transportiert haben müssen. Wie viel Arbeit in diesem Haus steckt!

»Okay«, sage ich abrupt und wende mich ab, ohne Duncans Blick noch einmal zu begegnen. »Dann fahre ich mal.«

22

Zum Glück ist es tatsächlich kinderleicht, zum Haus von Gottlieb Müller zu finden, denn ob ich heute noch in der Lage wäre, mit diesem fremden Auto, auf dieser fremden Insel, im Rechtsverkehr, und dann auch noch in meinem aufgewühlten Zustand einer komplizierten Wegbeschreibung zu folgen, das wage ich zu bezweifeln. Um mich von meinen durcheinander rasenden Gedanken abzulenken, schalte ich erneut das Autoradio ein, doch nach wie vor ist es schwierig, einen Sender zu finden. Relativ schnell gebe ich auf, um mich wieder voll und ganz auf die holprige Straße konzentrieren zu können, die sich von der *Cameron Lodge* bis zur Südwestspitze von Whale Island windet. Zu meiner Linken erstreckt sich das Meer, und ich sehe immer wieder staunend auf das weite Wasser hinab, während ich das Auto vorsichtig weiterlenke.

Und dann endet die Straße mit einem Mal, und ich stehe vor einem Holzzaun mit abblätternder Farbe, der teilweise von hohen Büschen und blühenden Heckenrosensträuchern überwuchert wird. Kiefern und Tannen wachsen vor und hinter dem Zaun, und deren Wurzeln haben einige der Zaunpfähle in die Höhe gedrückt, sodass sie schief und krumm wirken wie Zähne in einem nicht sehr gepflegten Gebiss. Erst bei genauerem

Hinsehen stelle ich fest, dass sich zwischen zwei hohen Büschen ein Tor im Zaun tarnt. So überwuchert, wie alles wirkt, kann ich mir kaum vorstellen, dass hier regelmäßig jemand ein- und ausgeht. Oder fährt. Aber, doch, als ich den Motor ausgeschaltet habe und den Wagen verlasse, stelle ich fest, dass im feuchtglänzenden Schotter Reifenabdrücke bis zu diesem geschlossenen Tor führen. Während ich im Auto unterwegs war, hat es einen kurzen Schauer gegeben, doch jetzt brechen schon wieder erste Sonnenstrahlen durch die Wolken, und ich muss an Islas Ratschlag denken, auf Whale Island nie ohne Regenschirm, Sonnenmilch und Wollmütze das Haus zu verlassen. Die Luft riecht köstlich nach Sommerregen und feuchter Erde, nach Meer und Gras. Genüsslich atme ich ein, bevor ich mich vergewissere, dass ich mit dem abgestellten Wagen niemandem den Weg blockiere, der zufällig auch zu diesem Grundstück möchte – aber außer mir ist hier, am Ende dieser Sackgasse, niemand weit und breit zu sehen. Mit einem Mal wird mir ein wenig mulmig zumute, und ich lasse meinen Blick unruhig über die menschenleere Landschaft bis hin zum Atlantik gleiten, über weites Grasland und Felsen, hier und da unterbrochen von ein paar Nadelbäumen. Ich weiß so gut wie nichts über diesen Gottlieb Müller. Er mag zwar ein alter Mann sein – aber es gibt auch gefährliche alte Männer. Alte Männer, die noch genug Kraft haben, um einer Frau Leid zuzufügen. Ich schlucke und ziehe mein Handy aus der Tasche. Natürlich. Kein Empfang. Unschlüssig starre ich das Tor an, das wie ein klassisches Farmgate aussieht, durch das man Schafe und Kühe treibt. Jenseits dieses Tors windet sich die Straße weiter, und hinter ein paar Bäumen, die mir die Sicht versperren, erahne ich ein Haus. Das Krachen der Brandung an die felsige Küste und das Krächzen einiger Möwen sind die einzigen Geräusche, die ich wahrnehme.

Bis mich eine Stimme zusammenzucken lässt.

»Kann ich Ihnen helfen?«

Ich wirbele herum und merke, dass ein alter Mann in leuchtendgelber Regenjacke neben dem Mietwagen aufgetaucht ist. Er scheint zu Fuß die Straße entlanggekommen zu sein, der ich eben noch mit dem Auto gefolgt bin. Warum ich ihn nicht überholt habe, ist mir ein Rätsel. Aber vielleicht ist er ein Stück querfeldein gelaufen, überlege ich, während ich ihn aufmerksam mustere. Er ist sehr hager und vermutlich ungefähr so groß wie ich, was man nicht so genau sagen kann, weil er etwas gebückt geht. Der Mann hat kantige Gesichtszüge und schlohweißes Haar, dessen dünne Strähnen vom Wind durcheinandergewirbelt werden. Hellblaue Augen mustern mich aufmerksam unter zusammengezogenen buschigen Augenbrauen hervor. Selbst wenn ich nicht wüsste, dass das Gottlieb Müller sein muss, wäre mir sofort klar geworden, dass er aus Deutschland kommt, denn er spricht Englisch mit einem starken deutschen Akzent.

»Hallo, Sie sind bestimmt Herr Müller«, sage ich auf Deutsch und bemühe mich um einen möglichst herzlichen Tonfall. Mein Lächeln muss ich mir nicht erkämpfen, denn mir fällt innerlich gerade ein Stein vom Herzen: Vor diesem gebückt gehenden Senior muss ich mich wirklich nicht fürchten!

»Der bin ich«, sagt Herr Müller und zieht überrascht seine buschigen Augenbrauen in die Höhe, während er mich mustert. »Und Sie sind wer? Kennen wir uns?«

»Nein«, beeile ich mich zu sagen. »Ich …« Mit einem verlegenen Lächeln breche ich ab. Ratlos mustert mich Gottlieb Müller aus wachen Augen.

»Sie kommen aus Deutschland?«, fragt er und stützt sich an der Motorhaube meines Wagens ab. Da ist sie wieder, die Frage, von der ich mich immer wieder überfordert fühle. Fast bin ich versucht, mich doch als Catherine Sommerset auszugeben. Dann aber sage ich: »Ähm, ja, ich wurde in Hamburg geboren.«

Zum Glück muss ich nicht viel weiter auf meine Herkunft eingehen, weil sich das Gesicht des alten Herrn aufhellt, als er sagt: »Oh, ich komme auch aus Hamburg!«

»Das ist ja ein schöner Zufall«, erwidere ich mit einem breiten Lächeln und mache zwei Schritte auf ihn zu, reiche ihm meine Hand. »Hallo, ich bin Greta Lorenz.«

Obwohl seine Finger gekrümmt und die Gelenke geschwollen wirken, ist Gottlieb Müllers Handschlag kräftig wie die eines jungen Mannes. Er mustert mich immer noch aufmerksam, als er nachhakt: »Und was verschafft mir die Ehre, Greta Lorenz aus Hamburg?«

»Also … ich …« Rasch fasse ich mir an meinen Knoten und schiebe zwei Haarnadeln tiefer hinein, streiche mir eine vom Wind gelöste Strähne hinter mein Ohr und sage dann mit fester Stimme: »Ich arbeite für die Sommerset-Hotelgruppe und bin hergekommen, um mit Ihnen über Ihr Grundstück zu sprechen, Herr Müller.«

Sofort verfinstert sich der Gesichtsausdruck meines Gegenübers. »Aha.« Seine klaren blauen Augen sehen mich unbeirrt an, wirken jetzt aber nicht mehr neugierig, sondern abweisend. »Wenn das so ist, dann verschwenden Sie Ihre Zeit, meine Liebe. Ich habe Ihren Kollegen schon am Telefon gesagt, dass sie sich ihr Angebot dahin stecken können, wo die Sonne nicht scheint. Und selbst wenn Sie mir jetzt erzählen, dass das Angebot noch einmal erhöht wurde, muss ich Ihnen leider dasselbe sagen wie Ihren Kollegen, auch wenn ich mit einer jungen Dame nicht gern so vulgär spreche. Ich brauche Ihr Geld nicht, und ich werde nicht von hier wegziehen. Basta!«

Mit diesen Worten dreht er sich um und stapft entschlossen auf sein Tor zu. Ratlos bleibe ich stehen und sehe ihm nach, überlege noch, was ich als Argument anbringen könnte oder ob ich einfach aufgeben soll. Immerhin habe ich es versucht. Und ich will ja gar nicht, dass hier ein Golfplatz entsteht. Ich …

»O mein Gott!«

Gottlieb Müller bleibt kurz vor seinem Tor stehen und sieht mich über seine Schulter hinweg alarmiert an. »Ist was passiert?«

Ich starre hinaus auf den Atlantik, wo ich gerade deutlich eine Walschwanzflosse aus der dunkelblauen Wasseroberfläche habe auftauchen sehen. Aufgeregt deute ich in die Richtung, wo die Flosse verschwunden ist. »Da … da war ein Wal! Ich habe seine Schwanzflosse abtauchen sehen!«

Gottlieb Müller schaut ebenfalls aufs Meer hinaus und nickt, bevor er mich wieder ansieht und sagt: »Ja. Sie kommen hier oft vorbei, die Wale.«

»Wirklich?« Überrascht starre ich ihn an, meine Stimme überschlägt sich fast, als ich bewegt weiterspreche: »Wissen Sie, dass ich noch nie einen Wal gesehen habe – außer im Fernsehen? Ich war schon in so vielen Ländern, aber das gerade, das war mein allererster Wal!«

Während ich wieder auf den Atlantik hinaussehe, meine Augen schützend gegen die Sonne abschirme, um zu erkennen, ob der Wal noch einmal auftaucht, spüre ich, dass mich Gottlieb Müller nachdenklich mustert.

»Wenn Sie möchten, zeige ich Ihnen etwas«, sagt er plötzlich, und ich lasse meine Hand sinken und sehe ihn überrascht an. »In meinem Haus.«

»Ähm … okay«, sage ich verblüfft. »Gern.«

Ich schließe den Wagen ab, auch wenn ich nicht weiß, warum – wer sollte ihn hier schon stehlen? Dann folge ich Gottlieb Müller durch das Tor, das er aufgeschoben hat, eine Straße entlang, die noch holpriger ist als die, die mich hergeführt hat. In der Mitte zwischen den Fahrspuren wächst das Gras so hoch, dass ich froh bin, nicht versucht zu haben, mit dem Mietwagen hier hereinzufahren. Als ich das Auto von Gottlieb Müller entdecke, das nahe dem Haus parkt, begreife ich, dass ihn das hohe Gras nicht stört – ein uralter Jeep steht dort, der zwar ziemlich verrostet und mitgenommen wirkt, aber immerhin genug Bodenfreiheit für die unebenen Straßen bietet.

Neugierig betrachte ich das Haus, während ich dem alten Mann durch das kniehohe Gras einer Wiese folge, wo überall leuchtendgelbe Rudbeckien blühen. Das Haus ist, wie die meisten Häuser im ländlichen Nordamerika, aus Holz gebaut, und die abblätternde Farbe erinnert daran, dass es mal himmelblau gestrichen war. Jetzt schauen überall graue Flecken des blanken, verwitterten Holzes hervor und machen deutlich, dass nicht nur der Besitzer dieses Hauses ein betagtes Alter erreicht hat. Weiße Sprossenfenster zeigen zu allen Seiten und müssen von drinnen einen atemberaubenden Blick bieten: Ich bleibe stehen und sehe mich sprachlos um. Wir sind inzwischen neben dem Haus angekommen, und mir wird bewusst, dass wir hier tatsächlich an der Südspitze der Insel stehen, auf einer Landzunge, die ins Meer hinausragt, sodass dieses Haus zu drei Seiten einen direkten Blick auf den Atlantik hat.

»Das … das ist ja wunderschön hier!«, sage ich fast ehrfürchtig, während mein Blick langsam die felsige Küste entlangwandert.

»Eben«, brummt der alte Gottlieb Müller und geht jetzt vor mir die Stufen zur Veranda hinauf. »Darum will ich hier ja auch nicht weg.«

23

Ich merke, wie schwer es ihm fällt, die Stufen hinaufzugehen, und frage mich besorgt, ob er hier draußen wirklich ganz allein lebt. Wie kommt dieser alte Mann im Alltag zurecht?

»Kommen Sie«, sagt Gottlieb Müller nun und öffnet seine Haustür. Sofort ist ein aufgeregtes Bellen zu hören, und ein undefinierbares Fellbündel in Graubraun kommt um die Ecke.

»Hallo Fiete. Schau mal, wir haben Besuch. Das ist Greta Lorenz aus Hamburg.«

Das Fellknäuel springt kläffend auf mich zu, und während ich noch überlege, wo Fietes Augen sein könnten, begreife ich plötzlich, warum sein Gang ein wenig ungleichmäßig wirkt: Fiete hat nur drei Beine. Das Bein hinten links fehlt, aber irgendwie schafft der kleine Kerl es, sich trotzdem erstaunlich schnell fortzubewegen.

»Hallo, Fiete«, sage ich und bücke mich, um das Fellknäuel an meiner Hand schnuppern zu lassen. Als Fiete meine Hand ableckt, lacht Gottlieb Müller auf.

»Aha, er mag dich«, bemerkt er, bevor er innehält und hinterher schiebt: »Oh, Entschuldigung, ich meinte natürlich, er mag Sie.«

»Sie können mich gern duzen, ich bin Greta«, versichere ich schnell, weil ich froh darüber bin, dass die Stimmung zwischen uns nicht mehr so frostig ist. Der alte Mann nickt und meint resolut: »Gern, aber dann nenn mich bitte Gottlieb!«

»Gern«, bestätige ich lächelnd, während ich ihm und Fiete ins Haus hinein folge – durch eine von Jacken und Schuhen überquellende Diele einen Flur entlang, der in einer leider ziemlich unordentlichen Wohnküche mündet. Stapel von dreckigem Geschirr türmen sich neben der Spüle und verströmen einen unangenehmen Geruch. Auf dem Esstisch herrscht absolutes Chaos – dort stapeln sich diverse Zeitungen, Bücher, Teller und Tassen, dazwischen entdecke ich offene Dosen Hundefutter, eine halb gegessene Banane, eine Müslipackung, eine Haarbürste, eine Zahnpastatube, eine Packung Pfefferminztee, eine Tube Voltaren, eine einzelne Wollsocke und – ich ziehe überrascht meine Augenbrauen in die Höhe – eine Spiegelreflexkamera mit teuer aussehendem Objektiv.

»Ähm, ich bin heute noch nicht zum Aufräumen gekommen«, meint Gottlieb hörbar verlegen, als würde ihm erst jetzt klar werden, wie es hier aussieht. Es ist offensichtlich, dass dieser Mann so gut wie nie Besuch bekommt.

»Das macht doch nichts«, versichere ich schnell, auch wenn es völlig klar ist, dass er nicht nur heute nicht zum Aufräumen gekommen ist. Erneut frage ich mich besorgt, wie dieser alte Mensch hier draußen ganz allein leben kann. Was ist, wenn er stürzt? Niemand wird ihn finden, weil er ja zu niemandem auf Whale Island großen Kontakt zu haben scheint, wie Duncan meinte.

Betreten wende ich meinen Blick von diesem Tohuwabohu ab – und als ich die Panoramafenster erblicke, die gleich zu drei Seiten aus der Wohnküche nach draußen zeigen, vergesse ich sofort die Unordnung um mich herum: Mit ihrem Rundumblick vermitteln einem die Fenster das Gefühl, an Bord eines Schiffs auf dem weiten Meer zu sein. Mein Mund bleibt vor lauter Staunen offenstehen.

»Ja, genau«, sagt Gottlieb und lächelt mich schief an, während er diskret die Bürste und die Socke vom Tisch entfernt. »Dieser Blick ist einfach nicht bezahlbar. Oder, Fiete?«

Ein aufgeregtes Kläffen ist die Antwort, und Fiete springt auf das zerschlissene Sofa, das unterhalb eines der Fenster steht, und sieht hechelnd hinaus.

»Einfach umwerfend«, bestätige ich und trete näher an die Fenster heran. Dabei fällt mein Blick auf ein Fernrohr, das neben einem altmodischen Ohrensessel steht. Auch ein Fernglas liegt griffbereit auf der Fensterbank, in der Gesellschaft diverser Topfpflanzen und eines abgegriffen wirkenden Buchs mit dem Titel *Birds of North America.* Auf dem Sofa liegt ein etwas größeres Buch, auf dessen Cover ein Buckelwal zu sehen ist. Fiete steht gerade mit seiner rechten Hinterpfote darauf, während er hechelnd über die Lehne nach draußen sieht.

»Fiete und ich, wir beobachten gern die Tiere dort draußen«, erklärt Gottlieb, dem mein Interesse an seiner Ausrüstung nicht entgangen ist. »Man kann von hier aus Fischadler und Weißkopfseeadler beobachten, hin und wieder Delfine und Seehunde. Ja, und eben die Wale. Meistens Buckelwale.«

»Unglaublich, dass Sie … dass du die Tiere direkt aus deiner Küche heraus beobachten kannst!«

Gottlieb Müller nickt. »Ja.«

»Und du machst auch Fotos?« Ich sehe wieder zu der Kamera hinüber, mitten in dem Durcheinander auf dem Tisch.

Der alte Mann nickt erneut. »Ja. Komm mal mit.«

Er führt mich durch eine Tür in das angrenzende Wohnzimmer. Zwar herrscht hier, zwischen einem sehr durchgesessen wirkenden Sofa, einem uralten Röhrenfernseher, einem

Holzofen und einem überquellenden Bücherregal, ebenfalls furchtbares Chaos, aber das ignoriere ich diskret – und ich beachte es auch gar nicht weiter, denn mein Blick fällt auf die Wand über dem Sofa, und ich halte ehrfürchtig inne: Die gesamte altmodische Blümchentapete ist mit großen, gerahmten Schwarz-Weiß-Fotos bedeckt, mit fantastischen, geradezu künstlerischen Motiven – mal ist es ein springender Buckelwal, von einer glitzernden Wasserfontäne umgeben, mal ein Seeadler im Sturzflug, die Krallen bereit, um einen Fisch aus dem Meer zu reißen. Ich sehe den Kopf eines Seehundbabys, das mit großen Augen in die Kamera schaut, und die Schwanzflossen dreier Wale, die wie beim Wasserballett in perfekter Formation synchron abgetaucht zu sein scheinen.

»Die sind … umwerfend schön!« Staunend stehe ich vor den Bildern, betrachte interessiert die Aufnahme des Buckelwals, der sich im Sprung so gedreht hat, dass er rücklings durch die Luft fliegt und so seine markante helle Unterseite mit den typischen Rillen präsentiert. Diese Details sind so deutlich festgehalten, als hätte Gottlieb direkt danebengestanden. »Du könntest eine Ausstellung machen! Oder … einen Bildband herausbringen! Die sind unfassbar gut, Gottlieb!«

»Ach was«, winkt der alte Mann fast ungeduldig ab. »Für so einen Firlefanz bin ich zu alt. Außerdem muss ich niemandem mehr etwas beweisen – ich mache diese Bilder nur für mich. Und für dich natürlich, Fiete, mein Junge.«

»Was ist mit seinem Bein passiert?«, frage ich, als Gottlieb Fiete hochhebt und ihn hinter den Ohren krault.

»Das ist schon ein paar Jährchen her. Er ist angefahren worden. Zum Glück hat er sich gut damit arrangiert, aber lange Spaziergänge muss ich seitdem ohne ihn machen – oder ihn immer mal wieder tragen, das geht natürlich. Na ja, er ist ja auch schon in die Jahre gekommen, genau wie ich. In Menschenjahren wäre Fiete schon über hundert. Also bin ich mit meinen fünfundachtzig regelrecht jugendlich im Vergleich.«

Gottlieb Müller grinst mich schief an, und ich merke, dass er, wenn er nicht so mürrisch guckt, wirklich nett aussieht. Er hat ein herzliches Lachen, das allerdings nicht mehr oft zum Einsatz zu kommen scheint. Jetzt gerade wirkt er, als sei er über sich selbst überrascht. Darüber, dass das Lachen noch funktioniert.

»Wow, fünfundachtzig?«, frage ich ehrlich überrascht. »Und … du lebst hier ganz allein?«

Sofort merke ich, dass ich am falschen Thema gerührt habe, denn das Lächeln des alten Mannes erlischt wie eine Kerze, die ausgepustet wurde.

»Ja«, erwidert Gottlieb knapp und geht zurück in die Wohnküche. Schweigend starrt er wieder aus der Fensterfront hinaus, während ich ihm langsam folge. Als ich im vollgestopften Buchregal das gerahmte Foto einer Frau sehe, trete ich diskret ein wenig näher heran. Es ist wieder eine Schwarz-Weiß-Aufnahme. Die Frau sieht ebenfalls auf den Atlantik hinaus, fast so wie Gottlieb jetzt. Sie hat helle Locken, die vom Wind zerzaust werden, und sie lacht glücklich und unbekümmert. Mir fällt Duncans Bemerkung ein: dass Gottlieb Müller verwitwet ist.

»Du solltest jetzt gehen«, höre ich da Gottlieb, der plötzlich neben mich getreten ist, ohne dass ich es gemerkt habe. Erschrocken zucke ich zusammen, als er nach dem Bild greift und es so dreht, dass ich es nicht länger betrachten kann. Und dann langt er auch gleich noch ein Regalfach weiter hoch und legt einen weiteren Bilderrahmen, den ich noch gar nicht entdeckt hatte, mit dem Glas nach unten, sodass ich mir das Bild nicht auch noch ansehen kann. Das Einzige, was ich flüchtig darauf erkenne, ist ein Junge. Ein blonder Junge. Vielleicht

Gottlieb als Kind? Oder … das Kind von Gottlieb? Hat er einen Sohn? Und, falls ja, warum lässt er seinen Vater allein hier auf der Insel leben, in diesem Chaos? Mit fünfundachtzig?

Ich würde Gottlieb all das gern fragen, aber seine harsche Reaktion verunsichert mich. Bestürzt sehe ich ihn an, doch er weicht meinem Blick aus und geht durch den Raum, auf den Flur zu, der zum Ausgang führt. Beklommen schlucke ich und werfe einen letzten Blick durch die Fensterfront, bevor ich Gottlieb zur Haustür folge.

»Jetzt weißt du, warum ich nicht von hier wegziehen will, und wenn sich die Sommerset-Hotelgruppe auf den Kopf stellt«, brummt der alte Mann, als ich bei ihm angekommen bin, und hält mir die Tür auf.

»Ja … ich verstehe. Dieses Haus ist einmalig schön. Ich würde das auch nicht verkaufen«, sage ich leise.

Er nickt nur, ohne meinen Blick zu erwidern. Die Art, wie er an mir vorbeistarrt, rührt an meinem Herzen. Ich erkenne deutlich die Einsamkeit in seinen hellblauen Augen. Den Schmerz. Ich erkenne beides, weil mir diese Gefühle so vertraut sind. Gottlieb will sich schon abwenden, als ich mir ein Herz fasse.

»Weißt du, Gottlieb, ich hatte nie ein so schönes Zuhause. Mein Vater ist Hotelier, wir sind meine ganze Kindheit über von Hotel zu Hotel, von Land zu Land gezogen. Ich habe mir immer gewünscht, in so einem Haus zu wohnen.« Ich mache eine Geste, die alles um mich herum erfasst. »Einen Ort zu haben, wo ich hingehöre. Wo meine Heimat ist. Wenn mich heute jemand fragt, woher ich komme, dann weiß ich gar nicht, was ich sagen soll. Ich antworte dann meistens, dass ich aus Hamburg komme, weil ich da geboren wurde. Aber wir sind nach Paris umgezogen, als ich gerade krabbeln konnte. An Hamburg erinnere ich mich gar nicht. Ich habe kein ›Zuhause‹. Kein ›daher komme ich‹.«

Ich mache eine kurze Pause, hole tief Luft. Gottlieb hat sich wieder mir zugewandt, betrachtet mich ernst. Rasch schiebe ich eine lose Haarsträhne hinter mein Ohr und fahre fort: »Andere Hotel-Business-Kinder, die ich im Laufe der Jahre kennengelernt habe, haben immer gesagt, ihr Zuhause sei da, wo ihre Familien sind. Wo ihre geliebten Menschen sind. Aber ... weißt du, Gottlieb, ich habe kein enges Verhältnis zu meinen Eltern. Natürlich liebe ich sie. Und sie mich. Aber ... wir sind keine dieser Familien, die sich ständig anrufen. Meine Eltern fragen fast nie, wie es mir geht. Sie haben ihre eigenen Probleme. Ich glaube, dass meine Mutter immer damit zu kämpfen hatte, ihren Platz im Leben zu finden – etwas, das die Leere in ihr füllt. Die Leere, die wohl durch die Umzüge und Abschiede entstanden ist. Leider war ich nicht die Person, die diese Leere füllen konnte. Das Muttersein hat ihr nicht das gegeben, was sie vermisst hat. Und mein Vater – er war immer schon hauptsächlich für seinen Job da. Nie genug Ehemann und Vater, dafür hundertfünfzigprozentiger Hotelmanager. Ja, meine Eltern melden sich beide selten bei mir. Sie vertrauen wohl darauf, dass ich allein in der Welt zurechtkomme.«

Ich zucke mit den Schultern und lächele schief, während mir Tränen in den Augen brennen, die ich energisch versuche, wegzublinzeln. »Aber ... man kommt nicht immer allein zurecht. Manchmal braucht man andere Menschen. Ich fühle mich so oft einsam, auch wenn ich nach außen so wirke, als würde ich überall, in jedem neuen Hotel irgendwo auf diesem Planeten, gut zurechtkommen, mich schnell eingewöhnen, neue Bekannte finden. Bekannte, ja. Richtige Freunde fast nie.«

Zitternd halte ich inne, um mir erneut in den Nacken zu fassen und Luft zu holen. »Warum ich dir all das erzähle? Ich beneide dich um dieses Plätzchen hier. Um Fietes und dein

Zuhause. Und ich verstehe völlig, dass du hier nicht wegwillst. Keine Sorge, ich werde das meinem Boss mitteilen. Hoffentlich bekommst du dann keine Anrufe mehr von irgendwelchen Anwälten.« Ich mache erneut eine Pause, nehme Gottliebs krumme Finger zwischen meine Hände, drücke sie sanft. »Aber manchmal ist das schönste Zuhause trotzdem nicht alles, was man im Leben braucht. Manchmal braucht man andere Menschen. Und auf dieser Insel sind durchaus Menschen, die sicherlich bereit wären, für dich da zu sein, Gottlieb. Wenn du Hilfe brauchst. Im Haushalt und so.«

Meine Gedanken sind unweigerlich zu den Camerons geflogen. Zu der herzlichen Heather, die mich willkommen geheißen hat wie eine weitere Tochter. Zu Graham und Aidan, die zwar beide so bärbeißig wirken können, die aber mit Sicherheit oft ganz anders sind, das spüre ich genau. Und, natürlich, zu der sonnigen Skye.

»Das reicht!« Der alte Mann reißt seine Hände aus meinem Griff und wendet sich abrupt ab. Ich merke genau, dass auch in seinen Augen Tränen schimmern. »Auf Wiedersehen, Greta Lorenz«, sagt er mit rauer Stimme, und dann verschwindet er in seinem hellblauen Haus und lässt die Tür hinter sich zufallen.

24

Ich bin mit meinen Gedanken überall, nur nicht beim Fahren, als ich unseren Mietwagen wieder über die holprige Straße lenke, durch Schlaglöcher, die ich in besonnenerem Zustand vermutlich versucht hätte zu umfahren. Duncans kühles Business-Verhalten und der einsame Gottlieb Müller in seinem unordentlichen Haus setzen mir zu, lassen mich aufgewühlt vorwärtsbrettern, zurück Richtung *Cameron Lodge*.

Dann erwacht mit einem Mal das Autoradio zum Leben. Vor Schreck verreiße ich das Lenkrad und fahre einen großen Schlenker, bevor ich fassungslos auf das Display starre. Nach ein paar panischen Herzschlägen wird mir klar, dass ich das Radio vorhin, bei meiner vergeblichen Sendersuche, gar nicht ausgeschaltet hatte. Jetzt begreife ich auch, was das leise Hintergrundrauschen die ganze Zeit über war. Ich hatte gedacht, das käme vom Meer oder von der Lüftung. Nun allerdings, auf diesem Hügel, dessen Kuppe ich gerade erklommen habe, scheint unser Autoradio mit einem Mal einen Sender gefunden zu haben.

Und dann begreife ich, was für ein Lied da läuft, und meine Hände umklammern das Lenkrad fester. Michael Bublés samtweiche Stimme singt »Let me go home …« und erfüllt das Innere des Wagens mit noch mehr Wehmut also zuvor.

Ausgerechnet dieses Lied, das mich Mal um Mal zum Weinen bringt.

»Another airplane, another sunny place, I'm lucky I know, but I wanna go home, mmm, I got to go home …«

Schwer atmend starre ich auf das Radiodisplay, suche mit meinem Blick den Lautstärkeregler, um Michael Bublé runterzuregeln, bevor ich mich dazu zwinge, wieder auf die Straße zu sehen – nur, um in der nächsten Sekunde erneut das Lenkrad herumzureißen. Der gelbe Schulbus – nein, der Büchereibus – ist wie aus dem Nichts hinter der Hügelkuppe aufgetaucht und kommt direkt auf mich zu.

Alles passiert so schnell, dass ich nur irgendwie reagiere, ohne genau zu wissen, was ich da mache. Unterbewusst ist mir klar, dass ich auf der falschen Straßenseite gefahren bin – auf der linken, natürlich! Ob das schon die ganze Zeit so war oder erst, seit ich wegen des Radios das Lenkrad verrissen und den Schlenker gefahren habe, kann ich nicht sagen. Alles, was ich weiß, ist, dass mein Auto jetzt von der Straße abkommt, dass ich lenke und bremse und laut schreie, während der Wagen in viel zu schnellem Tempo den Hügel hinabschießt, querfeldein holpert und hüpft. Hohes Gras wischt laut unter dem Auto entlang, und ich schreie aus vollem Halse, während ich das Meer auf mich zurasen sehe.

Es stimmt, was man sagt: Dass in den letzten Sekunden, die man auf dieser Erde hat, das bisherige Leben an einem vorbeirauscht. Während ich mich den Klippen nähere, sehe ich den herzensguten Concierge in Paris vor mir, der mich immer »Petite Mademoiselle« genannt und mir jeden Morgen ein warmes Croissant, frisch aus der Hotelküche, zugesteckt hat. Ich sehe mich in Bali, wie ich im Kinderbecken fast ertrinke, während Mama an der Poolbar mit ihrem Fitnesstrainer plaudert. Wie mich der Rettungsschwimmer Jimmy herausfischt, mich tröstet und mir energisch erklärt, dass es Zeit sei, schwimmen zu lernen. Ich sehe mich mit Luke, meiner ersten Liebe, bei Sonnenuntergang auf Phuket am Strand sitzen. Ich sehe mich mit Saskia durch ein Kaufhaus in Singapur schlendern, kichernd Lippenstifte ausprobieren. Ich sehe mich mit Stella beim Bettenmachen im Münchner Hotel, ich sehe mich an meiner ersten Rezeption in Dubai, ich sehe mich … in Hongkong, mit Olivier. Olivier und ich. Und unsere Babys. Ich sehe das Blut. Ich höre mich weinen und schreien … und dann höre ich ein Scheppern und einen Knall.

»Hey, Liebchen, hörst du mich?«

Die Stimme kenne ich nicht, fährt es mir durch den Kopf, als ich mit einem Stöhnen die Augen öffne. Aber da ist noch eine Stimme, und zwar eine, die mir vertraut vorkommt. Michael Bublé. Er besitzt die Frechheit, immer noch zu singen, als wäre gar nichts geschehen: »It'll all be alright, I'll be home tonight, I'm coming back home.«

Ich brauche zwei Sekunden, bis ich begreife, warum es sich anfühlt, als sei ich mit dem Gesicht in einer Hüpfburg gelandet. Rasch hebe ich den Kopf und starre mit großen Augen auf den weißen Airbag, der sich entfaltet hat. Das war der Knall, den ich gehört habe!

Verwirrt sehe ich nach links. Dort steht eine Frau in der geöffneten Fahrertür und sieht mich an. Sie hat kurzes, feuerrotes Haar, das von silbergrauen Strähnen durchzogen wird und wirr von ihrem Kopf in alle Richtungen absteht. Ihre Augen haben einen außergewöhnlichen Bernsteinton. Aber es ist nicht nur die Farbe, die diese Augen besonders macht – es ist der Blick. Diese Fremde sieht mich an, als würde sie mich kennen. Und als wäre diese Situation völlig normal.

»Tut dir etwas weh?«, fragt sie jetzt in ihrer ruhigen Art,

die meinen Herzschlag zu einem langsameren Tempo zurückfinden lässt.

»Ich … nein, ich glaube nicht«, sage ich und reibe mir testweise über die Stirn, aber dafür, dass ich gegen einen Airbag geprallt bin, fühlt sich alles ganz gut an. Das könnte natürlich auch am Schock liegen.

»Komm, ich helfe dir.« Die Fremde streckt mir ihre Hand entgegen, und ich greife danach und will mir aus dem Wagen helfen lassen, als ich merke, dass ich noch angeschnallt bin. Meine Beine sind merkwürdig zittrig und geleeartig weich, als ich schließlich langsam das Auto verlasse. Die Hand der Rothaarigen umfasst meine warm und fest, während sie mit ihrem freien Arm in den Wagen langt. Das Autoradio verstummt, und dann führt sie mich entschlossen einige Schritte von der Unfallstelle fort.

Erst als sie mich loslässt und ich mich auf weichen Beinen umdrehe, um mir den Schaden anzusehen, wird mir klar, warum sie mich vom Auto weggebracht hat: Ich bin gegen einen Felsen gefahren – gegen einen Felsbrocken, der sich genau am Rande der Klippen befindet. Direkt hinter dem Felsen geht es steil hinab, in den Atlantik. Wäre ich einen halben Meter weiter links oder rechts den Hügel hinabgerast, wäre ich jetzt da unten, zwischen den schroffen Felsen, die von der tosenden Brandung umspült werden.

Mir wird schlecht. Meine Knie geben nach, und ich sacke in mir zusammen, plumpse in das hohe Gras, bleibe dort sitzen, während ich ungläubig unseren Mietwagen anstarre, dessen Motorhaube völlig eingedrückt ist.

»Scheiße«, wispere ich. »Scheiße, scheiße, scheiße!«

Ich merke, dass sich die Frau ebenfalls ins Gras sinken lässt, sich im Schneidersitz neben mich setzt. »Es hätte weitaus schlimmer kommen können«, sagt sie ruhig. »Du hattest großes Glück.«

»Ich ... ich kann nicht glauben, dass das passiert ist! Ich hatte noch nie einen Autounfall!«

»Du bist so plötzlich vor mir aufgetaucht, dass ich nichts mehr tun konnte«, sagt die Frau in entschuldigendem Tonfall. »Weißt du, dass du auf der verkehrten Straßenseite gefahren bist?«

»Ja«, murmele ich. »Ich habe meinen Führerschein im Linksverkehr gemacht, und irgendwie ist das hängengeblieben.«

»Verstehe«, meint die Frau, und ich merke, dass sie mich interessiert von der Seite mustert. Ich aber kann nicht aufhören, das Wrack anzustarren und mir vorzustellen, ich wäre mit dem Wagen über den Rand der Klippen gestürzt.

»Müssen wir die Polizei benachrichtigen?«

»Hmm, vermutlich schon. Aber hier haben wir keinen Handyempfang. Ich bin übrigens Rae«, sagt die Rothaarige, und jetzt sehe ich sie doch an.

»Ja, stimmt«, murmele ich und nicke langsam. »Der Büchereibus. Rae, die fahrende Bibliothekarin.«

Rae lächelt. »Du hast also schon von mir gehört.«

»Ja«, sage ich und überlege, wie der junge Mann aus dem Inselladen hieß, der mir von der fahrenden Bücherei erzählt hat ... Ronan. Ich bin froh, als es mir einfällt. Mein Gedächtnis habe ich beim Aufprall also nicht verloren.

»Ronan hat es mir erzählt«, sage ich.

»Ah, Ronan.« Rae nickt mit einem Lächeln. »Für ihn habe ich noch ein Buch«, sagt sie nachdenklich und wirkt so, als mache sie sich eine innere Notiz. Dann legt sie den Kopf leicht schräg und fragt: »Und du bist ...?«

»Gre ...«, rutscht es mir fast heraus, bevor ich mich schnell verbessere: »Catherine Sommerset. Ich ... bin die Frau von Duncan Sommerset. Also, er hieß mal Duncan Cameron, bis er ... mich geheiratet hat. Duncan von der *Cameron Lodge*.«

Rae mustert mich nachdenklich, und unter ihrem Blick werde ich zwar einerseits merkwürdig ruhig, aber andererseits habe ich das unbestimmte Gefühl, dass diese Frau in mich hineinsehen kann. Dass sie weiß, wer ich wirklich bin.

»Freut mich sehr, Catherine Sommerset«, sagt sie dann aber nur und steht auf. »Komm mal mit, ich habe im Bus eine Kanne mit Kräutertee, der wird dir nach diesem Schock guttun. Und dann fahre ich dich zurück zur *Cameron Lodge*. Ich vermute mal, dass du dorthin möchtest?«

»Ähm, ja«, sage ich und füge im Stillen hinzu, dass »möchten« eindeutig der falsche Ausdruck ist. Wenn ich daran denke, dass ich Duncan erzählen muss, dass Gottlieb nicht verkaufen will UND ich unseren Mietwagen zu Schrott gefahren habe, wird mir schlecht.

Rae hilft mir in die Höhe, und dann folge ich ihr auf wackeligen Knien den Abhang hinauf, bis wir beim gelben Büchereibus ankommen. Sie öffnet die seitliche Tür, durch die im Laufe der Jahre vermutlich Hunderte Schulkinder hinein- und hinausgesprungen sind, und ich erklimme hinter ihr die Stufen, die in den Bus führen.

Es ist, als würde ich eine Zauberwelt betreten. Für einen Moment kann ich meinen Unfall und die Tatsache, dass mein Leben fast vorbei gewesen wäre, vergessen, als ich mich staunend umsehe: Nichts hier drinnen erinnert mehr an einen normalen Schulbus. Die Sitzreihen sind entfernt worden, stattdessen hängen entlang beider Seitenwände über, unter und zwischen den Fenstern des Busses etliche längliche Gitterkörbe, die mich an Blumenkästen erinnern. Doch statt mit Blumen sind sie, natürlich, mit aufrecht nebeneinanderstehenden Büchern gefüllt. Bücher, Bücher, so viele Bücher. Ein paar der Busfenster sind mit Brettern zugenagelt worden, erkenne ich jetzt, damit dort mehr Platz für Regale und somit für Bücher ist. Auch das hintere Ende des Busses, wo sicher mal ein Fenster war, wird nun vom Fußboden bis unter die Decke von diesen länglichen Gitterkörben eingenommen, aus denen selbst bei der holprigen Fahrt durch die Schlaglöcher von Whale Island nichts herausfallen dürfte. Zwischen den einzelnen Regalkörben sind überall Lichterketten gespannt, und auch unter der Decke des Busses ziehen sich im Zick-Zack lange Reihen von hell funkelnden Lämpchen an dünnen Kabeln entlang. Ich fühle mich wie in einer magischen kleinen Bücher-Oase, als ich meinen Blick neugierig die Regale entlangwandern lasse. Über einer Ecke hängt ein mit Herzen verziertes Schild mit der Aufschrift »Liebe«, über einem anderen Bereich ein Porträt von Shakespeare mit dem Hinweis »Klassiker«, und über einer breiten Regalreihe baumelt ein Paar Plastikhandschellen, was mich kurz fassungslos die Augen aufreißen lässt, bevor ich auf einem Schild »Krimis« lese. Ich muss mir ein Kichern verkneifen. Aha, also nicht die Ecke von *Shades of Grey* & Co. Ich habe mich eindeutig zu viel mit Bridget über dieses Thema unterhalten!

Neben Sachbüchern, Kochbüchern und vielen Reiseführern widmet sich eine mit Plüschteddys und bunten Wimpeln verzierte Ecke des Busses dem Thema »Kinder«. Fasziniert betrachte ich die vielen Buchrücken, lese hier und da die Titel, schaue mir die gerahmten Fotos an, die zwischen den Gitterkörben hängen und allesamt lesende Menschen zeigen. Ich merke, dass all diese Menschen im oder vor dem Büchereibus aufgenommen worden sind: Kinder, die halb in den gemütlichen Sitzsäcken versunken sind, in Harry Potter oder Donald Duck vertieft. Eine glücklich lächelnde Seniorin, die in dem geblümten Ohrensessel nahe der Fahrerkabine sitzt, einen Agatha-Christie-Krimi in den Händen. Drei Teenager, bei strahlendem Sonnenschein auf den Eingangsstufen des Busses hockend, alle drei mit dicken Büchern in den Händen. Der Junge auf der obersten Stufe schaut mit einem schiefen Lächeln in die Kamera. Moment mal, das ist doch …?

»Den Lümmel müsstest du ja gut kennen«, bemerkt Rae, die neben mich getreten ist und deutet auf den lächelnden Teenie.

»Duncan?«, frage ich fassungslos, während ich die dunklen Locken betrachte, die ihm in die Stirn und bis über die Ohren fallen. Weder sein unbändiges Haar noch die lässigen Shorts und das verwaschene T-Shirt erinnern an den steifen Geschäftsmann, der in der *Cameron Lodge* darauf wartet, dass ich ihm von meinem Treffen mit Gottlieb Müller berichte.

»Allerdings. Duncan Cameron. Da muss er ungefähr sechzehn gewesen sein und Aidan vierzehn.« Sie deutet auf den zweiten dunkelhaarigen Jungen, der in einen dicken Wälzer vertieft ist. »Aidan hat damals angefangen, all meine Kochbücher zu verschlingen. Das Kochen hat ihm schon immer im Blut gelegen. Ein Jammer, dass er nicht mehr aus dem Restaurant in der *Cameron Lodge* macht. Hat großes Potenzial, der Junge. Na ja, der Mann, sollte ich wohl sagen.« Sie lacht leise auf.

»Und das da … das ist Glenn?«, frage ich neugierig und betrachte den dritten im Bunde, der auf der untersten Stufe sitzt und ebenfalls in seinem Buch versunken ist. Sein braunes Haar schimmert in der Sonne fast rötlich.

»Ja«, bestätigt Rae. »Glenn, der Träumer. Während Duncan in meinen Reiseführern gewühlt und von der großen Welt geträumt und Aidan in Kochrezepten geschwelgt hat, hat Glenn Shakespeare, Hemingway und Steinbeck verschlungen. Er wurde deshalb ganz schön oft von seinen Brüdern aufgezogen – auch weil Glenn von klein auf den Wunsch hatte, selbst Schriftsteller zu werden. ›Unser Herr Autor‹, so haben seine Brüder ihn immer genannt. Meistens liebevoll, aber manchmal gerieten sie deshalb sogar in ziemlichen Streit. Na ja, wie Brüder eben sein können.«

Rae schweigt, und als ich sie ansehe, merke ich, dass sie das Foto nachdenklich betrachtet. Dann erwidert sie meinen Blick und meint: »Komm, Kind, ich habe dir einen Tee eingeschenkt.«

Sie deutet auf den geblümten Ohrensessel, und ich sehe eine dampfende Tasse auf dem Beistelltischchen stehen. Als ich mich mit einem »Vielen Dank!« setzen will, bewegt sich allerdings das dicke Zierkissen im Sessel, und mir wird klar, dass das »Kissen« eine rot getigerte Katze ist.

»Oh, Brontë, aus dem Weg mit dir, sonst wirst du plattgesessen!«

Die Katze mustert mich ein wenig gelangweilt, bevor sie sich in aller Ruhe streckt, gähnt und dann mit einem Miauen, das sich ein wenig vorwurfsvoll anhört, auf den Boden springt.

»Sorry, Brontë, ich wollte dir nicht den Platz wegnehmen«, versichere ich rasch, während ich mich setze und mir von Rae die warme Tasse in die Hände drücken lasse. Der Tee ist wirklich gut, er erfüllt mich mit wohltuender Wärme. Erst jetzt wird mir klar, dass ich seit dem Unfall völlig durchgefroren bin. Das muss der Schock sein.

»Hier«, sagt Rae und reicht mir eine Wolldecke, die sie mir um die Schultern legt. Ganz so, als hätte sie meine Gedanken gelesen. Nein, wahrscheinlich hat sie einfach die Gänsehaut auf meinen Armen bemerkt.

Sie setzt sich auf einen Hocker mir gegenüber, und sofort springt Brontë mit einem Schnurren auf ihren Schoß und macht es sich bequem. Raes Hände beginnen automatisch, die Katze zu streicheln, aber ihr Blick verlässt mich keine Sekunde, sodass ich ein wenig unruhig werde und konzentriert in meine Tasse puste, obwohl der Tee gar nicht so schrecklich heiß ist.

»Woher kamst du denn gerade, mit dem Auto?«, erkundigt sich Rae nun, und der Blick aus ihren Bernstein-Augen lässt mich nicht los.

»Ähm ... ich ...«

»Warst du bei Gottlieb?«

Erstaunt sehe ich sie an, aber dann fällt mir ein, dass diese Straße ja nur bis zum Haus von Gottlieb Müller führt und dort endet. Wo also sollte ich sonst gewesen sein?

»Ja«, gebe ich zu, weil ich weiß, dass Leugnen zwecklos ist. »Rae weiß sehr viel«, das hat Ronan gesagt. Zwar glaube ich nicht, dass Rae mehr weiß als andere Menschen auch, aber ihr scheint in der Tat wenig zu entgehen. Also erkläre ich wahrheitsgemäß: »Ich habe mit ihm wegen seines Grundstücks gesprochen.«

»Und warum?« Raes Gesichtsausdruck verrät mir nicht, was sie denkt.

»Ich ... also, die Sommerset-Hotelgruppe, für die Duncan arbeitet, die ... die gehört meinem Vater. Und mein Dad, er ... er würde hier, auf Whale Island, gern ein Hotel bauen. Dafür bräuchte er allerdings das Grundstück von Gottlieb Müller.«

Das mit dem Golfplatz lasse ich lieber weg. Ich kann mir nicht vorstellen, dass Rae ein Fan von Golfen ist. Genauso wenig wie ich.

»So«, sagt Rae nur und streichelt ihre schnurrende Katze, ohne aufzuhören, mich zu mustern. »Und ich vermute, dass Gottlieb nicht verkaufen will.«

»Richtig«, seufze ich.

»Und das hat dich so durcheinandergebracht, dass du auf der falschen Seite gefahren bist?« Sie legt den Kopf schief und studiert mich eingehend.

Augenblicklich höre ich wieder Michael Bublé in meinem Kopf singen. »I wanna go home ...«

Tränen steigen in mir hoch, ich muss die Teetasse abstellen. Was ist denn bloß mit mir los? Seit wann werde ich ständig so sentimental? Ich bin doch sonst die Vernunft auf zwei Pumps, wie Bridget mich gern augenzwinkernd nennt!

»Ich …« Verlegen wische ich mir unter den Augen entlang, um hier nicht wirklich in Tränen auszubrechen. »Ich war ein wenig aufgewühlt.«

»Und weshalb?« Eigentlich hätte es mir wohl unangenehm sein müssen, dass mich Rae so verhört, aber das ist es nicht. Diese Frau hat so eine vertrauenserweckende, ruhige Ausstrahlung, dass ich sie ansehe und fast automatisch antworte: »Weil ich kein Zuhause habe. Ich bin in allen möglichen Hotels, überall auf der Welt, aufgewachsen. Ich habe in Hamburg, Paris, Bali, Tokyo, Phuket, Singapur, München, Dubai, Sri Lanka und Hongkong gewohnt. Und seit Kurzem bin ich in New York. Ich kann überall leben, kann überall schnell herausfinden, wo ich das beste Brot und einen ordentlichen Cappuccino bekomme, und ich baue leicht Kontakte zu neuen Leuten auf. Aber … ich bin einsam. Schrecklich einsam, und das nicht erst, seit ich Hongkong und meinen Mann verlassen habe, der noch immer dort lebt.«

Die Worte finden wie von selbst aus mir heraus, und erst, als ich die letzte Silbe ausgesprochen habe, schlage ich mir eine Hand vor den Mund und murmele unterdrückt »Scheiße«.

25

Da lacht Rae leise glucksend auf und sagt beinahe fröhlich: »Keine Sorge, mein Kind, mir war gleich klar, dass du nicht Catherine Sommerset bist.«

Erschrocken starre ich sie an. »Wie bitte? Warum?«

Rae zuckt vergnügt mit den Schultern. »Manche Dinge merke ich sofort. Wenn jemand lügt, zum Beispiel. Und wenn jemand einen falschen Namen benutzt. Der Name Catherine, der kam dir nicht leicht über die Lippen, das habe ich sofort gespürt. Also, Kind, wie heißt du denn wirklich?«

»Greta Lorenz«, sage ich leise und starre auf meine Hände hinab. Und dann erzähle ich Rae auch noch die ganze dumme Geschichte, wie Duncan mich in dieses Lügenkonstrukt hineingeritten hat.

»Duncan hat so viele eigene Probleme«, seufzt Rae und sieht mit einem Mal ganz ernst aus. »Das mit seiner Familie, das muss er allein lösen. Das muss nicht deine Sorge sein, Kind. Du hast ja dein eigenes Päckchen zu tragen.« Sie lächelt mich warm an, und als sie sanft nach meinen Händen greift, schluchze ich auf.

»Ich weiß gar nicht, warum ich dir das alles erzähle«, sage ich heiser und schniefe mit einem verlegenen Achselzucken.

»Ach, die Leute reden gern mit mir.« Rae lächelt und wirkt sehr zufrieden mit sich. Da fällt mir ein, was Ronan mir zum Abschied mit auf den Weg gegeben hatte: »Irgendwann will jeder mit Rae reden.«

Erstaunt mustere ich diese sonderbare Frau vor mir. Rae erwidert meinen Blick noch ein paar Sekunden lang, dann tätschelt sie meine Hand und steht auf.

»Ich sollte dich zur *Cameron Lodge* bringen. Duncan wartet sicher auf dich.«

Ich will einwenden, dass er ja gar nicht mein Mann ist, warum sollte er also auf mich warten? Ja, okay, er will sicher wissen, was Gottlieb gesagt hat.

Nachdem Rae meine leere Tasse sicher in eine Lücke zwischen zwei Büchern gestellt hat, schiebt sie sich hinter das Lenkrad und bedeutet mir, in einem Sitz mit Gurt Platz zu nehmen, der schräg hinter ihrem Fahrersitz auf eventuelle Beifahrer wie mich zu warten scheint.

»Warum warst du eigentlich in diese Richtung unterwegs?«, frage ich, während ich mich anschnalle und Rae den Motor des Busses anlässt. Mit einem Gurgeln erwacht der Bücherbus zum Leben und setzt sich ruckelig in Bewegung.

»Ich wollte auch zu Gottlieb. Und ich werde da gleich auch noch hinfahren, wenn ich dich zur Lodge gebracht habe. Ich schaue jedes Mal bei Gottlieb nach dem Rechten, wenn ich auf der Insel bin. Und bringe natürlich Bücher für ihn mit.« Geschickt setzt Rae zu einem Wendemanöver an, und obwohl sie offensichtlich sehr viel besser auf diesen unebenen Straßen fahren kann als ich, krallen sich meine Hände ängstlich in die Armlehnen. Mit einem Miauen springt Brontë auf meinen Schoß und rollt sich schnurrend zusammen, was mich sofort beruhigt. Im Vorbeifahren werfe ich einen letzten Blick auf das Wrack des Mietwagens, dann sehe ich nach vorn, während ich die Katze streichele und hin und wieder verstohlen diese seltsame Frau mit den feuerroten Haaren schräg vor mir beobachte.

Kurz, bevor wir an der *Cameron Lodge* ankommen, sieht mich Rae plötzlich im Rückspiegel an und sagt: »Du solltest Fahrrad fahren lernen, meine Liebe. Mit dem Rad kann man die Insel sehr gut erkunden. Du könntest zum Beispiel zum alten Inselfriedhof fahren.«

Erstaunt starre ich sie an, und noch bevor ich fragen kann, warum ich zum Inselfriedhof fahren sollte, fügt sie hinzu: »Sei ruhig, mein Kind, es wird alles gut. Beim nächsten Vollmond bekommst du die Lösung für deine Probleme.«

Ich merke erst, dass wir vor der *Cameron Lodge* gehalten haben, als Rae den Motor ausschaltet und verkündet: »Wir sind da! Brontë, runter vom Schoß!«

»Warum … was für eine Lösung?«, frage ich verdattert.

Da öffnet sich die Tür des Busses, und als ich zur Seite schaue, erkenne ich Heather am Fuß der Treppe stehen. Fragend sieht sie zu mir hoch.

»Nanu, Kindchen, bist du nicht vorhin mit dem Auto losgefahren? Hallo, Rae, wie geht es dir?«

»Gut, Heather, danke! Oh, warte, ich habe ein Buch für dich!« Mit einem fröhlichen Pfeifen schnallt sich Rae ab und geht in das hintere Ende des Busses. Währenddessen steige ich langsam aus. Meine Knie sind immer noch weich, stelle ich fest.

»Ist alles in Ordnung?« Heather mustert mich besorgt, und als ich in ihr freundliches Gesicht sehe, könnte ich schon wieder heulen. Diese Frau, die eigentlich eine Fremde für mich ist, erscheint mir in diesem Moment mütterlicher als es meine eigene Mutter je war.

»Ich …«, beginne ich stockend, breche aber ab, als ich Duncan hinter ihr auftauchen sehe. Johnnie Walker rennt bellend neben ihm her und stürmt an mir vorbei, in das Innere des Busses. Ganz kurz mache ich mir Sorgen um Raes Katze, aber dann habe ich genug mit Duncans Anwesenheit zu tun.

»Gre … Catherine?«, fragt er, und sein Blick wandert ratlos von mir zum Büchereibus. In diesem Moment erscheint Rae in der Tür und steigt zu uns herab.

»Hier, meine Liebe«, sagt sie zu Heather und drückt ihr ein Buch in die Hände. Es ist ein Regency-Roman, sehe ich, und Heathers Wangen werden ganz rosig, als sie sich mit einem versonnenen Lächeln bedankt.

Jetzt schaut Rae Duncan an, und ich merke, dass sie ihn ernst mustert. Sie registriert sein geschwollenes Auge ohne Kommentar. Als mein Blick zum Eisblock wandert, erschrecke ich regelrecht. Er starrt Rae an, als habe er Angst vor ihr. So habe ich ihn noch nie erlebt. Aschfahl wirkt er plötzlich, seine Lippen presst er zu einem schmalen Strich zusammen.

»Duncan.« Rae nickt ihm ruhig zu.

»Rae.« Duncan nickt ebenfalls, bevor er wieder mich ansieht und fragt: »Ist … alles okay? Bist du mit Rae gekommen?«

Zögernd nicke ich. Duncans Stirn legt sich in Falten, als er wieder flüchtig Rae ansieht, dann erneut mich. »Aber … wo ist denn der Mietwagen?«

Ich öffne meinen Mund und schließe ihn wieder, ohne, dass ein Laut herauskäme. Meine Hand sucht an einem Kotflügel des gelben Büchereibusses Halt.

»Catherine hatte einen Unfall«, sagt da Rae, und ich sehe sie überrascht an. Der Name, der nicht meiner ist, kommt ihr geschmeidig über die Lippen. Sie sieht mich an und zwinkert mir flüchtig zu.

»Du … was?«, fragt Duncan und wirkt ehrlich erschrocken. Ich vermute stark, seine Sorge gilt dem Mietwagen.

»Ja«, murmele ich. »Irgendwie bin ich von der Straße abgekommen und … ähm … na ja, vor einem Felsen gelandet.«

»Bist du verletzt?« Duncan mustert mich eindringlich, und für einen Moment habe ich das Gefühl, dass es ihm vielleicht doch nicht nur ums Auto geht.

»Nein, nein. Mein Gesicht hat eben etwas geschmerzt, als ich gegen den Airbag geprallt bin, aber jetzt …«

»Der Airbag wurde ausgelöst?« Duncan sieht mich aus weit aufgerissenen Augen entsetzt an. »Bist du sicher, dass du nicht verletzt bist?«

»Mir geht es gut«, versichere ich rasch und versuche, die Erinnerung an mein Entsetzen zu verdrängen, als der Mietwagen den Abhang hinabgerast ist. »Nur dem Auto nicht. Und … wir haben die Polizei noch nicht benachrichtigt.« Kleinlaut sehe ich den Eisblock an. Aus seinem Blick werde ich nicht schlau.

»Es wäre gut, wenn Catherine Fahrrad fahren lernen würde«, bemerkt Rae jetzt. »Dann könnte sie die Insel leichter erkunden.« Mir entgeht nicht, dass sie diese Worte nicht an mich, sondern an Duncan richtet. Der sieht sie todernst an und nickt nur. Rae lächelt vage, bevor sie sagt: »So, jetzt muss ich aber schnell zu Gottlieb. Macht es gut, bis zum nächsten Mal!«

Als sie sich auf den Fahrersitz schwingt, ruft sie über ihre Schulter in den hinteren Teil des Busses: »Raus mit dir, Johnnie Walker! Du siehst deine Freundin bald wieder!«

Der Hund erscheint bellend in der offenen Eingangstür, und hinter ihm erkenne ich jetzt Raes Katze, die sich auf die oberste Stufe setzt. Johnnie leckt ihr einmal quer über das Gesicht, und ich rechne fest damit, dass die Katze ihre Krallen zeigt und ihn verjagt. Aber, nein, Brontë miaut dem Hund tatsächlich regelrecht sehnsüchtig hinterher, als Johnnie Walker hechelnd die Treppenstufen hinabspringt und dann schwanzwedelnd vor dem Bus stehen bleibt, während Rae die Türen schließt.

Klar, Johnnie und Brontë sind also Freunde. Normal ist hier wirklich nichts.

»Kindchen, geht es dir wirklich gut?«, fragt Heather besorgt, während Rae den Bus vor dem Hotel wendet.

»Ja, bestimmt«, versichere ich mit einem tapferen Lächeln, selbst wenn ich da gar nicht so sicher bin. Meine Knie sind immer noch butterweich, und wenn ich auch nur an unseren Mietwagen denke – oder an den Abgrund vor ihm –, wird mir regelrecht übel.

»Wo steht der Wagen?«, fragt Duncan.

»Auf halber Strecke zu Gottlieb«, murmele ich und sehe dem Büchereibus nach, der jetzt langsam die Straße entlang rumpelt und hinter einer Wegbiegung verschwindet.

»Warum warst du denn auf dem Weg zu Gottlieb?« Heather sieht mich fragend an.

»Hab mich verfahren«, sage ich und weiche Duncans Blick aus.

»Ach, du Arme. Na, auf den Schreck brauchst du jetzt erst einmal ein gutes Abendessen, oder? Ich mache euch was Leckeres.«

Heather lächelt mich strahlend an, drückt das Buch fest gegen ihre Brust und verschwindet in der *Cameron Lodge*.

»Was genau ist passiert?« Duncan starrt mich ernst an. Sein nicht zugeschwollenes Auge mustert mich eingehend.

»Wie ich schon sagte: Ich bin von der Straße abgekommen«, wiederhole ich und verschränke meine Arme vor der Brust. »Es tut mir leid, okay? Ich … ich beteilige mich an den Kosten. Mir ist klar, dass die Versicherung nicht zahlt, weil wir nicht verheiratet sind.«

»Lass das mal meine Sorge sein«, brummt Duncan und reibt sich mit einem Seufzen den Nacken, während er an mir vorbei starrt, in die Richtung, wo Rae verschwunden ist. »Hauptsache, dir ist nichts passiert.« Er macht eine Pause und schaut kurz auf seine Schuhe hinab, und ich habe das Gefühl, dass er noch etwas sagen will. Dann jedoch wendet er sich abrupt ab und brummt: »Ich schaue mir den Wagen mal an. Bis gleich.«

»Läufst du etwa die ganze Strecke?«, rufe ich ihm überrascht nach, doch Duncan antwortet über seine Schulter: »Nein, ich kann ja Fahrrad fahren!«

Ratlos starre ich ihm hinterher. Was für ein völlig absurder Tag! Raes kryptische Worte tanzen erneut durch meinen Kopf: »Beim nächsten Vollmond bekommst du die Lösung für deine Probleme.«

Was bitte schön wollte sie mir damit sagen? Ist diese Frau ganz richtig im Kopf? Und warum benimmt sich Duncan in ihrer Gegenwart wie ein verschreckter Junge?

Erst als ich langsam den Hof überquere und die Lobby der *Cameron Lodge* betrete, durchfährt mich plötzlich ein Gedanke, der mich überrascht im Türrahmen verharren lässt: Woher wusste Rae überhaupt, dass ich nicht Fahrrad fahren kann?

Heather fragt mich, ob ich lieber oben, im privaten Teil der *Cameron Lodge*, essen möchte, oder unten, im leeren Frühstücksraum. Eigentlich würde ich schrecklich gern sehen, wie es in den Wohnräumen der Familie Cameron aussieht, aber da ich vermute, dass Duncans Dad womöglich zu Hause ist und ich mich ein wenig vor ihm und seiner schlechten Laune fürchte, wähle ich das Hotelrestaurant.

»Ja, das ist auch besser, dann habe ich die Lobby im Blick«, meint Heather. »Nicht, dass wir heute Abend noch neue Gäste erwarten, aber man weiß ja nie.«

Also versorgt sie mich im stillen Restaurant der *Cameron Lodge* mit einer riesigen Portion Spaghetti mit Lachssoße, von der ich im ersten Moment glaube, ich könnte sie niemals schaffen. Eigentlich will sie mir Gesellschaft leisten, aber dann klingelt prompt das Telefon an der Rezeption, die um diese Zeit anscheinend nicht mehr von Rose besetzt wird, und sie eilt in die Lobby davon. Mir macht es allerdings gar nichts aus, ein wenig allein zu sein und meinen Gedanken nachhängen zu können, nach alledem, was heute passiert ist.

Wenig später sitze ich vor einem leergeputzten Teller und frage mich, warum um alles in der Welt es in der *Cameron Lodge* eigentlich nur Frühstück gibt. Diese Spaghetti waren absolut köstlich.

»Das war so lecker!«, sage ich, als ich das Restaurant verlasse und die Lobby betrete.

»Ich danke dir.« Heather strahlt mich an. »Das Rezept habe ich von Aidan.«

Augenblicklich wirkt sie ein wenig bekümmert – weil Aidan nicht mehr beruflich kocht? Oder weil sie wieder an die Handgreiflichkeiten zwischen ihren Söhnen denken muss?

»Tut mir leid, dass ich dich doch allein habe essen lassen, Kind«, sagt Heather nun und lächelt entschuldigend. »Aber hier sind heute ein paar Dinge liegen geblieben, die Rose anscheinend nicht mehr geschafft hat. Außerdem hatte ich gehofft, Duncan wäre längst zurück, um mit dir zu essen.«

»Ach, das macht gar nichts. Ich werde einen kleinen Verdauungsspaziergang machen«, verkünde ich spontan, als mein Blick an Heather vorbei durch das Fenster hinter der Rezeption fällt. Die Sonne steht tief über Whale Island, und ich habe plötzlich Lust, mir noch ein wenig den Wind um die Nase wehen zu lassen.

»Mach das. Ich sage Duncan, dass du draußen bist, wenn er kommt. Ihr wollt diesen schönen Abend doch bestimmt zusammen verbringen, wenn er schon das Essen mit dir verpasst hat!«

»Hmm.« Ich lächele sie flüchtig an und hoffe, dass ich nicht zu gequält aussehe. Dann verlasse ich eilig das Hotel, von der Hoffnung getrieben, dass mein Chef nicht vorhat, mir zu folgen.

26

Doch das Glück ist heute weiterhin nicht auf meiner Seite.

Zunächst spaziere ich über die Wiese hinab bis zu dem hölzernen Pavillon mit dem fantastischen Ausblick auf den Atlantik, bevor ich einem schmalen Pfad entlang der schroffen Küstenlinie folge und ein Wäldchen entdecke, das sich hinter der Lodge erstreckt. Mir wird bewusst, dass ich das Gelände auf der anderen Seite des Hotels noch gar nicht kenne, und so laufe ich gerade neugierig auf die Kiefern, Ahornbäume und Birken zu, als ich Schritte höre. Beklommen drehe ich mich um und sehe, natürlich, Duncan mit finsterem Blick auf mich zumarschieren. Mit dem zugeschwollenen Auge wirkt er noch Furcht einflößender, als es ohnehin oft der Fall ist. Immerhin ist sein Haar beim Fahrradfahren durcheinandergewirbelt worden, das Haargel scheint wirkungslos zu sein angesichts des scharfen Windes, der heute Abend über die Insel fegt. Sein unversehrtes Auge funkelt mich aufgebracht an. Es ist nicht mehr eisgrau, sondern wirkt eher sturmgrau. Das andere beginnt, sich lilablau zu verfärben.

»Du hast mir nicht gesagt, wie schwer dein Unfall war«, knurrt Duncan. Ich schlucke und streiche mir eine Strähne hinter das Ohr.

»Ich … ich habe eine Haftpflichtversicherung. Vielleicht …«

»Greta, das Auto ist mir völlig egal!« Duncan steht mit einem Mal so dicht vor mir, dass ich seinen warmen Atem auf meinem Gesicht spüre. Überrascht starre ich ihn an. Diese Nähe kommt für mich so plötzlich, dass ich nicht weiß, wie ich mich verhalten soll. Und er riecht schon wieder so gut!

»Ist dir überhaupt klar, wie knapp du mit dem Leben davongekommen bist? Ein paar Zentimeter weiter links oder rechts, und du wärst mit dem Wagen über den Rand der Klippen geschossen!«

Bei seinen heftigen Worten sehe ich wieder das Gras an mir vorbeirauschen, spüre das Holpern des Autos, höre den Knall, als ich den Felsen treffe und der Airbag ausgelöst wird.

»Doch, das ist mir klar«, sage ich heiser und versuche, nicht an die Bilder zu denken, die kurz vor dem Aufprall durch meinen Kopf gerauscht sind. Vergeblich. Zitternd hole ich Luft und muss benommen meine Augen schließen. Als ich plötzlich Duncans Hand spüre, die nach meiner greift, reiße ich sie jedoch erschrocken wieder auf. Er sieht mich stumm an, und in seinem Blick liegt so viel, das ich nicht deuten kann. Er ist nicht mehr der Eisblock aus New York. Heute Abend wirkt Duncan völlig anders.

Ich starre auf unsere Hände hinab, unfähig, etwas zu sagen.

»Es tut mir leid«, murmelt Duncan jetzt und zieht seine Hand rasch zurück, macht einen halben Schritt nach hinten, um Abstand zwischen uns zu bringen. Im ersten Moment denke ich, dass er die Berührung meint, aber dann fügt er mit rauer Stimme hinzu: »Ich hätte dich nicht allein mit dem Mietwagen zu Gottlieb Müller schicken sollen. Es ist zwar einfach, zu seinem Haus zu finden, aber die Straßen hier auf der Insel können tückisch sein.«

Er starrt an mir vorbei, in das Wäldchen hinein. »Ich habe

den Sheriff von Scott's Harbour erreicht, aber er hat heute Abend keine Zeit mehr – ich vermute stark, er ist beim Bingo. Zumindest hörte es sich im Hintergrund so an. Tja, wir sind hier wirklich weit weg von Manhattan.« Duncan grinst flüchtig. »Er kommt erst morgen im Laufe des Tages vorbei und schaut sich die Unfallstelle an. Ich werde ihm sagen, dass ich gefahren bin.« Ernst sieht er mich an und fügt hinzu: »Na ja, dann werde ich morgen mal anfangen, dir Fahrrad fahren beizubringen.«

Verblüfft lache ich auf. »Quatsch. Erstens lernt man das als Erwachsene nicht so schnell, und zweitens … ich bitte dich, wir sind doch bald wieder in Manhattan!«

»Sobald wir einen fahrtüchtigen Mietwagen haben, der uns zurück nach Sydney zum Flughafen bringt«, bemerkt Duncan trocken.

Stimmt, das hatte ich noch nicht bedacht!

»Außerdem … Rae hat gesagt, dass du Fahrrad fahren lernen solltest, und was Rae sagt, das muss man tun.«

»Und warum?« Amüsiert ziehe ich meine Augenbrauen in die Höhe. Das hier klingt gar nicht nach dem rationalen Duncan, den ich aus Manhattan kenne.

Aber Duncan bleibt todernst, als er mich ansieht und scharf erwidert: »Ich habe einmal den Fehler gemacht, nicht auf Rae zu hören. Den mache ich nicht wieder. Klar?«

Die Worte schießen so heftig aus ihm heraus, dass ich unwillkürlich zurückweiche. Was ist denn jetzt in ihn gefahren?

»Schade, dass Rae nicht auch noch gesagt hat, dass du netter zu mir sein solltest«, bemerke ich spitz, während ich versuche zu begreifen, was mit Duncan los ist. Er sieht mich nur finster an und sagt: »Tja, schade.«

Dieser Idiot! Mit einem leisen Schnauben wende ich mich ab und gehe weiter, folge dem Trampelpfad, der mich über einen Teppich aus duftenden Kiefernnadeln in das Wäldchen hineinführt. Mit einem Mal taucht vor mir im Dämmerlicht ein kleines Cottage auf, und erst jetzt wird mir klar, dass hier die Häuschen liegen, die früher von Touristen gemietet werden konnten. Entschlossen halte ich auf das Cottage zu, ohne meinen Chef weiter zu beachten.

»Hey, warte mal. Wo willst du überhaupt hin?«, höre ich ihn hinter mir fragen. Ich merke, dass er mir folgt.

»Muss ich dich etwa um Erlaubnis bitten, wenn ich einen Spaziergang mache?«, gebe ich zurück und werfe ihm über die Schulter einen herausfordernden Blick zu.

»Nein, das musst du nicht.« Seine Stimme klingt gereizt. »Ich will nur nicht, dass du dich heute auch noch in der Dunkelheit verläufst, nachdem du schon fast über die Klippen gestürzt wärst.«

»Können wir bitte aufhören, über den Unfall zu sprechen?« Jetzt klinge ich mindestens ebenso gereizt. »Außerdem ist es noch gar nicht dunkel!«

Inzwischen haben wir das erste Cottage erreicht. Ich bleibe stehen und betrachte neugierig das kleine Blockhaus, das mit Sicherheit mal sehr hübsch war. Die Wände sind, wie bei der *Cameron Lodge*, mit halben Baumstämmen verschalt, und sie hatten wohl mal einen sanften Honigton, aber die Farbe blättert inzwischen so großflächig ab, dass das Cottage hauptsächlich grau wirkt. Die Fensterscheiben sind völlig verdreckt, und die überdachte Veranda ist von einem Teppich aus Blättern und Kiefernnadeln bedeckt.

»Eine Schande ist das«, murmelt Duncan, der neben mir stehen geblieben ist und ebenfalls das Cottage anstarrt. »Diese Häuschen waren mal superbeliebt bei den Touristen.«

»Hat dein Dad die Cottages auch selbst gebaut?«

»Ja.«

»Und ihr wollt diese Häuschen dann für das Sommerset-Projekt ebenfalls abreißen?« Herausfordernd sehe ich Duncan von der Seite an, und er erwidert meinen Blick finster. »Wenn du jetzt gleich das Wort ›Golfplatz‹ in den Mund nimmst, dann schreie ich«, knurrt er leise. Ich muss lachen, trotz seines düsteren Gesichtsausdrucks.

»Bitte, schrei doch«, gebe ich ungerührt zurück. »Golfplatz, Golfplatz, Golfplatz.«

Duncan starrt mich ein paar Sekunden lang schweigend an, bevor um seinen Mund ein amüsiertes Lächeln zuckt, das mein Herz einen unangebrachten Hüpfer machen lässt. »Ich weiß wirklich nicht, warum ich dich auf diese Reise mitgenommen habe.«

»Wegen Gottlieb Müller«, erinnere ich ihn trocken.

»Stimmt.« Duncan wird augenblicklich wieder todernst. »Wie war es überhaupt bei dem Einsiedler?«

Mit einem Seufzer wende ich mich von dem ersten Cottage ab, folge dem Weg weiter, sehe vor uns das nächste leer stehende Häuschen auftauchen. Dieses scheint ein Loch im Dach zu haben, erkenne ich, zumindest ist eine Plastikplane notdürftig auf den Dachschindeln befestigt, die aber halb herunterhängt.

»Er will nicht verkaufen, Duncan. Ich bin nicht einmal dazu gekommen, ihm die höhere Summe zu nennen, weil er von vornherein klargemacht hat, dass er auch bei einem noch besseren Angebot Nein sagen wird.«

Ich sehe Duncan an, der neben mir her geht und füge ernst hinzu: »Gottlieb Müller wirkt, als sei er mit diesem Land verwachsen. In seinem Alter kann man nicht mehr so leicht umgepflanzt werden. Vielleicht kannst du es mit deinem Gewissen vereinbaren, deine Familie zu belügen. Aber … würdest du nachts auch noch ruhig schlafen können, wenn du wüsstest, dass du einen alten Mann dazu gedrängt hast, sein Ein und Alles aufzugeben?«

Duncan bleibt stehen und starrt mich mit verhärteter Miene an, plötzlich doch wieder der Geschäftsmann aus Teflon, an dem alles abperlt. Dann sagt er nur knapp: »Es kann dir egal sein, ob ich nachts ruhig schlafe oder nicht, Greta.«

Und mit diesen Worten wendet er sich ab und geht davon, zurück zur *Cameron Lodge*. »Bleib nicht zu lang, sonst überrascht dich die Dunkelheit doch noch!«, ruft er mir über die Schulter zu.

Ich starre ihm hinterher, ratlos und aufgewühlt. Eine Weile verharre ich auf der Stelle, betrachte unschlüssig die Umrisse weiterer Cottages, die ich im Dämmerlicht zwischen den Kiefern erkenne. Gerade, als ich mich abwenden und ebenfalls zum Hotel zurückgehen will, höre ich über das gleichmäßige Donnern der Brandung hinweg Musik. Das klingt fast nach ... *AC/DC*. Und die E-Gitarren-Klänge kommen eindeutig aus der Richtung, in der die restlichen Cottages liegen. Neugierig gehe ich ein paar Schritte weiter, zögernd, weil es jetzt wirklich schnell dunkel wird. Hier fehlt eindeutig Beleuchtung entlang des Weges!

Nach ein paar weiteren Metern erkenne ich plötzlich Lichter. Sie fallen zwischen den Zweigen der Bäume hindurch, und als ich weitergehe, entdecke ich die Umrisse eines Blockhauses, das größer wirkt als die anderen, an denen ich schon vorbeigekommen bin. Die Fenster sind hell erleuchtet, und, ja, es läuft *Thunderstruck*, und zwar in voller Lautstärke. Verstohlen nähere ich mich, betrachte die überdachte Veranda, die eindeutig gepflegter wirkt als die der verlassenen Cottages. Als plötzlich die Eingangstür aufgeht, zucke ich erschrocken zusammen und drücke mich dichter an eine Kiefer. Aus dem schützenden Schatten hervor beobachte ich Aidan, der auf die überdachte Veranda hinaustritt. Richtig, Duncans Bruder wohnt ja hier! Er trägt nur Shorts, erkenne ich, und bin ein wenig verlegen, als ich seinen nackten Oberkörper anstarre.

Im nächsten Moment schlägt er auf etwas ein, und ich reiße meine Augen weit auf und versuche erschrocken zu begreifen, was er da macht. Da erkenne ich den Sandsack, der von einem Querbalken des Verandavordachs herabhängt und jetzt unter Aidans Boxhieben hin und herschwingt. Na, besser ein Sandsack als das Auge seines Bruders, überlege ich. Ein paar Sekunden lang beobachte ich Aidan noch verstohlen, bevor ich mich abwende und leise über den Teppich aus Tannennadeln davoneilen will.

»Catherine?«

Ich erstarre, drehe mich dann zögernd um. Aidan steht am Geländer seiner Veranda und schaut mich fragend an, bevor er langsam die Stufen hinabgeht und auf mich zukommt. Mit einem nervösen Lachen streiche ich mir mal wieder eine Haarsträhne hinter das Ohr.

»Ähm, hi! Sorry, ich wollte dich nicht stören, Aidan. Ich … bin zufällig hier vorbeigekommen, als ich einen Abendspaziergang gemacht habe, und da habe ich die Musik gehört und … Tja. Dann habe ich dich boxen sehen.«

Verlegen grinse ich ihn an und versuche, nicht zu auffällig auf seinen durchtrainierten Oberkörper zu starren. Aidan bleibt vor mir stehen und erwidert meinen Blick ernst. Ich fürchte schon, dass er überhaupt nichts sagt, sondern mich weiter dummes Zeug reden lässt, als er plötzlich ruhig erklärt: »Tut mir leid wegen heute. Der Streit mit Duncan. Das Veilchen, das ich ihm verpasst habe. Das war … kindisch. Unbeherrscht. Ich will nicht, dass du denkst, ich wäre immer so.«

Überrascht mustere ich ihn. »Das tue ich nicht«, sage ich dann leise. »Wenn du immer so unbeherrscht wärst, hätte deine Tochter heute nicht so von dir als Dad geschwärmt.«

Der Stolz und die Liebe, die sofort in Aidans hellblauen Augen aufblitzen, sind selbst im Dämmerlicht nicht zu übersehen. Sichtlich gerührt fährt er sich mit einer Hand über das unrasierte Kinn und grinst mich dann jungenhaft an. Mein Blick fällt flüchtig auf den geschwungenen Schriftzug auf seinem linken Unterarm: »Isla«.

»Da bin ich ja froh, dass sie sich nicht bei dir über ihren unmöglichen Dad ausgelassen hat.«

»Hat sie auch, aber das muss ich für mich behalten, hab ich ihr versprochen«, scherze ich, und Aidan lacht heiser auf. Sein Lachen klingt dem von Duncan so ähnlich – wenn der Eisblock denn mal lacht –, dass ich ihn überrascht anstarre.

»Duncan und du, ihr wart euch mal ziemlich nah, oder?«

Schlagartig wird Aidan ernst. Schließlich nickt er zögernd. »Ja. Das waren wir.«

»Ihr solltet versuchen, euch wieder näherzukommen«, sage ich sanft, aber mit Nachdruck. »Duncan hat mit Sicherheit viel falsch gemacht, Aidan. Aber vielleicht hast du dich auch nicht immer perfekt verhalten. Menschen machen Fehler. Aber Menschen verdienen genauso eine zweite Chance.«

Ich merke, wie Aidans Kiefermuskulatur sich anspannt, als er die Arme vor der Brust verschränkt und an mir vorbeistarrt, Richtung Meer, das man hier und da zwischen den Bäumen hindurchschimmern sehen kann. »Ja, Menschen machen Fehler. Und Menschen verdienen zweite Chancen. Aber wenn mein Bruder nach allem, was geschehen ist, aus heiterem Himmel hier auftaucht und allen Ernstes glaubt, das Lebenswerk meiner Eltern einfach plattwalzen zu können, um ein Golfresort für reiche Säcke aus der Großstadt zu errichten, dann hat er sich geschnitten!«

Aidan wirft mir einen letzten langen Blick zu, dann dreht er sich um, geht zurück zu seiner Veranda und verschwindet in seinem Blockhaus. Langsam wende ich mich zum Gehen.

»Warte«, hält mich seine Stimme plötzlich noch einmal zurück. Neugierig drehe ich mich um. Er kommt mit langen Schritten auf mich zu, und dann drückt er mir einen kühlen länglichen Gegenstand in die Hand.

»Damit du dich nicht verläufst. Die Küste ist steil. Halt dich davon fern. Gute Nacht, Catherine.«

Gerührt sehe ich auf die Taschenlampe in meiner Hand hinab, als Aidan erneut verschwindet. Die E-Gitarren-Klänge von *AC/DC* und das Donnern der Brandung begleiten mich auf meinem Rückweg zur Lodge. Und die ganze Zeit über verfolgen mich außerdem Aidans Worte: »Aber wenn mein Bruder nach allem, was geschehen ist, aus heiterem Himmel hier auftaucht und allen Ernstes glaubt, das Lebenswerk meiner Eltern einfach plattwalzen zu können …«

Wenn ich doch nur wüsste, was genau damals eigentlich geschehen ist!

27

Duncan

Als ich nach einem langen, einsamen, wütenden Spaziergang über unebenes Gelände, bei dem ich wegen der zunehmenden Dunkelheit mehrfach gestolpert bin, in die *Cameron Lodge* zurückkomme, empfängt mich die Lobby leer und still. Ganz kurz spiele ich mit dem Gedanken, im ersten Stock bei Mom und Dad vorbeizuschauen, aber dann steuere ich doch wie von selbst die Treppe an, die zu den Gästezimmern hinaufführt. Ich weiß, ich bin feige. Aber die Vorstellung, mit meinem schweigenden, vorwurfsvollen Vater im Wohnzimmer zu sitzen, ist wirklich nicht einladend. Ja, mir ist völlig klar, dass wir uns aussprechen müssten. Dass er auf eine Entschuldigung für mein Verhalten wartet.

Aber ich warte ja auch nach wie vor auf eine Entschuldigung für sein Verhalten.

Heute Abend ist mir nicht mehr nach Entschuldigungen. Das Gespräch heute Morgen mit meiner Mutter hat mir gereicht. Ich hatte wirklich gehofft, dass sie ein bisschen begeisterter von meinem Vorschlag sein würde. Warum sich meine Eltern das mit diesem Hotel immer noch antun, ist mir ein Rätsel. Ich habe Mom die Summe genannt, die sie für dieses Grundstück bekommen würden. Habe ihr vorgerechnet, wie gut sie davon würden leben können. Was für Reisen sie endlich würden machen können.

Sie hat mich angesehen, als käme ich vom Mars. »Wohin sollen wir denn reisen?«

»Na, zum Beispiel könntet ihr mich mal in New York besuchen!«, war das Erste, was mir einfiel, bevor ich mir innerlich gegen die Stirn geschlagen habe. Nicht nur, dass meine Eltern mindestens so wenig nach Manhattan passen wie Catherine auf diese Insel, nein, noch dazu würden sie dann natürlich schnell merken, wer meine »Frau« in Wirklichkeit ist: meine Empfangsmitarbeiterin. Und dass die echte Catherine längst nicht so liebenswert ist wie die, die sie auf Whale Island kennengelernt haben.

Habe ich das gerade wirklich gedacht? Erschrocken über meine eigenen Gedanken bleibe ich auf dem oberen Treppenabsatz stehen, eine Hand fest um das Geländer gelegt, und starre in die leere Lobby hinab. Das ist Catherine gegenüber nicht fair. Sie hat ihre liebenswerten Seiten. Sonst hätte ich sie damals ja nicht geheiratet. Aber … diese liebenswerten Seiten kann sie sehr gut tarnen. Und ich weiß genau, wie es wäre, wenn sie tatsächlich meine Familie treffen würde.

Es wäre längst nicht so entspannt wie mit Greta.

Unfassbar, dass ich das denke! Dass ich es entspannter finde, wenn meine Mitarbeiterin sich als meine Frau ausgibt und meine Eltern und Geschwister kennenlernt, als wenn es meine wirkliche Frau wäre. Das ist nicht normal. Aber ich will jetzt nicht weiter über die Gründe nachdenken, warum ich mich Greta gegenüber so verhalte. Und Catherine gegenüber. Und meiner Familie gegenüber.

Meine Familie. Ich seufze tief auf und berühre leicht mein Auge. Aua, verdammt! Nein, ich werde jetzt auch nicht weiter über Aidan und seine Wut auf mich nachdenken. Oder über Dad. Oder über den Gesichtsausdruck meiner Mutter, irgendwo zwischen Hoffnung und gebrochenem Herzen, als sie mich heute Morgen gefragt hat: »Und was würde aus der *Cameron Lodge* werden? Würde das Gebäude erhalten bleiben, wenn die Sommerset-Gruppe das Grundstück kauft?«

Was glaubt sie denn eigentlich? Dass dieses Hotel eine Zukunft hat? Langsam gehe ich weiter, über den zerschlissenen Teppich, betrachte kopfschüttelnd den Wasserfleck an der Wand, wo eine Leitung leck gewesen sein muss. Hinter der Tür von Zimmer Nr. 5 höre ich einen Fernseher. Vermutlich das Ehepaar, das heute eingecheckt hat. Unfassbar, dass hier überhaupt noch neue Gäste einchecken!

Und dann stehe ich vor der Honeymoon Suite und überlege, ob sie da ist. Ein paar Sekunden lang verharre ich still vor der Tür und lausche, doch ich höre nichts. Schläft sie schon? Leise klopfe ich.

»Ja?«

Okay, sie ist da. Und wach. Ich öffne die Tür und schaue zögernd ins Zimmer.

Sie sitzt mit kerzengeradem Rücken auf dem Bett und sieht mich abwartend an. Mit den vielen Kissen um sie herum und dem altmodischen Betthimmel über sich erinnert sie mich einen Moment lang an eine Prinzessin. Eine sehr ernste Prinzessin. Sie trägt schon ihr Nachthemd, erkenne ich, obwohl ich mich bemühe, sie nicht zu auffällig anzustarren. Ein hellblau-weiß gestreiftes Nachthemd, das wie ein Herrenhemd aussieht und sicher maskulin wirken könnte. Wenn sich ihre Brüste nicht deutlich unter dem Stoff abzeichnen würden.

Himmel, Duncan!

»Ähm … ich wollte nur … störe ich?«

Greta sieht mich weiterhin regungslos an und denkt vermutlich gerade, dass ich mich wie der letzte Vollidiot benehme. Womit sie völlig recht hat.

»Das hier ist doch auch dein Zimmer«, erwidert sie ruhig.

»Ja. Klar.« Ich räuspere mich und komme mir ziemlich blöd vor, als ich die Honeymoon Suite betrete und die Tür hinter mir schließe. Greta sagt nichts weiter. Vermutlich ist sie auch sauer auf mich, genau wie Aidan und Dad. Sie hat ja recht. Ich habe sie einfach im Wald stehen gelassen und bin gegangen. Und davor war ich nicht unbedingt freundlich zu ihr. Ich weiß selbst nicht, warum ich mich immer wieder so beschissen verhalte. Was mit mir los ist.

Oder, doch. Eigentlich weiß ich sehr genau, was mit mir los ist. Darum bin ich ja so lange nicht zurück auf diese verfluchte Insel gekommen!

Als sie beharrlich schweigt, räuspere ich mich unruhig. »Du hast also gut zurück zum Hotel gefunden«, sage ich überflüssigerweise, denn sie ist ja hier, und sie sieht auch sehr gelassen aus, wie sie da sitzt, die Beine unter der schweren Bettdecke, ein aufgeschlagenes Notizbuch und einen Stift in den Händen. Ihr Haar ist nach wie vor zu diesem viel zu strengen Dutt zurückgesteckt, was ich echt schade finde. Heute Morgen habe ich einen Blick auf ihr offenes und vom Schlaf zerwühltes Haar erhascht, und seitdem kann ich nicht aufhören, mir zu wünschen, dass sie ihren Dutt löst.

Dafür trägt sie jetzt ihre Brille. Es ist eine Hornbrille, und sie sieht damit so entzückend aus, dass ich wegschauen muss, weil ich schon wieder starre. Warum sie die Brille nicht immer trägt, sondern sich offensichtlich mit Kontaktlinsen quält, ist mir ebenso ein Rätsel. Ich merke, dass ihr in diesem Moment ebenso ihre Brille bewusst wird, denn ich erkenne aus dem Augenwinkel, wie sie das Gestell höher auf ihren Nasenrücken schiebt und dabei ein wenig verlegen wirkt. Warum auch immer.

»Ja, ich bin gut zurückgekommen. Dein Bruder hat mir eine Taschenlampe geliehen.«

Ich wollte gerade die Tür zum Badezimmer öffnen, aber jetzt halte ich inne und starre sie an. Greta allerdings schaut stur auf ihr offenes Notizbuch hinab.

»Du … du warst bei Aidan?«

Jetzt sieht sie mich doch an. Ein spöttisches Lächeln spielt um ihre Mundwinkel. Es ist diese Art Lächeln, die mich völlig in den Wahnsinn treibt. Bis gestern wusste ich nicht, dass sie so lächeln kann, und fast wäre es mir lieber gewesen, dieses Lächeln nie kennengelernt zu haben. Das wäre eindeutig besser für meinen Seelenfrieden gewesen. Mir kein Zimmer mit ihr zu teilen, wäre besser für meinen Seelenfrieden gewesen. Überhaupt gar nicht erst nach Whale Island zurückzukommen, wäre besser für meinen Seelenfrieden gewesen, verdammt!

Sie lächelt immer noch, als sie sagt: »Ja. Ich war bei Aidan. Hätte ich dich um Erlaubnis bitten müssen?«

Diese Frau raubt mir wirklich den letzten Nerv! Jetzt wandern ihre blonden Augenbrauen auch noch spöttisch in die Höhe, während sie meinen Blick gelassen erwidert.

»Natürlich nicht«, stoße ich gepresst hervor und versuche, ebenso gelassen zu bleiben wie sie, was mir natürlich kein bisschen gelingt. »Und, war es nett?«

Himmel, Duncan, du klingst wie ein eifersüchtiger Schuljunge!

Gretas Lächeln wird breiter. Und amüsierter. Und … entzückender. Ich würde am liebsten meinen Kopf irgendwo gegen schlagen.

»Ja. Es war nett. Wobei wir uns nur kurz vor seinem Cottage unterhalten haben. Er war gerade dabei, auf seinen Sandsack einzuschlagen.«

»Toll. Immerhin nicht auf mich«, knurre ich, während vor

meinem inneren Auge sofort ein Bild auftaucht, wie mein durchtrainierter jüngerer Bruder – am Ende noch mit nacktem Oberkörper! – auf einen Sandsack einboxt. Warum die Eifersucht in diesem Zusammenhang geradezu schmerzhaft in mir hochzüngelt, ist mir ein Rätsel. Es ist ja nicht so, als wäre ich wirklich mit Greta verheiratet! Und selbst wenn wir es wären – ich hatte noch nie einen Grund, mir Sorgen wegen Aidan zu machen, was Frauen anging. Er und ich, wir sind uns gegenseitig niemals in die Quere gekommen. Die Mädchen, die er früher toll fand, waren absolut tabu für mich – und umgekehrt genauso. Darauf konnte ich mich bei ihm blind verlassen.

Aber – seitdem ist extrem viel Zeit vergangen. Ich kenne meinen Bruder eigentlich gar nicht mehr. Und ich merke, dass mir der Gedanke, Greta könnte ihn womöglich mehr mögen als mich, stärker zusetzt, als es der Fall sein sollte. Verdammt, Duncan, du hast eine echte Frau, und die sitzt nicht in diesem Himmelbett!

Trotzdem bin ich plötzlich zum ersten Mal fast froh, dass ich uns so unüberlegt in diese absolut alberne Lügengeschichte hineinmanövriert habe. Denn hätte ich das nicht getan, dann wäre Greta als meine alleinstehende Mitarbeiterin mit mir auf dieser Geschäftsreise. Sie würde in einem eigenen Zimmer schlafen. Und mein attraktiver Bruder würde sich vielleicht an sie ranmachen. Warum auch nicht? Im Gegensatz zu mir ist Aidan nicht verheiratet. Und er müsste blind sein, wenn er sie nicht anziehend fände. Ich meine, wer könnte Greta nicht anziehend finden?

Und noch ein Grund, warum ich fast froh bin, dass alle glauben, wir wären verheiratet: Sie säße sonst nicht in diesem Nachthemd in diesem Himmelbett. Oder, doch, das täte sie vielleicht schon, aber ich könnte sie nicht so sehen. Mit Brille und konzentriert über ihr Notizbuch gebeugt.

»Und Aidan hat dir also seine Taschenlampe geliehen«, sage ich mit rauer Stimme.

»Ja.« Greta sieht mich ruhig an. Das weiß-blaue Nachthemd lässt ihre Augen noch blauer strahlen als sonst, fällt mir in diesem Zusammenhang unnötigerweise auf. Ich reibe mir über eine Stelle an der Stirn, hinter der es zu pochen beginnt. »Er hat übrigens gesagt, dass es ihm leidtut. Wegen des Veilchens.«

»Ja, klar«, schnaube ich spöttisch.

»Und ich habe gesagt, dass ihr euch vertragen solltet. Was auch immer damals zwischen euch vorgefallen ist.«

Schweigend erwidere ich ihren Blick und weiß wirklich nicht, was ich darauf sagen soll. Als wenn es so einfach wäre im Leben. Ich will mich schon abwenden, doch da beginnt Greta erneut, in ihr Notizbuch zu schreiben, und ich kann mir nicht verkneifen, zu fragen: »Tagebuch?«

»Ja«, erwidert sie, ohne mich anzusehen. Ihre Schrift ist klein und ordentlich, erkenne ich. Aber leider kann ich von hier aus nicht lesen, was sie schreibt.

Nicht, dass ich ihr Tagebuch lesen wollen würde! Nein, ich würde einfach so gern mehr über sie erfahren. Was sie über mich denkt, zum Beispiel. Greta hebt den Blick und sieht mich fragend an, als könne sie meine Gedanken lesen. Was für eine schreckliche Vorstellung!

»Finde ich gut, dass du Tagebuch schreibst«, sage ich schnell, um meine Verlegenheit zu überspielen. O Mann, Duncan, du benimmst dich wirklich wie der letzte Volltrottel.

»Das Tagebuch-Schreiben ist bei mir fast zur Sucht geworden«, erwidert sie leise und wirkt mit einem Mal so verletzlich, dass ich sie erstaunt mustere. »Ich habe damit angefangen, als ich zehn war und von Tokyo nach Thailand umziehen musste. Damals habe ich begonnen, all meinen Kummer in meinem

Tagebuch festzuhalten. Das war wie eine Therapie. Na ja, und seitdem habe ich nicht mehr damit aufgehört.«

»Seit du zehn warst?« Verblüfft mustere ich diese erstaunliche Frau. Ich kann mir gut vorstellen, wie sie als Schülerin war, damals vielleicht auch schon mit Brille. Schüchtern und zurückhaltend und klug. Und dabei so süß, dass garantiert alle Jungs in sie verknallt waren. Was sie mit Sicherheit gar nicht gemerkt hat.

»Ja. Umzugskartons und Tagebücher, das waren und sind die einzigen Konstanten in meinem Leben.« Sie lacht auf, klingt dabei aber nicht fröhlich.

Fasziniert starre ich sie an. »Du schreibst also all deinen Kummer in dein Tagebuch?«

Warum um alles in der Welt kann ich die arme Frau nicht endlich in Ruhe lassen? Greta nickt ernst und sieht mich abwartend an. »Dann schreibst du jetzt wahrscheinlich gerade: ›Muss mir mit Kotzbrocken von Chef grottenhässliches Hotelzimmer teilen?‹«

Die Worte verlassen meinen Mund so schnell und unüberlegt, dass ich ein heiseres Lachen hinterher schiebe und mich innerlich ganz weit wegwünsche. Warum hört mein Gehirn auf, ordentlich zu funktionieren, sobald Greta Lorenz mich aus ihren blaubeerblauen Augen so entzückend ernsthaft mustert?

»Das habe ich heute Morgen schon nachgetragen, nachdem ich gestern nicht mehr dazu gekommen bin«, sagt Greta jetzt trocken. »Allerdings ohne den Teil mit dem grottenhässlichen Hotelzimmer, denn so schlimm ist es hier nun auch wieder nicht.«

Autsch. Der saß. Aber ich benehme mich ja wirklich wie ein Kotzbrocken. Es hat schon seinen Grund, warum in Manhattan so viele meiner Angestellten Angst vor mir haben. Manchmal wünsche ich mir, ich könnte anders sein. Aber irgendwie habe ich wohl vor dreizehn Jahren den netten, zugänglichen Teil von mir weggeschlossen.

Noch während ich sie fassungslos anstarre, bricht sie so plötzlich in amüsiertes Gelächter aus, dass es sich anfühlt, als käme die helle Sonne hinter dicken Wolken hervor.

»Duncan, wenn du dir gerade Sorgen machst, dass ich mich womöglich seitenweise darüber auslasse, wie sehr ich unter meinem Chef und unter dieser Reise leide: Nein, das tue ich nicht. Ich habe gerade geschrieben, dass ich heute knapp mit dem Leben davongekommen bin.« Sie macht eine kurze Pause, und bei der Erwähnung ihres Autounfalls wird mir schon wieder schlecht. Genau wie vorhin, als ich das Wrack gesehen habe. Es fehlte nicht viel, und ich hätte neben die Unfallstelle gekotzt. Plötzlich waren da wieder diese Bilder in meinem Kopf, die ich nie wieder so deutlich sehen wollte. Nie wieder.

Ich räuspere mich, während ich versuche, die Bilder zu verdrängen. Die Erinnerungen. Sein Lachen. Ihr Lachen.

»Du … du hast bei dir zu Hause also tatsächlich Tagebücher von den letzten vierundzwanzig Jahren? Ähm, also, ungefähr?«

Greta sieht mich erstaunt an – ich bin mir nicht sicher, ob sie sich darüber wundert, dass ich weiß, dass sie vierunddreißig ist, oder darüber, dass ich immer noch auf dem Tagebuch-Thema herumreite. Dabei will ich mich einfach noch ein bisschen mit ihr unterhalten. Vielleicht merkt sie das und wundert sich genau darüber.

»Ja. So ist es. Allerdings nimmt die Kiste, in der ich meine Tagebücher sammele, zu viel Platz in meinem Schuhkarton von New Yorker Wohnung ein.«

Ihr Grinsen verursacht ein warmes Gefühl in meinem Bauch, über das ich jetzt lieber nicht weiter nachdenke. »Das ist das Problem mit New York: die zu kleinen Wohnungen.«

»Ach komm, als ob du in einer kleinen Wohnung leben würdest, Duncan Sommerset.« Ihr Spott trifft mich so heftig und ohne Vorwarnung, dass ich fast überrascht zurückweiche.

»Okay, jetzt vielleicht nicht mehr. Aber die ersten Jahre, bevor ich Catherine kennengelernt habe, da habe ich ganz in der Nähe von deiner Adresse gewohnt. Auf fünfunddreißig Quadratmetern.« Sie mustert mich verblüfft, und als sie nichts sagt, hake ich nach: »Warum schaust du mich so skeptisch an?«

»Weil ich mir dich wirklich überhaupt nicht in einer Fünfunddreißig-Quadratmeter-Bude an der Upper Westside vorstellen kann.«

Ich muss lachen. »Du konntest dir mich vermutlich auch nicht auf einer gottverlassenen Insel in Atlantikkanada vorstellen.«

»Stimmt. Das konnte ich wirklich nicht.« Greta lächelt mich an. Verdammt, wie kann mich ihr Lächeln bloß so glücklich machen? Das ist nicht gut. Oder? Nein, Duncan, ganz sicher nicht!

Rasch wende ich mich ab und fliehe regelrecht ins Badezimmer, wo ich mir das Gesicht unter den Wasserhahn halte und versuche, wieder einen klaren Kopf zu bekommen. Erst als ich mir die Zähne putze, wird mir klar, dass ich sie sehr gern nach mehr Details aus ihrer Jugend gefragt hätte. Die Umzüge, die Umzugskartons. Exotische Wohnorte wie Tokyo und Thailand. Orte, die ich mit meinen achtunddreißig Jahren noch nie gesehen habe. Doch als ich das Bad verlasse, schläft Greta. Sie hat ihre Haarnadeln herausgenommen – ich entdecke sie auf ihrem Tagebuch, das sie auf ihr Nachttischchen gelegt hat. Ihr Haar fällt lang und voll über das Kopfkissen. Ganz kurz bin ich versucht, meine Hand auszustrecken, um zu testen, ob es so seidig ist, wie es aussieht. Aber ich kann mich gerade noch zurückhalten. Immerhin ist es möglich, dass sie wieder nur so tut, als würde sie schlafen. So wie gestern.

28

Greta

Ein Schrei lässt mich hochschrecken, und ich merke, dass ich irgendwann anscheinend doch noch eingeschlafen bin, nachdem ich mal wieder stundenlang auf Duncans Atemzüge gelauscht hatte. Ich fahre in die Höhe und sehe mich mit wild hämmerndem Herzen im Zimmer um. Erst als erneut ein Aufschrei vom Sofa her ertönt, wird mir klar, dass es sich wirklich um Duncan handelt. Fast hatte ich geglaubt, geträumt zu haben – oder ein Tier hätte draußen geschrien. Denn so klingt es fast – wie ein heulendes, wimmerndes, dann wieder aufschreiendes Tier. Obwohl bereits das schwache Licht des frühen Morgens durch einen Spalt in den Vorhängen fällt, kann ich Duncan nicht erkennen. Also greife ich nach meiner Brille, während ich schon die Beine aus dem Bett schwinge.

Duncan schlägt im Schlaf um sich, er wälzt sich von einer Seite zur anderen, und ich fürchte, dass er jeden Augenblick von dem Sofa fallen wird, das ohnehin viel zu schmal für ihn wirkt. Dann schreit er wieder auf, gefolgt von einem »Nein! Nein, bitte nicht!«.

Besorgt gehe ich neben dem Sofa in die Hocke, berühre ihn sacht an der Schulter. »Duncan!«, wispere ich, doch als er nicht reagiert, werde ich lauter, sage eindringlich: »Duncan, wach auf! Du träumst!« Ich schüttele ihn stärker an der Schulter, und da öffnet er endlich die Augen und hört auf, sich hin und her zu schmeißen. Sein Brustkorb hebt und senkt sich heftig, als wäre er einen Marathon gerannt, und sein Haar klebt schweißnass an seiner Stirn. Verwirrt starrt er mich an, während er offensichtlich versucht, zu begreifen, was passiert ist.

»Es war nur ein Traum«, wiederhole ich in beruhigendem Tonfall, und dann streiche ich ihm sacht eine schweißnasse Strähne aus der Stirn, als wäre das etwas ganz Natürliches. Duncan liegt noch immer wie erstarrt auf dem Rücken und sieht mich an, als wüsste er gar nicht, wo wir sind und wer ich bin. Schließlich reibt er sich mit einer Hand über das Gesicht und stöhnt leise auf.

»Bloß ein Traum«, wispert er, und seine Stimme klingt kratzig vom vielen Schreien. »Bloß ein Traum.« Er blinzelt, und fast glaube ich, dass sich sein nicht zugeschwollenes Auge mit Tränen füllt, aber er dreht seinen Kopf schnell zur Sofalehne, sodass ich es nicht mit Sicherheit sagen kann.

»Möchtest du darüber reden?«, frage ich vorsichtig, wobei ich mir dabei ein wenig albern vorkomme. Er ist nicht nur ein erwachsener Mann, sondern noch dazu mein Chef!

Duncan schüttelt den Kopf, ohne mich anzusehen. »Ich wollte dich nicht wecken«, sagt er heiser. »Tut mir leid.«

»Dir muss gar nichts leidtun«, erwidere ich ruhig. »Man kann doch nichts dafür, wenn man schlecht träumt.«

Duncan murmelt etwas Unverständliches, und dann setzt er sich auf und schlägt seine Decke zur Seite. »Ich brauche frische Luft«, brummt er mit einem Blick zum Fenster. Er sieht mich an und fügt hinzu: »Leg dich wieder hin. Wenn ich weg bin, weckt dich wenigstens keiner mehr.«

Er lächelt flüchtig, bevor er aufsteht und nach seiner Hose greift, die über einer Stuhllehne hängt. Ich bemühe mich, nicht auf seine Boxershorts zu starren, aber ganz schaffe ich es nicht.

»Kann ich mitkommen?«, frage ich plötzlich spontan.

Duncan sieht mich überrascht an. »So früh? Im Ernst?«

Ich zucke leicht mit den Schultern und meine: »Es sei denn, du willst allein sein.«

Er sieht mich einen Moment lang schweigend an, bevor er rasch sagt: »Nein, nein, überhaupt nicht.«

»Ich muss nur ... ich, ähm, ich gehe erst auf die Toilette. Geh ruhig vor.«

Plötzlich wieder verlegen gehe ich auf die Badezimmertür zu. Duncan hat sich gerade eine warme Fleecejacke über sein T-Shirt gezogen und sieht mich ernst an. »Du meinst damit aber nicht, dass du dir die Kontaktlinsen einsetzt, dich schminkst und dir die Haare am Hinterkopf festtackerst, oder?«

Fassungslos starre ich ihn an. »Ich ... ich tackere mir die Haare nicht am Hinterkopf fest!«

»Du weißt, was ich meine«, brummt Duncan und fährt sich mit beiden Händen durch sein eigenes Haar, das heute Morgen ungewohnt wild aussieht, dem Hin- und Hergewälze sei Dank. »Bleib einfach so, wie du bist.«

Mit diesen Worten dreht er sich um, öffnet leise die Tür und verschwindet.

Die Sonne hat es gerade erst über den Horizont geschafft, und die feuchte Kälte verschlägt mir den Atem, als ich das Hotel verlasse. Gut, dass ich meine Strickjacke und darüber meine Wetterjacke angezogen habe, denke ich, während ich den knirschenden Schotter des Hofs überquere und nach Duncan Ausschau halte. Ich entdecke ihn dort, wo ich ihn vermutet habe: In dem kleinen Pavillon am Rande der Klippen, mit dem fantastischen Rundumblick aufs Meer. Fast wie aus Gottlieb Müllers Wohnküche, fährt es mir durch den Kopf, und mit der Erinnerung an den alten, einsamen Mann kommt auch die an meinen Unfall zurück, und ich erschaudere.

»Kalt?«, fragt Duncan, denn ich habe gerade den Pavillon erreicht, und er hat mein Frösteln offensichtlich bemerkt.

»Ein bisschen«, gebe ich zu und setze mich neben ihn auf die Holzbank. Befangen rücke ich meine Brille zurecht. Nachdem er seine Bemerkung gemacht hat, wollte ich nicht so eitel wirken – vor allem wollte ich nicht den Eindruck erwecken, dass ich mich wegen ihm um diese frühe Uhrzeit herausputze. Aber ganz ohne ging es auch nicht. Ich habe mich aufs Zähneputzen und eine Spur Mascara beschränkt. Keine Kontaktlinsen und auch kein Nackenknoten. Aber weil ich es einfach nicht gewohnt bin, mit offenem Haar herumzulaufen, und weil ich weiß, wie stark der Wind auf dieser Insel sein kann, habe ich mir mein Haar zu einem straffen Pferdeschwanz zurückgebunden.

»Hier, zum Aufwärmen und wach werden«, sagt Duncan und drückt mir einen Thermobecher in die Hand. Wunderbarer Kaffeeduft steigt mir in die Nase, und ich sehe ihn dankbar an.

»Das ist genial!« Genüsslich nippe ich an dem Becher.

»Ohne Kaffee geht bei mir morgens auch nichts«, erklärt Duncan. Ich merke, dass er mich von der Seite mustert, aber ich sehe aufs Meer hinaus, weil mich unsere Zweisamkeit hier draußen, um diese frühe Uhrzeit, plötzlich verlegen macht. Vor allem, weil mir wieder einfällt, wie ich eben die Haarsträhne aus seiner Stirn gestrichen habe.

»Zum Glück steht das meiste Zeug in der Hotelküche noch genau da, wo es immer stand. Darum war es nicht schwer, das Kaffeepulver zu finden. Natürlich gibt es hier keinen modernen

Vollautomaten mit Milchaufschäumer und so weiter.« Duncan schnaubt verächtlich und nimmt einen großen Schluck aus seinem Becher. »Warum sollte man seinen Gästen einen Cappuccino oder Latte Macchiato anbieten können, wenn es Filterkaffee gibt?«

Ich weiß nicht, was ich darauf erwidern soll, also trinke ich nur schweigend meinen Kaffee und beobachte, wie sich die Farbe des Meeres von einem dunklen Violett bis hin zu einem satten Blau verfärbt, während die Sonne am Horizont höher steigt.

»Träumst du oft so schlecht?«, erkundige ich mich vorsichtig.

Duncan seufzt leise und nippt erneut an seinem Kaffee, bevor er leise erwidert: »Eigentlich nicht mehr, nein. Ich dachte, ich hätte diese Träume hinter mir gelassen. Aber … tja. Immerhin bin ich zum ersten Mal seit dreizehn Jahren wieder auf dieser verfluchten Insel.«

Ernst sehe ich ihn von der Seite an. »Ich finde diese Insel ganz zauberhaft«, sage ich.

»Ja«, murmelt Duncan und weicht meinem Blick aus. »Du bist ja auch erst seit vorgestern hier.«

»Nein, im Ernst. Ich … ich beneide deine Schwester darum, hier zu leben. Und Aidan. Deine Eltern. Jeden Tag diese wunderbare Natur um sich herum zu haben, das muss doch fantastisch sein! Sich hier zu Hause fühlen zu dürfen, in der Gesellschaft von Menschen, die einem wichtig sind, das … das …« Ich breche ab, weil die Emotionen mir den Hals zuzuschnüren drohen. Rasch trinke ich erneut einen großen Schluck Kaffee. Duncan mustert mich eingehend, das merke ich genau, aber ich kann ihn jetzt nicht ansehen.

»Mag sein, dass es als Erwachsener okay ist, hier zu leben«, meint er schließlich langsam. »Aber ich weiß noch, wie ich mich als Teenager gefühlt habe. Dieses Gefühl des Eingesperrtseins. Die Freunde in der Stadt gingen abends ins Kino – und wir gingen höchstens zum alten Leuchtturm und haben von oben nach Walen Ausschau gehalten.«

»Aber das ist doch unfassbar schön!«, rufe ich überschwänglich, weil ich mich an den Wal von gestern erinnere. Ich sehe Duncan an, und er erwidert meinen Blick und scheint einen Moment lang den Faden verloren zu haben. Dann lacht er heiser auf und meint: »Ja, klar. Das ist es. Nur nicht, wenn man fünfzehn ist. Ich glaube, Isla ist heilfroh, dass sie nur die Sommerferien hier verbringt. Das ganze Jahr über auf Whale Island zu sein, das ist nicht immer leicht.«

Mit einem Schmunzeln nicke ich. »Ja, das mag sein.« Eine Weile sehe auch ich aufs Meer hinaus, bevor ich ernst hinterher schiebe: »Ich bin so unendlich froh, dass ich den Unfall nicht hatte, als Isla neben mir saß.«

Duncan nickt, dann erwidert er mit rauer Stimme: »Ja. Ich auch. Und ich bin unendlich froh, dass dir nichts weiter passiert ist. Mit oder ohne Isla.«

Spitz bemerke ich: »Es ist immer so ein Aufwand, neue Mitarbeiter für die Rezeption zu finden, stimmt's?«

Duncan erwidert meinen Blick ohne die Spur eines Lächelns, bevor er heftig sagt: »Das ist überhaupt nicht witzig, Greta.«

Überrascht mustere ich ihn, dann wende ich mich rasch wieder meinem Kaffeebecher zu. Nachdem ich erneut einen Schluck genommen habe, bemerke ich kleinlaut: »Ich bin gestern Abend auf der falschen Straßenseite gefahren, als mir Raes Bus entgegenkam. Ich habe ihn zu spät gesehen.«

»Das kommt davon, wenn man in Singapur seinen Führerschein macht«, bemerkt Duncan trocken, und ich lache leise auf.

»Ja, das stimmt.«

»Du hast also schon als Kind viel von der Welt gesehen, hmm?«

Flüchtig sehe ich ihn an, aber sein Blick ist mir heute Morgen zu intensiv, deshalb starre ich erneut auf den Atlantik hinaus, während ich antworte: »Ja. Mehr, als mir lieb war.«

»Und trotzdem bist du selbst im Hotelbusiness gelandet.«

»Mhm. Keine Ahnung, warum.« Mein Lachen klingt selbst in meinen eigenen Ohren unecht.

»Während ich hier Tag ein, Tag aus Wale beobachtet habe, hast du also ... was genau gemacht? In welchen Ländern hast du als Kind gelebt? Erzähl mal.«

Ich werde ein wenig verlegen, weil er so ehrlich interessiert an meiner Kindheit wirkt. Zögernd beginne ich: »Während du hier Wale beobachtet hast, habe ich in Paris die besten Croissants der Welt gegessen. Bis ich vier war und nach Bali gezogen bin, wo ich Schwimmen gelernt habe und wo mein Leibgericht Nasi Goreng war. Mit sieben ging es weiter nach Tokyo, wo ich Sushi lieben gelernt habe, und mit zehn nach Phuket. Da habe ich mich eine Zeit lang hauptsächlich von Sticky Rice und frischer Mango ernährt.«

»Und du hast angefangen, Tagebuch zu schreiben«, sagt Duncan, und ich sehe ihn an, fast erstaunt darüber, dass er sich das gemerkt hat.

»Genau. Gut aufgepasst, Mr. Sommerset.«

»Danke.« Er lächelt mich leicht an, bevor er fragt: »Was genau haben deine Eltern denn mit dem Hotelbusiness zu tun gehabt?«

»Sie haben immer noch damit zu tun. Mein Vater ist inzwischen General Manager in einem Fünf-Sterne-Hotel, wieder auf Bali. Schon seit sechs Jahren. Es ist der längste Zeitraum, den er je in ein und demselben Hotel gearbeitet hat. Was hätte ich als Kind und besonders als Teenager darum gegeben, mal sechs Jahre oder länger an einem Ort wohnen zu dürfen!« Sarkastisch lache ich auf und versuche, meine Bitterkeit vor ihm zu verbergen. Ob mir das gelingt, wage ich zu bezweifeln. Duncans nachdenklicher Blick gibt mir recht. »Es gefällt meinen Eltern so gut auf Bali, dass sie versuchen wollen zu bleiben, bis Papa in den Ruhestand geht.« Ich atme tief durch, als ich an die Zeit denke, die ich nach meiner Trennung von Olivier bei meinen Eltern auf Bali verbracht habe. Keine wirklich guten Erinnerungen.

»Hast du Geschwister?«

Ich schüttele den Kopf. »Nein, leider. Ich denke oft, dass das ewige Umziehen und neu Ankommen so viel leichter gewesen wäre, wenn ich eine Verbündete gehabt hätte. Oder einen Verbündeten.«

»Geschwister können auch nerven«, bemerkt Duncan und berührt mit einem gequälten Seufzen sein geschwollenes Auge, das ihm nach wie vor sehr weh zu tun scheint.

»Na ja, du hast es ja wirklich herausgefordert.«

»Und es verdient. Klar.«

Ich senke den Blick auf meine Sneakers, die von meinem Weg durch das taunasse Gras zum Pavillon etwas feucht sind. »Du weißt, was ich von den Resort-Plänen halte. Das müssen wir nicht schon wieder diskutieren.«

Ein paar Sekunden lang schweigt Duncan, dann sagt er leise: »Ich bin nicht so ein abgebrühter Geschäftsmann, wie du glaubst, Greta. Weißt du, warum ich Richard überhaupt die Idee mit dieser verdammten Insel schmackhaft gemacht habe? Weil ich auf Facebook Skyes Beiträge gesehen habe. Sie hat in den letzten Monaten ein paar Mal Artikel aus den hiesigen Lokalzeitungen geteilt, in denen es um die Abwanderung der jungen Leute in die Städte ging. Um die hohe Arbeitslosigkeit.

Um die rückläufigen Touristenzahlen, besonders hier, auf Whale Island. Die Region Cape Breton kann sich insgesamt nicht beklagen, aber warum sollten sich Reisende die Mühe machen, mit einer Fähre zu einer Insel überzusetzen, wo es ein einziges, altes Hotel und ein Inn gibt? Wenn man hier in der Gegend Whale-Watching-Touren machen will, dann kann man direkt von Scott's Harbour aus starten. Niemand muss dafür auf diese abgelegene Insel am Arsch der Welt kommen.«

Duncan klingt jetzt so aufgebracht, dass ich ihn überrascht ansehe. Schließlich hake ich vorsichtig nach: »Ich dachte, du hättest keinen Kontakt zu deiner Familie gehabt. Aber du liest, was Skye auf Facebook teilt?«

»Sie hat miserable Sicherheitseinstellungen«, brummt Duncan. »Jeder kann lesen, was sie auf Facebook teilt. Aber, ja, ich bin mit ihr auf Facebook befreundet. Allerdings erst seit einigen Monaten. Seitdem haben wir hin und wieder Kontakt gehabt. Darum wusste ich zum Beispiel, dass ich eine Nichte namens Isla habe, die schon zwölf ist. Ich war ja schon weg, als sie geboren wurde. Und ich wusste auch, dass Glenn in Halifax lebt. Mit ihm habe ich seitdem übrigens ein paar Mal telefoniert. Aber zurück zu Skye: Sie hat mir am Telefon erzählt, wie deprimierend es hier auf der Insel vom wirtschaftlichen Gesichtspunkt her aussieht. Sie war es sogar, die mich gefragt hat, ob die Sommerset-Gruppe nicht die *Cameron Lodge* übernehmen und somit endlich wieder wettbewerbsfähig machen könnte.«

Erstaunt starre ich ihn an. »Skye hat das vorgeschlagen?«

»Ja.« Duncan räuspert sich und fügt hinzu: »Allerdings hatte sie vorher nicht meine Eltern und Aidan um deren Meinung gefragt. Wobei ich glaube, dass Aidan gar nichts dagegen hätte, wenn man unsere Lodge in ein kleines, feines Boutique-Hotel der Sommerset-Gruppe verwandeln würde. Aber mein Dad ist ja gegen Hotelketten jeder Art.«

»Aha. Skyes Idee war also, dass die Lodge eurer Eltern im Prinzip erhalten bleibt, allerdings unter dem Namen der Somerset-Gruppe weiterläuft – und grundsaniert wird. Aber sie wollte wohl kaum, dass ihr hier alles abreißt und ein Luxus-Resort aus dem Boden stampft, mit vermutlich um die … vierhundert Betten?« Fragend sehe ich ihn an.

»Könnte hinkommen, ja. Und mit …*Golfplatz.*« Duncan sieht mich übertrieben düster an, und als ich grinse, muss auch er heiser auflachen, was zum einen dazu führt, dass er erneut vor Schmerz zusammenzuckt, und zum anderen, dass mir ein lustvoller Schauer bis in die Zehenspitzen schießt. Verdammt!

»Warum ist es denn nicht bei den Boutique-Hotel-Plänen geblieben?«, frage ich rasch, um mich von jeglicher Lust im Zusammenhang mit meinem Boss abzulenken.

Duncan sieht mich an, wieder ernst. »Weil mein Schwiegervater unbedingt ein ganzes Golf-Resort eröffnen will. Das hatte ich dir ja schon erzählt. Als er mich vor einigen Wochen gefragt hat, ob ich eine Idee hätte, wo wir so ein Resort bauen könnten, da fiel mir Skyes Vorschlag mit der *Cameron Lodge* wieder ein. Ich hatte die Idee bis dahin für mich behalten, weil ich dachte, dass Richard Whale Island für viel zu abgeschieden halten würde. Bisher haben wir schließlich nur Hotels in größeren Städten. Aber dann fing er plötzlich an, von unberührter Natur und Abgeschiedenheit zu reden, und da habe ich spontan Whale Island vorgeschlagen. Ohne zu erwähnen, woher ich diese Insel kenne.«

Duncan holt tief Luft und starrt ernst zu dem Blockhaus hinüber.

»Und warum? Warum hast du ihm nicht gesagt, dass das hier das Hotel deiner Familie ist?«

Duncans Blick verdüstert sich schlagartig, als er knapp erwidert: »Lassen wir das Thema, okay?« Mit einem Räuspern fährt er sich durch sein Haar, bevor er rasch weiterredet, den Blick aufs Meer gerichtet: »Auf jeden Fall habe ich Richard von der Insel vorgeschwärmt und vorgeschlagen, dass wir die *Cameron Lodge* in ein weiteres Sommerset Boutique-Hotel verwandeln könnten – erst einmal. Allerdings konnte ich da noch nicht ahnen, WIE heruntergekommen hier inzwischen alles ist!«

Er seufzt tief, bevor er rasch fortfährt: »Egal. Ich dachte, wir könnten abwarten, ob das Boutique-Hotel gut läuft und dann vielleicht in ein paar Jahren ein ganzes Resort eröffnen. Aber da war es schon zu spät – Richard hat sich bei Google Maps die Insel angesehen und war sofort Feuer und Flamme. Er hat förmlich die Golfwägelchen rollen sehen, hat sich auf den Satellitenbildern angeschaut, wo eine Poollandschaft und wo der Hubschrauberlandeplatz geschaffen werden könnten und hat darauf bestanden, dass wir die halbe Insel aufkaufen, um hier ein Luxus-Resort aus dem Boden zu stampfen.« Duncan seufzt schwer auf, und da wird mir klar, dass er auch nicht unbedingt ein Fan von Golfplätzen ist, aber dass er zu sehr Hotelmanager und Schwiegersohn von Richard Sommerset ist, um das offen zuzugeben.

»O Mann«, murmele ich und schüttele den Kopf, doch da legt Duncan bereits nach, wieder in der Rolle des Geschäftsmannes: »Aber, Golf hin oder her: Weißt du, wie viele Arbeitsplätze wir hier schaffen könnten? Ich bin überzeugt davon, dass diese Insel großes Potenzial hat. Mit der richtigen Marketingstrategie könnte man ganze Busladungen an Touristen anlocken.«

»Hubschrauberladungen«, merke ich spitz an. »Welcher Luxus-Golf-Resort-Tourist reist denn mit dem Bus an?«

»Okay, ja, wir könnten Hubschrauber um Hubschrauber anlocken.«

»Und die Natur zerstören«, bemerke ich.

»Himmel, du klingst wie so eine Öko-Tante mit Birkenstocklatschen«, brummt Duncan mit einem Kopfschütteln. »Wieso lebst du überhaupt in Manhattan? Kannst du nicht versuchen, in so einem nachhaltigen Hotel irgendwo in der Wildnis einen Job zu bekommen?«

Ich sehe ihn mit hochgezogenen Augenbrauen an. »Du willst mich also doch loswerden, ja?«

Duncan starrt mich zwei Sekunden lang ernst an, bevor er leicht lächelt – nur so breit, wie es sein Auge zulässt, vermute ich – und sagt: »Nein. Das will ich überhaupt nicht.«

Sein Blick und die Art, wie er das sagt, führen dazu, dass ich fast den Rest meines Kaffees verschütte. Schnell schaue ich wieder aufs Meer hinaus, ganz so, als gäbe es dort etwas wahnsinnig Faszinierendes zu sehen. Ein Wal wäre jetzt schön.

»Warum trägst du nicht öfter deine Brille?«

Seine Frage lässt mich ihn überrascht wieder ansehen. »Ich … ich weiß nicht«, sage ich befangen und schiebe mir das Horngestell höher auf die Nase. »Ich bin so an meine Kontaktlinsen gewöhnt, dass mir die Brille immer wie ein Fremdkörper vorkommt.«

»Sie steht dir echt gut«, bemerkt Duncan, und dieses Kompliment lässt meine Wangen heiß werden. Um meine dumme Verlegenheit zu überspielen, sage ich mit einem spöttischen Lachen: »Danke dir. Das hat mein Mann auch immer gesagt. Weil ich ihn an seine Französischlehrerin erinnert habe.«

Warum um alles in der Welt ich das zu Duncan sage, kann ich selbst nicht erklären.

»Dein … Mann?« Duncan hört sich mehr als verblüfft an, als er das fragt. »Du bist verheiratet?«

»Ja. Auf dem Papier.« Ich sehe ihn an und muss schmunzeln, weil ich merke, dass er versucht, seine Überraschung zu verbergen. »Die Scheidung läuft.«

»Hmm«, macht Duncan. »Das hatte ich gar nicht gesehen.«

»Wie bitte?« Jetzt starre ich ihn überrascht an. »Wo gesehen?«

Es ist so deutlich, dass er sich darüber ärgert, diese offensichtlich unbedachte Äußerung gemacht zu haben, dass ich fast lachen müsste, wenn ich nicht so verdutzt wäre. Zögernd reibt er sich über das Kinn und starrt auf seine Schuhe hinab, bevor er murmelt: »Die Personaldatenbank im Hotel. Deinen Familienstand habe ich wohl übersehen.«

»Du hast dir meine Personalakte angesehen, bevor du mich mit auf diese Geschäftsreise genommen hast?«

»Klar.« Duncan sieht mich an, und in dem grauen Auge, das nicht zugeschwollen ist, blitzt es neckend auf. »Ich wollte doch wissen, mit wem ich es zu tun habe.«

»Darum wusstest du auch, dass ich aus Deutschland komme.«

»Könnte sein.« Er wirkt wieder etwas verlegen, und ich muss das sacken lassen. Meine Personalakte. Was steht da noch alles über mich drin? Ich versuche, mich zu erinnern, welche Angaben ich an meinem ersten Arbeitstag im *Sommerset Boutique Hotel* in die tausend Fragebögen eintragen musste. Was in meiner Bewerbung plus Lebenslauf alles über mich stand. Da fällt mir mein Bewerbungsfoto ein. Zum Glück habe ich das bei einem wirklich guten Fotografen auf Bali machen lassen, der sogar meine blöden Sommersprossen wegretuschiert hat. Immerhin. Für das Foto muss ich mich nicht schämen.

»Und … wo wohnt dieser Noch-Mann?«

»In Hongkong.« Ich sehe Duncan an, er erwidert meinen Blick und wirkt ehrlich interessiert.

»Hongkong. Aha.« Er macht eine Pause und fragt zögernd: »Ist er auch in der Hotelbranche?«

»Ja. Olivier ist Food and Beverage Manager im *Peninsula Hotel*.«

Duncan pfeift anerkennend. Klar, jeder kennt das Peninsula in Hongkong. Zumindest jeder in der Hotelbranche. »Olivier, ja? Ein Franzose?«

Ich nicke.

»Und du … hast du auch in Hongkong gearbeitet?«

Ich sehe ihn an und hole tief Luft. »Ach komm, Duncan. Erzähl mir nicht, dass dir die Lücke in meinem Lebenslauf nicht aufgefallen ist.«

Er starrt auf seine Hände hinab. »Doch, schon«, murmelt er dann. »Aber … ich kann mich erinnern, dass Hongkong trotzdem in deinem Lebenslauf aufgetaucht ist. Vor der Lücke.«

»Ja. Ich hatte in Hongkong einen Job, allerdings nicht im *Peninsula*, sondern im *Millennium Hotel*. Während der letzten zwei Jahre vor meinem Umzug nach Manhattan habe ich dann nicht mehr gearbeitet«, erkläre ich rasch. »Aus privaten Gründen.«

Duncan mustert mich nachdenklich. Ich merke, dass ihm noch mehr Fragen auf der Zunge liegen, aber er scheint zu merken, dass ich das Thema »Hongkong« gern beenden möchte. Ich atme tief durch und sage: »So, jetzt darf ich dir eine Frage stellen.«

Beinahe alarmiert sieht er mich an. »Und zwar?«

»Warum hast du damals die Insel verlassen?«

Duncan wendet den Blick ab und sieht finster aufs Meer hinaus. Doch so leicht lasse ich nicht locker. »Ich habe Hongkong wegen Olivier verlassen«, sage ich leise. »Hast du Whale Island wegen einer Frau verlassen?«

Er steht so abrupt auf, dass ich vor Schreck wirklich meinen Thermobecher fallen lasse. Zum Glück war er inzwischen leer, er rollt lediglich scheppernd über den Boden des Pavillons und hinterlässt eine Spur aus dunklen Tropfen auf dem hellen Holz.

»Mir ist kalt, ich werde ein paar Schritte gehen«, sagt Duncan, und dann eilt er auch schon die Stufen des Pavillons hinab und marschiert mit langen Schritten los, an der schroffen Küste entlang, die ins goldene Licht dieses jungen Morgens getaucht wird. Ratlos sehe ich ihm nach. Aus dem Kerl werde ich wirklich nicht schlau.

29

»OMG, du siehst ja noch schlimmer aus, als ich es mir vorgestellt habe!«

Ich habe gerade mein Frühstück beendet, als ich Islas Stimme in der Lobby höre. Neugierig drehe ich mich um und sehe, wie sie ihren Onkel anstarrt. Duncan muss gerade hereingekommen sein, er war die ganze Zeit draußen unterwegs. Ein rascher Blick auf meine Uhr zeigt mir, dass es schon kurz nach neun Uhr ist.

Isla mustert mit einem Kopfschütteln das Veilchen ihres Onkels und meint dann fast stolz: »Da hat Dad dir aber ordentlich eine verpasst!«

»Isla, das ist nichts, worauf du oder dein Dad stolz sein solltet«, höre ich Heather streng sagen.

Duncan selbst brummt nur etwas Unverständliches, und ich merke, dass er zu mir in den Speisesaal sieht. Ich nicke ihm rasch zu und tue dann so, als ob ich die Speisekarte studieren würde, obwohl ich die inzwischen so gut wie auswendig kann. Erst als ich höre, wie Isla verkündet: »Ich habe dir etwas mitgebracht!«, hebe ich erneut den Blick. Dann lache ich prustend auf, denn das Mädchen hält triumphierend eine schwarze Piraten-Augenklappe hoch.

»Vergiss es«, höre ich Duncan knurren, aber Isla tänzelt um ihn herum und bettelt, dass er sie aufsetzen soll, und ich schließe im Stillen eine Wette gegen mich selbst ab, dass er keine zwanzig Sekunden durchhält. Nach gerade mal zehn Sekunden seufzt Duncan: »Okay, gib schon her.«

Isla quietscht vergnügt, als er sich das Gummiband der Klappe über den Kopf und die schwarze Klappe über sein blaues Auge zieht. »Hey, du siehst wirklich aus wie ein ziemlich cooler Pirat, Onkel Duncan!«

»Danke dir.« Das Lächeln in Duncans Stimme lässt mein Herz schneller schlagen, was mich völlig irritiert. Als ich merke, dass er das Speisezimmer betritt, greife ich rasch nach meiner Kaffeetasse, um etwas zu tun zu haben.

Duncan sieht sich flüchtig im Raum um – außer mir sitzt noch eine der Familien, die gestern eingecheckt haben, an einem der Fenstertische. Keine kleinen Kinder dieses Mal, sondern ein Ehepaar, das sich nicht mehr viel zu sagen zu haben scheint, und zwei Söhne im Teenageralter, die zunehmend frustriert versuchen, mit ihren Smartphones ins Internet zu kommen.

Duncan setzt sich mir gegenüber an den Tisch.

»Hey, Captain Blauauge«, sage ich mit einem Grinsen.

»Hey«, brummt Duncan, doch auch um seine Mundwinkel zuckt es. Verstohlen mustere ich ihn, während er nach der Speisekarte greift. Mit der schwarzen Augenklappe und dem unbändigen dunklen Haar, das vom Wind durchgepustet worden zu sein scheint, sieht er wirklich fast wie ein Seeräuber aus. Mir wird mit einem Mal sehr warm, und ich schlüpfe aus meiner Strickjacke.

»Was hast du gefrühstückt?«

»Rühreier mit Speck.«

»Ah, richtig, es gibt ja heute Eier.« Duncan grinst grimmig

und sieht sich nach der Kellnerin Eileen um, die allerdings gerade damit beschäftigt ist, die Bestellung der frustrierten Teenager aufzunehmen. Als einer von ihnen plötzlich den Kopf hebt und aufmerksam durch den Raum starrt, merke ich, dass Isla das Zimmer betreten hat. Still lächele ich in mich hinein, während ich beobachte, wie sie die beiden Jungs gekonnt ignoriert und sich mit einem betont lässigen »Guten Morgen!« zu uns an den Tisch setzt. »Ich habe gehört, du hattest gestern einen Unfall?«

»Neuigkeiten verbreiten sich hier aber schnell«, bemerke ich.

»Und wie«, brummt Duncan. »Auf Whale Island hat niemand Geheimnisse.«

»Ach nein?«, hake ich spitz nach, und Duncan sieht mich fragend an. Dann scheint ihm aufzugehen, dass ich zum einen keine Ahnung habe, warum er die Insel verlassen hat, und dass seine Familie zum anderen nicht ahnt, wer ich wirklich bin. Mit einem einseitigen Augenrollen sieht er wieder zu Eileen hinüber, und jetzt kommt sie endlich, um seine Bestellung aufzunehmen.

»Wie ist das mit dem Unfall passiert?«, fragt Isla interessiert, während Duncan noch erklärt, wie sein Ei gekocht sein soll.

»Ach, ich habe mal wieder vergessen, auf der rechten Straßenseite zu fahren«, sage ich und muss grinsen, obwohl mir die Erinnerung an den Unfall immer noch tüchtig in den Knochen sitzt. »Und dann lief auch noch *Home* von Michael Bublé im Radio. Bei dem Lied muss ich immer weinen. Tja, falsche Straßenseite und Tränen sind keine gute Mischung beim Autofahren. Schon gar nicht, wenn einem auch noch ein Büchereibus entgegenkommt.«

»Du Arme«, sagt Isla mitfühlend und legt eine Hand auf meinen Unterarm. »Aber warum musst du bei Michael Bublé weinen?«

»Das frage ich mich auch«, brummt Duncan. »Am Flughafen hast du eher begeistert gewirkt.«

»Am Flughafen?«, fragt Isla verständnislos.

»Ach«, mache ich und lache auf. »Ja, dein Onkel und ich, wir haben Michael Bublé am Flughafen gesehen. Und das mit dem Song ... also, das Thema Heimweh macht mich immer rührselig.«

»Hast du Heimweh nach Manhattan?«

»Ich ...« Überfordert breche ich ab. Ich würde dem Mädchen mit den wunderbaren rotleuchtenden Haaren gern erzählen, dass ich gar kein Heimweh kenne, weil ich nie ein Heim hatte, nach dem ich mich sehnen könnte. Trotzdem ist da diese unbestimmte Sehnsucht in mir, dieses nagende Gefühl, dass mir etwas fehlt. Dass ich an einen Ort will, den ich nicht kenne. Besonders, wenn ich *Home* von Michael Bublé höre.

Aber weil ich ja Catherine aus New York City bin, sage ich nur: »Ein bisschen.«

»Na, zum Glück hast du ja Duncan dabei!« Isla lächelt mich breit an und betrachtet dann mit einem Kichern ihren Onkel, der unsere Unterhaltung stumm verfolgt hat. »Du siehst aus wie ein echter Seeräuber, Onkelchen. Jetzt brauchst du nur noch ein Segelschiff.«

»Als Allererstes brauche ich Frühstück, ich verhungere nämlich gerade«, sagt Duncan. »Und dann haben wir etwas Wichtiges vor, Isla. Dabei brauche ich deine Hilfe.«

Isla sieht ihren Onkel interessiert an. »Und zwar?«

»Wir bringen Gr ... Catherine heute Fahrrad fahren bei!«

Mit kritischem Blick stehe ich vor der *Cameron Lodge* und sehe zu, wie Duncan und Isla auf mich zukommen und dabei drei Fahrräder schieben, die das Hotel offenbar für Gäste bereithält. Mit einem dieser Räder ist Duncan vermutlich gestern zur Unfallstelle gefahren, überlege ich.

»So, dann schwing dich mal in den Sattel, Catherine!«, sagt Isla übermütig, und ich stöhne leise auf.

»Ich glaube wirklich nicht, dass das eine gute Idee ist. Mit über dreißig lernt man nicht mal so eben Fahrrad fahren«, wende ich ein, greife aber dennoch nach dem Helm, den Duncan mir seelenruhig entgegenhält.

»Weiß ich«, erwidert er.

»Ich werde bestimmt stürzen und mir beide Hände brechen, und dann kann ich wochenlang nicht zur Arbeit gehen«, gebe ich zu bedenken, und erst, als Isla keck bemerkt: »Aber mit gebrochenen Händen kannst du ja trotzdem noch in deiner Galerie stehen«, wird mir mit Schrecken wieder meine Rolle bewusst. Stimmt, ich hatte dem Mädchen gestern, als wir nach Walen Ausschau gehalten haben, von »meiner Galerie« erzählt. Obwohl mir diese Lügerei immer mehr gegen den Strich geht, muss ich auflachen, während ich mir den Helm aufsetze.

»Ich fände es trotzdem schön, wenn ich heil wieder nach New York zurückkäme«, murmele ich und werfe Duncan einen vorwurfsvollen Blick zu, der ihm sagen soll: Ich mache all das hier für dich! Seine Antwort ist ein Lächeln, das mich innerlich mal wieder schmelzen lässt wie Butter in der Sonne, die nun warm auf uns herabscheint. Schweiß beginnt, unter meiner schlichten weißen Bluse in kleinen Rinnsalen über meinen Rücken hinabzurinnen.

»Natürlich wirst du unversehrt nach New York zurückkehren«, sagt Duncan ruhig und schiebt eines der Räder, die er immer noch hält, näher an mich heran. »Zumindest solange du den Fahrradhelm trägst – und nicht mehr Auto fährst.«

»Ha, ha«, gebe ich zurück und versuche, mich nicht von der Tatsache, dass er mit der albernen Augenklappe verboten sexy aussieht, ablenken zu lassen. Ich schiebe den Helm auf meinem Kopf zurecht, aber er sitzt nicht richtig.

»Mit dem Pferdeschwanz geht das nicht.« Duncan klappt den Ständer des Fahrrads runter und macht einen Schritt auf mich zu. Erstaunt sehe ich ihn an und frage mich noch, was er vorhat, als er mir entschlossen den Helm abnimmt und seine Hand nach meinem Hinterkopf ausstreckt. Erst als er meinen Blick auffängt, der anscheinend ziemlich fassungslos ist, hält er inne und fragt leise: »Darf ich?«

Mein Herz schlägt mir mit einem Mal bis zum Hals, und ich brauche zwei Sekunden, bevor ich antworten kann: »Klar.«

Er sieht mich immer noch an, während er das Haargummi von meinem Pferdeschwanz löst, und ich merke, dass er das extrem vorsichtig macht, um mir nicht wehzutun. Da er so dicht bei mir steht, sehe ich deutlich die kurzen dunklen Bartstoppeln auf seinen Wangen und seinem Kinn, weil er heute Morgen ja nicht zum Rasieren gekommen ist. Offensichtlich hat er auch kein Haargel verwendet, denn seine dunklen Strähnen werden vom Wind munter durcheinander gepustet, was ihn aber nicht weiter zu stören scheint. Er sieht mich immer noch an, als er das Haargummi schon in der Hand hält und der Wind nun beginnt, auch mit meinem offenen Haar wild zu spielen. Mein Blick wandert flüchtig zu seinem Mund, der sich zu einem winzigen Lächeln verzogen hat.

»Hier«, sagt er leise, und seine Stimme klingt etwas belegt, als er mir das Haargummi hinhält. Meine Hand greift danach, ohne dass ich aufhören kann, ihn anzustarren, was dazu führt, dass ich nicht das Haargummi berühre, sondern seine warmen Finger.

»Danke«, murmele ich und klinge jetzt ebenfalls heiser.

Ein Lächeln ist die Antwort, während er das Haargummi sanft in meine Hand schiebt.

»Ihr zwei seid ja süß«, reißt mich Islas belustigte Stimme aus meinem Starren, und ich fahre erschrocken zurück, bringe etwas mehr Abstand zwischen meinen Chef und mich. »Ihr benehmt euch, als hättet ihr euch gerade erst kennengelernt! Wie frisch Verliebte.«

Hitze schießt in meine Wangen, und ich weiche Duncans Blick aus, während ich das Haargummi in meine Hosentasche stecke.

»Als ob du schon so viele frisch Verliebte gesehen hättest«, bemerkt Duncan belustigt, während er seine Nichte ansieht. Dass er mich immer wieder verstohlen mustert, entgeht mir nicht, aber ich tue so, als würde ich nichts merken und als wäre diese ganze Situation völlig normal.

»Woher willst du wissen, wie viele frisch Verliebte ich schon gesehen habe?« Isla sieht ihren Onkel herausfordernd an.

»Du sprichst jetzt nicht zufällig von deinem Dad, oder?« Duncan betrachtet die Tochter seines Bruders eingehend. »Hat Aidan eine Freundin?«

»Nein.« Isla zuckt mit den Schultern. »Er hatte mal eine. So eine affektierte Tante vom Festland. Sie wollte unbedingt, dass Dad zu ihr nach Halifax zieht. Mich mochte sie überhaupt nicht.« Isla grinst. »Ich habe es ihr auch nicht leicht gemacht.«

»Das glaube ich dir aufs Wort«, meint Duncan und lacht leise auf.

»Na ja, Dad hat sie dann in den Wind geschossen. Seitdem ist er glücklicher Single, wie er gern sagt.«

»Und deine Mom?«

»Auch.«

»Arbeitet sie jetzt im Sommer immer noch hier auf dem Boot?«

»Und ob.« Isla sieht ihn mit schiefgelegtem Kopf an. »Du könntest das Dad natürlich alles selbst fragen.«

Duncan seufzt leise. »Ja, das könnte ich.«

»Hey, das offene Haar steht dir total gut, Catherine!«

Überrascht sehe ich Isla an.

»Ähm, danke«, erwidere ich mit einem Lächeln und streiche mir durch meine offenen Strähnen, bevor ich mir den Helm aufsetze. Jetzt passt er.

»Ja, finde ich auch.« Duncans Stimme klingt dunkel und ein wenig rau, als er das sagt, und ich lasse den Verschluss des Helms so abrupt einschnappen, dass ich ein Stückchen Haut an meinem Hals einklemme und vor Schmerz zusammenzucke.

»So, Darling, dann mal rauf aufs Fahrrad«, sagt Duncan mit einem Zwinkern, und ich spüre noch mehr Hitze in meine Wangen kriechen.

30

Natürlich klappt es überhaupt nicht mit dem Fahrradfahren. Gewisse Dinge lernt man als Erwachsene einfach nicht mehr so leicht.

»Ich habe überhaupt kein Talent dafür!«, sage ich verzweifelt, als ich zum wiederholten Mal mit dem Rad umkippe. Duncan, der immer wieder hinter meinem Rad hergelaufen ist und es festgehalten hat, wie ein Vater bei seinem Kind, sieht mich schweratmend an. Ich versuche vergeblich, meine Gedanken im Zaum zu halten, aber sein Brustkorb, der sich heftig hebt und senkt, lässt mich immer wieder an Dinge denken, die nichts mit Radfahren zu tun haben.

»Quatsch, jeder kann Fahrradfahren lernen«, sagt er jetzt und wischt sich den Schweiß von der Stirn.

»Wir sollten das sein lassen.« Ich mache Anstalten, mir den Helm abzunehmen, aber Duncan sieht mich entschlossen an und sagt: »Auf keinen Fall!«

»Warum? Nur, weil Rae der Meinung ist, dass ich Fahrrad fahren lernen sollte?«

»Oh, Rae hat das gesagt?« Isla sieht mich aus weit aufgerissenen Augen an. »Dann solltest du das wirklich weiter versuchen. Rae hat immer recht.«

»O Mann, das kann doch nicht wahr sein«, murmele ich und schüttele meinen Kopf. »Was habt ihr bloß alle mit dieser Bibliothekarin?«

»Sie weiß einfach mehr als andere«, sagt Isla ernst. Ich sehe Duncan an, aber der wendet seinen Blick ab und starrt aufs Meer hinaus.

»Als ich ein Kind war, habe ich mit einem Laufrad angefangen, Rad fahren zu lernen«, sagt Isla jetzt nachdenklich. »Sobald Dad dann die Pedale angeschraubt hat, konnte ich ganz schnell losradeln.«

»Hey, das ist es!« Duncan sieht seine Nichte begeistert an, dann hockt er sich neben mein Rad und mustert die Pedale.

»Das geht doch gar nicht«, werfe ich entgeistert ein.

»Klar geht das«, widerspricht Duncan energisch. »Ich brauche nur Werkzeug. Isla, hat dein Großvater noch seinen Werkschuppen?«

»Natürlich«, nickt Isla. »Komm mit!«

Ich hatte damit gerechnet, dass Duncan und Isla unverrichteter Dinge zurückkehren würden, aber ich habe meine Rechnung ohne Graham Cameron gemacht. Er ist mit von der Partie, als das Trüppchen mit dem Rad zurück auf den Hof kommt – genau wie Johnnie Walker, der fröhlich bellend auf mich zugesprungen kommt. Anscheinend war der Hund bei Duncans Dad – ich hatte mich schon gefragt, wo der wuschelige Kerl abgeblieben ist. In der Zwischenzeit habe ich mir an der Rezeption von der netten Rose Sonnenmilch geliehen, immerhin bin ich von gestern noch rot genug im Gesicht und will nicht noch mehr verbrennen, denn die Sonne scheint von einem wolkenlosen Himmel. Statt meiner weißen Bluse hätte ich wirklich ein T-Shirt anziehen sollen. Ich bin innerlich immer noch zu sehr auf Businesstrip eingestellt. Wie hätte ich auch ahnen können, dass ich Fahrradfahren lernen soll?

»Geschafft!«, verkündet Isla jetzt, als sie sich nähert, das Rad schiebend. Verdutzt starre ich das Fahrrad an, während ich Johnnie Walker hinter den Ohren kraule. Tatsächlich, das Rad hat keine Pedale mehr!

»Ein Laufrad«, sage ich ungläubig.

»Genau«, bestätigt Isla. »Grandpa sei Dank. Dein Mann hat leider zwei linke Hände.« Sie grinst Duncan frech an, der sich verlegen den Nacken reibt.

»Danke, Isla«, murmelt er und wirft seinem Dad einen flüchtigen Blick zu. Graham Cameron steht mit ein wenig Abstand zu seinem Sohn, die Arme vor der Brust verschränkt, und betrachtet erst das Fahrrad, dann mich.

»Jetzt hoffen wir mal, dass es klappt mit dem Radfahren lernen«, sagt er und lächelt mich flüchtig an. So flüchtig, dass ich fast glaube, ich hätte es mir eingebildet. Hat der grummelige Graham Cameron mich gerade etwa wirklich angelächelt?

»Tausend Dank, Mr. Cameron«, erwidere ich rasch, aber Duncans Dad schnaubt geradezu empört und fragt: »Du nennst mich doch wohl hoffentlich Graham, oder? Nur weil mein Sohn und ich unsere Probleme miteinander haben, heißt das noch lange nicht, dass ich mich von meiner Schwiegertochter mit Mr. Cameron ansprechen lasse!« Er nickt mir mit Nachdruck zu, tätschelt Isla flüchtig den Arm und wendet sich dann ab, ohne Duncan noch einmal angesehen zu haben.

»Komm, versuch mal!«, sagt Isla und wirkt so aufgeregt, dass ich mich um ein fröhliches Lächeln bemühe, während ich verstohlen dem großen, mürrischen Mann nachsehe, der auf die *Cameron Lodge* zugeht. Johnnie Walker folgt ihm diesmal nicht, sondern sitzt nach wie vor hechelnd neben mir und schaut mich erwartungsvoll an, als wolle auch er mitbekommen, wie ich mich auf dem Laufrad mache.

Als ich auf das Rad steige, merke ich, dass Graham nicht nur die Pedale abgeschraubt, sondern ebenso den Sattel auf die niedrigste Stufe eingestellt hat, sodass ich problemlos mit beiden Füßen den Boden erreiche.

»Die Höhe passt, oder?« Duncan mustert mich aufmerksam.

»Ja, passt wunderbar.«

»Sehr gut.« Duncan macht einen Schritt zurück und betrachtet noch einmal prüfend meine Füße, sieht mir dann ins Gesicht und grinst. »Na, dann los!«

Langsam beginne ich, auf dem Hof im Kreis zu laufen. Oder zu fahren. Wie auch immer. Auf jeden Fall klappt das so gut, dass ich immer schneller werde und Duncan schließlich lachend meint: »Okay, ich würde sagen, wir können uns mit dir auf die Straße wagen. Komm, lass uns ein wenig über die Insel fahren.«

»Sag bloß, du musst heute mal nicht arbeiten?«, erkundigt sich Isla, während sie sich auf den Sattel schwingt und losradelt. Johnnie Walker springt begeistert bellend neben ihr her. Er scheint sich sehr über die Aussicht auf eine Radtour zu freuen. Neidisch beobachte ich Isla und die Leichtigkeit, mit der sie in die Pedale tritt, während ich mich langsam und vorsichtig vorwärtsbewege.

»Heute nicht«, bestätigt Duncan knapp und steigt auf sein Rad. Er sieht über seine Schulter und wirft mir einen Blick zu, der mich zu fragen scheint, ob alles okay ist. Ihn vor mir auf dem Rad zu sehen erinnert mich schlagartig an den Moment, als er mich in Manhattan fast überfahren hat. Ist das wirklich erst vier Tage her? Es kommt mir vor wie in einem anderen Leben. Nun ja, zumindest war es in einem anderen Land.

Ich bewege mich auf die Einfahrt des Hotels zu, und als ich

merke, dass sich diese sehr abschüssig über einen Hügel hinabwindet, bekomme ich im ersten Moment Panik und lasse meine Füße rasch auf den Schotter sinken, nach Sicherheit und Halt suchend.

»Mach ganz langsam!«, mahnt Duncan, der in die Bremsen getreten ist und mich weiterhin über seine Schulter mustert. Ich atme tief durch. Dann erinnere ich mich im Stillen daran, dass ich schon so viel im Leben geschafft habe – ich spreche mehrere Sprachen, bin ein Ass im Schwimmen und habe so lange Ballett gemacht, dass ich nach wie vor einen Spagat hinbekomme. Außerdem habe ich als Erste aus meinem Team in Hongkong das komplizierte neue Computerprogramm für die Hotelreservierungen kapiert. Also werde ich ja wohl auch Fahrradfahren lernen können!

Entschlossen stoße ich mich mit den Füßen ab und versuche, das Gleichgewicht zu halten, als das Rad die Einfahrt hinabrollt. Während der ersten Meter wackele ich noch hin und her, aber dann geht es immer besser, und ich habe den Lenker sicher unter Kontrolle. Das Rad nimmt weiter Fahrt auf, und als ich Duncan überhole, höre ich, wie er besorgt ruft: »Nicht ganz so schnell, Greta!«

Er nennt mich schon wieder Greta! Aber in diesem Moment kann ich mir keine Sorgen darum machen, dass Isla das gehört haben könnte, denn ich muss mich voll und ganz auf mein Gleichgewicht konzentrieren. Der Fahrtwind weht mir ins Gesicht und jagt mir ein Glücksgefühl über die Haut. Ist das schön, den Hügel hinabzurollen! So schwer ist das gar nicht!

Dann jedoch taucht plötzlich eine scharfe Kurve vor mir auf. Ich höre noch Isla schreien und Johnnie Walker bellen, sie müssen kurz vor mir sein, aber ich sehe sie nicht mehr, ich sehe nur noch eine Wand aus hohen Gräsern auf mich zukommen, während ich versuche, mit meinen Füßen zu bremsen. Aber ich habe zu viel Schwung, als dass ich es schaffen könnte, das Rad rechtzeitig zum Stehen zu bringen, und so schieße ich in die Wand aus Gräsern hinein und rolle über holprigen Untergrund – schon wieder! Hatten wir das nicht gestern schon? Werde ich gleich doch noch im Meer landen? Oder wieder vor einem Felsen – nur diesmal ohne schützendes Blech um mich herum, und vor allem ohne Airbag? Ich höre mich selbst erschrocken aufschreien, als mein Vorderrad plötzlich zwischen irgendwelchen Wurzeln oder Sträuchern oder was auch immer stecken bleibt und ich nach vorn katapultiert werde, über die Lenkstange hinweg, und unsanft im hohen Gras lande. Das Rad schlägt irgendwo neben mir mit einem dumpfen Geräusch auf. Piksende Halme bohren sich in mein Kinn und meine Arme, während ich platt ausgestreckt am Boden liege und überlege, ob sich all meine Gliedmaßen noch ganz anfühlen. Im nächsten Moment nähert sich ein hechelndes Etwas, bellt zwei Mal laut auf, und ehe ich mich versehe, taucht eine schnüffelnde Hundeschnauze dicht neben meinem Kopf auf. Johnnie Walker leckt mir über das Gesicht, und ich lache auf, trotz des Schrecks, der mir ziemlich in den Knochen sitzt.

»Greta!« Schnelle Schritte nähern sich, und schon fällt ein Schatten über mich. Ich drehe mich auf die Seite und blinzele zu Duncan hinauf, der Johnnie Walker am Halsband gefasst hat und besorgt auf mich hinabsieht. »Geht es dir gut?«

»Du musst aufhören, mich Greta zu nennen«, wispere ich und setze mich langsam auf, wische mir Grashalme und Erde von den Armen. Johnnie ist schon wieder zur Stelle, er lässt sich nicht so einfach von Duncan zurückhalten, sondern leckt mir erneut über das Gesicht. Ich kichere leise.

»Und du musst aufhören, ständig Unfälle zu bauen!« Duncan

geht neben mir in die Hocke. Sein Blick hängt so besorgt an mir, dass mir ganz anders wird. »Wegen dir bekomme ich noch mehr graue Haare, als ich eh schon habe.«

Amüsiert mustere ich seinen Haarschopf, wo nur vereinzelt silbergraue Strähnen im Schwarz zu sehen sind. »Weder war diese Reise meine Idee, noch das Fahrradfahrenlernen«, sage ich leise.

Duncan erwidert meinen Blick ernst und nickt. »Ich weiß«, wispert er, als sich Isla von hinten nähert.

»Lebt sie noch?«

»Ja, ich lebe noch«, lache ich auf. »Und ich hätte lieber nicht diese Bluse anziehen sollen«, seufze ich dann, als ich einen dicken Grasfleck auf meinem Unterarm entdecke. Hinter Duncan höre ich Isla kichern.

»Na, wenn sie sich Sorgen um ihre Klamotten machen kann, scheint es ihr ja gut zu gehen«, bemerkt das Mädchen, aber ich merke genau, dass es mich trotz allem besorgt mustert, als es neben seinem Onkel und mir in die Hocke geht.

»Ja«, brummt Duncan mit einem Kopfschütteln, und als seine Hände plötzlich nach meinen greifen, sehe ich ihn überrascht an. Seine Finger legen sich warm und sanft um meine Handgelenke, drücken vorsichtig, als er mich fragend betrachtet. »Keine gebrochenen Hände?«

Ich schüttele den Kopf, während ich gegen den Gefühlssturm ankämpfe, der mich überrollen will, weil sich seine Haut auf meiner so unfassbar gut anfühlt. Verdammt!

»Nein, ich glaube, es ist noch alles heil«, erkläre ich heiser und räuspere mich verlegen.

»Du solltest dringend das Bremsen üben«, bemerkt Isla trocken und richtet sich auf. Dabei bleibt ihr Blick an meinem Bauch hängen, und sie ruft überrascht: »Hey, du hast ja tatsächlich ein Tattoo!«

Ich sehe an mir hinab und stelle erschrocken fest, dass sich einer der unteren Blusenknöpfe durch meine Bauchlandung geöffnet hat und der Stoff so auseinanderklafft, dass mein Bauchnabel zu sehen ist. Noch bevor ich es schaffe, den Knopf zu schließen, sieht auch Duncan dorthin. Ich habe das Gefühl, seinen Blick heiß auf meiner Haut zu spüren.

»Ja, habe ich.«

»Aber gestern hat Duncan doch noch so getan, als hättest du keins!«

Zögernd sehe ich Duncan an, der meinen Blick stumm erwidert, aber keine Anstalten macht, sich zu verteidigen. Ich merke, dass sein Blick wieder nach unten flackert, auch wenn er dort nur noch weißen Stoff sieht.

»Dein Onkel wollte dich einfach von Dummheiten abhalten«, meine ich betont locker.

»Findest du, dass Catherines Tattoo eine Dummheit war?« Herausfordernd sieht Isla ihren Onkel an. Duncan starrt mir in die Augen, dann räuspert er sich und murmelt: »Nein, natürlich nicht.«

»Darf ich bitte noch einmal sehen?« Das Mädchen hat sich wieder hingehockt.

»Isla, bitte«, sagt Duncan mit einem Kopfschütteln.

»Was denn? Von Frau zu Frau ist das doch völlig normal! Und du weißt ja wohl, wie deine Liebste nackt aussieht, oder?«

Duncan schweigt, und ich merke genau, dass er nicht so recht weiß, wo er hinschauen soll. Isla sieht mich so unschuldig an, dass ich beschließe, mich nicht so anzustellen – in einem Bikini würde ja auch jeder meine Tattoos sehen! Also ziehe ich den Stoff wieder in die Höhe und lasse Isla die Pusteblume neben meinem Bauchnabel begutachten. Interessiert mustert sie die Samen, die wie kleine Schirmchen über meine Haut davonzufliegen scheinen. Drei der am weitesten von der

Blume entfernten Samen verwandeln sich in Miniatur-Vögel, die mit weit ausgebreiteten Flügeln gen Himmel steigen. Ich muss nicht mehr hinsehen, um zu wissen, wie die schwarze Tinte auf meiner blassen Haut aussieht, also starre ich an den Horizont.

Obwohl ich ihn nicht ansehe, merke ich ganz genau, dass Duncans Blick an meinem Bauch hängt.

»Total schön«, sagt Isla und lächelt mich an.

»Danke dir.« Ich grinse und ziehe dann den Stoff nach unten, froh darüber, meine Haut und die Pusteblume wieder verbergen zu können.

»Hat es eine Bedeutung?«

Ich schlucke. Und ob es das hat. Aber das kann ich jetzt nicht erklären.

»Ähm … nein. Oder … doch, schon. Die Pusteblume steht für mich für Freiheit und Neuanfang. Sich mit dem Wind wie ein Pusteblumenschirmchen an einen neuen Ort tragen zu lassen – dieser Gedanke hat mir gefallen.«

»Ja, das ist total schön«, bestätigt Isla ernst.

Ja, denke ich. Nur irgendwann reicht es mit den Neuanfängen. Mit dem vom Wind weitergetragen werden. Irgendwann möchte man Wurzeln schlagen.

»Willst du zurück zum Hotel?« Duncan sieht mich an. Ich erwidere seinen Blick und lächele schief.

»Nein«, sage ich entschlossen. »Wenn man vom Pferd fällt, soll man gleich wieder aufsteigen. Das gilt doch bestimmt auch für Drahtesel. Also, los!«

Ein jungenhaftes Grinsen überzieht Duncans Gesicht. »So ist es richtig«, murmelt er und steht auf, beugt sich zu mir herab, greift erneut nach meinen Händen und zieht mich galant in die Höhe.

»Danke.« Schnell wische ich mir einige Grashalme von meinem Hintern.

»Gern geschehen.« Er bleibt noch einen Augenblick lang dicht vor mir stehen, und als ich den Blick hebe und ihn ansehe, lächelt er mich leicht an. Dieses Lächeln droht, mich wahnsinnig zu machen.

»Warum nennst du sie eigentlich manchmal Greta?« Islas Stimme lässt uns beide auseinanderfahren und das Mädchen anstarren.

»Ähm … lange Geschichte«, sagt Duncan und lächelt seine Nichte entwaffnend an. »Komm, lass uns das Laufrad zurück auf den Weg bringen, bevor uns die nächste Nebelbank oder der nächste Regenschauer oder Schneesturm oder was auch immer von der Radtour abhält.«

»Schneesturm?« Ich muss so entsetzt aussehen, dass Isla und Duncan gemeinsam auflachen.

»Er übertreibt total«, erwidert Isla, und der strenge Blick, den sie ihrem Onkel zuwirft, sagt mir, dass sie Whale Island über alles liebt, egal bei welchem Wetter.

»Ich übertreibe gar nicht«, meint Duncan, während er mein Rad zurück auf die Straße schiebt. Dann sieht er mich abwartend an. »Bereit?«

»Bereit«, erwidere ich entschlossen und greife nach dem Lenker.

31

Es klappt immer besser, und irgendwann fühle ich mich so sicher auf dem Laufrad, dass ich wünschte, wir könnten einfach hier und jetzt die Pedale wieder anschrauben. Als wir eine Stelle der Insel passieren, wo ausnahmsweise mal Handyempfang ist, piepst Duncans Telefon einige Male, sodass er absteigt und seine eingegangenen Nachrichten liest. An seinem Gesichtsausdruck sehe ich, dass es nichts Positives ist.

»Ich muss zurück zur Lodge«, murmelt er und schiebt sein Smartphone zurück in seine Hemdtasche. »Kann ich euch zwei allein weiterfahren lassen? Oder kommt ihr mit zurück?«

»Ich würde gern noch ein bisschen fahren«, sage ich und sehe Isla fragend an. Sie nickt.

»Klar, ich bleibe bei dir.«

Johnnie Walker bellt und wedelt mit dem Schwanz. »Ja, Süßer, du darfst auch mit uns kommen«, bestätigt Isla und krault den Hund im Nacken.

»Okay.« Duncan sieht mich ernst an. »Keine Unfälle mehr, okay? Isla, pass bitte auf Gr … Catherine auf.«

Isla nickt und salutiert. »Ay, ay, Käpt'n.«

Duncan grinst schon wieder dieses jungenhafte Grinsen, das meinen Magen flau werden lässt – und das ihm anscheinend nicht mehr so wehtut, zumindest verzieht er das Gesicht nicht länger. Er tippt sich an die Augenklappe und sagt mit grollender Stimme zu seiner Nichte: »Ich verlasse mich auf dich, Piraten-Isla!«

Isla lacht auf. »Klingt bescheuert, aber egal. Bye, Duncan!«

Wir fahren weiter, und mit einem Mal fällt mir ein, was Rae gestern noch zu mir gesagt hat. Spontan frage ich Isla: »Kannst du mich zum Friedhof bringen?«

Überrascht sieht mich das Mädchen von der Seite an. »Wieso das?«

»Ach, ich habe nur davon gehört und würde ihn gern mal sehen«, antworte ich ausweichend.

Isla zögert, bevor sie schließlich nickt. »Okay. Da entlang.«

Wenig später erreichen wir eine kleine Anhöhe über den Klippen, wo ungefähr einhundert Grabsteine auf einer Wiese, von einem Holzzaun eingefasst, auf den Atlantik hinabsehen. Einige von ihnen wirken so alt, dass man auf dem verwitterten grauen Stein kaum noch etwas erkennen kann. Andere scheinen recht neu zu sein. Schweigend gehe ich zwischen den Reihen aus Gräbern entlang, Johnnie Walker an meiner Seite. Meinen Helm habe ich abgenommen, der Wind wirbelt mein langes Haar durcheinander. Hier und da bleibe ich stehen und lese die Inschriften auf den Grabsteinen. Das älteste Sterbedatum, das ich entziffern kann, ist von 1782. »Shannon Cameron«, lese ich mühsam in dem verwitterten Stein. Fragend schaue ich Isla an, die mir langsam folgt. Dass sie nicht gern auf dem Friedhof ist, sieht man ihr deutlich an. Aber wer ist schon gern auf Friedhöfen?

»War das eure Vorfahrin?« Ich deute auf den Grabstein.

Isla nickt. »Ja. Eine Ur-ur-ur-ur-Großmutter von mir. Vielleicht fehlt auch noch ein ›Ur‹.« Sie grinst schief. »Die Camerons sind 1775 von Schottland nach Neuschottland – also Nova Scotia –

ausgewandert. Sie kamen in Halifax an und sind dann mit anderen Schotten hierher, nach Cape Breton gezogen. Von Scott's Harbour aus ist dann Angus Cameron ein paar Jahre später mit seiner Familie nach Whale Island übergesiedelt, hat hier eine Farm aufgebaut und mit dem Fischfang begonnen. Andere Familien kamen nach. Fast alles Schotten.« Isla grinst. »Aber das hat dir Duncan bestimmt schon alles erzählt.«

»Ähm – ja«, sage ich rasch und betrachte wieder den Grabstein von Shannon, die mit nur vierunddreißig Jahren gestorben ist. Wie ihr Leben damals wohl aussah, auf dieser windumtosten Insel? Ob sie ihre alte Heimat vermisst hat?

Als mein Blick auf drei kleinere Grabsteine neben ihrem fällt, halte ich den Atem an. »Sind das …?«

»Drei ihrer Kinder. Ja.« Isla starrt ernst auf die kleinen Steine hinab. Genau wie Shannons Grabstein sind sie aus grobem Naturstein gehauen und haben unebene Oberflächen. Die Buchstaben sind krumm und schief, offenbar mühsam eingemeißelt mit dem, was damals als Werkzeug zur Verfügung stand.

»Blair«, entziffere ich leise. »Elspeth. Fergus. Sie sind – o mein Gott, sie sind alle im selben Monat gestorben, nur wenige Tage nacheinander! Und … Blair war erst ein Jahr alt, die anderen Kinder drei und fünf!«

Entsetzt sehe ich Isla an, die meinen Blick betroffen erwidert. »Ja. Die Kinder und Shannon sind alle an derselben Krankheit gestorben, meinte Opa. Damals ging wohl irgendwas um. Viele Leute auf diesem Friedhof sind zu der Zeit gestorben.«

Heiße Tränen brennen in meinen Augen, während ich weitergehe, über das sonnenbeschienene Gras, zwischen den Gräbern hindurch. Als wir bei den neueren ankommen, halte ich plötzlich inne, denn mein Blick ist auf einen Namen gefallen, der mir ins Auge sticht:

*»Peter Müller, *14.01.1962, gest. 20.05.1987*
Geliebter Sohn von Dorothy und Gottlieb«

Ich bleibe wie angewurzelt stehen und starre auf dieses Grab. »Das ist der Sohn von Gottlieb Müller«, sage ich mit belegter Stimme, mehr zu mir selbst als zu Isla, aber sie hört mich natürlich.

»Ja«, erwidert sie leise. »Er ist mit seinem Schiff untergegangen. Er war Seemann.«

Erstaunt sehe ich sie an. Isla erwidert meinen Blick und fragt: »Woher kennst du Gottlieb?«

»Ich … ich habe ihn gestern zufällig kennengelernt, als ich vor seinem Haus gewendet habe. Ich wusste nicht, dass die Straße dort endet.«

»Ah, ich hatte mich schon gewundert, warum du in dieser Ecke deinen Unfall hattest.« Sie macht eine Pause und fügt dann hinzu: »Der alte Gottlieb ist ein ziemlicher Eigenbrötler. Er spricht normalerweise mit niemandem von uns. Seine Frau Dorothy liegt übrigens da.«

Isla deutet sichtlich bekümmert auf den benachbarten Grabstein. Tatsächlich. Sie ist nur ein Jahr nach ihrem Sohn Peter gestorben.

»Der arme Gottlieb!«, murmele ich erschüttert. »Was ist denn passiert?«

»Sie ist im Meer ertrunken.« Isla starrt ernst auf das Grab hinab, während ich sie entsetzt ansehe.

»Auch ein Schiffsunglück?«

»Nein.« Isla schüttelt den Kopf. »Sie ist jeden Tag im Atlantik schwimmen gegangen, habe ich gehört. Dorothy ist immer von den Felsen unterhalb ihres Hauses aus losgeschwommen. Sie war eine sehr gute Schwimmerin, sagt man. Aber … eines Tages ist sie nicht zurückgekommen.« Ich merke, dass Islas Arme von einer Gänsehaut überzogen werden. Sie erschaudert leicht und fügt noch leise hinzu: »Viele sagen, dass sie absichtlich ins Meer gegangen ist. Dass sie Peters Tod nie verwunden hat.«

»Wie schrecklich«, murmele ich erschüttert, während sich Isla rasch abwendet und weitergeht.

»Ich warte bei den Rädern!«, ruft sie und verlässt in Begleitung von Johnnie den Friedhof. Auch ich wandere langsam zurück zu dem offen stehenden Holztor, das ein wenig schief in seinen Angeln hängt, als mich ein Grab innehalten lässt. Zunächst ist es die außergewöhnliche Form des Grabsteins – ein Doppelherz aus weißem Marmor –, die meine Aufmerksamkeit erregt. Dann aber lese ich die Inschrift, und mein Herz setzt einen Schlag aus.

Amy Cameron, geb. Scott
Geliebte Tochter von Gladys und Trevor Scott
Geliebte Frau von Duncan Cameron

und

Quinn Cameron
Geliebter Sohn von Duncan Cameron
Geliebter Enkel und Neffe
Wir werden euch immer in unseren Herzen tragen

»Sorry, aber ich kann mir das Grab nicht ansehen«, sagt Isla entschuldigend, als ich mich ihr ein paar Minuten später mit wild rasendem Herzen nähere. Erschüttert mustere ich das Mädchen, das schon abfahrbereit auf seinem Sattel sitzt, sich am Stamm einer krummen kleinen Kiefer abstützt, die einsam und allein dem scharfen Wind auf dieser Anhöhe trotzt.

»Verstehe ich«, sage ich mit belegter Stimme. Dabei verstehe ich gar nichts mehr.

Oder doch. Eigentlich verstehe ich plötzlich so einiges. Zum Beispiel, warum Duncan vor dreizehn Jahren die Insel verlassen hat. Das Todesdatum seiner Frau und seines Sohnes liegt genau dreizehn Jahre zurück. Derselbe Tag. Sie müssen gemeinsam gestorben sein. Ein Unfall? Ich erschaudere bei der Vorstellung.

»Komm, lass uns zurückfahren. Es sieht nach Regen aus.« Isla deutet auf ein dunkles Wolkenband, das sich über dem Atlantik zusammenzieht. Ich nicke und greife wie benommen nach meinem Rad.

32

Als wir an der *Cameron Lodge* ankommen, verkündet Isla, dass sie zu ihrem Dad gehen wird, und verschwindet im Hotel. Während ich das Fahrrad vor dem Blockhaus abstelle, sehe ich hinüber zur Küste, in der Hoffnung, dass Duncan vielleicht im Pavillon sitzt. Aber statt Duncan genießt ein älteres Ehepaar, das ich heute schon beim Frühstück gesehen habe, den Blick auf den Atlantik. Also betrete auch ich die Lodge und hoffe darauf, dass Duncan dort sein wird. Doch Rose zuckt bedauernd mit den Schultern.

»Er hat das Hotel vorhin noch einmal verlassen, er wollte spazieren gehen«, sagt sie. »Aber er ist sicherlich bald zurück, es sieht nach Regen aus.«

Sie wirft einen prüfenden Blick aus dem Fenster der Lobby. Draußen verdunkelt sich der Himmel zusehends, obwohl erst früher Nachmittag ist.

»Ja, hoffentlich«, murmele ich und sehe ebenfalls hinaus.

»Ach, dieses verdammte Miststück!« Als ich Rose so schimpfen höre, schaue ich sie überrascht an. Sie hämmert frustriert auf den Drucker ein, der auf einem Tischchen an der Wand hinter dem Rezeptionsschalter steht. »Schon wieder ein Papierstau!«

»Kann ich vielleicht helfen?« Ich warte ihre Antwort gar nicht ab, sondern umrunde entschlossen den Tresen und betrachte das Display des Geräts, wo ein rotes Licht warnend blinkt.

»Das macht er in letzter Zeit ständig!«

»Ist auch kein Wunder«, murmele ich kopfschüttelnd, als ich das Druckermodell in Augenschein nehme. »Der ist ja fast antik.«

»Ach, bis vor Kurzem hat er noch wunderbar funktioniert, aber seit ein paar Tagen verschluckt er sich ständig am Papier. Und dieses Mal finde ich das Blatt, das angeblich noch darin steckt, überhaupt nicht!«

Hilflos mustert Rose das Gerät von allen Seiten, während ich beherzt die hintere Klappe öffne und hineinsehe. Aha, hinter der Farbpatrone schimmert mir etwas Weißes entgegen. Ich schalte den Drucker aus, entferne die Farbpatrone und ziehe den Übeltäter heraus.

»Toll, dass du das geschafft hast«, seufzt Rose dankbar. »Ich muss doch noch die Rechnung für die Johnsons ausdrucken, die gleich auschecken. Sie müssen die 15-Uhr-Fähre erwischen.«

»Late Check-Out?«, erkundige ich mich, während ich den Drucker wieder einschalte.

»Ach, wir haben keine festen Check-Out-Zeiten mehr«, meint Rose und winkt ab. »Weil so oft die Fähre ausfällt, müssen viele Gäste spontan länger bleiben, und da wir schon seit Ewigkeiten nicht mehr ausgebucht sind, lassen wir sie auschecken, wann sie wollen.«

»Hmm«, mache ich und betrachte neugierig den Bildschirm des PCs, wo eine sehr veraltete Version eines Reservierungsprogramms zu sehen ist – diese Version kenne ich noch aus meiner Ausbildung, und die ist nun auch schon dreizehn Jahre her! Aber weil ich ja in meiner Rolle der Catherine keine Hotelfachfrau bin, sage ich nichts dazu, sondern kehre auf die andere Seite des Empfangsschalters zurück. Erst jetzt fällt mir die Musik auf, die heute dezent im Hintergrund läuft: Ich höre schnelle Geigenklänge, die sehr nach schottischer Volksmusik klingen.

»Hört sich schottisch an«, bemerke ich und sehe Rose an, die das Lied leise mitsummt, während sie auf der Tastatur herumtippt.

»Natürlich tut es das, immerhin sind wir in der *Cameron Lodge*«, lacht sie gut gelaunt auf. »Schottischer wird es auf Whale Island nicht!«

Automatisch muss ich an Shannon Camerons Grab denken. Und an die anderen Gräber auf dem windumtosten Friedhof. »Sag mal, Rose, wohnst du hier auf der Insel?«

Rose sieht mich durch ihre runden Brillengläser freundlich an und nickt eifrig. »Natürlich! Bin hier geboren worden und werde hier begraben werden. Whale Island ist meine Heimat.« Sie lächelt breit, und bei dem Wort »Heimat« spüre ich mal wieder das dumpfe Ziehen der Sehnsucht in meiner Herzregion. Um nicht weiter darüber nachdenken zu müssen, frage ich rasch: »Dann kennst du bestimmt Gottlieb Müller?«

»Gottlieb? Aber sicher.« Mit einem Mal ist Rose sehr ernst. »Seine Frau Dorothy war eine enge Freundin meiner Mutter.«

Ich nicke nachdenklich. Rose dürfte um die sechzig sein, schätze ich. Dorothy wäre laut ihrem Grabstein jetzt 83 Jahre alt, würde sie noch leben.

»Warum interessierst du dich für Gottlieb? Woher kennst du ihn überhaupt? Er ist doch so gut wie nie auf der Insel zu sehen, ist immer nur in seinem Haus.« Rose streicht mit nachdenklichem Blick über das glänzende Holz des Empfangstresens. »Nur Rae besucht ihn regelmäßig. Bringt ihm was zum Lesen mit, die gute Seele. Ansonsten lässt er niemanden in sein Haus.«

»Mich hat er gestern reingelassen«, gebe ich zu. Überrascht sieht mich Rose an.

»Wirklich?«

»Ja. Ich habe ihn zufällig kennengelernt, vor seinem Haus, als ich wenden wollte.«

»Stimmt, das Sackgassenschild fehlt seit dem letzten großen Wintersturm«, meint Rose. »Genau wie das Werbeschild der *Cameron Lodge* am Fähranleger übrigens.«

Sie seufzt bekümmert, und ich verstehe plötzlich, warum es dort keinen Hinweis zur Lodge gibt. Dann fahre ich fort: »Als Gottlieb gehört hat, dass ich noch nie einen echten Wal gesehen habe, hat er mich in sein Haus gebeten und mir die Fotos gezeigt, die er von seiner Küche aus macht. Fantastische Fotos, nicht nur von Walen, sondern von allen möglichen Tieren!«

»Ja, das glaube ich dir sofort. Er hatte immer schon ein unglaubliches Händchen für die Fotografie. Und sein Sohn auch.«

»Peter«, sage ich langsam. »Ich habe sein Grab auf dem Friedhof gesehen.«

»Ja. Schlimme Sache, ganz tragisch«, murmelt Rose mit einem wehmütigen Kopfschütteln. »Peter war etwas jünger als ich, aber natürlich kannten sich alle Kinder auf Whale Island. Ich habe ihn als fröhlichen, hübschen Jungen in Erinnerung, ein Bursche, der das Meer über alles liebte und unbedingt die weite Welt sehen wollte. Darum ist er Funkoffizier geworden und zur See gefahren, auf Containerschiffen, wenn ich mich recht erinnere.« In Erinnerungen versunken starrt Rose wieder aus dem Fenster, und als ich ihrem Blick folge, merke ich, dass es begonnen hat zu regnen.

»1987 ist er bei einem Schiffsunglück ums Leben gekommen«, fährt Rose leise fort. »Vor den Philippinen. Man hat seinen Leichnam nie gefunden, das Grab auf unserem Friedhof ist leer.«

»Wie schrecklich«, flüstere ich betreten.

»Ja. Gottlieb hat natürlich furchtbar gelitten, aber Dorothy hat sich nie von Peters Tod erholt. Man munkelt, dass ihr Ertrinken kein Unfall war. Sie war eine zu gute Schwimmerin.«

Ich nicke nachdenklich, bevor ich interessiert nachhake: »Wie ist Gottlieb überhaupt nach Whale Island gekommen?«

»Er hat nach dem Zweiten Weltkrieg in Deutschland einen jungen kanadischen Soldaten kennengelernt, die beiden sind dicke Freunde geworden. Als der Soldat zurück nach Kanada musste, hat er Gottlieb eingeladen, ihn zu besuchen, was Gottlieb dann auch gemacht hat – das muss Ende der Fünfziger gewesen sein, ganz genau weiß ich es nicht. Auf jeden Fall ist Gottlieb so nach Whale Island gekommen – denn der junge Soldat war Jimmy, der ältere Bruder von Dorothy. Und so nahm das Schicksal seinen Lauf: Gottlieb verliebte sich nicht nur in Dorothy, sondern auch in Whale Island, sodass für ihn klar war, dass er auswandern und hierbleiben wollte. Tja, und der Rest ist Geschichte.« Sie lächelt mich wehmütig an. »Schade nur, dass es im Endeffekt eine Geschichte ohne Happy End ist.«

Sie seufzt tief auf, bevor sie sich dem Computer zuwendet und ein paar Mausklicks macht. Der Drucker beginnt, erneut zu brummen, nur um im nächsten Moment noch einmal ein rot blinkendes Signal aufleuchten zu lassen.

»Nicht schon wieder!« Rose wendet sich wütend dem Gerät zu, und ich umrunde ein weiteres Mal den Empfangstresen und öffne abermals die hintere Klappe, um den Papierstau zu entfernen.

»Ich fürchte, ihr braucht einen neuen Drucker«, sage ich mit einem Kopfschütteln. »Versuch mal den manuellen Einzug, das müsste gehen.«

»Den … manuellen Einzug? Ach, die Klappe da vorne? Aber … wie bringe ich den Computer dazu, das Papier von da einzuziehen?« Rose sieht mich hilflos an, und ich lächele beruhigend und sage: »Warte, ich helfe dir.«

Mit ein paar schnellen Handgriffen öffne ich die Klappe für den manuellen Einzug, lege ein Blatt Papier ein und trete dann an den Computer heran, wo ich ein paar Mausklicks mache.

»Du bist heute wirklich meine Rettung!« Rose und ich sehen zufrieden dem Drucker zu, der in aller Ruhe die Rechnung druckt, als hätte es nie ein Problem gegeben. Dann schaut mich Rose von der Seite ernst an und fügt hinzu: »Wenn du auf dem Friedhof warst, hast du ja sicherlich auch die anderen Gräber gesehen.« Sie sieht mich bekümmert an, und ich nicke rasch.

»Ähm, ja. Ich …«

»Hallo.«

Als ich Duncans Stimme höre, fahre ich erschrocken herum. Er muss sich dem Empfangstresen genähert haben, während wir uns dem Drucker gewidmet haben. Sein Haar klebt feucht an seinem Kopf, unter seinem nassen T-Shirt zeichnet sich deutlich sein Oberkörper ab. Sein leider sehr gut gebauter Oberkörper – das kann man nicht übersehen. Aus irgendeinem Grund trägt er weiterhin die bescheuerte Piraten-Augenklappe, was seinen Blick noch einmal düsterer erscheinen lässt.

»Äh … hallo … Schatz«, stammele ich und frage mich, warum ich mich so ertappt fühle.

»Oh, Duncan, du bist nass geworden!«, ruft Rose, die gerade triumphierend die Rechnung aus dem Drucker genommen hat.

»Und ob«, erwidert Duncan knapp, während ich einen schnellen Blick aus dem Fenster werfe, wo es jetzt wie aus Eimern schüttet.

»Sag nur, du bist ohne Regenschirm und Wollmütze losgezogen?«, kann ich mir nicht verkneifen, süffisant zu fragen. Ich hatte gehofft, seinen finsteren Gesichtsausdruck vertreiben zu können. Leider funktioniert das nicht.

»Was machst du da hinter dem Empfangstresen, *Catherine*?« Er betont meinen falschen Namen, als müsse er mich daran erinnern, dass ich in der Rolle seiner Frau keine Hotelerfahrungen haben dürfte. Ist er etwa deshalb so schlecht gelaunt? Ich ziehe meine Augenbrauen in die Höhe und verschränke die Arme vor der Brust, während Rose eilig erklärt: »Deine liebe Frau hat mich gerettet – der Drucker hat dicke Backen gemacht, und sie hat es geschafft, endlich die Rechnung für die Johnsons auszudrucken! Ah, da kommen sie schon!«

Ich sehe zur Treppe hinüber, wo ein jüngeres Ehepaar die Stufen hinabkommt. Rose strahlt erst Duncan und mich an, dann wendet sie sich den Gästen zu. Eilig schlüpfe ich hinter dem Empfangstresen hervor und will zu Duncan gehen, aber der hat sich schon abgewendet und marschiert jetzt die Stufen in den ersten Stock hinauf. Überrascht folge ich ihm, allerdings ist er so schnell, dass ich ihn erst einhole, als er schon die Zimmertür der Honeymoon Suite erreicht hat.

»Kannst du mir mal erklären, was mit dir los ist?«, frage ich vorwurfsvoll, während er die Tür öffnet. Ohne mich anzusehen stürmt er hinein und bleibt mitten im Raum stehen. Ich schließe die Tür hinter mir und sehe ihn abwartend an. »Ist es, weil ich Rose geholfen habe? Keine Sorge, ich habe sie nicht darauf hingewiesen, dass sie ein völlig veraltetes Buchungssystem nutzen, wobei bei dem alten PC vermutlich die neueren Versionen eh nicht funktionieren würden. Und der Drucker muss auch …«

»Warum warst du auf dem Friedhof?« Duncans Stimme vibriert, so aufgebracht ist er. Überrascht mustere ich ihn. Aha. Er hat gehört, was Rose zu mir gesagt hat. Jetzt verstehe ich!

»Weil …« Ich schlucke, während ich versuche, mich zu sammeln. Duncan schafft es immer wieder, mich völlig aus dem Konzept zu bringen. »Weil Rae mir gesagt hat, ich solle die Insel mit dem Rad erkunden und zum Beispiel zum Friedhof fahren.«

»Das hat Rae gesagt?« Duncan starrt mich finster an.

Beklommen nicke ich. »Ja. Und ich kenne jemanden, der mir deutlich gesagt hat, dass man besser das tut, was Rae einem rät.«

Duncan mustert mich schweigend. Dann wendet er sich abrupt ab und sagt: »Ich gehe duschen.«

»Warte.« Eilig trete ich neben ihn und lege ihm von hinten eine Hand auf die Schulter. Duncan verharrt auf der Stelle, den Blick auf die Badezimmertür gerichtet, während ich seinen Rücken anstarre, das nass an seinem Körper klebende T-Shirt und die sich darunter abzeichnenden Muskeln fixiere. »Es tut mir leid«, sage ich mit bebender Stimme.

»Was tut dir leid?« Duncan klingt fast drohend, ganz so, als wolle er mir zu verstehen geben, dass ich bloß nicht weiterreden solle. Ich aber fahre stur mit fester Stimme fort: »Dass deine Frau und dein Sohn gestorben sind.«

Duncan dreht sich so plötzlich zu mir um, dass ich einen erschrockenen Schritt rückwärts mache und dabei gegen einen der Nachttische neben dem Bett stoße, was die Nachttischlampe ins Wanken bringt. Wütend funkelt er mich an und stößt mit heiserer Stimme hervor: »Ich will nicht über die beiden sprechen, ist das klar?«

Überrascht starre ich ihn an, während er einen Schritt auf mich zu macht und leise sagt: »In Manhattan weiß niemand davon. Auch nicht Catherine. Und das soll verdammt noch mal so bleiben. Kein Wort zu irgendwem, verstanden?«

Zwei Sekunden lang erwidere ich seinen Blick sprachlos, bis sich Duncan mit einer ungeduldigen Handbewegung die Augenklappe abstreift und in eine Zimmerecke pfeffert. Sein

Auge ist schon weniger zugeschwollen als gestern, aber dafür umso farbenfroher. Ich hole tief Luft und straffe meine Schultern, bevor ich so ruhig wie möglich erwidere: »Duncan Sommerset, DU wolltest, dass ich mit auf diese Insel komme. DU gibst mich hier als deine Frau aus. DU wolltest, dass ich mit dem Fahrrad die Insel erkunde. Du hast also absolut kein Recht, mir jetzt Vorwürfe zu machen, weil ich den Friedhof entdeckt habe. Ist das klar?«

Ich hoffe sehr, dass meine Augen ebenso aufgebracht funkeln wie die meines Chefs. Duncan starrt mich schweigend an. Dann murmelt er zu meiner Überraschung: »Ist klar, ja.«

Abrupt dreht er sich wieder um, und noch bevor er die Tür zum Bad geöffnet hat, streift er sich schon sein nasses T-Shirt über den Kopf. Ich sollte nicht starren. Das ist mein Chef, sage ich mir im Stillen mit Nachdruck, und er ist verheiratet! Aber Duncans nackter Rücken mit den ausgeprägten Schulterblättern fasziniert mich dermaßen, dass ich meinen Blick einfach nicht abwenden kann. Darum erwischt er mich natürlich beim Starren, als er sich im Türrahmen noch einmal zu mir umdreht und sagt: »Ich habe mich übrigens eben mit dem Sheriff an der Unfallstelle getroffen und eine Falschaussage gemacht: Ich saß am Steuer. Zum Glück kenne ich den alten Josh McIntosh, seit ich laufen kann, und er hat nicht viel nachgefragt. Den Büchereibus habe ich gar nicht erwähnt. Josh hat es als Unfallursache genügt, dass ich versucht habe, während der Fahrt einen Radiosender zu finden und deshalb von der Straße abgekommen bin. Er hat sich köstlich darüber amüsiert, dass ich nicht mehr weiß, dass man hier so gut wie nie einen Sender reinbekommt.« Duncan schnaubt kurz auf und fügt grollend hinzu: »Als ob ich das wirklich vergessen könnte! Ach ja, und die Mietwagenfirma schickt morgen einen Abschleppwagen und ein Ersatzfahrzeug.«

Er wirft sein nasses T-Shirt auf den Boden neben das Sofa, und ich bin so damit beschäftigt zu versuchen, nicht seine Brust und den flachen Bauch anzustarren, dass ich vergesse zu antworten. Ich spüre heiße Röte in meinen Kopf schießen, während ich verlegen »Mhm« murmele. »Es … es tut mir leid, dass ich dir solche Umstände bereitet habe.«

Duncan lacht kurz heiser auf. »Die habe ich dir auf dieser Reise ja auch wirklich bereitet. Ausgleichende Gerechtigkeit, würde ich sagen.«

»Und … wenn wir morgen einen neuen Mietwagen bekommen … willst du dann wirklich schon abreisen?«, frage ich vorsichtig. »Ich meine … wir haben doch bisher nichts erreicht. Oder wollen deine Eltern nun doch verkaufen?«

»Nein. Wollen sie nicht, genauso wenig wie der alte Gottlieb«, entgegnet Duncan genervt. »Und es ist mir jetzt auch egal. Ich kann es nicht mehr erwarten, diese gottverdammte Insel endlich wieder zu verlassen!«

Mit diesen Worten geht er ins Badezimmer und zieht die Tür mit einem Knall hinter sich zu.

Ich bleibe noch ein paar Minuten mitten im Zimmer stehen und lausche dem Rauschen des Wassers in der Dusche. Versuche vergeblich, mir nicht Duncan nackt vorzustellen. Dann verlasse ich eilig die Honeymoon Suite und flüchte mich zurück in die Lobby, wo Rose gerade telefoniert. Unschlüssig sehe ich mich um, aber da es draußen immer noch schüttet wie aus Eimern und der Frühstücksraum leer und dunkel ist, bleibt mir nur die Sitzecke vor dem Kamin. Leider wirkt die auch nicht sehr einladend, doch als ich den Lichtschalter der Stehlampe neben einem der Ohrensessel finde, wird mir klar, dass es sich hier aushalten lässt. Zumindest, wenn man die durchgesessene Sitzfläche des Sessels ignoriert und den Staub, der aus den Polstern aufsteigt, nicht zu tief einatmet. Eine Weile starre ich gedankenverloren in den Regen hinaus, bis ich schwere Schritte durch die Lobby stampfen höre und neugierig aufsehe. Graham Cameron ist von draußen hereingekommen, gemeinsam mit Johnnie Walker, der sich erst einmal ausgiebig schüttelt, während sich sein Herrchen mit einem leisen Ächzen einen pitschnassen Regenmantel abstreift. Der Hund entdeckt mich zuerst. Mit einem begeisterten Bellen kommt er auf mich zugestürmt und drückt sich mit seinem ganzen nassen Körper schwanzwedelnd gegen meine Beine. Lachend kraule ich ihm den Nacken, als mich Grahams grummelnde Stimme aufsehen lässt: »Johnnie, mach Catherine bitte nicht nass!«

»Das ist schon okay«, gebe ich gelassen zurück und schenke ihm ein breites Lächeln.

»Hmpf«, grummelt mein »Schwiegervater«, und ich merke, dass er schon weitergehen will, es sich dann aber offensichtlich anders überlegt. Er starrt in den kalten Kamin, sieht dann wieder mich an und fragt mit seiner tiefen, rauen Stimme: »Wie wäre es mit einem Feuer?«

Erstaunt mustere ich ihn, bevor ich geradezu euphorisch erwidere: »O mein Gott, ein Feuer wäre wirklich fantastisch!«

Ich habe eine Schwäche für Kaminfeuer – vielleicht, weil ich selten in Ländern gelebt habe, wo ich vor einem sitzen konnte. Bei der Hitze in Thailand, Singapur und Bali brauchte man wirklich keinen Kamin. Unsere Wohnungen in Tokyo und Hongkong hatten auch keinen, und meine schuhkartongroße Bleibe in Manhattan erst recht nicht. Das kann ich Graham natürlich nicht erklären, also sage ich nur: »Ich liebe ein gemütliches Kaminfeuer über alles!«

Das flüchtige Schmunzeln um seine Mundwinkel entgeht mir nicht, während er mit schleppendem Schritt zum Kamin geht und nach ein paar Holzscheiten greift, die säuberlich neben der Feuerstelle in einer Kiste aufgeschichtet sind. »Schön, dass man dich so leicht glücklich machen kann«, brummt er leise, und man könnte seinen Tonfall beinahe als amüsiert bezeichnen. Ich lache auf.

»Du hast vermutlich gedacht, ich wäre so eine fordernde New Yorker Tussi, der nichts gut genug ist, oder?«

Sichtlich überrascht hebt Duncans Dad den Blick und sieht mich an, bevor er leise glucksend in sich hineinlacht und nickt.

»So ungefähr«, bestätigt er, während er erstaunlich behände Holzscheite aufschichtet.

»Das kann ich dir nicht verübeln«, schmunzele ich. »Von der fordernden Sorte Frau gibt es in New York so einige.«

Unter anderem seine echte Schwiegertochter, denke ich. Grahams Antwort ist lediglich ein undefinierbares Brummen, und dann beginnt er seinerseits leise zu den schnellen Geigenklängen im Hintergrund mitzusummen, genau wie Rose – aber bei ihm überrascht mich das wirklich. Ich hätte Graham nicht für einen musikbegeisterten Menschen gehalten. Allerdings wird mir klar, dass ich ihn überhaupt nicht kenne. Schweigend beobachte ich, wie Graham das Streichholz an ein wenig Papier und kleine Hölzchen unterhalb der Scheite hält und dann die anfangs zögernd hochzüngelnden Flammen betrachtet, bis schließlich ein ordentliches Feuer im Kamin prasselt, mit dem er zufrieden zu sein scheint. Er richtet sich auf und klopft sich die Hände an seiner groben Arbeitshose ab. Dann wirft er mir einen fast unsicheren Blick zu und meint: »So ist es schön, oder?«

Ich muss lächeln und nicke mit Nachdruck. »Ja, jetzt ist es wahnsinnig gemütlich. Vielen Dank, Graham.«

»Ist doch selbstverständlich«, brummt Duncans Vater, gerade

als sich wieder Schritte nähern. Diesmal ist es Heather, die mich anstrahlt und ruft: »Oh, wie schön, du machst es dir vor dem Kamin gemütlich, Catherine! Dazu würde doch eine Tasse heiße Schokolade passen, oder?«

»Das wäre genial«, erwidere ich gerührt. »Aber nur, wenn es keine Umstände macht, Heather.«

»Ach was, Umstände!«, lacht Duncans Mutter und wendet sich geschäftig dem Frühstücksraum und der dahinter liegenden Küche zu.

»Du weißt schon, dass die arme Frau längst mit unserem Sohn verheiratet ist, oder?«, brummt Graham seiner Gattin hinterher. »Du musst sie nicht mehr bezirzen, um zu verhindern, dass sie es sich anders überlegt und am Ende das Weite sucht – was ich ihr nicht verübeln könnte, jetzt, da sie Duncans komische Sippe kennenlernt!«

Seine gebrummelten Worte werden durch das flüchtige Zwinkern in meine Richtung erheblich abgeschwächt, und ich bin dermaßen erstaunt über dieses Zwinkern, dass ich leise kichern muss.

Heather ruft nur lachend über ihre Schulter: »Ach, du alter Griesgram, hör auf mit dem Gegrummel! Wer hat denn hier mit dem Bezirzen angefangen? Ich kann mich kaum daran erinnern, wann du das letzte Mal ein Feuer in diesem Kamin angemacht hast!«

»Das war im Winter«, verteidigt sich Graham und klingt mit einem Mal sehr verlegen. »Jetzt ist August. Da bietet sich ein Kaminfeuer nicht so oft an. Es sei denn, man ist so begeistert davon, wie eine gewisse Lady aus New York City.«

Sein Lächeln in meine Richtung wirkt sehr zaghaft, weshalb ich umso herzlicher zurücklächele. So langsam beginne ich, Duncans Dad wirklich gern zu haben.

»Außerdem mache ich DIR jetzt auch eine heiße Schokolade,

mein Bär, und dabei muss ich DICH nun wirklich nicht mehr davon abhalten, das Weite zu suchen, oder?«, hören wir Heather noch rufen, bevor sie in der Küche verschwindet.

»Wohl wahr«, lacht Graham leise auf. »Komm, Johnnie, unsere Wal-Sendung fängt gleich an. Lass uns hochgehen.«

»Er schaut gern Wal-Sendungen?«, hake ich amüsiert nach und kraule den Hund zum Abschied noch einmal besonders gründlich.

»Aber ja. Genau wie ich.« Graham nickt mir mit einem schiefen Grinsen zu und verlässt dann gemeinsam mit seinem Hund die Lobby. Nachdenklich blicke ich den beiden hinterher, um dann erneut in die lodernden Flammen zu starren und mich zum x-ten Mal zu fragen, was wohl mit Duncans erster Frau und seinem Sohn passiert ist. Und warum hier niemand über die beiden spricht.

33

Als ich am nächsten Morgen aus tiefem Schlaf erwache, stelle ich zu meiner Erleichterung fest, dass das Sofa leer ist. Das Badezimmer ebenso. Duncan ist verschwunden. Verschlafen schlage ich die Decke zurück, stehe auf und trete ans Fenster. Na herrlich. Schon wieder dicker Nebel! Jetzt weiß ich auch, was mich geweckt hat: das dumpfe Dröhnen des Nebelhorns. Es schallt von der Coast Guard Station zu uns herüber – ich weiß, dass es von dort kommt, weil Isla das erwähnt hat, als wir beim Leuchtturm waren. Schlaftrunken sehe ich auf meine Armbanduhr und reiße überrascht die Augen auf. Es ist schon nach neun! Ich kann mich nicht daran erinnern, wann ich das letzte Mal so lang geschlafen habe. Eigentlich bin ich eine Frühaufsteherin – sogar dann, wenn ich im Hotel in der Spätschicht arbeite.

Ich frage mich, wann Duncan aufgestanden ist. Merkwürdig, dass ich ihn überhaupt nicht gehört habe. Normalerweise schlafe ich nicht so tief, dass ich nichts um mich herum mitbekomme. Ich muss wirklich erschöpft gewesen sein!

Nach einer heißen Dusche fühle ich mich schon fitter. Kurz überlege ich, ob ich meine Kontaktlinsen einsetzen soll oder nicht. Dann entscheide ich mich für die Linsen und gegen die Brille. Duncan soll bloß nicht glauben, dass ich wegen ihm meine Gewohnheiten ändere! Und mir ist es ja eigentlich auch egal, was er denkt und ob er mich attraktiv findet oder nicht. Völlig egal! Trotzdem lasse ich die Haarnadeln heute im Badezimmer liegen und begnüge mich damit, mein Haar zu einem straffen Pferdeschwanz zurückzubinden, anstatt es zum Dutt zu stecken. Aber das mache ich nur, weil ich selbst das möchte. Jawohl.

Als ich die Treppe hinunter in die Lobby gehe, sehe ich zu meiner Überraschung Skye an der Rezeption stehen. Ihr schwarzes Haar ist zu einer wilden Frisur hochgetürmt, die ihr einen Hauch Amy Winehouse verleiht, allerdings ohne den breiten Lidstrich. Dafür trägt sie bunte Hängeohrringe, die ich erst beim Näherkommen richtig erkenne: Es sind zwei pinkfarbene Flamingos. Dazu passt ihr ebenfalls pinkfarbener Jumpsuit mit langen Beinen und flatterigen Ärmeln, der ihre Sanduhrenfigur betont.

»Hey, guten Morgen!«, ruft sie mir fröhlich entgegen, und ich muss sofort lächeln.

»Guten Morgen«, sage ich und mustere sie eingehend. »Toll siehst du aus! Ich liebe deine Ohrringe.«

»Oh, danke dir!« Skye greift sich an einen ihrer Ohrhänger und grinst breit. »Ich dachte mir, wenn das Wetter schon so grau ist, muss ich ein wenig Farbe in den Tag bringen!«

»Eine wirklich gute Idee«, bestätige ich und sehe an mir selbst hinab. Ich trage heute Bluejeans und ein hellgraues langärmeliges Shirt. So viel zu »Farbe in den Alltag bringen«. Aber immerhin habe ich mich zum ersten Mal gegen eine meiner Businessblusen entschieden, weil ich mich immer weniger wie auf einer Geschäftsreise fühle.

»Du siehst auch wunderbar aus, liebste Catherine«, versichert mir Skye rasch und strahlt mich an, bevor sie sich entschuldigt und ans Telefon geht, das uns mit einem Schrillen unterbricht.

»*Cameron Lodge*, wie kann ich Ihnen helfen?«, ruft Skye vergnügt und zwinkert mir zu. Spontan muss ich an das Mantra aus meiner Ausbildung denken: »Man hört ein Lächeln am Telefon, auch wenn man es nicht sieht!« Skye beherrscht das freundliche Telefonieren tadellos.

Sobald ich den Frühstücksraum betrete, entdecke ich Duncan an einem Tisch am Fenster. Außer ihm ist nur das alte Ehepaar zu sehen, das gestern im Pavillon saß.

»Guten Morgen«, sage ich betont gut gelaunt und lasse mich auf den freien Stuhl ihm gegenüber nieder. Heute trägt er die Piratenklappe nicht mehr, und ich merke, dass sein Auge kaum mehr zugeschwollen ist, sondern nur noch blaugrün verfärbt.

»Guten Morgen«, antwortet er und starrt mich ernst an. Schweigend erwidere ich seinen Blick. Seit er gestern Abend zum Duschen ins Badezimmer verschwunden ist, habe ich ihn nicht mehr gesprochen. Ich habe noch lange vor dem Feuer in der Lobby gesessen, weil es dort einfach unglaublich gemütlich war. Heather hat mir eine sehr leckere heiße Schokolade gebracht, und wenn Rose nichts zu tun hatte, hat sie sich mit mir über Gott und die Welt unterhalten. Als sie mit einer neu eincheckenden Familie beschäftigt war, habe ich mich in einen Roman aus dem vollen Bücherregal neben dem Kamin vertieft. Die Bücher schienen alle von Gästen zurückgelassen worden zu sein, zumindest war es eine bunte und sehr vielseitige Mischung in diversen Sprachen, bei der ich die Qual der Wahl hatte. Fast hätte ich mich für einen deutschen Liebesroman entschieden, bevor mir siedend heiß einfiel, dass ich als Catherine Sommerset bei Englisch bleiben sollte, und stattdessen zu einem englischsprachigen Krimi gegriffen habe.

Heather hat darauf bestanden, wieder für mich zu kochen, weil Martha schon Feierabend hatte, und sie wollte eigentlich auch Duncan zum Essen dazu bitten, aber mein »Mann« blieb unter dem Vorwand, Kopfschmerzen zu haben, in der Honeymoon Suite. Seine Mutter hat ihm etwas zu essen nach oben gebracht, und dann hat sie sich zu mir ins leere Restaurant gesetzt, von wo aus sie den Empfang im Blick und das Telefon in Hörweite behalten konnte, weil Rose Feierabend hatte. Neugierig habe ich Heather nach den früheren Zeiten hier im Hotel ausgefragt, als die Zimmer in der Hochsaison alle ausgebucht waren, und Duncans Mutter hat mit glühenden Wangen und einem wehmütigen Schimmer in den Augen von den Glanzzeiten der *Cameron Lodge* erzählt. Aidan ist einmal kurz aufgetaucht, hat ein paar Worte mit Heather gewechselt – es ging nur ums Hotel, um fällige Rechnungen, einen kaputten Boiler und ein löchriges Mückennetz in Zimmer 12 – und hat sich dann schnell verabschiedet, ohne viel zu mir gesagt zu haben. Doch Duncans Mutter hat mir noch so nette Gesellschaft geleistet, während ich gegessen habe, dass mein schlechtes Gewissen wegen unserer bescheuerten Lüge ins Unermessliche gestiegen ist. Deshalb habe ich mich nach dem Essen schnell verabschiedet und bin ebenfalls in unser Zimmer geflüchtet, wo ich Duncan schlafend auf dem Sofa vorgefunden habe.

Und nun sitzt er mir gegenüber, und die Farbe seiner Augen kann mal wieder als Sturmgrau bezeichnet werden.

»Wie geht es deinem Kopf, Liebling?«, frage ich betont freundlich. Duncan scheint erst nicht zu begreifen, aber dann nickt er und brummt: »Besser. Danke.«

»Wie schön.« Ich will noch etwas hinzufügen, aber in dem Moment tritt Heather mit einem freudigen »Guten Morgen!« zu uns an den Tisch und schenkt mir Kaffee ein. Anscheinend ist die Fähre mit Eileen und Martha mal wieder nicht gekommen. Da beginnt Duncans Handy zu klingeln, und weil das Telefon neben seinem Teller mit den zur Hälfte gegessenen Spiegeleiern liegt, sehe ich deutlich das Profilfoto einer hellblonden

Frau aufleuchten. Der Name »Catherine« scheint mich geradezu anzuschreien.

Blitzschnell streckt Duncan seine Hand nach dem Telefon aus, aber ich könnte schwören, dass seine Mutter das Display auch gesehen hat.

»Jemand aus dem Hotel«, murmelt Duncan entschuldigend, bevor er sich rasch vom Tisch erhebt und sich mit schnellen Schritten entfernt.

»Die Arbeit verfolgt den Jungen aber wirklich, hmm?« Heather lächelt mich schief an, und ich versuche, aus ihrem Blick schlau zu werden. Hegt sie einen Verdacht, dass ich nicht die echte Catherine bin? Falls sie das tut, lässt sie sich nichts anmerken, sondern fragt betont fröhlich: »Pfannkuchen, mein Kind?«

Duncan kommt nicht zurück an unseren Tisch. Schweigend esse ich meine Pfannkuchen und lese die Lokalzeitung, die andere Gäste auf dem Nachbartisch liegen gelassen haben. So erfahre ich viel über Streitigkeiten zwischen Ureinwohnern und lokalen Hummerfischern über die Fischereirechte in der Gegend, über die schlechten Straßenverhältnisse nach dem letzten harten Winter, über das zu trockene Wetter (doch bestimmt nicht hier auf Whale Island!) und so weiter. Als ich fertig gegessen habe und Duncan immer noch nicht wieder aufgetaucht ist, gehe ich in die Lobby zu Skye.

»Musst du heute gar nicht ins Krankenhaus?«, frage ich sie neugierig und lehne mich an den Empfangstresen.

»Eigentlich schon«, seufzt sie und legt ihr Smartphone zur Seite. »Aber die Fähre fährt mal wieder nicht, wegen des Nebels.«

»Ah, stimmt. So häufig, wie es hier nebelig ist, kannst du wahrscheinlich öfter nicht zur Arbeit, oder?«, frage ich grinsend.

Skye nickt mit einem Augenrollen.

»Du sagst es. Eigentlich müsste ich mir eine Wohnung auf

dem Festland suchen. Aber … ich liebe diese Insel über alles. Nur an meinen freien Tagen herzukommen, das würde mir einfach nicht reichen, verstehst du?«

Nein, das verstehe ich nicht, denke ich spontan. Dieses Heimweh, das ist mir fremd. Aber natürlich bin ich Catherine aus Manhattan, und deshalb nicke ich und bestätige: »Klar, das verstehe ich. Und du springst heute für Rose ein?«

Skye nickt. »Rose arbeitet nur noch an drei Tagen in der Woche hier. Sie ist immerhin schon 64 und möchte kürzertreten. Inzwischen bekommt sie auch immer so dicke Beine, wenn sie viel steht. Na ja, darum helfe ich an meinen freien Tagen oft an der Rezeption aus. Und bei Nebel.« Sie zwinkert mir zu, bevor sie sich dem erneut schrillenden Telefon zuwendet.

Während sie telefoniert, trete ich ans Fenster der Lobby heran und sehe nachdenklich in den Nebel hinaus. Erst als ich Skye hektisch sagen höre: »Warten Sie, der Ausdruck muss hier irgendwo sein, einen Moment bitte …«, drehe ich mich wieder zu ihr um. Skye wühlt mit hochrotem Kopf in einem Stapel Blätter neben der Tastatur des PCs, während sie weiterhin auf den Anrufer einredet. Ich würde ihr gern helfen, aber ich weiß ja nicht, was sie sucht.

»Nein, tut mir leid, ich finde die Bestellung gerade einfach nicht. Sorry, ich helfe hier heute nur aus … Ich rufe Sie gleich zurück, ja?«

Als sie aufgelegt hat, atmet sie tief durch und stößt dann genervt hervor: »Man findet hier aber auch nichts wieder! Rose ist lieb, aber sie hat einfach kein System.«

»Was suchst du denn?«

»Ach, das war unser Getränkelieferant, der wissen wollte, ob es seine Richtigkeit hat, dass wir diese Woche kein stilles Wasser bestellt haben. Ich weiß genau, dass die Kopie der Bestellung hier irgendwo … aha! Da ist sie ja!«

Triumphierend zieht Skye ein Blatt Papier unter einem Stapel Rechnungen hervor – zumindest ist das obere Blatt eine Rechnung. Es könnte gut sein, dass sich im Stapel darunter andere Papiere befinden, bei dem Chaos, das an der Rezeption zu herrschen scheint. Warum die Kopien von Getränkebestellungen hier vorn an der Rezeption liegen, ist mir ohnehin ein Rätsel. Aber so vollgestopft, wie das Back Office gewirkt hat, hätte Skye die Bestellung dort mit Sicherheit auch nicht schneller gefunden.

»Stimmt, kein stilles Wasser«, murmelt Skye mit einem Kopfschütteln. »Ich muss mal schnell Aidan fragen, was das soll. Rufst du mich, wenn das Telefon klingelt?«

»Ja, klar«, sage ich. Sobald sie in dem kleinen Büro verschwunden ist, an das ich mich noch von Aidans und Duncans Schlägerei erinnere und in dem Skyes Bruder anscheinend momentan arbeitet, stelle ich mich hinter den Empfangstresen und blättere rasch den Stapel Blätter durch. Wenn ich eine Sache nicht ertrage, dann ist das Unordnung.

»Na, du scheinst dich ja wohlzufühlen«, höre ich Skye lachend sagen, als sie zurück hinter die Rezeption tritt.

»Entschuldige, ich wollte nicht schnüffeln oder so«, beeile ich mich zu erklären, aber Skye winkt gut gelaunt ab.

»Ich bitte dich! Als ob es hier etwas zu schnüffeln gäbe!«

»Hier … ich habe die Papiere in fünf Bereiche aufgeteilt«, erkläre ich Skye und deute auf die Stapel, die ich säuberlich neben der Tastatur des Computers aufgeschichtet habe. »Das hier sind Buchungsbestätigungen, das sind Rechnungskopien von ausgecheckten Gästen, das da sind Lieferantenbestellungen, das sind unbezahlte Rechnungen – zwei davon müssen übrigens noch heute beglichen werden! –, und in dem Stapel dort ist sonstige Korrespondenz.«

»Wow.« Skye mustert mich erstaunt. »Sag nichts – du bist vom Sternzeichen Jungfrau, oder?«

Ich muss lachen und schüttele den Kopf. »Nein. Löwe.«

»Ach, vom Ordnungssinn her hätte ich auf Jungfrau schwören können. Aidans Sternzeichen ist Jungfrau, und deshalb treibt ihn der Zustand hier an der Rezeption und auch im Back Office in den Wahnsinn, aber der Arme kann nicht alles allein machen, und Rose ist vom Sternzeichen Zwilling und leider überhaupt nicht ordnungsliebend, wie man deutlich sieht! So, Löwe? Dann hast du bald Geburtstag?«

»Ähm«, mache ich und werfe einen schnellen Blick auf den Kalender an der Wand. Ups. Ich hatte tatsächlich ganz aus dem Blick verloren, welches Datum wir inzwischen haben. »Ja«, gebe ich zu.

»Und … wann genau?«, bohrt Skye nach.

Natürlich könnte ich lügen. Natürlich könnte ich einen Geburtstag erfinden. Was für einen Unterschied würde das jetzt noch machen, in unserem ganzen gigantischen Lügenkonstrukt? Aber ich möchte diese fröhliche Frau in Pink nicht noch mehr anlügen.

»Morgen«, gebe ich daher fast kleinlaut zu.

»Morgen?«, wiederholt Skye fassungslos. »MORGEN?«

»Was ist morgen?«, lässt uns Heathers Stimme aufsehen.

»Catherines Geburtstag!«

»Wie bitte?« Heather starrt mich geradezu entsetzt an. »Und das sagt uns niemand?«

»Ich … das ist doch nicht so wichtig«, versuche ich rasch, mich aus der peinlichen Situation zu retten, und verfluche mich im Stillen dafür, dass ich es nicht geschafft habe, einmal mehr zu lügen.

»Duncan!«

O nein. Bitte nicht.

34

Ich sehe, wie mein »Mann« die Lobby betritt, sein Telefon in der Hand. Seinem Gesichtsausdruck nach zu urteilen war das Gespräch mit der echten Catherine nicht unbedingt angenehm. Irgendwie freut mich das, warum auch immer.

»Hmm?« Duncan mustert ratlos unser Grüppchen am Empfangsschalter, bevor er sich langsam nähert, den Blick fragend auf seine Mutter geheftet.

»Warum hast du uns nicht verraten, dass Catherine morgen Geburtstag hat?«

Ich merke genau, dass er zwei Sekunden braucht, bis er begreift, dass es nicht um den Geburtstag der echten Catherine geht, sondern um meinen Geburtstag. Ehrlich ratlos starrt er mich einen Moment lang an, und ich finde das plötzlich so komisch, dass ich herzlich loslachen muss.

»Gib es zu – du hast meinen Geburtstag vergessen, Schatz«, sage ich albern und grinse ihn herausfordernd an.

Duncan kratzt sich im Nacken und wirkt fast hilflos, was so gar nicht zu ihm passt. Rasch erwidert er dann: »Ähm, nein! Natürlich habe ich den nicht vergessen! Ich … ich wollte noch mit dir darüber reden, Mom.«

Heather sieht ihren Sohn streng an. »Wie schön, dass du

das noch wolltest, mein Liebling! Besser spät als nie, stimmt's?« Sie macht ein missmutiges Schnalzgeräusch und wendet sich dann ab, um eiligen Schritts Richtung Restaurant zu marschieren.

»Ähm, Heather – aber bitte, keine Umstände!«, beeile ich mich, ihr hinterherzurufen.

»Das lass mal meine Sorge sein, Kindchen!«, entgegnet Heather über ihre Schulter, bevor sie den Frühstücksraum betritt und weiter zur Küchentür eilt.

»Natürlich wird sie sich Umstände machen«, grinst Skye. »Sie liebt Geburtstage!«

Meine Antwort ist ein unterdrücktes Stöhnen.

»Gib es zu, Bruderherz, du hast ihn wohl vergessen«, neckt Skye jetzt Duncan und reicht über den Rezeptionstresen, um ihn gegen den Oberarm zu knuffen.

»Wen?«, fragt Duncan und sieht seine Schwester fast ungehalten an. Zu Späßen aufgelegt ist er nicht, so viel steht fest.

»Den Geburtstag deiner Frau!«, wiederholt Skye betont langsam, als sei er ein wenig schwer von Begriff. Ich muss schon wieder kichern. Duncan wirft mir einen finsteren Blick zu. Sturmgrau.

»Nein, hab ich nicht«, knurrt er dann, wendet sich ab und stürmt in den ersten Stock, immer zwei Stufen auf einmal nehmend.

»Was ist dem denn über die Leber gelaufen?« Skye zieht ihre Augenbrauen hoch und starrt ihrem Bruder hinterher.

»Das wüsste ich auch gern«, murmele ich.

In diesem Moment klingelt Skyes Telefon. Nicht das an der Rezeption, sondern ihr Mobiltelefon, dessen Hülle ebenso pink ist wie ihr Outfit. Sie entschuldigt sich und wendet sich ab, spricht gedämpft mit jemandem, während ich nach wie vor unschlüssig meinem Chef hinterhersehe und mich frage, was hier eigentlich los ist. Er war ja immer schon muffelig, aber das hier übertrifft alles.

Als Skyes Stimme ein wenig lauter wird, sehe ich sie überrascht an.

»Nein, Jeff, du weißt das ... Nein, habe ich nicht! Ich ... Hey, hör mir doch mal zu!«

Betreten sehe ich zu Boden, sobald sie mit einem frustrierten »Das kann doch einfach nicht wahr sein!« das Telefon sinken lässt und es dann relativ unsanft auf den Rezeptionstresen pfeffert.

Unsicher sehe ich sie an, weil ich nicht weiß, ob es ihr recht ist, dass ich mitgehört habe. Doch zu meiner Erleichterung sieht mich Skye an und sagt genervt: »Männer!«

»O ja«, nicke ich. »Du sagst es.« Nach einer kurzen Pause frage ich vorsichtig: »Dein Freund?«

Sie seufzt und weicht meinem Blick aus. »So ähnlich«, murmelt sie. Ich bohre nicht weiter nach, weil ich merke, dass sie nicht gern über das Thema – beziehungsweise über den Mann – spricht, aber da sagt sie plötzlich: »Er ist ein Mistkerl, und das weiß ich auch. Aber trotzdem komme ich nicht von ihm los.«

Sie sieht mich mit einem schiefen Lächeln an, und zu meiner Bestürzung merke ich, dass sich ihre himmelblauen Augen mit Tränen gefüllt haben. Betroffen lege ich eine Hand auf ihre Schulter, drücke sie mitfühlend.

»Dieser Jeff ... wohnt er hier auf der Insel?«

»Nein.« Skye schüttelt mit einem unterdrückten Schluchzen den Kopf und wischt sich dann fast ärgerlich unter ihren Augen entlang. Sie lacht heiser auf. »Nein. Whale Island ist so weit von Dr. Jeffrey Montgomery entfernt wie ...« Sie zögert kurz, vollendet den Satz dann sarkastisch mit: »... wie dieses Hotel davon, ausgebucht zu sein!«

»Ah, ein Kollege aus dem Krankenhaus?«

»Mhm. Der Chefarzt der Inneren Medizin. Ein attraktiver Vollidiot. Bei der letzten Weihnachtsfeier hat das mit uns angefangen. Wir sind betrunken miteinander im Bett gelandet. Leider war ich allerdings schon vorher heimlich in ihn verknallt. Nach unserem One-Night-Stand hat er mir zu verstehen gegeben, dass nicht mehr aus uns werden kann, und hat den Kontakt abgebrochen. Ich habe ein paar Tage lang gelitten, war dann gerade auf dem Weg der Besserung, da kam eine Nachricht von ihm, ob ich mit ihm essen gehe. Ich habe mich so gefreut, weil ich dachte, er hätte es sich anders überlegt. Und er war dann auch sehr charmant und meinte, er wolle bloß nicht, dass die Kollegen von der Arbeit das mit uns mitbekämen – er als Chefarzt, der was mit einer Krankenschwester anfängt. Tja, wir sind dann natürlich wieder im Bett gelandet. Und von da an immer wieder. Aber er weigert sich standhaft, das mit mir als ›Beziehung‹ zu bezeichnen. Er weiß genau, dass ich längst Gefühle für ihn entwickelt habe, aber er … er … ach, ich weiß auch nicht.« Skye schluchzt noch einmal heiser auf. »Immer dann, wenn ich denke, dass es jetzt wirklich reicht, und alles hinschmeißen will, dann überrascht er mich mit Blumen oder mit neuer Unterwäsche. Und ich gebe wieder nach. Und hoffe immer noch darauf, dass er sich irgendwann offiziell zu mir bekennt. Weil ich … weil ich einfach so schrecklich in ihn verknallt bin, Arschloch hin oder her.« Sie lächelt mich mit zitternder Unterlippe schief an. Ich schlucke und greife nach ihrer Hand.

»Mensch, Skye, das … das tut mir leid«, murmele ich betroffen. »Das ist … hart. Ehrlich. Weißt du, ich hatte mal eine Kollegin, als ich in Hongkong im Millennium Hotel gearbeitet habe, der ging es ganz ähnlich. Sie …« Ich schlage mir eine Hand vor den Mund. Scheiße. Rasch versuche ich, zu überspielen, was ich gerade von mir gegeben habe, aber da lacht Skye heiser auf und wischt sich erneut ein paar Tränen von den Wangen.

»Keine Sorge, ich weiß längst, dass du nicht die echte Catherine bist.«

35

Fassungslos starre ich Skye an. Diese erwidert meinen Blick gelassen.

»Du … du weißt es …?«, stammele ich schockiert. »Du … und die anderen …?«

Skye schüttelt den Kopf und zieht aus ihrer Handtasche, die sie unter den Empfangstresen geschoben hat, einen Kosmetikspiegel hervor. Während sie kontrolliert, ob ihre Wimperntusche zerlaufen ist, erklärt sie seelenruhig: »Nein, die anderen nicht. Nur ich. Schließlich bin ich die Einzige, die mit Duncan auf Facebook befreundet ist.«

Skye unterbricht sich, als die Tür zum Büro hinter der Rezeption aufgeht und Aidan herauskommt. Er hat sein Telefon am Ohr und scheint gerade mit einem Handwerker zu telefonieren, zumindest höre ich ihn sagen: »Nein, so breit ist das Fenster nicht … Warte, ich hole das Maßband und messe nach. Ja, Moment, muss nur kurz in den ersten Stock.«

Er wirft Skye und mir einen flüchtigen Blick zu, nickt geistesabwesend in unsere Richtung und eilt dann schon die Treppe hinauf, immer zwei Stufen auf einmal nehmend, wie Duncan eben auch.

Skye sieht Aidan hinterher, und als er wirklich außer Hörweite ist, fährt sie leise fort: »Zum Rest meiner Familie hat Duncan seit dreizehn Jahren keinen Kontakt gehabt. Und zu mir bis vor ein paar Monaten auch nicht. Da hat er mir plötzlich auf Facebook eine Freundschaftsanfrage geschickt. Aus heiterem Himmel. Ich habe mich gefreut wie irre, endlich wieder Kontakt zu ihm zu haben. Weißt du, nachdem Duncan verschwunden war, da konnte niemand von uns nachvollziehen, wo er abgeblieben war. Ich meine, nicht, dass meine Eltern oder Aidan damals sofort versucht hätten, ihn zu kontaktieren. Aber … Glenn und ich schon. Doch Duncan hatte seine Handynummer gewechselt, E-Mails an ihn kamen als unzustellbar zurück. Mein Bruder hat sehr gründlich alle Brücken nach Whale Island und zu uns abgebrochen. Ich habe ihn in den letzten Jahren selbst ein paar Mal auf Facebook, LinkedIn, Instagram gesucht und ihn gegoogelt, aber vergeblich. Inzwischen weiß ich, warum: Weil er überall nur unter ›Duncan Sommerset‹ zu finden war. Wer konnte denn ahnen, dass er neu verheiratet war und den Familiennamen seiner Frau angenommen hatte? Tja, darum war ich heilfroh, als er sich plötzlich bei mir gemeldet hat.«

»Aber … warum war dir klar, dass ich nicht die echte Catherine bin?«

»Ich habe einige Fotos von Catherine auf Facebook gesehen. Und ich muss sagen, ja, ihr seht euch verdammt ähnlich. Dieselben hellblonden Haare, und ihr habt beide blaue Augen. Aber du … du bist so viel herzlicher, als die echte Catherine auf den Bildern rüberkommt. Getroffen habe ich sie natürlich noch nie. Allerdings weiß ich sogar, dass sie nicht vom Sternzeichen Löwe ist.« Skye grinst mich an. »Auf Facebook gab es nämlich Fotos von einer gigantischen Geburtstagsparty, und das war irgendwann im Frühjahr.«

Ungläubig starre ich sie an. »Aber … hast du deiner Familie nicht erzählt, dass du wieder Kontakt zu Duncan hast?«

»Doch.« Skye nickt. »Klar habe ich das.«

»Haben sie sein Facebookprofil gesehen?«

»Ja.«

Alarmiert sehe ich Skye an. Sie erwidert meinen Blick und scheint zu begreifen, worauf ich hinauswill. »Keine Sorge«, sagt sie schnell. »Mein Dad hat sich nur ganz kurz auf meinem Telefon Duncans Profil angesehen. Er ist selbst ja gar nicht bei Facebook, und meine Mutter auch nicht. Mom hat ein paar Tränen vergossen, als sie die Fotos von Duncan und Catherine gesehen hat und Aidan …«

»Aber dann muss sie es doch auch gemerkt haben«, wispere ich fast panisch. »Wenn du den Unterschied gesehen hast …«

»Nein, nein«, beruhigt mich Skye rasch. »Mom hat sich nur die Bilder auf Duncans Seite angesehen, da waren nur wenige. Keine Nahaufnahmen von Catherine, nur Gruppenbilder auf Empfängen im Hotel. Ich habe mich allerdings auf Catherines Facebookprofil weitergeklickt, und bei ihr sieht man mehrere Selfies, Fotos aus ihrer Galerie und so weiter. Die haben die anderen gar nicht zu Gesicht bekommen.«

Ein wenig beruhigt atme ich tief durch, bevor ich nachhake: »Aber … warum hast du vorher nichts gesagt?«

Skye schiebt den Kosmetikspiegel zurück in ihre Handtasche. »Warum sollte ich? Mein bekloppter Bruder wollte seiner Familie anscheinend eine nette Version seiner Ehefrau vorstellen. Und das hat er gemacht.« Sie lächelt mich so herzlich an, dass nun ich fast in Tränen ausbreche.

»Ich schäme mich so«, wispere ich. »Dafür, dass wir euch die ganze Zeit angelogen haben. Ich weiß nicht, warum Duncan das macht. Ehrlich. Das mit der netten Catherine, das ist doch Blödsinn. Er hätte es schon korrigieren müssen, als eure Mutter auf der Fähre angenommen hat, dass ich ihre Schwiegertochter sei.«

»Tja, hat er aber nicht. Ganz ehrlich, verstanden habe ich meinen Bruder noch nie. Zu uns allen so lange den Kontakt abzubrechen, wegen der Geschichte damals, so schlimm sie auch war … das war ja ebenfalls nicht wirklich zu verstehen.«

»Apropos: Ich kenne die Geschichte gar nicht«, sage ich mit belegter Stimme.

Skye starrt mich an, mit einem Mal sehr ernst. »Oh«, sagt sie leise und mustert mich einen Moment lang, so als würde ihr erst jetzt wirklich bis zur letzten Konsequenz klar, dass ich tatsächlich nicht Duncans Ehefrau bin.

»Wer bist du eigentlich?«

»Greta Lorenz«, sage ich und halte ihr mit einem schiefen Lächeln die Hand hin.

»Freut mich, Greta.« Skye schüttelt meine Hand und grinst mich an. »Und Duncan und du, ihr kennt euch woher?«

»Er ist mein Chef.«

»Nein!«

»Doch.«

»Ach du Schande.« Skye starrt mich aus weit aufgerissenen Augen an. »Es ist immer kompliziert, sich mit seinem Chef einzulassen, das kann ich dir sagen – auch wenn Jeff streng genommen nicht mein Chef ist, weil ich nur hin und wieder aushilfsweise in der Inneren arbeite, und sonst in der Notaufnahme.«

»Ähm … Duncan und ich, wir sind nicht … also, wir haben kein Verhältnis oder so«, beeile ich mich, klarzustellen, wobei ich merke, dass meine Wangen heiß werden. Erst recht, als Skye den Kopf schief legt und mich prüfend ansieht.

»Wirklich nicht?«

»Nein!«

»Also, ich hätte schwören können, dass da was zwischen euch läuft.«

Bei Skyes Worten wird mir noch heißer. »Tut es aber nicht«, beharre ich und weiche ihrem forschenden Blick aus.

»Aber warum nimmt mein bekloppter Bruder dann irgendeine Mitarbeiterin aus seinem Hotel mit auf seine Heimatinsel, wo der ganze Ballast seiner Vergangenheit auf ihn wartet?«

»Tja«, mache ich und zucke mit den Schultern. »Seine Begründung war, dass er mich braucht, weil ich Deutsch spreche. Wegen Gottlieb Müller.«

Skye will etwas erwidern, als uns einmal mehr das Schrillen des Hoteltelefons unterbricht. Mit einem tiefen Seufzer wendet sie sich dem Empfangstresen zu und greift nach dem Hörer. Ich bin immer noch so fassungslos, dass ich einfach an den Rezeptionsschalter gelehnt stehen bleibe und ins Leere starre. Bis mich Skyes Stimme aufhorchen lässt: »Zu Gottlieb Müller, ja?«

Sie sieht mich aus weit aufgerissenen Augen an, und ich erwidere ihren Blick ratlos. Skye nickt und sagt rasch: »Klar, Rae, machen wir. Ja. In Ordnung.«

Sie legt auf und sieht mich stumm an. Unruhig erwidere ich ihren Blick. »Was ist passiert?«

»Hoffentlich nichts«, murmelt Skye und greift nach ihrer Handtasche. »Das war Rae. Sie hat so ein komisches Gefühl wegen Gottlieb Müller … den du genau in dem Moment erwähnt hast, als sie anruft, um mir zu sagen, dass wir zu ihm fahren sollen.« Sie sieht mich wieder an und wirkt, als könne sie sich noch nicht entscheiden, ob das Zufall war oder nicht. »Und wenn Rae so komische Gefühle hat, muss man die unbedingt ernst nehmen. Das wissen wir alle hier auf der Insel. Kommst du mit?«

»Zu Gottlieb?«, frage ich fassungslos.

»Ja, natürlich zu Gottlieb! Rae selbst kann nicht kommen, weil die Fähre ja nicht fährt. Sonst würde sie eigenhändig nach dem Rechten sehen. Und ans Telefon geht er nicht, sie hat es schon versucht. Mom? Ich muss schnell mit Catherine zu Gottlieb fahren! Rae möchte, dass wir nachsehen, ob es ihm gut geht! Kannst du bitte die Rezeption übernehmen?«

Schon kommt Heather aus der Küche herbeigeeilt, ein Geschirrtuch in der Hand. »Rae? Na klar, fahrt schnell zu Gottlieb! Oje, hoffentlich ist es nichts Ernstes!«

»Hat er sie angerufen?«, hake ich nach, weil ich sichergehen will, dass ich diese ganze Sache richtig verstehe.

»Nein«, erwidert Skye kurz angebunden, während sie vor mir hereilt, auf die Eingangstüren der *Cameron Lodge* zu. »Wie gesagt: Wenn Rae ein komisches Gefühl hat, dann hinterfragen wir das nicht. Sie liegt eigentlich immer richtig.«

Duncan

Ernsthaft? Sie hat morgen Geburtstag und hat mir nichts davon gesagt?

Und … warum regt mich das eigentlich so auf? Es gibt sicherlich noch sehr, sehr viel, was ich nicht über sie weiß – und umgekehrt ist das genauso! Was normal ist, immerhin bin ich ihr Boss, und wir sollten dringend zu einem normalen Arbeitsverhältnis zurückfinden, verdammt!

Was leichter gesagt ist als getan, wenn sie mir mit aufgebracht funkelnden Augen die Meinung geigt, wie gestern Abend in der Honeymoon Suite. Wenn sie errötet, weil ich mir mein T-Shirt ausziehe und sie verzweifelt versucht, nicht zu starren. Wenn sie mich provozierend »Liebling« nennt, wie heute Morgen beim Frühstück. Und wenn sie es zu allem Überfluss schafft, nicht nur meine Mutter zu verzaubern, sondern sogar meinen wirklich nicht leicht zu verzaubernden Vater, der gestern Abend für sie den Kamin angemacht haben soll. Im August. Normalerweise macht Dad den Kamin nur von Oktober bis April an. Aus Prinzip.

Aber kein Wunder, denke ich, während ich aufgebracht in die Honeymoon Suite stürme und die Tür hinter mir zufallen lasse. Wie sollte Dad ihrem Charme auch widerstehen können? Wie sollte sich überhaupt irgendein Mensch nicht Knall auf Fall in Greta Lorenz verlieben?

Duncan, nun mach mal halblang, denke ich entsetzt und bin versucht, meinen Kopf gegen die Schranktür zu rammen, um diese Gedanken loszuwerden. Ich bin einfach nur aufgewühlt von dieser ganzen absurden Situation, das ist alles. Noch dazu habe ich mich gerade am Telefon mal wieder mit Catherine gestritten, die partout ihre Therapie abbrechen will. Ich wünschte, ich wäre selbst ein Therapeut, um zu wissen, wie ich mich meiner eigenen Frau gegenüber verhalten soll!

Ein paar Minuten lang bleibe ich am Fenster stehen und starre stumm in den Nebel hinaus. Versuche, nicht an Greta zu denken. Sehe aus dem Augenwinkel ihr hellblau-weiß gestreiftes Nachthemd auf dem Kopfkissen gefaltet und reibe mir mit einem Stöhnen über das Gesicht. Das ist nicht gut. Überhaupt nicht gut.

Als ich im Flur eine Männerstimme höre, lausche ich aufmerksam. Das ist Aidan, der anscheinend telefoniert. Ich bekomme mit, wie eine der anderen Zimmertüren in unserer Nähe geöffnet wird. Um Ablenkung von meinen ewig um Greta kreisenden Gedanken zu finden, öffne ich meinerseits unsere Zimmertür und spähe in den Flur hinaus. Aidans Stimme kommt aus der geöffneten Tür von Zimmer 12.

»Ja, warte … Ach, verdammt, so geht das nicht. Ich muss dich kurz weglegen, Jim. Moment.«

Ich bin vor Zimmer 12 angekommen und sehe, wie mein Bruder mit einer ungeduldigen Bewegung das Telefon auf das Bett neben sich wirft und dann erneut versucht, das Maßband am einen Ende des Fensterrahmens erst festzuhaken und dann über die Breite des Fensters auszuziehen, doch das Band rutscht wieder ab. Aidan flucht leise.

»Ich helfe dir.« Die Worte kommen mir so schnell über die

Lippen, dass mir kaum klar ist, dass ich sie ausgesprochen habe. Überrascht dreht sich Aidan zu mir um und sieht mich an. Einen Moment lang sind da weder Hass noch Enttäuschung oder sonst etwas auf seinem Gesicht. Einen Moment lang steht da einfach Aidan, mein jüngerer Bruder und früher bester Kumpel, und mustert mich verblüfft. Ich warte keine Reaktion von ihm ab – vermutlich, weil ich Angst habe, dass er ablehnen und mich wegschicken wird. Dorthin, wo der Pfeffer wächst. Er hätte alles Recht dazu. Entschlossen gehe ich auf das Fenster zu, halte ein Ende des Maßbands an die Ecke, sodass Aidan am anderen Ende die Breite ablesen kann. Mir entgeht nicht, dass er mich dabei immer wieder ernst mustert, aber er sagt nichts. Während er erneut nach dem Telefon greift und diesem Jim die Maße durchgibt, bleibe ich am Fenster stehen und starre nach draußen, obwohl man nach wie vor nur Nebel sehen kann. Als Aidan am Telefon das Wort »Mückennetz« erwähnt, sehe ich mir das Netz vor dem Fenster genauer an, und da entdecke ich in der Ecke unten rechts ein faustgroßes Loch.

Als Aidan sein Telefonat beendet hat, drehe ich mich zu ihm um und sehe ihn zögernd an. Warum ich eigentlich immer noch hier herumstehe, kann ich selbst nicht sagen. Aidan notiert sich etwas auf einem Zettel, bevor er mich ansieht. Ich glaube, er fragt sich auch, warum ich noch da bin. Aber er sagt nur leise: »Danke.«

Überrascht räuspere ich mich und nicke. »Kein Problem. Waren das Eichhörnchen?« Ich deute auf das Loch im Mückennetz.

»Mhm. Die Viecher kosten mich den letzten Nerv. Die letzten Gäste haben einen Apfel in einem der Regalfächer liegen gelassen, der beim Putzen übersehen wurde. Dafür haben die Eichhörnchen ihn geholt.«

»Ups«, murmele ich und denke, dass ich dem Zimmermädchen ein paar Takte zur Gründlichkeit beim Saubermachen erzählen würde.

»Spar es dir«, grollt Aidan da leise, und ich sehe ihn überrascht an. Kann er immer noch meine Gedanken lesen, wie früher, wenn ich gar nicht erst aussprechen musste, dass ich mich mit Amy gezofft hatte, oder mit Dad, oder Fernweh hatte und von dieser Insel fortwollte?

»Ich habe doch gar nichts gesagt«, bemerke ich betont ruhig.

»Aber gedacht.«

Amüsiert verschränke ich die Arme vor der Brust. »Und was habe ich gedacht?«

»Dass du an meiner Stelle dem Zimmermädchen die Meinung gegeigt hättest, wegen des übersehenen Apfels.«

Erstaunt lache ich auf, aber weil Aidan so ernst bleibt, bestätige ich rasch: »Ähm … so ähnlich, ja.«

»Das Zimmermädchen war Mom«, knurrt Aidan und starrt mich herausfordernd an. Verblüfft hake ich nach: »Unsere Mutter macht die Zimmer sauber?«

Aidan seufzt und reibt sich über die Stirn, als bereite ich ihm Kopfschmerzen. »Ja. Manchmal.«

»Jetzt sag bitte nicht ›Wenn die Fähre ausfällt‹«, bemerke ich trocken. Sein Blick scheint mich zu durchbohren.

»Ja. Auch. Wir haben zwei Zimmermädchen: Lisa wohnt auf dem Festland und ist alleinerziehende Mutter. Manchmal kommt sie nicht zur Arbeit, weil die Fähre ausfällt, manchmal, weil ihr Kind krank ist. Eine Zeit lang hatte sie so eine Panik, ihren Job zu verlieren, dass sie ihr krankes Kind mit ins Hotel geschmuggelt hat. Das ging so lange gut, bis sich die arme Kleine auf eines der frisch gemachten Betten übergeben hat, weil sie einen Magen-Darm-Virus hatte. Da haben wir Lisa inständig gebeten, ihre Tochter nicht mehr krank ins Hotel zu bringen, sondern zu Hause zu bleiben. Als wenn wir ihr wegen eines kranken Kindes kündigen würden!« Er atmet tief durch. »Und Hilda wohnt hier auf der Insel, ist Ende fünfzig und hat Rheuma, das leider in letzter Zeit schlimmer geworden ist. Aber sie braucht diesen Job, weil ihr verstorbener Mann ihr einen Haufen Schulden hinterlassen hat, seiner Spielsucht sei Dank. Sie quält sich immer öfter mit Schmerzen durch den Job, aber wenn es zu heftig wird, schicke ich sie nach Hause. Und an den Tagen, wenn Lisa und Hilda ausfallen, springt Mom ein.« Aidan starrt mich ernst an. »Und, bevor du fragst: Nein, wir können uns kein weiteres Zimmermädchen leisten. Aber ich bringe es auch nicht über das Herz, eine alleinerziehende Mutter oder eine rheumakranke Frau zu feuern. Darum also wurde dieser verdammte Apfel übersehen, weil Mom an dem Tag im Stress war. Und weil sie nicht mehr die Jüngste ist. Ja, und deshalb versuche ich jetzt, ein neues Mückennetz zu bekommen, was aber nicht so leicht ist, weil sich das Holz des Fensterrahmens mit den Jahren so verzogen hat, dass alles schief und krumm ist. Und Dad und unser lieber Onkel haben sich bei den Fenstermaßen damals leider sowieso an keine Standardmaße gehalten, was alles noch schwieriger macht.«

»Ja, ich erinnere mich«, murmele ich und muss plötzlich schmunzeln. »Standard war hier noch nie etwas.«

»Nee. Du sagst es. Immer alles anders als sonst irgendwo.« Aidan grinst mich so plötzlich an, dass ich spontan zurückgrinse. Unglaublich. Ich kann nicht sagen, wann wir uns das letzte Mal angelächelt haben. Eine Ewigkeit ist das her. Es fühlt sich gut an. Fremd, aber gut.

Aidan wirkt ebenfalls regelrecht erschüttert. Er schaut auf seine Schuhe hinab und reibt sich den Nacken, bevor er mich wieder ansieht. »Ich habe dir damals nie gesagt, dass … dass es mir wahnsinnig leidtat. Dein Verlust. Amy und Quinn.«

Ungläubig starre ich ihn an. Aidan wirkt fast verlegen, als er erklärend hinterher schiebt: »Damals, bei der Beerdigung ... Du hast mit niemandem reden wollen. Und ich habe dich in Ruhe gelassen. Wir waren alle so aufgewühlt. Aber im Nachhinein denke ich ... ich hätte zu dir gehen sollen. Auch wenn du gesagt hast, dass du allein sein wolltest. Auch wenn du uns alle weggebissen hast wie ein tollwütiger Hund. Ich hätte zu dir gehen und für dich da sein sollen, wie Brüder das machen müssen.« Als er mich ansieht, stelle ich zu meiner Erschütterung fest, dass er Tränen in den Augen hat, die er fast ärgerlich wegblinzelt. »*Fuck*. Ich hätte nie gedacht, dass dreizehn Jahre vergehen würden, bevor ich das loswerde. Sorry, Mann. Ich hab als Bruder damals echt versagt. Und, versteh mich nicht falsch, du hast danach als Bruder auch massiv versagt, Alter. Massiv. Aber ... ich hab den Anfang gemacht.«

Ich kann nichts sagen, starre ihn nur fassungslos an. Aidan greift sich sein Telefon und geht an mir vorbei, klopft mir flüchtig auf die Schulter, um dann mit langen Schritten zu verschwinden.

Eine Weile schaue ich ihm einfach hinterher, unfähig, mich zu bewegen. Die Bilder der Beerdigung sind plötzlich wieder so präsent, dass ich fürchte, den Verstand zu verlieren. Endlich gebe ich mir einen Ruck und verlasse Zimmer 12. Aber zurück in die Honeymoon Suite kann ich jetzt nicht mehr. Allerdings fürchte ich, in Greta und Skye hineinzulaufen, wenn ich durch die Lobby gehe. Ich will auf keinen Fall, dass sie mich so aufgewühlt sehen. Doch als ich zögernd über das Geländer hinabsehe, erkenne ich zu meiner Erleichterung, dass meine Mutter an der Rezeption steht. Eilig laufe ich die Treppe hinab, und das Schicksal meint es gut mit mir, denn in diesem Moment klingelt das Telefon und Mom kommt nicht dazu, mich zu fragen, was los ist. Wohin ich will.

Und ich weiß ja selbst nicht, wohin ich will. Mit hämmerndem Herzen flüchte ich aus der Lodge, will eines der Hotelfahrräder holen, sehe aber dann ein, dass es quasi ein Selbstmordversuch wäre, bei diesem Nebel mit dem Rad zu fahren. Also marschiere ich los. Weiter, weiter, immer weiter, bloß nicht an die zwei Särge denken, an den großen und den kleinen, nebeneinander auf dem Friedhof stehend. Nicht an die absolute Leere auf den Gesichtern von Amys Eltern denken. Oder auf den Gesichtern meiner Eltern.

An die vollkommene, alles verschlingende Leere in mir.

Als ich den Kies des Küstenpfads unter meinen Sneakers knirschen höre, verlangsame ich ein wenig, weil ich weiß, wie steil die Klippen hier sind. Ich weiß das nur zu gut.

Endlich kommen die Tränen. Ich habe keine Ahnung, wann ich das letzte Mal wegen Amy und Quinn geheult habe. Ich glaube, das ist auch schon fast dreizehn Jahre her. Das Eis in mir scheint tatsächlich zu schmelzen. Ganz langsam. Aber es schmilzt eindeutig.

36

Greta

Ich möchte Skye so viel fragen. Jetzt, da ich weiß, dass sie weiß, wer ich bin, würde ich sie am liebsten überhäufen mit Fragen zu ihrem rätselhaften Bruder und seiner Vergangenheit. Aber es ist immer noch so nebelig, dass Skye ihre ganze Konzentration braucht, um ihren alten Ford vorsichtig die kurvige Straße entlang und bis zu Gottliebs Haus zu lenken. Die dichte Suppe draußen hat nur einen Vorteil: Ich kann das Wrack unseres Mietautos nicht erkennen, als wir die Stelle passieren, wo ich fast mit dem gelben Büchereibus kollidiert wäre.

Kaum sind wir bei Gottliebs Grundstück angekommen, als Skye auch schon eilig nach einer Tasche greift, die sie im Fußbereich der Rücksitzbank liegen hatte, damit den Wagen verlässt und auf das Haus zurennt. Zwar frage ich mich immer noch ungläubig, warum hier alle so viel Aufheben um Raes komische Gefühle machen, aber ich folge Duncans Schwester trotzdem, so schnell ich kann.

Wir finden Gottlieb im Wohnzimmer. Er liegt bäuchlings, mit geschlossenen Augen, auf dem Teppich, und vor Schreck verschlägt es mir die Sprache. Skye kniet sich neben ihn und fühlt nach seinem Puls, während sie behutsam auf Fiete einredet, der panisch bellend um sie und um sein Herrchen herumspringt. Ich stehe stockstarr im Türrahmen und lasse meinen Blick durch das Zimmer wandern: Hier herrscht das übliche Chaos, noch betont durch die zerbrochene Tasse, die ganz in Gottliebs Nähe auf dem Fußboden liegt. Eine Teelache inmitten vieler Scherben.

»Lebt er?«, frage ich und habe plötzlich eine ziemlich belegte Stimme.

»Und ob«, höre ich da Gottliebs Stimme und zucke vor Schreck zusammen. Er hat die Augen geöffnet und sieht an Skye vorbei zu mir hinüber. »Du schon wieder.«

»Ich … hallo!« Vorsichtig komme ich ein paar Schritte näher. »Geht es Ihnen gut, Herr Müller?« Automatisch rede ich Deutsch mit ihm. Ich spüre Skyes überraschten Blick auf mir, aber sie sagt nichts.

»Keine Ahnung. Zumindest lebe ich. Kann also nicht ganz so schlimm sein. Außerdem – waren wir nicht schon beim Du?« Er ächzt leise und versucht, sich aufzusetzen. Skye, ganz die erfahrene Krankenschwester, hat die nötigen Hilfestellungen parat. Als sich der alte Herr hingekniet hat, sehe ich das Blut an seinem rechten Unterarm. Auch auf dem Boden ist eine kleine Blutlache. Fiete schnüffelt daran und bellt noch lauter.

»Sie haben sich verletzt«, sagt Skye ruhig und begutachtet die Wunde. Gottlieb Müller folgt fast verwundert ihrer Geste mit seinem Blick und meint kopfschüttelnd: »Keine Ahnung, wie das passiert ist.«

»Vielleicht eine Scherbe der Teetasse?«, schlage ich vorsichtig vor, während Skye dem alten Herrn auf die Füße hilft.

»Tja, hmm, das könnte wohl sein«, murmelt Gottlieb, und ich merke genau, dass es ihm nicht recht ist, dass Skye ihn auf dem Weg zum Sofa stützt. Aber er wehrt sich auch nicht dagegen.

Sobald er auf dem Sofa sitzt, glättet er sich ein wenig ungehalten die weißen Haare, die von seinem Kopf abstehen.

»Ist ja gut, Fiete«, brummt er, als der Hund sich gar nicht mehr beruhigen will und immer wieder schwanzwedelnd versucht, über das Gesicht des alten Herrn zu lecken. »Jetzt reicht es aber! Kein Grund zur Panik!«

»Was genau ist denn passiert?«, höre ich Skye mit einer ruhigen, Kompetenz ausstrahlenden Stimme fragen, die sicherlich ihre Krankenhausstimme ist. Ich wende mich der Küchenecke zu, um ein Kehrblech zu suchen, während ich mit einem Ohr angestrengt Richtung Sofa lausche.

»Keine Ahnung, was passiert ist. Im einen Moment bin ich mit meiner Teetasse auf dem Weg zum Sofa, und im nächsten wird mir schwarz vor Augen. Und dann sind da plötzlich zwei fremde Frauen in meinem Wohnzimmer. Warum seid ihr überhaupt hier?«

»Rae hat mich angerufen, weil sie so ein komisches Gefühl wegen Ihnen hatte, Herr Müller. Und fremd sind wir uns doch nicht, oder? Sie kennen mich doch, seit ich mit dem Dreirad von zu Hause ausgebüxt bin und auf Ihrem Grundstück gelandet bin.«

»In den Erdbeeren haben sie dich gefunden, Skye Cameron.«

Ich habe noch kein Kehrblech entdecken können, aber strecke neugierig den Kopf aus der Küchenecke, um zu sehen, ob es so ist, wie es sich anhört. Tatsächlich: Ein leichtes Lächeln hat sich auf Gottlieb Müllers Lippen gestohlen. Kaum zu glauben!

»Was gibt es denn da so überrascht zu starren?« Der alte Mann sieht mich herausfordernd an. Ich muss grinsen.

»Ich suche ein Kehrblech. Wo könnte ich denn wohl eins finden?«

»Tja, hmm, gute Frage. Vielleicht im Flur? Unter dem Schuhschrank?«

»Aha, darauf wäre ich nicht gekommen«, erwidere ich betont höflich und wende mich dem Flur zu, während Skye aus ihrer Tasche ein Blutdruckmessgerät und ein Paket, das sicherlich Verbandszeug enthält, hervorzieht.

»Ach nö!«, höre ich Gottlieb Müller noch protestieren und muss lächeln, während ich mich im Flur auf alle viere hinablasse und unter den Schuhschrank starre. Sehr viele Wollmäuse starren zurück, und dazwischen ist tatsächlich der Griff eines Kehrblechs auszumachen. Sehr gut, vergesslich ist der gute Gottlieb also nicht.

»So, so, Rae hatte mal wieder eines ihrer komischen Gefühle«, murmelt Gottlieb Müller, als ich mit dem Kehrblech zurück ins Wohnzimmer komme. »Ich habe sie so oft damit aufgezogen, und nun das.«

»Tja, da können Sie wohl froh sein, wie?«

»Na ja, aber was wäre denn wohl passiert, wenn ihr zwei nicht gekommen wärt?«, fragt Gottlieb Müller, plötzlich ungehalten. »Dann hätte ich noch ein, zwei Minuten länger neben der Teelache gelegen. Irgendwann hätte Fiete so einen Radau gemacht, dass er mich selbst von den Toten zurückgeholt hätte. Nicht wahr, Fiete?«

»Oder Ihr Kreislauf wäre kollabiert. Vor allem mit dieser stark blutenden Wunde«, erwidert Skye streng. »Ihr Blutdruck ist völlig im Keller. So, jetzt zeigen Sie mir mal Ihren Arm. Das brennt jetzt ein bisschen.«

»Ja, ja. Schon gut. Bin nicht aus Zucker«, knurrt der Alte, während ich mich den Scherben widme.

»Haben Sie öfter solche Ohnmachten, Herr Müller?«, fragt Skye ruhig, als sie eine Mullbinde auf dem Unterarm des alten Herrn fixiert hat.

»Ach was«, brummt Gottlieb Müller, was mir sofort sagt, dass er die sehr wohl hat.

»Wie oft schon?«

Er seufzt tief auf. »Skye Cameron, als du noch zwischen den Erdbeeren gesessen hast, hast du mir besser gefallen.«

»Damit muss ich wohl leben«, lächelt sie. »Also, raus mit der Sprache: Wie oft?«

»Das heute war das zweite Mal.« Gottlieb Müller seufzt erneut. »Das erste Mal bin ich vor ein paar Tagen im Bad umgekippt, als ich aus der Dusche gestiegen bin. Unsere Bücherhexe hat mich gefunden. Wollte mich zum Arzt bringen, aber ich hab mich geweigert.«

»Kein Wunder also, dass Rae ein komisches Gefühl wegen Ihnen hatte«, meint Skye mit einem Kopfschütteln. »Und sie hatte völlig recht, natürlich hätten Sie zum Arzt gehen müssen!«

»Ja, ja, mag sein.« Ich merke, dass der alte Mann mich nachdenklich mustert, während ich die letzten Scherben zusammenfege und mich dann mit dem Kehrblech erhebe. »Rae schaut inzwischen fast jeden Tag bei mir vorbei«, sagt er schließlich leise. »Ich habe das Gefühl, dass sie nur wegen mir so oft hier auf der Insel ist. Ich meine, ihr Büchereibus in allen Ehren, aber wer auf dieser Insel braucht schon täglich neuen Lesestoff?«

»Oh, ich im Winter, lieber Herr Müller«, sagt Skye vergnügt und zwinkert ihm zu.

»Mag sein. Aber außer dir, mein Kind, wohl kaum jemand.« Er seufzt tief auf und sieht wieder mich an. Ich stehe immer noch mit dem Kehrblech in der Hand da und erwidere seinen Blick. Irgendwie habe ich das Gefühl, dass er mir etwas mitteilen will. Und ich behalte recht, als er mit einem Mal langsam sagt, diesmal auf Deutsch: »Ich habe lange über das Angebot nachgedacht, seit wir uns zum letzten Mal gesehen haben, Greta aus Hamburg.« Ich halte den Atem an, mustere den alten

Herrn überrascht. Mit einem Schlag wirkt er um Jahre älter und längst nicht mehr so störrisch wie noch vor ein paar Minuten. Ernst betrachtet er den Verband an seinem Unterarm, streicht sacht mit seinen Fingern darüber. Sie zittern, diese Finger, merke ich. Der ganze Schreck scheint also nicht so spurlos an ihm vorübergegangen zu sein, wie er uns im ersten Moment weismachen wollte.

»Könnte gut sein, dass mich das nächste Mal, wenn ich umkippe, niemand findet, wie?« Er sieht wieder zu mir hoch, grinst schwach. »Gegen Nebel ist sogar Rae machtlos, und ihr seid auch nicht immer zur Stelle, wenn sie ein komisches Gefühl hat.« Er seufzt erneut tief auf und krault Fiete hinter den Ohren. Die Traurigkeit in seiner Stimme ist mit Händen greifbar, als er leise hinzufügt, mehr zu seinem Hund als zu mir, aber nach wie vor auf Deutsch: »Na, was meinst du, alter Junge? Vielleicht ist es an der Zeit, dass wir die Insel verlassen. Ja, vermutlich sollte ich doch verkaufen.«

Auf dem Rückweg schweigen Skye und ich lange. Wir haben versucht, ein wenig Ordnung in Gottlieb Müllers Haus zu bringen, haben neuen Tee gekocht, ihm einen Toast mit Marmelade geschmiert und bei der Gelegenheit festgestellt, dass die Marmelade verschimmelt war und er kaum noch Vorräte im Schrank hat. Wir haben versprochen, für ihn einzukaufen und ihm im Gegenzug das Versprechen abgenommen, nicht selbst mit dem Auto zum Inselladen zu fahren, bis der Arzt nicht das Okay dafür gegeben hat. Sobald die Fähre wieder ablegen kann, wird Skye mit Gottlieb in ihr Krankenhaus fahren und ihn dort durchchecken lassen. Bis dahin hat sie ihn angewiesen, sich mit hochgelagerten Beinen hinzulegen, sobald er merkt, dass ihm wieder schwindelig wird. Außerdem haben wir ihm eingetrichtert, sein Telefon immer bei sich zu tragen.

Gottlieb Müller hat erstaunlich friedlich zu allem sein Einverständnis gegeben. Das hat mich wohl am meisten geschockt – dass der sture alte Mann plötzlich tatsächlich verunsichert wirkte. Sogar darüber nachdachte, doch zu verkaufen!

»Seit du hier aufgetaucht bist, Greta, habe ich überlegt, wie es wäre, wieder nach Deutschland zu ziehen«, hat er mir noch anvertraut, bevor wir uns verabschiedet haben. »Mir war nicht klar, wie sehr ich es vermisst habe, mich mit jemandem in meiner Muttersprache zu unterhalten. Ich war ewig nicht in Deutschland. Das letzte Mal 1984. Da gab es die DDR noch! Du meine Güte, ich kann mir kaum vorstellen, wie es in meiner Heimat jetzt aussieht. Aber es wäre schön, mal wieder dort zu sein. Meinen kleinen Bruder wiederzusehen, der auch schon 79 ist.«

Seine Worte lassen mich nicht mehr los. Wäre es besser für ihn, Whale Island zu verlassen und nach Hamburg zu ziehen? Würde er sich dort wohlfühlen? Natürlich wäre es bestimmt sehr schön für ihn, seinen Bruder nach so langer Zeit wieder zu sehen – aber fände sich Gottlieb, der Einsiedler, überhaupt noch in der deutschen Gesellschaft zurecht? Würde er diese windumtoste Insel und die vorbeiziehenden Wale nicht furchtbar vermissen?

»Was denkst du?«, reißt mich Skyes Stimme aus meiner Grübelei.

»Dass ich nicht sicher bin, was für Gottlieb das Beste wäre«, seufze ich.

»Das Beste wäre für ihn, nicht ganz allein in dem Haus zu leben«, brummt Skye. »Wenn er wenigstens öfter um Hilfe bitten würde! Nur Rae lässt er in sein Haus. Ich meine … tja, vermutlich ist sie auch die Einzige, die sich seinem Haus überhaupt noch nähert. Er hat ja immer alle weggebissen wie ein wütender Hund. Hat sich nach dem Tod seines Sohnes und seiner

Frau völlig in sich zurückgezogen. Als wenn er dem Rest der Welt die Schuld daran geben würde.«

»Der Arme«, flüstere ich.

»Ja.« Skye seufzt.

»Genau das war unser Ziel: Duncan wollte erreichen, dass Gottlieb sein Grundstück verkauft, um das Sommerset-Resort mit Golfplatz und Hubschrauberlandeplatz und hast du nicht gesehen hier errichten zu können. Er müsste sich also freuen, wenn er hört, dass der alte Mann seine Meinung ändert. Aber ich … ich freue mich nicht.«

»Verstehe ich«, murmelt Skye. »Ich bin auch zwiegespalten. Einerseits fand ich die Idee gut, dass Duncan meiner Familie das Hotel abkaufen und etwas Neues hier aufziehen will. Ich meine, ganz ehrlich, unser Hotel reißt niemanden mehr vom Hocker! Darum war ich es sogar, die Duncan vorgeschlagen hat, hier zu investieren, als wir wieder Kontakt hatten. Ich hatte vorher auf der Sommerset-Homepage die anderen Boutique-Hotels gesehen und fand den Stil ganz schön. Warum nicht unsere Lodge in ein nettes Sommerset-Boutique-Hotel verwandeln, habe ich mir gedacht? Mit dem Geld der Sommerset-Gruppe hätte man was Ordentliches aufziehen und viele Arbeitsplätze schaffen können, und ich hatte gehofft, dass meine Eltern und Aidan trotzdem noch weiter in der Lodge hätten arbeiten können. Immerhin ist das ihr Lebensmittelpunkt. Aber … ich wusste nicht, dass Duncans Boss die Lodge abreißen lassen will, um etwas ganz Neues zu bauen. Dass er unbedingt ein riesiges Resort mit Golfplatz und Hubschrauberlandeplatz schaffen will. Ich meine – das passt doch gar nicht hierher, in diese wunderbare Landschaft! Und so ein Großprojekt würde zu viel der Natur zerstören.«

»Eben«, brumme ich bedrückt. »Aber dein Bruder will davon nichts hören. Er macht sich darüber lustig, dass ich so eine Öko-Tante bin, wenn ich das Thema ›Golfplatz‹ auch nur erwähne.«

»Dabei wäre er der Letzte, der Whale Island von Touristen überrannt sehen will, glaub mir«, sagt Skye nachdenklich. »So sehr kann sich mein Bruder nicht verändert haben. Er ist zwar ein guter Geschäftsmann und erkennt sofort eine optimale Investitionsmöglichkeit, aber seine Heimatinsel kann ihm nicht so egal sein, dass er sie in ein Disneyland verwandelt sehen möchte.« Sie atmet tief ein und aus. »Es muss doch einen Mittelweg geben, mit dem alle zufrieden sind! Warum hat sich sein Schwiegervater denn bloß diesen dummen Golfplatz in den Kopf gesetzt?«

»Keine Ahnung«, seufze ich. Eine Weile schweigen wir beide, bevor ich zaghaft bitte: »Skye – ich weiß immer noch nicht, was damals hier auf der Insel vorgefallen ist. Warum Duncan so lange nicht hier war. Ich habe lediglich auf dem Friedhof das Grab von Amy und Quinn entdeckt.« Mir entgeht nicht, dass Skye bei der Erwähnung der Namen leicht zusammenzuckt. Ich hole tief Luft.

»Bitte – kannst du mir erzählen, was damals passiert ist?«

37

»Es war immer schon irgendwie klar, dass Duncan als Ältester von uns Geschwistern einmal die *Cameron Lodge* übernehmen würde. Weißt du, vor fünfzehn Jahren war das hier noch eine wirkliche Goldgrube. Ich kann mich kaum daran erinnern, dass wir in der Sommersaison mal nicht voll ausgebucht waren.«

Skye und ich sitzen im Auto, aber der Motor läuft nicht mehr. Sie hat uns nicht zurück zum Hotel gefahren, sondern ist einer anderen Straße an der Küste entlang gefolgt, bis wir am still gelegten South Point Leuchtturm angelangt sind, der wie ein grauer Schatten aus den Nebelschwaden in die Höhe ragt. Dieser Leuchtturm steht auf einer Landzunge, auf der hohes Gras und Sträucher wuchern, soweit ich das vom Auto aus erkennen kann. Die Landzunge bildet das eine Ende der sogenannten »Deep Bay«, wie Skye mir erläutert hat – einer tiefen Bucht, die so geschützt vor Wind und Wetter liegt, dass die Inselkinder dort früher gern von den Felsen aus zum Schwimmen ins Wasser gesprungen sind. Aus der Ferne hören wir immer noch das beruhigend gleichmäßige Dröhnen des Nebelhorns von der Coast Guard Station am North Point Leuchtturm am anderen Ende der Insel zu uns herüberschallen.

Wir haben die Fenster halb heruntergelassen, und ich atme tief die feuchte, salzige Meeresluft ein.

»Und Duncan hat sich auch für das Hotelgewerbe interessiert – aber er wollte auf keinen Fall hier auf der Insel versauern, sondern die Welt sehen. Schon früh war er deswegen hin- und hergerissen, wollte unsere Eltern nicht enttäuschen, hat aber trotzdem von einem Leben in einer Großstadt geträumt. Und so hat er sich nach dem College tatsächlich um einen Praktikumsplatz in einem Hotel in Halifax bemüht, um dort Berufserfahrung zu sammeln und zu sehen, ob ihm die Arbeit in der Stadt mehr Spaß machen würde als auf der Insel – was dann auch der Fall war.«

»Und was hat dein Dad dazu gesagt?« Gespannt sehe ich Skye von der Seite an. Sie streicht sich eine schwarze Strähne, die sich aus ihrem hochgetürmten Haar gelöst hat, hinters Ohr und lacht auf: »Oh, Dad hat natürlich getobt! Er war unfassbar beleidigt, dass sein Sohn die *Cameron Lodge*, die er mit seinen eigenen Händen gebaut hatte – wie er uns ständig unter die Nase rieb – nicht zu schätzen wusste und so ein anonymes Großstadthotel spannender fand! Ein Hotel, das zu einer *Hotelkette* gehörte – Hotelketten waren für Dad schon immer der Inbegriff des Bösen. Er kann wahnsinnig konservativ sein und ist wirklich irgendwo in den guten alten Zeiten hängen geblieben.« Skye lacht erneut und seufzt dann tief auf. »Darum haben wir ja so viele Probleme mit der Lodge. Weil Dad vor jeder Modernisierung zurückschreckt wie der Teufel vorm Weihwasser. Aber das ist ein anderes Thema. Zurück zu Duncan.« Sie holt tief Luft und lässt sie langsam entweichen, während sie durch die Windschutzscheibe in die grau wabernden Nebelschwaden hinausstarrt.

»Duncan war nicht lange weg, so gut es ihm in Halifax auch gefiel – denn er hatte nach wie vor seine Highschool-Freundin Amy hier auf Whale Island.«

Aufmerksam sehe ich sie an. Amy. Die Frau von dem Grabstein. Das war also Duncans Highschool-Liebe. Mir wird schwer ums Herz, während ich weiter zuhöre.

»Amy und Duncan waren zusammen, seit sie sechzehn waren. Na ja, zwischendurch waren sie kurz getrennt, als beide auf verschiedene Colleges gegangen sind – Amy nach Sydney, Duncan nach Halifax. Aber am ersten Weihnachtsfest, als sie sich hier zu Hause wiedergesehen haben, da wurde ihnen klar, dass sie doch zusammengehörten. Amy kam direkt nach dem College zurück nach Whale Island, sie wollte den Souvenirladen ihrer Eltern ganz neu und größer aufziehen. Sie hatte einen Marketingabschluss gemacht und war richtig motiviert. Tja, und Duncan kam nach einem Praktikumsjahr in dem Hotel in Halifax auch zurück, gerade, als sie ihm dort eine Festanstellung angeboten hatten – weil Amy nämlich von ihm schwanger war.«

Automatisch presse ich die Fingernägel meiner rechten Hand in den Handteller meiner linken. Das mache ich immer so, sobald ich von Schwangerschaften höre, seit … seit ich selbst nicht mehr schwanger bin.

»Duncan hat das allerdings zunächst nicht als Grund gesehen, zurück nach Whale Island zu kommen«, fährt Skye fort, und ich sehe sie überrascht an.

»Er wollte das Kind nicht?« Noch vor ein paar Tagen hätte ich diese Vermutung völlig naheliegend gefunden – aber jetzt, da ich Duncan Sommerset ein wenig besser kennengelernt habe, jetzt kann ich das nicht mehr so recht glauben. Er mag vieles sein, aber gefühlskalt sicher nicht. Selbst wenn er oft so tut. Und Skye schüttelt tatsächlich vehement den Kopf, was mich verstohlen aufatmen lässt – warum auch immer.

»Nein, nein – also, doch, er wollte das Kind, so geschockt er natürlich im ersten Moment war. Amy ebenfalls, sie waren beide noch so jung! Aber Duncan hat versucht, Amy dazu zu überreden, nach Halifax zu ziehen. Ich weiß noch, wie er sie zu einem romantischen Wochenende in die Stadt eingeladen und ihr bei Sonnenuntergang auf einem Segelschiff vor der Skyline der Stadt – die nur aus einer Handvoll Hochhäusern besteht, wir reden hier von der Provinzhauptstadt von Nova Scotia! – einen Heiratsantrag gemacht hat. Amy kam zurück nach Whale Island und hat erklärt, sie habe Duncan gesagt, sie würde seinen Antrag nur annehmen, wenn sie auf der Insel leben und ihr Kind hier großziehen würden.« Skye seufzt bekümmert.

»Und da hat mein Bruder nachgegeben. So sehr er auch von der großen Stadt und dem Job dort im Hotel geträumt hat, er hätte Amy niemals allein mit seinem Kind hier auf Whale Island gelassen. Aber er war regelrecht verbittert, als er zurückkam. Wütend auf das Schicksal und viel zu ernüchtert für einen jungen Mann von einundzwanzig Jahren, der sein Leben noch vor sich hatte! Es war, als hätte man all seine Zukunftsträume wie die Flamme einer Kerze ausgepustet.« Ernst starrt Skye in den Nebel hinaus.

»Aber er hat das getan, was von ihm erwartet wurde: Er hat Amy geheiratet – er liebte sie ja auch wirklich –, und er hat wieder angefangen, in der *Cameron Lodge* zu arbeiten. Das war der schlimmste Teil für ihn, denn ihm kam es vor wie ein zu Kreuze kriechen vor unserem Dad. Er, der so großspurig von einer Karriere in einem internationalen Hotel geträumt hatte, dem das kleine Insel-Hotel zu schlicht und langweilig gewesen war, der kam nun zurück und bat darum, wieder im Familienhotel arbeiten zu dürfen, um seine eigene kleine Familie ernähren zu können.« Skye seufzt erneut tief auf. »Unser Vater hat es Duncan echt nicht leicht gemacht. Er hätte mehr Verständnis zeigen sollen. Ihn nicht so stark spüren lassen sollen, dass man das nun einmal davon hat, wenn man sich mit seinen Träumen übernimmt. Wie auch immer – Duncan war eine Zeit lang verbittert und wütend auf alles und jeden, aber das wurde besser, als Quinn geboren wurde. Das Baby versöhnte ihn mit Whale Island. Eigentlich waren Duncan und Amy viel zu jung, um Eltern zu sein, wenn du mich fragst. Aber sie haben sich wirklich reingehängt, und sie haben den kleinen Quinn so sehr geliebt.«

Als ich höre, dass Skyes Stimme mit einem Mal sehr belegt klingt, greife ich spontan nach ihrer Hand, die auf ihrem Oberschenkel liegt. Sie schnieft leise auf und sieht mich mit einem schiefen Lächeln an. »Geht schon«, murmelt sie.

Dann erzählt sie, dass eine Weile alles gut zu werden versprach, dass Duncan sich mit der Arbeit im Familienhotel zu arrangieren schien. Allerdings währte der Friede nur kurz, denn schon bald gerieten Graham und sein Sohn wieder öfter aneinander, stritten sich über alles Mögliche. Duncan warf seinem Dad vor, einerseits zwar zu wollen, dass er im Familienhotel mitarbeitete, aber dass er, obwohl frisch vom College, andererseits keine eigenen Ideen einbringen durfte. Alles sollte so bleiben, wie es schon immer gewesen war, und das machte Duncan wahnsinnig. Er wurde wieder unruhiger und unzufriedener, wünschte sich zurück nach Halifax und versuchte, Amy zum Mitkommen zu überreden. Auch die beiden stritten sich immer wieder, und meistens ging es nur um dieses eine Thema.

»Tja, und dann ist der Unfall passiert«, sagt Skye leise, und ich halte unwillkürlich den Atem an, als ich sie von der Seite ansehe.

»Es war kurz vor Quinns drittem Geburtstag, ein grauer Frühsommertag, dichter Nebel hing über der Insel, genau wie heute. Duncan und Amy waren auf dem Festland bei Freunden eingeladen gewesen, sie waren mit der Fähre auf dem Rückweg. Sie haben sich mal wieder wegen Halifax gestritten – mein Bruder konnte und wollte den Traum von einem Leben weit weg von Whale Island einfach nicht aufgeben. Sie standen an Deck der Fähre, Quinn war im Auto und schlief. Unser früherer Fährkapitän hat den Streit mitbekommen und uns später davon erzählt. Duncan selbst wollte nie darüber reden – tja, und Amy konnte nicht mehr.« Skye holt zitternd Luft.

»Als die Fähre anlegte, hat Rae die beiden beobachtet. Sie war mit ihrem Schulbus noch auf Whale Island und hat auf die Fähre gewartet – was sie um die späte Uhrzeit noch hier wollte, habe ich nie begriffen. Vielleicht hatte sie mal wieder eine ihrer Ahnungen. Nur leider … hat das in dem Fall nicht geholfen. Rae hat uns später erzählt, dass sie gehört hat, wie Amy Duncan an Deck wutentbrannt angeschrien hat, dann solle er doch ohne sie und Quinn ins verdammte Halifax ziehen. Und Duncan – der hat zurückgeschrien, dass er genau das tun werde, und sobald die Rampe der Fähre hinabgelassen worden war, ist er aufgebracht hinuntermarschiert. Amy ist an Deck der Fähre stehen geblieben und hat ihm nachgesehen. Und dann hat sie sich hinter das Steuer gesetzt.«

Syke macht eine kurze Pause, bevor sie heiser weiterredet: »Das Problem war nur, dass Amy bei der Einladung recht viel getrunken hatte. Ob nun aus Frust, weil ihre Ehe den Bach runterging, oder einfach aus Lust und Laune, das kann ich nicht sagen. Auf jeden Fall war Duncan, der nüchtern war, an dem Abend eigentlich der Fahrer. Aber er war ja bereits völlig außer sich von der Fähre gestürmt, also fuhr Amy das Auto weiter.«

Ich schließe kurz die Augen und atme tief durch.

»Rae hat Duncan noch angesprochen«, murmelt Skye, so leise, dass es fast wirkt, als würde sie es zu sich selbst sagen. »Sie stand neben ihrem Schulbus, als Duncan die Fähre verlassen hat, und sie hat ihm gesagt, er dürfe Amy nicht fahren lassen. Aber Duncan hat sie in seiner Wut gar nicht beachtet, sondern ist einfach weitergestürmt. Dann hat Rae wohl noch versucht, Amy aufzuhalten, hat der damalige Fährkapitän erzählt – er hat gesehen, wie sie winkend auf der Straße stand, aber Amy hat einfach Gas gegeben und ist an ihr vorbeigerauscht. Später … später hat man festgestellt, dass sie 1,5 Promille im Blut hatte.«

Skye macht erneut eine kurze Pause, dann erzählt sie, sichtlich um Fassung bemüht, wie ihre Eltern und sie, die damals noch in der *Cameron Lodge* wohnte, um kurz nach Mitternacht von Rae geweckt wurden.

»Ich werde nie vergessen, wie sie mit ihrem leuchtend roten Haar im Licht der Außenlaternen vor unserer Haustür stand. Ihr Gesicht war aschfahl. Als sie gesagt hat, dass Amy und Quinn verunglückt seien, da konnten wir es alle nicht glauben. Wir dachten, sie wäre vielleicht endgültig verrückt geworden und würde wirres Zeug reden. Aber wie sich herausstellte … war es leider die Wahrheit.« Skye schluchzt heiser auf, und einmal mehr lege ich meine Hand auf ihre, wickele meine Finger um ihre Finger.

»Wir fuhren alle zur Unfallstelle, nicht weit entfernt von unserem Hotel. Amy … sie war zu schnell unterwegs gewesen, und im Nebel hat sie vermutlich die Orientierung verloren, meinte die Polizei später. Ihr Auto war von der Straße abgekommen und über die Klippen ins Meer gerast. Duncan hat das gar nicht mitbekommen, er ist in seiner Wut querfeldein über die Insel marschiert, er musste sich wohl abreagieren. Rae … sie war die Erste an der Unfallstelle. Aber … sie konnte nichts machen. Im dichten Nebel konnte man nicht einmal sehen, wo genau das Auto ins Meer gestürzt war. Die Klippen waren an der Stelle zu hoch.«

Bei der Vorstellung sauge ich scharf die Luft ein – auch weil ich an meinen eigenen Unfall denken muss. Gänsehaut breitet sich auf meinen nackten Armen aus.

»Rae hat später erzählt, dass sie mit dem Bücherbus zum Haus von Duncan gefahren ist, um ihn zu holen – an der Unfallstelle gab es keinen Handyempfang, wie an so vielen Punkten dieser Insel. Duncan war selbst gerade erst zu Hause angekommen und hat gemerkt, dass etwas nicht stimmte, weil das Auto noch nicht in der Einfahrt stand. Rae hat vom Haus den Notruf gewählt und ist mit Duncan im Bus zurück zur Unfallstelle gerast, wo er versucht hat, im Nebel über die Klippen runter zum Meer zu klettern. Sie hat alles getan, um ihm das auszureden – sie hat ihm zu verstehen gegeben, dass es zu spät sei. Dass Amy und Quinn schon tot seien. Da hat Duncan sie angeschrien, dass sie irre sei und ihn in Ruhe lassen solle. Deshalb ist sie los und hat uns geholt, und auch Amys Eltern. Aber niemand wollte auf Rae hören, alle haben natürlich versucht, trotz des Nebels und der Dunkelheit zum Wrack zu gelangen. Die Coastguard ist mit einem Boot gekommen, und nach einer gefühlten Ewigkeit tauchte auch der Rettungshubschrauber von dem Krankenhaus auf, wo ich damals schon gearbeitet habe. Mit Hilfe der Profis von der Küstenwache hat man es geschafft, das Auto zwischen den Felsen im Meer ausfindig zu machen, aber natürlich stimmte es, was Rae die ganze Zeit gesagt hatte – es war zu spät. Duncan schrie Rae noch an, dass sie nicht gewollt habe, dass man Amy und Quinn helfe, dass sie eine verrückte Hexe sei, die die beiden umbringen wollte. Er war völlig außer sich vor Trauer und Hilflosigkeit. Ich werde seine Schreie nie vergessen.« Skye atmet tief durch.

»Die Obduktion hat später ergeben, dass Amy und Quinn tatsächlich schon durch den Sturz des Autos auf die Felsen gestorben waren. Sie waren nicht ertrunken, obwohl sich das

Wrack unter Wasser befand. Rae hatte also recht gehabt, als sie Duncan davon abhalten wollte, sich bei einem Rettungsversuch selbst in Gefahr zu begeben.«

»Duncan hat sich vermutlich die Schuld an dem Unfall gegeben?«, wispere ich leise.

Skye nickt. »Natürlich. Die Schuld, die hat ihn förmlich erdrückt. Vor allem, als die 1,5 Promille feststanden. Amy hätte auf keinen Fall mehr fahren dürfen. Und Duncan … er hätte sie nicht allein mit dem Auto auf der Fähre zurücklassen dürfen. Das war in dem Moment einfach gedankenlos von ihm. Und mit so etwas kann man kaum weiterleben.«

»Ja«, flüstere ich und spüre, wie die altvertrauten Tränen heiß unter meinen Lidern brennen.

»Vor allem, weil nicht nur er selbst sich die Schuld an dem Unglück gegeben hat«, fährt Skye heiser fort. »Auch Amys Eltern haben das getan. Und … leider unsere ebenso.« Skye wischt sich eine Träne aus dem Augenwinkel. »Sie haben den kleinen Quinn vergöttert, weißt du? Ständig war er bei uns in der *Cameron Lodge*. Hat mit meiner Mutter im Garten gewühlt. Hat mit meinem Dad ums Hotel herumgewerkelt. Quinn war unser aller Sonnenschein.«

Erneut holt sie zitternd Luft. »Aber wie es leider oft nach solchen traumatischen Ereignissen ist, sind wir als Familie nicht zusammengewachsen, sondern auseinandergebrochen. Also … zumindest Duncan. Er … er ist vom Familienbaum abgebrochen wie ein morscher Ast. Meine Eltern haben ihm gesagt, nun könne er endlich gehen, nun halte ihn nichts mehr auf. Sogar Mom hat damals ziemlich heftig reagiert, obwohl sie Duncan über alles liebt – aber sie hat eben auch Quinn vergöttert, sie wusste kaum noch, wohin mit ihrem Entsetzen und ihrer Trauer. Ein Wort ergab das andere. Duncan war in seiner Trauer auch nicht zimperlich mit dem, was er gesagt hat. Es wurde sehr viel Verletzendes geschrien, von allen Beteiligten. Tja – und dann ist Duncan gegangen, direkt nach der Beerdigung, und hat nichts mehr von sich hören lassen … bis er mir vor ein paar Monaten die Freundschaftsanfrage auf Facebook geschickt hat.« Skye sieht mich von der Seite ernst an. »So, jetzt kennst du die ganze, traurige Geschichte.«

Betroffen räuspere ich mich und hake leise nach: »Und … darum auch das schlechte Verhältnis zu Aidan?«

38

Skye reibt sich mit einem tiefen Seufzer über die Stirn. »Tja, Aidan. Er war gar nicht hier, als der Unfall passiert ist. Aidan hat in Charlottetown gewohnt, in der Hauptstadt von Prince Edward Island, unserer Nachbarprovinz.«

»Die Heimat von *Anne auf Green Gables*«, bemerke ich, und Skye nickt mit einem schiefen Lächeln.

»Genau die. Aidan hat dort das Culinary Institute of Canada am Holland College besucht, um Koch zu werden. Dad hätte es natürlich bei ihm genauso gern gesehen, wenn er in die familiären Hotelfußstapfen getreten wäre, und Aidan hat am Holland College auch tatsächlich zuerst einen Hotelmanagement-Studiengang belegt, weil Duncan zu der Zeit noch in Halifax war und es so aussah, als müsse Aidan die Lodge übernehmen. Aber dann kam die Geburt von Quinn dazwischen, Duncan ist nach Whale Island zurückgekehrt, und Aidan hat seine Chance gesehen, doch noch Koch werden zu können. Er hat also die Kurse gewechselt, um sich seine Traumausbildung erfüllen zu können. Das Culinary Institute of Canada hat einen erstklassigen Ruf, und Aidan hat seinen Abschluss als Jahrgangsbester gemacht. Mit seinem Diplom in Culinary Arts in der Tasche hat er auch gleich einen Job in Charlottetowns bestem Restaurant bekommen. Dort hat er sich in Windeseile vom Line Cook, also ganz unten in der Küchen-Hackordnung, bis zum Souschef hochgearbeitet. Alles lief super für ihn. Bis Duncan nach Quinns und Amys Tod Whale Island verlassen hat.«

Skye atmet tief durch und zieht bei der Erinnerung die Stirn in Falten. »Duncan war plötzlich weg, und mein Dad … er hatte wenige Wochen nach Duncans Verschwinden einen Schlaganfall. Die entsetzliche Trauer um Quinn und Amy, und dann der schreckliche Streit mit Duncan … all das hat ihm zu sehr zugesetzt. Der Arzt hat ihm klargemacht, dass er sich unbedingt schonen müsse. Nur … damals war das Hotel noch voll ausgebucht. Es war Ende Juni, die Saison fing gerade erst an. Ich hatte eine Festanstellung als Krankenschwester, zwar habe ich an meinen freien Tagen ausgeholfen, aber ich konnte nicht alles machen. Glenn hat zu der Zeit in Halifax studiert – er hat außerdem von uns vieren seit unserer Kindheit am wenigsten mit dem Hotel am Hut gehabt. Er war einfach schon immer ein Träumer, der gute Glenn, der lieber in seiner eigenen Welt lebte.« Sie lächelt bei der Erinnerung an ihren jüngeren Bruder, und ich frage mich mal wieder, was für ein Typ dieser Glenn wohl ist.

»Aidan hat sich als Zweitältester verantwortlich gefühlt. Also hat er seine Kochmütze an den Nagel gehängt und ist zurück nach Whale Island gekommen.«

Skye sieht mich an und fügt traurig hinzu: »Das Problem war nur, dass Aidan eigentlich kochen wollte. Er hat sich dazu gezwungen, sich in die Unterlagen des Hotels einzuarbeiten, sich für die Lodge genauso zu interessieren wie für das Restaurant auf Prince Edward Island, aber man hat ihm immer angemerkt, dass er nicht mit dem Herzen dabei war. Meine Eltern wollten ihn glücklich sehen und haben ihm angeboten, nebenher auch das Hotelrestaurant zu übernehmen. Eine Zeit lang war Aidan also für das Abendessen im Hotel verantwortlich – aber leider hat er sich zu ausgefallene Gerichte ausgedacht, noch ganz geprägt von dem edlen Lokal, wo er seine Arbeitserfahrung gesammelt hatte. Banale Fish und Chips waren nichts für ihn, aber Steinbuttfilet mit Mangoldtarte waren nicht unbedingt etwas für die typischen Gäste der Lodge. Auch vom Preisniveau her.« Sie lacht bei der Erinnerung auf.

»Das hat also ebenfalls wieder nur zu Unzufriedenheit und Frust geführt, vor allem, wenn die Gäste nach ›normalem‹ Essen verlangt haben. Aidan ist irgendwann völlig ausgetickt und hat in der Küche alles hingeschmissen, um von da an wirklich nur noch fürs Hotelmanagement zuständig zu sein. Seit dem Tag hat er in der Hotelküche keine Pfanne mehr angefasst. Tja, und seinem Bruder verziehen hat er auch nie. Dass Duncan einfach so alles stehen und liegen gelassen hat und verschwunden ist, und nie wieder von sich hat hören lassen, das hat Aidan ihm nie vergeben können. Was ich auch verstehe. Die beiden waren immerhin mal sehr eng. Sie standen sich als Brüder echt nah. Und dann das.«

Skye sieht mich ernst an. »So. Jetzt hast du den ganzen Cameron-Ballast abbekommen.« Sie grinst schwach. Ich erwidere ihren Blick nachdenklich.

»Wow«, murmele ich schließlich leise. »Und wann kam Isla auf die Welt?«

»Knapp ein Jahr, nachdem Aidan wieder hier war. Er hatte in dem Sommer, in dem er auf die Insel zurückgekehrt war, Jenny kennengelernt, Islas Mutter. Sie hat in Halifax Meeresbiologie studiert und in den Semesterferien hier auf unserem Whale-Watching-Boot ein Praktikum gemacht und nebenher irgendwelche Daten für ihre Masterarbeit gesammelt oder so ähnlich. Die beiden hatten einen kurzen Sommerflirt, solange Jenny hier war, aber nichts Ernstes, und vermutlich hätten sie sich danach nie wieder gesehen, wenn Jenny nicht, als sie schon wieder in Halifax war, gemerkt hätte, dass sie schwanger war. Irgendwie hatten es meine beiden älteren Brüder nicht so drauf mit dem Thema Verhütung. Meine Eltern ja auch nicht. Oh Gott, was für eine verantwortungslose Sippe ich habe!« Skye rollt lachend die Augen himmelwärts, und ich muss grinsen.

»Aidan und Jenny haben das Ganze aber tatsächlich sehr vernünftig gehandhabt und sich darauf geeinigt, dass sie nicht wegen des Kindes so tun würden, als wären sie ein Paar und eine klassische Familie. Stattdessen hat sich Jenny auf eine Stelle an der Uni in Sydney, hier in Cape Breton, beworben, sodass Aidan seine Tochter oft besuchen oder sie für das ein oder andere Wochenende mit hierher nach Whale Island nehmen kann. Das hat irgendwie immer gut funktioniert, Aidan und Jenny haben eine bewundernswerte Co-Eltern-Beziehung, wie sie es nennen.«

Eine Weile sitzen wir beide schweigend nebeneinander im Auto und starren durch die Windschutzscheibe. »Wir sollten zurück zum Hotel fahren«, sagt Skye schließlich und lässt den Motor an.

»Ich glaube, ich würde den restlichen Weg gern zu Fuß gehen«, sage ich nach einer Weile, als ich im dichten Nebel erkenne, dass wir uns wieder auf der Straße Richtung Cameron Lodge befinden. »Ich brauche nach all diesen Neuigkeiten einfach ein bisschen frische Luft. Das macht dir doch nichts aus?«

»Ach was, überhaupt nicht«, erwidert Skye und hält an. »Findest du den Weg zurück?«

»Natürlich«, empöre ich mich und muss lachen. »So groß ist die Insel nun auch wieder nicht.«

»Aber im Nebel ist es nicht immer leicht«, gibt Skye erstaunlich ernst zurück. Sofort muss ich an Amy und den kleinen

Quinn und ihren schrecklichen Tod denken, und mir läuft ein kalter Schauer den Rücken hinab.

»Nein, das stimmt. Wo ist eigentlich die Unfallstelle?«

»Ungefähr auf halber Strecke zwischen dem Fähranleger und der *Cameron Lodge*. Nicht weit entfernt von dem Haus, in dem Duncan und Amy damals gewohnt haben. Es ist das alte Eaton-Haus.«

»Ach«, mache ich, weil mir der Name etwas sagt. »Das abgerissen werden sollte, für das Hotelresort? Duncan hatte das erwähnt.«

»Genau.« Skye nickt bekümmert. »Seit Duncan damals nach Amys und Quinns Tod weggegangen ist, wurde das Haus nicht mehr bewohnt. Inzwischen ist es völlig runtergekommen.« Sie macht eine kurze Pause und fügt hinzu: »Es gibt einen Gedenkstein, am Straßenrand, wo das Auto über die Klippen gestürzt ist. Es ist einer der normalen Felsen, und die Schrift wurde zur Seeseite hin eingraviert, sodass man sie von der Straße aus gar nicht auf den ersten Blick sieht. Ich zeige ihn dir mal, wenn du möchtest.«

»Gern«, wispere ich. Dann füge ich hinzu, als ich die Beifahrertür öffne: »Danke, dass du mir alles erzählt hast, Skye.«

»Gern. Bis später. Greta.«

Obwohl ich ziemlich aufgewühlt von den traurigen Geschehnissen bin, muss ich lächeln, als Skye meinen echten Namen betont. Es tut unfassbar gut, dass sie weiß, wer ich wirklich bin. Mich ihr gegenüber nicht länger verstellen zu müssen.

Ich sehe der Nebelschlussleuchte ihres Wagens hinterher, bis das schimmernde Rot von den dicht wabernden weißen Schwaden verschluckt wird. Dann wende ich mich dem Küstenpfad zu, von dem ich weiß, dass er mich zurück bis zur *Cameron Lodge* führen wird. Vorsichtig setze ich einen Fuß vor den anderen, immer Skyes Warnung im Kopf, gut aufzupassen. Die ganze Zeit über habe ich die Bilder meines Autowracks vor meinem inneren Auge. Und die eines anderen Autowracks, weiter unten, im Wasser. Erneut erschaudere ich und ziehe den Reißverschluss der Windjacke, die mir Skye bei unserem überstürzten Aufbruch im Hotel zum Glück noch in die Hand gedrückt hat, nach oben. Die feuchte Kälte kriecht mir bis in die Knochen. Entschlossen laufe ich ein wenig schneller, um warm zu werden. Zu meiner Rechten höre ich das Krachen der Wellen gegen die Felsen der Küste, aber ich sehe sie nicht, denn das Meer wird vom Nebel ebenso verschluckt wie die Landschaft, die sich zu meiner Linken erstrecken müsste. Die Brandung und das gleichmäßige Knirschen vom Kies unter meinen Füßen beruhigen meinen nervösen Herzschlag ein wenig, denn gerade frage ich mich, ob das wirklich so eine gute Idee war, allein im dichten Nebel zum Hotel zurückzulaufen. Aber wenn es wirklich sehr gefährlich wäre, hätte Skye mich bestimmt nicht ziehen lassen!

Mit einem Mal höre ich zwischen dem gleichmäßigen Krachen der Wellen gegen die Felsen noch ein anderes Geräusch, und ich bleibe atemlos stehen. Was war das? Da, schon wieder! Es hört sich wie ein Prusten an. Fasziniert verharre ich auf der Stelle und lausche angestrengt, aber jetzt kann ich nur noch das Rauschen der Brandung ausmachen. Zögernd laufe ich weiter … und falle nach ein paar Schritten fast über einen Felsbrocken. Erschrocken schreie ich auf – vor allem, als sich der Brocken bewegt und ebenfalls einen Schrei ausstößt.

39

Mit wild hämmerndem Herzen starre ich auf die Gestalt hinab, die vor mir im Nebel auf dem Weg hockt und ungläubig zu mir hochsieht.

»Duncan?«, frage ich fassungslos. »Was … was machst du hier?«

»Das könnte ich dich auch fragen«, erwidert er schroff.

»Ich mache einen Spaziergang«, sage ich, fast trotzig.

»Bei diesem Nebel, ja?« Obwohl ich seinen Gesichtsausdruck kaum erkenne, höre ich seiner Stimme an, dass er mich für bekloppt hält. Und vermutlich auch für sehr unvernünftig.

Kein Wunder, wenn man bedenkt, wie seine Frau und sein Sohn verunglückt sind.

»Ja, bei diesem Nebel. Und du? Du sitzt hier mitten auf dem Küstenpfad? Im Nebel?«

»Ich sitze NEBEN dem Küstenpfad, Greta. So viel zum Thema Nebel: Du merkst überhaupt nicht, wo du entlanggehst, oder?«

Verdutzt starre ich nach unten und merke, dass er recht hat: Ich bin die letzten Schritte nicht mehr über den Kies des Pfades gelaufen, sondern über flache Felsen. Oje. Das hätte tatsächlich ins Auge gehen können. Oder besser gesagt: ins Meer.

In diesem Moment lässt mich das Prusten erneut zusammenzucken. Es ist jetzt so nah, dass ich mit wild hämmerndem Herzen in den dichten Nebel über dem Wasser starre und mich frage, ob jeden Augenblick ein Elefant auf mich zu gewatet kommt.

»Das ist ein Wal«, sagt Duncan leise, und ehe ich begreife, was er tut, hat er meine Hand umfasst und zieht mich nach unten, neben sich, auf den flachen Felsen. Er sagt kein Wort mehr, und als ich ihn fragend von der Seite mustere, merke ich, dass er konzentriert in den Nebel starrt.

»Ein Wal?«, flüstere ich ehrfürchtig und sehe ebenfalls wieder in die Richtung, aus der das Prusten kam. »So dicht an der Küste?«

»Ja. Die Buckelwale lieben es, im Nebel dicht an der Küste entlangzuschwimmen. Sie fühlen sich dann sicher. Man hört nur ihr Prusten. Wunderschön, oder?«

»Ja«, flüstere ich, und erst jetzt wird mir bewusst, dass er meine Hand nach wie vor umfasst hält.

»Wo warst du?«, fragt Duncan mit rauer Stimme.

»Bei Gottlieb Müller. Mit Skye. Er … er hatte eine Art Schwächeanfall. Ist ohnmächtig geworden. Sobald die Fähre fahren kann, bringt Skye ihn zum Arzt.«

»Wart ihr zufällig da?«

»Nein. Rae hat Skye angerufen. Sie hatte so ein komisches Gefühl wegen Gottlieb.«

Duncan schweigt. Dann lässt er meine Hand los, schlingt seine Arme um seine angewinkelten Knie. Ich will etwas Positives sagen, will sagen, dass Gottlieb Müller zu überlegen scheint, nun doch zu verkaufen, weil das Duncan wohl aufmuntern würde. Aber im nächsten Augenblick stößt er heiser hervor: »Man sollte Rae und ihre komischen Gefühle wirklich ernst nehmen. Ich habe das einmal nicht getan. Und ich bereue es seitdem jeden Tag.«

Ich halte die Luft an, lasse sie langsam entweichen. »Der Unfall«, sage ich zaghaft und merke, dass Duncan mich von der Seite ansieht. »Skye hat mir eben davon erzählt.«

»Aha«, meint er mit einem bitteren Lachen. »Dann weißt du ja jetzt alles. Dass ich meine Frau und mein Kind umgebracht habe.«

»Das hast du nicht, Duncan!«, widerspreche ich heftig.

»Und ob ich das habe!« Auch Duncan wird lauter, seine Stimme bebt. »Ich hätte Amy nie von der Fähre fahren lassen dürfen – genau, wie Rae mir damals zugerufen hat! ›Amy darf nicht fahren, Duncan! Du darfst sie nicht fahren lassen!‹, das waren ihre Worte. Die haben sich in mein Gedächtnis eingebrannt. Die werde ich nie vergessen. ›Du darfst sie nicht fahren lassen!‹ Aber ich, ich Idiot, ich war so sauer, wegen unseres Streits – dabei haben wir uns damals wirklich ständig gestritten, es war nichts Neues, ich hätte überhaupt nicht so überreagieren müssen! Ich … ich hätte sie nicht fahren lassen dürfen.«

Als ich ein ersticktes Geräusch neben mir höre, erstarre ich vor Schreck. Duncan hat seinen Kopf nach unten gebeugt und … er weint. Er weint so sehr, dass sein ganzer Körper durchgeschüttelt wird. Ratlos sitze ich ein paar Herzschläge lang neben ihm und frage mich, was ich tun soll. Dann legt sich meine Hand wie von selbst auf seinen Rücken. Mir wird bewusst, dass er nur ein T-Shirt trägt und frage mich sofort, ob er nicht völlig durchgefroren ist. Beruhigend streichele ich in Kreisen über seinen Rücken, spüre die harte Muskulatur, versuche, einen klaren Gedanken zu fassen.

»Seit ich wieder hier auf der Insel bin, glaube ich ständig, dass sie gleich irgendwo auftauchen. Dass Amy jeden Moment um die Ecke kommt, Quinn auf dem Arm, wie damals. Dabei wäre Quinn jetzt schon sechzehn! Älter als Isla!« Er schluchzt gequält auf. »Wegen mir hat mein Junge so viel nie erleben dürfen – Fahrradfahren lernen, der erste Schultag, schwimmen im Meer, Eishockey, der erste Kuss, der erste Liebeskummer – alles! Er durfte all das nie erleben, weil ich seine Mutter und ihn habe sterben lassen!«

Betroffen lege ich meine Hand jetzt auf seine Schulter. »Duncan, glaub mir, ich kann verstehen, dass dich diese Schuldgefühle erdrücken«, sage ich leise. »Es ist furchtbar, damit zu leben. Aber … sieh mal, ich sage mir manchmal, wenn ich versuche zu begreifen, warum etwas Schlimmes passiert ist, dass es Schicksal war. Dass es irgendwie so sein sollte, so furchtbar das auch klingt. Vielleicht konntest du das Schicksal an dem Abend gar nicht ändern, vielleicht war es so bestimmt – ganz egal, ob du nun anders reagiert hättest oder …«

»Ach was, Schicksal! Ich hätte einfach nur auf Rae hören müssen, sie weiß doch immer alles! Außerdem, ganz ehrlich, Greta, du hast keine Ahnung, wovon du da sprichst und wie es sich wirklich anfühlt, mit so einer Schuld zu leben, also erspar mir bitte deine Kalender-Weisheiten!«

Duncan klingt so außer sich, dass ich automatisch wieder ein wenig von ihm abrücke. Meine Hand hat seine Schulter verlassen, aber sie vermisst die Wärme seines Körpers sofort, diese Verräterin.

Zitternd hole ich Luft, bevor ich leise sage: »Doch, das weiß ich sehr wohl. Ich war während meiner Ehe mit Olivier mit drei Babys schwanger, Duncan. Und … dass wir das dritte verloren haben, das war meine Schuld.«

Ich kann nicht glauben, dass ich meinem Chef das anvertraue. Sofort merke ich, dass sich der Eisblock neben mir rührt, dass er sich mir zuwendet, dann ganz still wird, als halte er den Atem an.

»Scheiße«, sagt er leise. »Was ist denn passiert?«

Ich starre stur in den Nebel über dem Meer, während ich

mich sammele. Dann beschließe ich, dass er jetzt die ganze Wahrheit von mir serviert bekommt, und beginne erstaunlich ruhig: »Am Anfang hat es einfach nicht geklappt mit dem Schwangerwerden. Wir mussten in eine Kinderwunschpraxis gehen. Bis ich endlich schwanger war, sind etliche Monate vergangen, und es hat uns fast all unsere Ersparnisse gekostet. Aber dann hat es geklappt – ich war endlich schwanger – und das mit Zwillingen! Das kommt bei In-Vitro-Fertilisation häufig vor. Olivier und ich, wir haben uns so gefreut.« Bei der Erinnerung an diese goldenen Wochen, als wir geglaubt haben, all unsere Wünsche würden tatsächlich in Erfüllung gehen, schießen die altbekannten Tränen in meine Augen. Ich bemühe mich um eine ruhige Stimme, als ich versuche, mit möglichst sachlichen Worten von dem Schock zu erzählen, als beim Ultraschall in der 12. Woche nur noch ein Herzschlag festgestellt wurde.

»Das passiert bei Zwillingen oft, hat meine Gynäkologin versucht, uns aufzubauen, aber in so einem Moment tröstet das überhaupt nicht«, gebe ich mit leicht zitternder Stimme wieder. »Aber zum Glück hatten wir ja noch ein Baby.«

Ich muss tief durchatmen, bevor ich es schaffe, weiter zu erzählen. So schnell wie möglich berichte ich von den Blutungen, die ich nur zwei Wochen nach dem Ultraschall-Termin bekam. Von unserer schrecklichen Angst, die dann von der Gynäkologin bestätigt wurde: Wir hatten auch das zweite Baby verloren.

»Danach konnte ich mir erst einmal nicht mehr vorstellen, mit der ganzen Fruchtbarkeitsbehandlung weiterzumachen«, sage ich mit belegter Stimme und merke, dass Duncan sich neben mir mit einem tiefen Seufzer über das Gesicht reibt. »Aber, wie es im Leben manchmal ist – plötzlich wurde ich einfach so schwanger, ohne, dass wir es mit Absicht versucht hätten.« Ich unterbreche mich selbst mit einem verlegenen Lachen und schiebe rasch hinterher: »Also … ich meine, natürlich haben wir … du weißt schon. Es war kein Wunder oder so etwas.« Mir wird heiß, trotz des kühlen Nebels, und zu meiner Erleichterung merke ich, dass Duncan neben mir ebenfalls kurz auflacht, was die ganze ernste Situation ein wenig entkrampft.

»Gut, dass du das erläutert hast«, brummt er, und ich stoße ihn neckend in die Seite, was mich selbst überrascht. Schnell werde ich jedoch wieder sehr ernst, denn jetzt kommt der schwerste Teil meiner Geschichte.

Jedes Mal, wenn ich an diese goldenen Tage zurückdenke, zerreißt es mich innerlich fast vor lauter Sehnsucht. Genau in diese Zeit möchte ich zurückreisen, möchte diese unbeschwerten Stunden wieder durchleben: als Olivier und ich geglaubt haben, dass es nun doch noch etwas werden würde mit unserem Kinderwunsch. Erst die ungläubige Freude, dass ich tatsächlich einfach so schwanger geworden war, ohne Nachhilfe durch ein Labor. Dann Wochen des Zitterns und Bangens, in denen ich jedes Mal weiche Knie bekommen habe, wenn ich auf die Toilette gegangen bin, weil ich immer und immer wieder befürchtet habe, Blut in meiner Unterhose zu finden. Die riesige Erleichterung, als die ersten zwölf Wochen um waren. Das erste Trimester geschafft! Unsere Gynäkologin hat uns vorsichtig optimistisch gratuliert und gemeint, wir könnten uns entspannen, alles sähe gut aus.

»Wir waren die glücklichsten Menschen auf der Welt«, murmele ich und wische mir bei der Erinnerung erneut heiße Tränen von der Wange. Ich spüre, dass mich Duncan von der Seite durch die Nebelschlieren hinweg mustert, aber ich starre stur geradeaus. Die nächsten Sätze kann ich nur laut aussprechen, wenn ich kein Mitleid auf seinem Gesicht erkenne.

»An einem ganz normalen Morgen, als ich in der zwanzigsten Schwangerschaftswoche war, hatte ich es eilig. Wegen so einer banalen Sache, die mir damals ungeheuer wichtig erschien: Ich war zum Geburtstagsbrunch der Ehefrau von Oliviers Chef eingeladen. Damals habe ich nicht gearbeitet, ich hatte mir wegen der Kinderwunschbehandlung eine Auszeit vom Job genommen, und noch bevor ich wieder einsteigen konnte, bin ich wieder schwanger geworden und wollte mich während dieser neuen Schwangerschaft schonen. Darum die Lücke in meinem Lebenslauf.« Ich werfe Duncan einen flüchtigen Seitenblick zu, und er nickt ernst.

»Wie auch immer, ich habe damals also zu den Expat-Ehefrauen gehört, wie schon meine Mutter sie gewesen ist. Und es immer noch ist. Egal, ich war auf jeden Fall spät dran, und ich hasse es, zu spät zu kommen. Wir haben in einer kleinen, aber feinen Maisonette-Wohnung mit fantastischem Ausblick über Hongkong gewohnt. Olivier war schon bei der Arbeit. Ich bin ziemlich zügig die Treppe vom Schlafzimmer ins Wohnzimmer runtergegangen, weil ich den Bus nicht verpassen wollte. Es war ein ungewöhnlich kühler Frühlingstag, weshalb ich ausnahmsweise Seidenstrümpfe angezogen hatte. Ich … ich bin auf den glatten Stufen ausgerutscht … und die gesamte Treppe hinabgestürzt. Bin bäuchlings auf den Marmorfliesen gelandet.«

Ich merke, wie Duncan neben mir scharf die Luft einsaugt. Dann höre ich ein merkwürdiges Geräusch, und als ich innehalte und mich frage, was das sein könnte, stelle ich zu meiner Verwunderung fest, dass ich das bin. Ich klinge wie ein verletztes Tier, das verzweifelt wimmert. Fast erschrocken schlage ich mir eine Hand vor den Mund, um dieses furchtbare Geräusch zu unterdrücken, aber es dringt nur noch heftiger aus mir hervor. Und dann passieren zwei Dinge gleichzeitig: Die Schluchzer, die ich mit aller Kraft zu unterdrücken versucht habe, brechen gewaltig aus mir hervor. Und Duncan zieht mich in seine Arme.

40

Ich presse mein Gesicht in sein T-Shirt und heule so heftig, dass ich das Gefühl habe, mein Körper würde in Stücke gerissen. Duncans Arme schlingen sich um mich, sie halten mich fest und wiegen mich sacht hin und her, bis die Tränen irgendwann weniger werden. Wie lange wir so dasitzen, kann ich nicht sagen. Ich weiß nur, dass ich heiser bin, als ich schließlich versuche, weiterzusprechen.

»Willst du mir das wirklich alles erzählen?«, flüstert Duncan und sieht mich ernst an. In diesem Moment frage ich mich verblüfft, wie ich seine grauen Augen je für kalt und unnahbar halten konnte.

»Ja«, wispere ich mit kratziger Reibeisenstimme. »Es sei denn … du willst das nicht hören.«

Es ist schließlich nicht so, dass sich die Leute darum reißen, so traurige Storys erzählt zu bekommen. Vor allem Männer hören nicht gern, wie es ist, wenn eine Schwangerschaft vorzeitig endet. Und meine Eltern wollten das auch nicht im Detail beschrieben bekommen. Dabei hätte ich so gern mit jemandem ausführlich über diese traumatischen Stunden gesprochen, wird mir in diesem Moment klar.

Und zum Glück widerspricht Duncan heftig: »Doch! Wenn

du darüber reden möchtest, dann höre ich dir zu. Ist doch völlig klar. Ich will nur nicht … dass du das alles noch einmal durchleben musst. Wegen mir.«

»Ich möchte es dir erzählen«, beharre ich leise. Da greift Duncan nach meiner Hand, umschließt meine kalten Finger entschlossen mit seinen warmen und sagt mit Nachdruck: »Okay. Ich höre zu.«

Ich bin erstaunt, wie gut meine Stimme durchhält, als ich erzähle, wie ich eine Zeit lang einfach nur auf dem Marmorboden gelegen habe, zu geschockt, um mich zu rühren. Wie ich in mich hineingehorcht habe, in der stummen Hoffnung, dass der Sturz vielleicht nicht so schlimm war. Wie ich schließlich versucht habe, Olivier zu erreichen, der in einem Meeting war und nicht ans Telefon gegangen ist. Wie ich eine Nachbarin angerufen habe, die sofort gekommen ist und einen Krankenwagen alarmiert hat, obwohl ich in meinem Schock beteuert habe, ich könne ein Taxi nehmen. Wie Olivier erst im Krankenhaus aufgetaucht ist, weil er meine Nachrichten so spät abgehört hatte. Ich schaffe es sogar, in wenigen, nicht zu detaillierten Worten von der stillen Geburt zu berichten.

Stille Geburt. Der Begriff ist so furchtbar und beschreibt das Ganze deshalb so treffend. Weil es still ist. Außen und innen. Kein schreiender Säugling, als es endlich vorbei war. In mir war alles wie tot. Genau wie unser Baby.

Man hat uns angeboten, unser Baby kurz zu sehen. Olivier hat sich geweigert, aber ich wollte es. Er hat den Raum daraufhin verlassen, war richtig wütend. Das war mir egal. Ich wollte mein Baby halten. Es war ein Mädchen. Niemals werde ich die winzigen Hände und Füße vergessen. Ganz allein und nur für mich habe ich die Kleine Aurélie genannt. Olivier und ich hatten uns schon darauf geeinigt, dass wir unserem Baby einen französischen Namen geben würden, aber weiter waren wir in unserer Auswahl nicht gekommen. Aurélie kam mir in dem Moment so passend vor. Die Goldene. Sie war es ja gewesen, die unsere letzten Wochen so golden vor Glück gemacht hatte.

»Ich habe es Olivier nicht erzählt. Er wollte nichts über unser Baby hören. Er stand unter Schock, hat alles abgeblockt. Ist am nächsten Morgen zur Arbeit ins Peninsula Hotel gefahren, als wäre nichts geschehen.« Bei der Erinnerung halte ich kurz inne und atme tief die salzige, feuchte Luft ein. Erst, als Duncans Daumen beruhigend über meinen Handrücken streichelt, finde ich die Kraft, um ihm auch noch vom Ende unserer Ehe zu erzählen.

Davon, wie Olivier und ich immer weiter auseinandergedriftet sind. Wie uns der Schmerz um unser verlorenes Baby voneinander fortgetrieben hat, anstatt uns in unserem Kummer zusammenzuschmieden. Olivier ist immer länger im Hotel geblieben, hat freiwillig noch mehr Überstunden gemacht als vorher schon, ist nach Feierabend mit Kollegen etwas trinken gegangen oder hat sich zum Tennis verabredet. Ganz so, als hätte er keine Frau, die zu Hause auf ihn wartete. Eine Frau, die sich mehr und mehr in ihrer Trauer verlor.

»Ich habe angefangen, zur Therapie zu gehen, um die Trauer zu verarbeiten«, sage ich leise. »Um … mit den Schuldgefühlen klarzukommen. Ich habe versucht, Olivier zu überreden, ebenfalls mitzugehen. Um den Verlust unserer drei Babys aufzuarbeiten. Aber er wollte nicht. Meinte nur, ihm ginge es gut.« Zitternd atme ich tief durch, bevor ich Duncan auch noch das gestehe, was ich bisher niemandem anvertraut habe. Die Nebelschlieren, die uns einhüllen wie in einen schützenden Kokon, lassen die Worte einfacher hervorsprudeln.

»Eines Abends ist Olivier ausnahmsweise nach Hause gekommen als ich noch wach war. Das kam damals selten vor. Ich habe ihm von der Therapiestunde erzählt, die ich an dem Tag gehabt hatte. Dass ich mich ausgeheult hätte, wegen der erdrückenden Schuldgefühle, und dass meine Therapeutin meinte, ich müsse versuchen, mich von diesem Schuldgedanken zu lösen.« Ich wische mir unter den Augen entlang und starre in den Nebel hinaus, während ich fast tonlos fortfahre: »Da hat Oliver mit schrecklich kalter Stimme gefragt: ›Wieso lösen? Du BIST doch schuld, Greta. Wenn du bloß mehr aufgepasst hättest, würde unser Kind noch leben!‹«

Duncan stöhnt unterdrückt auf und verstärkt den Griff um meine Hand. Ich lache voll Bitterkeit los, während mir schon wieder Tränen über die Wangen rinnen. »Das war vier Monate, nachdem wir Aurélie verloren hatten! Vier Monate lang ist mir Olivier aus dem Weg gegangen, um mir dann erst zu sagen, was er die ganze Zeit stumm und vorwurfsvoll mit sich herumgeschleppt hatte. Er gab mir tatsächlich die Schuld. Und … zu Recht. Wäre ich auf der Treppe vorsichtiger gewesen, hätten wir sicherlich ein gesundes Baby bekommen.«

»Das war ein Unfall«, murmelt Duncan, und erst als ich seinen warmen Atem auf meiner Kopfhaut spüre, wird mir bewusst, dass ich mich wieder seitlich gegen ihn habe sinken lassen. Er zieht mich eng an sich, und ich genieße die Wärme seines starken Körpers neben mir. »Unfälle passieren! Du hast doch selbst gesagt, dass du das erste Mal seit längerer Zeit wieder Seidenstrümpfe anhattest – du hast einfach nicht daran gedacht, dass sie auf der Treppe rutschig sein würden! Dass Olivier dir die Schuld gegeben hat … das … das finde ich wahnsinnig ungerecht. Und feige.« Duncans Stimme bebt, so aufgebracht wirkt er mit einem Mal. »Nicht zur Therapie gehen wollen, sich vor seiner Trauer verstecken, aber dann dir Monate später so eine Bemerkung reindrücken! Das ist das Letzte. Wirklich.«

Ich schlucke und schließe meine Augen, während ich stumm an diesen Tag denke, als wir uns endlich all das an den Kopf geworfen haben, was vorher ungesagt geblieben war. Olivier

Nein, das kann nicht sein. Das … geht doch nicht. Aber wenn das nicht geht, warum beugt sich Duncan dann ganz langsam zu mir? Und warum lehne ich mich wie in Zeitlupe vor, ohne aufzuhören, ihn anzustarren, als sähe ich ihn zum ersten Mal?

41

Ein Prusten lässt uns synchron zusammenzucken. Erschrocken fahre ich herum und merke, dass der Nebel sich lichtet: Ein breiter Streifen des Atlantiks ist nun unterhalb der steil abfallenden Klippen sichtbar, und genau dort, in dem dunkelblau schimmernden Meer, taucht ein Buckelwal elegant zurück unter Wasser. Ich kann gerade noch die feinen Rillen sehen, die sich an seiner hellen Unterseite entlangziehen. Tausende Wassertropfen spritzen in alle Richtungen, als der dunkelgraue Koloss abtaucht. Zum Abschied reckt er seine Schwanzflosse aus dem Wasser, sie scheint uns zuzuwinken, bevor der gigantische Meeressäuger verschwindet. Wie benommen starre ich auf die Stelle, wo der Wal wieder abgetaucht ist – ganz so, als wäre er nie hier gewesen. Wie eine Erscheinung im Nebel. Allerdings eine sehr laute Erscheinung.

Ich sehe Duncan an, der seinen Blick ebenfalls aufs Meer gerichtet hält. Als mir auffällt, wie zerzaust von Wind und Luftfeuchtigkeit seine schwarzen Strähnen sind, die ihm unbändig ins Gesicht fallen, da macht mein Herz einen völlig unangemessenen Glückssprung. Verdammt – hätten wir uns gerade wirklich fast geküsst?

»Jetzt weißt du, warum unsere Insel ›Whale Island‹ heißt.«

Er grinst mich jungenhaft an. »Man hätte sie allerdings auch gut ›Fog Island‹ nennen können, so oft, wie man hier die Hand vor Augen nicht mehr sieht.«

Bei diesen Worten wird er mit einem Schlag wieder ernst – vermutlich, weil er erneut an jene Nebelnacht denken muss, die ihm Amy und Quinn genommen hat.

»Whale Island ist ein guter Name«, sage ich leise und sehe wieder auf den Atlantik hinaus, wo nun ein immer breiter werdender Streifen blauen Wassers in der Sonne glitzert, die sich tatsächlich hartnäckig einen Weg durch den lichter werdenden Nebel bahnt.

»Man erzählt sich hier auf der Insel, der alte Gottlieb Müller sei der Meinung, dass seine verstorbene Frau Dorothy jeden Tag als Buckelwal vor seinem Haus vorbeischwimmt.«

Bei Duncans Worten sehe ich ihn fast erschrocken an. Gottlieb Müller. Vor lauter Offenbarungen hatte ich den alten Herrn zwischendurch ganz vergessen! Ich muss an die vielen wunderschönen Wal-Fotos in seiner Wohnküche denken. Und an die Tee- und Blutlache auf seinem Boden. Ob Skye ihn bereits abgeholt hat, um mit ihm zur Fähre zu fahren? Die müsste jetzt bald ablegen können, die Sicht wird ja besser.

»Wirklich?« Ich starre wieder auf die Stelle, wo der Meeressäuger abgetaucht ist. »Das … finde ich irgendwie wunderschön. Traurig, aber auch schön.«

»Ja«, murmelt Duncan zu meiner Überraschung. »Genauso ist es.«

So sentimental hätte ich ihn gar nicht eingeschätzt. Aber ich habe ihn wohl sowieso ziemlich falsch eingeschätzt, wird mir einmal mehr klar.

»Kein Wunder, dass er nicht verkaufen will.« Duncans Stimme klingt rau, als er das sagt, und ich muss schlucken, bevor ich mich überwinde und leise erwidere: »Er hat mir heute gesagt, dass er es sich überlegt hat. Er könnte es sich wohl doch vorstellen, zu verkaufen.«

»Tatsächlich? Hmm.« Duncan starrt mich nachdenklich an.

»Du klingst aber nicht begeistert«, bemerke ich und ziehe mein Telefon aus der Tasche, um zu sehen, ob Skye versucht hat, mich zu erreichen – falls ich hier überhaupt Empfang habe. Oh, habe ich. Aber sie hat nicht angerufen oder geschrieben.

»Tja. Keine Ahnung.« Duncan seufzt tief auf und reibt sich mit beiden Händen über das Gesicht. »Ich habe einfach sehr lange sehr erfolgreich verdrängt, was für ein spezielles Fleckchen Erde das hier ist. Hab mich nur an die negativen Seiten erinnert. Den Nebel habe ich ausschließlich mit Amy und Quinn in Verbindung gebracht. Ich habe vergessen, wie schön sich ein prustender Wal im Nebel anhört. Und wie gern ich früher morgens im Bett gelegen und dem Nebelhorn zugehört habe. Das war für mich das schönste Geräusch der Welt. Vermutlich auch, weil das Nebelhorn oft bedeutete, dass die Fähre nicht fuhr und ich nicht zur Highschool konnte.« Er lacht leise auf, bevor er mit einem Seufzer hinterher schiebt: »Ich habe den Nebel geliebt, bis er mir das Liebste genommen hat, was ich hatte.« Dann schüttelt er den Kopf und fügt heiser hinzu: »Oder vielmehr war es der Alkohol. Nicht der Nebel. Ach, was weiß ich.«

Seine Worte lassen mich ernst aufs Meer hinausstarren. Ein paar Herzschläge lang schweigen wir, bevor sich, wie von selbst, das nächste Geständnis über meine Lippen schiebt. Es ist, als könne ich gar nicht mehr aufhören, mein Innerstes nach außen zu kehren. Und das ausgerechnet in Gegenwart des Eisblocks. Wer hätte das gedacht? Ich ganz sicher nicht.

»Der Alkohol hat bei uns auch viel kaputt gemacht«, gestehe ich leise und merke, dass mich Duncan überrascht ansieht. »Meine Mutter … sie hat unser Expat-Leben mit seinen Freundschaften auf Zeit und ständigen Abschieden, mit der Langeweile und der Leere nicht gut verkraftet. Ich war ungefähr zwölf, als ich begriffen habe, dass sie nicht einfach so ständig Kopfschmerzen hatte. Dass sie meistens einfach verkatert war von einer Party am Abend zuvor – oder von der Flasche Wein, die sie allein geleert hatte, weil mein Vater anderweitig unterwegs war.«

»Verdammt.« Duncan sieht mich betroffen an. »Das tut mir leid.«

Ich zucke mit den Schultern und lache leise auf. »Tja, weißt du, ich habe als Kind so oft gehört, wie gut ich es hätte, weil ich immer in schicken Hotels in exotischen Ländern wohnen durfte und so viele glamouröse Leute kennengelernt habe. Aber in Wahrheit war ich oft schrecklich einsam. Genau wie meine Mutter. Doch dann, obwohl ich es besser hätte wissen müssen, bin ich auch ins Hotelfach eingestiegen und habe zu allem Überfluss einen anderen Hotelier geheiratet. Ich kannte einfach kein anderes Leben. Kein normales Leben. Kein Zuhause, wie du es hier auf Whale Island hattest.«

Ich muss mir schon wieder eine Träne aus dem Augenwinkel wischen, auch wenn ich gleichzeitig lächele.

»Meine Eltern und ich, wir haben keine leichte Beziehung. Tatsächlich sind Mama und Papa beide Olivier sehr ähnlich. Selbst meine Eltern können nur schwer über Gefühle reden. Vermutlich habe ich mich deshalb von Olivier angezogen gefühlt: Sein Verhalten war mir so vertraut. Nach außen immer fröhlich und gut gelaunt tun, immer lächelnd, wie es im Hotel sowieso stets vorausgesetzt wird. Bloß nicht zeigen, dass es einem nicht so gut geht. Dann lieber einen Wein zu viel trinken, wie meine Mutter. Oder vor lauter stillem Frust ein Zimmermädchen vögeln.« Ich schlage mir die Hand vor den Mund und schließe kurz die Augen. Als ich sie wieder öffne, merke ich, dass mich Duncan betroffen mustert.

»Olivier? Oder … dein Vater?«

»Papa. Sein Fremdgehen hat Mamas Hang, vor lauter Einsamkeit eine ganze Flasche Wein allein zu leeren, mit Sicherheit nicht besser gemacht.«

Nach einer kurzen Pause, in der mich Duncan ernst mustert, füge ich leise hinzu: »Und bei Olivier … da bin ich mir auch nicht hundertprozentig sicher. Einmal hatte ich den Verdacht, dass er was mit einer Kollegin hatte, aber er hat es immer vehement bestritten. Trotzdem frage ich mich bis heute, ob da was war. Ob er mir etwas verheimlicht hat. Aber vielleicht war er mir tatsächlich treu, und ich konnte ihm einfach nicht blind vertrauen, weil ich Papas Verhalten vor Augen hatte.« Nachdenklich lasse ich meinen Blick die raue Küstenlinie entlangwandern, die nun klar und deutlich zu erkennen ist und in strahlenden Sonnenschein getaucht wird, ganz so, als hätte es hier nie Nebel gegeben.

»Ich kenne das, mit dem nicht leicht vertrauen können.« Duncans Worte überraschen mich so sehr, dass ich ihn nur stumm von der Seite anstarre und abwarte, dass er weiterredet. »Weißt du … Catherine … sie …« Er bricht ab und seufzt tief auf. Fast fürchte ich, dass er nicht fortfährt, aber dann sagt er leise: »Ich hatte ja schon erzählt, dass sie wegen ihrer Krankheit sehr … überschwänglich sein kann. In ihren positiven Phasen. Sie ist dann so voller Energie und sprüht förmlich vor Selbstbewusstsein. Und … sie flirtet dann sehr viel mit anderen Männern.« Er reibt sich mit einer Hand über das Gesicht. »Allerdings bleibt es nicht immer nur beim harmlosen Flirten.«

»Oh«, mache ich betroffen und weiß ehrlich nicht, wie ich reagieren soll. Als Duncan ernst aufs Meer hinaus starrt, hake ich vorsichtig nach: »Sie … betrügt dich?«

»Nicht permanent.« Er lacht bitter auf. »Und zumindest gesteht sie es immer. Das ist der eine Vorteil bei ihrem Krankheitsbild: Sie ist meistens sehr ehrlich. Wirklich betrogen hat sie mich bisher zwei Mal. Zum ersten Mal vor knapp zwei Jahren. Da hat sie mir offenbart, dass sie sich in einen anderen Mann verliebt hatte und zu ihm ziehen würde.«

Fassungslos sehe ich Duncan an. »Wie … und dann? Hat sie sich etwa von dir getrennt?«

42

»Ganz kurz. Ja. Nach wenigen Tagen stand sie wieder vor meiner Tür und hat geheult und darum gebettelt, dass ich ihr noch eine Chance geben solle.« Erneut seufzt er tief auf. »Erst wollte ich nicht, weil ich einfach zu verletzt war – und weil ich in unserer Ehe ehrlich gesagt schon lange nicht mehr wirklich glücklich gewesen war. Aber dann …« Er bricht ab und muss bei der Erinnerung an das, was damals vorgefallen ist, sichtlich mit der Fassung kämpfen. »Dann hat sie versucht, sich umzubringen.«

Schockiert schlage ich eine Hand vor meinen Mund. »Scheiße«, murmele ich. Er nickt.

»Ja. Ganz genau. Ich habe sie nach der Arbeit bei uns im Badezimmer gefunden. In der Wanne. Mit aufgeschnittenen Pulsadern.«

Gequält stöhne ich auf, während Duncan mit heiserer Stimme fortfährt: »Sie … sie hat sich allerdings so verletzt, dass es nicht tödlich war. Aber es sah dramatisch genug aus, als ich ins Badezimmer kam. Alles voller Blut.« Er schließt kurz die Augen, und ich greife spontan wieder nach seiner Hand.

»Noch in der Notaufnahme, als man sie verbunden hat, hat sie mir das Versprechen abgenommen, es noch einmal mit ihr zu versuchen.« Duncan atmet tief durch und lacht sarkastisch auf. »Was sollte ich schon machen? Sollte ich meiner Frau sagen, dass sie dorthin gehen solle, wo der Pfeffer wächst, während man ihr das Handgelenk verarztet hat? Sie ist dann erst einmal in Therapie gegangen – das war das erste Mal, dass sie stationär behandelt wurde. Und als sie die Klinik verlassen hat, hat sie sich so viel Mühe gegeben. Hat versucht, mir alles recht zu machen, nur, damit ich bleibe und ihr noch eine Chance gebe.«

Er schweigt ein paar Sekunden lang, und ich mustere stumm sein Profil, seine ernsten grauen Augen. »Im Nachhinein weiß ich, dass es ein Fehler war«, fährt er heiser fort. »Ich hätte damals sagen sollen, dass es keinen Sinn mehr machte mit uns. Hätte einen Schlussstrich ziehen sollen.« Er lacht leise auf. »Habe ich aber leider nicht. Weil sie mich nicht einfach so gehen lassen wollte. Wenn sie sich etwas in den Kopf gesetzt hat, ist es schwer, Catherine vom Gegenteil zu überzeugen. Sie weiß, was sie will. Darum sind wir damals überhaupt zusammengekommen: Sie hat mich gesehen und entschieden, dass ich der Richtige für sie war.« Duncan seufzt bei der Erinnerung.

»Wo habt ihr euch denn kennengelernt?«, hake ich atemlos nach.

»Auf so einer typischen New Yorker Spendengala, die in dem Hotel stattfand, wo ich damals gearbeitet habe. Sehr viel Geld auf sehr wenig Raum.« Er lacht auf, aber es klingt nicht fröhlich. »Catherine wurde mir vorgestellt, und ich war mir sofort sicher, dass sie auf keinen Fall die Frau fürs Leben sein kann – zu selbstsicher und von sich überzeugt, zu kühl und zu … schön. Ja, sie kam mir vor wie so eine Filmdiva. Zu anstrengend irgendwie. Aber Catherine meinte später, sie hätte sofort gewusst, dass sie mich heiraten würde. Den Rest des

Abends ist sie mir kaum mehr von der Seite gewichen – und das, obwohl ich ja eigentlich arbeiten musste. Ich war damals der Resident Manager. Wie auch immer … ich konnte ihr nicht widerstehen und habe sie am Ende des Abends mit in die Suite genommen, in der ich damals gewohnt habe. Tja, der Rest ist Geschichte.«

Er sieht mich mit einem fast verlegenen Lächeln an, und ich kann den Gedanken nicht verhindern, dass ich Catherine Sommerset verstehen kann. Ich hätte ihn bestimmt auch gewollt, wenn ich ihn damals als Single auf einer Party kennengelernt hätte.

»Dass sie im Grunde genommen sogar ideal zu mir passt, ist mir erst später bewusst geworden«, murmelt Duncan jetzt, fast mehr zu sich selbst als zu mir. »Als sie mir nämlich ganz offen gesagt hat, dass sie keine Kinder haben wollte. Was auch wirklich gut war, denn sie wäre eine katastrophale Mutter. Ich meine, das klingt hart, aber … sie kann andere Menschen nicht genug lieben. Kinder … die hätten mehr emotionale Stabilität verdient. Und die kann Catherine nicht bieten. Bei ihr ist jeder Tag ein Auf und Ab. Mal mehr Ab als Auf. Dann wieder umgekehrt.«

»Und du … du wolltest nach der Sache mit Quinn keine Kinder mehr haben«, stelle ich leise fest.

»Genau«, bestätigt Duncan mit harter Stimme. »Ich könnte so einen Verlust nicht noch einmal verkraften.«

Betroffen sehe ich ihn von der Seite an. Er räuspert sich. »Egal – in diesem Aspekt passen wir also wirklich gut zusammen, und wir hatten auch tolle Zeiten. In Catherines Hochphasen. Darum habe ich sie ja überhaupt geheiratet – weil man mit ihr wirklich viel Spaß haben kann. Weil sie sehr liebenswert sein kann, wenn sie will.« Er macht eine kurze Pause und betont dann: »Ich habe sie nicht geheiratet, weil ich mir eine

Karriere in den Hotels ihres Vaters erschleichen wollte, wie immer wieder gern behauptet wird.« Duncan lacht zynisch auf. »Wobei es schon stimmt, dass die Hotels ihres Vaters ein Grund sind, warum wir nach wie vor verheiratet sind.«

Mit hochgezogenen Augenbrauen sehe ich ihn fragend an. Er erwidert meinen Blick ruhig und erklärt: »Richard hat mich vor zwei Jahren, nach Catherines Selbstmordversuch, zur Seite genommen und mir erklärt, dass er dafür sorgen wird, dass ich in keinem guten Hotel Nordamerikas mehr eine Stelle bekommen werde, wenn ich seine Tochter verlasse – er kannte den Teil mit der Affäre nämlich nicht. Er dachte, dass Catherine das unschuldige Opfer sei, das vor lauter Kummer versucht hatte, sich das Leben zu nehmen, weil ich böser Kerl die Scheidung wollte.«

Er seufzt auf. »Dabei ist mir völlig klar, dass mir Catherine mit den aufgeschnittenen Pulsadern nur einen Schrecken einjagen wollte. Dass sie sich nicht wirklich umbringen wollte. Sie hatte es zeitlich so kalkuliert, dass ich sie finden musste, bevor sie zu viel Blut verlieren konnte. Ich hatte ihr nämlich kurz vorher eine Nachricht geschickt, dass ich auf dem Nachhauseweg war.«

»Warum ist sie denn dieses Mal in der Klinik?«, frage ich leise.

Duncan schweigt wieder eine Weile, bevor er langsam sagt: »Wir haben eine Paartherapie begonnen. Nachdem sie, ohne mich zu fragen, unsere Wohnung verkauft und dafür ein Haus auf St. Thomas in der Karibik gekauft hat.«

»Bitte was?«

Er nickt mit finsterem Gesichtsausdruck. »Sie konnte das, weil alles nur auf ihren Namen läuft. Die Wohnung war Richards Geschenk zu ihrem einundzwanzigsten Geburtstag.« Er schnaubt leise, und zum ersten Mal wird mir bewusst, dass er gar nicht so angetan von seinem Schwiegervater zu sein scheint, wie ich immer gedacht habe.

»Wir waren im Frühjahr im Urlaub in der Karibik, und sie war so begeistert, dass sie hinter meinem Rücken spontan diesen Deal eingefädelt hat. Und von mir erwartet hat, alles in Manhattan hinzuschmeißen und mit ihr nach St. Thomas zu ziehen. Mir war klar, dass sie das Ganze nach ein paar Wochen bereuen würde, so, wie sie auch ihren neurotischen Zwergpinscher schnell bereut hat, und ihre schwarz gefärbten Haare. Ich wusste genau, dass sie sich auf St. Thomas bald langweilen und ins Partyleben von Manhattan zurücksehnen würde. Darum habe ich mich geweigert, in die Karibik zu gehen, bin stattdessen mit Catherine in ein angemietetes Penthouse um die Ecke von unserer alten Adresse gezogen und habe auf eine Paartherapie bestanden. Und im Laufe der Therapie kam raus, dass sie mich noch einmal betrogen hatte. Mit dem Immobilienmakler, der unsere Wohnung für sie auf den Markt gebracht hat.« Duncan lacht heiser auf.

»Wie in einer schlechten Soap, wirklich. Ich war so wütend, dass ich ihr an Ort und Stelle in der Praxis des Therapeuten gesagt habe, ich würde mich tatsächlich scheiden lassen. Nicht unbedingt das, was der Therapeut erreichen wollte. Daraufhin hatte Catherine einen totalen Zusammenbruch. Hat Schlaftabletten und Alkohol zu sich genommen. Mal wieder nicht so viel, dass es tödlich war, aber es hat gereicht, um ihre Eltern in völlige Panik zu versetzen und um mir das Versprechen abzuringen, ihr noch eine letzte Chance zu geben. Darum die Klinik. Und darum die Sache mit dieser Insel.« Duncan sieht mich ernst an.

»Richard hat mir klargemacht, dass auch er mir nur noch eine letzte Chance gibt: Indem ich ihm hier einen tollen Deal für dieses *fucking* Golf-Resort an Land ziehe, denn leider hatte ich kurz vor dem zweiten Selbstmordversuch Whale Island erwähnt und ihn heiß auf dieses Fleckchen Erde gemacht. Und natürlich will er, dass ich bei Catherine bleibe. Dass ich sie nicht verlasse … wenn ich sie auch nicht wirklich glücklich machen kann.«

Mit einem bitteren Lachen schüttelt Duncan den Kopf. »Als ob man Catherine glücklich machen könnte. Ich meine, *richtig* glücklich. Ich wünschte, ich könnte es. Wirklich. Ich wünschte, ich könnte ihre Krankheit heilen. Aber das kann ich nicht, das habe ich auf schmerzhafte Weise lernen müssen. Und ich glaube inzwischen, dass ich überhaupt nicht gut für sie bin. Sie und ich, wir reiben uns zu sehr aneinander auf. Und … lieben tue ich sie schon seit einiger Zeit nicht mehr. Das merkt sie, glaube ich. Das macht sie immer mehr kaputt.«

Die letzten Worte wispert er nur noch. Betroffen starre ich ihn an. Er erwidert meinen Blick, und ich habe das Gefühl, dass er noch etwas sagen will, aber in diesem Moment klingelt mein Telefon. Es ist Skye.

»Ich wollte dir nur sagen, dass ich mit Gottlieb Müller auf dem Weg zur Fähre bin. Sobald wir Näheres vom Arzt erfahren haben, melde ich mich wieder.«

»Du bist ein Schatz, Skye.«

»Weiß ich doch. Bist du bei meinem Bruder?«

»Ähm. Bei Duncan. Ja.«

»Ja. Genau den meinte ich.« Sie lacht auf. »Hab ich mir gedacht. Im Nebel lässt es sich gut reden.« Sie macht eine kurze Pause und fügt verschmitzt hinzu: »Und nicht nur reden.«

»Skye! Der Nebel hat sich doch längst gelichtet.«

»Na ja, zum Glück dauert es nie lange, bis die nächste Nebelbank kommt, meine Liebe.« Ich höre noch ein Kichern, dann hat sie aufgelegt.

»Meine Schwester«, meint Duncan mit einem Kopfschütteln, und sofort frage ich mich entsetzt, wie viel von Skyes

Worten er akustisch verstanden hat. Da mir das mit einem Mal sehr peinlich ist, stehe ich rasch auf. Er ist immerhin nach wie vor mein Chef!

»Ich … gehe zurück zur Lodge«, sage ich und wische mir ein paar Kiesbröckchen von der Jeans.

»Darf ich mitkommen? Oder willst du allein sein?« Duncan schaut mich mit schief gelegtem Kopf ernst an, nach wie vor mit angezogenen Knien auf dem Boden sitzend. Er sieht in diesem Moment so unverschämt gut aus, dass ich mich zusammenreißen muss, um mich nicht nach unten zu beugen und ihn tatsächlich zu küssen. Auch ohne Nebel.

»Klar kannst du mitkommen«, sage ich betont locker und atme tief die salzige Luft ein. »Allein war ich in den letzten Monaten oft genug.«

43

Duncan

Auf dem Weg zurück zum Hotel reden wir nicht viel. Es scheint, als müsse Greta genauso über all das nachdenken, was wir uns gegenseitig offenbart haben, wie ich selbst. Unfassbar, was diese so zart wirkende Frau schon alles durchgemacht hat.

Diesem Olivier würde ich gerade sehr gern auch ein Veilchen verpassen.

Kurz, bevor wir die Lodge erreichen, frage ich: »Hast du Hunger?«

»Und wie«, antwortet Greta.

»Gut. Ich auch. Lass uns beim Inselladen vorbeigehen und uns da etwas holen. Einmal nicht im Hotel essen. Was meinst du?«

»Ich habe zwar nichts gegen das Essen deiner Eltern einzuwenden, aber von mir aus gern«, erwidert sie leichthin. »Allerdings würde ich gern fahren.«

»Mit welchem Auto?« Mit hochgezogenen Augenbrauen sehe ich sie an. »Der Abschleppwagen und das neue Mietauto haben es noch nicht auf die Insel geschafft, dem Nebel sei Dank.«

»Mit dem Fahrrad!«

Dass sie immer noch keine Pedale hat, scheint Greta nicht im Geringsten zu stören, als sie vor mir her auf die Einfahrt zurollt.

»Diesmal nicht so schnell den Hügel runter!«, warne ich und fühle mich wie ein Vater, der seinem Kind folgt.

Nein, jetzt nicht an Quinn denken. Daran, dass ich ihm nie beibringen durfte, wie man Fahrrad fährt.

»Keine Sorge, ab und zu lerne ich aus meinen Fehlern!«, ruft Greta keck über ihre Schulter, und ihr Lachen ist so ansteckend, dass die Bilder von Quinn verblassen und ich mich ganz auf die langen blonden Strähnen konzentriere, die unter Gretas Fahrradhelm hervorlugen und wild vom Wind durcheinandergewirbelt werden. Sie sollte ihr Haar wirklich öfter offen tragen.

Bis wir am Laden ankommen, hat Greta immer wieder so große Strecken mit hochgezogenen Füßen rollend zurückgelegt, dass ich beim Absteigen lachend sage: »Ich glaube, du kannst die Pedale wieder bekommen.«

»Ja, finde ich auch. Du kannst sie mir als Geburtstagsgeschenk wieder dranmontieren«, gibt sie ausgelassen zurück und lehnt ihr Rad an die Außenwand des Geschäfts.

»Apropos: Warum hast du mir nicht gesagt, dass du morgen Geburtstag hast?« Ich trete neben sie und sehe sie ernst an. Greta wirkt sehr überrascht, als sie meinen Blick erwidert.

»Tja – weil ich ursprünglich wohl gedacht habe, an meinem Geburtstag längst wieder in Manhattan zu sein. Außerdem – du kennst doch meine Personalakte. Aber nicht meinen Geburtstag?« Sie sieht mich herausfordernd an, die Augenbrauen in die Höhe gezogen, und ich grinse verlegen. Sie hat ja recht. Warum ich nicht darauf geachtet habe, weiß ich echt nicht. Auf ihren Jahrgang schon, aber nicht auf den Geburtstag. Vermutlich, weil ich von den Stammdaten möglichst schnell zu ihrem Bewerbungsfoto zurückklicken wollte. Was ich ihr natürlich nicht zu meiner Verteidigung sagen werde.

Noch bevor ich etwas Sinnvolles erwidern kann, wendet sie sich ab und geht vor mir her die Treppe hinauf, die auf die Veranda des Inselladens führt. Auf einer Bank neben der Treppe sitzen zwei alte Männer, die uns interessiert mustern. Den wettergegerbten Gesichtern nach zu urteilen sind die beiden bestimmt ehemalige Fischer, überlege ich, während ich höflich grüße und dann Greta folge. Sie ist vor dem Schwarzen Brett neben dem Eingang des Geschäfts stehen geblieben und mustert die merkwürdige Ansammlung an Aushängen: Eine Landkarte der Insel, bei der eine Ecke fehlt (es ist die Landzunge von Gottlieb Müller – hat der alte Einsiedler den Teil der Karte etwa absichtlich abgerissen, damit sich niemand bis zu ihm ans Ende der Welt verirrt?), ein Prospekt des *Whale Island Inn* (aber, klar, natürlich nichts von der *Cameron Lodge* – warum auch?), Werbung für selbst gemachte Marmelade bei Hailey Carmichael in der Seaside Lane (*Holy Shit*, Hailey Carmichael – in die war ich mal verknallt, als ich elf und sie ungefähr siebzehn war!), eine Einladung zur nächsten Insel-Versammlung zum Thema Straßenlaternen und die Zukunft der alten Inselschule (an die Insel-Versammlungen habe ich lebhafte Erinnerungen – nicht unbedingt gute) und das Foto einer vermissten Katze mit dem Namen »Gin« (hier auf der Insel nennt man Haustiere anscheinend wirklich gern nach alkoholischen Getränken – kein Wunder, bei all dem Nebel).

Noch während ich die Aushänge anstarre und mir bewusst wird, wie viel von dieser Insel ich verdrängt hatte, sagt Greta plötzlich: »Außerdem hätte ich meinen Geburtstag fast selbst vergessen. Kein Wunder, es wäre nicht das erste Mal gewesen, dass niemand daran denkt.«

Fast schockiert starre ich sie an. »Wie jetzt? Hat Olivier etwa schon einmal deinen Geburtstag vergessen?«

Allein die Vorstellung, dass ich jemals Catherines Geburtstag vergessen könnte, versetzt mich in Angst und Schrecken. Nicht auszudenken, wie sie reagieren würde.

Greta schüttelt den Kopf, und an der Art, wie sie sich halb der Eingangstür des Ladens zuwendet und meinem Blick ausweicht, merke ich, dass ihr das, was sie als Nächstes sagen wird, nicht leichtfällt. »Nein, Olivier nicht. Nicht, solange wir zusammen waren zumindest. Aber vor einem Jahr habe ich, nach der Trennung, noch bei meinen Eltern auf Bali gewohnt. Und … sie haben meinen Geburtstag vergessen.«

»Wie bitte?« Ich trete dichter neben sie und mustere sie ungläubig. »Richtig vergessen?«

»Na ja, es ist ja nicht so, als ob ich noch ein Kind wäre.«

»Das Kind deiner Eltern schon.« Ernst sehe ich sie an.

»Ja. Das stimmt. Aber … sie meinen es nicht böse. Sie haben einfach immer so viel um die Ohren.« Als ich nichts erwidere, beginnt sie, nachdenklich auf ihrer Unterlippe zu kauen. Was nicht hilfreich ist, weil ich sowieso den Eindruck habe, dass ich viel zu oft ihren Mund anstarre.

Schließlich gibt sie zögernd zu: »Es ist schon vorher passiert, dass sie ihn vergessen haben. Das erste Mal, als ich in München die Ausbildung zur Hotelfachfrau gemacht habe. Da hatte Mama gerade so eine depressive Phase. Vielleicht hing die sogar mit meinem Auszug zusammen. Schwer zu sagen, wenn man nicht über seine Probleme und Sorgen spricht. Danach gab es noch ein paar Jahre, in denen sie mir zumindest nicht pünktlich gratuliert haben. Tja, und zuletzt, als ich vor einem Jahr bei ihnen auf Bali war.«

Fassungslos mustere ich sie, lasse das sacken. Dann sage ich leise: »Und dabei hattest du gerade eine … stille Geburt hinter dir. Und eine Trennung.« Die Vorstellung, dass Greta, kurz nach dem Verlust ihres Babys – nein, sogar mehrerer Babys! – und ihres Mannes bei ihren Eltern Zuflucht gesucht hatte und dass diese dann ihren Geburtstag vergessen haben, macht mich mit einem Mal richtig wütend. Offensichtlich überrascht sieht sie mich an – weil ich wohl genauso aufgewühlt klinge, wie ich mich fühle.

»Ja«, murmelt sie. »Allerdings haben wir auch darüber nicht groß gesprochen. Du weißt schon, zu viele Emotionen und so. Die Babys, die ich verloren habe, und die Trennung von Olivier, die wurden nur einmal kurz thematisiert. Dann war das für meine Eltern abgehakt.«

»Ganz schön herzlos.«

Sie seufzt leise und starrt auf ihre Sneakers hinab. »Mag sein. Aber meine Eltern sind, wie sie sind. Und irgendwie vertrauen sie wohl darauf, dass ich mich allein durchs Leben kämpfe. Wahrscheinlich habe ich immer diesen Eindruck erweckt. Wegen der ganzen Neuanfänge während meiner Kindheit und den vielen ersten Tagen in einer neuen Klasse. Das härtet ab. Ich habe ihnen wohl immer das Gefühl vermittelt, dass ich mich nicht unterkriegen lasse. Dass ich meinen Weg gehe. Dass ich ihre Unterstützung nicht brauche.« Greta macht eine kurze Pause, und als sie weiterspricht, muss ich mich näher zu ihr beugen, um ihr Wispern zu verstehen. Nicht, dass ich etwas dagegen hätte, mich dichter neben sie zu stellen. Ganz im Gegenteil. Aus dieser Nähe erkenne ich jede einzelne ihrer goldenen Sommersprossen. Und sie riecht so unfassbar gut!

»Dabei stimmt das nicht.« Greta schluckt. »Ich könnte ihre Unterstützung so oft gebrauchen. Ich … musste einfach so … hart werden. So taff. Sonst hätte ich meine Kindheit mit den vielen Abschieden nicht unbeschadet überstanden.«

»So hart bist du gar nicht«, murmele ich, und als sie den Blick hebt und mich ansieht, wirkt sie für einen Moment überrascht, weil ich so dicht vor ihr stehe. Soll ich einen Schritt zurück machen? Ich möchte das nicht. Und in diesem Moment schleicht sich ein Ausdruck in ihre blauen Augen, der mir verrät, dass sie das auch nicht will.

»Findest du nicht?«, wispert sie und sieht mich ernst an. Mit Nachdruck schüttele ich den Kopf, und dann macht sich meine Hand plötzlich selbstständig und schiebt eine lose Haarsträhne aus ihrem Gesicht. Sie hat ihren Helm abgenommen, und der Wind spielt unbändig mit ihrem langen Haar. Mein Daumen streift leicht ihre Wange, und ich merke genau, wie sie den Atem anhält und mich aus weit aufgerissenen Augen mustert.

Verdammt. Worüber haben wir gerade gesprochen? Ah. Ja.

»Nein. Du bist nicht hart.« Ich muss mich räuspern, weil meine Stimme nicht so will wie ich. »Nur nach außen hin sehr zusammengerissen und professionell. Mit deinen zurückgetackerten Haaren und dem perfekten Lächeln, wenn du an der Rezeption stehst.«

»Meine Haare waren nie zurückgetackert!«, gibt sie empört zurück, was mich auflachen lässt. »Außerdem tu doch nicht so, als hättest du mich jemals an der Rezeption bemerkt, Duncan Sommerset.«

»Und ob ich das habe, Greta Lorenz.«

Schlagartig wird sie ernst und starrt mich stumm an. Da ist er wieder, der Moment, in dem alles möglich ist. So wie eben, über den Klippen. Kurz bevor der Wal mit dem denkbar schlechtesten Timing aufgetaucht ist. Schon da hätte ich sie fast geküsst. Jetzt gibt es weit und breit keinen Wal. Wieder strecke ich meine Hand nach ihrem Gesicht aus, obwohl dort diesmal keine Haarsträhne hängt, die ich fortstreichen müsste. Mein Daumen fährt sacht an ihrem Kinn entlang, bewegt sich Richtung Unterlippe, auf der sie eben noch herumgekaut hat. Einmal mehr merke ich, wie Greta den Atem anhält.

Als in diesem Moment die Ladentür von innen aufgeschoben wird und, begleitet vom lauten Bimmeln der Glocke darüber, jemand hinaustritt und fast in uns hineinläuft, fahren wir erschrocken auseinander.

Nicht nur Wale haben auf dieser verdammten Insel ein wirklich schlechtes Timing!

»Oh, Entschuldigung ...«, beginnt die Frau mit dem grauen Kurzhaarschnitt, die gerade mit einer großen, braunen Papiertüte voller Einkäufe im Arm das Geschäft verlassen hat, aber im nächsten Moment verstummt sie.

Und mein Herz setzt einen Schlag aus. Sprachlos starrt sie mich an. Ich starre zurück.

»Duncan Cameron«, sagt sie leise. Es klingt wie ein Vorwurf. Und genau das ist es ja auch.

»Gladys. Hallo.« Meine Stimme ist belegt.

Als Gladys sich abwendet und ohne ein weiteres Wort an uns vorbeieilt, sehe ich ihr wie betäubt hinterher. Sie geht zu dem blauen Haus nebenan, in dem immer noch ihr Souvenirladen sein muss. So wie damals.

Schließlich spüre ich eine Hand, die sich sacht um meine legt. Schmale Finger, die meine drücken.

»Amys Mutter?«, fragt Greta leise.

Ich nicke. Sprechen kann ich gerade nicht, denn all die traurigen Erinnerungen stürzen in diesem Moment unbarmherzig auf mich ein. Genau davor hatte ich Angst. Genau deshalb bin ich so lange nicht zurückgekommen.

44

Mir wird erst klar, dass Greta immer noch sacht meine Hand hält und mich besorgt mustert, als sich die Tür vom Geschäft schon wieder bimmelnd öffnet und der rothaarige junge Mann rauskommt, der dort zu arbeiten scheint, zumindest trägt er eine schwarze Schürze mit dem Aufdruck »Island Shop«. Ein wirklich einfallsreicher Name, wird mir mal wieder bewusst. Kreativität ist nicht unbedingt die Stärke der Bewohner von Whale Island, wenn man bedenkt, dass der Laden nebenan »Island Souvenirs« heißt. Manche Dinge fallen einem besonders stark auf, wenn man eine Zeit lang weg war.

»Oh, hi, Catherine.« Der junge Kerl sieht zwischen uns hin und her, scheint dann die richtigen Schlüsse zu ziehen und fügt fast schüchtern hinzu: »Und du musst Duncan sein.«

»Ja. Hi.« Ich sehe den schlaksigen Typ an, der ein wenig rot geworden ist und uns scheu betrachtet. Der Blick, den er Greta zuwirft, entgeht mir nicht. Klar, das kann ich ihm echt nicht verdenken. Welcher junge Kerl würde sie nicht verstohlen so ansehen und dann vermutlich nachts von ihr träumen?

Ich versuche, nicht daran zu denken, was ich selbst vorletzte Nacht geträumt habe. An den angenehmen Teil. Vor dem Albtraum. Schnell starre ich auf den Boden, als könnten die beiden meine Gedanken lesen. Sie ist immer noch meine Angestellte, verdammt!

»Hi, Ronan«, sagt Greta jetzt freundlich und löst ihre Hand von meiner. Ich vermisse den sanften Druck ihrer Finger sofort. »Wir wollten uns gerade etwas zu essen bei euch holen.«

Moment mal, Ronan? Dann ist das … der Sohn von Birdie und Lloyd. Klar, ihnen gehört der Laden. Dieser junge Mann vor mir war höchstens sechs, als ich die Insel verlassen habe. Unfassbar!

»Ah, super. Ja. Bin sofort da, ich muss nur schnell …« Ronan vollendet den Satz nicht, sondern deutet ein wenig hektisch auf das Auto, das vor der Zapfsäule neben dem Geschäft gehalten hat. Im Gehen stolpert er fast über seine eigenen Füße. Ich fühle mit ihm. An die Zeit, als ich noch Hautprobleme hatte und alle weiblichen Wesen mich völlig aus dem Konzept gebracht haben, kann ich mich deutlich erinnern.

»Kommst du?« Greta öffnet die Ladentür und sieht mich erwartungsvoll an. Ich hatte ganz vergessen, dass wir etwas essen wollten. Und der Appetit ist mir auch vergangen. Zögernd sehe ich wieder zu dem graublauen Haus hinüber, in dessen weißen Sprossenfenstern Windspiele und Fensterbilder aus Meerglas hängen.

»Kannst du schon etwas für mich bestellen?«, frage ich leise und sehe Greta ernst an. »Einen Burger, bitte. Ich komme sofort. Muss nur schnell etwas erledigen.«

Greta scheint sofort zu verstehen. Sie nickt und lächelt mir aufmunternd zu. »Na klar. Bis gleich.«

Fast erstaunt sehe ich ihr nach, als sie ohne mich den Inselladen betritt. Catherine hätte mir jetzt eine Szene gemacht. Nie im Leben wäre sie ohne Diskussion allein vorgegangen und hätte für mich etwas bestellt. Ohne Drama läuft bei uns wenig ab, wird mir mal wieder bewusst. Andererseits: Catherine ist tatsächlich meine Frau. Greta ist meine Angestellte. Das ist nun einmal ein himmelweiter Unterschied.

Der Kies knirscht unter meinen Schuhen, als ich an dem Auto und der Zapfsäule vorbeigehe, wo sich Ronan mit dem Fahrer unterhält, während er den rostigen Pick-up betankt. Ich spüre die Blicke der beiden überdeutlich auf mir, als ich die Stufen zur überdachten Veranda von »Island Souvenirs« betrete. Rasch öffne ich die Eingangstür mit dem »Come in, we're open«-Schild, bevor ich es mir anders überlegen kann. Bevor die Feigheit wieder überhandnimmt.

Ein rascher Blick durch den Raum zeigt mir, dass keine Kunden hier sind. Alles sieht noch so aus wie beim letzten Mal, als ich hier war: Regale voll mit Plüschtieren – Elche, Bären, Hummer und Wale –, all die Tiere, die man nun einmal mit diesem Landstrich verbindet. Baseballmützen und T-Shirts mit Ahornblattaufdruck oder den Worten »Cape Breton« oder »Whale Island«. Sehr viele Walschwanz-Motive, sei es auf Tassen oder in Form von Schlüssel- und Kettenanhängern. Ja, alles wie damals.

Halt – fast alles. Mein Blick wandert zu der Ecke des Ladens, wo früher wunderschöne Quilts hingen. Tagesdecken, Patchwork-Kissenhüllen, Stofftiere aus bunt zusammengesetzten Stoffteilen. Heute hängen dort nur T-Shirts, denn Mom macht keine Quilts mehr.

Und noch etwas ist natürlich anders: Hinter dem Verkaufstresen sitzt Gladys und starrt mit leerem Blick auf den Fernseher an der Wand, wo eine Talkshow läuft.

Nicht Amy.

Mit einem Mal rechne ich fast damit, dass sie aus dem vollgestopften Lager in den Verkaufsraum tritt, ihr blondes Haar offen über ihre Schultern hängend, ein Lachen auf dem Gesicht, ein Funkeln in den grünen Augen. Der Knoten in meinem Hals zieht sich rasch zu. Wenn ich jetzt auch noch an ihn denke, ist es vorbei. Quinn. Mein kleiner Junge.

In diesem Moment entdeckt mich Gladys. Sie starrt mich an, wirkt völlig fassungslos, weil ich hier bin. Ein paar Herzschläge lang stehe ich wie angewurzelt mitten im Raum und weiß nicht mehr, was ich eigentlich hier will.

Dann höre ich wieder Aidans Worte. »Ich hätte nie gedacht, dass dreizehn Jahre vergehen würden, bevor ich das loswerde.« Und ich höre Greta, die von der Unfähigkeit ihrer Eltern und ihres Noch-Mannes erzählt, über Probleme und Gefühle zu sprechen.

»Duncan.« Gladys' Stimme klingt tonlos. »Was willst du?«

»Mich entschuldigen.« Ich stoße die Worte so schnell hervor, dass ich mich verhaspele. »Es tut mir leid, Gladys. Ich weiß, wie sehr ihr mich hasst, Trevor und du. Ihr habt damals alles verloren. Amy. Quinn. Es tut mir so leid. Glaub mir, ich habe mir so oft gewünscht, dass ich es gewesen wäre, der über die Klippen gestürzt ist. Nicht die beiden. Ich würde alles dafür tun, es rückgängig zu machen. Auf der Fähre zu bleiben, selbst wieder ins Auto zu steigen, die beiden sicher nach Hause zu fahren. Ich habe … ich habe als Mann und als Vater und als Schwiegersohn massiv versagt. Als Bruder und Sohn übrigens auch. Das weiß ich. Und es tut mir von Herzen leid, dass ich mich nicht früher bei euch entschuldigt habe.«

Gladys starrt mich stumm an, ihre Augen schimmern feucht. Als ich aus dem Augenwinkel eine Bewegung wahrnehme, drehe ich den Kopf und glaube einen irrationalen Moment lang, dass tatsächlich Amy aus dem Hinterzimmer kommt. Aber es ist Trevor, ihr Dad. Ich erschrecke, als ich seine Glatze und die müden Augen wahrnehme. Er ist optisch weitaus mehr gealtert als nur um dreizehn Jahre, seit ich weggegangen bin.

»Duncan«, sagt er leise und bleibt in einigem Abstand zu mir stehen. Stumm mustert er mich, und ich erwidere seinen Blick betreten. Als er nichts weiter sagt, sehe ich wieder Gladys an, der nun still Tränen über die Wangen rinnen, während sie mit beiden Händen die Kante des Verkaufstresens umklammert hält. Ihre Fingerknöchel treten weiß hervor.

»Das … das wollte ich euch endlich gesagt haben«, sage ich schnell und räuspere mich, bevor ich die Fassung verliere. Gerade will ich mich abwenden, da entdecke ich das Bild. Es hängt hinter der Kasse. Amy lacht in die Kamera, braun gebrannt, ihr Haar zu einem lockeren Pferdeschwanz gebunden. Quinn sitzt auf ihrem Schoß. Seine Locken sind weißblond von der Sommersonne, er strahlt in die Kamera, die Augen so grün wie Amys, die Milchzähne weiß schimmernd. Mir stockt der Atem. Meine kleine Familie. Das war mal meine kleine Familie. Bevor ich sie zerstört habe. Ich muss an die Lücke auf dem Kaminsims im Wohnzimmer meiner Eltern denken. Da stand mit Sicherheit ein ganz ähnliches Bild, bis Mom es weggestellt hat, als ich angekommen bin. Um mir den Schmerz zu ersparen.

Ich merke erst, dass ich weine, als plötzlich eine Hand über meine Wange streichelt. Erschrocken löse ich meinen Blick von dem Foto und stelle zu meiner Überraschung fest, dass Gladys um den Verkaufstresen herumgekommen ist und vor mir steht. Ihre Hand, die gerade die Tränen fortgewischt hat, fasst jetzt nach meinem Unterarm und drückt ihn.

»Es ist gut, dich zu sehen, Duncan.« Ihre Lippen zittern, als sie das sagt. Sie nickt mir zu, bevor sie sich abwendet und im Hinterzimmer verschwindet. Trevor steht noch immer an derselben Stelle und mustert mich unverwandt. Jetzt nickt er mir ebenfalls zu, und dann folgt er seiner Frau.

Wie benommen bleibe ich noch ein paar Herzschläge lang mitten im Souvenirshop stehen. Dann atme ich tief durch, wische mir die Tränen vom Gesicht und gehe.

45

Greta

Am frühen Abend dieses Tages sitze ich im Pavillon nahe dem Hotel und sehe nachdenklich auf den Atlantik hinaus, der sich friedlich und glitzernd in der tief stehenden Sonne erstreckt, als sei es auf dieser Insel niemals nebelig gewesen. Die Grillen zirpen, und es riecht wunderbar nach Sommer – nach Meer und frisch gemähtem Gras. Graham ist vorhin mit einem Aufsitz-Rasenmäher um die Lodge gedüst, Johnnie Walker stolz hechelnd neben sich auf dem Sitz.

Ich muss über all das nachdenken, was heute offenbart worden ist – sowohl von Skye und Duncan als auch von mir selbst. Unglaublich, wie viel an diesem einen Tag ausgesprochen worden ist. Wie viel ich jetzt über meinen Chef weiß – und wie viel er über mich!

»Hi«, höre ich plötzlich eine Stimme hinter mir und sehe überrascht auf.

»Skye! Hallo!« Duncans Schwester trägt nach wie vor ihr pinkfarbenes Outfit – oder vermutlich wieder, denn bei der Arbeit im Krankenhaus wird sie ja mit Sicherheit anders angezogen gewesen sein.

»Ich habe dich noch gar nicht gefragt, wie es mit Gottlieb Müller war! Hat er etwas Ernstes?« Aufmerksam mustere ich

Skye, als sie sich neben mich auf die Bank fallen lässt und mit einem zufriedenen Seufzer ihre silbern glitzernden Birkenstock-Sandalen von den Füßen kickt.

»Der gute Gottlieb hat Kreislaufprobleme. Womit man theoretisch uralt werden kann. Weitaus besser als zu hoher Blutdruck. Na gut, natürlich nicht, wenn man umkippt und sich dabei verletzt. Darum hat er Kreislauftropfen verschrieben bekommen.«

»Ah, sehr gut. Wie schön, dass es nur der Kreislauf ist! Ich hatte schon befürchtet, es könnte das Herz sein oder so.«

»Nein, der alte Sturkopf hat das Herz eines Ochsen, hat der Kardiologe mir gesagt, nachdem er seine liebe Mühe mit dem meckernden Gottlieb gehabt hatte.« Skye grinst mich breit an, und ich rolle mit den Augen.

»Hast du ihn auf die Insel zurückgebracht?«

»Ja. Habe ich. Er hat sich natürlich bitter beklagt, dass er den ganzen Tag im Krankenhaus vertrödeln musste, bis ich mit meiner Schicht durch war, aber ich glaube, im Grunde genommen hat es ihm ganz gut gefallen. Meine Kolleginnen haben sich auch wirklich rührend um ihn gekümmert. So viel weibliche Aufmerksamkeit bekommt er sonst nicht.«

»Nur von Rae«, erinnere ich sie.

»Stimmt. Nur von Rae.«

Als Skye schweigend auf den Atlantik hinaussieht und mit einem Mal ungewohnt ernst wirkt, hakte ich sanft nach: »Und … wie läuft es mit Jeff?«

Sie schnaubt leise und erwidert, ohne mich anzuschauen: »Jeff hatte mir ursprünglich gesagt, dass er heute keine Zeit für mich haben würde. Wir sind in einer der Phasen, in denen er mich weitestgehend ignoriert. Allerdings hat er mich heute Vormittag mit Gottlieb ins Krankenhaus kommen sehen und mich prompt angerufen, um zu fragen, ob ich meinen Vater mitgebracht hätte. Als ich ihm erklärt habe, was los war, und dass ich Gottlieb heute Abend wieder nach Whale Island zurückbringen würde, da hatte er plötzlich Karten fürs Kino. Er und ich. ›Schade, dass du nicht kannst‹, hat er gesagt und ganz enttäuscht geklungen.«

Jetzt sieht mich Skye an, und ich merke, dass Tränen in ihren Augen schimmern. Wütende Tränen. »Er hätte nie im Leben mit mir ins Kino gehen wollen, wenn ich heute Abend einfach verfügbar gewesen wäre, wie sonst nach Feierabend! So oft habe ich ihn schon gebeten, dass wir ins Kino gehen. So oft. Aber natürlich hatte er angeblich heute die Idee, mich damit zu überraschen. Weil er wusste, dass ich nicht konnte.«

»Ach, Skye«, sage ich erschüttert und greife nach ihrer Hand. »Das tut mir leid.«

Skye schnaubt. »Jetzt wird er mich erst einmal ein paar Tage lang komplett ignorieren. Weil er sich von mir zurückgestoßen fühlt. So ist das immer. Aber dann, gerade, wenn ich beginne, mich selbst davon zu überzeugen, dass ich ohne das Auf und Ab mit ihm besser dran bin, dann wird plötzlich wieder ein Blumenstrauß vor meinem Spind auf mich warten. Von einem ›anonymen Verehrer‹, damit die Kollegen nicht merken, von wem die Blumen kommen.« Sie rollt mit den Augen.

»Und du … du gibst dann immer sofort klein bei und lässt dich von Neuem auf das Spiel ein?«, hake ich vorsichtig nach.

Skye sieht mich ernst an, bevor sie wieder auf den Atlantik hinausstarrt. Ihr Gesichtsausdruck erinnert mich mit einem Mal stark an die Art, wie Duncan heute aufs Meer hinausgesehen hat, während er mir von Catherines Untreue und ihren Selbstmordversuchen erzählt hat.

»Nein. Nicht sofort«, sagt sie leise. »Aber … früher oder später knicke ich immer wieder ein. Er … er kann sehr überzeugend sein. Extrem charmant, weißt du? Sehr selbstbewusst. Und … er ist es gewohnt, das zu kriegen, was er will.«

Alarmiert mustere ich sie von der Seite. »Er tut dir aber nicht weh, oder?«

»Nein!« Skye sieht mich erschrocken an. »Nein, das nicht. Um Himmels willen.« Sie lacht auf. »Wenn ich jemals mit einem blauen Fleck hier auf Whale Island auftauchen würde, würde Aidan Jeff zu Kleinholz verarbeiten. Nicht, dass er ihn je kennengelernt hätte – aber dann würde Jeff IHN kennenlernen.« Sie grinst mich schief an. »Aidan war schon immer der Beschützertyp. Früher hat er all die Jungs vergrault, die auch nur den Hauch eines Interesses an mir gezeigt haben. Die arme Isla wird es nicht leicht haben.«

»Und Duncan?«, kann ich mir nicht verkneifen, nachzuhaken. »War er nicht der Beschützertyp?«

Erneut sieht Skye mich an, und in ihren himmelblauen Augen kann ich genau erkennen, was sie denkt: Dass ihr Bruder mir nähergeht, als ich zugeben will. Mir wird heiß, der kühlen Abendbrise zum Trotz.

»Doch, Duncan auch«, sagt sie mit einem leichten Lächeln in den Mundwinkeln. »Aber als er damals von Whale Island verschwunden ist, war ich gerade mal einundzwanzig. Und … ich war ein Spätzünder. Meinen ersten Freund hatte ich auf dem College. Davon hat hier zu Hause zum Glück niemand etwas mitbekommen. Einen Freund hier auf der Insel hatte ich dann erst, als Duncan schon weg war. Brandon Shawn. Mann, war ich verknallt in den.« Sie seufzt bei der Erinnerung wehmütig auf, und ich muss grinsen.

»Warum ist das mit euch auseinandergegangen?«

»Er ist weggezogen. Wie so viele hier. Nach Montreal. Dort

soll er inzwischen eine eigene Tierarztpraxis haben. Und verheiratet sein. Mit vier Kindern!« Skye sieht mich an und meint mit einem wehmütigen Lächeln: »Tja. ›The one that got away‹. Er und Ian Baker. Das waren die beiden Typen, die ich hier auf der Insel jemals ernsthaft interessant fand.«

»Und Ian Baker? Der ist jetzt wo?«

»Ian arbeitet für die Küstenwache. Soweit ich weiß, ist er in Neufundland stationiert. Und natürlich ist er ebenfalls verheiratet. Der sah so unfassbar gut aus, dass er niemals über sein fünfundzwanzigstes Lebensjahr hinaus ledig sein konnte. Und für mich hat er sich leider nie interessiert, so sehr ich ihn auch angehimmelt habe. Ian war Aidans bester Freund.« Sie macht eine kurze Pause und fügt dann hinzu: »Na ja, wenn er sich für mich interessiert hätte, wäre es wohl ziemlich kompliziert geworden. Wegen Aidans Beschützerinstinkt.« Sie lacht vergnügt auf, klingt aber dennoch so wehmütig, dass ich spontan einen Arm um ihre Schultern lege.

»Und hast du eine beste Freundin hier auf Whale Island?«, erkundige ich mich ehrlich interessiert.

»Ich hatte eine.« Skye starrt auf ihre nackten Füße hinab. »Amy. Sie war zwar dreieinhalb Jahre älter als ich, aber wir waren von klein auf dicke Freundinnen. So viel Auswahl an Kindern gab es hier auf der Insel auch nicht – schon gar nicht an Mädchen!« Sie lacht auf. »Amy und ich, wir sind durch dick und dünn gegangen. Und als sie von Duncan schwanger geworden und er zurückgekommen ist und die beiden sogar geheiratet haben, da dachte ich … da dachte ich, alles würde gut.« Rasch wischt sie sich eine Träne aus dem Augenwinkel.

»Wie war Amy so?« Meine Stimme klingt belegt, als ich das frage. »Wie sah sie aus?«

Skye mustert mich nachdenklich. Schließlich antwortet sie langsam: »Sie war blond. Aber nicht so hellblond wie du … und

Catherine. Goldblond eher. Grüne Augen. Viele Sommersprossen. Ein ausgelassenes Lachen, das jeden angesteckt hat. Man musste sie einfach mögen.«

»Sie klingt ganz anders als Catherine«, murmele ich, mehr zu mir selbst als zu Skye – doch natürlich versteht sie mich und sieht mich interessiert an.

»Wie ist sie denn? Die echte Catherine?«

Zögernd sehe ich sie an. Wie viel weiß sie wohl schon? All das, was Duncan mir heute im Nebel anvertraut hat – hat er das seiner Schwester auch erzählt? Wohl nicht, merke ich, denn Skye fügt hinzu: »Duncan hat mit mir so gut wie gar nicht über sie gesprochen. Alles, was ich weiß, habe ich von Facebook: Dass sie eine Galerie an der Upper East Side besitzt. Dass sie bildschön ist. Ich weiß, dass sie jeden Tag zu diesem In-Pilates-Studio in Manhattan geht. Dass sie Massagen und Pediküre liebt und dass ihr Frisör regelmäßig in der *InSyle* vorkommt und dass sie dort für Strähnchen und Schnitt vermutlich das ausgibt, was ich im Monat verdiene.« Skye lacht auf, klingt aber nicht sonderlich fröhlich. Ernst erwidere ich ihren Blick.

»Dann weißt du mehr über sie als ich«, gebe ich schließlich zu. »Viel mehr kann ich dir auch nicht sagen. Kühl ist sie. Unnahbar. Wir im Hotel nennen sie heimlich die Eisprinzessin.«

Skye grinst mich an. »Das passt. Genauso wirkt sie auf den Facebook-Fotos. Und wie nennt ihr Duncan?«

»Dreimal darfst du raten.«

»Den Kühlschrank?«

Ich muss losprusten. »Das wäre auch eine Idee!« Kichernd schüttele ich den Kopf. »Nein, den Eisblock.«

Skye gackert so laut los, dass ich ausgelassen mitlachen muss. Dieses Lachen tut so gut, nach unseren ernsten Themen!

Vor allem lenkt es mich von der Tatsache ab, dass ich sehr wohl mehr über Catherine Sommerset weiß. Dass ich es aber nicht wage, das einfach weiterzuerzählen – nicht einmal Duncans Schwester. Wenn, dann muss er das selbst tun.

»Er wirkt wirklich meistens ziemlich kühl, oder?« Skye wischt sich Lachtränen aus den Augenwinkeln. »Zumindest dann, wenn man ihn nicht näher kennt.«

»Ja«, stimme ich zu und muss sofort wieder daran denken, wie anders der Blick aus seinen grauen Augen oft wirkt, seit ich ihn näher kennengelernt habe. Seit ich festgestellt habe, dass es in diesem Grau sehr heiß auflodern kann.

»Du magst ihn sehr.«

Überrascht sehe ich Skye an. Sie lacht nicht mehr, und das gerade war auch keine Frage.

»Hmm?«, mache ich hilflos, als hätte ich sie nicht verstanden.

»Du magst meinen Bruder. Sehr. Und er … er mag dich ebenfalls. Das sieht doch ein Blinder.«

»Skye …«, winde ich mich und reibe mir verlegen über den Hals, wo ich heiße Röte emporkriechen spüre. »Es ist echt nicht so, wie du vielleicht denkst. Er sieht gut aus, ja, und … natürlich mag ich ihn irgendwie … wobei er mich auch ganz schön oft nervt und auf die Palme bringt!«

»Oh, wen nicht«, bemerkt Skye, wobei sie mich keine Sekunde aus den Augen lässt.

»Aber … er ist mein Chef. Und verheiratet. Und ich auch … noch.«

»Was?« Überrascht reißt Skye die Augen auf. »Mit wem?«

Ich seufze tief auf. Wenn ich jetzt etwas nicht möchte, ist es, über Olivier zu sprechen. »Das ist eine lange Geschichte. Heute nur so viel: Er wohnt in Hongkong. Und die Scheidung läuft. Es war keine schöne Trennung.«

»Oh.« Betroffen sieht Skye mich an und legt dann ihrerseits

einen Arm um meine Schultern, zieht mich eng an sich, wie es heute schon ihr Bruder gemacht hat. »Das tut mir leid.«

»Es ist schon schwierig mit der Liebe«, murmele ich ernst.

»Du sagst es.« Skye seufzt tief auf. »Männer sind doch alle Idioten.«

»Kann man so sagen.«

»Störe ich?«

46

Erschrocken fahren wir auseinander und drehen uns zu Duncan um, der neben dem Pavillon aufgetaucht ist. Er hält einen Korb in der Hand. Verdutzt mustere ich ihn, während er uns seinerseits ein wenig ratlos betrachtet.

»Habe ich das mit den Männern gerade richtig verstanden?«

»Hast du.« Skye nimmt den Arm von meiner Schulter und sieht ihn herausfordernd an. »Alles Idioten.«

»Bis auf ein paar Ausnahmen, hoffe ich.« Er mustert erst seine Schwester, dann mich mit leicht schief gelegtem Kopf. Als unsere Blicke sich begegnen, wird mir heiß. Ich muss an die zwei Situationen heute denken, in denen ich hätte schwören können, dass er mich fast geküsst hätte. Im Nebel, bevor der Wal aufgetaucht ist. Dann vor der Tür des Ladens. Bevor Amys Mutter herauskam. Bei der Erinnerung erschaudere ich leicht. Die Frau wirkte so fassungslos und so … zerbrochen, als sie Duncan erkannt hat. Zerbrochen, ja. Sie sah aus wie ein Mensch, dem alles Schöne im Leben genommen worden ist. Das Gefühl kenne ich gut.

»Ausnahmen?« Skye legt ihrerseits den Kopf schief und denkt angestrengt nach. »Hmm. Nein, gerade fällt mir niemand ein.«

Duncan stellt den Korb auf der untersten Treppenstufe des Pavillons ab. Als ich verstohlen dorthin sehe, erkenne ich, dass dort der Hals einer Weinflasche herausragt.

»Und warum bin ich so ein Idiot, Schwesterherz? Ich meine, klar, dass Aidan und Dad und vermutlich auch unser lieber Schriftsteller Glenn in Halifax hin und wieder Idioten sind, ist klar. Aber ich? Was habe ich dir denn getan?«

Er sieht sie mit einer Mischung aus spielerischem Necken und echter Ratlosigkeit an.

Skye erhebt sich, schlüpft wieder in ihre Birkenstock-Sandalen und geht durch den Pavillon zur Treppe. Auf der obersten Stufe stehend überragt sie Duncan um ein ganzes Stück und sagt völlig cool: »Nicht nur mir hast du etwas getan, mein Lieber. Du belügst deine ganze Familie. Indem du ihnen vorflunkerst, dass das hier deine Frau wäre.« Sie zeigt auf mich. Ich sehe sie an wie erstarrt und merke, dass auch Duncan wie vom Donner gerührt ist.

»Du weißt es?«, fragt er heiser.

»Natürlich weiß ich es«, erwidert Skye seelenruhig, sieht mich an und zwinkert mir blitzschnell zu, bevor sie die Treppe hinabsteigt und neben ihrem Bruder stehen bleibt, jetzt einen Kopf kleiner als er. »Ich bin doch nicht blöd, Bruderherz. Aber ich verspreche, dass ich meine Klappe halten werde. Du wirst schon deine Gründe haben, warum du Greta als deine Frau ausgibst. Du musst mir nur eines versprechen: Behandele sie gut.« Sie wirft einen schnellen Blick in den Korb, der zu seinen Füßen steht, und sagt mit einem zufriedenen Nicken: »Das ist ein ganz passabler Anfang. Gute Nacht.«

Und mit diesen Worten wendet sie sich ab und geht davon. Fassungslos starre ich ihr hinterher – mindestens so fassungslos wie Duncan. Schließlich dreht er sich zu mir um und fragt langsam: »Seit wann weißt du, dass sie es weiß?«

»Seit heute Morgen.« Nachdenklich zupfe ich an einer Haarsträhne herum, die sich aus meinem lockeren Pferdeschwanz gelöst hat.

»Skye ist unglaublich«, murmelt Duncan mit einem Kopfschütteln und sieht ein wenig ratlos auf den Korb hinab – ganz so, als habe er vergessen, warum der dort steht. Geradezu verlegen kratzt er sich im Nacken. Ich muss mir ein Schmunzeln verkneifen, als ich vorsichtig frage: »Du wolltest hier draußen also ein Glas Wein trinken?«

Er schaut auf, und sein Blick wirkt ein wenig unsicher, was so ganz und gar uncharakteristisch für ihn ist. »Ähm … ja. Allerdings … wollte ich dich fragen, ob du auch ein Glas haben möchtest.«

Er greift nach dem Korb und trägt ihn die Treppe hoch, bis in den Pavillon. Dort stellt er ihn neben mir auf der Bank ab und sieht mich fragend an. Gerührt lächele ich.

»Das ist nett. Aber … ich trinke keinen Wein.«

Überrascht zieht er die Augenbrauen in die Höhe und fragt: »Nur nicht in meiner Gesellschaft? Weil ich so ein Idiot bin?«

Ich lache auf und sehe, dass ein fast erleichtert wirkendes Grinsen sein Gesicht erhellt.

»Nein. Generell nicht. Auch keinen anderen Alkohol.« Ich mache eine Pause und will erklärend weiterreden, als Duncan zu meiner Überraschung nickt und sagt: »Verstehe. Wegen deiner Mutter.«

»Ja. Genau.« Abwartend sehe ich ihn an, während er sich auf die Bank setzt, den Korb zwischen uns. »Gut, dass ich auch eine Flasche Wasser dabei habe. Ist zwar eher langweilig, aber immerhin alkoholfrei.« Er zwinkert mir zu, und ich sage mit einem Lächeln: »Super. Oh, und du hast Essen mitgebracht!«

»Allerdings. Ich dachte, wir könnten deinen letzten Abend mit …« Er unterbricht sich und sieht mich nachdenklich an. »Wie alt wirst du morgen?«

Gespielt entrüstet sehe ich ihn an. »Das fragt man eine Dame nicht.«

Duncan grinst mich an und meint mit einem Schulterzucken: »Ach, eigentlich weiß ich es eh schon, deiner Personalakte sei Dank. Du wirst morgen fünfunddreißig. Wir könnten also deinen letzten Abend mit vierunddreißig Jahren mit einem Pick… Aua!« Verblüfft sieht er mich an, als ich ihn gespielt empört gegen den Oberarm boxe.

»Ach, du hast geguckt, wie alt ich bin, dir aber trotzdem nicht meinen Geburtstag gemerkt, Duncan Sommerset?«

Duncan reibt sich den Arm und fragt mit hochgezogenen Augenbrauen: »Hast du gerade deinen Chef geschlagen?«

Ich muss losprusten. »Ja, allerdings. Das ist wohl ein Kündigungsgrund?«

Duncan starrt mich an, ernst plötzlich, und sagt dann langsam, fast entschuldigend: »Nicht, wenn der Chef sich so aufgeführt hat wie ich in den letzten Tagen. Darum auch dieses Picknick. Als … Entschuldigung für all das, was du wegen mir durchmachen musst.«

Mit einem Mal muss ich gegen einen Knoten im Hals anschlucken. »Hey, immerhin kann ich inzwischen fast Fahrrad fahren!«, gebe ich betont leicht zurück und greife nach dem Glas Wasser, das Duncan mir eingeschenkt hat.

»Stimmt«, bestätigt er. Wir stoßen mit unseren Gläsern an, und als Duncan mir dabei ernst in die Augen sieht und sagt: »Auf dich, Greta«, beschleunigt sich mein Herzschlag um ein Vielfaches.

»Auf … Whale Island«, sage ich rasch, um irgendetwas zu erwidern, und dann nehme ich einen großen Schluck Wasser und senke meinen Blick, weil mich das Grau seiner Augen in den Wahnsinn treibt.

»Ich bin übrigens achtunddreißig«, erklärt er und stellt sein Weinglas ab, bevor er eine Tupperdose öffnet, in der sich Käsewürfel und Kräcker befinden.

»Ich weiß«, rutscht es mir heraus, ehe ich mich bremsen kann.

Erstaunt sieht Duncan mich an. »Ach so?«

»Ähm – ja.« Verlegen greife ich nach einem Kräcker und auch nach einer der dunkelroten Trauben, die in einer Tüte im Korb liegen. »Ich … habe dich gegoogelt.« Die heiße Röte, die meinen Hals hinaufkriecht, macht nichts an dieser Situation leichter. Schnell schiebe ich zu meiner Verteidigung hinterher: »Ich wollte wissen, wer mein Chef ist. Was du vorher gemacht hast und so.«

»Und, was habe ich vorher gemacht?« Duncan sieht mich sichtlich amüsiert an.

»Du hast deine Karriere in einem Hotel in Halifax begonnen, wo du dich vom ›Jungen für alles‹ bis zum Guest Relations Manager hochgearbeitet hast. Dann hast du eine Stelle in einem Hotel derselben Kette in New York City übernommen – bis du deine Frau kennengelernt hast und zur Sommerset-Hotelgruppe gewechselt bist.«

Duncan sieht mich ernst an und nickt dann langsam. »Gut gemerkt, Ms. Lorenz. Sehr gut gemerkt.«

Gut, dass er nicht wissen kann, dass ich mir während meiner ersten Wochen in Manhattan fast täglich Artikel und Interviews mit Duncan im Netz durchgelesen und mir seine Fotos angesehen habe.

»Ich wünschte, dass ich nicht immer nur so dargestellt würde: Als der Mann, der zum General Manager geworden ist, weil er die richtige Frau geheiratet hat.« Duncan starrt an mir vorbei, aufs Meer hinaus.

»Aber das sagt doch niemand, oder?«

Er lacht bitter auf. »Und ob das viele sagen. Das und noch viel mehr.«

»Du wärst mit Sicherheit auch General Manager eines vergleichbaren Hotels geworden, ohne Catherine zu heiraten.«

Duncan sieht mich an und lächelt leicht. »Danke dir.«

Eine Weile sitzen wir schweigend nebeneinander, essen Käse, Kräcker und Trauben und sehen auf den Atlantik hinaus, während es um uns herum immer dunkler wird. Plötzlich sagt Duncan: »Ich habe Amys Eltern seit der Beerdigung nicht mehr gesehen.« Seine Stimme klingt heiser. Ich halte den Atem an, als ich ihn von der Seite mustere. »Das Letzte, was Gladys damals zu mir gesagt hat, war: ›Du bist schuld am Tod meiner Tochter und meines Enkels. Ich will dich nie wiedersehen, Duncan.‹«

Eine Gänsehaut überzieht meine Arme, als er diese Sätze wiedergibt. Betroffen lasse ich den Käsewürfel sinken, nach dem ich gerade gegriffen hatte. Ich muss daran denken, wie ernst Duncan heute Mittag war, als er vom Souvenirladen zurückgekommen ist und wir draußen am Picknicktisch des Fähranlegers Hamburger mit Pommes gegessen haben. Jetzt lacht er bitter auf und sagt: »Ja, an ihre Worte kann ich mich tatsächlich noch ganz genau erinnern, nach all den Jahren. Erstaunlich, oder? Die Pins meiner Kreditkarten vergesse ich dagegen ständig.« Ich weiß nicht, was ich darauf erwidern soll, darum warte ich geduldig, ob er noch etwas sagen will. Er will.

»Heute habe ich mich endlich für alles bei ihnen entschuldigt. Nach dreizehn Jahren. Und Gladys hat gesagt, dass es gut sei, mich zu sehen.« Er atmet tief durch, und ich merke ihm deutlich an, wie viel es ihm bedeutet, das von Amys Mutter gehört zu haben. »Weißt du, früher hat Mom selbst gemachte Souvenirs im Laden von Amys Familie verkauft. Viele Familien stellen Sachen her, die dort verkauft werden. Die McMurrays machen Kerzen, Fiona Miller hausgemachten Fudge, die Brighton-Familie Kräuterbonbons, ihre Tochter Milly malt Aquarelle, die als Postkarten gedruckt und verkauft werden. Und so weiter.« Er sieht mich flüchtig an und erklärt: »Das habe ich auf der Facebook-Seite des Geschäfts gesehen.«

»Aha«, mache ich leise und nicke.

»Mom hat früher ihre selbst gemachten Quilts dort verkauft. Aber seit Amys Tod haben sich unsere Familien nichts mehr zu sagen, hat Skye erzählt. Obwohl meine Eltern gar keinen Kontakt mehr zu mir, dem schwarzen Schaf, hatten, haben Gladys und Trevor trotzdem kein Wort mehr mit ihnen geredet. Vielleicht tat ihnen die Erinnerung an alles, was mit Mom und Dad zusammenhing, einfach zu weh. Wie auch immer – Moms Quilts sind auf jeden Fall nicht mehr im Laden, habe ich heute gesehen. Einerseits wohl wegen der Funkstille. Andererseits hat sie seit … seit Quinns Tod die Lust am Quilten sowieso verloren, wie Skye meinte. Sie macht keine neuen Decken mehr.«

Ernst starrt er aufs Meer hinaus. Ich wüsste so gern, wie ich ihn aufmuntern kann, aber mir fällt beim besten Willen nichts wirklich Tröstendes ein.

»Ich verstehe nicht, warum sie in den Hotelzimmern nicht wenigstens selbst gemachte Patchworkdecken auf die Betten legt«, sage ich dann zaghaft. »Das wäre ein so schöner persönlicher Touch!«

»Ja. Ich verstehe sehr vieles nicht, was meine Eltern mit der *Cameron Lodge* machen. Oder auch nicht machen.« Duncan sieht mich an und lächelt schief. »Eines steht fest – wir beide, wir könnten aus dem alten Kasten tausendmal mehr rausholen. Auch ohne Golfplatz und Hubschrauberlandeplatz.«

Ich nicke zaghaft. »Wir beide«, hallt es in meinen Ohren wider. Duncans Blick hält mich fest. Wir beide.

47

»Aidan?« Eine Frauenstimme lässt uns aufsehen, schnelle Schritte nähern sich dem Pavillon. Im nächsten Moment steht eine große, schlanke Frau mit blondem Pferdeschwanz vor uns und sieht uns überrascht an. »Oh! Sorry, ich … Moment mal. Bist du etwa Duncan?«

Duncan hat sein Weinglas abgestellt und steht auf. Er stemmt seine Hände in die Hüften und meint zögernd: »Ähm … ja, der bin ich. Und … ach! Jenny?«

»Ganz genau!« Die Blondine lacht auf, dann kommt sie die Treppe hoch und schüttelt Duncan die Hand. »Mensch, dass wir zwei uns endlich mal kennenlernen! Nach all diesen Jahren!«

»Stimmt. Freut mich, Jenny.« Duncan dreht sich halb zu mir um, und ich stehe ebenfalls von der Bank auf. »Das hier ist Gr … Catherine. Meine … Frau.« Ich merke, dass ihm selbst diese Lüge zunehmend schwer über die Lippen kommt. Vielleicht, weil Skye Bescheid weiß. Irgendwie macht das alles noch absurder. »Catherine, das hier ist Jenny – Islas Mutter.«

»Hi, Catherine! Freut mich!« Die sehr sportlich wirkende Frau macht einen Schritt auf mich zu und schüttelt mir ebenfalls fest die Hand.

»Freut mich auch, Jenny. Du hast eine ganz fantastische Tochter.« Ich lächele sie breit an, während ich sie aufmerksam betrachte. Ja, die Ähnlichkeit mit Isla liegt auf der Hand: Jenny hat dieselben wachen Augen, auch wenn ihre grün sind und nicht hellblau, wie Islas.

»Danke dir. Ja, ich finde auch, dass wir Isla sehr gut hinbekommen haben, Aidan und ich.« Sie strahlt mich an, bevor sie hinzufügt: »Von Weitem dachte ich wirklich, dass mein lieber Ex hier mit einer Frau beim romantischen Picknick sitzt.« Vergnügt deutet Jenny auf den Korb und die Gläser. Bei der Bezeichnung »romantisch« schaue ich verlegen auf meine Füße. Himmel, Duncan ist mein Chef! Da passt dieses Wort wirklich überhaupt nicht!

»Nicht, dass ich es ihm nicht gönnen würde«, schiebt Jenny schnell erklärend hinterher, und zu meinem Erstaunen scheint sie es ernst zu meinen. Bewundernswert!

Jenny mustert Duncan immer noch neugierig. »Von Weitem habt ihr zwei echt Ähnlichkeit«, stellt sie fest. »Dieselben schwarzen Haare. Sogar eine ähnliche Stimmlage. Faszinierend.« Sie macht eine kurze Pause und lacht dann auf, bevor sie einen Schritt näher auf Duncan zugeht und sein Gesicht eingehend betrachtet. »Ups, das Veilchen ist von Aidan, stimmt's? Isla hat davon erzählt.«

»Hmm, ja.« Duncan berührt sich flüchtig am Augenwinkel und senkt sichtlich verlegen den Blick. Ich muss mir ein Grinsen verkneifen. Männer! Jenny schnalzt mit der Zunge und schüttelt den Kopf.

»Ich werde ihn noch einmal daran erinnern, dass er nur auf seinen Sandsack einschlagen soll, den ich ihm zu Weihnachten geschenkt habe. Vielleicht tut er das sogar gerade, ich werde mal zu seinem Cottage gehen. Es gibt nämlich fantastische Neuigkeiten, die ich ihm unbedingt mitteilen muss!«

»Tatsächlich?« Duncan mustert sie ehrlich interessiert, und auch ich betrachte diese quirlige, selbstbewusste Frau neugierig. Jenny nickt bedeutungsschwer und verkündet strahlend: »Normalerweise bin ich immer nur im Sommer hier auf Whale Island, weil ich dann auf dem Whale-Watching-Boot als Touristenführerin arbeiten kann. Ansonsten habe ich in den letzten Jahren an der Cape Breton University in Sydney gearbeitet. Deshalb sieht Isla ihren Dad bis zu den nächsten Ferien immer nur alle paar Wochen. Ist halt doch ganz schön viel Fahrerei, zwischen Whale Island und Sydney.«

Ich denke an unsere einsame Fahrt vom Flughafen bis Scott's Harbor, an den fehlenden Handyempfang und unseren Beinahe-Zusammenstoß mit einem Elch. Nein, diese Strecke würde ich auch nicht gern alle paar Wochen zurücklegen wollen!

»Aber jetzt hat sich tatsächlich eine Möglichkeit aufgetan, wie Isla und ich ganz nach Whale Island ziehen könnten: Ich habe eben einen Anruf von einem ehemaligen Professor meiner Uni bekommen, der inzwischen für eine Organisation arbeitet, die sich mit der Hilfe von Spenden um die Rettung von Walen kümmert, die ihr Leben in Aquarien verbracht haben. Diese Wale können nicht mehr einfach so ausgewildert werden, weil sie verlernt haben, sich zu ernähren. Darum hat die Organisation *Second Chance for Whales* nach einem geeigneten Ort gesucht, um ein Whale Sanctuary zu gründen, also einen Ort, an dem Wale ihren Lebensabend in Sicherheit, aber auch in einem möglichst natürlichen Umfeld verbringen können.«

Jenny wirkt wie ein Kind an Weihnachten, als sie aufgeregt fortfährt: »Ich hatte bei einem Treffen mit meinem Professor in Sydney diese Insel erwähnt. Whale Island. Ich meine, allein der Name könnte ja nicht passender sein, aber ganz abgesehen davon, eignet sich die Deep Bay im Westen der Insel, beim stillgelegten Leuchtturm, ganz hervorragend für so ein Whale Sanctuary: Die Bucht ist groß genug für mehrere Wale und so tief, dass sie vor Stürmen geschützt ist. Man könnte sie wunderbar durch Netze vom offenen Meer abtrennen, damit die Wale nicht hinausschwimmen, sondern in der Bucht bleiben und somit ihr Futter und ihre medizinische Versorgung bekommen.« Jennys Augen glänzen vor Glück. »Ich hätte niemals geglaubt, dass mein Prof meinen Vorschlag so ernst nehmen würde. Aber dann war er im vergangenen Frühjahr tatsächlich mit ein paar Kollegen der Organisation hier auf der Insel und hat sich alles angesehen. Ich bin extra mit ihnen hergekommen, um ihnen alles zu zeigen und so viel Werbung wie möglich zu machen. Und, tja, was soll ich sagen?« Sie klatscht triumphierend in die Hände. »Whale Island wird ein Whale Sanctuary bekommen! Ist das nicht fantastisch? Und das i-Tüpfelchen ist, dass sie mir auch noch direkt eine feste Stelle im Besucherinformationszentrum angeboten haben – das heißt, dass Isla und ich hier auf der Insel wohnen könnten, das ganze Jahr über!«

»Wow«, hören wir plötzlich eine Männerstimme ganz in der Nähe, und als ich mich überrascht umdrehe, merke ich, dass Aidan langsam auf den Pavillon zukommt. Er hat seine Hände in den Taschen seiner Jeans vergraben und mustert erst Jenny, dann Duncan und schließlich mich, bevor sein Blick zurück zu seiner Ex wandert. »Das sind ja tolle Neuigkeiten!«

»Ja, oder? Ich war gerade auf dem Weg zu dir, um es dir zu sagen. Isla weiß es schon.« Jenny lacht auf, während sie auf Aidan zugeht und ihm stürmisch einen Kuss auf die Wange drückt, was mir einmal mehr zeigt, was für ein entspanntes, platonisches Verhältnis die beiden anscheinend haben. »Sie war natürlich nicht ganz so begeistert wie ich. Also, dich jeden Tag zu sehen, darüber freut sie sich selbstverständlich schon, aber … sie will die Schule nicht wechseln.« Jenny seufzt kurz auf, doch dann fügt sie hinzu: »Aber ich werde ihr die Vorteile dieser Insel schon noch schmackhaft machen. Ganz ehrlich, ich bin so überglücklich, ich könnte die ganze Welt umarmen!«

»Freu dich nicht zu früh«, sagt Aidan langsam, und beim ernsten Klang seiner Stimme sehe ich ihn überrascht an. Auch Jenny mustert ihn sichtlich verdutzt.

»Wie meinst du das?«

Aidan sieht an ihr vorbei, und ich merke, dass sich sein Blick auf seinen Bruder heftet. »Weil Duncan große Pläne mit Whale Island hat. Ein Hotelresort mit Golfplatz und Hubschrauberlandeplatz. Bisher fehlte ihm noch Gottlieb Müllers Grundstück, um diesen Plan in die Tat umzusetzen. Aber der alte Gottlieb soll heute seine Meinung geändert haben, das hat Skye zumindest eben erwähnt. Und meine Eltern werden mit Sicherheit ihren Widerstand ebenfalls aufgeben. Was sollen sie auch weiterhin mit unserem alten Kasten von Hotel anfangen? Ganz ehrlich, ich wäre froh, die Lodge los zu sein!« Er lacht bitter auf, bevor er wieder Jenny ansieht, die zunehmend entsetzt von ihm zu Duncan und wieder zu Aidan schaut. »Aber ich vermute mal, dass dein ehemaliger Professor nicht ganz so angetan sein wird von dem Gedanken, auf einer Insel ein Whale Sanctuary zu schaffen, auf der bald Hubschrauber landen werden, um golfende Großstädter hier abzusetzen. Kleine, feine Boutique-Hotels waren anscheinend gestern – heute baut die Sommerset-Gruppe offenbar Luxus-Resorts mit mehreren hundert Betten!«

»Wie viele?«, japst Jenny entsetzt und sieht wieder Duncan an. »Das ist nicht dein Ernst!«

Duncan steht schweigend neben mir, und als ich ihn von der Seite ansehe, merke ich, dass seine Kiefermuskulatur angespannt ist.

»Doch, natürlich ist das Duncans Ernst.« Aidan lacht spöttisch auf. »Du glaubst doch nicht, dass ein paar Wale seine Geschäftsidee durchkreuzen könnten, oder?«

»Ich wusste ja bis gerade eben noch nicht einmal, dass ein Whale Sanctuary hier auf der Insel zur Debatte steht.« Duncan redet betont ruhig, aber ich höre seiner Stimme genau an, wie sehr er sich zusammenreißen muss, um nicht laut zu werden.

»Ach, tu doch nicht so scheinheilig, Duncan!« Aidan hat sich weniger unter Kontrolle, als er seinem Bruder entgegenschleudert: »Selbst wenn es hier schon ein Whale Sanctuary gäbe, würdest du deinen Hotelklotz hierhin klatschen – um dann wieder zu verschwinden und frühestens in dreizehn Jahren wieder aufzutauchen!«

»Aidan«, murmelt Jenny, und ich merke, wie sie entschlossen nach seiner Hand greift und ihn leicht vom Pavillon fortzieht. »Komm, lass uns zu Isla gehen. Ich habe ihr Pizza zum Abendessen versprochen.«

Obwohl sie offenbar versucht, die Ruhe zu bewahren und eine weitere Eskalation zwischen den Brüdern zu verhindern, merkt man Jenny deutlich an, dass diese Neuigkeit sie völlig schockiert. Das Entsetzen steht ihr so offensichtlich ins Gesicht geschrieben, dass ich sie am liebsten tröstend in den Arm nehmen würde.

»Ich komme«, höre ich Aidan brummen. Dann sagt er noch, mit einem letzten Blick in Duncans Richtung: »Aber unsere Kleine braucht sich auf jeden Fall keine weiteren Gedanken darüber zu machen, ob sie die Schule wechseln muss – denn das muss sie mit Sicherheit nicht.« Er sieht Jenny an und fügt in sanfterem Tonfall hinzu: »Tut mir wirklich leid für dich, Honey.«

Jenny sagt nichts. Ich sehe, wie sie ihre Lippen zu einer schmalen Linie zusammenpresst, als sie noch einmal Duncan und mich anschaut. Erst wirkt es so, als würde sie noch etwas zu uns sagen wollen, aber dann nickt sie uns nur rasch zu, bevor Aidan einen Arm um ihre Schultern legt und sie mit sich fortzieht, ohne seinen Bruder noch eines Blickes zu würdigen. Ich würde so gern noch etwas sagen, weil Jenny und auch Aidan mir leidtun. Es ist mir schrecklich zuwider, dass Duncan und ich hier als die Bösen aus Manhattan dastehen, die die zauberhafte Natur dieser Insel zerstören wollen. Aber ich bringe kein Wort über meine Lippen, und auch Duncan schweigt eisern, während er seinem Bruder und dessen Ex hinterhersieht.

48

Schweigend packen wir unsere Picknicksachen zusammen und kehren in die Lodge zurück, wo wir unsere Essensreste und das dreckige Geschirr in der Hotelküche abliefern. In der Lobby starre ich unschlüssig in die leere Feuerstelle des Kamins, während sich vor den bodentiefen Fenstern die Nacht über die Insel senkt.

»Ich gehe nach oben«, erklärt Duncan leise.

»Hmm, ich komme auch gleich«, erwidere ich und sehe ihm bedrückt hinterher, wie er die Treppe hinaufsteigt, wie üblich zwei Stufen auf einmal nehmend. Der Abend hatte so schön begonnen – und dann das.

»Na, meine Liebe, wie war das Picknick?« Überrascht fahre ich herum, als ich Heathers Stimme hinter mir höre. Sie hat gerade das Büro hinter dem Empfangstresen verlassen und kommt mit einem breiten Lächeln auf mich zu.

»Es war … nett«, sage ich rasch und bemühe mich um ein enthusiastisches Lächeln.

»Als Graham und ich noch frisch verheiratet waren, da haben wir auch öfter mal ein Picknick gemacht«, sagt Heather nun und zwinkert mir verschwörerisch zu. »Mein Graham konnte sehr romantisch sein, als wir jünger waren!«

»Wie, und jetzt bin das nicht mehr?«, ertönt eine entrüstete Stimme hinter uns. Graham nähert sich, ein paar frische Holzscheite in den Armen, und mustert seine Heather empört. Dann aber zuckt ein verschmitztes Lächeln um seine Mundwinkel, das ich bei ihm bisher noch gar nicht zu Gesicht bekommen habe, und er fügt hinzu: »Na ja, picknicken waren wir schon lange nicht mehr. Das stimmt.«

»Hatte auch gute Gründe«, kichert Heather, und zu meiner Überraschung merke ich, dass ihre Wangen ganz rosig werden, während Graham verlegen hüstelt und meinem fragenden Blick ausweicht. Also sehe ich Heather amüsiert an und ziehe interessiert meine Augenbrauen in die Höhe.

Duncans Mutter beugt sich näher zu mir und wispert verschwörerisch: »Unser letztes Picknick hatte Folgen!«

»Folgen?«, flüstere ich ratlos.

»Mhhm. Das Ergebnis ist heute in Halifax und versucht sich als Schriftsteller«, brummt Graham und schüttelt seinen Kopf, während er sich mit den Holzscheiten dem Kamin zuwendet.

»Oh«, sage ich und grinse. »Verstehe.«

»Mit drei Kindern im Haus haben wir eben kleine Fluchten gebraucht«, erklärt Heather und nestelt verlegen an ihrer Brille herum.

»Seitdem gab es keine Picknicks mehr«, brummt Graham vom Kamin her. »Vier Kinder reichen!«

Ich muss losprusten, und auch Heather kichert vergnügt, bevor sie zu mir sagt: »Aber Duncan und du, ihr solltet noch viele Picknicks machen, mein Kind!«

Schlagartig werde ich ernst, und das schlechte Gewissen schnürt mir einmal mehr die Luft ab. Rasch nicke ich und wende mich der Treppe zu.

»Ich glaube, ich werde mal ins Bett gehen«, verkünde ich und gähne demonstrativ.

»Ja, tu das, meine Liebe.« Heather tätschelt mir mütterlich die Wange. »Und nicht vergessen: Was man in seiner Geburtstagsnacht träumt, das geht in Erfüllung!«

»So ein Humbug«, brummt Graham.

»Sagt der Mann, der niemals einen Rat von Rae ignorieren würde!«, bemerkt Heather spitz.

Daraufhin grummelt Graham etwas Unverständliches, und dann sagt er zu meiner Überraschung: »Also, Catherine, wenn du … wenn du noch hier unten bleiben möchtest … ich würde für dich noch einmal den Kamin anmachen.«

Gerührt starre ich meinen »Schwiegervater« an und muss lächeln.

»Das ist wahnsinnig lieb, Graham«, erwidere ich. »Aber … ich muss wirklich ins Bett, fürchte ich.«

»Lass sie zu ihrem Schatz gehen, die beiden wollen doch auch mal allein sein«, meint Heather vergnügt und zwinkert mir zu.

Ich gebe mein Bestes, um nicht tiefrot zu werden, während ich mich höflich verabschiede und rasch die Treppe hinaufeile.

Verstohlen klopfe ich an die Tür der Honeymoon Suite und warte, bis Duncan von drinnen »Ja!« ruft.

Als ich unser Zimmer betrete, sitzt er mit gequältem Gesichtsausdruck auf dem Sofa, in T-Shirt und Boxershorts, und knetet sich mit der rechten Hand die linke Schulter.

»Alles okay?«, frage ich, während ich meine Sneakers von den Füßen streife.

»Rückenschmerzen«, brummt er. »Meine Schultern bringen mich um. Ich werde alt.«

»Quatsch«, gebe ich lachend zurück und nähere mich dem Sofa. »Das liegt bestimmt daran, dass dein armer Rücken in den letzten Nächten durch dieses schmale Sofa geschunden worden ist.« Ich stelle mich neben ihn und mustere die Stelle, die er selbst knetet.

»Soll ich mal?«

Verdutzt sieht er auf und starrt mich an. »Was? Meinen Rücken massieren?«

»Ähm … ja. Ich könnte das tun«, sage ich und merke, wie mir bei seinem entgeisterten Gesichtsausdruck heiß wird. Rasch rede ich weiter, bevor es noch peinlicher wird: »Als ich damals mit meinen Eltern auf Phuket in Thailand gewohnt habe, da … da hat mir eine der Masseurinnen in unserem Hotel-Spa ein paar Handgriffe gezeigt.«

»Eine thailändische Masseurin«, wiederholt Duncan langsam, und ich habe das Gefühl, dass er sich alle Mühe gibt, einen neutralen Gesichtsausdruck zu bewahren.

»Hey«, sage ich dennoch, weil ich genau weiß, was er meint, und verpasse seinem rechten Oberarm einen leichten Fausthieb, was ihn auflachen lässt.

»Schläge gehören aber nicht zu den Handgriffen, oder?«

Grinsend schüttele ich den Kopf. »Nein. Und auch sonst gehört so einiges nicht dazu, wovon westliche Männer gern glauben, dass es dazugehört.«

Duncans Augenbrauen wandern langsam in die Höhe. »Tun westliche Männer das?«

»Ja.«

»Ich weiß gar nicht, wovon du sprichst.«

»Mhm«, mache ich gespielt streng, was ihn erneut auflachen lässt. Dass sein Lachen meine Innereien heftig flattern lässt, bringt mich aus dem Gleichgewicht. »Schon klar. Also. Ich biete dir ganz seriös an, deinen Rücken zu massieren. Das T-Shirt behältst du an. Du kannst dich auf mein Bett legen, denn dieses Sofa eignet sich wirklich nicht dafür.« Ich sehe ihn so selbstbewusst wie möglich an, auch wenn ich mich im Stillen gerade fassungslos frage, warum um alles in der Welt ich mich selbst in diese Situation bringe. Duncan scheint sich Ähnliches zu fragen, denn er mustert mich sichtlich überrascht, bevor er nickt und leise »Okay« sagt.

Mein Herz schlägt mir bis zum Hals, als er sich bäuchlings auf das breite Ehebett legt – wobei er sich sorgfältig auf der linken Seite ausstreckt, während ich selbst immer rechts schlafe, weil dort das Nachtschränkchen mit der besseren Leselampe steht.

»Okay«, murmele ich und versuche, mich auf das zu konzentrieren, was die nette, resolute Masseurin Som mir damals im Hotel-Spa gezeigt hat. Als ich mich neben das Bett stelle, wird mir allerdings viel zu spät klar, dass Som damals teilweise auf meinem Rücken gekniet hat. Nein, das werde ich auf gar keinen Fall tun. Himmel, warum um alles in der Welt habe ich angeboten, mich um den verspannten Rücken meines Chefs zu kümmern?

Duncan dreht seinen Kopf und sieht mich über seine Schulter an.

»Lieber doch nicht?«

Trotz der offensichtlichen Mühe, die ihm diese Kopfbewegung zu machen scheint, grinst er mich schief an. Mein Herzschlag beruhigt sich überhaupt nicht mehr.

»Ähm«, mache ich und räuspere mich mühsam. »Doch, natürlich.«

Ich atme tief durch, während Duncan seinen Kopf wieder aufs Kissen sinken lässt. Seine Augen sind jedoch noch geöffnet, merke ich, und er beobachtet mich aus dem Augenwinkel.

»Augen zu«, befehle ich streng. Mit einem leisen Lachen fragt er: »Warum? Darf ich nicht sehen, was du machst?«

»Das gehört zur Entspannung dazu«, erkläre ich resolut. »Augen zu.«

Auf keinen Fall kann ich meinem Chef die Schultern massieren, während ich das Grau seiner Augen erkennen kann.

Okay, zumindest das Grau seines linken Auges. Duncan lacht noch einmal leise auf und schließt dann ergeben die Augen.

Als ich meine Hände auf seine Schultern lege, bemerke ich sofort die Anspannung in seinem Körper. Klar, die ganze Situation auf dieser Insel, all die schmerzhaften Erinnerungen, die wieder hochkommen, setzen ihm mit Sicherheit sehr zu. Lassen ihn offensichtlich völlig verkrampfen. Noch dazu das unbequeme Sofa.

Duncan stöhnt leise auf, als ich beginne, seine Schultern zu massieren.

»Sorry«, murmele ich und versuche, nicht weiter über dieses Stöhnen nachzudenken. Wie gern ich es in anderem Zusammenhang hören würde, zum Beispiel. Verdammt, nein, das würde ich gar nicht! Konzentriert bearbeiten meine Hände weiterhin seine Schulterpartie, ertasten unter dem T-Shirt-Stoff die verspannten Muskeln, erinnern sich wie von selbst an die Handgriffe und Bewegungen, die Som ihnen gezeigt hat, obwohl das schon zwanzig Jahre her ist. Regelmäßig gibt Duncan Laute von sich, denen man deutlich anhört, dass er gern vor Schmerzen aufschreien würde. Offenbar reißt er sich sehr zusammen, um sich in meiner Gegenwart keine Blöße zu geben.

»Du hast wirklich extrem verspannte Schultern«, murmele ich und merke, dass ich vor Anstrengung nach Atem ringen muss. Massieren ist eine Knochenarbeit, das weiß ich auch von Som. Duncans Antwort ist ein Stöhnen. Mit dem Unterarm wische ich mir eine Schweißperle von der Stirn. Als ich mich auf seinem Rücken weiter nach unten vorgearbeitet habe, setze ich meine Ellbogen ein, um die verhärteten Muskelstränge zu lockern, und Duncan zuckt unter mir mit einem durchs Kissen gedämpften Aufschrei zusammen.

»Entschuldige«, sage ich hastig. »Soll ich aufhören?«

»Nein«, keucht er heiser. »Bitte nicht aufhören.«

49

Duncan

Als ich aufwache, weiß ich ein paar Sekunden lang nicht, wo ich bin. Ich liege definitiv nicht auf dem verdammten Sofa. Und mein Rücken tut mir zum ersten Mal nicht weh, seit wir auf dieser Insel sind.

Dann fällt es mir ein, und ich bin schlagartig hellwach. *Holy Shit.*

Die Massage. Greta hat mir den Rücken massiert. Bei der Erinnerung wird mir so heiß, dass ich die Decke vorsichtig zur Seite schiebe, unter der ich mich aus irgendeinem Grund befinde. Hat sie mich zugedeckt? Und warum bin ich überhaupt immer noch in diesem Bett? Neben ihr?

Verstohlen drehe ich mich um, will sie aber auf keinen Fall wecken. Ein Sofakissen liegt neben mir, und als ich den Kopf hebe und darüber spähe, stelle ich zu meiner Erleichterung fest, dass sie noch schläft.

Verdammt. Muss sie so unfassbar … Ich weiß gar nicht, wie ich es beschreiben soll. Süß? Nein. Okay, auch, aber definitiv nicht nur süß. Sexy. Ja, auch sexy. Und … hinreißend. Absolut. Muss sie so süß und sexy und hinreißend aussehen, wenn sie morgens ungeschminkt, mit völlig wirrem Haar im Bett liegt und mit leicht geöffnetem Mund schläft? Ich merke, dass sich mein Problem von gestern Abend zurückmeldet. Es war von vornherein klar, dass eine Massage auf keinen Fall gut gehen würde. Warum ich trotzdem nicht vehement abgewunken habe, mich von ihr massieren zu lassen, ist mir ein Rätsel. Vermutlich, weil mein Hirn genau dahin gerutscht ist, wo sich heute Morgen schon wieder alles Blut meines Körpers zu befinden scheint.

So wie gestern Abend. Ich konnte nicht mehr von diesem verdammten Bett aufstehen, nachdem mich ihre Hände so unfassbar gut massiert hatten! Es ging nicht – nicht ohne wie der widerwärtigste Chef aller Zeiten zu wirken und sie mit Sicherheit völlig schockiert in die Flucht zu schlagen. Also habe ich so getan, als wäre ich eingeschlafen, obwohl ich hellwach war. Hellwach und so erregt wie seit einer halben Ewigkeit nicht mehr. Das kommt davon, wenn die Fantasie mit einem durchgeht. Dann allerdings muss ich wohl tatsächlich weggenickt sein – nachdem ich versucht habe, mich möglichst realistisch schlafend zu stellen, während sie im Badezimmer verschwunden ist. Ich weiß noch, dass ich den Wasserhahn gehört habe. Dass ich den Ansatz des vernünftigen Gedankens hatte, aufs Sofa umzuziehen. Danach … nichts mehr. Ich kann mich nicht daran erinnern, Greta aus dem Bad kommen gehört zu haben. Und ich habe tatsächlich die ganze Nacht durchgeschlafen wie ein Stein. Oder wie ein Eisblock. Flüchtig muss ich grinsen, als ich daran denke, wie sie und die anderen im Hotel mich offenbar nennen. Dann erinnere ich mich an ihre süße Verlegenheit, als ihr dieser Spitzname herausgerutscht ist. An die leichte Röte, die immer von ihrem Hals aus nach oben, in ihre Wangen steigt. Wie sie sich verlegen auf die Unterlippe beißt, wenn ihr etwas unangenehm ist. Verdammt. Ein schneller Blick nach unten zeigt mir, dass ich entweder schnell ins Bad flüchten und mich unter die kalte Dusche stellen muss, bevor sie aufwacht … oder …

Nein! Es gibt kein Oder. Mit einem unterdrückten Stöhnen reibe ich mir über das Gesicht und bemühe mich um andere Gedanken.

Aidan. Jenny. Das »Whale Sanctuary«. Unsere gottverdammten Hotelpläne, die all das zunichtemachen würden.

Okay, ja, diese Gedanken zeigen Wirkung.

Nein. Verdammt! Greta stöhnt im Schlaf leise auf. Geradezu entsetzt starre ich sie an. Das darf doch nicht wahr sein! Vielleicht tut ihr auch der Rücken weh? Aber … nein. Das … das ist kein schmerzerfülltes Stöhnen. Fuck. Fuck, fuck, fuck! Ich … ich muss hier weg.

Doch gerade, als ich meine Beine über die Bettkante schwingen und mich in die Sicherheit des Badezimmers flüchten will, schlägt sie die Augen auf.

50

Greta

Meine Hände massieren Duncans verspannte Rückenmuskulatur. Ich höre sein Stöhnen, das erst schmerzvoll klingt, dann aber in ein lustvolles Stöhnen übergeht. Ein Stöhnen, das tief in meinem Inneren vibriert. Erst jetzt merke ich, dass ich nicht länger den lästigen T-Shirt-Stoff unter meinen Fingern habe, sondern seine warme Haut. Ich kann der Versuchung nicht widerstehen und beuge mich nach unten. Lasse meine Lippen über seinen nackten Rücken wandern. Höre einmal mehr sein Stöhnen, bevor sich Duncan plötzlich umdreht, mich entschlossen zu sich herabzieht – und mich küsst. Endlich! Wie benommen erwidere ich seinen Kuss, schwindelig vor Erleichterung, dass es endlich so weit ist. Endlich weiß ich, wie es ist, ihn zu küssen. Endlich weiß ich, wie sich seine Hände auf meinem Körper anfühlen. Endlich …

Die Matratze bewegt sich unter mir, und ich blinzele verwirrt. Noch während ich glaube, Duncans Lippen auf meinen zu spüren, wird mir bewusst, dass ich im Bett liege – allerdings nicht auf Duncan. Vom Schlaf völlig benommen versuche ich zu begreifen, was gerade geschehen ist. Habe ich … das geträumt? Verstohlen berühre ich meine Lippen, während ich mich darum bemühe, einen klaren Gedanken zu fassen. Der

Traum hat sich so unglaublich real angefühlt. So verdammt gut. So … oh Gott!

Als die Erinnerung an gestern Abend in mein Bewusstsein schießt, erstarre ich. Die Massage. Meine Hände auf Duncans Rücken. Sein Stöhnen. Er auf der linken Seite meines Bettes. Tief eingeschlafen. Ist er etwa immer noch da?

Verstohlen hebe ich den Kopf ein wenig. Verdammt! Er sitzt auf der Bettkante und sieht mich an. Das zumindest glaube ich, ohne meine Brille verschwommen zu erkennen. Oh. Mein. Gott. Aufgewühlt lasse ich mich zurücksinken und drehe mein Gesicht so, dass ich meine brennenden Wangen in das Sofakissen drücken kann, das zum Glück immer noch zwischen uns liegt. Hoffentlich habe ich nicht gestöhnt! Im Traum habe ich das definitiv getan. Das … war ja auch zum Stöhnen. Aber … habe ich womöglich beim Träumen richtige Laute von mir gegeben? Am Ende seinen Namen gesagt? Olivier hat immer behauptet, ich würde im Schlaf manchmal reden. Nein, bitte nicht! Mir wird sehr, sehr heiß, während ich weiterhin ins Kissen atme und versuche, mich zu sammeln.

Ein Räuspern von der Bettkante lässt mich zögernd den Kopf wieder ein winziges bisschen heben. Dass er wirklich die ganze Nacht neben mir gelegen hat! Ich konnte gestern Abend sehr lange nicht einschlafen, weil mir seine Nähe den letzten Nerv geraubt hat. Irgendwann hat mich die Müdigkeit dann wohl doch übermannt – aber leider hat sich mein Unterbewusstsein weiterhin mit diesem Kerl neben mir beschäftigt.

Himmel, er kann gut küssen! Also, im Traum zumindest.

Meine Wangen glühen, spüre ich, als ich Duncan zögernd ansehe. Zumindest vermute ich, dass ich ihn ansehe – das Problem bei extremer Kurzsichtigkeit ist, dass man zwar die Umrisse des Gesichts und, in meinem Fall, auch gerade noch so die Augen des Gegenübers wahrnimmt, aber nicht die Pupillen erkennt. Ich bin also nie sicher, ob ich Blickkontakt mit jemandem habe, oder ob derjenige an mir vorbeischaut.

Ich könnte meine Brille aufsetzen. Aber eigentlich ist es mir gerade mehr als recht, dass ich seine grauen Augen nicht genau erkenne. Die würden mir in meinem aufgewühlten Zustand mit Sicherheit den Rest geben!

Duncan räuspert sich erneut, und dann – o nein. Bitte nicht.

»Happy Birthday to you …«

Er singt. Für mich. Stimmt! Verdammt, ich habe ja Geburtstag!

»… Happy Birthday to you …«

O mein Gott. Heathers Worte von gestern Abend kommen mir schlagartig in den Sinn: »Und nicht vergessen: Was man in seiner Geburtstagsnacht träumt, das geht in Erfüllung!«

»Happy Birthday, dear Greta … Happy Birthday to you!«

Jetzt greife ich doch nach meiner Brille, weil ich ihn einfach sehen muss. Zögernd schiebe ich mir das Horngestell auf die Nase, während ich mich leicht aufsetze und verlegen versuche, ein paar Haarsträhnen zu glätten.

O nein. Das mit der Brille war ein riesiger Fehler. Er sieht so unfassbar gut aus, mit seinem vom Schlaf verwuschelten Haar, leicht unrasiert, die Augen noch ein wenig schwer, in einem zerknitterten grauen T-Shirt, das ich gestern Abend sehr gut kennengelernt habe. Ich schlucke und bemühe mich um ein Lächeln.

»Danke schön.« Das kommt nur als heiseres Wispern heraus. Duncan, der gerade noch gelächelt hat, starrt mich plötzlich so ernst an, als hätte ich etwas Falsches gesagt. Mein Herz schlägt mir bis zum Hals. Verdammt, ist das warm hier im Zimmer!

Ein Klopfen an der Tür lässt uns beide zusammenzucken.

»Ähm …« Duncan räuspert sich. Ich merke, dass er aufstehen will, aber dann bleibt er doch auf der Bettkante sitzen. Er hat einen Teil der Decke über seinen Schoß gezogen. Moment mal. Ist er etwa …? Oh Gott! Ich habe das Gefühl, dass in meinem eigenen Körper all mein Blut in zwei Richtungen schießt: In meinen Kopf … und in die entgegengesetzte Richtung.

»Ist offen!«, ruft Duncan mit kratziger Stimme und weicht meinem Blick aus.

Stimmt. In diesem Hotel gibt es normale Zimmertüren, die offen sind, solange man sie nicht bewusst verriegelt. Und das haben wir bisher nie getan. Warum auch? Die Welt scheint hier wirklich noch vollkommen in Ordnung zu sein. Nicht auszudenken, dass man in Manhattan ein Hotelzimmer offen lassen würde!

»Happy Birthday to you …« Du meine Güte, ich habe es heute noch nicht einmal ins Badezimmer geschafft und bekomme schon mein zweites Geburtstagsständchen!

Gerührt starre ich zur Tür, wo Skye vorsichtig ihren Kopf durch den geöffneten Spalt schiebt und uns mustert. Ich merke genau, dass sich ihre Augen überrascht weiten, als sie ihren Bruder auf meiner Bettkante entdeckt. Ihr Blick schießt zum Sofa, auf dem heute Nacht eindeutig niemand geschlafen hat, dann zu mir, aber ich schüttele schnell den Kopf. Trotzdem stiehlt sich ein Grinsen auf Skyes Gesicht, bevor sie die Tür weiter aufschiebt und Platz für ihre Eltern macht.

»Happy Birthday, dear Catherine … Happy Birthday to you!«

Heather trägt einen Kuchen, auf dem eine Kerze brennt, und Graham hält ein volles Frühstückstablett in den Händen. Vor Rührung steigen mir Tränen in die Augen. Ich weiß nicht, wann ich das letzte Mal an meinem Geburtstag so geweckt worden bin. Ob ich überhaupt jemals so geweckt worden bin.

»Alles Liebe und Gute fürs neue Lebensjahr, liebste Schwägerin!« Skye kommt auf das Himmelbett zu und drückt mich an sich. Dabei flüstert sie mir ins Ohr: »Da hat jemand aber nicht mehr auf dem Sofa geschlafen, oder?«

»Nein«, wispere ich zerknirscht zurück. »Aber … es ist nichts passiert!«

Skye sieht mich an und schüttelt lachend den Kopf. »Klar …«, murmelt sie und sieht zu Duncan hinüber. Der hat jetzt die Decke zur Seite geschoben und ist aufgestanden. Mein Blick huscht flüchtig an ihm herab. Ja, jetzt kann er wieder aufstehen.

Als ich wieder nach oben schaue, merke ich, dass er mich ansieht. Dass er gemerkt hat, wohin ich geguckt habe – und warum. Ernst starrt er mich an, und ich starre kurzatmig zurück.

»Oh, ihr Süßen, ich hoffe, wir haben euch nicht gerade bei etwas unterbrochen!« Heathers Stimme holt mich schlagartig zurück ins Hier und Jetzt – und macht alles noch schlimmer. Verlegen erwidere ich: »Ähm – nein, überhaupt nicht!«

»Klar …«, murmelt Skye schon wieder, und ihr süffisantes Grinsen entgeht mir nicht. Ihrem Bruder auch nicht. Er sieht sie halb genervt, halb amüsiert an, bevor sein Blick schon wieder zu mir flackert.

»Wirklich, Schatz, nun bring die beiden doch nicht so in Verlegenheit!« Graham stellt das Frühstückstablett auf dem Tischchen neben dem Sofa ab. Ich merke, dass er Duncan nur ganz kurz mustert, bevor er mich anlächelt und mit einer warmen Stimme, die ich bei ihm bisher noch gar nicht gehört habe, erklärt: »Ich wünsche dir alles Gute zum Geburtstag, liebe Catherine.«

»Und ich auch!« Heather kommt auf das Bett zu, drückt mich herzlich an sich und raunt mir zu: »Bleibt ruhig noch im Bett, ihr zwei! Genießt das Frühstück! Bis später!«

Ich merke genau, dass sie Duncan vergnügt zuzwinkert, bevor sie sich abwendet, Skye am Ellbogen greift und rasch aus dem Zimmer eilt. Duncans Schwester sieht über ihre Schulter und wirft mir mit dramatisch weit aufgerissenen Augen einen eindeutig zweideutigen Blick zu, bevor ihr Vater hinter ihr unser Zimmer verlässt und die Tür zuzieht.

Wir sind wieder allein. Duncan steht noch immer mitten im Zimmer und starrt das Frühstückstablett und den Kuchen an, auf dem die Kerze nach wie vor brennt.

»Das … das ist so süß von deiner Familie«, sage ich und merke, dass ich ziemlich heiser klinge.

»Ja.« Auch Duncans Stimme ist belegt. Dann geht er zum Tischchen, greift nach dem Kuchen und kommt damit auf mich zu.

»Nicht vergessen, dir etwas zu wünschen«, murmelt er mit dunkler Stimme, als er neben dem Bett stehen bleibt und mir den Kuchen so hinhält, dass ich die Kerze auspusten kann. Atemlos starre ich zu ihm hoch, während sich in meinem Kopf die Gedanken überschlagen und ich nur einen einzigen zu fassen bekomme: Ich habe lediglich einen Geburtstagswunsch. Und der spielt sich in diesem Bett ab.

Schnell puste ich die Kerze aus und senke den Blick, sehe konzentriert die Bettdecke an.

»Hast du Hunger?«, höre ich Duncan leise fragen, während er den Kuchen zurück zum Tischchen trägt.

»Riesigen.« Ich scheine nichts mehr sagen zu können, ohne rot zu werden und mich zu fragen, ob das gerade zweideutig klang.

»Sehr gut.« Ich höre das Lächeln in seiner Stimme. »Aber zuerst Kaffee, oder?«

»Auf jeden Fall.«

Mit einer Tasse in der Hand kommt er erneut auf das Himmelbett zu. Ich muss mich sehr um eine gleichmäßige Atmung bemühen, während ich versuche, seinem Blick standzuhalten. Was, bitte schön, passiert hier gerade? Wann sind wir von dem

Punkt, an dem wir uns normal unterhalten konnten, zu dieser aufgeladenen Stimmung gekommen?

»Dankeschön«, stoße ich heiser hervor, als ich nach der Tasse greife.

»Ich muss mich auch noch bedanken.« Duncan bleibt mit ernster Miene vor mir stehen. Dann macht er eine vage Handbewegung in die Richtung seines Rückens. »Dem geht es heute Morgen blendend.«

Ich muss grinsen und nippe an meinem Kaffee. »Das liegt vielleicht nicht nur an der Massage, sondern auch daran, dass du nicht auf dem Sofa geschlafen hast.«

»Vielleicht.« Duncan räuspert sich. »Aber du massierst wirklich gut. Also … es lag bestimmt auch daran.« Erneut ein Räuspern, während er flüchtig auf seine nackten Füße starrt und ich den Eindruck habe, dass mein Chef, der Eisblock, tatsächlich verlegen ist.

»Sorry übrigens.«

Erstaunt mustere ich ihn über den Rand meiner Tasse hinweg. »Wofür?«

»Dafür.« Er deutet sichtlich zerknirscht auf die zerwühlte linke Seite des Ehebetts. »Ich bin einfach so eingepennt. Das war nicht der Plan.«

»So gut war meine Massage.« Neckend sehe ich ihn an, aber er bleibt ernst.

»Ja«, murmelt er. »So gut.« Dann sagt er nichts mehr, aber er macht auch keine Anstalten, sich selbst einen Kaffee zu holen oder etwas zu essen oder sonst etwas zu tun oder zu sagen. Er steht einfach nur neben dem Bett und mustert mich mit seinen grauen Augen, in denen heute Morgen die Anzeichen auf Sturm stehen. Aber kein wütender Sturm. Eher … ein leidenschaftlicher Sturm. Mein Herz rast plötzlich, als ich mit leicht zittriger Hand meine Tasse auf dem Nachttischchen abstelle, ohne Duncan aus dem Blick zu lassen. Ich könnte schwören, dass er innerlich mit sich ringt – doch gerade, als er sich tatsächlich leicht vom Fleck und in meine Richtung bewegt, klingelt sein Handy.

Ernüchtert sehe ich mich um, während Duncan einen hörbar frustrierten Seufzer ausstößt und zum Sofa geht, wo das Telefon liegt. Ich kann das Profilbild seiner blonden Ehefrau von hier aus aufleuchten sehen, während er nach dem Gerät greift.

Innerhalb von Sekunden bin ich wieder auf dem Boden der Tatsachen. Er ist mein Chef. Und verheiratet, auch wenn seine Ehe noch so schwierig ist. Auf gar keinen Fall werde ich mich da einmischen.

Rasch schlüpfe ich aus dem Bett und verschwinde mit meiner Kaffeetasse im Badezimmer, während Duncan mit gedämpfter Stimme das Gespräch annimmt.

Nicht alles, was man in der Geburtstagsnacht träumt, geht in Erfüllung, denke ich, als ich die Tür schließe.

51

Dafür, dass ich meinen Geburtstag fast vergessen hätte, ist dieser Tag einmalig schön. Zwar frühstücke ich im Endeffekt allein im Bett, weil Duncan mit seinem Telefon nach draußen verschwunden ist, als ich das Bad verlasse – aber es gibt köstliche Blaubeer-Pfannkuchen, und die genieße ich in vollen Zügen und denke nur flüchtig darüber nach, wie es gewesen wäre, im Bett mit Duncan Pfannkuchen zu essen.

Und nicht nur Pfannkuchen zu essen.

Eine ausgiebige Dusche später komme ich in die Lobby, wo mich Isla mit einem großen Strauß selbstgepflückter Blumen überrascht und mich auf eine Radtour mit Picknick einlädt. Ich bemühe mich sehr darum, bei »Picknick« nicht sofort »Duncan« und deshalb auch schon wieder »Bett« zu denken, sondern willige begeistert ein. Wir nehmen Sonnenmilch und Handtücher mit, denn Isla will mir einen ganz besonderen Strand zeigen, und die Sonne brennt von einem wolkenlosen Himmel hinab – richtiges »Geburtstagswetter«, wie sie es nennt.

Als wir loswollen, sehe ich, dass Duncan mir zu meinem Geburtstag tatsächlich das angekündigte Geschenk gemacht hat: An dem Rad, das ich immer genutzt habe, sind die Pedale wieder angeschraubt. Zögernd teste ich es, doch schon nach wenigen Metern merke ich, dass es mir diesmal viel leichter fällt, das Gleichgewicht zu halten. Eine Weile laufe ich noch links und rechts mit, bis ich es auf einer geraden Strecke der Küstenstraße wage und die Füße auf die Pedale stelle.

»Du kannst es!«, schreit Isla hinter mir und erschreckt mich so sehr, dass ich doch fast das Gleichgewicht verliere – aber nein, ich fange mich wieder, mache nur einen Schlenker, bekomme dann den Lenker in den Griff und trete in die Pedale. Ich fahre Fahrrad!

Wir machen eine ausgedehnte Inselrundfahrt, bis wir an dem versprochenen Strand in der Nähe vom North Point Leuchtturm ankommen, den ich bisher noch gar nicht gesehen habe.

»Kein Wunder, es war ja auch ständig nebelig, seit du hier bist«, meint Isla trocken, und gemeinsam tragen wir die Tasche mit den Picknicksachen einen Trampelpfad durch Gras und Blaubeerbüsche über einige Felsen hinab bis zu einer kleinen Halbmondbucht, wo uns der Sandstrand begrüßt.

Wir verbringen einen herrlich faulen Tag, mal in der Sonne, dann im Schatten, den ein paar Kiefern am Rande der Bucht spenden. Leider habe ich keinen Badeanzug nach Whale Island mitgenommen (wie hätte ich auch ahnen können, dass sich dieser Businesstrip als halber Urlaub entpuppt?), aber als Isla in die kalten Wellen des Atlantiks taucht, bekomme ich ebenfalls große Lust auf ein erfrischendes Bad. Also überwinde ich mich und ziehe mich kurzerhand bis auf meine Unterwäsche aus. Es sieht uns ja niemand, und BH und Höschen sind dunkelblau und schlicht, fast wie ein Bikini. Kreischend und bibbernd springe ich mit Isla durch die Brandung, bevor wir uns wieder von der Sonne aufwärmen lassen und das Picknick verputzen, das Heather für uns eingepackt hat – unter anderem meinen Geburtstagskuchen. Zwischendurch frage ich mich besorgt, ob Isla es nicht merkwürdig findet, dass ich meinen Geburtstag gar nicht mit meinem Mann verbringe, aber sie sagt nichts dazu, und ich sehe nur ab und an auf mein Telefon und lasse Bemerkungen fallen wie »Duncan arbeitet mal wieder zu viel«.

Dabei habe ich hier gar keinen Handyempfang. Und auch keine Ahnung, wo Duncan ist und was er macht. Es kränkt mich irgendwie, dass er gar nicht gefragt hat, was ich heute vorhabe. Aber andererseits ... er ist ja nicht wirklich mein Mann. Wären wir in Manhattan, hätte er nicht einmal mitbekommen, dass ich Geburtstag habe.

Und er hat heute schon für mich gesungen. Bei der Erinnerung an seine kratzige Stimme wird mir wieder sehr warm ums Herz, und weil mich das so ärgert, schüttele ich diese Erinnerung rasch ab.

»Wollen wir noch einmal schwimmen?«, frage ich Isla übermütig, schiebe mir das letzte Stückchen meines köstlichen Geburtstagskuchens in den Mund und stürme dann schon gemeinsam mit dem Mädchen kreischend auf den Atlantik zu.

Wir sind mit unseren Rädern auf dem Rückweg, als ich von Weitem einen Mann mit einem Hund auf dem Arm an der Küste entlanggehen sehe. Gottlieb Müller mit Fiete.

»Isla, ich würde gern Herrn Müller Hallo sagen und ihn fragen, wie es ihm geht.«

»Klar, ich komme mit«, sagt das Mädchen bereitwillig, und so lehnen wir unsere Räder an einen Felsbrocken, um den Trampelpfad entlang der Klippen einzuschlagen, dessen zahlreiche Schlaglöcher eher etwas für geübte Mountainbiker sind, aber ganz sicher nichts für mich Fahranfängerin.

»Guten Tag, Gottlieb!«, rufe ich schon von Weitem, und der alte Herr bleibt stehen und sieht sich nach uns um. Fiete fängt an zu bellen und zu zappeln, sodass Gottlieb ihn auf den Boden setzt und er uns auf seinen drei Beinen entgegenhumpelt. Wieder einmal staune ich über die Behändigkeit des kleinen Hundes.

»Du sprichst Deutsch?« Als ich Islas erstaunte Frage neben mir höre, erstarre ich. Verdammt! Schon wieder hat unser bescheuertes Lügenkonstrukt mich eingeholt! Rasch bücke ich mich und streichele Fiete, während ich murmele: »Nur ein bisschen. Hatte es in der Schule.«

»Hallo, ihr zwei. Fiete, ist ja gut, nicht so stürmisch!« Zu meiner grenzenlosen Erleichterung redet Gottlieb Müller Englisch mit uns, vermutlich weil Isla dabei ist. Er sieht viel fitter aus als gestern: Seine Gesichtsfarbe ist rosiger, was wohl der Mischung aus Sonne und frischem Wind zu verdanken ist, und er wirkt längst nicht mehr so fragil. Mit einem Schaudern denke ich an den Moment zurück, als wir ihn in seinem Wohnzimmer liegend gefunden haben.

»Wie geht es dir?« Ich bleibe neben dem alten Herrn stehen und lege fürsorglich eine Hand auf seinen Arm. Seine wachen blauen Augen mustern mich aufmerksam.

»Mir geht es gut. Skye hat ja gestern darauf bestanden, mich ins Krankenhaus zu bringen. Ist mir nicht von der Seite gewichen, dieses sture Ding, bis ich gründlich durchgecheckt worden bin.« Er versucht, diese Worte grummelig klingen zu lassen, aber das Lächeln, das um seine Mundwinkel zuckt, macht diesen Versuch zunichte.

»Da bin ich aber froh«, sage ich mit Nachdruck, und Isla pflichtet mir bei: »Das war genau richtig von meiner Tante!«

»Ja, ja, schon gut, ich weiß es ja.« Gottlieb Müller bedenkt uns mit einem gespielt genervten Blick, bevor er Isla leicht anlächelt. »Dann bist du wohl Isla Cameron? Die Tochter von Skyes Bruder Aidan?«

Isla nickt, und einmal mehr wird mir bewusst, dass der alte Mann eine sehr lange Zeit kaum Kontakt zu den übrigen Insulanern hatte. »Freut mich, Isla. Tja, der gute Herr Doktor hat mir gestern Kreislauftropfen verschrieben, und die wirken wahre Wunder. Ich fühle mich heute zwanzig Jahre jünger.«

Fiete bellt, als wolle er seinem Herrchen zustimmen.

»Wie schön«, sage ich und drücke seinen Arm, bevor ich meine Hand sinken lasse. »Aber bitte nicht übermütig werden, ja? Du bist ganz schön weit von deinem Haus entfernt, mein Guter.«

»Ach, ich bitte dich!« Gottlieb lacht belustigt auf. »Weit von meinem Haus! Ich kann doch das Dach von hier aus erkennen, da hinten, guck mal!« Ich folge seiner ausgestreckten Hand mit meinem Blick und erkenne in der Ferne tatsächlich das Haus an der Spitze der Landzunge durch ein paar Birken und Kiefern hindurchschimmern.

»Aber das Telefon hast du dabei?«

»Habe ich.« Gottlieb klopft sich mit einem fast jungenhaften Grinsen auf die Tasche seiner Cargohose. »Auch wenn ich an den meisten Stellen dieser Insel eh keinen Empfang habe.«

Isla und ich seufzen gleichzeitig auf und sehen uns an. Wir müssen beide loslachen. Dann jedoch wird Isla ernst und meint: »In solchen Momenten bin ich echt froh, dass Mom und ich nun doch nicht ganz hierherziehen, nach Whale Island. Zwar mag ich diese Insel – im Sommer jedenfalls – aber immer hier wohnen? Mit den vielen Funklöchern? Und ohne Shopping Mall mit Kino?« Sie rollt ihre Augen himmelwärts und sieht dann aufs Meer hinaus.

Nachdenklich betrachte ich ihr sommersprossiges Gesicht. Es ist das erste Mal, dass sie die Pläne ihrer Mutter rund ums Whale Sanctuary erwähnt. Ich habe mich nicht getraut, sie darauf anzusprechen – auch weil ich mir gar nicht sicher war, auf welchem Stand der Dinge sie ist. Ob Aidan und Jenny ihr gestern Abend noch erzählt hatten, dass die Hotelpläne ihres Onkels die Pläne des ehemaligen Professors ihrer Mutter sehr wahrscheinlich zunichtemachen werden.

Aber auch, wenn sie Shopping Malls und ein gutes Handynetz sicherlich vermissen würde und bestimmt nicht die Schule wechseln möchte, so sagt mir Islas Blick, der jetzt fast wehmütig über die rauen Felsen entlang der Küste wandert, dennoch, dass sie zwiegespalten ist. Dass das Mädchen Whale Island sehr viel inniger liebt, als es das zugibt.

»Ach ja, die Pläne deiner Mom.« Gottlieb Müller räuspert sich, und ich sehe ihn fragend an. Er erwidert meinen Blick und wirkt mit einem Mal fast schuldbewusst. Und plötzlich ahne ich, was jetzt kommt. »Deine Mom war heute Morgen bei mir, Isla.«

»Meine Mom?« Erstaunt sieht Isla den alten Herrn an. »Ich wusste gar nicht, dass Sie meine Mutter kennen.«

»Ich kannte sie auch nicht. Bis sie heute Morgen bei mir aufgetaucht ist und mir von dem geplanten Whale Sanctuary erzählt hat. Sie war ziemlich aufgelöst, wegen der Hotelpläne der Sommerset-Gruppe.« Er weicht meinem Blick aus, sieht stattdessen aufs Meer hinaus. »Wie ihr wisst, liebe ich Wale über alles. Buckelwale vor allem. Aber auch andere – und diese Rettungsstation wäre hauptsächlich für Orcas oder Belugas gedacht. Ich fand die Vorstellung, dass diese wunderbaren Tiere in Gefangenschaft leben müssen und dressiert werden, um irgendwelche Zoobesucher in Großstädten zu unterhalten, schon immer unerträglich. Deshalb bin ich begeistert von der Idee, diesen Kreaturen hier, auf Whale Island, eine Zufluchtsstation zu bieten.«

»Du verkaufst doch nicht, habe ich recht?«, frage ich leise und bin mit einem Mal ganz ruhig. Erleichtert, könnte man sagen.

Gottlieb Müller sieht mich schuldbewusst an. »Nein«, bestätigt er dann. »Ich verkaufe nicht. Allerdings habe ich diese Entscheidung schon gestern Abend getroffen, bevor ich Islas Mutter überhaupt gesprochen hatte.«

»Aber … meine Tante Skye hat erwähnt, Sie könnten sich nicht mehr vorstellen, allein hier auf der Insel zu leben.« Isla sieht Gottlieb Müller nachdenklich an. »Sie meinte, Sie würden gern wieder bei Ihrer Familie in Deutschland sein.«

»Das stimmt auch alles«, sagt Gottlieb und nickt fast ungeduldig. »Ich hatte mich tatsächlich gerade dazu durchgerungen, dieses riesige Stück Land aufzugeben und zu meinem Bruder zu ziehen. Aber … dann hat Rae mich gestern Abend noch besucht.«

Aufmerksam sehe ich ihn an, während Isla murmelt: »War klar, dass Rae ihre Finger mal wieder im Spiel hat.«

»Nicht so frech, junge Dame«, mahnt Gottlieb, aber er lächelt dabei. »Rae wollte sehen, wie es mir geht. Sie hat sich Vorwürfe gemacht, dass sie ausgerechnet gestern Morgen nicht zur Stelle war, wegen des Nebels. Aber gegen den Nebel kann selbst unsere hellsichtige Bibliothekarin nichts ausrichten.« Gottlieb zwinkert Isla regelrecht vergnügt zu, und diese nickt grinsend.

»Na ja, auf jeden Fall sagt Rae bei einer Tasse Tee plötzlich zu mir: ›Du darfst nicht verkaufen, Gottlieb.‹ Einfach so. Ich hatte ihr gar nicht erzählt, dass ich mich dazu entschieden hatte. Natürlich habe ich sie gefragt, warum. Ich dachte, es gehe ihr darum, hier kein großes Hotel haben zu wollen – aber sie meinte, das wäre nicht der Grund. Ich müsse einfach hierbleiben, in meinem Haus. Und ich müsse mich noch eine Weile gedulden, aber dann würde ich sehen, warum. Und dann ist sie gegangen, diese mysteriöse Frau.«

Gottlieb sieht mich an und zuckt mit einem zaghaften Lächeln die Schultern. »Was soll ich sagen? Hier auf der Insel weiß nun einmal jedes Kind, dass man auf Rae hören sollte. Na ja, und als dann heute Morgen Jenny aufgetaucht ist, war ich wirklich froh, dass ich sie gleich beruhigen konnte. Froh – und überrascht, weil mir plötzlich ständig hübsche junge Frauen die Bude einrennen! Das ist uns sehr, sehr lange nicht mehr passiert, oder, Fiete?«

Er grinst seinen Hund an, bevor er an Isla gewandt fortfährt: »Deine Mutter war außer sich vor Glück, dass ich nicht verkaufe.« Der alte Herr lächelt das Mädchen an. »Auch wenn du es noch anders sehen magst, Kind – glaube mir, Whale Island ist das Beste, was einem passieren kann. Irgendwann wirst du das ebenso begreifen.«

»Hmm«, murmelt Isla und starrt mit gefurchter Stirn aufs Meer hinaus.

»Ich bin froh, dass du dich so entschieden hast.« Gottlieb sieht mich überrascht an, als ich das sage.

»Wirklich? Ich dachte ... dass der gute Duncan Cameron, oder Sommerset, oder wie auch immer, völlig außer sich sein wird.«

»Ach, Catherine wird ihren Göttergatten schon trösten«, meint Isla frech und zwinkert mir zu. Mir wird heiß.

Gottliebs verwirrter Blick macht meine spontane Hoffnung, dass er Isla über den Wind, der über die Klippen fegt, nicht richtig verstanden haben könnte, zunichte.

»Dein Mann? Catherine?«, hakt er ratlos nach, doch zum Glück werden wir genau in diesem Moment unterbrochen: Wie aus dem Nichts taucht ein gewaltiger Koloss aus dem Meer auf und lässt mich vor Schreck zusammenzucken. Ein Buckelwal springt geradezu elegant in die Höhe und zeigt uns seine Unterseite mit den Längsrillen. Wasser spritzt in alle Richtungen, während der Meeressäuger sich in der Luft dreht, einer gewaltigen Ballerina gleich, die Flossen von sich gestreckt – um dann mit einem gigantischen Klatschen rücklings zurück in den Atlantik zu fallen und unterzutauchen.

»Wow!«, stoße ich atemlos hervor, während mir das Herz vor Aufregung bis zum Hals schlägt. »Das war … unglaublich!«

»Das war Dorothy«, höre ich Gottlieb Müller leise sagen, auf Deutsch, und ich sehe ihn an. Er erwidert meinen Blick, und wir mustern uns stumm. Isla hat sich dem aufgeregt bellenden Fiete zugewandt, nimmt den kleinen Hund kurzerhand auf den Arm und läuft ein paar Schritte mit ihm am Rande der Klippen entlang. Gemeinsam halten sie nach dem Wal Ausschau.

Rasch sage ich mit gedämpfter Stimme zu Gottlieb: »Duncan ist nicht mein Mann. Und ich heiße nicht Catherine. Ich bin Greta. Aber das weiß hier niemand, außer Duncan und Skye. Ach, und Rae. Sie weiß ja sowieso alles, nicht wahr?«

Gottlieb Müller nickt ernst. »Verstehe«, sagt er leise, wobei ich mich frage, wie um alles in der Welt irgendjemand das verstehen könnte. »Wer auch immer du bist: Ich hoffe sehr, dich wiederzusehen.«

Erst, als ich wenig später ins Hotel zurückkomme, bin ich doch ein wenig enttäuscht. Alle sind mit ihrem Alltag beschäftigt. Skye ist noch im Krankenhaus und wird heute erst spät zurück sein, wie sie mir per SMS mitgeteilt hat. Vielleicht hat dieser Jeff ihr doch nicht die kalte Schulter gezeigt, vielleicht hat er sie heute erneut gefragt, ob sie Zeit hat. Beim Gedanken an den Arzt, der sich Skye gegenüber so unmöglich verhält, mache ich mir mal wieder Sorgen um sie. So eine Beziehung kann nicht gut sein, und sie kann Skye nicht glücklich machen. Sie hätte einen viel besseren Mann verdient!

Heather hat Papierkram im Büro zu erledigen, und Isla ist zu ihrer Mom geradelt, um mit ihr die tollen Neuigkeiten zu feiern. Erst nachdem wir uns von Gottlieb verabschiedet hatten, hat sie die Nachricht auf ihrem Telefon abgehört, die eine hörbar glückliche Jenny ihr hinterlassen hatte – wir hatten am Strand ja keinen Handyempfang gehabt.

Von Graham und Aidan ist gar nichts zu sehen – nicht, dass ich von ihnen irgendetwas in Sachen Geburtstag erwartet hätte! Aber auch Duncan ist nach wie vor wie vom Erdboden verschluckt. Es wäre ja schon nett gewesen, wenigstens mit ihm zu Abend zu essen. Gestern das Picknick, und heute nur noch die kalte Schulter?

Aber … vielleicht hat ihn die aufgeladene Stimmung heute Morgen zwischen uns genauso sehr aus der Bahn geworfen wie mich? Vielleicht ist auch ihm bewusst, dass wir nur ganz knapp daran vorbeigeschrammt sind, unser Chef-Angestellten-Verhältnis bis in alle Ewigkeit zu ruinieren?

Der Gedanke lässt mich gequält aufstöhnen, während ich die Lobby des Hotels durchquere und langsam die Treppe hinaufgehe. Doch auch in unserem Zimmer ist Duncan nicht. Das Himmelbett ist frisch gemacht und erwidert meinen Blick unschuldig – ganz so, als wäre es nie Zeuge der prickelnden Atmosphäre heute Morgen geworden. Mit einem tiefen Seufzer beschließe ich, meinen salzwasserverklebten Haaren und mir an meinem Geburtstag etwas Gutes zu gönnen, und lasse mir ein Schaumbad ein.

52

Ich muss eingenickt sein. Als ich die Badezimmertür aufgehen höre, schrecke ich hoch. Duncan steht im Türrahmen und starrt mich an.

»Verflucht noch mal, du darfst doch nicht in der Wanne schlafen!«, fährt er mich aufgebracht an. Ich bin so verdattert, dass ich gar nicht weiß, wie mir geschieht. Zu spät wird mir bewusst, dass mir das Wasser nur bis kurz unterhalb der Brustwarzen reicht. Er scheint das auch gerade gemerkt zu haben, zumindest flackert sein Blick flüchtig nach unten, im nächsten Moment wieder zu meinem Gesicht.

»Ich … ich bin nur kurz …« Ich blinzele, dann verschränke ich die Arme schützend vor meiner Brust, während langsam Empörung in mir hochkriecht. »Wie kommst du dazu, einfach so hier reinzuplatzen?«

»Ich habe vor der Tür deinen Namen gerufen und geklopft, aber du hast nicht reagiert! Ich dachte, du wärst …« Er bricht ab, und die aufgewühlten Gefühle, die in seinen grauen Augen tanzen, lassen mein Herz schneller schlagen.

Verdammt, das ist nicht gut.

»Das gibt dir noch lange kein Recht, hier reinzukommen, während ich nackt in der Wanne liege!«

»Doch, verflucht, das gibt es mir! Wenn ich damit rechne, dass du hier drinnen absäufst, ist es doch wohl echt egal, ob du nackt bist oder nicht!« Duncan sieht mich jetzt richtig wütend an.

»So leicht ertrinke ich nicht.«

»Du hast geschlafen!«

»Ich bin nur kurz weggenickt.«

»Ob du es glaubst oder nicht: Das reicht, um zu ertrinken!«

Ich mustere ihn ratlos, weil er immer noch so aufgewühlt wirkt. Und dann begreife ich plötzlich. Die Wanne. Er hat Catherine mit aufgeschnittenen Pulsadern in der Badewanne gefunden.

»Du … du hast aber nicht gedacht, dass ich mir etwas angetan hätte, oder?« Meine Stimme klingt plötzlich belegt.

Fast irritiert starrt Duncan mich an, dann reibt er sich mit einer Hand über das Gesicht und murmelt: »Nein. Nein, das nicht. Aber … ach, vergiss es. Es können halt immer Unfälle passieren.« Er macht eine Pause und wirkt einen Moment lang so verletzlich, dass ich meine nasse Hand nach seinen Fingern ausstrecken will – doch da ist er plötzlich wieder der schroffe Duncan, der ungeduldig hinterher schiebt: »Und, ob du es glaubst oder nicht: Du bist nicht die erste nackte Frau, die ich gesehen habe. Es wird mich nicht umbringen, und dich wohl auch nicht.«

Er will von seiner Besorgtheit ablenken – das ist mir irgendwo in meinem Unterbewusstsein durchaus klar. Also versucht er, besonders cool zu tun, weil er gerade so emotional war. Aber cool sein kann ich genauso.

»Nein. Da hast du recht«, erwidere ich ruhig, und ehe ich selbst weiß, was ich da tue, stehe ich auf. Ich spüre den Schaum an meinem nassen Körper hinabrinnen und Duncans Blick auf mir. Er starrt mich fassungslos an. Allerdings starrt er mir nicht ins Gesicht.

»Reichst du mir bitte mal mein Duschtuch?« Ich staune selbst darüber, wie gelassen ich klinge. Seine Stimme hingegen ist ein wenig belegt, als er »Klar« murmelt und nach dem Duschtuch greift. Ohne seinen Blick von mir zu lösen. Während er es mir reicht, sieht er mir in die Augen, und ich halte die Luft an, als ich den Sturm darin erkenne.

»Danke«, sage ich, aber als ich das Duschtuch an mich ziehen und schützend um mich schlingen will, weil ich mich nun doch zu nackt fühle, hält er den Frotteestoff fest. Fragend sehe ich ihn an. Seine Lippen öffnen sich, als wolle er etwas sagen. Schließen sich wieder. Das Grau seiner Augen wirkt dunkler als sonst.

»Duncan? Catherine?«

Heathers Stimme lässt uns beide zusammenzucken. Duncans Finger lösen sich blitzschnell vom Duschtusch, und ich schlinge es schützend um mich. Sein Blick gleitet noch einmal flüchtig an mir hinab, bevor er sich mit einem Räuspern abwendet. »Ja, Mom, wir sind hier, im Bad!«

Heathers Schritte nähern sich zaghaft, dann späht sie vorsichtig um den Türrahmen herum. »Oh, ich wollte euch zwei nicht stören!«, ruft sie regelrecht vergnügt, als sie mich erblickt, ins Duschtuch gewickelt, immer noch im schaumigen Wasser stehend.

»Du störst nicht«, sagt Duncan mit rauer Stimme, und ich merke, dass er sich bemüht, nicht schon wieder auf meine nassen Beine zu starren. Das Duschtuch ist extrem kurz, wird mir auf einmal bewusst.

»Doch, doch, das tue ich.« Heather zwinkert mir verschwörerisch zu. »Macht einfach weiter. Weißt du, Duncan, du bist damals auf Dads und meiner Hochzeitsreise sehr wahrscheinlich im Jacuzzi des Bayview Resorts auf Prince Edward Island entstanden!«

»Mom!« Duncan sieht seine Mutter so entsetzt an, dass ich in glucksendes Kichern verfalle. Sein Blick flackert kurz irritiert zu mir, aber auch um seine Mundwinkel zuckt es leicht. »Das sind zu viele Infos, Mom! Und Bilder in meinem Kopf, die ich nie wieder loswerde.«

Gequält reibt er sich über die Stirn. Dann holt er tief Luft und fügt hinzu, schlagartig todernst: »Außerdem wird hier ganz bestimmt kein Baby gezeugt. Es wird keine Enkel mehr geben, Mom. Zumindest nicht von mir. Tut mir leid, dich enttäuschen zu müssen.«

Mit diesen Worten schiebt er sich an seiner Mutter vorbei und verlässt das Zimmer mit langen Schritten. Erschüttert starrt Heather ihm nach, und als sie mich ansieht, merke ich, dass Tränen in ihren Augen schimmern. »Ich wollte nicht ... Mein Gott, was bin ich für ein seelisches Trampeltier.«

Rasch steige ich aus der Wanne, darum bemüht, weder auszurutschen, noch das Handtuch zu verlieren, und trete neben sie. »Du hast es doch nicht böse gemeint«, wispere ich. »Er beruhigt sich schon wieder.«

»Ja.« Heather blinzelt und nickt mir mit einem gezwungenen Lächeln zu. »Tut mir leid, mein Kind.«

Dann dreht sie sich um und will ebenfalls hinauseilen, hält aber noch einmal inne und sagt: »Ach so – ähm – wir essen gleich zu Abend. Also, Graham und ich. Vielleicht auch Duncan. Es würde mich wirklich freuen, wenn du dabei wärst, Catherine.«

»Ja, gern«, sage ich überrascht und sehe ihr nach, als mich Heather alleine lässt mit meinen aufgewühlten Gedanken und mit rasendem Herzen.

Warum ich das mache, kann ich selbst nicht so genau sagen. Glaube ich wirklich, dass Duncan beim Essen mit seinen Eltern dabei sein wird? Obwohl er kein Wort mit seinem Vater spricht? Und selbst wenn er dabei sein sollte – das erklärt immer noch nicht, warum ich mir heute Abend extra noch einmal die Wimpern tusche. Lipgloss auflege. Und es erklärt schon gar nicht, warum ich mir die Mühe mache und meine trocken geföhnten Haare zu zwei Zöpfen flechte, die über meine Schultern nach vorn hinabhängen.

Gretel-Zöpfe.

Ich starre mein Spiegelbild an und bin kurz davor, mir die Haargummis wieder runterzureißen. Was will ich damit erreichen? Aber … womöglich fällt es ihm sowieso nicht auf. Wahrscheinlich hat er längst vergessen, was er seiner Mutter zu unserem angeblichen Kennenlernen und zu seinem »Spitznamen« für mich erzählt hat.

Ja, ich weiß, dass ich nicht logisch handele und dass das hier alles gar keinen Sinn ergibt. Aber ich kann nicht aufhören, an seinen Blick zu denken, der über meinen nassen Körper gewandert ist – und so greife ich ganz von selbst zu der schwarzen Spitzenunterwäsche, die ich dabeihabe. Ich ziehe sie mir so schnell an, dass ich nicht dazu komme, meine Wäschewahl kritisch zu hinterfragen. Eilig schlüpfe ich in frische Jeans, und dann ziehe ich eine meiner Business-Blusen an – es ist eine veilchenblaue, die meine Augen zum Strahlen bringt, wie Olivier mal gesagt hat. Ich lasse einen Knopf mehr offen, als ich es auf einer normalen Geschäftsreise tun würde. Aber diese Geschäftsreise ist so weit von normal entfernt wie … wie ich es davon bin, mich nicht in den Eisblock zu verlieben.

Verdammt, verdammt, verdammt!

Meine Knie sind weich, als ich die Treppe hinabgehe. In der Lobby ist alles ruhig. Sehr ruhig. Zu meiner Überraschung hängt am Empfangstresen ein handgeschriebener Zettel mit einer Handynummer und der Bitte, diese Nummer bei Bedarf anzurufen. Niemand ist zu sehen. Ratlos sehe ich mich um. Ob alle oben sind, in der privaten Wohnung von Heather und Graham?

»Heather?«, rufe ich. Keine Antwort.

Als ich plötzlich Schritte hinter mir höre, will ich schon aufatmen und drehe mich rasch um. Duncan steht in der geöffneten Eingangstür und starrt mich an. Mein Herz schlägt schneller, als ich seinen Blick erwidere. Da er nichts sagt, räuspere ich mich. »Ähm – deine Mom hat mich gefragt, ob ich mit deinem Dad und ihr zu Abend esse. Kommst du auch?«

Duncan sagt immer noch nichts. Stattdessen kommt er langsam auf mich zu, sieht mich unverwandt an. Als er mich fast erreicht hat, erkenne ich erneut dieses Sturmgrau in seinen Augen. Sein Blick wandert flüchtig über meine Bluse und meine Jeans an mir hinab, und ich fühle mich augenblicklich wieder nackt. Aber nicht auf unangenehme Weise.

Vielmehr wünsche ich mir mit einem Mal, dass er mir die Klamotten vom Leib reißt. Hier und jetzt. Verstohlen schnappe ich nach Luft.

Duncan ist dicht vor mir angekommen, noch immer ohne ein Wort, und ohne mich aus den Augen zu lassen. Ich bemühe mich darum, seinem intensiven Blick standzuhalten. Zum Glück weiß er nicht, wie weich meine Knie sind. Als er seine Hand ausstreckt, halte ich den Atem an. Seine Finger zupfen leicht an meinem linken Zopf.

»Wo geht es denn zum Knusperhäuschen?«, fragt er mit dunkler Stimme, und ich kann nur denken: Er weiß es doch noch. Und: Mein Gott, wenn ich ihn wirklich so kennengelernt hätte, wenn dieser blöde Spruch tatsächlich das Erste gewesen wäre, was er zu mir gesagt hätte – es hätte funktioniert. Absolut. Aber Duncan Sommerset hätte wohl alles zu mir sagen können. Mein Herz hätte immer so heftig gegen meinen Brustkorb gehämmert wie jetzt.

Sein Blick hält meinen fest, bevor er flüchtig zu meinen Lippen hinabwandert. Das flüchtige Lächeln, das um seinen Mund zuckt, entgeht mir nicht – aber das Tuch, das er in der anderen Hand hält, das ist mir sehr wohl entgangen. Erstaunt weiche ich ein wenig zurück, als er es in die Höhe hebt und vor mein Gesicht hält.

»Was wird das denn?«, frage ich heiser.

»Lass dich überraschen«, erwidert Duncan mit dieser dunklen Stimme, die alles in mir zum Vibrieren bringt. Ich muss ihn ziemlich fassungslos anstarren, denn er lacht leise auf und sagt dann: »Keine Sorge. Ich habe nichts Schlimmes mit dir vor. Du brauchst nicht nervös zu sein.«

»Na, dann ist ja gut«, stoße ich verlegen hervor. »Ich musste gerade an *Fifty Shades of Grey* denken.«

Warum habe ich das denn jetzt bloß schon wieder gesagt?

»Nein. Nur der Nebel hat hier Fifty Shades of Grey«, murmelt Duncan amüsiert, und ich muss kichern.

»Heute war es überhaupt nicht nebelig!«

»Mhm. Nimm ruhig weiter diese Insel in Schutz.«

Das Letzte, was ich sehe, bevor er mir das Tuch über die Augen bindet, ist das sexy Schmunzeln in Duncans Mundwinkeln.

53

Ich versuche, gleichmäßig zu atmen, als ich mich von Duncan durch die Eingangstür nach draußen führen lasse. Die Abendluft schlägt mir würzig und frisch entgegen. Unsicher taste ich mich mit meinen Füßen vorwärts, wobei mich Duncan fest am Arm hält, sodass ich eigentlich keine Sorge haben muss zu fallen. Auf eigenartige Weise vertraue ich ihm völlig, was mich selbst wundert. So gut kenne ich ihn doch gar nicht!

Obwohl – doch. Ich habe das Gefühl, ihn in den letzten Tagen wirklich kennengelernt zu haben. Duncan Cameron von Whale Island. Nicht Duncan Sommerset aus New York.

Ich lausche auf das Knirschen des Kieses unter unseren Füßen und auf Duncans gleichmäßige Atemzüge dicht neben mir, während mein Herz immer noch rast. Wohin bringt er mich? Was soll das alles? Als sich der Untergrund unter meinen Füßen verändert und ich plötzlich über etwas Weiches laufe, werde ich noch unruhiger. Sind das Tannennadeln? Gehen wir – in einen Wald?

»Du willst mich nicht irgendwo weit weg vom Hotel elegant beseitigen, oder?«, versuche ich mit einem nervösen Lachen einen Witz.

»Nein, hatte ich nicht vor.« Ich höre das Lächeln in seiner

Stimme, und im nächsten Moment stolpere ich über etwas am Boden – das muss eine Wurzel gewesen sein.

»Sorry«, murmelt Duncan und bleibt stehen, um mich zu stabilisieren. Seine Hand, die bisher meinen Oberarm umfasst gehalten hat, legt sich plötzlich um meine Taille, und ich merke, dass er jetzt sehr viel dichter neben mir steht. Als sein warmer Atem mein Gesicht streift, verharre ich wie erstarrt und wünsche mir von ganzem Herzen, dass er mich küsst.

Doch dann lässt ein Geräusch ganz in unserer Nähe ihn ein wenig von mir zurückweichen, das spüre ich deutlich. Die Wärme seines Körpers und das Liebkosen seines Atems auf meinem Gesicht fehlen mir sofort, genau wie seine Hand, die von meiner Taille gleitet und stattdessen wieder nach meinem Arm greift. »Komm«, murmelt er. »Wir sind fast da.«

Inzwischen bin ich nicht nur ratlos, sondern auch sehr frustriert. Verdammt, was ist das zwischen uns? Ist da wirklich etwas oder bilde ich mir alles ein? Aber – nein. Nein, das, was heute Morgen war, das habe ich mir nicht eingebildet. Dieser Blick in seinen Augen. Und die Decke auf seinem Schoß ... Mir wird heiß bei der Erinnerung, und prompt stolpere ich schon wieder, obwohl Duncan gerade leise: »Vorsicht, jetzt kommt eine Stufe«, zu mir gesagt hat.

Langsam gehe ich neben ihm Stufe um Stufe empor, und ich spüre unter meinen Füßen knarzendes Holz. Da wird mir plötzlich klar, wo wir sein müssen.

Angestrengt lausche ich, aber seit dem Geräusch, das Duncan zum Weitergehen bewegt hat, habe ich nichts mehr gehört – wenn man mal vom Quaken eines Froschs, vom Zirpen der Grillen und dem Rauschen der Brandung absieht. Das andere Geräusch, das klang nach dem Quietschen von Türangeln. Und, ja, tatsächlich – jetzt werde ich über eine Türschwelle geführt. Die Tatsache, dass gerade jemand diese Tür geöffnet haben muss, als wir noch auf dem Waldboden standen, sagt mir, dass außer uns noch jemand hier ist. Dass der Eisblock mich also weder an einen einsamen Ort bringt, um mich zu beseitigen, noch um mich zu verführen.

Nicht, dass ich gegen Letzteres etwas einzuwenden gehabt hätte.

Andererseits: Wir teilen uns seit vier Nächten die Honeymoon Suite. Zum Verführen hätte er auch dort reichlich Gelegenheit gehabt. Dafür müsste er mich nun wirklich nicht mit Tuch vor den Augen durch die Gegend lotsen!

Wieder höre ich etwas. Das klingt nach … unterdrücktem Gekicher. Dann bellt plötzlich ein Hund – Johnnie Walker! Im nächsten Moment spüre ich ihn hechelnd an mir hochspringen, seine raue Zunge erwischt mein Kinn. »Johnnie, aus!«, murmelt Duncan neben mir, und der Hund wird mit einem protestierenden Winseln von mir fortgezogen. Noch ehe ich mich zum x-ten Mal fragen kann, was hier los ist, löst Duncan ohne Vorwarnung den Knoten, und das Tuch rutscht mir von den Augen.

»Überraschung!!!«

Erschrocken sehe ich mich um: Wir sind mitten in einem Raum, der sehr nach Blockhaus aussieht – das muss Aidans Haus sein! Von den hölzernen Querbalken, die den offenen Giebel durchziehen, hängen Papiergirlanden, überall im Raum sind Windlichter mit flackernden Kerzen verteilt. Um mich herum stehen geschätzt zwei Dutzend Menschen, und alle strahlen mich an. Fassungslos gleitet mein Blick über Heather, Graham und Skye, die ein buntes Partyhütchen trägt und sich ein paar Luftschlangen locker um den Hals geschlungen hat. Daneben stehen Aidan, Jenny und Isla. Rose von der Rezeption, Köchin Martha und Kellnerin Eileen sind da. Ronan aus dem Gemischtwarenladen und neben ihm ein älteres Ehepaar, bestimmt seine Eltern, Birdie und Lloyd. Dottie, die Fährkapitänin, hat sich bei einem blonden Hünen untergehakt, vermutlich ihr Mann Hank. Die zwei alten Herren, die immer auf der Bank vor dem Inselladen sitzen, sind auch da. Ich sehe sie zum ersten Mal stehend. Und das da vorn, neben dem Ehepaar, das ich nicht kenne, das ist doch der Mann, den Isla und ich neulich vor der Coast Guard Station gesehen haben – wie hieß er noch? Harold, glaube ich. Alles Insulaner, natürlich. Bis auf Rae – aber auch sie ist hier, trägt ebenfalls ein Partyhütchen und mustert mich sichtlich amüsiert. Ach, und da sind doch noch ein paar Nicht-Insulaner – ich entdecke das ältere Ehepaar, zurzeit die einzigen Gäste der *Cameron Lodge*. Die beiden nicken mir gerührt zu. Das kann doch alles gar nicht wahr sein!

Ungläubig drehe ich mich zu Duncan um, der schmunzelnd neben mir steht und mit den Schultern zuckt. »War Skyes Idee«, murmelt er fast entschuldigend. Dabei muss er sich doch wirklich für rein gar nichts entschuldigen! Allerdings flaut mein euphorisches Glücksgefühl ein wenig ab, als nun alle begeistert anstimmen: »Happy Birthday to you …« Denn natürlich kommen sie unweigerlich zum »…dear Catherine!« – und an der Stelle kann ich weder Skye noch Rae in die Augen sehen. Verdammt, diese Lügerei tut weh!

Doch ich habe nicht lange Zeit, mir deswegen den Kopf zu zerbrechen, denn kaum ist das letzte »to you!« verklungen, als auch schon alle auf mich zustürmen.

»Hat die Überraschung geklappt?«, fragt Skye und nimmt mich überschwänglich in den Arm. »Hast du etwas geahnt?«

»Nein, wirklich nicht«, gebe ich lachend zurück.

»Sie dachte, ich wolle sie irgendwo im Wald abmurksen«, wirft Duncan trocken ein.

»Klar, als ob!«, lacht Isla. »So verknallt wie ihr seid!«

Erschrocken starre ich sie an, aber Isla merkt gar nichts, sondern wirft einmal mehr ihre Arme um mich, obwohl sie mir doch heute schon gratuliert hat. »Ich hatte heute den Auftrag, dich den ganzen Tag abzulenken, während die anderen das hier vorbereitet haben!«, verkündet das Mädchen vergnügt. »Ist mir gut gelungen, oder?«

»Allerdings«, staune ich.

»Herzlichen Glückwunsch. Ich bin froh, dass du keinen Herzinfarkt bekommen hast.« Aidan steht plötzlich auch vor mir, eine Hand auf der Schulter seiner Tochter, und sieht mich mit einem amüsierten Schmunzeln an.

»Es hätte nicht viel gefehlt«, gebe ich lachend zurück, was ihn grinsen lässt.

»Ist das hier eigentlich dein Haus?«

Er nickt. »Yep. Das ist mein Reich.« Wieder ein jungenhaftes Grinsen, das so viel Charme versprüht, dass ich mich kurz wundere, warum Aidan eigentlich Single ist. Aber auf Whale Island ist es vermutlich eher schwierig, die Frau fürs Leben zu finden.

»Und Dad hat das ganze Essen fürs Buffet gezaubert!« Isla sieht ihren Vater stolz an.

»Was? Du hast gekocht? Für … meine Party?« Ungläubig sehe ich zu dem langen Buffettisch hinüber, der in einer Ecke des Wohnzimmers aufgebaut worden ist.

Aidan wirkt fast verlegen, als er nickt. »Ja. Erwarte nicht zu viel. Ich bin etwas aus der Übung.«

»Bist du nicht!« Isla knufft ihn gegen den Oberarm. »Für mich kochst du ständig, und es ist immer hammermäßig lecker!«

»Stimmt, nicht so wie der Fraß, den ich dir den Rest des Jahres vorsetze.« Jenny ist neben ihre Tochter getreten und strahlt mich an. »Happy Birthday!«

»Danke«, sage ich mit einem breiten Lächeln.

»Na, bald wird unser Kind ja nicht nur in den Ferien ordentliches Essen bekommen«, bemerkt Aidan und zwinkert Jenny zu, deren Antwort nur ein ausgelassenes Lachen ist.

»Ich freue mich für euch«, sage ich und meine es aus vollstem Herzen. »Dass das mit dem Whale Sanctuary jetzt wohl doch klappt. Das ist wirklich toll.«

Ich merke, dass Aidans Blick unruhig an mir vorbei wandert, und als ich meinen Kopf drehe, entdecke ich Duncan, der in Hörweite schräg hinter mir steht.

»Ich freue mich auch für euch.« Seine Worte sind so überraschend, dass ich Duncan verblüfft mustere. Er jedoch schaut seinen Bruder fest an und fügt hinzu: »Es ist besser so. Ohne Golfresort. Mit Whale Sanctuary. Das wird bestimmt auch mehr Touristen in die *Cameron Lodge* locken. Aber eben nur so viele, dass es die Wale nicht beeinträchtigt.«

Aidan starrt seinen Bruder ebenso sprachlos an, wie ich es tue. Einige Sekunden lang sagt niemand etwas. Dann kommt Duncan näher, räuspert sich und fügt ernst hinzu: »Außerdem … außerdem wollte ich mich längst entschuldigen, Aidan. Es … es tut mir leid, dass ich das hier und jetzt mache, aber … ich will das endlich loswerden. Heute tagsüber warst du so mit den tausend Köstlichkeiten beschäftigt, die da hinten warten.« Er deutet kurz Richtung Buffet, dann sieht er mich an und sagt heiser: »Eine gewisse Frau hat mir nämlich vor Kurzem klargemacht, dass man über seine Gefühle und Probleme reden sollte. Dass Beziehungen kaputtgehen, wenn man alles nur in sich hineinfrisst und nicht offen anspricht. Egal, ob es der Partner ist … oder Eltern … oder eben der Bruder.«

Ungläubig erwidere ich seinen Blick, bevor er wieder Aidan ansieht, der ebenso erstaunt abzuwarten scheint. Duncan atmet tief durch und stößt rasch, als würde ihn sonst der Mut wieder verlassen, hervor: »Ich habe mich beschissen verhalten. Als Bruder und als Sohn. Ich hätte nicht einfach verschwinden und euch mit der Lodge hängen lassen dürfen. Ich hätte mich viel früher melden müssen. Es war nur so … ich war gar nicht mehr ich selbst. Der Duncan, den ihr kanntet, der ist damals mit Amy und Quinn beerdigt worden.«

Als ich merke, dass die Emotionen beginnen, Duncans Stimme abzuschnüren, greife ich nach seiner Hand und drücke sie, um ihm Mut zu machen. Er schluckt und fährt heiser fort: »Ich war nur noch eine Hülle, als ich nach Halifax geflüchtet bin, und dann weiter nach New York. Ich habe irgendwie funktioniert, habe Whale Island und euch alle verdrängt, so gut es ging, weil ... weil die Erinnerung an diese Insel einfach zu eng mit Amy und Quinn zusammenhing. Zu schmerzhaft war. Es ... es tut mir leid, dass ich euch so enttäuscht habe. Dass ich nicht für euch da war, in all diesen Jahren.«

Ein Blick auf Aidan zeigt mir, dass seine Augen feucht schimmern. Während Jenny sich diskret mit Isla im Arm abwendet und ihrer Tochter etwas zuwispert, bevor sie Richtung Buffet gehen, macht Aidan einen Schritt auf Duncan zu.

»Komm her, du«, murmelt er erstickt, und im nächsten Augenblick umarmen sich die beiden Brüder fest. Gerührt mache ich einen Schritt zur Seite, um ihnen Platz zu geben. Plötzlich ist da noch jemand, der sich an mir vorbeischiebt und vor Duncan tritt: Graham. Er hat dessen Worte offensichtlich mitbekommen, denn er sieht seinen ältesten Sohn aus feuchten Augen an.

»Das, was du gerade gesagt hast, das ist wahr«, brummt Graham und hat offensichtlich Mühe, die Worte zu formulieren, so emotional wirkt dieser Riese von einem Mann mit einem Mal. »Man muss über seine Probleme reden. Deine Mom sagt mir immer, dass ich das nicht kann. Und das stimmt wohl.«

Da schiebt sich Heather plötzlich neben ihn, tupft sich Tränen von den Wangen. »Es war aber nicht nur deine Schuld, Graham«, wirft sie ein, und ihre Lippen zittern, als sie fortfährt: »Wir beide hätten damals mehr für dich da sein müssen,

Duncan. Wir … ach, wir haben so sehr um Quinn getrauert, dass wir irgendwie … vergessen haben, dass du unser Sohn bist … und Quinns Vater. Dass … dass du noch viel mehr gelitten hast als wir. Und uns gebraucht hättest. Unsere Unterstützung. Nicht all die sinnlosen Vorwürfe. Bitte, verzeih mir.«

»Ach, Mom«, murmelt Duncan, und ich merke zu meiner Erschütterung, dass ihm Tränen über das Gesicht rinnen. Heather zieht ihren Sohn in ihre Arme, und da schluchzt sogar der Riese von Graham Cameron heiser auf, und dann umarmt er alle beide auf einmal, Duncan und seine Frau.

Von da an vergeht der Abend in einem Wirbelwind aus Emotionen. Irgendwie bekomme ich immer wieder volle Sektgläser in die Hand gedrückt, die ich stets verstohlen gegen Wassergläser austausche, und stoße wiederholt mit allen Gästen auf meinen Geburtstag an. Das ältere Ehepaar aus dem Hotel stellt sich als Judy und Clark aus Pennsylvania heraus, und nach ihrem zweiten Glas Sekt kennen die zwei sämtliche Anwesende beim Vornamen und beteuern immer wieder, dass dies der schönste Abend ihrer bisherigen Rundreise durch Atlantik-Kanada sei. Dazu trägt natürlich auch Aidans grandioses Essen bei: Dass er wegen meines Geburtstags so ein umwerfendes Buffet gezaubert hat, rührt mich zutiefst. Es gibt Blätterteig-Käse-Taschen, Pfannkuchen-Happen mit Räucherlachs und Frischkäse gefüllt, Krabben-Cocktails, Hummerbrötchen und, und, und … Als ich mir zum dritten Mal von den Muscheln in Weißweinsoße genommen habe, entdecke ich Aidan in der offenen Küchenecke und gehe mit meinem vollen Teller zu ihm hinüber. Er hat gerade ein paar weitere seiner unverschämt leckeren Knoblauch-Baguettes aus dem Ofen gezogen und sie auf ein großes Holzbrett gelegt. Die Küche ist klein, aber fein, und man sieht ihr an, dass hier ein professioneller Koch wohnt: Der hölzerne Messerblock auf der Anrichte enthält mehr

Messer, als ich Paar Schuhe habe, und an einer Leiste an der Wand hinter dem Herd hängt eine beachtliche Sammlung an Kochlöffeln, Pfannenwendern und anderen Geräten, die ich nicht einmal benennen kann. Die Kochecke ist niedriger als der restliche Wohnraum, wo man bis in den offenen Giebel des Blockhauses hinaufsehen kann – aber hier, in der Küche, ist die Decke abgehängt, weil sich darüber der Schlafbereich befindet, zu dem eine rustikale Holztreppe hinaufführt. Zumindest vermute ich, dass Aidan da oben schläft, denn ich habe vom Buffettisch aus das Fußende eines hölzernen Betts erkennen können, als ich nach oben geschaut habe.

»Du hast ein wirklich schönes Haus«, sage ich nun zu Aidan und betrachte die Töpfe mit Kräutern, die auf der Arbeitsfläche unterhalb des großen Sprossenfensters aufgereiht stehen.

»Danke dir«, murmelt er, während er beneidenswert schnell und sehr präzise die Baguettes in Scheiben schneidet. Er wirft mir einen Blick zu und lächelt, bevor er mir eine Scheibe reicht. »Möchtest du?«

»Unbedingt!« Dankbar greife ich nach der warmen Baguette-Scheibe, von der ein wenig Knoblauchbutter tropft, tunke sie in den Sud meiner Weißweinmuscheln und beiße genüsslich davon ab.

»Aidan, ganz ehrlich – du hättest niemals aufhören dürfen zu kochen!« Ich sehe ihn geradezu entrüstet an, bevor ich rasch versuche, möglichst elegant ein wenig Butter von meinem Kinn zu wischen. Mit einem Lächeln reicht mir Aidan gentlemanlike ein Stück Küchenpapier, und während ich mir die Butter abwische, stellt er ruhig fest: »Ich habe nie aufgehört zu kochen. Ich habe nur aufgehört, beruflich zu kochen.«

»Dann solltest du schleunigst wieder anfangen!« Ich rolle mit meinen Augen, während ich mir noch ein Stück Baguette aus dem Korb angele, den Aidan gerade neu gefüllt hat. »Das hier ist so unfassbar lecker! Auch die Muscheln, und die Krabben-Eier-Häppchen, und der Dattel-Chili-Dip, und … ach, alles!«

»Freut mich.« Er sieht mich mit leicht schief gelegtem Kopf an und grinst sichtlich zufrieden, bevor er wieder ernst wird und die Hände in seine Jeanstaschen schiebt. »Ganz ehrlich – es geht nun einmal nicht. Ich würde wahnsinnig gern wieder professionell kochen. Aber – ach, hier, auf Whale Island, macht das einfach keinen Sinn. Inzwischen haben wir zwar so wenige Hotelgäste, dass ich spielend leicht den Managementkram und das Kochen unter einen Hut bekommen könnte – aber ich will das nicht. Für eine Handvoll Leute kochen, und diese Handvoll Leute will eh nur Burger und Fish & Chips essen. Sorry, aber dafür habe ich nicht meine Ausbildung gemacht.«

»Aber dafür, nur für Isla und dich zu kochen, wohl auch nicht.« Ernst sehe ich ihn an, und er erwidert meinen Blick ruhig.

»Lass uns heute Abend dieses Thema bitte umschiffen«, sagt er dann leise und senkt seinen Blick, um auf seine schwarzen Converse Sneakers zu starren. »Wir feiern deinen Geburtstag. Und das Whale Sanctuary.«

»Ja. Schön, dass wir das Happy End für die Wale gleich mitfeiern können.« Ich lächele Aidan an, bevor ich frage: »Sind die anderen Blockhäuser eigentlich genauso groß wie deines?«

Aidan hat schon nach den zwei frisch gefüllten Brotkörben gegriffen, um sie zum Buffet zu tragen, aber er bleibt stehen und schüttelt den Kopf. »Nein. Die anderen sind kleiner. Als klar war, dass ich … länger hier auf der Insel bleiben würde, habe ich dieses Haus hier ausgebaut. Ein Schlafzimmer für Isla angebaut, denn vorher gab es nur das Schlaf-Loft unter dem Dach. Und natürlich keine so gut ausgestattete Küche.«

»Ist wirklich toll geworden«, murmele ich und sehe mich erneut um.

»Ja, mir gefällt es auch.« Aidan zwinkert mir zu und will an mir vorbeigehen, als ich ihm sacht eine Hand auf den Unterarm lege, dorthin, wo in geschwungener Handschrift »Isla« steht.

»Danke dir«, sage ich, als er mich fragend ansieht. »Du hast das hier alles für mich vorbereitet, obwohl du bis gerade eben überhaupt nicht gut auf Duncan zu sprechen warst. Das ist echt wahnsinnig nett von dir, Aidan.«

Aidan sieht mich zwei Sekunden lang stumm an, und ich versuche, aus seinem Blick schlau zu werden. Aber dafür kenne ich ihn nicht gut genug. Schließlich lächelt er schief und sagt mit einem Schulterzucken: »Nur weil ich mit meinem Bruder Probleme hatte, heißt das ja nicht, dass ich seine Frau nicht mag. Und, ganz ehrlich: Du bist sehr viel netter, als ich mir seine Catherine aus Manhattan vorgestellt habe.«

Einen Moment lang starre ich ihn fast erschrocken an – er hat doch nicht etwa gemerkt, dass ich nicht die echte Catherine bin? Doch Aidan zwinkert mir nur gelassen zu und wendet sich dann ab, um die Brotkörbe zum Buffet zu tragen.

54

»Jetzt mal im Ernst, Geburtstagskind«, sagt Skye, die mich beim Verlassen der Küchenecke abfängt und streng ansieht. Sie trägt heute Abend ein verspieltes Kleid in verschiedenen Blautönen, die ihre Augen leuchten lassen. »Das heute Morgen, in der Honeymoon Suite … Das sah mir so gar nicht platonisch aus zwischen euch beiden. Ich wollte schon so tun, als wärt ihr nackt und meinen Kopf schnell wieder rausziehen, um Dad und Mom davon abzuhalten, reinzugehen – weil ich doch dachte, mein lieber Bruder läge auf dem Sofa. Wie du mir weisgemacht hattest.«

Skye reicht mir das nächste Sektglas. Wollen mich heute Abend alle abfüllen? Automatisch greife ich danach … und nehme diesmal wirklich einen Schluck. Den brauche ich jetzt einfach.

»Ja, da lag er ja bisher auch«, seufze ich und merke, dass die Hitze mal wieder vom Hals aus bis zu meinem Gesicht hinaufkriecht. »Auf dem Sofa.«

»So, so. Bisher, ja?« Skye zieht süffisant die Augenbrauen in die Höhe.

»Er … er ist gestern Abend auf meinem Bett eingeschlafen«, wispere ich, woraufhin sie mich am Arm packt und leise quietscht: »Ohhh, nachdem ihr …?«

»Nein!« Vehement schüttele ich ihre Hand ab und versichere so resolut wie möglich: »Wirklich, Skye, da war … ich meine, da IST nichts zwischen deinem Bruder und mir!«

Skye grinst breit. »Nee, tut mir leid. Das nehme ich dir einfach nicht ab, Greta. Euer Zimmer heute Morgen, das war so geladen, dass ich dachte, jeden Moment fliegt etwas in die Luft.« Sie kichert bei ihren eigenen Worten frech, und auch ich muss lachen.

»Quatsch«, widerspreche ich dann rasch und senke meine Stimme, damit uns niemand hört. »Das ist Schwachsinn, Skye! Er ist mein Chef!«

»Mhm.«

»Und verheiratet!«

»Aber nicht glücklich.«

»Er … ist nicht der Richtige.«

»Und warum?«

»Weil …« hilflos zucke ich mit den Schultern, da mir kein Argument einfallen will. Denn, verdammt, er fühlt sich so sehr nach Mr. Right an!

»Er … ich … Ach, hör auf, bitte!«

Skyes Lächeln ist jetzt fast mitleidig. »Ganz ehrlich«, wispert sie dann und beugt sich dicht zu mir. »Wenn Jeff mich auch nur einmal so angesehen hätte, wie mein Bruder dich schon den ganzen Abend über ansieht, dann hätte ich ihm längst einen Antrag gemacht.«

Da Duncans Blick genau in diesem Moment suchend durch den Raum wandert und dann an mir hängen bleibt, spüre ich förmlich, wie die Röte in meinem Gesicht noch einmal eine Nuance dunkler wird. Er starrt mich an, und ich starre wie gebannt zurück.

Dann stellt er sein Weinglas auf einen Beistelltisch neben dem Sofa, wo er gerade mit seiner Mutter und einer Insulanerin, die ich noch nicht kenne, geredet hat, und kommt langsam durch den Raum auf mich zu.

»Oh, ich geh dann mal«, grinst Skye verschwörerisch, aber ich packe sie hilfesuchend am Arm und frage hastig: »Was gibt es denn eigentlich Neues bei Jeff und dir?«

»Gar nichts«, knurrt Skye und schüttelt mich sanft, aber bestimmt ab. »Ich sage ja: Würde er mich so ansehen, wäre die Sache klar.«

»Skye …«

Doch sie ist schon bei Isla, zieht das Mädchen in ihre Arme und sagt etwas, das ihre Nichte zum Gackern bringt.

Duncan ist fast bei mir, seinen Blick unablässig auf mich gerichtet. Nervös nestele ich an einem meiner Zöpfe.

In dem Moment hören wir jemanden juchzen und sehen uns beide erstaunt um. Graham betritt gerade das Blockhaus, bepackt mit einem merkwürdigen Ding, das ich nicht identifizieren kann. Hinter ihm kommt Aidan herein, er trägt ein paar schwarze Kästen – oder sind es Koffer? Ratlos starre ich die beiden an und weiß nicht, was das alles soll. Duncan jedoch scheint sofort zu verstehen, denn er schlägt sich mit einer Hand vor die Stirn und stöhnt: »Nein!«

»Und ob, Alter!«, ruft Aidan ihm zu und lacht ausgelassen auf, was mich vor Überraschung die Augen weit aufreißen lässt. Es ist das erste Mal, dass ich so etwas wie ein lockeres Miteinander zwischen den Brüdern erlebe.

»Komm her, du Feigling!«, ruft er Duncan zu, und Graham verkündet gut gelaunt: »Zu einer richtigen Party gehört doch Musik!«

Erstaunt verfolge ich, wie aus einem der schwarzen Koffer Teile von Mikrofonständern hervorgeholt und zusammengeschraubt werden, während aus anderen Geigen zum Vorschein kommen. Ja, Geigen! Skye eilt sichtlich gut gelaunt zu ihrem

Vater und Bruder in die Ecke des Blockhauses, wo Aidan gerade zwei Kabelstränge sortiert, während Graham sich dem merkwürdigen Ding widmet, das er in den Armen gehalten hat – und jetzt erkenne ich zu meiner grenzenlosen Überraschung, dass es ein Dudelsack ist. Ein echter Dudelsack, ich fasse es nicht!

»Na, dann wollen wir mal Musik machen!«, ruft Graham mit dröhnender Stimme durch den Raum, und vielfacher Jubel der Gäste ist die Antwort. Verblüfft sehe ich, wie Heather auf Duncan zugeht und ihn resolut mit sich zieht. Duncan wird doch wohl nicht selbst Musik machen, oder? Ich meine – spielt er etwa den Dudelsack?

Aber nein, erkenne ich, als ich mich mit dem älteren Ehepaar aus dem Hotel näher Richtung Musiker schiebe – Graham selbst hängt sich den Dudelsack gerade an einem Gurt um die Schultern. Unfassbar – ich fühle mich auf einmal, als wäre ich in Schottland gelandet!

»Cape Breton ist die einzige Region Nordamerikas, wo die gälischen Traditionen aus der alten Heimat noch so intensiv gelebt werden«, sagt eine Stimme neben mir, und ich sehe verdutzt Rae an, die plötzlich an meiner Seite steht. Diese Frau scheint tatsächlich Gedanken lesen zu können! Andererseits ist mir die Fassungslosigkeit vermutlich deutlich ins Gesicht geschrieben. »In dieser Gegend gibt es die meisten Geigenspieler pro Einwohner von ganz Kanada. Wusstest du das?«

Freundlich sieht sie mich aus ihren bernsteinfarbenen Augen an. Nein, das wusste ich natürlich nicht. Aber ich frage mich, was diese Frau noch über mich weiß, von dem ich nicht einmal etwas ahne.

Und dann greift ausgerechnet Duncan tatsächlich nach einer der Geigen. Ungläubig beobachte ich, wie der Eisblock sie fast zögerlich in den Händen hält und von allen Seiten begutachtet, bevor er sie vorsichtig unter sein Kinn klemmt und den Geigenbogen langsam darüber gleiten lässt. Sein Blick wandert durch den Raum, trifft meinen und hält ihn fest – allerdings nur so lange, bis Aidan neben seinen Bruder tritt und etwas zu ihm sagt. Duncan lacht auf und erwidert etwas, was Aidan ebenfalls zum Lachen bringt. Die beiden so harmonisch nebeneinander zu erleben, macht mich merkwürdig glücklich. Aidan hält plötzlich eine akustische Gitarre in der Hand – stimmt, das Instrument hing vorhin noch an einer der Blockhauswände, neben dem Kamin! Aber für wen ist die zweite Geige? Da schiebt sich Skye, die sich offenbar ein Glas Wasser geholt hat, an mir vorbei und raunt mir im Vorbeigehen zu: »Na, bereit für ein paar Jigs und Reels?«

»Für was?«, hake ich verdutzt nach, doch da ist sie schon bei ihren Brüdern und ihrem Vater und klemmt sich die zweite Geige zwischen Kinn und Schulter – ganz so, als würde sie nie etwas anderes machen.

Und sobald Skye den Bogen über die Saiten gleiten lässt, wird mir klar, dass sie anscheinend wirklich selten etwas anderes macht – zumindest dann, wenn sie nicht im Krankenhaus ist. Mir steht vor Staunen förmlich der Mund offen, als Skye und Aidan nach einer kurzen Absprache und raschem Blättern in einem abgegriffen wirkenden Notenheft beginnen, ein schnelles Lied zu spielen. Aidans Hände gleiten über die Gitarre, während Skye den Bogen ihrer Geige mit einer unfassbaren Leichtigkeit bewegt. Genau wie die Musik, die ich hin und wieder in der Lobby gehört habe, klingt auch dieses Stück so sehr nach schottischer Volksmusik, dass ich fast glaube, gleich Männer in Kilts hereinkommen zu sehen – erst recht, als Graham und sein Dudelsack einstimmen. Durchdringend und doch melodisch und mit einer ergreifenden Melancholie erfüllen die charakteristischen Klänge der alten Heimat, wie Rae es genannt hat,

rutscht es mir heraus, bevor ich atemlos Wasser in großen Zügen trinke, doch Heather scheint das nicht weiter zu wundern.

»Tja, ich vermute mal, dass er wohl selten eine Geige in der Hand hatte, solange er nicht hier auf Cape Breton war. Aber hier, hier gehört das Geige spielen zu unserer Kultur. Duncan konnte fiedeln, bevor er lesen konnte. Und Skye auch. Nur Aidan wollte partout Gitarre lernen.« Sie lacht und betrachtet ihre Kinder liebevoll, bevor sie schon wieder nach meiner Hand greift und mich zum nächsten schnellen Tanz aufs Parkett zieht.

Wir tanzen, bis ich glaube, nie wieder einen Schritt gehen zu können. Doch da um mich herum niemand schlappmacht, nicht einmal die zwei alten Herren von der Bank vor dem Inselladen oder das ältere Ehepaar aus der Lodge, kann auch ich mir diese Blöße nicht geben. Einige Male habe ich Blickkontakt mit Duncan – anfangs scheint er noch fast verlegen zu sein, so, als sei es ihm peinlich, dass ich ihn so erlebe. Dabei war er noch nie so sexy wie jetzt, in diesem durchschwitzten Hemd, mit dem wilden Haar und dem Strahlen auf dem Gesicht, während sein Geigenbogen ein Eigenleben führt und seine Füße den schnellen Rhythmus auf den Holzboden stampfen. Doch als wir uns im Laufe des Abends wieder und wieder ansehen, wirkt er immer gelöster, lächelt mir breit zu. Meine Bluse klebt inzwischen auch schon schweißnass an mir – Veilchenblau war wirklich die falsche Farbe, aber wer konnte denn mit so einer wilden Party rechnen? –, und gefühlt die Hälfte meiner Strähnen hat sich aus den geflochtenen Zöpfen gelöst. Aber mir ist das völlig egal, während ich mit dieser wunderbaren Gruppe Menschen in diesem Blockhaus auf einer windumtosten Insel im Atlantik tanze, wie ich in meinem ganzen Leben noch nicht getanzt habe. Ich kann mich nicht daran erinnern, jemals so eine fantastische Geburtstagsparty gehabt zu haben!

55

Graham ringt hörbar nach Atem, als er spät an diesem Abend an eines der Mikrofone tritt und sich räuspert. Gespannt sehen alle zu Duncans Dad hinüber. Sein Gesicht ist ziemlich rot und glänzt vor Schweiß, aber seine Stimme vibriert vor Energie – und wohl auch ein wenig von dem Glas Whiskey, das er in den kurzen Pausen der Band Schlückchen für Schlückchen getrunken hat, wie ich beobachtet habe.

»Heute Abend feiern wir meine liebe Schwiegertochter Catherine«, beginnt er, und ich muss ein Stöhnen unterdrücken. Verdammt, ich wäre so gern einfach Greta!

»Wo steckt sie denn? Ach, da bist du ja.« Er hat mich in der Menge entdeckt und lächelt mich schief an. Ich lächele zurück, während mir Hitze ins Gesicht steigt, weil jetzt alle Augen im Raum auf mich gerichtet sind. Besonders Duncans Blick spüre ich ganz genau, während sein Dad weiterspricht: »Ich möchte diese Gelegenheit nutzen, um mich zu bedanken. Danke, Catherine, dass du Duncan begleitet hast, bei dieser Reise, die ihm sicher nicht leichtgefallen ist, nach all diesen Jahren.« Er schaut flüchtig seinen Sohn an, der mit überrascht geweiteten Augen neben ihm steht, seine Geige fest umklammert. Graham nickt ihm leicht zu, bevor er wieder mich ansieht und mit fester Stimme fortfährt: »Danke, dass du mit ihm hier auf Whale Island bist. Danke, dass wir dich kennenlernen durften. Ich glaube, ich spreche im Namen von allen Camerons, dass nicht nur unser verrückter Hund völlig vernarrt in dich ist.«

Mir wird noch heißer, mein Gesicht steht jetzt in Flammen, als um mich herum Klatschen ertönt und Johnnie Walker, als habe er Grahams Worte genau verstanden, einmal laut bellt, was alle zum Lachen bringt. Doch Graham ist noch nicht fertig. Jetzt sieht er wieder seinen ältesten Sohn an, der ihn wie vom Donner gerührt anstarrt. Es ist offensichtlich, dass auch Duncan nicht mit einer Ansprache seines Vaters gerechnet hat. Ausgerechnet vom wortkargen Graham!

»Duncan, dass du mit Catherine ein neues Glück gefunden hast, das macht deine Mutter und mich wahnsinnig froh. Man sieht euch beiden an, wie viel ihr füreinander empfindet, und, glaub mir, mein Sohn, das ist alles, was am Ende des Tages zählt.«

Er schaut flüchtig in die Menge, wo Heather steht und sich vor Rührung Tränen von den Wangen tupft, während ich versuche, gleichmäßig zu atmen. Ich kann nicht in Duncans Richtung sehen, starre nur stumm seinen Vater an, der nun zu seinem Ältesten sagt: »Dass du zurückgekommen bist, Duncan, das hat ein klaffendes Loch in unserem Herzen geschlossen. Und dass wir dann noch deine zauberhafte Frau kennenlernen durften, das … das war das Sahnehäubchen, sozusagen. Catherine …« Sein Blick sucht wieder mich, und ich bemühe mich sehr um ein tapferes Lächeln. »Wenn du morgens die Treppe hinabkommst, dann geht in der *Cameron Lodge* die Sonne auf. Es ist so schön, eine weitere Tochter dazu bekommen zu haben.«

Er greift nach seinem fast leeren Whiskey-Glas und ruft: »Auf meine bezaubernde Schwiegertochter!«

»Auf Catherine!«, kommt es von allen Seiten zurück, und ich grinse verlegen und nicke in die Runde. Dabei würde ich gern heulen. Oder weglaufen.

»Vielen Dank«, sage ich tapfer und hebe mein Wasserglas in Grahams Richtung. Der hat jetzt Platz gemacht am Mikrofon, dafür steht dort nun Skye. Eine böse Vorahnung beschleicht mich.

»Und jetzt wollen wir deinen Mann nicht länger von dir fernhalten, meine liebe Schwägerin«, sagt sie und lächelt mich breit an, sodass mein Herz zu rasen beginnt. Oh Skye, was auch immer du vorhast – bitte nicht! Doch sie sieht ungerührt ihren Bruder an, der ihren Blick fragend erwidert. »Ich singe ein Lied für euch, und du darfst endlich mit deiner Frau tanzen.«

Duncan starrt seine Schwester zwei Sekunden lang an. Doch da um uns herum schon alle zu jubeln und klatschen beginnen, bleibt ihm gar nichts anderes übrig, als sein Instrument zur Seite zu legen und langsam auf mich zuzukommen. Mein Herz beginnt zu rasen, und ich wische verstohlen meine vom Tanzen schweißnassen Handflächen an meiner Jeans ab.

»Sing etwas Langsames, Skye!«, ruft jemand vergnügt – war das Jenny? Ich kann es nicht sagen, denn Duncan ist vor mir angekommen und sieht mich ernst an. Das Grau seiner Augen begrüßt mich wie zwei alte Bekannte, und ich könnte darin versinken.

»Gut gespielt«, wispere ich und befeuchte nervös meine Lippen, als er dicht vor mir stehen bleibt.

»Gut getanzt«, murmelt er und greift nach meinen Händen. Einen Augenblick bin ich starr vor Schreck, doch dann merke ich, dass sich unsere Finger wie von selbst miteinander verwoben haben, als täten sie das jeden Tag. Sein Blick hält immer noch meinen fest, und ich kann nirgendwo anders hinsehen als in diese Augen.

Erst als ein paar engelsgleiche Töne durch das Blockhaus schweben, schaue ich überrascht an Duncan vorbei, in die Richtung der Musiker. Skye hat zu singen begonnen, und, mein Gott, sie kann singen! Ihre Stimme ist klar und hell, aber dennoch so kräftig, dass sie eigentlich gar kein Mikrofon bräuchte, um diesen Raum auszufüllen. Ich war so an die schottische Volksmusik der letzten Stunden gewöhnt, dass ich ein paar Sekunden überlege, bis ich begreife, was genau sie singt: Eine langsame, melancholische, unfassbar schöne Version von *Can't help falling in love with you*. Elvis Presley wäre begeistert, wenn er das hören könnte. Sie schafft es sogar, dem Ganzen eine gälische Note einzuhauchen, als sie die bekannten Strophen singt.

Aidan hat sich neben seine Schwester gestellt und begleitet sie auf der Gitarre. Die Musik der beiden überwältigt mich dermaßen, dass ich erst gar nicht richtig merke, dass wir bereits tanzen. Duncan hat eine Hand auf meinen unteren Rücken gelegt und mich näher an sich herangezogen, während seine andere Hand noch meine Finger umfasst hält. Ganz langsam bewegt er sich vorwärts und nimmt mich mit, als wäre es das Selbstverständlichste der Welt.

»Tut mir leid, dass ich so verschwitzt bin«, murmelt er an meinem Ohr, und als sein warmer Atem meinen Hals streift, kann ich ein leichtes Erschaudern nicht unterdrücken.

»Macht mir nichts«, flüstere ich und muss mich sehr zusammenreißen, um mein Gesicht nicht seitlich gegen seinen Hals zu pressen. Er riecht so gut, nicht nach Schweiß, sondern nach Duncan.

»Ich bin auch verschwitzt.«

»Macht mir auch nichts.« Seine Hand fährt leicht meinen Rücken hinauf, und dieses Gefühl seiner warmen Finger auf dem dünnen Stoff meiner Bluse lässt mich meine Lippen zusammenpressen, um nicht aus Versehen aufzustöhnen.

»Skye … hat eine fantastische Stimme«, stoße ich atemlos hervor.

»Ja. Die hat sie. Wie ein Engel.« Der Bruderstolz ist nicht zu überhören, und ich sehe ihn an und muss lächeln.

Doch schon im nächsten Moment wird mein Lächeln ausradiert, und von Duncans Bruderstolz kann nicht länger die Rede sein – denn Skye hat die letzten Worte des Liedes gesungen und grinst Duncan und mich nun herausfordernd über ihr Mikro hinweg an.

»Und jetzt fehlt nur noch ein Kuss für das Geburtstagskind, Bruderherz!«

Ich merke, dass Duncans Hand auf meinem Rücken erstarrt, bevor er sie rasch fortzieht. Er weicht meinem Blick aus, als er laut seufzt und erwidert: »Skye, du bist kindisch!«

»Und du bist verklemmt!«, kommt Skyes neckende Antwort per Mikrofon, was Aidan neben ihr laut zum Lachen bringt.

»Das war aber nicht immer so«, bemerkt er süffisant. Ein Johlen aus der Menschenmenge ist die Antwort. Erst jetzt wird mir deutlich bewusst, dass die anderen Gäste einen Halbkreis um uns herum gebildet haben – standen sie schon genauso, während wir getanzt haben? Ich kann es nicht sagen, so sehr war ich anscheinend in unseren Tanz versunken. In Duncans Gegenwart, die die Gegenwart aller anderen unwichtig gemacht hat.

Doch jetzt bemerke ich die anderen sehr wohl, denn auch Heather ruft nun übermütig (und nach ein paar Gläsern Sekt zu viel klingend): »Nun komm schon, mein Lieber, du wirst doch deine eigene Frau an ihrem Geburtstag küssen können!«

Mein Herz schlägt mir bis zum Hals, als mein Blick von Heather über die anderen Gesichter huscht, und dabei flüchtig an Rae hängen bleibt, die mich wissend anlächelt.

»Kuss, Kuss, Kuss!«, ruft jetzt jemand ins Mikrofon, und ich erkenne, dass das Aidan ist, der mir verschmitzt zuzwinkert. Die anderen Gäste stimmen mit ein und klatschen dazu.

Das ist doch lächerlich! Wenn wir wirklich verheiratet wären, wäre es doch eine Nichtigkeit, sich zu küssen! Das Problem ist nur, dass wir nicht verheiratet sind.

Ich sehe Duncan an, der meinen Blick erwidert. Sturmgrau sehen seine Augen mich an, und darin erkenne ich deutlich Reue und die Bitte um Verzeihung, weil er mich in so eine absurde Situation gebracht hat. Aber ich … ich sehe keinen Ausweg. Wenn wir uns nicht bis auf die Knochen blamieren wollen, müssen wir da durch. Sonst erfahren ausgerechnet an meinem Geburtstag alle, wer ich wirklich bin.

Außerdem: Verdammt, ich will unbedingt von diesem Mann geküsst werden!

Duncan scheint das stumme Einverständnis in meinem Blick richtig zu interpretieren, denn er kommt noch näher auf mich zu und legt erneut seine Hand auf meinen Rücken, zieht mich enger an sich, sodass wirklich nichts mehr zwischen uns passt. Nicht einmal ein Zweifel. Während er keine Sekunde aufhört, mich anzusehen, wispert er mir heiser zu: »Es tut mir leid.«

Verwirrt will ich etwas erwidern. Will ihm sagen, dass ihm nichts leidtun muss. Aber das kann ich nicht mehr, denn Duncan beugt sich vor und küsst mich entschlossen auf den Mund.

Es hätte ja gereicht, wenn sich unsere Lippen flüchtig berührt hätten. Das »Kuss, Kuss, Kuss!«, das immer noch vergnügt um uns herum gejohlt wird, wäre dann bestimmt verstummt, und alle wären zufrieden gewesen. Ja, ein kurzer, knapper Kuss, wie man ihn nach fast zehn Jahren Ehe vor Publikum austauschen würde.

Doch in dem Moment, als sich unsere Lippen berühren, schießt mir ein Schauer durch meinen gesamten Körper, bis in meine Zehenspitzen. Und ich bin ziemlich sicher, dass es

Duncan genauso geht. Nur so kann ich es mir erklären, dass wir uns nicht nur flüchtig einen verschämten Kuss auf die Lippen hauchen, sondern dass sich Duncans Hand noch stärker gegen meinen Rücken presst, mich noch näher an sich zieht, was ich gar nicht für möglich gehalten hätte. Dass sich unsere Lippen langsam gegeneinander bewegen, als würden auch sie jetzt tanzen. Dass sich unsere Zungen flüchtig streifen. Dass mein Herz sicherlich gleich meinen Brustkorb sprengen wird.

Als wir uns schließlich voneinander lösen und uns atemlos ansehen, herrscht um uns herum geradezu verzückte Stille. Dann bricht Jubel los – und Skye ruft in ihr Mikro: »Na, DAS war ja mal ein filmreifer Kuss!«

Duncans Blick ist leicht glasig, während er mich noch ein paar Herzschläge lang anstarrt, als könne er nicht so recht glauben, was gerade geschehen ist – genauso wenig wie ich selbst. Aufgewühlt schaut er mich an, bis ihm jemand auf den Rücken haut und irgendetwas zu ihm sagt, was ihn wegsehen und betont fröhlich auflachen lässt. Da drehe auch ich mich von ihm fort, fahre mir verwirrt über die Lippen, glaube ihn noch zu spüren und zu schmecken.

Niemals hätte ich erwartet, so heftig zu reagieren. Niemals!

Mein Blick begegnet Skyes. Sie steht immer noch am Mikro und lässt mich nicht aus den Augen. Als wir uns ansehen, scheint sie stumm um Entschuldigung zu bitten. Ist mir mein aufgewühlter Zustand so deutlich anzusehen? Ich nicke ihr mit einem gezwungenen Lächeln zu, bevor ich mich hastig dem Buffet zuwende. Jetzt brauche ich wirklich ein Glas Sekt.

Noch während ich das perlende Getränk an meine Lippen setze, merke ich, dass Duncan mich quer durch den Raum beobachtet. Dass er durch die Menge aus Gästen wieder zu mir kommen möchte, aber in dem Moment hakt sich Graham bei ihm unter und zieht ihn erneut Richtung Instrumente. Und ehe ich mein Glas auch nur halb leer trinken konnte, tanze ich schon wieder, als wäre nichts geschehen, und Duncan spielt wieder die Fidel, als hätte unser Kuss nicht alles verändert. Als wäre die Welt immer noch so, wie sie vor wenigen Minuten war. Dabei ist sie das ganz und gar nicht.

Ich tanze noch eine Weile mit, damit es nicht zu sehr auffällt, wie sehr mein inneres Gleichgewicht ins Wanken gekommen ist. Dann jedoch, als Graham mal wieder den Dudelsack gegen das Akkordeon tauscht und eine beschwipste Heather fröhlich nach einem der Mikrofone greift, um im Duett mit Skye »Islands in the Stream« zu singen, ergreife ich diskret die Flucht.

56

Allerdings kann meine Flucht doch nicht so diskret gewesen sein, denn ich komme nicht weit. Ich habe fast das Ende des von zahlreichen dicken Kerzen in Sturmlaternen erleuchteten Waldwegs erreicht und passiere das vorderste der verlassenen Cottages, als ich seine Stimme höre.

»Greta. Warte.«

Zögernd bleibe ich neben der letzten Kiefer stehen, sehe auf die Wiese, die sich von hier aus bis zur *Cameron Lodge* erstreckt. Zu meiner Rechten liegt der Atlantik im Schein des Halbmondes, der von einem wolkenlosen Nachthimmel zwischen Millionen von Sternen auf mich herabsieht. Meine Fingerspitzen berühren die raue Rinde der Kiefer in meinem Rücken, als könne mir das Halt geben.

Jetzt hat auch er diese letzte Kiefer erreicht. Er bleibt dicht vor mir stehen, mustert mich ein wenig atemlos. Im kühlen Licht des Mondes wirken seine Augen dunkler als sonst.

»Ich … ich weiß nicht, was da eben passiert ist …« Duncan sieht mich aufgewühlt an, fährt sich mit einer Hand unruhig durch sein ohnehin schon völlig zerzaustes Haar.

»Du hast mich geküsst«, sage ich mit belegter Stimme. »Weil

Skye dich dazu aufgefordert hat und … und weil du unsere Lügengeschichte nicht auffliegen lassen wolltest.«

»Ja.« Duncan starrt mich an, und sein Blick flackert flüchtig zu meinen Lippen. »Aber nicht nur deswegen.«

Ich hole tief Luft, halte den Atem dann kurz an, bevor ich ihn entweichen lasse und vorsichtig nachhake: »Nein?«

»Nein.« Duncan schüttelt mit Nachdruck den Kopf.

»Sondern?«

Er erwidert meinen Blick ein paar Herzschläge lang stumm, bevor er mit rauer Stimme sagt: »Ich wollte dich schon die ganze Zeit küssen. Seit wir auf dieser verrückten Insel angekommen sind, die mal wieder alles irgendwie durcheinandergebracht hat.«

Trotz des Gefühlssturms, der in mir tobt, muss ich lachen. »Whale Island ist schuld daran, dass du mich küssen wolltest?«

Auch Duncan schmunzelt leicht, wird aber schneller wieder ernst als ich. Doch auch mir vergeht das Lachen, als er seine Hand ausstreckt und nach einem meiner halb aufgelösten Zöpfe greift. »Nein. Es ist nicht fair, der Insel die Schuld zu geben. Die hier sind schuld.« Er zupft sacht an meinen Haarspitzen, lässt sie dann fallen und streicht mit seinem Zeigefinger so leicht über meine Lippen, dass ich erschaudere. »Und die.« Seine Hand gleitet tiefer und streicht seitlich an meinem Bein hinab. »Und die.«

»Was haben meine Beine denn gemacht?«, hake ich heiser nach.

»Getanzt.« Ernst erwidert er meinen Blick. »Und es gibt da noch reichlich andere Beteiligte, die alle zu dir gehören, und die alle eine Mitschuld tragen. Also kann ich es wohl nicht nur auf Whale Island schieben. Oder auf meine verrückte Schwester.«

»Es … war ein … fantastischer Kuss«, wispere ich und füge

mit einem schiefen Lächeln hinzu: »Ein weltverändernder Kuss. Ein unglaublich schönes Geburtstagsgeschenk.«

Duncan mustert mich zwei Sekunden lang schweigend. Dann sagt er entschlossen: »Ich finde, du solltest mehr zum Geburtstag bekommen als nur einen einzigen Kuss.« Bevor ich richtig begreife, was er da sagt, steht er mit einem Mal dicht vor mir und stützt seine Hände zu beiden Seiten meines Kopfes am Stamm der Kiefer ab. Er hält inne, sein Gesicht dicht vor meinem, und murmelt: »Vor allem hast du einen Kuss ohne Publikum verdient.«

Und noch ehe ich weiß, wie mir geschieht, küsst er mich wieder. Ich spüre die Rinde der Kiefer in meinem Rücken, weiß genau, dass sich gerade Harz in meine Haare verirrt, aber wen interessiert das, wenn man so geküsst wird? Mit einem Hunger, der mir Angst macht, schlinge ich meine Arme um Duncans Hals und küsse ihn, wie ich noch niemanden geküsst habe. Erst als wir Stimmen hören, die sich über den Weg durch den Wald nähern, fahren wir auseinander und sehen uns schwer atmend an. Duncan greift nach meiner Hand und zieht mich so um den dicken Baumstamm herum, dass wir vor den Blicken der Gäste, die anscheinend die Party verlassen, verborgen sind. Er steht jetzt hinter mir, hat einen Arm um meine Taille geschlungen, und ich spüre seinen warmen Atem in meinem Nacken, während wir gemeinsam das Grüppchen aus Leuten beobachten, die sich nun ausgelassen der *Cameron Lodge* nähern. Das ältere Ehepaar aus dem Hotel ist dabei, außerdem Eileen und Martha, die ihre Autos bestimmt auf dem Angestelltenparkplatz gelassen haben – und Dottie, denn sie muss die Fähre ja fahren, um die beiden Frauen ans Festland zu bringen, fällt mir ein. Und Rae und ihr gelber Schulbus müssen ebenfalls auf die Fähre, wird mir klar, als ich in diesem Moment auch die Bibliothekarin aus dem Wald auftauchen sehe. Obwohl sie nicht in unsere Richtung sieht, könnte ich schwören, dass sie genau weiß, dass Duncan und ich hinter diesem Baum stehen. Eine Gänsehaut überzieht meine Arme, während Rae mit einem zufriedenen Lächeln auf die Lodge zugeht.

Sobald wir wieder allein sind, drehe ich mich zu Duncan um und sehe ihn geradezu verzweifelt an. Diese kurze Unterbrechung hat geholfen, um mich wieder einigermaßen klar denken zu lassen.

»Du bist verheiratet!«, erinnere ich ihn heiser, als wüsste er das nicht selbst. Ein Schatten legt sich über sein Gesicht, während seine Hände sacht an meinen Armen hinauf- und hinabgleiten und mich schon wieder Richtung Wahnsinn treiben.

»Auf dem Papier, ja. Du übrigens auch.«

Vehement schüttele ich den Kopf. »Das ist etwas ganz anderes. Bei mir läuft die Scheidung schon.«

»Bei mir hoffentlich auch bald«, murmelt Duncan, doch ich merke, dass er genau weiß, dass ich recht habe. Mit einem schweren Seufzer löst er sich von mir und reibt sich mit beiden Händen über das Gesicht, als könne er so leichter einen klaren Gedanken fassen. Ich würde mich am liebsten ohrfeigen für meine ewigen Bedenken.

Aber es ist ja so. Er ist verheiratet. Und mein Chef.

Und so verdammt sexy, wie er im Mondlicht vor mir steht und mich aufgewühlt anstarrt, dass ich doch schon wieder einen Schritt auf ihn zumache. Ich kann nicht anders. Es ist, als würde ich förmlich von ihm angezogen. Wie von einem Magneten. Da bröckelt auch seine Entschlossenheit sehr schnell dahin, und er zieht mich einmal mehr an sich, drückt mich erneut gegen den Stamm der Kiefer und küsst mich so leidenschaftlich, dass es mir fast den Boden unter den Füßen wegreißt. Duncans Hände schieben sich unter meine Bluse, fahren meinen nackten Rücken hinauf, und ich stöhne in seinen geöffneten Mund hinein, während ich mich in seinem Hemd festkralle und versuche, nicht wahnsinnig zu werden vor lauter Verlangen nach diesem Mann.

Leichter gesagt als getan. Vor allem, als Duncan sich schwer atmend von mir löst und leise murmelt: »Ach, verdammt. Es geht sowieso nicht.«

Fragend sehe ich ihn an, nach Luft ringend, meine Hände immer noch in den Stoff seines Hemdes gekrallt.

»Ich habe kein Kondom dabei.« Er fährt sich mit einer Hand durch sein zerwühltes Haar und fügt dann schnell hinzu: »Also … ich meine nicht hier und jetzt, aber … auch nicht im Hotelzimmer.«

Natürlich hat er das nicht. Immerhin ist er verheiratet. Und ich habe ebenfalls keines dabei, denn ich bin doch auf Geschäftsreise. Wozu hätte ich eines mitnehmen sollen?

Warum ich dann allerdings die schwarze Unterwäsche eingepackt habe, kann ich nicht logisch erklären.

»Ach so. Ja.« Ich räuspere mich und versuche, einen klaren Gedanken zu fassen. Vergeblich. Rede ich gerade wirklich mit dem Eisblock über Kondome? »Und ich schätze mal, die bekommt man nachts auf Whale Island auch nicht unbedingt.«

Duncan sieht mich mit hochgezogenen Augenbrauen kopfschüttelnd an und lacht heiser auf, was mich erneut Richtung Wahnsinn treibt. Verdammt, dieser Mann macht mich fertig! »Nein. Und tagsüber auch nicht – es sei denn, das Sortiment des Inselladens hat sich erweitert, seit ich weggegangen bin. Was ich stark bezweifele. Birdie war da schon immer ziemlich konservativ.«

»Mhm, das sieht man auch an den Unterhosen-Modellen, die man im Inselladen kaufen kann. ›Birdie's Secret‹.«

Duncan grinst mich amüsiert an. »Ich wusste nicht, dass du dir die Unterwäsche im Inselladen näher angesehen hast.«

»Nicht näher, nein. Ich trage Victoria's Secret.«

Schlagartig wird er wieder ernst und starrt mich geradezu finster an. »Du machst es gerade nicht leichter, das ist dir klar, oder?«

»Absolut«, flüstere ich, obwohl mir eher nach Schreien zumute ist, vor lauter Verzweiflung. Wann habe ich jemals einen Mann so sehr gewollt? Ich kann mich nicht daran erinnern. Zwar kann ich mich gerade überhaupt an sehr wenig erinnern, weil mein Gehirn schon wieder vor lauter Lust lahmgelegt wird, aber das, das wüsste ich sicher noch.

»Da kommen noch mehr Leute«, murmelt Duncan und sieht verstohlen um den Stamm der Kiefer herum. »Lass uns von hier verschwinden.«

Und er greift nach meiner Hand und zieht mich mit sich. Im Laufschritt überqueren wir die mondbeschienene Wiese, erreichen atemlos und leise kichernd wie zwei Teenager den Haupteingang des Hotels. Ich will die Stufen hinaufgehen, aber Duncan bleibt stehen, löst seine Hand von meiner. Fragend sehe ich ihn an.

»Geh du vor.« Er räuspert sich und starrt auf seine Schuhe hinab. »Ich … werde ein wenig spazieren gehen.« Als ich nichts sage, sieht er mich wieder an, ernst und dennoch sanft, und fügt leise hinzu: »Es ist besser so.«

»Ja, natürlich«, sage ich automatisch, während ich innerlich vor Enttäuschung und Sehnsucht zerbröckele. Mit jeder Faser meines Herzens wünsche ich mir, dass er es sich anders überlegt. Dass er mich erneut an sich reißt, mich um den Verstand küsst, mit mir nach oben in unsere Honeymoon Suite geht.

Dass wir endlich das machen, was man in einer Honeymoon Suite machen sollte.

Aber Duncan nickt mir nur mit einem leichten Lächeln zu, wispert »Happy Birthday, Greta«, und dann dreht er sich um und verschwindet um die Hausecke.

57

Duncan

Verdammt! Mit einem Stöhnen lehne ich mich an die Hauswand, die zum offenen Meer hinauszeigt, und starre einige Minuten lang einfach nur auf den mondbeschienenen Atlantik. Mein Gott, diese Frau macht mich fertig. Das darf doch alles nicht wahr sein! Als ich sie heute Abend in der schwach beleuchteten Lobby gesehen habe, mit ihren zwei geflochtenen Gretel-Zöpfen und dem Ausschnitt ihrer Bluse, der ganz eindeutig einen Knopf weiter geöffnet war als sonst, da hätte ich Skyes Idee von dieser Überraschungsparty am liebsten in den Wind geschossen. Sobald ich ihr das Tuch umgebunden hatte, wie meine bekloppte Schwester mir aufgetragen hatte, war ich ganz kurz davor, sie nicht zu Aidans Haus zu führen, sondern geradewegs zurück in die Honeymoon Suite. Ich hätte so gern die Tür von innen verriegelt, und meine Familie und alle Gäste hätten Sturm klopfen können. Das hätte uns mit Sicherheit nicht gestört.

Aber natürlich habe ich das nicht getan. So sehr ich mir in dem Moment, als sie mit verbundenen Augen in der Lobby vor mir stand, auch gewünscht habe, sie küssen zu dürfen, anstatt sie zu ihrer Party zu bringen – schon da hat mir die Stimme der Vernunft eindringlich zugeflüstert, dass ich verheiratet bin. Nur leider mit der echten Catherine.

Die Stimme der Vernunft war immer noch da, allerdings hätte ich sie fast ignoriert, als Greta im Wald gestolpert ist und ich sie aufgefangen habe. Um ein Haar hätte ich es da doch getan. Fast hätte ich sie geküsst – wenn nicht Skye die Tür des Blockhauses geöffnet und uns aufgeregt entgegengesehen hätte.

Und dann war es ausgerechnet meine Schwester, die uns später an diesem verrückten Abend quasi dazu genötigt hat, uns vor allen Gästen zu küssen. Ich hätte sie umbringen können. Bis ich Greta geküsst habe. Danach war alles anders. Alles hat sich seitdem verschoben. Ich weiß überhaupt nicht mehr, was ich denken soll. Was ich tun soll.

Oder … doch. Eigentlich weiß ich das sogar sehr genau. Schon seit Langem. Es wird höchste Zeit, nicht mehr feige zu sein! Entschlossen ziehe ich mein Telefon aus der Gesäßtasche meiner Jeans. Ich höre, wie sich Schritte über den Vorplatz der Lodge nähern, wie meine Eltern sich fröhlich unterhalten, Mom eindeutig beschwipst, Dad heiser vom vielen Singen und Lachen. Gerührt lächele ich. Es ist schön, meine Eltern so erleben zu dürfen.

Leise verschwinde ich, halte mich im Schatten der Hauswand, laufe dann über die Wiese, bis ich den Pavillon erreiche. Ja, das ist gut. Es wird höchste Zeit, dass ich das mache. Und ein guter Nebeneffekt: Bis ich hier fertig bin, wird Greta schlafen. Dann kann ich in Ruhe kalt duschen und mich aufs Sofa verkrümeln. Vielleicht noch die Online-Ausgabe des Wallstreet Journal lesen. Die ist nicht besonders anregend. Hauptsache, auf andere Gedanken kommen. Denn ich habe genau gesehen, dass Greta vorhin Sekt getrunken hat, was sie ja sonst nie macht. Sie ist also nicht nüchtern, und wir haben nichts zum Verhüten. Auf gar keinen Fall werde ich Greta heute Nacht noch einmal anfassen, schwöre ich mir, während ich das E-Mail-Programm öffne.

58

Greta

Ich stehe sehr lange unter der heißen Dusche, versuche, das Harz aus meinen Haaren zu bekommen und nicht an Duncan zu denken. Beides vergeblich. Als ich mich abgetrocknet habe, überlege ich ernsthaft, doch wieder die schwarze Spitzenunterwäsche anzuziehen. Aber erstens ist die völlig verschwitzt, und zweitens hat er ja sehr deutlich gemacht, dass heute nichts mehr zwischen uns laufen wird. Zu Recht. Ich sollte wirklich selbst so vernünftig sein! Aber, wenn ich ehrlich bin, weiß ich ganz genau, dass ich nicht Nein sagen würde, wenn er jetzt hereinkäme und seine Meinung geändert hätte.

Doch das tut er nicht. Ich sitze in meinem Nachthemd auf dem Bett und warte. Schlafen geht ohnehin nicht. Unruhig greife ich immer wieder nach meinem Telefon. Es ist kurz vor Mitternacht. Mein Geburtstag ist fast vorbei. Da fällt mir auf, dass meine Eltern ihn schon wieder vergessen haben. Tränen füllen meine Augen. Verdammt, ich werde jetzt nicht weinen! Reichlich andere Leute haben mir gratuliert. Fast trotzig scrolle ich durch einige Facebook-Nachrichten. Frühere Mitschülerinnen aus der ganzen Welt. Ehemalige Arbeitskollegen. Natürlich Stella, die treue Seele. Sie schreibt, dass sie recht kurzfristig eine neue Stelle in einem Hotel in Bangkok angenommen hat, und fragt, wann wir mal wieder skypen können. Ich würde Stella wirklich gern bald mal wieder sprechen, überlege ich, bevor ich merke, dass sogar Olivier eine kurze Message geschickt hat: »Bon anniversaire, Greta.«

Jetzt lege ich mich doch hin, klicke mich weiter durch Glückwünsche. Lese ein paar E-Mails.

Ein Geräusch lässt mich hochfahren. Oh! Ich muss tatsächlich eingenickt sein. Verwirrt blinzele ich. Die Uhr zeigt mir, dass ich zwanzig Minuten geschlafen habe. Und jetzt begreife ich, welches Geräusch mich geweckt hat: die Dusche.

Ich setze mich im Bett auf, starre mit wild hämmerndem Herzen auf die geschlossene Badezimmertür. Und dann beschließe ich, dass ich nicht länger immer nur vernünftig sein will. Leise schlüpfe ich aus dem Bett und öffne die Tür. Der Duschvorhang ist nur halb zugezogen, ich sehe die Hälfte von Duncans Körper. Er steht mit dem Rücken zu mir, doch sobald ich die Tür aufschiebe, dreht er sich um, starrt mich ernst an. Ich starre zurück und bemühe mich gar nicht darum, so zu tun, als würde ich nicht richtig hingucken. Immerhin hat er mich heute auch nackt gesehen. Ausgleichende Gerechtigkeit.

Duncan stellt das Wasser ab und schiebt den Vorhang zur Seite.

»Sorry, ich wollte dich nicht wecken.« Seine Stimme klingt rau. »Reichst du mir bitte mal das Duschtuch?«

Wie benommen greife ich nach dem Tuch, mache einen Schritt auf die Dusche zu. Doch als Duncan es mir abnehmen will, halte ich das Frottee genauso fest, wie er es heute – nein, gestern! – bei mir getan hat. In seinen grauen Augen lodert etwas auf.

»Greta«, murmelt er, und es klingt fast warnend.

Meine Hand streift seinen nassen Arm. »Du bist ja ganz kalt«, wispere ich und sehe ihn erstaunt an. Dann wird mir klar, warum er kalt geduscht hat. Mein Blick flackert nach unten, und ich beiße mir mit einem unterdrückten Grinsen auf die Unterlippe.

»Hat nichts gebracht«, bemerke ich unschuldig.

Duncan rollt mit einem Stöhnen die Augen gen Zimmerdecke und sagt fast verzweifelt: »Nein! Hat es nicht! Wie auch, wenn du hier halb nackt hereinspaziert kommst?«

»Ich bin doch gar nicht halbnackt«, erwidere ich. Dann lassen meine Finger das Duschtuch doch los – und beginnen stattdessen, die Knöpfe meines Nachthemds zu öffnen. Duncan beobachtet mich ungläubig. Als der letzte Knopf befreit ist und sich der gestreifte Stoff vorne teilt, sage ich leise: »Jetzt bin ich halbnackt.«

Duncan gibt ein ersticktes Geräusch von sich, das halb nach Lachen, halb nach Stöhnen klingt, und im nächsten Moment lässt er das Duschtuch fallen, zieht mich an sich und küsst mich fast verzweifelt. Stöhnend dränge ich mich gegen ihn, lasse meine Hände über seinen nackten Körper wandern, der sich jetzt gar nicht mehr kalt anfühlt. Nur ganz kurz löse ich mich von ihm, um meine Brille abzunehmen, die beim Küssen stört. Duncan nutzt die Gelegenheit, um mir den Stoff entschlossen über meine Schultern nach unten zu schieben, sodass mein Nachthemd sich zum Duschtuch auf dem Badezimmerboden gesellt. Zwischen mehreren Küssen stößt er schwer atmend hervor: »Wir haben immer noch dasselbe Problem, Greta.«

»Ich weiß«, keuche ich. »Du bist verheiratet. Und mein Chef.«

Er löst sich von mir und sieht mich ernst an, während sich sein Brustkorb hebt und senkt, als würde er gerade einen Marathon rennen. »Das auch. Wobei – ich habe zumindest einen ersten Schritt in die richtige Richtung gemacht.«

»Hast du dich entschieden, mich zu feuern? Damit du nicht länger mein Chef bist?«, frage ich mit einem schiefen Lächeln, während meine Finger lustvoll über seine nackte Brust fahren und ich versucht bin, ihn zu bitten, später weiterzureden. Aber Duncan schüttelt mit einem heiseren Lachen den Kopf und murmelt: »Nein, absolut nicht.« Dann greift er entschlossen nach meiner Hand, küsst flüchtig meine Fingerspitzen und fügt hinzu: »Ich habe Catherine eben eine E-Mail geschrieben. Habe ihr mitgeteilt, dass ich die Scheidung jetzt wirklich einreichen werde. Ich weiß, das schreibt man nicht in eine E-Mail – aber ich wollte endlich klare Verhältnisse schaffen. Und es ist ja nicht so, als hätte ich das nicht schon gesagt, bei unserer letzten Paartherapie-Sitzung. Aber dann kam ihr … ihr zweiter Selbstmordversuch, und danach habe ich ihr und ihren Eltern notgedrungen versprochen, es noch einmal zu versuchen.« Er seufzt leise, sieht mich ernst an. »Aber mir ist jetzt endgültig klar geworden, dass ich das nicht mehr kann. Und nicht mehr will. Sie ist momentan noch in der Klinik, das heißt, sie ist nicht allein, nachdem sie meine Mail gelesen hat. Sie kann mit Experten sprechen. Sich helfen lassen.«

»Ihr habt in den letzten Tagen ein paar Mal telefoniert«, bemerke ich zögernd.

Er nickt. »Ja. Erst wollte sie unbedingt, dass ich sie besuchen komme, obwohl sie wusste, dass ich noch in Kanada bin. Dann wollte sie die Therapie vorzeitig beenden, wovon ich ihr dringend abgeraten habe. Tja, ihre Eltern werden sie morgen mit Sicherheit besuchen – ich habe Richard das mit der Scheidung nämlich auch geschrieben.«

Mit einem tiefen Seufzer lässt Duncan seine Stirn gegen meine sinken, sieht mich dann an und meint mit einem winzigen Lächeln im Mundwinkel: »Ich vermute also stark, dass ich es bin, der morgen keinen Job mehr haben wird. Und dass ich deshalb tatsächlich nicht mehr dein Chef sein werde. Was okay ist. Ich finde was anderes.«

Ungläubig habe ich ihm zugehört. Als er dann auch noch seinen Ehering abnimmt und ihn auf den Waschbeckenrand legt, ziehe ich ihn erneut an mich und küsse ihn so stürmisch, dass Duncan sich schließlich leise lachend von mir lösen muss, um noch etwas sagen zu können. Atemlos stößt er hervor: »Aber … das größte Problem ist: Wir haben immer noch keine Kondome.« Er seufzt gequält auf. »Ich hatte echt auf ein Wunder gehofft. Dass ich auf meinem Nachtspaziergang plötzlich an einem Automaten vorbeikomme. Aber natürlich gibt es so etwas nicht auf dieser Insel. Warum auch? Das Durchschnittsalter liegt bei sechzig.« Er grinst mich schief an, wird dann aber schnell ernst, als sein Blick über meine Brüste schweift.

»Verdammt«, murmelt er mit kratziger Stimme und beugt sich zu meinem Hals hinab, küsst sich von dort langsam in Richtung Brustwarzen hinab und treibt mich weiter Richtung Wahnsinn. Als er sich wieder von mir löst, sehen wir einander an, und ich versuche, in meinem von Lust vernebelten Zustand verzweifelt, einen klaren Gedanken zu fassen.

»Ich … von meinem Zyklus her ist es okay«, stoße ich schließlich hervor. Ja. Meine Regel ist in wenigen Tagen fällig. Mein Eisprung muss vor über einer Woche gewesen sein. Seit ich in Hongkong monatelang meine fruchtbaren Tage berechnen musste, kenne ich mich da wirklich aus.

Duncan starrt mich an, schwer atmend, und ich merke, dass er hin- und hergerissen ist, wie ich auch. Zum einen will ich so gern weitermachen, zum anderen ist mir irgendwo da in meinem Kopf, wo noch ein Rest Verstand vorherrscht, klar, dass das ein Risiko ist. Ein großes Risiko. »Und … du könntest aufpassen«, schlage ich zaghaft vor und spüre schon wieder Röte meinen Hals hinaufkriechen.

Duncan zieht seine Augenbrauen leicht in die Höhe und entgegnet heiser: »Das ist keine verlässliche Verhütungsmethode. Und … was ist mit Aids?«

»Ich bin während meiner letzten Schwangerschaft negativ getestet worden«, murmele ich. »Und … seitdem habe ich mit niemandem mehr geschlafen. Nicht einmal mit Olivier.«

Duncan küsst mich auf den Scheitel und sagt leise, gegen meine Kopfhaut: »Ich habe mich erst neulich testen lassen, als ich erfahren habe, dass Catherine mich mit dem Makler betrogen hat. Zum Glück auch negativ.«

Ein paar Herzschläge lang stehen wir stumm voreinander. Dann beginne ich, sacht in Kreisen über seinen Bauch zu streicheln. Duncan stöhnt ergeben auf und drückt mich rücklings gegen die Badezimmerwand, küsst mich hart auf die Lippen. Dann sieht er mich aus glasigen Augen an und stößt hervor: »Sag mir, dass ich aufhören soll, und ich höre sofort auf.«

Mit einem leisen Wimmern schließe ich die Augen, weil seine Hand begonnen hat, sich zur Innenseite meines Oberschenkels zu bewegen. Mein ganzer Körper scheint zu brennen. Ich weiß nicht mehr, wo mir der Kopf steht. Alles, was ich weiß, ist, dass ich mehr will. Dass ich heute nicht vernünftig sein will.

»Bitte hör … nicht auf«, flüstere ich, und die letzten zwei Worte sind kaum über meine Lippen geglitten, als Duncan mich schon hochhebt und aus dem Badezimmer trägt. Er wirft mich regelrecht auf das Bett – auf die rechte Seite, die bisher mein alleiniges Territorium war. Jetzt nicht mehr, denn jetzt beugt sich Duncan über mich und drückt mich mit seinem Gewicht in die Matratze, und ich lasse mich nur zu gern drücken, ich ziehe ihn sogar noch dichter an mich heran, halte ihn mit meinen Schenkeln umschlungen, während wir uns erneut küssen, als hinge unser Leben davon ab.

Und dann geht mein Geburtstagswunsch doch noch in Erfüllung.

Als wir später ineinander verschlungen auf dem zerwühlten Bett liegen, murmelt Duncan dicht an meinem Ohr: »Das war fantastisch. Aber unvernünftig.«

Ich lächele gegen seine warme Haut. »Ja. Verdammt fantastisch.«

»Das passiert nicht noch einmal.«

Fast erschrocken hebe ich den Kopf und starre ihn an. Er erwidert meinen Blick erst sehr ernst, dann lächelt er langsam. »Heute Nacht, meine ich. Morgen früh werde ich die erste Fähre ans Festland nehmen und eine Großpackung Kondome kaufen.«

Erleichtert pruste ich los. »Eine Großpackung? Wie lange willst du denn noch auf Whale Island bleiben?«

Ein wenig beklommen muss ich daran denken, dass heute, als ich mit Isla unterwegs gewesen bin, ein neuer Mietwagen bis zum Fähranleger in Scott's Harbour gebracht worden ist und dort nun abfahrbereit auf uns wartet. Wann das Autowrack hier von der Insel abgeschleppt werden soll, ist noch nicht klar. Aber klar ist, dass unserer Rückfahrt Richtung Flughafen eigentlich nichts mehr im Weg steht.

Duncan zuckt mit einem trägen Lächeln die Schultern. »Keine Ahnung. Wie lange willst du bleiben?«

Ich sehe ihn an und bin kurz davor, spontan »Für immer!« zu sagen. Aber ich will ihn nicht verschrecken. Die Stimmung irgendwie belasten. Also grinse ich nur herausfordernd und antworte: »Solange eine Großpackung Kondome reicht, würde ich sagen.«

»Das klingt gut«, lacht Duncan auf, bevor er mich wieder an sich zieht, wir uns erneut umschlingen und küssen, sodass ich ihn schon bald atemlos erinnere: »Ähm – noch haben wir die Großpackung nicht.«

»Nein«, stöhnt Duncan verzweifelt auf. »Zu blöd. Ich hätte

Aidan fragen sollen, der hat mit Sicherheit einen Jahresvorrat. Oder Skye.«

»Mhm«, mache ich nur, denn mein Gehirn verabschiedet sich schon wieder, als Duncans Küsse über meinen Hals und meine Brust hinabwandern – bis zu meinem Bauchnabel. Als er dort verharrt und seine Fingerspitzen über die einzelnen Schirmchen der Pusteblume streicheln, erschaudere ich und schließe die Augen. Er ist der erste Mann, der diese Pusteblume liebkost, wird mir bewusst. Ich habe sie mir erst auf Bali tätowieren lassen, als Olivier und ich schon getrennt waren. Kurz überlege ich, ob ich etwas zu dem Motiv erklären soll – aber die Art, wie Duncan besonders die drei Schirmchen, die sich in Vögel verwandeln und davonfliegen, vorsichtig küsst, sagt mir, dass er die Symbolik genau verstanden hat. Tränen schießen in meine Augen, und ich bin von den verschiedenen heftigen Gefühlen, die in mir toben, regelrecht überwältigt. Doch dann komme ich nicht weiter dazu, traurig oder gerührt oder wehmütig zu sein, denn Duncan verabschiedet sich mit einem letzten zärtlichen Kuss von der Pusteblume und wandert mit seinen Lippen weiter nach Süden. Und mir wird klar, dass wir tatsächlich nicht für alles Kondome brauchen.

59

Ich bin wieder in meiner Wohnung in Manhattan und werde von Baulärm geweckt. Ein Presslufthammer, der mich aus dem Schlaf reißt. Wo um alles in der Welt wird jetzt schon wieder gebaut? Sind die Kanalarbeiten auf der 103. Straße nicht gerade erst fertig geworden? Wo wird denn nun der Beton aufgerissen?

Doch als ich die Augen öffne und verwirrt blinzele, wird mir klar, dass ich nur geträumt habe. Kein Presslufthammer, dafür in der Ferne das leise Rauschen der Brandung. Und in der Nähe … Duncans Atem. Mir wird bewusst, dass er seinen Arm nach wie vor um mich geschlungen hat, von hinten an mich gepresst, als hätte er Angst gehabt, dass ich mich nachts davonstehlen könnte. Dabei gibt es keinen Ort auf dieser Welt, wo ich in diesem Moment lieber wäre. Ich lausche seinen gleichmäßigen Atemzügen, inhaliere genüsslich den Geruch seiner Haut und räkele mich wohlig gegen seinen warmen Körper. Bilder der letzten Nacht schwirren durch meinen Kopf, und obwohl ich all das nur in Gedanken noch einmal durchlebe, spüre ich, wie mein Gesicht bei der Erinnerung heiß anläuft. Wow. Ich kann es wirklich nicht erwarten, die angekündigte Großpackung Kondome hier zu haben! Bei diesem

Gedanken muss ich leise auflachen, was Duncan aufweckt. Er bewegt sich mit einem Seufzen, sein Arm rutscht halb von meinem Körper, doch im nächsten Moment scheint er wach genug zu sein, um zu begreifen, wo er ist. Und mit wem er hier liegt. Denn sein Arm ist plötzlich wieder da, schlingt sich noch fester von hinten um mich, und seine Lippen finden meinen Hals, küssen mich zärtlich.

»Guten Morgen«, murmelt er gegen meine Haut. »Was gibt es denn da schon zu kichern?«

»Gar nichts«, grinse ich und drehe mich zu ihm um, sodass unsere Gesichter sich fast berühren. Verdammt, er sieht sogar verschlafen so unfassbar gut aus! Aus dieser Nähe kann ich ihn auch ohne Brille sehr gut erkennen, und was ich erkenne, lässt mein Herz rasen. »Ich bin einfach nur unfassbar glücklich.«

Duncans Lippen verziehen sich zu einem breiten Lächeln. »Da bist du nicht allein«, flüstert er, während seine Finger eine meiner Haarsträhnen aus meinem Gesicht schieben. »Es war also ein schöner Geburtstag?«

»Der beste, den ich je hatte«, sage ich mit Nachdruck, was Duncans Augenbrauen überrascht in die Höhe zucken lässt.

»Ach, komm. Das nehme ich dir nicht ab. Gab es in deiner Kindheit keine tollen Geburtstagspartys?«

»Doch. Schon.« Ich seufze bei der Erinnerung. »Immer im Hotel. Klar, wo auch sonst. Meistens waren es Pool-Partys mit Kinderanimateuren und allem Drum und Dran. Meine Eltern haben mit den anderen Eltern Cocktails getrunken und mussten sich um wenig kümmern, was mich betraf.« Ich schweige ein paar Sekunden lang, während mein Zeigefinger in langsamen Kreisen über Duncans Brust fährt.

»Und … der Franzose?«

»›Der Franzose‹?«, lache ich auf und sehe ihn amüsiert an.

»Ja.« Duncan grinst schief. »Du kannst mir nicht erzählen,

dass sich dein gutaussehender französischer Fast-Ex-Mann nicht zumindest am Anfang eurer Beziehung ins Zeug gelegt hat, wenn du Geburtstag hattest?«

»Woher willst du wissen, ob Olivier gut aussieht?« Mit hochgezogenen Augenbrauen mustere ich Duncan, der eine Hand vor sein Gesicht schlägt und stöhnt: »Ach, verdammt, jetzt hab ich mich verraten.«

»Wie? Was verraten?«

Er sieht mich zerknirscht an und gibt schließlich zu: »Ich habe dich gegoogelt.«

Überrascht reiße ich meine Augen weit auf. »Du? Mich?«

Er nickt ernst. »Ja. Ich. Dich. Und auf einem Foto warst du mit deinem Franzosen auf einem Weihnachtsempfang im Peninsula Hotel in Hongkong zu sehen.«

»Ah. Ja.« Ich nicke langsam und betrachte ihn nach wie vor fassungslos. »Du hast mich gegoogelt.«

»Ja. Sorry. Ich wollte dir nicht nachspionieren oder so. Ich wollte … wissen, wie dein Ex aussieht.«

Diese Offenbarung kommt so überraschend für mich, dass ich kichern muss. »Im Ernst?« Ich grinse ihn mit schief gelegtem Kopf an. »Na ja, ich habe dich schließlich auch gegoogelt«, sage ich dann.

»Obwohl du genau wusstest, wie meine Frau aussieht. Meine … Fast-Ex-Frau.«

Das Wort »Ex« geht mir runter wie Öl. »Klar. Aber ich wollte mehr über dich wissen, nicht über sie.«

»War das, bevor wir nach Kanada aufgebrochen sind?« Duncan mustert mich neugierig, und beim Blick in seine grauen Augen frage ich mich einmal mehr, wie ich diese Augen jemals als kühl empfinden konnte. Heute Morgen lodert ein Feuer darin, das mich unruhig gegen ihn drängen lässt. Wir müssen dringend diese Kondome kaufen!

»Nein«, gebe ich leise zu. »Schon an meinem ersten Arbeitstag in Manhattan. Als du zum ersten Mal so kühl und unnahbar an der Rezeption vorbeigerauscht bist.«

Duncans Augenbrauen wandern in die Höhe, und im nächsten Moment rollt er sich über mich und pinnt meine Hände links und rechts von meinem Kopf ins Kissen, während er ernst auf mich herabsieht. Mein Atem geht schneller.

»Von wegen kühl und unnahbar«, knurrt er und küsst mich auf die Lippen, sodass sich mein albernes Kichern in ein Stöhnen verwandelt. Duncan löst sich von mir und bemerkt mit einem Grinsen: »Du warst also von deinem ersten Arbeitstag an heimlich scharf auf mich.«

Ich muss auflachen, während mein Gesicht heiß vor Verlegenheit wird und ich mich verzweifelt unter ihm winde, in dem vergeblichen Versuch, meine Hände aus seinem Griff zu lösen. »Ähm … ›scharf‹ ist vielleicht etwas übertrieben …«, verteidige ich mich halbherzig, doch Duncans amüsierter Blick lässt mich hilflos abbrechen.

»Übertrieben, ja?«

»Völlig«, kichere ich. »Ich fand dich eigentlich kaum interessant. Hab dich nur aus Langeweile gegoogelt.«

»Das glaub ich dir nicht«, sagt Duncan mit dunkler Stimme, bevor er sich wieder zu mir herabbeugt und mich mit einer Heftigkeit küsst, die mich sofort jegliches Kichern vergessen lässt. Als er endlich meine Hände loslässt, schlinge ich meine Arme um ihn und ziehe ihn auch mit meinen Beinen eng an mich, während Duncan heiser an meinem Hals murmelt: »Verdammt, Greta, ich muss dringend die Großpackung …«

Ein Klopfen an der Zimmertür lässt uns auseinanderfahren. Fragend sehe ich zu Duncan hoch, der meinen Blick ratlos erwidert. Keiner von uns kommt zu einer Reaktion, denn es klopft noch einmal, hektischer und lauter diesmal, und wir hören Heathers Stimme: »Duncan? Bist du wach?«

»Ähm … ja, Mom!« Duncan rollt die Augen gen Zimmerdecke und zieht mit leidender Miene die Decke höher. Ich muss daran denken, wie er gestern Morgen auf der Bettkante saß und die Decke über seinem Schoß drapiert hat. Bei der Erinnerung beiße ich mir grinsend auf die Unterlippe.

Ein Rütteln am Türknauf. Oh, diesmal muss Duncan abgeschlossen haben. Er hatte die Hoffnung also ebenfalls nicht völlig aufgegeben, als er gestern Abend ins Zimmer zurückgekommen ist!

»Duncan, mach auf!«

Mit einem Schlag ist die Lust wie weggewischt. Auch Duncan hat jetzt begriffen, dass seine Mutter wohl nicht nur fragen will, was wir frühstücken möchten. Hastig greift er nach dem Bettüberwurf, wickelt ihn sich um die Hüfte und geht zur Zimmertür, während ich die Decke schützend nach oben ziehe und mir die Brille aufsetze.

Sobald die Tür geöffnet ist, schiebt sich Heather ins Zimmer. Ihr Blick flackert zum Ehebett, bleibt an mir hängen, bevor sie ihren Sohn ansieht. Sie wirkt dermaßen bestürzt, dass ich fürchte, dass jemand gestorben ist. Graham? Bitte nicht!

»Mom! Was ist los?« Duncan legt eine Hand auf die Schulter seiner Mutter und sieht sie eindringlich an.

»Unten ist eine Frau angekommen«, sagt Heather, und ihre Stimme bebt. Sie sieht wieder mich an, aber ihr Blick ist nicht mehr so liebevoll, wie er es in den letzten Tagen war. »Eine Frau, die sagt, sie sei Catherine Sommerset.«

60

Ich habe kaum Zeit, mich in die aufsteigende Panik hineinzusteigern, die von mir Besitz ergreifen will, denn schon hören wir Schritte im Flur. Wie durch einen Nebel hindurch nehme ich wahr, dass Duncan an seiner Mutter vorbeistarrt, der Person entgegen, die sich dort nähert.

»Hi, Honey.« Ihre Stimme lässt mir das Blut in den Adern gefrieren. Ich bin zu gelähmt, um auch nur zu versuchen, mich zu verstecken. Ins Badezimmer zu flüchten, in den Wandschrank oder unter das Bett. Wie in einem schlechten Film. Was würde das auch bringen? Heathers Blick hängt voller Ernüchterung an mir. Wir haben Duncans Mutter getäuscht. Und enttäuscht. Diese Erkenntnis allein ist schon so schrecklich, dass ich glaube, der Rest könnte gar keinen Unterschied mehr machen.

Bis ich Catherine Sommerset im Türrahmen auftauchen sehe. Bis ihr Blick an Duncan vorbei und auf mich fällt. Auf mich, die ich mit zerwühltem Haar und nackten Schultern unter der Bettdecke hocke wie ein Häuflein Elend. Mit glühendem Gesicht und eiskalten Innereien. Bestimmt kann sie mir genau ansehen, was ich mit ihrem Mann gemacht habe. Und er mit mir. Oh, verdammt!

»Catherine«, sagt Duncan heiser. »Was … machst du hier?«

Der kühle Blick der Eisprinzessin durchbohrt mich nach wie vor, als sie leise erwidert: »Ich besuche meinen Mann. Darf ich das nicht?«

»Aber …« Duncan rauft sich mit einer Hand sein Haar, während er mit der anderen den Bettüberwurf festhält. »Deine Therapie? Wir hatten doch gesagt, dass du die nicht abbrechen sollst?«

»*Du* hast das gesagt, Honey. Nicht *wir*. Und mir geht es gut, wirklich! Sonst hätten die Ärzte mich ja nicht gehen lassen.« Sie lächelt ihn strahlend an.

Da scheint Duncan etwas aufzugehen, denn er sagt ruhig: »Du hast meine E-Mail von letzter Nacht gelesen.«

»Und ob ich das habe. Warum du mir vorher nie erzählt hast, dass du von dieser Insel stammst, ist mir ein Rätsel.« Sie sieht Heather an, die immer wieder wie vom Donner gerührt zwischen der echten Catherine und mir, der erbärmlichen Kopie, hin- und hersieht. »Ich meine, er muss sich doch nicht dafür schämen, von einer Insel in der Provinz zu stammen, oder, Mrs. Cameron?«

»Nenn mich ruhig Heather«, sagt Duncans Mutter matt.

»Gern. Heather. Es wurde auch Zeit, dass wir uns kennenlernen, nicht wahr?« Ich bin erstaunt, wie liebenswürdig sie sein kann, wenn sie will. Wie warm sie lächeln kann.

»Aber … wie hast du es geschafft, so schnell herzukommen?« Duncan starrt seine Frau immer noch an, als wäre sie eine Erscheinung.

»Das ist das Schöne an Privat-Jets, nicht wahr? Man muss sich an keinen Flugplan halten. Man kann gleich los, wenn man um vier Uhr morgens eine völlig irre E-Mail vom lieben Ehemann liest.«

»Und … vom Flughafen hierher? Das ist eine fast dreistündige Fahrt!«

Mein Herz zieht sich wehmütig zusammen, als ich an Duncan und mich im Auto denke, auf der Fahrt nach Whale Island.

»Ich bin doch nicht gefahren, mein Schatz.« Catherine lächelt ihn nachsichtig an, als sei er ein wenig schwer von Begriff. »Wir wollen hier auf der Insel doch sowieso einen Hubschrauberlandeplatz haben, nicht wahr? Ich habe sozusagen schon einmal die Landekonditionen getestet. Drüben, an der Coast Guard Station. Okay, natürlich nicht ich selbst, obwohl ich das wirklich gern lernen würde. Hubschrauber fliegen. Wäre das nicht ein sexy Hobby?«

Duncan starrt seine Frau fassungslos an, während sich in meinem Kopf die Gedanken überschlagen. Der Presslufthammerlärm, den ich im Traum gehört habe! Das war der Hubschrauber, der über die Insel geflogen ist!

»Ähm, Catherine, vielleicht ziehe ich mir erst einmal etwas an, und dann reden wir in Ruhe«, sagt Duncan jetzt langsam und legt seiner Frau eine Hand auf den Unterarm. Catherine lächelt ihn unschuldig an.

»Wir können auf der Rückreise reden, mein Lieber. Dad erwartet dich schon ungeduldig in Manhattan. Er ist sehr gespannt auf deinen Bericht. Ich konnte eben aus dem Heli schon ein paar Bilder knipsen.« Sie legt ihren Kopf schief und meint mit gekrauster Stirn: »Ist zwar ziemlich öde und einsam hier, aber wenn der Golfplatz erst einmal angelegt ist, könnte es ganz nett werden.«

»Ähm ... Darüber reden wir noch«, erwidert Duncan hastig und wirft einen schnellen Blick in meine Richtung. Auch Catherine sieht mich wieder an, und benommen frage ich mich, warum sie bisher gar nichts dazu gesagt hat, dass ich hier offensichtlich nackt unter der Decke sitze.

»Du brauchst nicht so geschockt zu wirken«, sagt Catherine jetzt amüsiert zu mir, und mein Herz bleibt fast stehen vor

Schreck. »Es ist ja nicht so, als hätte ich in unserer Ehe noch nie kleine – wie soll ich es sagen – Auszeiten genommen.« Sie lächelt mich an, aber dieses Lächeln ist so eiskalt, dass mir ganz anders wird. Dann sieht sie wieder Duncan an. »Immerhin hast du deinen Ehering abgenommen, bevor du mit ihr ins Bett gegangen bist.« Sie lacht auf, doch außer ihr bleiben alle im Zimmer todernst.

»Du trägst aber auch keinen Ehering«, bemerkt Heather vorsichtig, und mein Blick wandert ebenfalls unwillkürlich zu Catherines schmalen, langen Fingern mit der tadellosen Maniküre.

»Nein«, sagt sie und wirft ihrer Schwiegermutter einen selbstbewussten Blick zu. »Ich habe meinen Ring vor ein paar Wochen verloren.«

»Lass mich raten.« Heather sieht ihren Sohn an, bevor sie langsam zu Catherine sagt: »Im Fitnessstudio liegen gelassen?«

»Woher weißt du das?«, fragt Catherine amüsiert, aber Heather fixiert nur ihren Sohn. Langsam schüttelt sie den Kopf, so als könne sie nicht begreifen, was für einen Menschen sie großgezogen hat.

Plötzlich ertönt vom Flur her ein aufgeregtes Bellen, und im nächsten Moment kommt Johnnie Walker um die Ecke geschossen – so schnell, dass seine Pfoten auf dem glatten Holzboden wegrutschen und er regelrecht ins Zimmer schlittert. Unter normalen Umständen hätte ich gelacht. Aber lachen geht gerade gar nicht. Hechelnd bleibt der Hund vor Catherine stehen und mustert sie neugierig, während Duncans Frau erschrocken zurückweicht.

»Oh. Ein Hund«, sagt sie, und es ist deutlich, dass Johnnie Walker und sie keine Freunde werden. Er winselt und wendet sich ab. Ich muss an den neurotischen Zwergpinscher denken, den Duncan erwähnt hat. Von einem Zwergpinscher ist dieses wuschelige Monster wirklich weit entfernt. Johnnie entdeckt mich im Bett und will mit einem Bellen zu mir stürmen, doch Heather hält ihn resolut am Halsband fest.

»Komm, wir gehen«, sagt sie und wendet sich ab. Mich schaut sie nicht mehr an, als sie mit Johnnie hinausgeht.

»Ich komme gleich runter«, sagt Duncan heiser zu seiner Frau, die immer noch im Türrahmen steht.

Seelenruhig erwidert sie: »Und ob du das tust. Und dann steigst du mit mir in den Helikopter, und wir fliegen zu diesem furchtbaren Provinzflughafen. Und dann weiter nach Manhattan, wo du hingehörst. Und wo ein hervorragender Job auf dich wartet, den du sicher nicht riskieren willst.« Sie lächelt Duncan so zuckersüß an, dass mir schlecht wird. Vor allem, als sie noch hinzufügt: »Weißt du, was Daddy neulich überlegt hat, als er mich in der Klinik besucht hat?«

Sie sieht Duncan erwartungsvoll an, während er ihren Blick stumm erwidert und ratlos mit den Schultern zuckt. »Er meinte, es wäre wohl bald an der Zeit für ihn, kürzer zu treten. Immerhin wird er nächsten Monat fünfundsechzig. Er sagte, dass er einen fähigen Nachfolger als CEO der Sommerset-Gruppe braucht. Jemanden, dem er vertrauen kann. Der immer da sein wird. Ihn nie hängen lässt. Und … seine Tochter auch nicht.«

Ich könnte mich mitten auf unser zerwühltes Nachtlager übergeben. Duncan schweigt immer noch. Dann holt er tief Luft und sagt leise: »Catherine, ich will das nicht hier zwischen Tür und Angel besprechen, vor …« Er sieht flüchtig zu mir, und ich fühle mich schlagartig noch elender, völlig außen vor, wie die Randfigur dieses unschönen Schauspiels.

»Vor deiner Angestellten?« Catherine sieht ihn ernst an, und mir wird klar, dass sie meinen Namen natürlich nicht kennt. »Keine Sorge, sie ist ohnehin gefeuert. Dass du dich für meine kleine Affäre rächst und deine Mitarbeiterin vögelst, das kann ich verzeihen, mein Schatz. Aber dass diese Mitarbeiterin weiterhin an der Rezeption eines der Hotels meines Vaters steht und dir schöne Augen macht, das ist ganz ausgeschlossen.« Ich habe das Gefühl, in einem wirklich schlechten Film gelandet zu sein. Das darf doch alles nicht wahr sein!

»Sie kann sich etwas Neues suchen. In einer anderen Stadt. Denn in New York City sollte sie lieber nicht bleiben.« Obwohl sie in der dritten Person von mir redet, wirft mir Catherine einen bedeutungsschweren Blick zu, bevor sie wieder ihren Mann ansieht und hinzufügt: »Sollte Papa mitbekommen, was hier auf dieser ›Geschäftsreise‹ abgelaufen ist, würde es natürlich nicht nur für deine Angestellte schwierig werden, irgendwo in Nordamerika auch nur einen Fuß durch eine Hoteltür zu bekommen. Papas Connections sind in den letzten Jahren immer besser geworden. Du weißt, wie Papa über Leute denkt, die mir wehtun. Nicht wahr?«

Duncan schweigt, seine Lippen sind zu einer schmalen Linie zusammengepresst. Catherine stellt sich auf die Zehenspitzen und haucht einen Kuss auf diese Lippen – auf dieselben Lippen, die mich letzte Nacht wirklich überall geküsst haben!

Ich könnte heulen. Und schreien. Vor allem, als ich begreife, was sie die ganze Zeit schon subtil mit ihren Händen macht: Ihr rechter Daumen fährt ohne Unterlass über ihr linkes Handgelenk. Und jetzt, als ich dieses Handgelenk anstarre, sehe ich sogar vom Bett aus die feinen roten Narben, die über den sich blau abzeichnenden Pulsadern verlaufen.

Und auch Duncan hat ihre Geste bemerkt. Er starrt ebenfalls auf ihr Handgelenk, bevor er kurz die Augen schließt und tief durchatmet. Catherine dreht sich jetzt zur Tür um. Im Hinausgehen sagt sie über ihre Schulter: »Lass mich nicht zu lange warten, Liebster.«

Als sie das Zimmer verlassen hat, schließt Duncan mit einem gequälten Stöhnen die Tür und reibt sich über das Gesicht. »Verdammt!«

Rasch verlasse ich das Bett und eile auf ihn zu. »Es tut mir so leid«, flüstere ich, aber er winkt mit einem heiseren Lachen ab und sieht sich suchend im Zimmer um.

»Mir tut es leid«, murmelt er. »Wirklich. Das … das hast du nicht verdient. Ich werde mit ihr reden. Sie bitten, dass du deinen Job behalten kannst.«

Ich bleibe wie erstarrt stehen und sehe ihn an. »Meinen Job behalten?«, wiederhole ich langsam. »Wie … wie hast du dir das denn vorgestellt? Deine Frau hat es doch gerade schon gesagt: Es geht nicht, dass ich an der Rezeption stehe und so tue, als wäre nichts zwischen uns gewesen, Duncan!«

Duncan hat seine Boxershorts gefunden und zieht sie an, schlüpft dann in seine Jeans. Als er nichts sagt, hake ich heiser nach: »Duncan! Willst du das etwa? Willst du wirklich nach Manhattan in das Hotel deines Schwiegervaters zurückkehren und so tun, als wäre nichts passiert?«

»Was soll ich denn sonst tun?«, fährt mich Duncan an, plötzlich völlig außer sich. Erschrocken zucke ich zurück. Mühsam beherrscht schiebt er hinterher: »Du hast es doch gerade gehört, Greta: Mein Schwiegervater ist leider wirklich in der Lage, dafür zu sorgen, dass ich in keinem der guten Hotels Nordamerikas mehr Karriere machen kann. Wenn er erfährt, was wir zwei hier getan haben, während Catherine in der Klinik war, dann …« Er unterbricht sich mit einem fast irren Lachen und rauft sich mit beiden Händen die Haare, bevor er hektisch beginnt, sein Hemd zuzuknöpfen. »Dann kann ich wieder ganz unten anfangen. Irgendwo, wo niemand Richard Sommerset kennt.«

»Du könntest hier auf Whale Island arbeiten«, sage ich ruhig.

Duncan starrt mich an, als sei ich von allen guten Geistern verlassen. »Hier?« Sein Lachen klingt höhnisch und schmerzt. »HIER? Greta, hier gibt es nicht einmal genug für Aidan zu tun! Hier gibt es keine Gäste!«

»Aidan würde ohnehin lieber wieder kochen!«, erwidere ich heftig.

»Für wen denn?« Jetzt schreit Duncan. »Es verirrt sich doch kaum jemand in diese Einöde!«

»Es wird bald das Whale Sanctuary geben«, erinnere ich ihn ruhig.

»Ja.« Er atmet tief durch. »Klar. Dann werden ein paar Wal-Fans vorbeischauen. Ein paar Familien mit ihren Kindern Tagesausflüge vom Festland aus machen. Das bringt doch nichts fürs Hotel, Greta! Und überhaupt, das Hotel darf doch gar nicht zu groß werden, eben wegen der verdammten Wale!«

»Das hier, das könnte etwas Großartiges werden«, beharre ich mit zitternder Stimme. »Aber du müsstest dem Ganzen natürlich eine Chance geben.«

Und uns, füge ich stumm hinzu, aber ich wage es nicht, das laut zu sagen. Duncan schweigt, während er seine Schuhe anzieht. Ich beobachte ihn wie vom Donner gerührt. Das kann doch nicht der Mann sein, der heute Nacht mein Pusteblumen-Tattoo liebkost hat! Schließlich bleibt er vor mir stehen und sieht mich an. In seinen sturmgrauen Augen toben die Gefühle. Ich möchte meine Arme um ihn schlingen und ihm sagen, was ich für ihn empfinde. Aber ich bin wie gelähmt.

»Greta, du hast das alles nicht verdient«, sagt er heiser und beugt sich blitzschnell vor, um mir einen flüchtigen Kuss auf die Stirn zu drücken. »Diese ganze große Lüge dieses Trips. Ich werde nachher meinen Eltern und Aidan alles erklären. Ihnen erläutern, dass ich dich praktisch dazu genötigt habe mitzumachen. Dass das alles nicht deine Idee war.« Sein Blick flackert zum Bett hinter uns.

»Aber das letzte Nacht, das WAR meine Idee«, sage ich heiser, während sich eine Träne aus meinen Wimpern löst. Duncan schüttelt mit Nachdruck den Kopf.

»Unsere Idee. Wir wollten das beide. Aber ich bin derjenige, der noch richtig verheiratet ist. Darum trifft mich die Schuld.« Er atmet tief durch und berührt mich sacht am Kinn, bevor er sich abwendet.

»Aber … du wirst dich doch trennen, oder?« Jetzt weine ich richtig, ich kann es nicht verhindern. »Du wirst doch nicht mit dieser Frau zusammenbleiben, nur um deine Karriere nicht zu gefährden?«

Doch ich bekomme keine Antwort mehr, denn in diesem Moment geht die Tür ohne Vorwarnung und ohne Klopfen wieder auf. Ich kann mich gerade noch mit einem Satz ins Badezimmer retten, sehe durch den Türspalt, wie Catherine erneut den Raum betritt und Duncan ihr Telefon hinhält.

»Daddy hat ein paar Fragen an dich.«

Duncan starrt sie zwei Herzschläge lang stumm an, dann greift er nach ihrem Smartphone.

»Ja, hallo, Richard?« Er wirft noch einen kurzen Blick in meine Richtung, dann tritt er auf den Flur hinaus. Catherine folgt ihm, ohne sich noch einmal umzusehen.

Wie erstarrt bleibe ich in der halb geöffneten Badezimmertür stehen und versuche zu begreifen, was hier gerade geschehen ist. Das ist doch sicherlich wieder nur ein Traum, oder? Genau wie eben, der vermeintliche Baustellenlärm? Aber nein, mir ist klar, dass das hier leider die bittere Realität ist. Ich habe mit einem verheirateten Mann geschlafen und bin in flagranti erwischt worden. Ich habe die liebenswerte Familie meines Chefs angelogen und sie bitter enttäuscht – dieselbe Familie, die gestern noch eine Geburtstagsparty für mich veranstaltet hat. Dieselbe Familie, von der ich mir längst wünsche, dass sie meine Familie wäre.

Ganz Whale Island wird mich hassen, fährt es mir durch den Kopf. Tränen schießen heiß in meine Augen, und ich flüchte mich mit wild hämmerndem Herzen in die Dusche. Lasse das heiße Wasser so lange auf mich hinabprasseln, bis das Badezimmer von Dampf erfüllt ist und nur noch kaltes Wasser aus der Brause kommt.

Ich sitze in mein Duschtuch gewickelt auf dem Badvorleger, als ich es höre. In Panik stürze ich ans Fenster, reiße es auf. Mit einem lauten Knattern fliegt der Hubschrauber über die *Cameron Lodge* hinweg. Unten, auf dem Rasen vor dem Hotel, rast ein aufgeregt kläffender Johnnie Walker im Kreis und bellt immer wieder zum Himmel hinauf. Auch ich starre in das endlose Blau, versuche zu begreifen, was das bedeutet. Nein, das kann nicht sein! Ich presse eine flache Hand auf meine Brust und lehne mich an die Wand neben dem Fenster, atme tief durch. Das heißt nichts. Sicher ist er geblieben. Sicher sitzen nur Catherine und der Pilot im Helikopter. Immerhin hatte Duncan noch gar nicht gepackt. Mein Blick fliegt zu seiner Zahnbürste in einem der Becher auf dem Waschbeckenrand. Zu seinem Deo, seinem Rasierapparat. Seinem Ehering! Duncan ist bestimmt unten, bei seinen Eltern, und erklärt ihnen gerade alles. Oder – vielleicht ist er in diesem Augenblick auf dem Weg zurück in die Honeymoon Suite. Zurück zu mir.

Mein Herz rast wie wild, als ich die Badezimmertür öffne, mich hektisch in der Suite umsehe. Zwei Dinge fallen mir fast gleichzeitig auf: Auf dem Bett liegt ein Zettel. Und Duncans Koffer ist fort.

61

Wie lange ich im Bett gelegen habe, den Zettel neben mir auf dem Kopfkissen, kann ich nicht sagen. Anscheinend bin ich kurz eingenickt, denn als ich ein Klopfen an der Zimmertür höre, schrecke ich hoch und bin ein wenig orientierungslos. Doch dann kommt alles zurück. Die ganze bittere Realität starrt mich erbarmungslos an. Mit einem trockenen Schluchzer wische ich mir über die von Salzkruste verklebten Augen und stoße ein krächzendes »Ja?« hervor.

Die Tür öffnet sich, und Skye kommt herein. Überrascht sehe ich sie an.

»Hi«, murmele ich. »Bist du nicht im Krankenhaus?«

»Spätschicht«, sagt Skye und schließt die Tür hinter sich. Dann durchquert sie mit langen Schritten den Raum und lässt sich neben mich auf die zerwühlte Bettdecke fallen. Sie sieht mich ernst an, und das Mitgefühl in ihren himmelblauen Augen tut so weh, dass ich erneut aufschluchze. Ohne Umschweife zieht sie mich in ihre Arme und hält mich fest, während ich weine und weine.

»Ich kann nicht glauben, dass er weg ist!«, stoße ich mühsam hervor. »Einfach so!«

»Letzte Nacht war also doch mehr zwischen euch, oder?«

Skye schiebt mich ein wenig von sich fort und sieht mich fragend an. Verlegen nicke ich, bevor ich bei der Erinnerung an die wundervollen Stunden mit Duncan schon wieder losheule. »Ja, wegen dir! Weil wir uns auf der Party geküsst haben!«

»Wegen mir.« Skye lacht leise auf und schüttelt den Kopf. »Glaub mir, das alles wäre auch ohne mein Eingreifen passiert. Weil es passieren sollte. Daran glaube ich ganz fest.«

»Ach ja? Und sollte er am nächsten Morgen auch von seiner richtigen Frau im Hubschrauber abgeholt werden?«

Bestürzt mustert mich Skye. »Nein«, sagt sie leise. »Das nicht.« Ihr Blick fällt auf den Zettel, der immer noch neben mir liegt.

Liebste Greta,
es tut mir unendlich leid. Bitte verzeih mir. Ich danke dir für die letzte Nacht. Du bist etwas ganz Besonderes.
Duncan

»Hat er sich nicht einmal persönlich verabschiedet?« Fassungslos sieht sie mich an. Ich schüttele den Kopf und lache bitter auf.

»Nein. Ich stand in der Dusche, als er seine Sachen geholt hat. Wahrscheinlich war er froh, eine Szene zu vermeiden.«

»Männer!«, schnaubt Skye ungläubig, und ich nicke mit Nachdruck, greife nach dem Blatt Papier und zerknülle es mit einer Hand. Nachdem ich den Papierball Richtung Mülleimer geworfen und diesen knapp verfehlt habe, starre ich auf das Sonnenlicht, das ein Muster auf die Bettdecke malt, und sage leise: »Deine Familie muss mich hassen. Ich traue mich gar nicht mehr nach unten.«

»Meine Familie hasst dich kein bisschen«, widerspricht Skye entschieden. »Duncan hat noch aus dem Helikopter eine E-Mail an Mom und Aidan geschickt. Mom hat sie mir eben gezeigt, als ich ins Hotel gekommen bin. Ich habe das ganze Drama ja verpasst, weil ich nach der Party noch im Tiefschlaf war! Erst als der Hubschrauber wieder abgehoben hat, bin ich aufgewacht und hergekommen.« Sie seufzt auf, dann fügt sie hinzu: »Wie gesagt, Mom hat mir die Mail gezeigt. Sie war außer sich, ja, aber nicht im Geringsten sauer auf dich. Nur sauer auf Duncan. Mal wieder.« Bekümmert schüttelt sie den Kopf.

»Was hat er denn geschrieben?«, hake ich atemlos nach.

»Er hat erklärt, warum er auf der Fähre so falsch reagiert hat. Nicht gleich klargestellt hat, wer du wirklich bist, weil er Mom nicht verletzen wollte. Er hat geschrieben, dass er die echte Catherine nicht mitbringen konnte, weil sie in einer Klinik war.«

Als sie abbricht, bohre ich nach: »Und? Da ist doch noch etwas, das du mir verschweigst, oder?«

Sie presst ihre Lippen zu einer schmalen Linie zusammen und starrt aus dem Fenster, wo der Sommertag so unschuldig schön über Whale Island hängt, als wäre nie ein Helikopter gelandet und wieder gestartet. Endlich sagt sie zögernd: »Er hat noch geschrieben, dass er hofft, früher oder später mit seiner echten Frau wieder zu Besuch kommen zu können.«

Ich wende mich ab und sinke mit einem heiseren Schluchzen in das Kissen. Spüre Skyes Hand auf meiner Schulter, aber ich kann sie nicht mehr ansehen, während ich so sehr weine, wie ich seit dem Verlust von Aurélie nicht mehr geweint habe.

Ich traue mich nicht, die Honeymoon Suite zu verlassen. Auch dann nicht, als Skye längst gegangen ist, weil sie zur Spätschicht die Fähre erwischen muss. Sie hat versucht, mich zu überreden, mit ihr nach unten zu gehen, aber ich habe darauf bestanden, mich weiterhin im Bett zu verkriechen.

Immer wieder starre ich auf mein Telefon, von der stummen Hoffnung getrieben, er könnte sich melden. Aber das tut er nicht. Er hat ohnehin meine Nummer nicht. Und, ja, natürlich könnte er die leicht über das *Sommerset Hotel* in Erfahrung bringen. Doch irgendwie ist mir klar, dass er das nicht machen wird.

Immerhin haben meine Eltern mir doch noch gratuliert. Sie haben sich vielmals für die Verspätung entschuldigt, ein paar sonnige Fotos per WhatsApp geschickt – und mein Vater hat mich gefragt, ob ich nicht Lust hätte, in seinem Hotel anzufangen, die Stelle der Empfangschefin würde bald frei werden. Ein paar Minuten lang habe ich darüber nachgedacht. Habe das 5-Sterne-Hotel im charmanten Kolonialstil auf Bali vor mir gesehen, den üppig grünen tropischen Garten. Die Palmen, die Poolanlage, den weitläufigen Strand. Meine Mutter, die auf den Fotos schon wieder jünger ausgesehen hat. Bald wird sie überhaupt keine Mimik mehr haben, wenn sie weiterhin so viel Botox nutzt. Meinen Vater, der sich die Haare jetzt eindeutig zu dunkelbraun färbt, was unglaublich künstlich aussieht. Nein, habe ich gedacht und mein Telefon mit einem tiefen Seufzer zur Seite gelegt. So nett Papas Angebot ja war, ich würde nicht mit meinen Eltern in demselben Ort leben können – und dann auch noch für meinen Vater arbeiten! Und mich zieht es auch nicht mehr in die Tropen, das heiße Klima hatte ich lang genug. Diese Insel hier, habe ich wehmütig gedacht und aus dem Fenster gesehen, wo die Sonne schon tief stand, diese Insel würde mir weitaus besser gefallen als Bali.

Es ist schon dunkel, als es erneut an der Tür klopft. Ich ahne, wer das ist und will so tun, als würde ich schlafen. Dann aber sehe ich ein, dass ich genug gelogen habe, und so sage ich mit vom vielen Weinen kratzender Stimme: »Ja, herein.«

Zu meiner Überraschung ist es Aidan. Ich hatte mit Heather gerechnet. Aber nicht mit Duncans Bruder. Er streckt zunächst nur unsicher den Kopf durch den Türspalt und fragt dann, als er erkennt, dass ich ein Nachthemd trage, vorsichtig: »Darf ich reinkommen?«

»Klar«, krächze ich und setze mich auf. Rasch versuche ich, meine Haare ein wenig zu glätten und rücke meine von den vielen Tränen verschmierte Brille ein Stück höher auf meinen Nasenrücken.

Aidan betritt den Raum, und ich merke verblüfft, dass er ein Tablett in den Händen hält. »Ich dachte mir, dass du fast verhungert sein musst. Außerdem ist noch so viel Essen von gestern übrig.«

Mit einem fast verlegenen Lächeln stellt er das Tablett neben mich auf die Matratze und bleibt dann vor dem Bett stehen, die Hände in seine Jeanstaschen geschoben. Mit leicht schief gelegtem Kopf betrachtet er mich nachdenklich.

»Es tut mir so leid«, flüstere ich langsam und weiche seinem Blick aus, starre stattdessen gerührt auf die Köstlichkeiten auf dem Tablett. Mein Magen knurrt laut, trotz der ganzen Traurigkeit, die sich dort in einem Klumpen ballt.

»Was tut dir leid?«, fragt Aidan leise. »Dass du dich in meinen Bruder verliebt hast?«

Überrascht sehe ich ihn an, wische mir dann eine Träne von der Wange und lache heiser auf. »Ist das so offensichtlich, ja?«

Aidans Lächeln ist fast nachsichtig, als er antwortet: »Ja. Ziemlich.«

Mit einem tiefen Seufzer erwidere ich: »Eigentlich habe ich aber etwas anderes gemeint: Es tut mir leid, dass ich euch alle so getäuscht habe.«

Aidan schweigt ein paar Sekunden lang. Dann sagt er mit Nachdruck: »Davon stand in Duncans E-Mail nichts. Er hat uns genau erklärt, wie es dazu kam, dass er uns diese bescheuerte Notlüge serviert hat. Und dass er dich überreden musste, die Klappe zu halten. Dass du ihm deshalb die Hölle heiß gemacht hast. Zu Recht.« Ich höre das Lächeln in seiner Stimme und sehe ihn unsicher an. »DU musst dich für nichts entschuldigen, Greta. Du hast nur mitgemacht, weil du nicht wolltest, dass Duncan bloßgestellt wird. Weil du ihm helfen wolltest.« Er zuckt mit den Schultern und fügt hinzu: »Ich finde, das war ziemlich nett von dir. Mein Bruder, der ist der Vollidiot dieser Geschichte.«

Bei seinen letzten Worten muss ich auflachen, aber gleichzeitig kommen schon wieder Tränen, sodass ich abwechselnd kichere und schluchze. Aidan seufzt leise und streckt seine Hand aus, reicht mir die Kleenex-Packung vom Nachttisch. Dankbar greife ich danach.

»Ich werde möglichst bald verschwinden«, versichere ich ihm, als ich mir die Nase geschnäuzt habe. »Ich habe eure Gastfreundschaft lange genug ausgenutzt.«

»Das stimmt doch gar nicht«, schnaubt Aidan und sieht mich ernst an. »Übrigens bin ich nicht nur gekommen, um dich vorm Verhungern zu retten, sondern auch, um dir einen Job anzubieten.«

Verdattert reiße ich meine Augen weit auf und starre ihn an. »Wie bitte?«, stammele ich.

Er nickt. »Ja. Rose hat mir gestern gesagt, dass sie endgültig aufhören möchte zu arbeiten. Ihre Knie bereiten ihr Probleme und so weiter. Na ja, und Skye hat mir erzählt, wie gut es dir hier gefällt. Dass du ein Organisationstalent bist, und das könnten wir an unserer Rezeption weiß Gott gebrauchen. Und … sie meinte, dass du einen Heimathafen brauchst, wie sie es ausgedrückt hat. Also, wir können dir wohl leider längst nicht das zahlen, was du vermutlich in Manhattan verdient hast, aber die Lebenshaltungskosten auf Whale Island sind auf jeden Fall günstiger als in New York. Und du könntest umsonst im Hotel wohnen – wir würden eines der verlassenen Gäste-Cottages für dich herrichten. Zumindest übergangsweise, bis du etwas Besseres findest, würden wir uns echt freuen, dich als Empfangschefin bei uns zu haben.« Erwartungsvoll sieht er mich an. »Was meinst du?«

»Nein.« Entschieden schüttele ich den Kopf und merke, dass er fast geschockt zurückweicht, als hätte ich ihn geohrfeigt.

»Nein?«, hakt Aidan zögernd nach.

»Nein.«

Ich kann nicht glauben, dass ich das tue. Ich kann nicht glauben, dass ich so spontan bin. Unüberlegt könnte man es auch nennen. Vermutlich denke ich nicht lange darüber nach, weil mir noch nie eine Entscheidung leichter gefallen ist als diese.

Ganz langsam breitet sich ein Strahlen auf meinem Gesicht aus, was ich noch vor wenigen Minuten nicht für möglich gehalten hätte. »Nicht nur übergangsweise. Skye hat recht. Ich brauche einen Heimathafen. Und ich habe das Gefühl, dass Whale Island dieser Hafen sein könnte!«

»Ja!«, höre ich ein Juchzen, und da kommt Heather durch die Tür, die nur angelehnt war. Überrascht sehe ich auf.

»Was …?«, frage ich verdattert. Auch Graham taucht mit einem verlegenen Gesichtsausdruck im Türrahmen auf, gefolgt von Johnnie Walker, der aufgeregt auf mein Bett zuspringt, seinen zerkauten Gummistiefel im Maul.

»Mom …«, seufzt Aidan und reibt sich mit einem Kopfschütteln über das Gesicht. Diese kleine Geste erinnert mich so sehr an Duncan, dass mich ein heftiger Schmerz durchzuckt, aber ich verdränge jegliche Erinnerung an ihn schnell und kraule stattdessen ausgiebig Johnnie Walker, der mir seinen Stiefel als Geschenk auf die Bettdecke gelegt hat.

»Wir wollten nicht alle zusammen zu dir reinplatzen, und wir dachten, dass Aidan das Ganze am neutralsten rüberbringen könnte«, erklärt Heather jetzt und lässt sich neben mich aufs Bett sinken. Ihre Hände umfassen meine und drücken sie mütterlich.

»Zu Recht, wie man sieht«, brummt Aidan.

»Kindchen«, fährt Heather inbrünstig fort. »Das heute Morgen, das war ein riesiger Schock für uns. Aber, ganz ehrlich – egal, wer du wirklich bist, ob nun Catherine oder Greta – wir haben dich voll und ganz in unser Herz geschlossen, seit du von der Fähre gekommen bist. Und deshalb würden wir uns wirklich freuen, wenn du bleiben würdest.«

Natürlich weine ich schon wieder. Und Heather auch. Aidan wendet sich vom Bett ab und geht mit einem gebrummelten »O Mann …« aus dem Zimmer, aber ich sehe genau, dass er seinen Vater im Vorbeigehen angrinst. Graham wischt sich unter den Augen entlang und nickt mir freundlich zu. Noch bevor Aidan das Zimmer ganz verlassen konnte, quetscht sich Isla im Türrahmen an ihrem Dad vorbei und sieht mich erwartungsvoll an. Sie hält ein Smartphone hoch.

»Tante Skye ist dran. Sie will wissen, ob Greta ›Ja‹ gesagt hat!«

Da muss ich so lachen, dass ich meine Tränen vergesse.

»Ja!«, rufe ich, so laut, dass Skye am anderen Ende, irgendwo in ihrem Krankenhaus auf dem Festland, es hören kann. »Jaaaa! Ich bleibe hier!«

Johnnie Walker bellt begeistert.

62

Duncan

Verflucht noch mal, ich hasse diese Stadt! Vor allem, wenn halb Manhattan wegen der verdammten Generalversammlung der Vereinten Nationen abgeriegelt ist und alles noch viel chaotischer ist als ohnehin schon. Wütend trete ich in die Bremse und brülle dem Taxifahrer, der mich durch sein blödes Abbiegemanöver fast vom Rad geholt hätte, etwas Ungehobeltes hinterher. Eine junge Mutter mit Kinderwagen schaut empört in meine Richtung. Ich werfe der Frau einen entschuldigenden Blick zu und trete mit einem weiteren unterdrückten Fluch in die Pedale. Obwohl der Septemberwind heute Morgen ungewohnt kühl durch die Hochhausschluchten pfeift, ist mir warm. Das könnte aber auch daran liegen, dass ich mich schon beim morgendlichen Kaffee wahnsinnig über eine E-Mail aufgeregt habe, die ich auf meinem Telefon gelesen habe. Selbst schuld, man sollte beim Frühstück noch keine Arbeitsmails lesen.

Während ich die 5th Avenue entlang heize, denke ich an den Tag, der vor mir liegt. An die endlose Aneinanderreihung von Besprechungen. An das Mittagessen mit Richard. Bei dem Gedanken stöhne ich leise auf. Kurz vor der 62. Straße sehe ich eine hellblonde Frau, die am Straßenrand aus einem der gelben Taxen steigt. Fassungslos trete ich in die Bremse, sodass ich fast vom Rad stürze. Ein anderes Taxi überholt mich mit aufgebrachtem Hupen, und der Fahrer tippt sich im Vorbeifahren kopfschüttelnd an die Stirn. Doch ich beachte ihn nicht weiter. Ich kann nur die Frau anstarren, die ihr Telefon am Ohr hat und die Fassade eines Hochhauses hinaufsieht. Während sie telefoniert, dreht sie sich ein wenig, und ich erkenne ihr Profil.

Es ist nicht Greta. Enttäuschung durchflutet mich wie eine gewaltige Welle. Und Ernüchterung. Verdammt, ich bin so ein Idiot! Die Frau sieht mich an und hebt fragend eine Augenbraue, weil ich sie so anstarre. Entschuldigend lächele ich und fahre schnell weiter, bevor sie noch denkt, ich würde sie anmachen wollen. Diesmal trete ich langsamer in die Pedale, während ich verzweifelt versuche, die Bilder in meinem Kopf zu unterdrücken. Ich kann jetzt nicht an sie denken. An ihr blondes Haar, das sich wie Seide anfühlt. An ihre Haut, die so fantastisch duftet. An ihre blaubeerblauen Augen. An ihr Lächeln. Verflucht noch mal, nein!

Schweiß rinnt mir den Rücken hinab, als ich nun doch wieder schneller trete und schwungvoller als ratsam in die 62. Straße biege. Noch bin ich so sehr damit beschäftigt, mir jede Erinnerung an Greta zu verbieten, dass ich erst begreife, was da vor unserem Hotel los ist, als ich nur noch wenige Meter davon entfernt bin: Ein gelber Schulbus steht vor dem roten Baldachin des Eingangs.

Natürlich gibt es auch in Manhattan gelbe Schulbusse. Und die Schule hat vor zwei Wochen, Anfang September, wieder begonnen. Aber nicht nur, weil vor unserem Hotel sonst nie Schulbusse halten, ist mir augenblicklich klar, was für ein Bus das ist … noch bevor ich das Nummernschild aus Nova Scotia erkenne. Mit wild hämmerndem Herzen radele ich näher. Da entdecke ich Lennox in seiner roten Bellboy-Uniform, der aufgeregt mit jemandem diskutiert. Mit einer Frau, deren kurzes rotes Haar in der Morgensonne leuchtet.

Als habe sie gespürt, dass ich mich nähere, dreht sich Rae MacLaughlin um, und ihre bernsteinfarbenen Augen sehen mir seelenruhig entgegen. Vor lauter Verblüffung falle ich fast vom Rad.

»Ma'am, bitte, Sie können den Bus hier nicht parken, Sie müssen ihn bitte woanders hinfahren!« Lennox wirkt ehrlich verzweifelt, besonders, als er mich entdeckt. Hektisch wedelt er mit seinen Händen vor Raes Gesicht herum, um ihre Aufmerksamkeit zu bekommen. »Ma'am, bitte!«

Doch Rae wendet sich gelassen von ihm ab und kommt mir langsam entgegen, den Gehweg entlang. Ihr langer Rock schwingt bei jedem Schritt, den sie macht. Ich habe angehalten, bin vom Rad gestiegen, halte den Lenker in einer Hand, während ich Rae schweigend entgegensehe.

»Hallo, mein Lieber.« Sie bleibt vor mir stehen und schirmt ihre Augen gegen die Sonne ab, um mich mustern zu können.

»Rae? Was … was machst du hier?« Ratlos starre ich sie an, immer noch nicht in der Lage zu begreifen, dass diese verrückte Frau wirklich hier ist, mitten in Manhattan! Dass ein Stück meines alten Lebens hier unmittelbar auf mein neues Leben prallt. Zwei Welten, die sich zum ersten Mal begegnen.

Dann kommt mir ein Gedanke. Ich spüre, wie mir das Blut aus dem Kopf weicht, als ich zum Bus hinüberstarre, meinen Blick über die Fenster gleiten lasse.

»Nein, sie ist nicht hier. Ich bin allein gekommen.« Rae sieht mich freundlich an, als wäre das hier ein völlig normales Treffen von zwei völlig normalen Leuten, die auf dem Weg zur Arbeit oder wohin auch immer sind.

Aber hier ist wirklich nichts normal. Gar nichts!

»Ähm.« Ich räuspere mich und fahre mir mit einer Hand über mein Gesicht, um meine Gedanken zu sortieren. »Bist du … bist du wirklich die ganze Strecke von Cape Breton hierher mit dem … dem Kasten da gefahren?«

»Aber natürlich. Warum denn nicht?« Rae lächelt mich so liebenswürdig an, dass man fast glauben könnte, sie sei ganz normal im Kopf. Aber das ist sie eindeutig nicht!

»Es gibt Flugzeuge.« Ich schüttele den Kopf, während ich wieder den Schulbus betrachte und mich frage, wie lange sie mit dem Teil gebraucht hat.

»Und Hubschrauber. Ich weiß.« Immer noch dieses Lächeln, so seelenruhig, als könne nichts auf der Welt Rae MacLaughlin aus dem inneren Gleichgewicht bringen.

Dabei habe ich sie schon anders erlebt. Mit einem Schlag sehe ich sie wieder vor mir, wie sie völlig verstört vor meinem Haus steht, ihr Haar gespenstisch rot im Mondlicht schimmernd, als sei sie wirklich eine Hexe. Ich schließe die Augen und atme tief durch. Nicht an jene Nacht denken!

»Duncan.« Als ich plötzlich ihre warme Hand auf meinem Unterarm spüre, zucke ich erschrocken zurück und starre sie misstrauisch an.

»Was willst du, Rae?«

»Mit dir reden. Hast du Zeit? Ich würde gern mal dein Büro sehen.«

»Nein, ich habe keine Zeit«, wiegele ich ab, plötzlich wütend. Was bildet sie sich ein, hier einfach auftauchen zu können?

»Schade. Dann muss ich wohl warten. Könntest du dem netten Herrn da vorne bitte sagen, dass ich meinen Bus hier so lange parken möchte?«

Ich sehe an Rae vorbei und merke, dass Lennox uns aus sicherer Entfernung ungläubig beobachtet. Gequält seufze ich auf.

»Wir können uns kurz unterhalten, Rae. Aber nicht in meinem Büro. Wie wäre es in deinem Bus?«

»Wunderbar«, lächelt Rae. »Ich mache uns einen Tee.«

Ich war nicht auf die vielen Erinnerungen vorbereitet, als ich den Büchereibus betrete. Sofort sehe ich mich wieder in einem der Sitzsäcke lümmeln, die es damals schon gab. Hier habe ich *Huckleberry Finn* gelesen. *Das Wunder von Narnia*. Alle Bände von *Der Herr der Ringe*. Ich sehe auch Aidan, Skye und Glenn, wie sie neben mir hocken, ebenfalls in Bücher vertieft.

Und Amy. Amy, die *Harry Potter* verschlungen hat.

»Hier, mein Lieber.« Ich war so in die vielen Bücher, in die Fotos und in meine Erinnerungen versunken, dass ich überrascht aufsehe, als mir Rae eine Tasse reicht.

»Danke«, murmele ich und greife danach. Irgendein Kräuterduft steigt mir in die Nase. Kaffee wäre mir lieber gewesen.

»Kaffee bekommst du ja bestimmt im Büro«, sagt Rae und lässt sich in dem Ohrensessel in der Ecke nieder. Auf einem Fußhocker neben dem Sessel liegt eine zusammengerollte rote Katze, die mich nur kurz misstrauisch beäugt, dann ihren Kopf abwendet und die Augen schließt, als habe sie absolut keine Lust auf unsere Unterhaltung.

Da sind wir schon zu zweit.

Rae zieht einen Sitzsack näher zu ihrem Sessel und deutet darauf.

»Schon okay, ich kann stehen.« Irritiert stelle ich die Tasse auf ein freies Plätzchen in einem der Regalkörbe und verschränke die Arme vor der Brust. »Also, was soll diese Aktion? Wolltest du nur mal Urlaub machen und hast dich zu einem spontanen Roadtrip die Ostküste runter entschieden, Rae?«

Rae lächelt mich so gelassen und geduldig an, dass ich tief Luft holen muss, um nicht zu explodieren.

»Du weißt genau, warum ich hier bin.« Seelenruhig nippt sie an ihrem Kräutertee.

»Nein, Rae«, grolle ich leise. »Ich weiß nicht, warum du hier bist.«

Sie nimmt noch einen Schluck Tee, stellt dann ebenfalls ihre Tasse ab und sieht mich ernst an. In ihren bernsteinfarbenen Augen liegt mit einem Mal ein Ausdruck, der mich wieder ein kleiner Junge sein lässt. Dieser fast warnende »Ich weiß mehr als du und deshalb kannst du mich nicht an der Nase herumführen«-Ausdruck.

»Ich bin hier, um dich abzuholen.«

Bloß gut, dass ich die Tasse schon abgestellt habe, sonst würde ich sie vermutlich vor lauter Lachen fallen lassen. »Wie bitte?«, pruste ich.

»Ja, Duncan.« Rae lacht nicht. »Es ist Zeit, nach Hause zu kommen.«

Ich brauche ein paar Sekunden, bis ich die Sprache wiederfinde. »Rae«, sage ich und muss mich räuspern. »Ich bin zu Hause. Das hier ist mein Zuhause. Manhattan. New York City.«

Rae lächelt mich milde an und schüttelt dann entschieden den Kopf. »Nein, das ist es nicht. Und du weißt das.« Sie steht auf und macht einen Schritt auf mich zu. Greift nach meiner Hand und hält sie fest, während mich ihre Augen ernst mustern.

»Duncan. Ich kenne deine Dämonen, die dich von Whale Island fortgetrieben haben. Ich kenne sie zu gut, und ich gebe mir eine Mitschuld an dieser ganzen Sache. Hätte ich …« Sie bricht ab, und zu meiner grenzenlosen Überraschung sehe ich Tränen in ihren Augen schimmern. Rasch blinzelt sie und sammelt sich, bevor sie entschlossen weiterspricht: »Hätte ich dir damals nicht den Eindruck vermittelt, dass du es hättest ändern können, dann wärst du vielleicht nie fortgegangen.«

Verwirrt sehe ich sie an. »Was meinst du?«

»Du glaubst, für Amys und Quinns Tod verantwortlich zu sein, weil du nicht auf mich gehört hast. Als du von der Fähre gekommen bist, hast du mich ignoriert. In all diesen Jahren hast du dir gesagt, dass du sie hättest retten können, wenn du auf mich gehört hättest. Dass du das Auto hättest anhalten können.«

Die Bilder jener Nacht ziehen an meinem inneren Auge vorbei, und gegen meinen Willen ringt sich ein heiserer Schluchzer aus meiner Brust. Wo zum Teufel kommt der jetzt her?

»Aber das stimmt nicht, Duncan. Selbst, wenn du auf mich gehört hättest, selbst, wenn du versucht hättest, Amy aufzuhalten, sie wäre weitergefahren. Von der Wut angetrieben. Und vom Alkohol. Du hättest sie nicht aufhalten können. Glaub mir.«

Jetzt weine ich wirklich. Meine Schultern werden geschüttelt, und ich vergrabe mit hilflosen Schluchzern das Gesicht zwischen meinen Fingern. Rae legt ihre Hände auf meine Oberarme und lässt mich weinen.

»Ich hätte gar nicht erst zu Fuß von der Fähre gehen dürfen! Ich hätte das Auto selbst von der Fähre fahren müssen!«

»Dann wärst du selbst über die Klippen gefahren.«

»Wie bitte?« Überrascht lasse ich die Hände sinken und sehe Rae groß an. Sie erwidert meinen Blick bekümmert, aber ruhig. »Ja. Ihr hättet euch im Auto weitergestritten. Der Unfall wäre trotzdem passiert. Mit dir im Wagen. Niemand wäre gerettet worden. Es hätte nur einen Toten mehr gegeben. Dich.«

Ein paar wilde Herzschläge lang sehe ich sie ungläubig an. Wütend will ich ihr an den Kopf werfen, dass sie das nicht wissen kann. Dass sie verrückt ist. Dass kein Mensch genau sagen kann, was passiert wäre, wenn ich selbst weitergefahren wäre. Aber ein Blick in ihre bernsteinfarbenen Augen reicht, um mich schweigen zu lassen. Denn ich weiß, dass sie es weiß. Warum auch immer das so ist.

»Es wäre besser gewesen«, stoße ich schließlich heiser hervor. »Es wäre besser gewesen, wenn ich mit ihnen gestorben wäre!«

»O nein, Duncan. Das wäre es nicht.« Rae mustert mich sanft. »Denk an deine Familie. Wie hätten es deine Eltern verkraften sollen, nicht nur Quinn und Amy zu verlieren, sondern zusätzlich noch dich?«

»Sie haben mich doch auch so verloren«, würge ich gequält hervor, aber Rae schüttelt entschieden den Kopf.

»Der Unterschied ist: Du bist nicht endgültig fortgegangen, sondern kannst jederzeit zurückkommen. Nach Hause.«

Und plötzlich schwächt sich der Sturm in mir ab. Das nagende schlechte Gewissen lässt ein wenig nach. Vielleicht hat sie recht – mal wieder. Vielleicht hätte ich Amy und Quinn nicht retten können, egal, was ich getan hätte. Ich fühle mich, als wäre mir eine tonnenschwere Last von den Schultern genommen worden. Zögernd sehe ich Rae an.

»Du bist also hier, weil du glaubst, dass es für mich besser ist, nach Whale Island zurückzuziehen.« Ich sage diese Worte ganz ruhig, als wäre dies das Normalste der Welt.

»Nicht besser, nein.« Rae lächelt mich unschuldig an. »Es ist die einzige Option, die du hast, um glücklich zu werden, Duncan. Whale Island ist der Ort, vor dem du weggelaufen bist. Den du in all diesen Jahren versucht hast zu verdrängen. Aber den du nicht loswirst. Und ohne den du immer eine Leere in dir spüren wirst. Du gehörst nach Whale Island, mein Junge. Und zu einer Person, die bereits dort ist.«

Greta. Ich schließe meine Augen und atme tief durch. Natürlich weiß ich längst, dass sie inzwischen in der *Cameron Lodge* arbeitet. Skye schickt mir ständig Nachrichten und hin und wieder Fotos von Greta: Wie sie mit dem Fahrrad über die Insel radelt, ihr hellblondes Haar in der Sonne schimmernd. Wie sie an der Rezeption der Lodge steht und freundlich mit Gästen plaudert. Wie sie mit Isla auf den alten Schaukeln hinter dem Haus herumalbert, die noch aus unserer Kindheit dort hängen.

»Du weißt, dass sie gut für dich ist. Die Richtige. So richtig, wie Catherine es nie war.« Rae spricht mit mir, als wäre sie meine Beziehungstherapeutin. Als würde sie Catherine kennen. Aber vermutlich tut sie das irgendwie auch.

»So einfach ist es aber nicht.« Ich räuspere mich gequält.

»Du musst dir keine Sorgen um Catherine machen, Duncan. Sie wird eure Trennung verkraften. Sie wird jemand anderen finden. Und wenn sie dich wirklich lieben würde, dann hätte sie dich anders behandelt. Man kann jemanden nicht an sich binden, indem man ihm damit droht, sich sonst das Leben zu nehmen.«

»Wie, zum Teufel, kannst du das schon wieder wissen, Rae? Du wirst mir langsam wirklich unheimlich!«

Rae lächelt mich gutmütig an. »Das hat mir Greta erzählt.«

»Oh. Ach so.« Ich starre auf meine blank polierten Büroschuhe hinab. Greta. »Was hat sie dir denn noch erzählt?«, frage ich heiser, ohne sie anzusehen.

»Dass sie sich in dich verliebt hat.«

Ich schlucke und schließe kurz meine Augen. Sehe sie wieder vor mir, wie sie mit ihrer Brille, dem offenen Haar und ihrem gestreiften Nachthemd im Himmelbett der Honeymoon Suite sitzt. Alles in mir zieht sich vor Sehnsucht nach ihr zusammen.

»Sie hofft, dass du zurückkommst, Duncan. Das hat sie mir zwar nicht gesagt, aber das weiß ich.«

Alarmiert sehe ich Rae an. »Weiß sie, dass du hier bist? Um mich zu holen?«

Mit einem amüsierten Lächeln schüttelt Rae den Kopf. »Nein. Das nicht. Aber trotzdem wartet sie auf dich. Jeden Tag.«

Ich seufze tief auf, während ich wieder glaube, diese blaubeerblauen Augen vor mir zu sehen. Ihr Lachen zu hören.

»Wenn ich Catherine verlasse, dann wird mein Schwiegervater meinen Ruf in der Hotelbranche zerstören, das hat er mir wortwörtlich gesagt.« Zerknirscht sehe ich Rae an.

»Und deine Karriere ist dir wichtiger als dein privates Glück?«

Ernst erwidere ich ihren Blick. Dann schüttele ich langsam den Kopf. »Nein«, wispere ich, und fühle mich, als würde mir die nächste zentnerschwere Last von den Schultern genommen.

»Außerdem … bis Whale Island reicht der Krakenarm deines Schwiegervaters wirklich nicht.« Rae zwinkert mir geradezu vergnügt zu.

»Und dann? Dann stelle ich mich zu Greta an die Rezeption der *Cameron Lodge* und hoffe auf Gäste?«

Rae lacht auf. »Wäre das so schlimm? Deine Tage neben Greta zu verbringen?«

»Nein«, murmele ich und muss lächeln. Nein, ich hätte überhaupt nichts dagegen, von jetzt an jeden Tag mit Greta zu verbringen, wird mir klar. Und jede Nacht.

»Eben. Außerdem wird sich einiges in der Lodge ändern. DU wirst einiges ändern.«

»Ich?« Erstaunt mustere ich Rae. Sie nickt.

»Die Fahrt nach Nova Scotia ist lang. Du wirst viel Zeit zum Nachdenken haben. Vertrau mir. Es wird eine Lösung geben.«

Fassungslos mustere ich diese seltsame Frau. »Du bist überzeugt davon, dass ich mitkomme, oder?«

»Aber natürlich.« Sie lächelt immer noch, unermüdlich. »Vorher solltest du allerdings den armen Kerl draußen erlösen.

Der fürchtet sich davor, dass jeden Moment dein Schwiegervater auftauchen könnte. Oder die Polizei. Als hätte noch nie jemand einen Schulbus gesehen!«

Ich muss grinsen, werde dann aber wieder ernst. »Und jetzt?«

»Jetzt, mein Lieber, werde ich hinunter Richtung Südspitze Manhattans fahren und schauen, ob ich irgendwo parken kann. Ich würde mir schrecklich gern die Freiheitsstatue ansehen, wenn ich schon einmal hier bin. Reichen dir sieben Stunden, um alles zu regeln? Dann würde ich dich um 15 Uhr wieder abholen. Ich möchte Manhattan vor der Rush Hour verlassen.«

Immer noch ungläubig mustere ich sie. »Klar. Bis zur Rush Hour müsste ich durch sein mit der Zerstörung meiner Ehe und meiner Karriere.« Ich lache heiser auf. Dann füge ich ratlos hinzu: »Warum hast du mich nicht früher geholt, Rae? Ich war dreizehn verfluchte Jahre weg. Warum erst jetzt?«

»Na ja, also ALLES weiß ich ja auch nicht, mein Lieber.« Rae zwinkert mir zu. »Dass du plötzlich Sommerset mit Nachnamen heißt und in Manhattan zu finden bist – woher sollte ich das ahnen? Ich habe ja keine Glaskugel.« Bei ihren Worten muss ich breit grinsen.

»Außerdem, es hätte nichts gebracht. Du warst noch nicht so weit. Und Greta war noch nicht da.«

63

Greta

Das Fahrrad holpert durch ein Schlagloch, und ich halte an. Vielleicht ist es besser, abzusteigen und zu schieben, überlege ich und ziehe mir bei der Gelegenheit den Reißverschluss meines Anoraks höher. Der Wind pfeift heute ganz schön stark um Whale Island, aber die Sonne brennt trotz allem noch mit einer Kraft vom Himmel, die einem spätestens dann bewusst wird, wenn man (wie ich erst vor ein paar Tagen) mal wieder vergessen hat, Sonnenmilch aufzutragen. Ich schiebe die Sonnenbrille ein Stückchen höher auf meine Nase und lockere den Gurt meines Fahrradhelms, während ich das Rad den holperigen Uferweg entlangschiebe. Der Atlantik erstreckt sich tiefblau glitzernd bis zum Horizont, nur hier und da von weiß schäumenden Wellenkämmen durchbrochen. Eine Möwe lässt sich über dem Wasser kreisend vom Wind tragen, bevor sie mit trägem Flügelschlag weiterfliegt, in Richtung Pier, wo bald die Fischerboote einlaufen dürften. Die Möwen sind schlau, sie wissen genau, wann sie sich wo einfinden müssen.

Auch ich schlage die Richtung zum Pier ein, denn ich will noch ein paar Dinge im Inselladen besorgen. Als ich das Geschäft schon fast erreicht habe, entdecke ich die Fähre, die sich der Insel nähert. Ah, vielleicht kann ich Skye abpassen!

Sie müsste eigentlich auf dieser Fähre sein, zumindest falls sie pünktlich Feierabend gemacht hat. Und falls sie nichts mit ihrem Jeff unternimmt, wie es in letzter Zeit wieder öfter der Fall gewesen ist.

Ich hatte so gehofft, dass sie endlich einen Schlussstrich ziehen würde. Dass das ganze Auf und Ab mit diesem unzuverlässigen Kerl ein Ende haben würde. Einen ganzen Abend lang haben wir, bei selbst gemachter Pizza in ihrer gemütlichen Küche, darüber diskutiert, wie sie sich verhalten soll. Sie hat viel geweint, ich habe viel getröstet und ihr Mut gemacht. Dann hat sie Jeff eine lange E-Mail geschrieben und ihm klargemacht, dass es endgültig vorbei sei, weil sie sich nicht länger so hinhalten lassen wolle. Prompt kam von dem Kerl die Antwort, dass es ihm leidtue und er ab sofort offiziell mit ihr zusammen sein wollte. Erst hat Skye sich von dieser Behauptung zwar nicht beeindrucken lassen, weil sie dachte, das seien nur leere Worte. Bis er sie in der Krankenhauskantine vor all ihren Kollegen geküsst hat.

Seitdem schwebt Skye wieder auf Wolke sieben. Ich hoffe sehr, dass sie diesmal oben bleibt und nicht erneut abstürzt. Leider sagt mir mein Bauchgefühl, dass diesem Dr. Jeff Montgomery nicht zu trauen ist. Allerdings: Was weiß ich schon? Als wäre ich eine Expertin in Sachen glückliche Beziehungen! Aber auch wenn ich bei Männern wirklich kein gutes Händchen zu haben scheine, so habe ich doch immerhin in Skye eine wunderbare Freundin gefunden. Diesmal keine »Freundin auf Zeit«. Seit ich während meiner Ausbildung in München mit der lebensfrohen Stella die Minibars im Hotel nachgefüllt habe, habe ich mit keiner Freundin mehr so viele Tränen gelacht wie mit Skye.

Sobald der holprige Uferweg in die breitere Dorfstraße mündet, setze ich mich wieder auf den Sattel und radele den Rest der Strecke zum Pier. Bis ich dort angekommen bin, hat die Fähre die Insel fast erreicht. Gut gelaunt lehne ich mein Rad an die Außenwand des Inselladens und grüße Joe und Will, die wie immer auf ihrer Bank sitzen und mich freundlich anstrahlen. Inzwischen weiß ich, dass beide ehemalige Fischer und von Kindheitstagen an beste Freunde sind. Seit Joe verwitwet und Will geschieden ist, verbringen sie ihre Tage bei gutem Wetter gemeinsam auf dieser Bank, um das Treiben rund um den Pier beobachten zu können. Bei Regen treffen sie sich in einem ihrer Häuser und spielen Karten.

Als ich Richtung Pier spaziere, um zu sehen, ob Skye auf der Fähre ist, rollt der gelbe Bibliotheksbus über die Rampe. Erfreut winke ich. Rae war schon seit über einer Woche nicht hier! Sie hat Skye und mir nur kryptisch mitgeteilt, dass sie einige Tage nicht auf die Insel würde kommen können, und dass wir bitte regelmäßig nach Gottlieb schauen sollten. Was wir jetzt ohnehin immer tun. Mal wechseln wir uns ab, mal gehen wir gemeinsam zu ihm und lassen uns nie von seinem Gebrummel abschrecken. Im Grunde genommen freut er sich sehr über die Gesellschaft, weiß ich, auch wenn er das niemals offen zugeben würde. Wenn ich allein zu Besuch bei Fiete und ihm bin, unterhalte ich mich mit Gottlieb auf Deutsch, und ich habe das Gefühl, dass er das wahnsinnig genießt, selbst wenn er das nie sagt. Wenn Skye im Krankenhaus ist, kommt Isla oft mit mir zu Gottlieb. Gemeinsam haben wir uns angewöhnt, ihm »Essen auf Rädern« vorbeizubringen, wie wir es kichernd getauft haben – wir fahren gemeinsam mit unseren Fahrrädern zu ihm, die Körbe mit Leckereien vollgepackt. Manchmal holen wir Take Away aus dem Inselladen, hin und wieder koche ich selbst etwas, was ich Gottlieb einpacke, und ganz selten lässt sich Aidan davon überzeugen, etwas zu zaubern. An den Tagen ist Gottlieb immer erstaunlich gut gelaunt – er ist ein Fan von Aidans Essen. Aber wer nicht?

Der Bus rollt die Länge des Piers entlang, biegt dann auf den

Parkplatz neben dem Inselladen und hält an. Während ich auf das Fahrzeug zugehe, fällt mein Blick auf den Souvenirladen nebenan. Ich sehe Gladys, die gerade die Schnüre eines Windspiels neben dem Eingang des Geschäfts zu entwirren scheint. Unsere Blicke treffen sich, und sie nickt mir mit einem flüchtigen Lächeln zu, bevor sie im Laden verschwindet. Meine Gedanken wandern zu dem Tag vor ein paar Wochen – kurz, nachdem Duncan verschwunden war –, als ich mir ein Herz genommen habe und in den Souvenirladen von Amys Eltern gegangen bin. Natürlich wusste Gladys, wer ich bin – auf dieser Insel gibt es niemanden, der das nicht weiß, nach alldem, was geschehen ist! Aber zum Glück ist meine Befürchtung nicht wahr geworden: Die Insulaner haben mich, trotz der Lügengeschichte, alle in ihr Herz geschlossen – nur zu Amys Eltern hatte ich bis dahin keinen Kontakt gehabt. Verständlicherweise. An jenem Augusttag habe ich mich in ihrem Geschäft umgesehen, mir ein schönes T-Shirt mit Walschwanzmotiv ausgesucht und mir dann, beim Bezahlen, ein Herz gefasst.

»Ich wollte Ihnen sagen, dass … dass ich weiß, wie es ist, ein Kind zu verlieren«, habe ich zögernd gesagt und mich darum bemüht, die Fassung zu bewahren, während mich Amys Mutter wie vom Donner gerührt angestarrt hat. »Es ist das schrecklichste Gefühl der Welt – schon dann, wenn dieses Kind kaum ein Teil des Lebens der Eltern sein durfte. Aber bereits vor dem ersten Schrei, vor dem ersten Lächeln, schon lange davor hat es trotzdem einen festen Platz im Herzen der Eltern. Und darum … weil ich weiß, wie schlimm es war, ein Baby zu verlieren, das ich noch gar nicht hatte kennenlernen dürfen – deshalb weiß ich, was Sie und Ihr Mann durchgemacht haben. Was Duncan durchgemacht hat. Und was auch Heather und Graham durchgemacht haben.«

Erst habe ich befürchtet, dass sie mich aus dem Laden

schmeißen würde. Aber dann hat sie nachgefragt. Sie wollte meine Geschichte hören. Schließlich hat sie mir Fotos von Amy und Quinn gezeigt und mit mir ein paar Tränen vergossen. Am Ende, beim Abschied, habe ich es gewagt, sie zu bitten, auf Heather und Graham zuzugehen. Und das haben ihr Mann und sie einige Tage später tatsächlich getan, sehr zu meiner Verwunderung: Die beiden sind in der Cameron Lodge aufgetaucht und haben sich, zum ersten Mal seit dreizehn Jahren, gemeinsam mit Heather und Graham auf ein Glas Whiskey zusammengesetzt. Am Ende dieses Abends hat Gladys Heather gebeten, ihre Patchworkdecken wieder im Laden zu verkaufen. Seitdem verzieht sich Heather regelmäßig in das Zimmer unter den Dachschrägen der *Cameron Lodge*, wo sie schon früher gequiltet hat. Und immer, wenn ich sie dort oben besuche und eine Tasse Kaffee mitbringe, dann sehe ich das glückliche Lächeln auf ihren Lippen. Es ist offensichtlich, dass ihr diese Arbeit wahnsinnig gefehlt hat.

Ich will gerade auf den Schulbus zugehen, um Rae zu begrüßen, als ich Skyes Auto entdecke, das ebenfalls über den Pier auf mich zukommt. Skye winkt mir fröhlich zu, dann zeigt sie auf den Schulbus, ihre himmelblauen Augen weit aufgerissen, macht irgendwelche wilden Gesten und parkt direkt hinter dem Bus. Ratlos nähere ich mich den beiden Fahrzeugen. Geht es Rae etwa nicht gut? Ist sie krank? Angst schnürt mein Herz zu, als ich mich der seitlichen Tür des Büchereibusses nähere, die nun von innen geöffnet wird.

Rae kommt über das Trittbrett herab und schaut mich mit ihrem üblichen freundlichen Lächeln an. Sie sieht völlig gesund aus. Allerdings trägt sie ein auffälliges lilafarbenes Kapuzen-Sweatshirt mit dem Aufdruck »I ♥ New York«, was mich überrascht die Stirn runzeln lässt. In so einem Outfit habe ich Rae ja noch nie gesehen!

»Da bist du ja wieder! Wir hatten uns schon Sorgen um dich gemacht.«

Rae lächelt mich entspannt an. »Um mich muss sich niemand sorgen«, erwidert sie fröhlich.

»Ja«, murmele ich. »Das dachte ich mir schon.«

»Ich habe eine Reise gemacht.« Rae lächelt mich weiterhin unbeirrt an.

»Eine Reise?« Ratlos erwidere ich ihren Blick. Irgendetwas blitzt da in dem Bernsteinton ihrer Augen auf, das mich wachsam sein lässt. Diese Frau führt doch etwas im Schilde! Dann starre ich wieder ihr Sweatshirt an. Sehe erneut in ihre Augen.

Mein Herz setzt einen Schlag aus.

Rae nickt mit einem Lächeln und deutet hinter sich. »Er traut sich nicht raus, glaube ich. Am besten gehst du rein«, wispert sie mir zu.

Mit vor Schreck geweiteten Augen starre ich sie fassungslos an.

»Er … ist hier?«, stammele ich ungläubig und sehe mit wild hämmerndem Herzen zum Bus hinauf. Eine Bewegung an einem der Fenster macht mir klar, dass ich beobachtet werde.

»Ja. Das ist er.« Rae legt flüchtig eine Hand auf meine Wange und sieht mich ruhig an. »Keine Sorge«, raunt sie. »Ich habe es ihm natürlich noch nicht erzählt. Das überlasse ich dir.«

Sprachlos erwidere ich ihren Blick. Aber eigentlich bin ich nicht wirklich überrascht. Natürlich weiß sie es längst. Sie wusste es ja sogar als Erste. Schon bevor unser Baby gezeugt worden ist.

Niemals werde ich den Moment vor fast einem Monat vergessen, als ich abends allein in meinem Cottage auf die zwei roten Streifen des Schwangerschaftstests gestarrt habe. In meinen ersten zwei Wochen ohne Duncan auf Whale Island habe ich mich mit einem solchen Feuereifer in meinen neuen Alltag gestürzt, dass ich völlig den Überblick über meine Periode verloren hatte: Zunächst habe ich meine Wohnung in New York per Brief gekündigt und Bridget gefragt, ob es ihr etwas ausmachen würde, meine Sachen zu packen. Zum Glück hat sie keinen Moment gezögert, und ich war heilfroh, dass ich ihr meinen Ersatzschlüssel anvertraut hatte. Lennox und ein paar seiner Freunde haben auch ihre Hilfe angeboten, sodass sie gemeinsam meine Klamotten, Tagebücher, Bücher, Fotoalben, Kosmetika und Küchenutensilien in ein paar Kartons verpackt und sie mir mit FedEx zugeschickt haben. Ich war erleichtert, dass ich eine möblierte Wohnung angemietet und keinen großen eigenen Hausstand hatte, nachdem ich aus Oliviers und meiner Wohnung in Hongkong so gut wie nichts außer ein paar persönlichen Dingen mitgenommen hatte. Was ich stattdessen hatte, waren fantastische Freunde in Manhattan, die sofort kapiert hatten, warum ich nicht unbedingt persönlich nach New York zurückkommen wollte. Zwar war die Wahrscheinlichkeit gering, dass ich an der Upper West Side Duncan oder der Eisprinzessin über den Weg laufen würde, aber allein die Vorstellung, wieder in derselben Stadt zu sein wie die beiden, ließ mich fast zum Klo rennen und mich übergeben.

Im Nachhinein weiß ich, dass nicht nur diese Vorstellung Grund für meine Übelkeit war.

Ich wollte Bridget und Lennox für ihre Mühe Geld überweisen, woraufhin mir beide angedroht haben, mir das niemals zu verzeihen, falls ich diese Frechheit besitzen würde.

»Lad mich mal auf deine Insel ein und zeig mir die Wale«, hat Bridget bei unserem letzten Telefonat gesagt und ein wenig traurig geklungen. »Ich wünschte zwar, dass du noch hier wärst – und dass das mit dem Eisblock und dir geklappt hätte! –, aber immerhin bist du jetzt an einem Ort, wo du dich zu Hause fühlst. Übrigens ist der Eisblock jetzt noch vereister als vorher. Mann, er ist der größte Idiot dieses Universums, dass er sich dich hat entgehen lassen. Pass auf dich auf, Süße.«

Nachdem mein altes Leben in New York also mal wieder in Kartons verpackt worden war, habe ich mich von Rose an der Rezeption einarbeiten lassen und war froh, dass sie absolut nichts dagegen hatte, dass ich das Ablagesystem geändert habe. Aidan hat eingewilligt, ein Update für das Reservierungsprogramm herunterzuladen, auch wenn der PC eigentlich zu altersschwach für die neue Version ist. Aber für einen neuen PC fehlt momentan einfach das Geld. Immerhin war ein neuer Drucker für die Rezeption drin, sodass wir nicht länger den manuellen Einzug nutzen müssen.

Was mich in den ersten Wochen ebenfalls sehr beschäftigt und von sentimentalen Gedanken abgelenkt hat, war das Herrichten meines Cottages. Ich durfte mir eines aussuchen, und nachdem ich mit Isla und Skye von Blockhaus zu Blockhaus gewandert war, habe ich mich für ein Häuschen entschieden, das nicht direkt neben Aidans Haus liegt, aber dennoch in Sichtweite. So fühle ich mich nicht ganz so einsam, aber jeder von uns hat auch genügend Privatsphäre, sodass Aidan sich beim Boxen auf seiner Veranda nicht beobachtet fühlen muss. Gemeinsam mit Graham hat Aidan eine undichte Stelle im Dach meines neuen Cottages repariert, ein paar löchrige Mückennetze vor den Fenstern ausgetauscht und ein altes Vogelnest aus dem Schornstein geholt, sodass ich ein Feuer im Kamin machen kann (was ich natürlich schon mehrmals getan habe!). Heather, Skye und Isla haben mir beim Großputz im Blockhaus geholfen, und schon nach zwei Tagen fleißiger Arbeit erstrahlte alles wie neu. Sogar die Vorhänge hat Heather gewaschen und gemangelt, und zu meinem Einzug hat sie mich mit einem ihrer selbst gemachten Quilts für mein Bett überrascht.

»Oh, der ist wunderschön!«, habe ich gerührt gesagt und meine Finger andächtig über das Patchwork-Muster aus kunstvoll zusammengesetzten Stoffstücken in Rosé-Tönen gleiten lassen. Ich bin so froh, dass ich kurz nach meinem Einzug mit Gladys und Trevor gesprochen habe und dass dieses Gespräch dazu geführt hat, dass Heather nun wieder einen Grund hat, Patchworkdecken zu zaubern. Doch sie näht nicht nur für den Souvenirladen fleißig, sondern hat auch angekündigt, die Betten in den Gästezimmern der *Cameron Lodge* ebenfalls mit neuen Überwürfen auszustatten – und Islas Zimmer, worauf diese energisch bestanden hat.

Isla wohnt jetzt vorübergehend ganz bei ihrem Dad und hat begonnen, auf die Highschool in Scott's Harbour zu gehen. Zwar arbeitet Jenny noch bis Jahresende an der Uni in Sydney, aber im Frühjahr soll sie ihren Job hier auf der Insel beginnen und den Aufbau des »Whale Sanctuary« begleiten. Da Jenny also mitten im Schuljahr hierherziehen wird, wollte sie, dass Isla schon vorher übersiedelt, um nicht mittendrin wechseln zu müssen.

Seit ich Isla erzählen darf, wer ich wirklich bin, habe ich ihr viel über meine Kindheit und Jugend und die vielen Neuanfänge in den diversen Schulen berichtet. »Glaub mir, ein einziger Schulwechsel ist zu verkraften«, habe ich ihr versichert. »Und du bist immer noch in deinem vertrauten Kulturkreis, im selben Sprachraum. Wenn ich früher von Bali nach Tokyo und von Phuket nach Singapur ziehen konnte, dann schaffst du den Umzug nach Whale Island und den Schulbeginn in Scott's Harbour mit links, Isla.«

Und genauso ist es gekommen. Schon nach den ersten Tagen hatte Isla zwei neue beste Freundinnen – und einen Jungen, den sie umwerfend süß fand, was Aidan die Blockhauswände hochgehen ließ.

An dem Abend, als Heather mir den Quilt geschenkt hatte,

hat Aidan Fischsuppe für uns alle gekocht. Und als mir beim ersten Löffel übel geworden ist, habe ich nachgerechnet. Habe festgestellt, dass meine Periode längst überfällig war. Zwei Tage später, als ich frei hatte, habe ich mir Skyes Auto geliehen und bin zu einem Supermarkt auf dem Festland gefahren, weil der Inselladen konsequenterweise nicht nur keine Kondome verkauft, sondern auch keine Schwangerschaftstests. Abends, beim Blick auf die zwei roten Streifen, war es dann Gewissheit: Duncan und ich hatten tatsächlich ein Baby gezeugt. Obwohl er »aufgepasst« hatte und ich überzeugt gewesen war, mich weit von meinem Eisprung entfernt zu befinden.

Ich habe lang auf dem Toilettendeckel gesessen und den Test angestarrt. Bin dann ein wenig zittrig durch mein behagliches Wohnzimmer gegangen und hinaus in die kühle Nacht getreten. Habe mich in den blauen Schaukelstuhl gesetzt, den Graham für mich aufgetrieben, neu gestrichen und wenige Tage vorher als Überraschung auf meine Veranda gestellt hatte. Dort habe ich gesessen, eine Hand auf meinem noch flachen Bauch, habe dem beruhigenden Donnern der Brandung und der gedämpften Musik aus Aidans Haus nebenan gelauscht. Eine ganze Weile habe ich nachdenklich auf den dunklen Atlantik hinausgestarrt, den ich zwischen den Bäumen hindurchschimmern sehen konnte. Habe versucht, meine durcheinandergaloppierenden Gedanken einzufangen.

Nach einiger Zeit habe ich plötzlich gestutzt, weil ich ein Licht gesehen habe. Kam jemand mit einer Laterne durch das Wäldchen zu meinem Cottage? Oder hatte Aidan seine Verandalampe eingeschaltet? Ratlos habe ich mich ein wenig vorgebeugt, an dem Pfosten meiner Veranda vorbeigeschaut – und bin vom Vollmond begrüßt worden, der gerade riesig und golden hinter den Baumwipfeln aufging. Ein paar Herzschläge lang habe ich ungläubig den Mond angestarrt, als sähe ich ihn zum ersten Mal, während ich wieder und wieder Raes Worte hören konnte: »Beim nächsten Vollmond wirst du die Lösung deiner Probleme bekommen.«

Fassungslos habe ich wieder auf den Stick hinabgesehen, den ich nach wie vor umklammert hielt. Aber … war das wirklich die Lösung? Wie konnte das sein? Immerhin wollte Duncan auf keinen Fall ein Kind haben. Das hatte er mir doch ausdrücklich gesagt. Wie aber würde dies funktionieren können? Ich fühlte mich so wohl auf dieser Insel, fühlte mich zum ersten Mal »zu Hause« – aber hier Duncans Baby zu bekommen, wie sollte das gehen? Er würde sich genötigt fühlen, eine Rolle im Leben dieses Kindes zu spielen, weil doch auch seine Eltern und seine Geschwister eine Rolle darin spielen würden, wenn ich hier bliebe. Wirklich, wie könnte dieses Baby eine Lösung für irgendwas sein?

Aber trotz aller Verzweiflung, die mich überkam, sobald ich an Duncan dachte, war ich trotzdem unfassbar glücklich.

Und gleichzeitig bekam ich Angst. Panik, regelrecht. Was, wenn ich auch dieses Baby wieder verlieren würde? Darum habe ich bisher niemandem davon erzählt. Nicht einmal Skye habe ich eingeweiht.

Nur Rae wusste es natürlich schon vor mir.

Jetzt, vor ihrem Schulbus, starre ich sie wie benommen an, während mir all diese Gedanken und Erinnerungen durch den Kopf rasen.

»Erzähl es ihm.« Rae betrachtet mich eindringlich.

»Aber … das kann ich nicht«, flüstere ich und werfe einen hektischen Blick zum Bus hinauf. »Er … er wird sich wieder wie in der Falle fühlen. Wie damals, bei … Quinn. Er wird sich verpflichtet fühlen, auf diese Insel zurückzukehren. Das … das will ich nicht.«

Zu meinem Entsetzen merke ich, dass heiße Tränen in meinen Augen brennen. Rae schüttelt mit Nachdruck ihren Kopf. »Du machst dir zu viele Sorgen. Glaub mir. Die Lösung ist schon da. Ihr müsst sie nur erkennen.«

Und mit diesen Worten wendet sie sich ab und geht seelenruhig auf Skye zu, die aus ihrem Wagen gestiegen ist und mich breit anlächelt. Jetzt verstehe ich ihr wildes Gestikulieren – sie hat gewusst, wer im Bus ist. Hat sie Duncan auf der Fähre bei Rae gesehen, oder war sie die ganze Zeit über eingeweiht? Ich hole tief Luft und zwinge mich dazu, die Stufen in den Schulbus hinaufzusteigen.

64

Duncan steht mit dem Rücken zu den Regalen voller Liebesromane und sieht mir sichtlich nervös entgegen. Ich war nicht darauf vorbereitet, wie sehr mein Herz zu rasen beginnen würde, sobald ich wieder in seine grauen Augen sehe.

Ernst starrt er mich an, und ich starre zurück. Keiner von uns rührt sich oder sagt etwas. Dann springt plötzlich etwas Rotes von einem der Regalkörbe auf Duncans Schulter, und er macht einen erschrockenen Satz zur Seite. »Brontë!«, ruft er mit einem Augenrollen, während die Katze ihren Kopf gegen seine Schläfe drückt und laut schnurrt.

Trotz meiner Anspannung muss ich schmunzeln. »Da hast du ja eine nette Verehrerin«, bemerke ich, während sich Duncan fast verlegen von der Katze befreit und sie auf einem der Sitzsäcke absetzt. Der Blick, den er mir zuwirft – irgendwo zwischen zerknirscht und amüsiert – lässt mein Herz schneller schlagen.

Verdammt, ich habe ihn so vermisst.

»Ja. Brontë ist während unserer Reise wirklich anhänglich geworden«, sagt er leise und betrachtet die Katze, bevor er wieder mich ansieht.

»Seid ihr wirklich die ganze Strecke mit diesem Bus gefahren?«, hake ich ungläubig nach. »Von Manhattan bis Cape Breton?«

Duncan nickt. »Allerdings. Drei Tage lang waren wir unterwegs. Ich hätte nie geglaubt, mich jemals im Leben so viel mit Rae MacLaughlin zu unterhalten.« Ein flüchtiges Schmunzeln zuckt um seine Mundwinkel, und meine Knie werden weich.

Es ist nicht fair, wie heftig ich auf diesen Kerl reagiere – auf diesen Kerl, der einfach so abgehauen ist!

Und dessen Baby ich erwarte. Mit einem Räuspern senke ich den Blick, weil mir das Grau seiner Augen plötzlich zu intensiv ist.

»Warum bist du wieder hier?«, frage ich heiser. »Weil Rae dich geholt hat? Oder … wolltest du zurückkommen?«

»Beides.« Duncan atmet tief durch, macht dann zwei schnelle Schritte auf mich zu und greift nach meinen Händen. Im ersten Moment zucke ich fast erschrocken zurück, aber sobald ich seine warmen Finger spüre, die meine fest umfassen, schmelze ich innerlich schon wieder dahin.

»Du hast dich nicht verabschiedet«, erinnere ich ihn heiser an das letzte Mal, als wir uns gegenüberstanden. »Du bist einfach abgehauen und hast mir nichts als einen blöden Zettel hinterlassen.«

»Es tut mir so leid«, murmelt Duncan mit rauer Stimme. »Es tut mir so unfassbar leid, Greta.«

»Wochenlang habe ich nichts von dir gehört!«, stoße ich aufgebracht hervor und bemühe mich sehr darum, nicht die Fassung zu verlieren. »Die ganze Zeit über habe ich gedacht, dass dir unsere Nacht überhaupt nichts bedeutet hat. Dass du einfach so in dein normales Leben in Manhattan zurückgekehrt bist, als wäre nie etwas zwischen uns gewesen. Zurück in deinen Alltag. Mit deiner Eisprinzessin.«

Duncan mustert mich bestürzt, bevor er langsam erwidert: »Ich habe mich wie der größte Vollidiot benommen.«

»Allerdings«, fauche ich. »Mal wieder. Vollidiot sein, das kannst du fast so gut, wie Eisblock sein!«

»Autsch«, murmelt Duncan, aber er umfasst meine Hände nur noch fester, sagt hastig: »Greta, die Tage hier mit dir auf dieser verdammten, verrückten Insel, die waren so … besonders. Auch wenn ich es am Anfang gehasst habe, wieder hier zu sein, wieder all den schmerzhaften Erinnerungen zu begegnen … es war gleichzeitig unfassbar schön, Whale Island gemeinsam mit dir neu zu entdecken. Und … dich besser kennenzulernen. Mich in dich zu verlieben, jeden Tag ein wenig mehr.«

Bei seinen Worten wird mir sehr warm. Duncan sieht mich eindringlich an, redet dann heiser weiter: »An dem Abend deines Geburtstags, da … da habe ich geglaubt, alles sei möglich. Ich habe die Mail an Catherine abgeschickt, weil mir völlig klar war, dass unsere Ehe wirklich ein für alle Mal am Ende war. Dass ich, nach diesen Tagen mit dir auf Whale Island, niemals die Scherben unserer Beziehung würde kitten können. Würde kitten *wollen.*« Er seufzt tief auf. »Aber dann stand Catherine mit einem Mal vor mir, mit ihren Narben am Handgelenk, und all die Schuldgefühle kamen mit voller Wucht zurück. Wenn ich nicht mit ihr in den Hubschrauber steige, dann wird sie sich wieder etwas antun, habe ich gedacht. Und was, wenn sie sich tatsächlich das Leben nehmen würde? Wenn ich mit der Schuld leben müsste, den Tod einer zweiten Ehefrau mit verursacht zu haben?«

Er holt zitternd Luft, und ich merke betroffen, dass er ein paar Tränen wegblinzeln muss. Rasch löst er seine Hände von meinen, wischt sich über die Augen und fährt sich mit einem tiefen Seufzer durch sein dichtes schwarzes Haar, das, wie ich mit einem Glücksgefühl im Bauch merke, heute ganz offensichtlich nicht die Spur von Gel abbekommen hat.

Leise sagt er: »Also bin ich mit Catherine zurück in unseren Alltag geflogen, ja. Habe Richard klargemacht, dass das hier mit dem Golfresort nichts wird. Er hat es gelassen aufgenommen, weil er schon den nächsten Plan parat hatte. Außerdem fand Catherine es hier doch zu öde, wie sie betont hat. Tja, eigentlich sollte ich morgen nach Vermont fliegen und mir dort ein Grundstück ansehen. Catherine wollte diesmal mitkommen. Mich nicht mehr aus den Augen lassen, vermute ich.«

Er lacht leise auf und schüttelt den Kopf. »Als wäre ich die ganze Zeit derjenige gewesen, der fremdgegangen ist! Das mit dir …« Er sieht mich an und bei dem Ausdruck, der sich in das Grau seiner Augen schleicht, wird mir klar, dass er gerade an unsere Nacht denkt … »das mit dir war das einzige Mal, dass ich Catherine jemals betrogen habe. Das erste und einzige Mal.«

Er holt tief Luft, hält meinen Blick fest und fährt dann rasch fort: »Als Rae mit ihrem Bus vor dem Hotel aufgetaucht ist, war mir eigentlich längst klar, dass es so nicht weitergehen konnte. Catherine hat sich in den letzten Wochen zwar wahnsinnige Mühe gegeben, und sie hat sogar angekündigt, das Haus auf St. Thomas wieder zu verkaufen und eine neue Wohnung für uns in Manhattan zu finden – aber ich habe einmal mehr deutlich gemerkt, dass ich das alles nicht mehr konnte und wollte. Dass ich sie längst nicht mehr liebe. Ich … ich habe kein einziges Mal mehr mit ihr geschlafen, Greta. Das musst du mir glauben. Obwohl sie es versucht hat. Aber ich … ich habe immer nur dich vor mir gesehen. Ich konnte nicht.«

Seine letzten Worte flüstert er, während er dichter vor mich tritt und mir die Hitze ins Gesicht steigt.

»Aber … hast du dich jetzt wirklich richtig getrennt?«, hake ich schnell nach, bevor ich den Faden verliere.

»Ja. Das habe ich. Du musst dir keine Sorgen machen, dass Catherine jeden Moment wieder mit dem Helikopter anrauschen könnte.« Ein schiefes Schmunzeln zuckt um seinen Mund, bevor er ernst hinzufügt: »Sie hat getobt und geschrien. Aber dann, dann hat sie geweint, und ich habe sie in den Arm genommen und wir haben lange und ausführlich geredet. Weil … weil mir mal jemand gesagt hat, dass es wichtig ist, über seine Probleme zu sprechen.« Er sieht mich bedeutungsschwer an, und ich muss lächeln, obwohl ich gerade sehr aufgewühlt bin.

»In diesem Fall hat das Reden zwar nicht mehr unsere Ehe gerettet, aber … ich glaube, es hat Catherine geholfen, zu begreifen, dass es vorbei ist. Und dass nichts, was sie tut oder sagt, das ändern könnte. Und dass sie im Grunde genommen besser ohne mich dran ist. Sie wird ihren Weg gehen, da bin ich mir sicher. Sie wird auch bestimmt wieder heiraten. Und in ihren Hochphasen, da ist sie so kreativ und voller Energie – vielleicht eröffnet sie noch eine zweite Galerie. Oder sie übernimmt meine Stelle im Hotel. Wer weiß.« Er grinst schief.

»Richard hat dich gefeuert?«, hake ich leise nach.

Duncan schüttelt den Kopf. »Ich habe gekündigt, bevor er mich feuern konnte. Aber immerhin hat er dann doch nicht mehr damit gedroht, mir meine Karriere zu versauen. Er war richtig traurig, glaube ich. Ich habe ihn und meine Schwiegermutter gebeten, sich gut um Catherine zu kümmern, damit sie … nicht wieder Blödsinn macht.« Sein Blick flackert zu seinen eigenen Pulsadern hinab, und er seufzt schwer. »Ich habe auch Catherines Therapeuten informiert. Aber, ganz ehrlich – ich glaube nicht, dass sie sich diesmal etwas antun wird. Als ich ihr gesagt habe, dass ich nach Whale Island zurück möchte, da ist ihr wohl aufgegangen, dass ich nicht mehr der Duncan bin, den sie damals geheiratet hat. Dass ich vielleicht nie der Duncan war, den sie geglaubt hat zu lieben. Dass wir in zwei verschiedene Welten gehören.«

Duncan lächelt mich an, und dieses Lächeln trifft mich so unvorbereitet, dass ich nervös an ihm vorbeistarre, auf die Regalkörbe voller Bücher, um meine Emotionen zu sortieren. Da entdecke ich die kleine Freiheitsstatue, die aus einem Korb mit Reiseführern hervorschaut.

»Ich kann nicht glauben, dass Rae wirklich in New York war«, sage ich mit einem ungläubigen Kopfschütteln.

»Was meinst du, wie ich geguckt habe, als sie vorm Hotel aufgetaucht ist.« Duncan grinst mich an, und ich muss kichern. »Sie hat darauf bestanden, Sightseeing zu machen und Souvenirs einzukaufen, während ich klare Verhältnisse im Büro und zu Hause geschaffen habe.«

»Das Sweatshirt steht ihr echt gut, finde ich. Ich ärgere mich richtig, dass ich mir keines gekauft habe. Ich besitze noch nicht einmal eine New-York-Tasse.«

»Doch. Ich glaube schon.« Duncan deutet auf einen Karton, der gut verschnürt hinter dem Fahrersitz steht. »Bridget und Lennox hatten sieben Stunden Zeit, um ein Paket für dich zu schnüren. Ich habe das Gefühl, halb Macy's befindet sich in diesem Karton. Wenn keine Tasse mit ›I ♥ New York‹ dabei ist, fresse ich Brontë.«

Die Katze sieht ihn geradezu empört an. Gerührt gehe ich auf den Karton zu und lese Bridgets Handschrift: »Für die beste Kollegin der Welt, am Arsch der Welt. Wir lieben dich! XXXOOO Bridget und Lennox«

»Du hättest die Luftsprünge sehen sollen, die Lennox vor dem Hotel gemacht hat, als ich ihm gesagt habe, wohin ich mit dem gelben Schulbus fahren werde«, bemerkt Duncan. »Der Junge hätte wirklich Profi-Basketballer werden sollen! Und Bridget war so aus dem Häuschen, dass sie mich spontan umarmt und sich dann über sich selbst erschrocken hat.«

Ich muss gleichzeitig lachen und weinen. Als ich Duncan hinter mir spüre, hole ich zittrig Luft und drehe mich zu ihm um. »Ich kann es nicht fassen, dass du hier bist«, wispere ich und lehne meine Stirn gegen seinen Oberkörper. Seine Arme umschlingen mich, halten mich fest, als wollten sie mich nie wieder loslassen.

»Ich kann es nicht fassen, dass ich jemals in diesen Hubschrauber gestiegen bin«, murmelt er in mein Haar.

»Oh, das konnte ich auch nicht fassen, glaub mir«, erwidere ich heiser, und er lacht leise auf.

Ein paar Herzschläge lang stehen wir stumm voreinander, lauschen den Atemzügen des anderen und genießen unsere Nähe. Dann hebe ich zögernd den Blick und sehe ihn an.

»Es gibt da etwas, das ich dir sagen muss«, beginne ich mit bebender Stimme. Mir schlägt das Herz bis zum Hals. Der Augenblick der Wahrheit ist gekommen.

»Ja?« Duncan erwidert meinen Blick ernst. Sein Daumen fährt sacht meinen Wangenknochen entlang, lässt mich leicht erschaudern.

»Ich bin schwanger.«

So, jetzt ist es raus. Ich starre Duncans Brust an, sein graues T-Shirt. In seine Augen kann ich nicht sehen. Bis seine Hand sich unter mein Kinn legt und er sanft, aber mit Nachdruck meinen Kopf hebt, sodass ich seinen Blick erwidern muss. Seine Augen sind sturmgrau.

»Wenn du jetzt fragst ›Von wem?‹, dann trete ich dir vors Schienbein«, sage ich und versuche mich an einem schiefen

Lächeln. Duncan lächelt nicht. Er starrt mich ernst an, sieht dann an mir hinab, auf meinen Bauch, der noch flach ist.

»Es ist natürlich noch früh«, erkläre ich hastig, weil er nichts sagt. »Ich bin erst Ende der neunten Woche. Das erste Trimester ist also noch nicht um, es kann nach wie vor so viel passieren. Auch danach. Das … weiß ich ja nur zu gut.«

Als mir Tränen in die Augen schießen, drehe ich mich weg. Ich kann nicht weiterreden, und ich kann nicht in sein todernstes Gesicht sehen. Aber da umfasst mich Duncan von hinten, schlingt seine Arme um mich, drückt mich rücklings an sich. Seine Stimme klingt belegt, als er an meinem Ohr flüstert: »Verdammt, Greta.«

Verdammt Greta?

Ruckartig reiße ich mich los, drehe mich zu ihm um und sage hitzig: »Ich weiß! Verdammt, Duncan, wir haben nicht genug aufgepasst, ja! Aber … das war nicht nur ich, oder? Ich natürlich auch, klar. Und ich dachte wirklich, mein Eisprung wäre längst vorbei. Aber … es ist trotzdem passiert. Es tut mir leid, okay? Ich erwarte nichts von dir, Duncan, gar nichts!«

Duncan sieht mich an wie vom Donner gerührt. Dann greift er nach meinen Schultern, schüttelt mich ganz leicht und sagt mit Nachdruck: »So habe ich das doch gar nicht gemeint! Ich … ich wollte etwas in die Richtung: ›Verdammt, Greta … das ist das *fucking* Schönste, was ich mir hätte ausmalen können!‹ sagen. Oder so ähnlich.« Er blinzelt irritiert, und ich erkenne überrascht die Tränen in seinen Augen. »Aber du hast mich gar nicht ausreden lassen!«

Er holt tief Luft und erklärt mit fester Stimme: »Ich weiß, was ich gesagt habe. Dass ich keine Kinder mehr haben will. Dass ich so einen Verlust nicht noch einmal ertragen könnte. Aber ich habe auch gesagt, dass ich niemals wieder auf Whale Island leben möchte, und schau dir an, wo ich bin.« Er lacht heiser auf, und da muss auch ich lachen, während mir Tränen über die Wangen rinnen. »Verdammt, Greta.« Er sieht mich innig an. »Mit dir kann ich es mir vorstellen. Mit dir ist alles möglich.«

Da schlingen sich meine Arme um ihn, er zieht mich fest an sich und endlich, endlich, endlich darf ich Duncan wieder küssen. Ich kann nicht glauben, dass ich so lange atmen konnte, ohne seine Lippen zu berühren. Dass ich auch nur einen Tag lang überleben konnte, ohne seine Hände auf meiner Haut zu spüren. Ohne sein Herz heftig schlagen zu spüren. Ohne ihn zu riechen und zu schmecken und sein leises Seufzen zu hören. Ohne …

Ein Räuspern lässt uns auseinanderfahren. Rae steht mit einem fast verlegenen Lächeln in der offenen Tür.

»Ich will euch beide wirklich nicht stören.«

»Tust du aber«, seufzt Duncan und kassiert von mir einen mahnenden Klaps auf den Oberarm, bevor ich mir mit einem versonnenen Lächeln das T-Shirt zurück in den Jeansbund schiebe.

»Es ist nur so, dass ich ein wenig müde von der langen Fahrt bin. Ich glaube nicht, dass ich noch heute Abend die Fähre zurück nehmen will.«

»Kein Problem, Rae«, sage ich. »In der *Cameron Lodge* ist noch ein Zimmer frei.«

»Wunderbar«, seufzt Rae und zwinkert mir zu. »Da wollte ich schon längst mal übernachten. Nach den ganzen furchtbaren Motels, in denen wir unterwegs geschlafen haben, kann ich es nicht erwarten, in euer Hotel zu kommen!«

»Erinnere mich nicht an die Motels«, knurrt Duncan, und ich muss lachen. »Ich habe ein halbes Notizbuch mit ›Niemals machen!‹-Gedächtnisstützen gefüllt.«

»Und die andere Hälfte mit ›Unbedingt-machen!‹-Ideen«, bemerkt Rae gut gelaunt.

»Was denn für Ideen?« Gespannt sehe ich Duncan an. Der grinst schief. »Überraschung. Ich muss dringend mit meinen Eltern und Aidan und Skye reden. Und mit dir natürlich.«

65

Ich kann immer noch nicht glauben, dass Duncan zurück ist, als wir eine Stunde später in der Lobby der Lodge in einem Halbkreis um das Kaminfeuer sitzen: Duncan und ich, Aidan und Isla, Heather und Graham, Skye und sogar Rae, die ja heute Nacht ein Gast der *Cameron Lodge* ist. Brontë liegt zusammengerollt auf Duncans Schoß und schläft friedlich, nachdem sie stürmisch von Johnnie Walker begrüßt worden ist. Ein merkwürdigeres Freundespaar als diese beiden Tiere habe ich noch nie gesehen. Aber das ist wirklich nicht das einzig Merkwürdige auf dieser Insel!

»Ich könnte fast eifersüchtig werden«, bemerkt Rae und nippt an ihrem Tee. »Diese Katze ist absolut verschossen in dich, Duncan Cameron. Ich meine Sommerset.« Sie macht eine kurze Pause und sieht ihn nachdenklich an. »Ich vermute, bald wieder ›Cameron‹?«

»Absolut«, bestätigt Duncan und wirft mir einen entschlossenen Blick zu, den ich mit einem glücklichen Lächeln erwidere.

»So, jetzt noch einmal von vorn«, sagt Graham und mustert seinen ältesten Sohn ernst über ein Glas Whiskey hinweg, das er sich eingeschenkt hat, um, wie er sagt, »diese ganze Aufregung zu verdauen«.

»Du hast dich also von der echten Catherine getrennt und bist wieder hier, um mit Greta zusammen zu sein.« Sein Blick wandert zu mir und dann wieder zu Duncan. Der nickt.

»Ganz genau.«

»Zum Glück!«, verkündet Isla. »Die echte Catherine mochte ich kein Stück.«

»Ich auch nicht«, bestätigt Heather.

»Und ich habe sie zwar nicht kennengelernt, aber ich wäre gestorben, wenn Greta weiterhin in Dauerschleife *Only love can hurt like this* von Paloma Faith gehört hätte.«

Es ist Aidan, der das trocken sagt, und ich starre ihn entsetzt an. »Das konntest du bei dir im Haus hören?«

»Und ob.« Leidend rollt er die Augen gen Zimmerdecke, zwinkert mir dann jedoch zu, um seine Worte abzumildern. Ich grinse zurück.

»Wir können also festhalten, dass hier so ziemlich alle froh sind, dass du mit Greta hier sitzt, und nicht mit der echten Catherine«, stellt Skye sachlich an ihren Bruder gewandt fest.

»Das habe ich kapiert, ja. Danke dir.« Er grinst seine Schwester an und wirft dann mir einen verliebten Blick zu, der mir die Röte in die Wangen treibt.

»Alle«, korrigiert Graham seine Tochter und hüstelt umständlich. »Nicht ›so ziemlich alle‹.« Er lächelt mich verlegen an, bevor er an Duncan gerichtet ernst fortfährt: »Und du bist in deinem Hotel in Manhattan gefeuert worden.«

»Ich habe gekündigt. Ja.«

»Und dein Schwiegervater wäre vermutlich in der Lage, zu verhindern, dass du in einem anderen der großen Hotels Karriere machen kannst.«

»Vielleicht.« Duncan atmet tief durch und beugt sich ein wenig vor, wobei Brontë aufwacht und ihn fragend mustert. »Aber wenn ich wollte, könnte ich durchaus versuchen, mich woanders zu bewerben. Catherine … sie hat mir nämlich vor zwei Tagen geschrieben, dass sie ihren Dad gebeten hat, nichts dergleichen zu unternehmen. Sie hat ihm gesagt, dass sie selbst die Trennung auch wollte. Und dass sie nicht will, dass ich für unsere gescheiterte Ehe bestraft werde.«

Überrascht lasse ich diese Worte sacken, während Duncan mit fester Stimme fortfährt: »Aber ich will das nicht mehr. Große Hotels in großen Städten. Ich habe gemerkt, wie sehr ich Whale Island vermisst habe – trotz aller negativer Erinnerungen.«

Duncan wirft Rae einen flüchtigen Blick zu, und sie nickt bestätigend. »Ich wollte euch bitten, mir noch eine Chance zu geben.« Er sieht seine Familienmitglieder der Reihe nach ernst an. »Mir die Möglichkeit zu geben, in der *Cameron Lodge* mitzuarbeiten.«

Aidan schnaubt auf, und alle sehen ihn an. »Und was willst du hier machen?«, fragt er zynisch. »Die Bücher im Regal abstauben und nach Farben sortieren? Falls du es noch nicht gemerkt haben solltest: Wir haben kaum noch Gäste, Duncan!«

»Aidan, bitte«, sagt Heather und legt ihrem Sohn eine Hand auf das Knie, sieht ihn flehentlich an.

»Das ist mir klar, Aidan«, erwidert Duncan und nickt. »Darum sollten wir uns dringend daran machen, dieses Hotel wieder wettbewerbsfähig zu machen.«

»Klar«, lacht Aidan spöttisch auf und schiebt die Hand seiner Mutter vom Knie. »Und wie hast du dir das vorgestellt?«

Duncan atmet tief durch. Dann erklärt er mit einer Leidenschaft in der Stimme, die ich so noch nie bei ihm gehört habe, wenn es um Whale Island und das Hotel seiner Familie ging: »Diese Insel und dieses Hotel haben so viele Kapazitäten. Wir könnten so viel daraus machen, und …«

»Jetzt fang bloß nicht wieder von Golfplatz und Hubschrauberlandeplatz an«, knurrt Graham und nimmt einen großen Schluck Whiskey.

»Könntet ihr Duncan bitte mal zu Wort kommen lassen?« Skye sieht ihren Vater und Aidan ungehalten an.

»Kein Golfplatz, Dad. Kein Hubschrauberlandeplatz. Versprochen. Von Hubschraubern habe ich erst einmal genug.« Duncan grinst schief, bevor er rasch fortfährt: »Wir müssen einen Weg finden, mehr Touristen anzulocken, aber trotzdem das geplante Whale Sanctuary nicht zu gefährden. Sprich: Wir müssen einen nachhaltigen Weg finden.«

»Ach, jetzt kommt die Öko-Schiene«, brummt Graham, was ihm einen bösen Blick seiner Frau einbringt.

»Genau, Dad.« Duncan setzt sich gerader hin und sieht seinen Vater ernst an. »Jetzt kommt die Öko-Schiene. Denn, weißt du was? Das ist es, was den Leuten heutzutage wichtig ist. Also, zumindest denen, die eben nicht in die Golfresorts wollen. Die nicht mit dem Hubschrauber einfliegen. Die Leute, die Natur und Einsamkeit suchen. Und diese Leute gibt es, Dad. Wir könnten also genau diese Zielgruppe ansprechen. Sie auf diese Insel bringen, wo sie in der Natur auf nachhaltige Weise ihren Urlaub verbringen können.«

»Und wie soll diese tolle ›Nachhaltigkeit‹ aussehen?« Aidan starrt Duncan mit verschränkten Armen kritisch an.

»Ich habe mir auf der langen …«, er wirft Rae einen verschmitzten Blick zu, »auf der *sehr* langen Fahrt von Manhattan hierher viel überlegt.« Duncan greift nach dem Notizbuch, das auf dem Beistelltischchen neben ihm lag, und blättert konzentriert durch die Seiten. Nervös wippe ich mit dem Fuß, während ich die anderen Anwesenden der Reihe nach bittend ansehe. Ich möchte unbedingt, dass sie sich Duncans Ideen anhören!

»Momentan haben wir zwanzig Zimmer in der Lodge in Betrieb, was maximal vierzig Gäste pro Nacht bedeutet, richtig?« Duncan sieht Aidan an, der grimmig nickt.

»Wobei wir seit Jahren nicht mehr vierzig Gäste auf einmal hier hatten«, brummt er.

»Genau. Die Lodge hat aber sogar dreißig Gästezimmer hier im Gebäude, und zusätzlich zehn Cottages – in den fünf kleineren können bis zu vier Leute schlafen, in den fünf größeren bis zu acht. Korrekt?«

»Korrekt«, sagt Heather rasch.

»Das bedeutet, bei voller Auslastung wären wir bei sechzig Gästen im Haus und sechzig Gästen in den Cottages. Hundertzwanzig Gäste pro Nacht.«

»Willst du mich jetzt aus meinem Cottage rausschmeißen, oder was?« Aidan sieht seinen Bruder halb amüsiert, halb kampfeslustig an. »Und deine Greta?«

Duncan schüttelt mit einem Seufzer den Kopf. »Davon rede ich nicht, Aidan. Das ist erst einmal nur eine Bestandsaufnahme.«

»Hundertzwanzig Gäste pro Nacht – so viele hatten wir nicht einmal zu unseren besten Zeiten«, murmelt Graham und starrt melancholisch in sein Whiskey-Glas.

»Aber diesmal könnten wir das schaffen.« Duncan sieht euphorisch vom einen zum anderen.

»Und was ist mit den Walen?« Isla sieht ihren Onkel kritisch an. »Hundertzwanzig Fremde auf dieser Insel – plus die Tagestouristen und die Gäste des *Whale Island Inn* –, die würden doch bestimmt die Landschaft zerstören. Denk mal an die ganzen Autos. Und den Müll, den sie in die Natur schmeißen würden.«

»Danke, Isla, damit bringst du mich zum wichtigsten Punkt.« Duncan zwinkert seiner Nichte gut gelaunt zu, während sie ihn ratlos mustert. »Keine Autos.« Er sieht ruhig in die Runde und lässt die Worte sacken.

»Wie, keine Autos?« Aidan starrt seinen Bruder verständnislos an.

»Die Gäste müssen ihre Autos auf dem Festland parken und zu Fuß auf die Fähre gehen.«

Aidan lacht spöttisch auf, während Graham murmelt: »Nie im Leben bekommst du den Durchschnitts-Kanadier dazu, sein Auto auf dem Festland zurückzulassen.«

»Dann wird der Durchschnitts-Kanadier eben keinen Urlaub auf Whale Island machen!« Duncan sieht seinen Vater entschlossen an. »Wir haben hier ein ganz besonderes Juwel von einer Insel, und wenn wir mit dem Hotel etwas verdienen wollen, ohne die Natur zu zerstören, dann müssen wir uns etwas überlegen. Dieses ›Ohne-Auto‹-Konzept könnte etwas Großartiges werden. Wir könnten einen Trend schaffen. Schaut euch andere Inseln an, auf die man als Tourist nicht mit dem Auto darf! Fire Island vor New York zum Beispiel.«

»In Deutschland gibt es Inseln ohne Autos!«, pflichte ich ihm rasch bei. »Auf Juist zum Beispiel werden die Gäste an der Fähre mit Kutschen abgeholt.«

»Oh, wie cool!«, juchzt Isla.

»Sollen wir jetzt Pferde halten, oder was?« Aidan wirkt immer noch sehr kritisch, als er das fragt.

»O ja, bitte!« Isla sieht ihren Dad derartig enthusiastisch an, dass ich leise kichern muss – vor allem, weil Aidan so ehrlich entsetzt wirkt, dass er mir fast leidtut.

»Nein, das nicht«, beruhigt Duncan seinen Bruder rasch, was ihm einen enttäuschten Blick seiner Nichte einbringt. »Aber wir könnten einen Shuttle von der Fähre zur Lodge anbieten. Mit einem kleinen Bus zum Beispiel.«

»Ein alter Schulbus vielleicht«, scherzt Rae und zwinkert mir zu.

»Und was ist mit den Gästen des *Whale Island Inn*? Die dürfen ihr Auto dann auch nicht mehr mitbringen, oder wie hast du dir das vorgestellt?« Aidan verschränkt die Arme vor der Brust und sieht seinen Bruder herausfordernd an.

»Doch, natürlich. Wir können ihnen das ja nicht verbieten …«, wendet Duncan ein.

»Und unseren Gästen können wir es auch nicht verbieten! Es gibt kein Gesetz, das vorschreibt, ohne Auto nach Whale Island zu kommen!« Graham stellt sein Whiskeyglas mit Nachdruck ab und erntet einen weiteren strengen Blick von Heather. Sie schüttelt den Kopf und sagt dann mit fester Stimme: »Nein, verbieten können wir es nicht. Aber wir können Anreize schaffen.«

Sie sieht Duncan und mich abwechselnd an, während sie lebhaft fortfährt: »Wir könnten die Zimmerpreise reduzieren. Jeder, der ohne Auto kommt, bekommt einen günstigeren Preis.«

»Willst du Geld verdienen oder nicht, Mom?« Aidan sieht sie ungeduldig an.

»Hey, sei mal netter zu deiner Mutter!« Graham wirft seinem Zweitältesten einen tadelnden Blick zu, bevor er zu seiner Frau sagt: »Heather, Liebes, ich bin auch nicht sicher, ob es sinnvoll ist, wenn wir allen, die ohne Auto anreisen, die Zimmer billiger überlassen.«

»Ein kleiner Rabatt reicht doch schon, um die Leute anzulocken«, wirft Skye begeistert ein. »Und man könnte sich auch andere Anreize überlegen. Wir könnten jedem, der ohne Auto kommt, umsonst die Hotelfahrräder überlassen.«

»Ja, das ist eine super Idee!«, pflichte ich Skye bei, denn das Thema »Fahrrad« ist mir neuerdings ja sehr wichtig. »Allerdings sollten wir dann dafür sorgen, dass auf der Insel möglichst schnell Fahrradwege gebaut werden. Ich habe heute mal wieder versucht, den Küstenweg entlangzuradeln, und bin von einem Schlagloch ins nächste geholpert.«

und sieht seinen Bruder aus wutblitzenden Augen an. »Jetzt, da du dich dazu herablässt, uns wieder mit deiner Anwesenheit zu beglücken und dich dem Hotel zu widmen, ›darf‹ ich wieder kochen, ja? Soll ich mich jetzt freuen, oder was? Soll ich vor Glück auf dem Tisch tanzen, weil ich bald das Abendessen für ein paar Öko-Fritzen in Birkenstock-Latschen kochen darf?«

»Aidan.« Skye sieht ihren Bruder mahnend an, aber er ignoriert sie.

»Aidan, ich weiß, du hast wegen mir sehr viel aufgeben müssen. Dein Leben ist anders verlaufen, als du es dir vorgestellt hast. Und das tut mir wirklich von Herzen leid.« Zu meiner Erschütterung merke ich, dass Duncans Stimme bebt, und ich greife automatisch nach seiner Hand. »Aber, verdammt, ich kann die Vergangenheit nicht rückgängig machen! Was passiert ist, ist passiert, und ich bin nicht stolz darauf. Echt nicht. Alles, was ich dir anbieten kann, ist, dass ich versuche, in Zukunft mehr für euch alle da zu sein. Dass wir dieses Hotel gemeinsam wieder in Schwung bringen. Und dass du wieder kochst. Verflucht noch mal, du kochst so unfassbar gut, Aidan! Wir könnten hier ein ganz fantastisches Restaurant aufziehen. Dieser Ausblick, kombiniert mit diesem Koch! Die Leute würden auch nur für ein Abendessen zu uns kommen, sogar ohne Übernachtung. Wir könnten das neue In-Lokal in Cape Breton werden. Umso reizvoller, weil es so abgelegen liegt. Mann, Aidan, ich sehe dich schon mit Michelin-Stern, ehrlich!«

»Ach komm.« Aidan sieht seinen Bruder amüsiert an. »Jetzt übertreibst du.« Doch ich merke, dass sich ein kleiner Funke in seine Augen gestohlen hat. Und dieser Funke lässt mich hoffen.

»Er hat völlig recht!« Skye sieht Aidan begeistert an. »Wir müssten es nur versuchen! Ein richtig schönes Restaurant, natürlich auch nachhaltig – mit Solar-Panels auf dem Dach und nur Bio-Produkte auf der Speisekarte!«

Graham schnaubt auf. »Ja, klar. Und wer soll diese Solar-Panels zahlen, liebe Skye?«

»Ich.« Duncan atmet tief durch. »Ich werde das zahlen, Dad.«

»Ach. Sag nur, du wirst bei deiner Scheidung finanziell so gut wegkommen?« Aidan sieht Duncan interessiert an. Er klingt dabei gar nicht zynisch, sondern ehrlich neugierig.

Doch Duncan lacht nur bitter auf. »Nein, das eher nicht. Wir haben einen Ehevertrag. Vom Sommerset-Vermögen werde ich nichts abbekommen.« Er macht eine kurze Pause, fährt dann mit fester Stimme fort: »Aber ich habe selbst einiges zur Seite legen können. Und das möchte ich in dieses Hotel investieren. Schließlich habe ich mich lang genug vor meinen Pflichten gedrückt.«

»Na, schönen Dank auch!« Graham erhebt sich, leicht schwankend, weil er wohl einen Whiskey zu viel getrunken hat. Aufgewühlt sieht er seinen ältesten Sohn an. »Deine Almosen brauchen wir nicht, Duncan Sommerset! Und du musst dich schon gar nicht ›verpflichtet‹ fühlen, zurück auf diese Insel zu kommen und uns mit dem Hotel zu helfen! Wir haben das in den letzten dreizehn Jahren nämlich sehr gut allein geschafft!«

»Nein, verdammt, das haben wir nicht!« Es ist ausgerechnet Aidan, der jetzt ebenfalls aufsteht und seinen Vater wütend ansieht. »Dad, ganz ehrlich: Wir haben nichts gut geschafft! Und zwar auch, weil ich genau dieselben Probleme in der Zusammenarbeit mit dir hatte wie damals Duncan: Du lebst in der Vergangenheit, möchtest nichts ändern, nichts modernisieren! Solar-Panels? Um Gottes willen, Teufelszeug! Ich kann mich noch gut an die endlosen Diskussionen erinnern, als ich versucht habe, dir klarzumachen, dass die Gäste W-Lan wollen. Und Satellitenfernsehen!« Er atmet tief durch, während Graham seinen Blick wie vom Donner gerührt erwidert.

»Wie sprichst du denn eigentlich mit mir?« Sein Gesicht verfärbt sich langsam rot. Besorgt sehe ich zu Rae hinüber, aber die streichelt seelenruhig ihre Katze, die inzwischen von Duncans Schoß auf ihren gewechselt ist.

»Aidan hat recht.« Heather steht auch auf, greift nach den Händen ihres Mannes, sieht ihn ruhig an. »Dass es damals nicht geklappt hat, mit Duncans und deiner Zusammenarbeit – daran war nicht nur Duncan schuld, mein Schatz. Dass er dann abgehauen ist und sich nicht mehr gemeldet hat – nun, das hatte natürlich andere Beweggründe, aber euer Verhältnis war nun einmal schon lange vor … vor dem Unfall sehr schlecht.« Sie sieht bekümmert von Graham zu Duncan und wieder zurück zu ihrem Mann.

»Aber ich habe während der schrecklichen Zeit, in der mein Ältester fort war, lange genug geschwiegen und im Stillen gehofft, dass er irgendwann zurückkommen würde. So, wie Rae es mir gesagt hat.«

»Wie bitte?« Skye sieht Rae verdattert an. »Das hast du gewusst?«

Rae zuckt leicht mit den Schultern und lächelt auf Brontë hinab, ohne zu antworten.

»Sie weiß doch irgendwie alles«, murmelt Duncan kopfschüttelnd, und ich lege unvermittelt eine flache Hand auf meinen Bauch und denke: Ja, das stimmt.

»Ja, Rae hat es mir gesagt, und darum habe ich geduldig gewartet. Weil ich wusste, dass er von selbst zurückkommen muss, dieser sture Junge.« Sie wirft ihrem Ältesten einen liebevollen Blick zu.

»Na ja, oder mit dem Schulbus abgeholt werden muss«, wirft Isla frech ein und grinst ihren Onkel an. Er erwidert ihr Lächeln liebevoll.

»Wie auch immer.« Heather sieht wieder ihren Mann an, der

ihren Blick sichtlich erschüttert erwidert. »In dieser Geschichte gibt es nicht nur einen Schuldigen. Und jetzt, jetzt haben wir die Möglichkeit, eine neue Seite aufzuschlagen. Ein neues Kapitel der *Cameron Lodge* zu beginnen. Und eben weil ich weiß, dass Duncan dieses Mal nur aus freien Stücken zurück auf diese Insel kommen würde, kann ich dir versichern, mein Liebster, dass er sich nicht nur aus reinem Pflichtgefühl in unser Hotel einbringen will. Wenn Duncan zurückkommt, mit so vielen Plänen im Kopf, dann heißt das, dass er nach Hause kommt. Und zwar gern. Und ich bin unfassbar glücklich darüber!«

Sie sieht ihren Sohn an, und Duncan steht von seinem Stuhl auf, geht zu ihr und schlingt seine Arme um sie. Heather schluchzt heiser gegen seinen Brustkorb, und auch ich muss mir Tränen von den Wangen wischen, genau wie Skye und Isla. Aidan blinzelt ebenfalls konzentriert und starrt schnell ins Feuer.

»So«, meldet sich Graham zu Wort und räuspert sich. »Dann ist es wohl beschlossene Sache, dass Duncan wieder Teil der *Cameron Lodge* wird.«

»Nein, Dad.« Duncan löst sich von seiner Mutter und sieht ihn ernst an. »Beschlossene Sache ist es erst, wenn du wirklich einverstanden bist.«

Einige Herzschläge lang, die mir wie eine halbe Ewigkeit vorkommen, starrt Graham ihn ernst an. Dann öffnet er seine Arme und sagt heiser: »Willkommen zu Hause, mein Sohn.«

66

Wir sitzen bis spät in die Nacht am Kaminfeuer, angetrieben von einer fast fiebrigen Euphorie, die die Hotelplanung mit sich bringt. Auch Skye, die ja wegen ihres Krankenhausjobs am wenigsten im Hotel sein wird, ist Feuer und Flamme. Sie wirft regelrecht mit Ideen um sich, befeuert von Isla, die ebenso begeistert wirkt. Die beiden denken laut über »Yoga im Nebel« nach, über ein kleines, feines Spa mit Blick aufs offene Meer hinaus, wo man Fango-Packungen und Massagen genießen und in Hot Tubs zum Wellenrauschen schwitzen kann.

»Ich kenne da eine wunderbare Masseurin«, bemerkt Duncan und sieht mich verschmitzt an.

»Ha, ha«, mache ich und lasse mich nur zu gern von ihm küssen, während die anderen ein paar Witze auf unsere Kosten machen und dann weiter herumspinnen.

»Dad, du musst unbedingt die Muscheln in Weißweinsoße auf die Speisekarte setzen!«, ruft Isla Aidan zu, der in ein eigenes Notizbuch vertieft ist und tatsächlich so wirkt, als würde er schon die Speisekarte seines Lokals zusammenstellen. Er wirft Isla einen verschmitzten Blick zu und nickt.

»Ich brauche eine neue Küche«, sagt er dann und tippt mit

dem Kugelschreiber auf die aufgeschlagene Seite. »Die veralteten Geräte unserer Küche kann man vergessen.«

»Auf jeden Fall«, bestätigt Duncan, während Graham schon Luft holen will, um vermutlich zu protestieren, aber Heather legt ihm mahnend eine Hand auf den Arm.

»Und der ganze Essbereich muss anders gestaltet werden. Heller. Freundlicher.«

»Noch heller? Das Ganze besteht jetzt schon fast nur aus Fensterfront!«, wirft Graham nun doch ein.

»Der dunkle Teppich kommt raus«, bestätigt Duncan und nickt seinem Bruder zu. Als sein Vater entsetzt etwas sagen will, wirft er schnell ein: »Dad, mit Holzfußboden hätte der Raum viel mehr Charme! Aber wir müssen anbauen. So haben wir auf keinen Fall genug Platz. Ich hatte an mindestens zwanzig Tische gedacht. Vielleicht mehr. Was meinst du, Aidan?«

Während sich Graham Luft zufächelt, nickt Aidan seinem Bruder mit einem langsamen Lächeln zu, in dem man die Erfüllung seines Lebenstraums ablesen kann.

»Meinst du, wir bekommen die Tische voll?«

»Auf jeden Fall.« Duncan nickt entschlossen. »Wir müssen natürlich vor allem zu Beginn viel in Werbung investieren. Zeitungsanzeigen. Vielleicht sogar ein Fernsehspot. Ich kenne da jemanden aus meiner Zeit in Halifax, der mir vielleicht einen Freundschaftspreis macht.«

»Wir könnten Live-Musik-Abende veranstalten, die locken immer viele Leute an«, schlage ich spontan vor.

»Mit welcher Band?«, fragt Duncan mit hochgezogenen Augenbrauen, doch ich merke, dass er genau weiß, worauf ich hinauswill.

»Dreimal darfst du raten, du Teufelsgeiger«, grinse ich und beuge mich vor, um ihn flüchtig auf die Lippen zu küssen. Er will mich festhalten und länger küssen, aber da Isla albern zu kichern beginnt, bringe ich entschlossen wieder ein wenig Sicherheitsabstand zwischen ihren Onkel und mich.

»Bei so vielen Tischen brauche ich einen Restaurantmanager«, murmelt Aidan und macht sich weitere Notizen.

Augenblicklich muss ich an Stella denken. Die einzige Freundin, die mir über all die Jahre hinweg erhalten geblieben ist, obwohl wir uns sehr lange nicht mehr gesehen, uns nur E-Mails und WhatsApp-Nachrichten geschickt und selten, wenn es unsere jeweiligen Zeitzonen zuließen, telefoniert haben. Stella hat sich auf den Bereich »Food and Beverage« spezialisiert und, genau wie ich, für Hotels überall auf der Welt gearbeitet. Allerdings ist sie schon vor Jahren Mutter geworden – ihre Tochter Felicitas ist auch zwölf, genau wie Isla, überlege ich und sehe das Mädchen nachdenklich an. Aber Felis Vater hat sich noch vor der Geburt verdünnisiert, sodass Stella ihre Tochter allein großgezogen hat.

Mein Blick fällt auf Aidan, der sich immer noch Notizen macht und regelrecht glüht vor Euphorie und Tatendrang. Ich betrachte seine kräftigen Hände, die den Kugelschreiber halten, die sehnigen Unterarme, mit dem Schriftzug »Isla« auf dem linken, den schwarzen fünf-Tage-Bart und die konzentrierte Falte zwischen den dunklen Augenbrauen. Als er aufsieht und merkt, dass ich ihn beobachte, legt er fragend den Kopf schief. »Ja?« Seine hellblauen Augen beobachten mich amüsiert.

»Ich kenne da jemanden, der ideal für den Job wäre«, sage ich rasch. »Eine Freundin von mir. Ich könnte sie mal fragen, ob sie eine Bewerbung schicken will.«

»Klingt gut.« Aidan lächelt mich dankbar an.

Isla klatscht in die Hände und ruft: »Oh, das wird fantastisch! Aber … das Restaurant braucht natürlich einen Namen!«

»Hmm«, meint Skye und sieht ihre Nichte nachdenklich an. »Du hast recht.«

»*Four Whales*«, sage ich spontan. Alle sehen mich fragend an.

»Warum vier?«, erkundigt sich Duncan neugierig.

»Für euch vier Cameron-Kinder«, erkläre ich ruhig. »Du, Aidan, Skye, Glenn.«

»Cool. Klingt super.« Aidan strahlt mich an, und dann notiert er schwungvoll den Namen »*Four Whales*« außen auf seinem Notizbuch.

»Apropos: Fährst du als Nächstes nach Halifax und holst Glenn nach Hause?« Isla sieht Rae keck an, doch diese winkt mit einem müden Lächeln ab.

»Alles zu seiner Zeit, mein Kind.« Sie gähnt ausgiebig. »So, und für mich ist es jetzt Zeit, ins Bett zu gehen. Komm, Brontë, ab nach oben mit uns!«

Duncan wirft mir einen Blick zu. »Wir sollten uns auch langsam verabschieden«, sagt er und greift nach meiner Hand, webt seine Finger durch meine.

»Schon klar«, grinst Skye wissend. »Wo schlaft ihr denn jetzt: In der Honeymoon Suite oder in Gretas Cottage?«

»Bitte nicht im Cottage«, sagt Aidan schnell und erhebt sich, streckt gähnend die Arme über den Kopf. Fragend sehen wir ihn an. Er grinst frech, legt dann seiner Tochter die Hände auf die Ohren und raunt: »Die Wände sind nicht sehr schalldicht, das habe ich doch eben schon erwähnt!«

»Dad!«, protestiert Isla und schiebt ihn fort von sich. »Hör auf, mich wie ein kleines Kind zu behandeln!«

»Du wirst immer mein kleines Mädchen sein. IMMER.« Aidan beugt sich vor und will ihr einen Kuss auf die Stirn drücken, aber Isla duckt sich kichernd weg und stürmt davon.

»Kinder. Sie geben einem so viel zurück.« Gespielt verzweifelt sieht er seiner »Kleinen« nach, während ich mich kichernd an Duncan lehne. Er schlingt einen Arm um mich und küsst mich zärtlich auf die Schläfe.

»Also doch die Honeymoon Suite?«, fragt er leise, und ich muss lachen.

»Von mir aus gern. Aber wir sollten an der Schalldichte der Cottage-Wände arbeiten, bevor neue Gäste kommen.«

»Oh, keine Sorge, wir müssen an noch sehr vielen Dingen arbeiten, bevor neue Gäste kommen«, brummt Aidan und lacht uns dann so offen und gut gelaunt an, wie ich ihn noch nie erlebt habe. »Aber bis zur nächsten Hauptsaison haben wir ja noch einige Monate. Ich freue mich drauf, echt!«

»Und ich mich erst!«, juchzt Skye und umarmt erst Aidan, dann stürmt sie zu Duncan und mir und zieht uns gemeinsam in ihre Arme. »Das wird ein Abenteuer, Leute!«

»Ich kann es kaum erwarten«, sage ich und könnte platzen vor Glück. Noch nie habe ich mich so zu Hause gefühlt. Und noch nie hatte ich eine Familie, die mich so herzlich aufgenommen hat wie die Camerons.

Während Skye schon weiterwirbelt, um ihren Dad zu umarmen, sieht mich Duncan bedeutungsschwer an, blickt kurz nach unten, dann wieder in meine Augen. »Ich kann es auch alles kaum erwarten«, sagt er heiser.

Und dann hebt er mich hoch und trägt mich, begleitet von den feixenden Kommentaren seiner Familie, die Treppe hinauf und in Richtung Honeymoon Suite.

Von: Greta Lorenz
An: Stella Minetti

Liebste Stella,
es ist ewig her, seit wir voneinander gehört haben! Wie gefällt es euch in Bangkok? Wie ist die Arbeit im Anantara Hotel? Macht der Job Spaß? Die Fotos sehen ja umwerfend aus, direkt am Fluss, und dieser Hotelgarten! Ein Traum!

Ich vermute mal, dass ich dich daher mit der Frage, die ich dir gleich stellen werde, nicht wirklich hinterm Ofen hervorholen kann. Aber der Reihe nach: Ich bin nicht mehr in New York. Ja, du hast richtig gelesen. Bei Gelegenheit muss ich dir das in Ruhe erklären, jetzt nur so viel: Es gibt einen neuen Mann in meinem Leben. Er heißt Duncan, und ich bin so glücklich wie noch nie. Er ist Kanadier und stammt von einer kleinen Insel ganz im Norden der Provinz Nova Scotia: von Whale Island. Und hier gibt es ein Hotel, das seine Familie schon seit Jahrzehnten betreibt, das aber sehr in die Jahre gekommen ist. Diese *Cameron Lodge* soll im kommenden Sommer ganz neu eröffnet werden. Bis dahin wird alles umfassend renoviert und saniert. Auch das Hotelrestaurant wird ganz neu gemacht. Duncans Bruder Aidan ist Koch – und was für einer! Glaube mir, das *Four Whales* wird das beste Restaurant in Atlantik-Kanada, da bin ich mir sicher. Und jetzt komme ich zu meiner Frage: Hättest du Lust, unsere Restaurant-Managerin zu werden?

Halte mich jetzt bitte nicht für bekloppt, liebe Stella. Ich musste einfach sofort an dich denken, als Aidan das Thema angeschnitten hat. Er ist übrigens ein super Typ. Und hat eine Tochter in Felis Alter. Wie geht es Feli eigentlich?

Ich habe übrigens noch eine Neuigkeit, meine Liebe. Eigentlich würde ich dir das lieber persönlich erzählen und nicht in einer E-Mail schreiben, aber bei der Zeitverschiebung zwischen Bangkok und

Nova Scotia bin ich mir nicht sicher, wann wir uns das nächste Mal sprechen werden: Ich bin schwanger. Duncan und ich werden im Juni Eltern werden. Inzwischen bin ich in der dreizehnten Woche. Meine Gynäkologin sagt, es sähe alles gut aus. Oh Stella, ich hoffe so sehr, dass wir diesmal ein Happy End erleben dürfen!

Soweit von mir, meine Liebe – melde dich bald mal. Ich bin so gespannt zu lesen, wie es euch geht und was du von meiner verrückten Idee hältst!

Es drückt dich aus Kanada
Greta

Von: Stella Minetti
An: Greta Lorenz

Waaaaaaas? Menschenskinder, Greta, das haut mich jetzt um! Neuer Mann, neues Land, neues Insel-Hotel – und ein Baby auf dem Weg! Ich habe gerade gekreischt vor Glück, und Feli hat mich als völlig bekloppt und höchst peinlich bezeichnet (ich habe deine Mail im Skytrain gelesen, und die Thais um mich herum haben sicherlich dasselbe gedacht wie meine Tochter).

Meine Liebe, ich kann jetzt auch nicht im Detail schreiben, was hier bei uns los ist, aber es läuft nicht rund. Ganz und gar nicht. Das müssen wir mal bei einem Glas Wein bequatschen. Ach, nein, für mich Wein, für dich Saft. Wenn ich auf eurer Insel bin. Denn, ja: Ich möchte den Job unbedingt haben! Kanada, das klingt nach einem Traum! Ich maile dir gleich meine Bewerbungsunterlagen rüber. Natürlich werde ich Feli erst einmal nichts dazu sagen, sonst lässt sie sich adoptieren oder reißt einfach aus. Ehrlich, Greta, es wird nicht leichter, wenn Kinder größer werden.

O Mann. Du und ich auf einer kanadischen Insel. Das wäre zu schön, um wahr zu sein.

Es drückt dich ganz fest aus der Hitze Thailands
Stella

ENDE

ANMERKUNG

Die Insel Cape Breton im Norden der kanadischen Atlantikprovinz Nova Scotia gibt es tatsächlich – aber die Insel Whale Island mit ihren liebenswert skurrilen Bewohnern habe ich erfunden. Der Ort Scott's Harbour könnte in Wirklichkeit Neil's Harbour sein – nur dass es dort zwar Whale-Watching-Boote gibt, aber keine Fähre. Die Fähre, die mich zu dieser Geschichte inspiriert hat, setzt dafür am anderen Ende von Nova Scotia zur Insel Brier Island über. Dort muss man nicht mit dem Handy anrufen, wenn man nach einer bestimmten Uhrzeit den Fährservice braucht, sondern auf einen Knopf drücken und darauf warten, dass sich jemand per Lautsprecher meldet. Ich habe auf Brier Island so viele schöne Eindrücke gesammelt – es gibt dort einen Leuchtturm, eine Coast Guard Station, viele Hummerkörbe und, natürlich, Buckelwale, die im Nebel prusten – dass ich beschlossen habe, diese Insel nach Cape Breton zu verlegen, weil dort nun einmal die schottischen Traditionen in Nova Scotia am intensivsten gelebt werden, und diese Traditionen sollten in diesen Roman einfließen. Das ist das Schöne an Fiktion – man darf Inseln versetzen und ihnen neue Namen geben. Hoffentlich hat euch die Reise nach Whale Island gefallen, und hoffentlich werdet ihr beim nächsten Mal wieder dabei sein!

TAUSEND DANK …

… euch treuen Leser*innen, die ihr dafür sorgt, dass ich weiterhin das machen darf, was mir am meisten Freude bereitet: Bücher schreiben! Ohne euch gäbe es meine Romane nicht, denn ohne euch würde sie niemand kaufen, leihen, weiterempfehlen und somit sicherstellen, dass immer neue Buchideen ihren Weg aufs Papier und schließlich in den Buchhandel finden dürfen.

… allen Buchblogger*innen und Bookstagrammer*innen, denn eure fantastischen Fotos und ausführlichen Rezensionen sorgen dafür, dass meine Romane gesehen und von immer neuen Leser*innen entdeckt werden.

… dem wunderbaren Team im Heyne-Verlag, vor allem meiner Lektorin Janina Dyballa und meiner Redakteurin Dr. Diana Mantel – es war mir wie immer eine Freude, mit euch zusammen das Beste aus diesem Buch herauszukitzeln.

… meiner Agentin Conny Heindl von der Literatur-Agentur Drews, die nie aufhört, an meine Ideen und Projekte zu glauben.

… und schließlich meiner Familie: Mama und Papa – ich danke euch von Herzen für eure Geduld und Unterstützung, fürs erste Lesen meiner Manuskripte, die Hilfe bei der Recherche und für die Ideen und Verbesserungsvorschläge. Emilia und Matilda: Danke, dass ihr mich hin und wieder ungestört schreiben lasst – dafür backe ich bald auch wieder Pfannkuchen. Ich liebe euch über alles.

Last but not least: Marco, ich werde nie den Tag vergessen, als wir zwei im General Aviation Terminal des JFK-Flughafens waren und dort Jon Bon Jovi mit Band haben sitzen sehen. Ich war so perplex, dass ich dir beinahe blind bis auf die Herren-Toilette gefolgt wäre. Damals waren wir noch kein Paar, aber bald darauf schon. Deshalb hat *Bon Jovi* für mich immer etwas mit dem Beginn unserer Beziehung zu tun. Ich liebe dich von ganzem Herzen!